VISIONES DE CARNE Y SANGRE

VISIONES DE CARNE Y SANGRE

JENNIFER L. ARMENTROUT

con RAYVN SALVADOR

Traducción de Guiomar Manso

PUCK

Argentina – Chile – Colombia – España
Estados Unidos – México – Perú – Uruguay

Título original: *Visions of Flesh and Blood*
Editor original: Blue Box Press, un sello de Evil Eye Concepts, Incorporated
Traductora: Guiomar Manso

1.ª edición: mayo 2024

Plaza de los Reyes Magos, 8, piso 1.º C y D – 28007 Madrid
www.mundopuck.com

ISBN: 978-84-19252-68-5
E-ISBN: 978-84-10159-02-0
Depósito legal: M-5.600-2024

Fotocomposición: Urano World Spain, S.A.U.

Impreso por: Rodesa, S.A. – Polígono Industrial San Miguel
Parcelas E7-E8 – 31132 Villatuerta (Navarra)

Impreso en España – *Printed in Spain*

Para aquellos a los que les encanta vivir mil vidas entre las páginas y que disfrutan pasando todo el tiempo posible con personajes de ficción... Este es para vosotros.

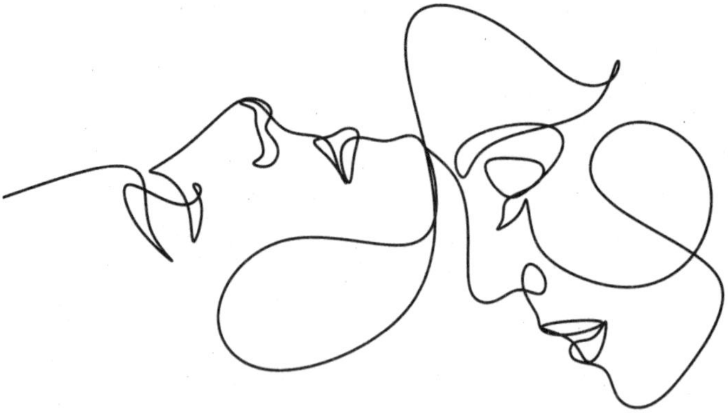

UNA CARTA DE LA SEÑORITA WILLA

Querido lector:

Si estás leyendo con detenimiento las palabras de estas páginas, alguien descubrió mi cajón de notas, registros y diarios y decidió hacer públicos al menos parte de ellos.

Como bien sabes, llevo por aquí mucho tiempo; una eternidad, en realidad. Como miembro de mayor edad del Consejo de Ancianos, he experimentado y sido testigo de muchas cosas a lo largo de mi vida. Como vidente... he visto aún más. Pero con esto último en mente, merece la pena mencionar que las cosas no siempre me vienen en orden cronológico. Recibo retazos y fragmentos de distintas épocas o distintas personas, y por tanto necesito organizarlos y darles algún tipo de organización. Para mí, por supuesto, pero también para la posteridad.

En ocasiones, experimento algunos de estos momentos históricos de primera mano (tanto sucesos grandes como pequeños, pues todos son igual de importantes) cuando ocurren, y por tanto sé cuándo y cómo sucedieron. Otras veces, es una cuestión de averiguar todo lo posible acerca de las personas implicadas y hacer conjeturas con conocimiento de causa. Pero siempre voy donde me llevan mis deseos. Ya sean basados en visiones o... de otra índole. Puesto que, como sabes, nunca digo que no a esos deseos. Y no puedo ignorar las visiones de sangre ni la atracción fogosa de la carne cuando me llaman.

Razón por la cual lo que sostienes en las manos es una mezcla de hechos, hechos irreales presentados como verdades y observaciones combinadas con un relato personal de mis experiencias. Necesitaba escribir una crónica de datos históricamente precisos, cosas relacionadas con mi mundo a medida que cambiaba, y detalles específicos de líneas temporales y personas dignas de mención. Pero no tenía ningún sentido hacerlo sin intercalar mis pensamientos y sentimientos. Después de todo, una siempre debería confiar en sus instintos.

Pero por favor, recuerda que estos acontecimientos son eternamente cambiantes. A medida que cambian las fases de la luna y la historia se desvela con profecías cumplidas, la serie de acontecimientos puede a veces adoptar nuevos significados. También deseo mencionar que podría estar estropeando algunas cosas para aquellos no presentes en los acontecimientos pasados que detallo aquí. Mis más sinceras disculpas. Aunque... te lo he advertido.

Sin embargo, ahora que estás al tanto de mi colección privada, bien puedes disfrutar de ella. Después de todo, la vida es para vivirla. Y dado que tengo un alma errante con sed de exploración, puedo decirte que algunas de estas cosas son verdaderamente deliciosas.

Con mis mejores deseos.

Siempre tuya,
Señorita Willa

GLOSARIO DE TÉRMINOS:

Antes de empezar a transmitir lo que sé sobre el mundo y la gente importante digna de mención tanto en esta línea temporal como en la que sucedió antes, me parece necesario proporcionar algo de información sobre los términos empleados en mis notas. Es probable que utilice otros no definidos aquí, pero estos deberían ser útiles para aquellos que utilicen esto en el futuro.

Abismo: lugar donde las almas pagan por todos los actos malvados cometidos mientras estaban vivas. Alberga los Fosos de Llamas Eternas, que arden de manera continua y pintan el cielo de tono hierro a causa del humo.

Adarves: enormes murallas construidas de piedra caliza y hierro extraído de los Picos Elysium. Utilizados para proteger las ciudades dentro de los reinos.

Antiguos: energía pura que cayó como estrellas y creó los mundos. Con el tiempo, se levantaron para caminar entre sus creaciones y crearon a los Primigenios como manera de limitar su poder y mantener el equilibrio.

Arae: otra palabra para designar a los Hados. Residen en el Monte Lotho.

Arcadia: otro mundo en donde los dioses disfrutan de su descanso eterno. Su entrada está marcada por columnas con una luz intensa brillando entre ellos.

Arcanos: creados inicialmente por las deidades para servir como espías y soldados y sofocar cualquier rebelión, pero llegó un punto en el que se volvieron contra sus creadores. Llevan máscaras de *wolven* para ocultar su identidad.

Atlantianos elementales: atlantianos con la sangre más pura. Hijos del primer mortal que pasó la prueba de los corazones gemelos con una deidad. Pueden sobrevivir sin comida durante días, pero requieren más sangre. La mayoría de ellos tienen sentidos aumentados y capacidades mentales o dones.

Atlantianos: ciudadanos de Atlantia de estirpes variadas. Nacidos mortales hasta la edad de entre diecinueve y veintiún años, momento en el cual inician su Sacrificio y maduran, lo cual permite que su fuerza y sus habilidades se manifiesten por completo. Todos los atlantianos tienen dos colmillos y algún rastro de ámbar en los ojos; no obstante, solo los atlantianos elementales tienen los iris de color oro puro. Deben beber sangre atlantiana para vivir en toda su plenitud. Sin ella, no morirán, pero se convierten en algo que no está del todo vivo. Los atlantianos de sangre pura son, en esencia, inmortales.

Barrat: roedor grande, más o menos del tamaño de un jabalí.

Bendición: los mortales creían que el contacto de los Regios tenía propiedades curativas y hacían colas de días para tener la oportunidad de recibir una Bendición. Sin embargo, esta era solo un alivio temporal de las enfermedades obtenido mediante la ingesta de sangre atlantiana. Una falacia.

Cambiaformas: linaje atlantiano que se creía que era el resultado de una unión entre una deidad y un *wolven*. La mayoría son capaces de transformarse. Algunos, aunque solo unos pocos, pueden adoptar la forma de otra persona y, cuando lo hacen, también adoptan sus gestos.

Cazadores: división del ejército que lleva información de una ciudad a otra y escolta a viajeros y mercancías.

Ceerens: un linaje atlantiano que podía transformarse en seres acuáticos. Un gran contingente de ellos vivía cerca de las islas Triton, a poca distancia de la costa de Hygeia. Se creía que se habían extinguido antes de la guerra cuando Saion se fue a dormir.

Corazones gemelos: concepto similar al de las almas gemelas. Las dos mitades de un todo. Cuando los *Arae* miran las hebras del destino y ven las muchas posibilidades diferentes de la vida de una persona, a veces pueden ver lo que podría salir del amor entre dos o más almas. Y en esa unión, ven posibilidades que podrían dar nueva forma a los mundos, ya sea creando algo nunca visto o propiciando un gran cambio. Casi considerados una leyenda. Tan excepcionales que se convirtieron en un mito durante mucho tiempo.

Dakkais: raza de agresivas criaturas carnívoras que se rumoreaba que habían nacido en los fosos insondables localizados en algún lugar de Iliseeum. Sin rasgos, excepto por una boca llena de dientes y unas ranuras a modo de nariz. Les gusta atacar desde el agua y se sienten atraídas por el *eather*. Los *dakkais* actuaban como sabuesos entrenados para Dalos, y Kolis trataba a algunos como mascotas.

Deidades: hijos de los dioses. Se rumorea que uno dio origen a Atlantia.

Demis: un mortal que no es un segundo o tercer hijo o hija y es Ascendido por un dios. Tienen poderes divinos, pero se consideran abominaciones.

Demonios: criaturas con cuatro colmillos y garras que emergen de la neblina para atacar en busca de sangre. Un mordisco de un Demonio hace que la víctima quede maldecida y se convierta en un Demonio en cuestión de días. Los habitantes de Solis llevaron a todo el mundo a creer que los atlantianos eran responsables de la creación de los Demonios, un producto de su beso venenoso, y dijeron que estaban controlados por el príncipe Casteel como el supuesto Señor Oscuro. En realidad, es en lo que se convierte un mortal cuando le roban toda la sangre al alimentarse de él sin reponerla. Ese acto los pudre, tanto en cuerpo como en mente, lo cual los convierte en criaturas amorales impulsadas por un hambre insaciable... razón por la cual el acto de matar a un mortal mientras se alimentaban de él estaba prohibido. Sin embargo, los Demonios existían antes que los *vamprys* que conocen los habitantes de Solis. Ya existían en la época de los dioses, consecuencia de cuando los primeros Ascendidos se alimentaban sin reponer la sangre de la víctima, o cuando un dios los drenaba sin sustituir la esencia.

Dioses de la Adivinación: dioses capaces de ver lo que estaba oculto para otros: sus verdades, tanto pasadas como futuras.

Divinidades: los hijos de un mortal y un dios. Los que descienden de dioses poderosos tendrán poderes y habilidades, mientras que otros nacen mortales.

Doncellas personales: las guardias personales de la Reina de Sangre. No todas son Retornadas, pero muchas sí. Las que lo son llevan máscaras pintadas con forma de alas en la mitad superior de la cara.

Drakens: protectores y guardianes de los Primigenios. Descendidos de dragones a los que Eythos, el entonces Primigenio de la Vida, dio forma mortal. El fuego que echan por la boca es la esencia de los dioses, igual que lo es su sangre. La sangre de los *drakens* es lo único que puede matar a un Retornado (veremos más sobre ellos más adelante).

Eather: el potente poder residual que se cree que no solo creó el mundo mortal e Iliseeum (abajo encontrarás más información sobre la creación de los mundos), sino que también corre por la sangre de un dios y proporciona incluso a los más pequeños y desconocidos un poder inimaginable. También descrito como esencia primigenia o esencia de los dioses. Todos los Elegidos tienen algo de *eather* en su interior. Los que Ascendieron tienen más que la mayoría.

El Rito: en la época de los dioses, era cuando los terceros hijos e hijas de mortales se Elegían para Ascender y entrar en el mundo de los dioses para estar a su servicio. El acto de la Ascensión era muy secreto, pero se daba por sentado que Kolis intentaba convertirlos en Retornados. De hecho, convirtió a muchos en Ascendidos al drenarlos hasta el punto de la muerte y después utilizar la sangre de uno de sus dioses para Ascenderlos. Después de la creación de Atlantia y Solis, el Rito pasó a ser la celebración que tenía lugar antes de una Ascensión. Los segundos y terceros hijos e hijas se ofrecían a menudo a los dioses durante el Rito. Sin embargo, después de la Guerra de los Dos Reyes, cambió para ser el momento en que los niños servían de sustento para los *vamprys*.

Graeca: palabra de la lengua antigua de los Primigenios que significa «vida» o «amor».

Gyrms: en la época de los dioses, se decía que eran mortales que habían jurado lealtad a los dioses o a los Primigenios por toda la eternidad, convirtiéndose así en Cazadores o Buscadores. O almas que se negaban a entrar en las Tierras Umbrías en el momento de su muerte, por lo que hacían un trato para servirlos y al final se convertían en Centinelas. Son seres tipo espectro con las bocas cosidas y están llenos de serpientes. En la época posterior a la Guerra de los Dos Reyes, se decía que nunca habían estado vivos sino que habían sido creados a partir de la tierra de Iliseeum y *eather*, invocados para ser soldados o guardias de lugares sagrados. En la época de los dioses, solo podían ser destruidos por un golpe demoledor en la cabeza. En la época posterior a la Guerra de los Dos Reyes, cualquier herida punzante letal funcionaba.

Heliotropo, piedra de sangre: material empleado para fabricar armas que pueden matar Demonios, Ascendidos y *wolven*, pero no tiene ningún efecto sobre los atlantianos o los Retornados. Creado a partir de rocas rojo rubí encontradas en la costa de los mares de Saion que se pensaba que eran las lágrimas enfadadas o tristes de los dioses petrificadas por el sol.

Huesos de los Antiguos: utilizados para atar a dioses, pues anulan sus habilidades y por tanto los hacen vulnerables a ser sepultados. También pueden anular el *notam* primigenio. Si se utilizan como arma, un solo cortecito puede matar a un dios o incapacitar a un Primigenio. Si se dejan clavados en un Primigenio, este queda incapacitado hasta que lo retiran. Los huesos solo pueden destruirlos el Primigenio de la Vida y el Primigenio de la Muerte.

Iliseeum: el mundo de los Primigenios, dioses, divinidades y los mortales que los sirven. Se accede a él a través de la neblina Primigenia o de una puerta en el mundo mortal que lleva al viajero a un lugar específico en Iliseeum. En la época de los dioses, había puntos de acceso en el lago de Sera y en las Tierras de Huesos, la zona que con el tiempo se convirtió en Atlantia.

Kardia: la parte del alma, su chispa, con la que todas las criaturas nacen y mueren y que les permite amar a otro que no sea de su misma sangre. De un modo irrevocable y altruista.

La Ascensión: la definición varía según la época. En tiempos de los dioses, el proceso permitía a los Elegidos entrar en Iliseeum y servir al Primigenio de la Vida, lo cual les otorgaba una vida eterna. También podía consistir en la Ascensión de un dios para convertirse en Primigenio, o de un dios para ser un dios más poderoso. Asimismo, el término se utilizaba para describir el proceso de que un dios Ascendiera a un mortal que no era un tercer hijo o hija, con lo que creaba un *demis*. En la época posterior a la Guerra de los Dos Reyes, la «Ascensión» sigue siendo el acto de ser entregado a los dioses, pero tiene más que ver con permitir a esos Ascendidos participar en actividades prohibidas pues se convierten en *vamprys*.

La Doncella: una de las Elegidas, nacida envuelta en un velo, y cuya Ascensión se dice que salvará el reino de Solis y permitirá la Ascensión de cientos de lores y damas en espera.

La Estrella: un diamante único conocido no solo por su fuerza indestructible sino también por su belleza irregular y cortante y por su pátina plateada. Se decía que se había creado a partir de las llamas de los dragones que solían habitar Iliseeum antes de que los Primigenios fuesen capaces de llorar lágrimas de felicidad. Se hundió en la tierra, donde permaneció durante una eternidad antes de, por fin, ser desenterrado por los Hados. Es capaz de contener tanto brasas primigenias como almas. En realidad, es un Antiguo convertido en piedra por el fuego de un dragón.

La Podredumbre: plaga que se extendió tanto por el mundo de los dioses como por el mundo mortal, matando la tierra y provocando grandes penurias. Se creía que era consecuencia de un trato hecho entre el Primigenio de la Muerte y el entonces rey de Lasania. En realidad, era consecuencia del cambio de poder y la falta de equilibrio cuando Kolis robó el poder de Eythos. El hecho de que las brasas de vida residieran en un recipiente mortal con fecha de caducidad solo aceleró la expansión de la Podredumbre. Una vez que la consorte se convirtió en la verdadera Primigenia de la Vida, la Podredumbre empezó a retroceder.

La Unión: proceso mediante el cual se vinculan un atlantiano, su *wolven* vinculado y la pareja del atlantiano para sincronizar la duración de sus vidas. Requiere un intercambio de sangre y en ocasiones puede volverse sexual. Para que funcione, debe haber sangre atlantiana presente en el intercambio. Una vez vinculados, si la parte más fuerte muere, los otros irán detrás. Al Unirse, se sincronizan la respiración y la frecuencia cardiaca de los tres, y pueden sentir las emociones de los otros.

Liessa: significa «reina».

Los Ascendidos/Vamprys: mortales que pasaron por la Ascensión. De piel pálida e insondables ojos del todo negros. Atemporales, con una velocidad y fuerza antinaturales, son casi inmortales. No caminan al sol y son propensos a la sed de sangre.

Los Elegidos: terceros hijos e hijas nacidos bajo el amparo de los dioses (en un velo). Se elegían para servir en la corte del Primigenio de la Vida. Se dice que los Elegidos nacen con cierta cantidad de esencia no latente de los dioses en su sangre, lo cual les permite completar la Ascensión.

Los Primigenios: los seres más poderosos de Iliseeum aparte de los Hados. Cada uno gobierna en una corte y todos tienen dioses a su servicio: las Tierras Umbrías (Primigenio de la Muerte), Dalos (Primigenio de la Vida), Lotho (Primigenia de la Sabiduría, la Lealtad y el Deber), Kithreia (Primigenia del Amor, la Belleza y la Fertilidad), Vathi (Primigenios de la Guerra y la Concordia y de la Paz y la Venganza), las llanuras de Thyia (Primigenia del Renacimiento), Sirta (Primigenia de la Caza y la Justicia Divina), islas Callasta (la Diosa Eterna /

Primigenia de los Ritos y la Prosperidad), islas Triton (Primigenio del Mar, el Viento, la Tierra y el Cielo). No pueden quedarse en el mundo mortal demasiado tiempo, pues sus poderes empiezan a afectar a los que están a su alrededor. Si un Primigenio muere, pueden ocurrir sucesos catastróficos en ambos mundos; por ello, debe encontrarse un recipiente nuevo para el *eather*. Tienen muchas habilidades diferentes unos de otros, pero una cosa es cierta para todos: si hacen una promesa, deben cumplirla.

Meyaah: significa «mi».

Mortales: nacidos de la carne de un Primigenio y el fuego de un *draken*. La mayoría lleva en su interior una brasa latente de esencia primigenia, excepto los terceros hijos e hijas. En ellos, la brasa no siempre está latente. No existe una explicación para esto, pero es la razón de que fuesen los Elegidos utilizados para la Ascensión.

Piedra umbra: piedra negra, utilizada en armas y que puede matar a un dios. Uno de los materiales más duros existentes, si no *el* más duro. Creado con fuego de dragón antes de la época de los *drakens*. Es en lo que se convertían todas las formas de vida cuando las quemaba el fuego de dragón. Básicamente, el material orgánico se convertía en algo parecido a desechos y se filtraba en el suelo, dejando depósitos de piedra. Se creía que la piedra umbra solo era vulnerable a sí misma y a los huesos de los Antiguos, pero puede destruirse con *eather* blandido por un dios poderoso o un Primigenio. Uno de los mayores depósitos de piedra umbra en el mundo mortal está en el lago de Sera, aunque los Templos Sombríos también están hechos de ella. Asimismo, hay enormes depósitos en las montañas de Nyktos y en los Picos Elysium.

Retornados: considerados abominaciones de la vida y la muerte. Creación mágica de Kolis. Al principio, eran los Elegidos que desaparecían, aquellos con una brasa de *eather*. Morían y volvían a la vida cambiados, después de haber recibido sangre de un dios. Pueden sobrevivir a casi cualquier herida, incluso las mortales, y son capaces de resucitar sea cual sea la herida sufrida. Su única debilidad es la sangre de *draken*. Kolis los llamaba su «trabajo en progreso», pues decía que necesitaba a su *graeca* para perfeccionarlos. También se decía que era necesaria la sangre de un rey, o al menos de alguien destinado a ser un rey, para garantizar que alcanzasen todo su potencial, aunque eso no es del todo cierto. Callum fue el primer Retornado, creado cuando se quitó la vida por pena y Kolis le dio su sangre. Aunque él es diferente, dado que no era un tercer hijo. Millicent también es diferente a otros Retornados porque era una primera hija e hizo también una transición diferente. Los Retornados no necesitan comer; tampoco necesitan sangre ni ninguna otra comodidad; y por lo general, los Retornados no tienen alma. Sus ojos pálidos son como ventanas a su verdadera naturaleza y son la prueba de que no están vivos.

Senturiones: las filas guerreras atlantianas. Nacidas, no entrenadas. Compuestos de múltiples linajes: Primordiales (pueden invocar los elementos durante una batalla), *Cimmerianos* (pueden invocar a la noche y bloquear el sol para cegar a sus enemigos), Empáticos (capaces de leer las emociones y convertirlas en armas; también podían curar, tenían el favor de las deidades y eran temidos por los demás. Asimismo, eran luchadores excepcionales, más valientes e intrépidos que cualquier otra línea. A menudo se les llamaba Come Almas), *Pryos* (capaces de conjurar llamas para sus armas), Otros Sin Nombre (podían invocar a las almas de los muertos a manos de aquellos contra los que luchaban).

Sirenas: guardianas del Valle.

So'lis: significa «mi alma».

Sombrambular: forma de transporte mediante la cual un Primigenio se concentra en dónde quiere ir y simplemente entra en esa realidad.

Tierras Umbrías: la corte del Primigenio de la Muerte. Contiene la ciudad de Lethe y el Valle y el Abismo más allá de los Pilares de Asphodel.

Tinieblas: almas tipo sombra que se negaban a pasar a través de los Pilares de Asphodel para enfrentarse a su juicio final. Debido a ello, no pueden ni regresar al mundo mortal ni entrar en el Valle. Por lo tanto, se quedan en el Bosque Moribundo y se vuelven locas a causa de un hambre y una sed sin fin y su deseo de vivir, lo cual las vuelve peligrosas. Si las destruyen, no hay redención ninguna ni posibilidad de revivir.

Viktors: seres eternos nacidos con un objetivo: proteger a alguien que los Hados creen que está destinado a propiciar un gran cambio o tener un gran propósito. No son ni mortales ni dioses. No todos son conscientes de su deber, pero los Hados siempre los pondrán con aquel a quien deben proteger. Siempre se reencarnan. Cuando mueren, sus almas regresan al Monte Lotho, donde los *Arae* les proporcionan nuevas formas mortales y nuevos propósitos sin conservar ningún recuerdo de sus vidas anteriores. Sin embargo, algunos *viktors* están predestinados a averiguar lo que son y a quién los han enviado a proteger, y a conservar sus recuerdos.

Wiverns: linaje atlantiano que podía adoptar la forma de un gato grande. Se creía que se habían extinguido.

Wolven: a los lobos *kiyou* les dieron forma mortal para servir como protectores y guías de las deidades en el mundo mortal. Cuando los atlantianos elementales empezaron a superar en número a las deidades, los vínculos de los *wolven* cambiaron a ellos. Son anteriores a los atlantianos. Sus sentidos son mucho más agudos que los de la mayoría. Cuando están vinculados, pueden sentir las emociones del atlantiano o los atlantianos con los que tienen el vínculo, y el o los atlantianos pueden utilizar al *wolven* para que les aporte energía si fuese necesario. Prefieren no permanecer en su forma mortal demasiado tiempo.

SOLIS
MAR
STROUD
ISLAS VODINA
COLINAS ETERNAS
MASADONIA
OAK AMBLER
NEW
HAVEN
TIERRA DE PINOS
POMPAY
BOSQUE DE SANGRE
PENSDURTH
BERKTON
MASSENE
PADONIA
TEMPLO
DE HUESOS
LOCKSWOOD
DESFILADERO OCCIDENTAL
WHITEBRIDGE
CLAN DE LOS
HUESOS MUERTOS
SPESSA'S END
TRES
RÍOS
VALLE
DE NIEL
CARSODONIA
LLANURAS
DEL SAZ
PICOS
ELYSIUM

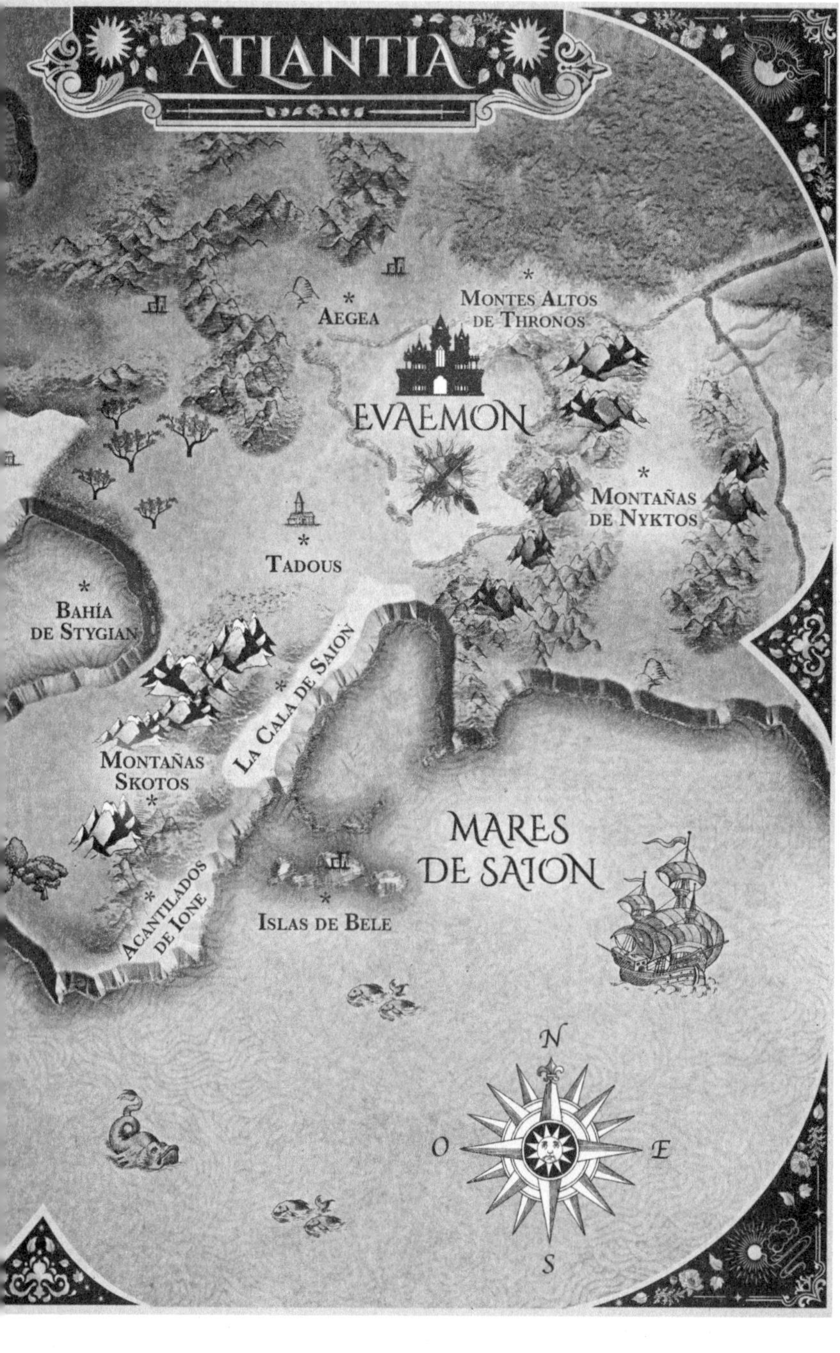
ATLANTIA
Aegea
Montes Altos de Thronos
Evaemon
Montañas de Nyktos
Tadous
Bahía de Stygian
La Cala de Saion
Montañas Skotos
Mares de Saion
Acantilados de Ione
Islas de Bele
N
O
E
S

HISTORIA DE LOS MUNDOS

Nuestro mundo y la Tierra de los Dioses han cambiado de manera considerable a lo largo de los años. Y aunque tengo muchos muchos siglos de edad, en verdad no estaba viva durante la época de los dioses. Sin embargo, mis poderes de vidente me dan una visión de algunas cosas del pasado que muchos no poseen, y he combinado eso con conocimientos de primera mano obtenidos a lo largo de mi vida para compilar la siguiente lista de datos que deberían ayudar a poner algunas cosas en perspectiva. No obstante, ten en cuenta, por favor, que la comprensión evoluciona, siempre surgen nuevas verdades y las cosas cambian a medida que los destinos se desvelan.

Al principio:

Muchos creen que los Primigenios crearon el aire, las tierras, los mares, los mundos y todo lo que hay entremedias. Después de todo, se sabe poco acerca del principio, y era mejor así para que la gente tuviese fe. Más fácil. Más seguro. La verdad era mucho más complicada y peligrosa porque todo nuevo principio conlleva el riesgo de un nuevo final.

Nuestro principio empezó cuando solo había estrellas hechas de esencia cruda en estado libre, y permaneció así hasta que Orsus, la más grande y brillante de todas ellas, entró en erupción. La explosión lanzó ondas de poder en todas direcciones que creó tierras yermas y montañas donde antes no había existido nada más que una enorme vaciedad.

A lo largo de los siguientes milenios, las estrellas comenzaron su descenso hacia los mundos no tan yermos. Algunas cayeron en zonas donde grandes criaturas aladas gobernaban los cielos, y otras en tierras separadas por enormes extensiones de agua. Esas estrellas se enterraron muy hondo en la tierra creada por Orsus, y alimentaron a la tierra mientras esta los alimentaba a ellos hasta que se levantaron para caminar convertidos en los Antiguos.

Con los ojos llenos de todos los colores de sus orígenes, eran seres de un poder absoluto, ni buenos ni malos, pero las grandes bestias aladas que gobernaban el cielo no los recibieron de buena gana y sus batallas casi destruyeron los mundos, hasta que se estableció una tregua precaria. Llegó la paz, pero durante ese tiempo, diez de los Antiguos empezaron a soñar con lo que estaba por venir. Vieron la verdad en el poder absoluto. Era inevitable que corrompiera. En su intento por prevenirlo, los diez crearon a los primeros Primigenios, con lo que dividieron su poder compartiendo partes de su energía entre sus descendientes, que se diseñaron para estar más allá de toda necesidad o deseo a fin de garantizar que siempre hubiese un equilibrio inmaculado.

La paz continuó y comenzó la concepción, a medida que los Antiguos crearon preciosos seres elementales y criaturas pesadillosas nacidas de las partes más oscuras y profundas de los mundos. Se crearon Primigenios nuevos de la tierra, mientras otros entraban en Arcadia para su tiempo de descanso. Durante este tiempo, jamás se plantearon siquiera pelearse o matarse los unos a los otros, y la procreación era solo por afán de multiplicarse. Los Primigenios engendraron a los dioses y las tierras prosperaron de manera armoniosa, pero esos diez Antiguos aún soñaban. Sabían lo que se avecinaba.

Hay quien podría decir que la caída de los Antiguos y lo que estaba por venir empezó con el joven Primigenio de la Vida y su curiosidad insaciable. Fue él quien creó a los primeros seres duales, lo cual consolidó la tregua entre los que caminaban y los que gobernaban los cielos. Fue él quien creó a los mortales, no a imagen y semejanza de los Primigenios y los dioses, sino al modo de los Antiguos, que nacieron de las estrellas.

El desarrollo de los mortales no estaba tan restringido como el de los Primigenios. El joven Primigenio de la Vida quería que tuvieran lo que ellos no tenían: libre voluntad. Y con ella vino la capacidad para sentir emoción. Así que, a medida que pasaba el tiempo y los Primigenios y los dioses interactuaban con los mortales, se volvieron más curiosos y cautivados por todas las cosas que sentían los mortales.

Se volvieron más como ellos.

Los Antiguos no estaban tan vinculados a los mortales como los Primigenios, pero de todos modos les gustaban. Verás, durante muchísimos milenios, los Antiguos vieron la belleza que había en todo, pero eran tan viejos como el tiempo mismo y, por benévolos y equilibrados que hubiesen sido, empezaron a ver solo el duro precio de la creación sin límites. A medida que los mortales se reprodujeron y se extendieron, atestando las tierras y destruyendo cada vez más de lo que había antes que ellos, los Primigenios mismos se volvieron más parecidos a los mortales y acabaron por desarrollar la propia voluntad y la capacidad para sentir un afecto profundo. Y nada es más poderoso que la capacidad para sentir y amar.

Muchos de los Antiguos empezaron a ver a sus creaciones, desde los dioses hasta los mortales, como parásitos egoístas. Al darse cuenta de que los mortales no podían coexistir con la tierra, y de que los Primigenios empezaban a estar desequilibrados por influencia de los mortales, los Antiguos decidieron retirar lo que habían dado. Decidieron purificar los mundos. Sin embargo, los Primigenios se rebelaron, junto con los mortales, y los Antiguos cayeron. Y aunque algunos se marcharon a lugares donde descansar, otros permanecieron atrás para garantizar el equilibrio y se convirtieron en los *Arae*. Los Hados.

Y la evolución continuó.

El primer Primigenio se enamoró. Y los *Arae* también empezaron a sentir emociones. Esto preocupó a los Hados. Temían que esos sentimientos pudiesen utilizarse como armas, así que intervinieron, con la esperanza de disuadir a los otros. Pero cometieron uno de sus mayores errores.

Convirtieron el amor en la verdadera debilidad de los Primigenios.

No obstante, para entonces ya era demasiado tarde. Otro Primigenio se había enamorado. Y luego otro. Con el tiempo, los Primigenios empezaron a sentir otras emociones. Alegría y tristeza. Emoción y miedo. Esperanza y amargura. Empatía y celos. Y por supuesto, amor y odio. Empezaron a *vivir*, y al igual que con todos los seres que tienen elecciones, algunos se volvieron corruptos, incontrolables y obsesivos.

Y lo que los Antiguos habían soñado hacía tantísimo tiempo continuó adelante a pesar de su interferencia. El equilibrio de los mundos se volvió cada vez más inestable a medida que los Primigenios luchaban entre sí, aunque nunca fueron más que escaramuzas, nunca una guerra sin cuartel.

Nunca nada que amenazase la mismísima estructura de los mundos.

Hasta ahora.

Para empezar nuestro viaje de descubrimiento, echemos un vistazo a los Antiguos...

Nota: parte de esta información ya se aportó en el glosario, pero si no lo has leído antes de tener acceso a este archivo, dicha información se reitera y expande aquí.

Antiguos:

Estrellas caídas que crearon los mundos y se levantaron para caminar por sus tierras. Con el tiempo dividieron su poder entre creaciones de su propia carne: los Primigenios. A medida que avanzaba el tiempo, se cansaron de ver cómo cuidaban los Primigenios, los dioses y los mortales de lo que les habían dado, y decidieron purificar los mundos. Los Primigenios unieron fuerzas con dioses, mortales, *drakens* y sus antepasados, los dragones, para luchar contra ellos.

Arae/Los Hados:

Los Hados: Antiguos que permanecieron atrás para garantizar el equilibrio. Hechos de energía pura, se limitaron a *existir* durante muchísimo tiempo. Al final, adoptaron forma mortal. Les preocupaba lo que no podían predecir y las posibilidades desconocidas o no vistas. Sin embargo, nada los preocupaba más que el poder Primigenio desequilibrado. Querían contar con algo en el caso de que un Primigenio tuviese que elevarse pero no hubiese Primigenio de la Vida para Ascenderlo. Es obvio que vieron de antemano lo que estaba por venir, pero ninguno predijo que la mismísima cosa que crearon provocaría justo lo que ellos trataban de evitar.

Entra en escena el diamante La Estrella: un recipiente lo bastante poderoso para almacenar brevemente y transferir brasas tanto volátiles como impredecibles en su estado crudo y desprotegido. Se desenterró de las entrañas de las Colinas Eternas, pero retirar el diamante hizo que la tierra quedase inhabitable. Los *Arae* hicieron saltar por los aires la mitad de la montaña para encontrar La Estrella, y las rocas y gases recalentados cambiaron el paisaje de manera irrevocable.

Creado por las llamas de los dragones que solían habitar el mundo de los dioses mucho antes de que los Primigenios fuesen capaces de derramar lágrimas de alegría (que también producen diamantes), era el primero de su tipo y conocido por su fuerza indestructible, su belleza irregular y serrada, y su pátina plateada.

En realidad, se trata de un Antiguo petrificado.

Se suponía que nadie excepto los *Arae* debían saber de su existencia. Aunque La Estrella tiene muchos usos, es probable que el más importante sea su capacidad para almacenar brasas para una transferencia, aunque solo un *Arae* o un Primigenio tienen el tipo de poder necesario para forzar algo semejante.

Después de los sucesos relacionados con Sotoria (detallados más abajo), un Hado le entregó La Estrella a Kolis, pero no se sabe quién fue ni por qué lo hizo. Kolis la utilizó para atrapar el alma de Eythos y la guardó en la parte superior de una jaula dorada fabricada con los huesos de los Antiguos. Al final, Sera la rescata, libera a Eythos y después la utiliza para guardar el alma de Sotoria.

Ahora, retrocedamos solo un pelín y hablemos un poco más acerca de los Primigenios, ¿te parece?

Diosas/Dioses primigenios:

Aspecto: parecen mortales, pero su aspecto preternatural varía.

Habilidades: solo diez Primigenios pueden desgarrar los mundos. Algunos Primigenios notan el sabor de las emociones. Todos los Primigenios pueden cambiar de forma. Son capaces de vincularse con *drakens* de sus cortes y eso les permite llamarlos en tiempos de necesidad. La mayoría de los *drakens* considera esto un honor, aunque algunos Primigenios fuerzan el vínculo, como Kolis. Tienen la habilidad de curarse con facilidad y pueden percibir la magia. Mientras se alimentan, son capaces de acceder a los recuerdos. Pueden sombrambular, cosa que consiste en emplear *eather* para transportarse al instante a donde quieren ir. Cuando están en el mundo mortal, la esencia de un Primigenio puede afectar a la actitud y la mente de los mortales y del entorno. También pueden producir electricidad.

Biología: la piedra umbra no los mata a menos que estén debilitados por el amor. Los huesos de los Antiguos pueden sumirlos en una estasis de años si se utilizan para herir. Siempre se creyó que los Primigenios no podían tener hijos con mortales. Envejecen como los mortales hasta los veinte años más o menos, momento en el cual el proceso se ralentiza muchísimo. Los Primigenios pueden pasar bastante tiempo sin alimentarse, pero si es un tiempo excesivo, se vuelven, bueno... *primigenios* y primitivos. Es muy difícil que les queden cicatrices y, para que la tinta permanezca en un tatuaje, deben echarle sal de inmediato. Los Primigenios son virtualmente inmortales. En el momento en que nacen o Ascienden, su esencia empieza a cambiarlos. Pueden encender fuegos y moverse a una velocidad increíble, pero todo ello está propiciado por la voluntad, no por el pensamiento. Las cadenas y celdas de hueso *sí* pueden contener a un Primigenio debilitado. Se sumen en una estasis si su cuerpo se ve sobrepasado o necesita curarse o recargar energía; si lo hacen, multitud de raíces crecen a su alrededor y los cubren para protegerlos. Cuando los Primigenios se enamoran, desarrollan una *graeca*, que en la lengua antigua significa «amor» o «vida».

Organización: cada Primigenio gobierna sobre una corte en Iliseeum, con dioses menores que los sirven (no obstante, Attes y Kyn compartían la corte de Vathi, aunque veremos más sobre las cortes más adelante). Cada corte es un territorio dentro de Iliseeum, con la tierra suficiente para que su Primigenio y sus dioses puedan hacer lo que les parezca oportuno. Todo Primigenio tiene el poder suficiente para hacer lo que le plazca, pero siempre quieren más, y sus acciones siempre tienen consecuencias. Los Primigenios no pueden hacerles exigencias a los Hados, ni tocarlos; está prohibido para mantener el equilibrio, aunque los *Arae* tampoco pueden ver el destino de un Primigenio elevado. Hablar siquiera de ir a la guerra con el Rey de los Dioses sería invitar al conflicto y significaría una condena en los lugares más oscuros del Abismo. Cuando el Primigenio de la Muerte se lleva un alma, nadie más puede tocarla.

Hábitos/Costumbres/Fortalezas/Debilidades: los Primigenios no necesitan sangre a menos que estén muy debilitados. Rara vez entran en el mundo mortal (si es que lo hacen); algunos van con mayor frecuencia que otros pero son conscientes de las consecuencias. No es fácil para un Primigenio percibir a un *viktor*. Descanso: para algunos es dormir; para otros es como un retiro. Si no desean entrar en estasis, pueden elegir entrar en Arcadia, lo cual propicia que un dios Ascienda para ocupar el lugar del Primigenio. Si adoptan su verdadera forma cuando se enfadan, se convierten en algo distinto: una personificación de la ira. Las emociones intensas pueden causar cambios físicos, como que su piel se afine, el *eather* brille de distintos colores, etcétera. Los Primigenios pueden ver o percibir lo que el otro está pensando o sintiendo durante los intercambios de sangre; algunos son más hábiles en esto que otros. En el mundo mortal, los Primigenios no pueden sentir la presencia de otros con la misma intensidad. Hasta que completan su Sacrificio, utilizar *eather* los debilita. Los Primigenios rara vez mueren; si lo hacen, eso crea un efecto dominó que puede sentirse a través de los mundos. La única manera de evitar esto es que el *eather* vaya a alguien que pueda soportarlo.

Durante la época de Seraphena y Nyktos, estos eran los Primigenios existentes:

Nyktos: Dios Primigenio de la Muerte; gobernaba sobre las Tierras Umbrías.

Kolis: falso Dios Primigenio de la Vida; gobernaba sobre Dalos.

Attes y Kyn: hermanos gemelos. Dioses Primigenios de la Guerra y la Concordia y de la Paz y la Venganza, respectivamente; gobernaban sobre Vathi.

Embris: Dios Primigenio de la Sabiduría, la Lealtad y el Deber; gobernaba sobre Lotho.

Maia: Diosa Primigenia del Amor, la Belleza y la Fertilidad; gobernaba sobre Kithreia.

Keella: Diosa Primigenia del Renacimiento, gobernaba sobre las llanuras de Thyia.

Hanan: Dios Primigenio de la Caza y la Justicia Divina; gobernaba sobre Sirta.

Veses: Diosa Primigenia de los Ritos y la Prosperidad, también conocida como La Diosa Eterna; gobernaba sobre las islas Callasta.

Phanos: Dios Primigenio del Mar, la Tierra, el Viento y el Cielo; gobernaba sobre las islas Triton.

No debo olvidar a los otros dioses…

Dioses:

Los dioses sirven en la corte de un Primigenio o se convierten en Primigenios ellos mismos en algún momento. Mientras están con un Primigenio, no pueden abandonar la corte en la que nacieron sin el consentimiento expreso del Primigenio gobernante. Si lo hacen sin permiso, la deserción es castigable con la muerte. Del tipo definitivo.

Durante la época de Poppy y Casteel, estos eran los dioses restantes:

Aios: diosa del amor, la fertilidad y la belleza.

Bele: diosa de la caza.

Ione: diosa del renacimiento.

Lailah: diosa de la paz y la venganza.

Penellaphe: diosa de la sabiduría, la lealtad y el deber.

Rhahar: el dios eterno.

Rhain: dios del hombre común y de los finales.

Saion: dios del cielo y la tierra / de la tierra, el viento y el cielo.

Theon: dios de la concordia y la guerra.

Aspecto: parecen mortales, pero algunos tienen *eather* que brilla en sus ojos.

Habilidades: los dioses no pueden sombrambular como los Primigenios, y solo los más fuertes pueden ocultar su aspecto a los demás. La neblina y el *eather* son extensiones de su voluntad. Algunos pueden utilizar la coacción. Otros pueden hurgar en las mentes y leer recuerdos. Y aun otros pueden proyectar pensamientos. Los dioses poderosos pueden detectar la magia. Pocos (aunque algunos) pueden cambiar de forma. Algunos son capaces de acceder a los recuerdos al alimentarse, como hacen los Primigenios. Solo los dioses más mayores y fuertes pueden producir electricidad.

Biología: la piedra umbra clavada en el cerebro o en el corazón los mata, pero si los apuñalan en cualquier otro sitio y la hoja no se retira, eso puede paralizarlos. Si sufren la más mínima herida con los huesos de los Antiguos, eso significa su muerte instantánea. Todos los dioses necesitan alimentarse, pero hacerlo de un mortal no tiene el mismo efecto para ellos que alimentarse de otro dios. Los dioses pueden pasar periodos largos sin alimentarse, pero con el tiempo eso los degenerará. El Sacrificio los lleva hasta la madurez, la cual ralentiza el proceso de envejecimiento e intensifica el *eather* en su interior. Su sangre es de un centelleante rojo azulado.

Hábitos/Costumbres/Fortalezas/Debilidades: ver a un dios en el mundo mortal no es inusual; se aburren en su mundo o van ahí para encargarse de algún asunto para su Primigenio. Cuando los dioses matan a algún mortal, suelen dejar los cuerpos como advertencia. Los dioses encuentran fascinantes a los mortales.

Parentesco: las deidades son descendientes de tercera generación de los Primigenios o los hijos de los dioses más allá de eso. Las divinidades son hijos de mortales y dioses. Los atlantianos elementales son los descendientes más cercanos y puros de las deidades. Muchos creen que los cambiaformas, como yo, son el resultado del emparejamiento entre un *wolven* y una deidad, aunque no está del todo claro. Quizá baste con tener esos linajes en alguna parte de la familia.

Y estas son solo *algunas* de las estirpes descendientes de los dioses. ¿Qué pasa con las otras surgidas por aquel entonces? Puesto que los *drakens* fueron el producto de la colaboración entre un Primigenio y los dragones, propongo que empecemos por ahí.

Drakens:

Hace muchísimo tiempo, existían dragones en ambos mundos, incluso antes de los Primigenios y los dioses en la época de los Antiguos. Cuando aparecieron los Primigenios y los dioses, Eythos entabló amistad con los dragones. Quería aprender sus historias y leyendas, así que, como era poderoso, joven e impulsivo, les ofreció darles forma mortal para que pudiesen comunicarse. Algunos aceptaron esa vida dual (el primero fue Nektas), y los descendientes de aquellos primeros se conocen como los *drakens*. A continuación, Nektas y Eythos crearon a los mortales.

Aquí tienes algo más de información acerca de los *drakens*:

Aspecto: en su forma de dios, parecen mortales, excepto por unas tenues crestas en la piel que parecen escamas. Estas escamas aparecen en distintas partes del cuerpo en cada momento, según lo cerca que están de transformarse. En otros momentos, los *drakens* parecen dragones: cola con púas, cuernos, alas, una gorguera alrededor de la cabeza, ojos con pupilas verticales y escamas de tacto correoso. Los ojos de todos los *drakens* eran de un brillante tono zafiro hasta que Kolis alteró el equilibrio. Después, se volvieron color rojo sangre. Cuando Sera adquirió todo su poder, se volvieron azules de nuevo.

Habilidades: saben cuándo el Primigenio con el que tienen una relación más estrecha ha resultado herido y siempre pueden sentir a los Primigenios. Los *drakens* son inmunes a los cambios que la esencia de un Primigenio impone a los que están a su alrededor. Pueden herir a los Primigenios de gravedad, pero no pueden matarlos. Al igual que los Primigenios, los *drakens* son virtualmente inmortales. Su fuego quema a través de cualquier cosa.

Biología: tienen los sentidos muy aguzados. Los *drakens* pasan los seis primeros meses de su vida en forma mortal; después se transforman y suelen permanecer en sus formas de *draken* durante los primeros años (la forma en la que se encuentran más cómodos). Maduran igual que un dios durante los primeros dieciocho o veinte años, después dan un estirón en su forma de *draken*. Comparan el hecho de transformarse con quitarse una ropa demasiado apretada. La reproducción es complicada, y pueden pasar varios siglos sin que nazca una cría.

Hábitos/Costumbres/Fortalezas/Debilidades: durante la adolescencia y principios de la veintena, pueden morir a causa de una herida en la cabeza o en el corazón, igual que un dios. Muchos *drakens* perdieron la vida cuando Kolis se convirtió en el falso Primigenio de la Vida. Los *drakens* no siempre son del todo conscientes de su entorno, lo cual hace que con frecuencia los muebles y los que están a su alrededor reciban golpes o empujones (aunque a menudo me pregunto si en realidad *sí* lo saben y simplemente eligen parecer no darse cuenta). Para la mayoría, el vínculo con un Primigenio es una elección y un motivo de orgullo. Los vínculos no se transfieren de manera automática; así, cuando su Primigenio muere o entra en Arcadia, el vínculo se corta. Los *drakens* tienen prohibido atacar a un Primigenio, pero no a miembros de su corte. Cazadores por naturaleza, comen prácticamente de todo, incluidos dioses y mortales. Las cadenas de hueso no tienen ningún efecto sobre ellos. Solo los *drakens*, y aquellos que han Ascendido, pueden entrar en el Valle. Las crías pueden dormir en medio de un gran estruendo, incluso en medio de una guerra.

Cultura: los *drakens* no celebran ceremonias en honor de sus muertos porque saben que han seguido su camino. Cuando es posible, alguien cercano al fallecido quema el cuerpo pocas horas después de la defunción y cada uno lo llora como le parece adecuado. Los emparejamientos son muy parecidos a un matrimonio mortal, aunque no se realizan a la ligera, pues el vínculo solo puede romperlo la muerte.

Bueno, ¿y qué pasa con los *wolven* y otras criaturas de naturaleza dual?

Wolven:

Los lobos *kiyou* eran salvajes, feroces y leales a sus manadas, pero impulsados por el instinto, la supervivencia y una mentalidad de manada. Todo era un desafío para ellos y muchos no vivían demasiados años. Estaban a punto de extinguirse cuando un Primigenio (casi todo el mundo piensa que fue Nyktos) se presentó ante la última gran manada y les preguntó si querrían proteger a los hijos de los dioses en el mundo mortal. A cambio, el Primigenio les ofrecía forma humana para que pudiesen comunicarse con las deidades y tener unas vidas largas. Se lo preguntó, no se lo ordenó, y no era un acuerdo de servidumbre sino más bien una asociación. Algunos *kiyou* rechazaron la oferta porque no se fiaban del Primigenio, y otros solo porque querían quedarse como estaban.

Una vez que pasaron a formar parte de dos mundos, crearon vínculos con las deidades. Esos vínculos eran instintivos y pasaban de generación a generación. Con el tiempo, sin embargo, los atlantianos elementales empezaron a superar en número a los hijos de los dioses y esos vínculos acabaron por transferirse a ellos. El número de *wolven* se redujo de manera drástica durante la Guerra de los Dos Reyes, razón por la cual están tan empecinados en recuperar tierras ahora.

No todos los atlantianos elementales o los *wolven* están vinculados. Para los que sí lo están, aunque no pueden leerse la mente, el vínculo les permite percibir las emociones del otro. Si un atlantiano resulta herido de gravedad, puede obtener energía de su *wolven* vinculado. Si uno de ellos muere, el otro queda debilitado, pero sobrevivirá. La Unión cambia esas cosas un poco, pues las intensifica todas (más detalles abajo). Dadas las razones para la asociación en primer lugar, el vínculo significa que los *wolven* deben obedecer y proteger al o a los atlantianos en todas las cosas, incluso si hacerlo supone la muerte del *wolven;* nada sustituye al vínculo. Aunque los atlantianos no están obligados a dar la vida por su *wolven*, la mayoría lo haría.

¿Qué más puedo contarte acerca de los *wolven*?

Aspecto: parecen lobos extragrandes en su verdadera forma, y tienen la temperatura más elevada de lo normal.

Habilidades y biología: los *wolven* se curan deprisa, gracias a la velocidad a la que se repone su sangre. Tienen vidas muy largas; algunos han vivido incluso tanto como yo misma. Los *wolven* son los únicos seres con sentidos más finos que los de los atlantianos. Son vulnerables a cualquier herida en el corazón o la cabeza. Los *wolven* son capaces de percibir la agitación, a los *vamprys* y las emociones de los Primigenios.

Cultura: en su cultura, las cicatrices se veneran y nunca se esconden. Las muestras de afecto en público son habituales.

Hábitos/Costumbres/Fortalezas/Debilidades: harán cualquier cosa para proteger su hogar y a su familia. Los *wolven* tienen su propio lenguaje. A la mayoría le parece que la ropa es una molestia. Los dioses ocupan un lugar especial en sus corazones, puesto que uno de ellos los hizo de dos mundos, razón por la cual se sienten honrados de estar en presencia de un hijo de los dioses. Ningún *wolven* ha gobernado nunca; su instinto de manada es demasiado fuerte.

La Unión: es una antigua tradición que ya no se realiza demasiado a menudo. Consiste en que un par vinculado extienda ese vínculo a la pareja del atlantiano y las vidas de todos ellos queden atadas las unas a las otras. Requiere un intercambio de sangre por todas las partes. El ritual pueden volverse muy íntimo e incluir sexo, pero no necesita ser así. No es algo que se realice a la ligera, puesto que el vínculo de sangre funciona en ambos sentidos para todos los implicados. Si uno muere, los otros también mueren. No funciona con mortales, pues todas las partes deben tener al menos algo de sangre atlantiana. El ritual debe llevarse a cabo en la naturaleza y todos los participantes deben estar desnudos. Se pronuncian unos votos y se intercambia sangre: el más fuerte del grupo bebe primero de los otros, después beben los otros dos el uno del otro, y por último, estos beben del más fuerte. Se emplea una daga atlantiana para marcar el centro del pecho, cerca del corazón, para que los que no tengan colmillos puedan extraer la sangre. La sangre se extrae del cuello del *wolven*, pues este es una especie de conducto, un puente para vincular la duración de las vidas, y después se extrae sangre de manera simultánea del miembro más fuerte para garantizar que este sustenta las vidas de los otros y se convierte en la base.

Otros: hacen falta décadas para criar a un *wolven*; por ello, es normal que los hermanos nazcan con varias décadas de diferencia. Los *wolven* necesitan al menos dos décadas para adquirir el control de sus formas. Los *wolven* jóvenes son muy propensos a sufrir accidentes en su forma alternativa y, si resultan heridos, deben transformarse lo antes posible para evitar daños permanentes. En una boda entre *wolven*, solo estos pueden bailar alrededor del fuego; o su *Liessa*. Los *wolven* son relativamente saludables, aunque sí existen varias enfermedades que pueden acabar con ellos (por ejemplo, la enfermedad degenerativa que se llevó a Elashya y a su abuela).

Ahora, profundicemos un poco más en lo que Kolis le hizo a Eythos y cuáles fueron las consecuencias:

El intercambio de destinos:

La historia empieza con una mortal llamada Sotoria.

Kolis, el entonces Primigenio de la Muerte, solía entrar en el mundo mortal. Los que lo veían se acobardaban y se negaban a mirarlo a los ojos. En una de esas ocasiones, vio a una preciosa mujer joven que recolectaba flores para la boda de su hermana. La mujer era Sotoria.

Kolis la observó y se enamoró de ella al instante. Estaba absolutamente cautivado y, al cabo de un rato, salió de entre los árboles para hablar con ella. Sotoria sabía quién era (por aquel entonces, los mortales sabían qué aspecto tenía el Primigenio de la Muerte, pues sus rasgos se representaban en pinturas y esculturas). La joven huyó y la persecución acabó con ella cayendo desde un acantilado.

A pesar de morir joven y demasiado pronto, Sotoria aceptó su destino, por lo que su alma llegó a las Tierras Umbrías, pasó entre los Pilares de Asphodel y entró en el Valle en cuestión de minutos después de su fallecimiento. No se demoró. Estaba en paz con la idea de comenzar la siguiente etapa de su vida.

Décadas después de su muerte, Kolis seguía obsesionado con traerla de vuelta a la vida y estar con ella. Eythos, el entonces Primigenio de la Vida, le advirtió de que no debería insistir en ello, pero su hermano no escuchó y, consciente de que el Dios Primigenio de la Vida tenía el poder para hacer lo que él quería hacer, Kolis encontró una manera de lograrlo.

Solo Eythos y él saben *con exactitud* cómo lo logró. El uno se niega a hablar de ello y el otro ya no está aquí para contarlo. Sí sabemos que involucró al diamante Estrella. Kolis logró cambiar de lugar y de destino con su gemelo. No obstante, el acto en sí tuvo repercusiones catastróficas, pues mató a cientos de dioses que servían en ambas cortes y debilitó a muchos otros Primigenios, e incluso mató a unos pocos, lo cual forzó a que la siguiente generación se elevara de la divinidad al poder Primigenio. También murieron muchos *drakens*, y el mundo mortal sufrió terremotos y tsunamis devastadores. Muchos lugares fueron arrasados y pedazos enteros de tierra simplemente se partieron para formar islas, mientras que otros se hundieron.

Eythos le advirtió a Kolis de que no trajese a Sotoria de vuelta, pues ella estaba en paz y había transcurrido demasiado tiempo. Dijo que si Kolis hacía lo que planeaba, ella no regresaría como era antes. Sería un acto antinatural que alteraría el ya de por sí inestable equilibrio entre la vida y la muerte. Aun así, Sotoria regresó y, como había predicho Eythos, no era la misma. No estaba agradecida de que Kolis le hubiese devuelto la vida; estaba asustada, era infeliz y estaba horrorizada por lo que le habían hecho.

Kolis no podía entender por qué se mostraba tan taciturna y nada de lo que hacía conseguía que ella lo quisiera. Nadie sabe cuánto tiempo vivió la segunda vez, pero acabó por volver a morir. Hay quien dice que se dejó morir de hambre. Otros creen que puede haber empezado a vivir de nuevo y haber luchado contra su captor, a pesar del poder de este.

Callum dice que Eythos la mató esa segunda vez.

Aún tengo que ver más información que confirme esto en un sentido u otro.

En el momento de esa segunda muerte, Eythos hizo algo para asegurarse de que su hermano no pudiese alcanzarla nunca… algo que solo el Primigenio de la Muerte podía hacer. Con la ayuda de Keella, la Diosa Primigenia del Renacimiento, Eythos marcó el alma de Sotoria, lo cual significaba que estaba destinada a renacer y nunca pasaría entre los Pilares. Su alma regresaría una y otra y otra vez, aunque los recuerdos de sus vidas anteriores nunca serían demasiado sustanciales, si es que conservaba alguno en absoluto.

Debido a lo que hicieron Eythos y Keella al marcar su alma, Sotoria renacería envuelta en un velo (como sabéis que nacieron tanto Poppy como Sera, las más Elegidas de las Elegidas). Kolis sabía esto, por lo que continuó buscándola en el mundo mortal. Incluso sepultado, buscó, usando su poder para extender su voluntad. Lo que hicieron Eythos y Keella no fue perfecto, y hay quien podría decir que fue aún peor que lo que había hecho Kolis, pero era lo único que se les ocurrió para mantenerla a salvo.

Tanto Eythos como Keella pagaron caro lo que hicieron. Kolis acabó por despreciar a su gemelo y juró hacerle pagar;

al final, mató a Mycella, la consorte de Eythos, cuando estaba embarazada. Kolis lo hizo porque creía que lo más justo era que su hermano perdiese a su amada igual que la había perdido él. También destruyó el alma de Mycella, lo cual provocó su muerte definitiva.

Perderla destruyó una parte de Eythos.

Kolis también destruyó todo registro o archivo con la verdad, tanto en el mundo mortal como en Iliseeum. Ese fue el momento en que el Dios Primigenio de la Muerte ya no volvería a representarse en el mundo del arte o la literatura. Kolis hizo grandes esfuerzos por ocultar que no debía ser el Primigenio de la Vida, aun cuando empezó a ser evidente que algo iba mal en el equilibrio de poder. Kolis empezó a perder la capacidad para crear vida y mantenerla. Nunca había habido intención de que ese fuese su destino, igual que los poderes del Dios Primigenio de la Muerte nunca deberían haber sido de Eythos.

Hicieron falta siglos para que los poderes se diluyeran y, para entonces, Eythos estaba muerto (asesinado y capturado dentro del diamante Estrella por su gemelo) y Kolis había aprendido a dominar *otros* poderes, con los que creaba Ascendidos y Retornados como manera de demostrar que todavía era capaz de crear *vida*.

Las consecuencias de lo que sucedió fueron amplias y variadas. A pesar de que Ash naciera para desempeñar el papel de Primigenio de la Muerte, lo que había hecho su tío reformuló su destino e hizo que el equilibrio se desplazase aún más hacia la muerte. Hacia el final de todo en ambos mundos. Y aunque deberían haber hecho falta varias vidas para que la destrucción fuese absoluta, ya había empezado. Dos Primigenios de la Muerte nunca deberían haber gobernado, y eso era justo lo que pasó porque, en lo más profundo de su ser, Kolis *era* el Primigenio de la Muerte, no el de la Vida.

Antes de su muerte, Eythos había decidido encargarse de darles a Nyktos y a los otros una oportunidad de salvación.

Depositó una brasa de vida en la estirpe mortal de los Mierel, así como la chispa de poder que había heredado Nyktos en el momento de nacer. Una vez hecho esto, se limitó a cruzar los dedos y esperar que todo saliese bien. Aun así, el desequilibrio de poder continuó con su destrucción y provocó la Podredumbre, que incluso se intensificó cuando nació Sera, debido a que ese nacimiento ponía a las brasas en un recipiente vulnerable con una fecha de expiración para su eficacia.

Las partes en las que Sera empieza a darse cuenta de que era la verdadera Primigenia de la Vida, el alma de Sotoria se almacena dentro del diamante Estrella y nace Penellaphe Balfour no son del todo nítidas, pero adquiero más información todo el rato y continuaré actualizando mis archivos mientras pueda. Lo que sí sabemos es que Poppy por fin es consciente de que desciende de Sera y de Nyktos y que, por tanto, es la verdadera Primigenia tanto de la Vida *como* de la Muerte. Y solo podemos suponer que el alma de Sotoria volverá a estar en juego, pues Isbeth ha despertado a Kolis. Quiero decir, ¿has *visto* alguna imagen de Poppy y Sotoria? Está claro que ahí hay un parecido inquietante. Sea como sea, las cosas están a punto de ponerse muy interesantes para todos nosotros.

Perdóname si doy un salto atrás en un punto y luego corro hacia delante otra vez. Intentaré volver a relatar la línea temporal de la historia de un modo un poco más lineal.

¿Por dónde íbamos? Ah, tal vez debamos hablar de la Ascensión, que en la época de los dioses significaba algo completamente distinto a lo que significa ahora.

Ascensión:

Al principio, el acto de la Ascensión requería drenar la sangre de un mortal de su cuerpo y luego sustituirla por sangre de un dios o de un Primigenio. Sin embargo, no siempre estaba garantizado que el mortal completase la Ascensión (veremos más detalles sobre esto más adelante). Los Elegidos en la época de los dioses nacían envueltos en un velo y siempre tenían un poco de esencia primigenia en su interior, lo cual les permitía Ascender.

El Rito existía ya entonces y era una tradición que se honraba. Los Elegidos (terceros hijos e hijas) cruzaban a Iliseeum para servir a los dioses. Se les daba la elección de Ascender y convertirse en inmortales o no. Todo eso cambió cuando el poder se alteró en Iliseeum. Kolis les arrebató a los Elegidos su libre voluntad y los llevaba a Iliseeum para ser tratados como objetos: utilizados, intercambiados, maltratados y, al final, desechados. Si se les *Ascendía,* no se hacía como es debido. Kolis o bien utilizaba la sangre de los dioses de su corte para transformar a los Elegidos y convertirlos en lo que conocemos ahora como los *vamprys* (seres casi inmortales que viven en la oscuridad y tienen una sed de sangre casi insaciable), o bien la esencia retorcida de Kolis se combinaba con la muerte mortal de los Elegidos y los convertía en algo ni vivo ni muerto, lo que conocemos como Retornados.

En tiempos más recientes, el Rito se convirtió en algo muy diferente. Los *vamprys* necesitaban una fuente de alimento, una que no fuese cuestionada, así que convencieron a los mortales para entregar a sus hijos a fin de *honrar a los dioses.* Crearon incluso toda una religión alrededor del tema, con la que forzaban a las familias a volverse las unas contra las otras si una se negaba a entregar a sus hijos.

Durante el Rito, los Ascendidos se llevan a los terceros hijos e hijas para alimentarse con ellos. Si no los drenan y matan, se convierten en Demonios (aunque la mayoría muere antes de aprender a hablar siquiera). Todos los segundos hijos e hijas se utilizan para crear más Ascendidos; esto es diferente de la época de los dioses, cuando los terceros hijos e hijas eran Elegidos para Ascender. Sin embargo, el secretito retorcido de los *vamprys* es que se requiere sangre atlantiana para completar una Ascensión; por lo tanto, los Ascendidos siempre mantienen a un atlantiano prisionero como fuente de sangre.

Toda la historia de los atlantianos se erradicó en Solis, y los Ascendidos no le dicen a la gente que es perfectamente posible sobrevivir fuera de los Adarves. Una parte crucial de su control es crear una brecha entre los mortales que tienen dinero y los que no, a fin de que los pobres concentren su odio en los ricos y nunca en los Ascendidos. Creen que los Ascendidos son su acceso directo a los dioses que duermen y, por tanto, a una respuesta a sus oraciones. En consecuencia, consideran que están más allá de cualquier reproche.

Echemos un vistazo mejor a cómo la Ascensión se convirtió, en definitiva, en el comienzo de los *vamprys*.

La primera Ascensión después de la época de los dioses:

El rey atlantiano Malec O'Meer se enamoró de una mujer mortal llamada Isbeth. Cuando esta resultó herida de muerte, Malec cometió el acto prohibido de Ascenderla en una apuesta para salvarla. Bebió de ella, paró solo cuando sintió que el corazón de su amada empezaba a fallar y luego compartió su sangre con ella. Aunque esto debería haber creado al primer *vampry*, en realidad la convirtió en una *demis* porque Malec era mucho más que un rey, e Isbeth era una tercera hija. Malec era un dios, y los dioses no pueden Ascender a mortales, en el sentido tradicional de la palabra.

Después de la Ascensión de Isbeth, el rey Malec levantó la prohibición sobre la Ascensión y muchos otros hicieron lo mismo que él, lo cual produjo a los primeros *vamprys*. A medida que se creaban más, muchos de ellos eran incapaces de controlar su sed de sangre, con lo que crearon la pestilencia conocida como los Demonios y diezmaron a la población mortal. Los Demonios se crean cuando un *vampry* se alimenta de un mortal casi hasta la muerte (o *hasta* la muerte), pero no completa el proceso. Al principio, se creía que era consecuencia de que el *vampry* no le diese al mortal *su* sangre, pero desde entonces hemos llegado a entender que es porque les falta la pieza mágica: la sangre atlantiana, sangre con la esencia de los dioses.

Cuando Malec fue exiliado y después sepultado, la reina Eloana volvió a prohibir la Ascensión y ordenó la destrucción de todos los Ascendidos para proteger a la especie mortal, lo cual provocó la enemistad entre Solis y Atlantia. Los Ascendidos de Solis se rebelaron y así dio comienzo la Guerra de los Dos Reyes, que cambiaría la historia. Como ya mencioné, la historia registrada por Solis es muy diferente a la registrada por Atlantia, y está llena de mentiras, detalles engañosos y medias verdades.

Existen diferentes tipos de *Ascensión*:

Dios y mortal

Si un dios Asciende a un mortal, en especial a uno que no sea un tercer hijo o hija, no puede crear a otro dios (un dios solo puede nacer, no hacerse). En lugar de eso, crea a un *demis*, razón por la cual esto siempre estuvo prohibido. Los *demis* son cosas que no deberían existir: seres con poderes divinos que nunca estuvieron destinados a tener tales dones ni a cargar con tales responsabilidades. Son abominaciones.

Dios y divinidad

Si un dios Asciende a una divinidad, eso da lugar a una divinidad que vive. La mayoría de las divinidades no pueden soportar el proceso del Sacrificio porque sus cuerpos siguen siendo mortales. Para sobrevivir, una divinidad debe beber de un dios durante su Sacrificio. No está del todo claro si esa es una Ascensión completa o si solo beben como manera de ayudar en su curación. Si no reciben la sangre inmortal, el *eather* acabará por matar a su cuerpo mortal. El Sacrificio ocurre entre los dieciocho y los veintiún años más o menos.

Atlantiano elemental y Dios que aún no ha terminado su Sacrificio

Esta es la situación de Poppy… o al menos *parte* de ella. Poppy es una amalgama de piezas completamente diferente.

Atlantiano y mortal

Si un atlantiano Asciende a un mortal, este se convierte en un *vampry*. Es lo mismo que cuando un Ascendido Asciende a un mortal, pues se requiere sangre atlantiana para facilitar el cambio.

Vampry y mortal

Si un *vampry* Asciende a un mortal, este se convierte en Ascendido (un *vampry*), siempre que tenga acceso a sangre atlantiana para completar el cambio. Si no tiene sangre atlantiana, el mortal se convierte en un Demonio.

Primigenio que aún no ha terminado su Sacrificio y Dios

Este es el caso de Sera y Bele. Sera Ascendió a Bele, pero esta no se convirtió en una Primigenia. Recibió los ojos plateados y el aumento de poder de un Primigenio, pero no contabilizaba como una Primigenia completa. En cualquier caso, sí pudo desafiar a un Primigenio para hacerse con la autoridad de la corte y convertirse en un recipiente latente para el poder primigenio si este necesitaba algún lugar adonde ir (cosa que sucedió cuando Ash mató a Hanan).

Como comenté con anterioridad, algunas creaciones únicas no encajan del todo en el molde de la historia estándar. Aun así, merece la pena registrarlas aquí en aras de la posteridad.

Los mencioné antes, pero echemos un vistazo a los Retornados.

Retornados:

Un Retornado, igual que un *demis*, es una abominación y algo que no debería existir. Fueron un experimento de Kolis y su mayor logro, y utilizó su magia primigenia para crearlos. Después se convirtió en un pasatiempo de Isbeth cuando Callum le contó cómo se realizaba el proceso. Para crear a la mayoría de los Retornados (excepto a Callum y a Millie), hace falta un tercer hijo de dos mortales, uno que lleve una brasa no latente en su interior, la muerte, y la sangre de un dios, un rey o alguien destinado a convertirse en rey. Sin embargo, no todos los terceros hijos tienen el rasgo que permite la transformación y, como podemos ver en el caso de Callum y Millie, en las circunstancias adecuadas, un primer o segundo hijo puede convertirse en un Retornado, aunque no son del todo iguales a los otros.

Kolis dice que las diferencias en Callum se debieron a la intención y la motivación. Yo creo que es posible que eso sea cierto, combinado con el poder y las circunstancias de los elementos utilizados para crearlos. Estoy segura de que averiguaremos más sobre esto en algún punto.

Cuando los Elegidos se convierten en Retornados, ya no son mortales. No tienen alma. Y son inmunes por completo a las enfermedades o las heridas, incluidas aquellas infligidas por el poder divino. Tampoco necesitan comer comida ni beber sangre, ni otras comodidades. Existen para complacer a su creador.

La única manera de matarlos es mediante la ingesta de sangre de *draken*, aunque solo hace falta una gota de esta.

Ahora echemos un vistazo a los *gyrms*.

Gyrms:

Los *gyrms* son seres creados con la tierra de Iliseeum y *eather*, que puede encontrarse en la sangre de un dios o en los huesos de una deidad. Existen distintos tipos de *gyrms*. Los Cazadores y los Buscadores son mortales que invocan a un dios para ver cumplido su mayor deseo. A cambio, ofrecen su servidumbre eterna al dios. Cuando mueren, se convierten en *gyrms* y sus bocas se suturan para mantenerlos leales al dios o al Primigenio al que juraron lealtad. Los sacerdotes se consideran *gyrms*. Si un Cazador o un Buscador es destruido y se convierte en cenizas, va al Abismo.

Los Centinelas pasan a la servidumbre al morir y negarse a pasar por los Pilares de Asphodel para que sus almas sean juzgadas. En lugar de la posibilidad de que los condenen al Abismo, se convierten en *gyrms* como manera de expiar sus pecados. Sirven durante un periodo de tiempo preestablecido y son más *mortales* que los Cazadores o los Buscadores, pues conservan la capacidad para pensar. Si los *Centinelas* se convierten en polvo, pueden elegir entre regresar con el dios al que sirven para continuar con su servidumbre o pueden ir al Abismo.

Hay unas cuantas cosas más que me gustaría repasar también aquí, aunque están un poco fuera de contexto, por lo que te ruego que me perdones.

Dakkais

Primero, los *dakkais*. Los *dakkais* eran mascotas en la corte de Dalos. Se desconoce si algún otro Primigenio los utilizaba, pero Kolis era aficionado a hacerlo. Son una raza de agresivas criaturas carnívoras que se rumoreaba que habían surgido de algún abismo insondable en alguna parte de Iliseeum. Son del tamaño de caballos, muy musculosas, y están entrenadas como sabuesos para percibir y seguir el rastro del *eather*. Una herida en la cabeza puede matarlos y, cuando mueren, se convierten en cenizas igual que les pasa a los *gyrms*.

Y en último lugar, si bien no menos importantes en absoluto, tenemos a los *viktors*.

Viktors

Los *viktors* nacen con un objetivo: proteger a alguien que los Hados creen que está destinado a propiciar un cambio significativo o a servir para algún propósito extraordinario; incluso los mortales que están destinados a hacer cosas terribles pueden tener *viktors*. Algunos no son conscientes de su deber y se limitan a toparse con sus protegidos en el lugar adecuado en el momento adecuado, pues los Hados se encargan de que sus caminos se crucen. Otros *sí* son conscientes y se arraigan en la vida de la persona que los han enviado a proteger. Se cree que solo puede haber un *viktor* por individuo a proteger, pero sabemos que eso no es del todo cierto porque Poppy tuvo tanto a Leopold como a Vikter, aunque en momentos diferentes. Los *viktors* no pueden revelar su naturaleza ni las razones para estar donde están.

En su mayor parte, son mortales porque viven y sirven como mortales. Sin embargo, cuando mueren sus almas regresan al Monte Lotho (donde viven los *Arae*). Cuando se reciclan y regresan para su siguiente encargo, no recuerdan sus vidas pasadas. No obstante, cada vez que regresan al Monte Lotho sí recuerdan. En cualquier caso, algunos están predestinados a averiguar qué son y a quién los enviaron a proteger incluso después de regresar al mundo mortal, mientras que otros, como Vikter Ward/Wardwell, lo recuerdan todo.

Bueno, creo que esta es una buena compilación de datos acerca de la evolución de la Tierra de los Dioses y el mundo mortal. Como ya he dicho, todo está en constante cambio, pero siempre trato de anotar las cosas para poder llevar un seguimiento de lo que ha pasado y sus consecuencias. Tal vez no sea una historiadora oficial, pero soy buena para llevar algo más que solo un diario sexy (aunque si le preguntas a Poppy, a Cas, o a cualquier otro que lo haya leído —y disfrutado—, puede que no estén del todo de acuerdo).

PERSONAJES DE SANGRE Y CENIZAS

En esta sección, encontrarás información sobre personajes destacables en Solis y Atlantia después de la Guerra de los Dos Reyes. La mayor parte de lo que he visto, en la vida real o en mis visiones, está aquí recogido; documentado de tal modo que uno puede consultar el dosier de una persona y encontrar detalles pertinentes y una línea temporal de acontecimientos en los que estuvo implicada. Esto es útil pues extraer eventos específicos de cada personaje arroja luz en ocasiones sobre cosas que no tenían demasiado sentido antes.

Debo recalcar, sin embargo, que puedo haber eliminado o combinado algunas cosas que considero de poca prioridad, o quizás haya incluido cosas que a la persona que esté consultando estos archivos no le importen demasiado. Sea como sea, los acontecimientos de mayor extensión son los hechos históricos importantes, y ninguno de los detalles adicionales que he incluido aquí, o no, cambiará eso.

Asimismo, la historia de algunas personas abarca tanto la época de los dioses como la posterior a la formación de Solis y Atlantia. Por lo tanto, puede que las encuentres en los archivos de datos de DE CARNE Y FUEGO si las buscas y no consigues encontrar lo que necesitas.

PENELLAPHE BALFOUR DEL CASTILLO DE TEERMAN

Primigenia de la Vida y la Muerte/de Sangre y Hueso

Nombre de casada: reina Penellaphe «Poppy» Da'Neer

Oh, ¿qué puedo decir acerca de la querida Poppy? Apenas una adulta y, aun así, preparada para cambiar los reinos para siempre. Hace bastante tiempo que ocupa un lugar predominante en mis visiones, pero su futuro, más que el de la mayoría, es mutable.

Pelo: del color del vino color rubí y cae hasta la mitad de su espalda.

Ojos: verdes como la hierba primaveral; se vuelven de un tono plata fundida tras su Sacrificio.

Constitución: un poco más bajita que la altura media y con curvas voluptuosas.

Rasgos faciales: rostro ovalado con pómulos angulosos. Labios carnosos, con arco de Cupido; del color de las bayas. Frente fuerte. La nariz se hunde un poco por el puente, con la punta un pelín respingona.

Rasgos distintivos: algunas pecas por encima de la nariz y hasta los ojos. Una cicatriz pronunciada en forma de franja irregular de piel pálida que empieza en la línea de nacimiento del pelo y corta a través de su sien, pasa pegada a su ojo izquierdo y termina en su nariz. Tiene otra cicatriz más corta que baja por su frente y corta su ceja, y otra cicatriz más en la cara interna del muslo, además de múltiples cicatrices en su antebrazo derecho y algunas por el estómago… desgarros irregulares. Más cicatrices recorren sus piernas, incluida una notable en la parte interna de la rodilla, y tiene otra en un lado de su cintura. La herida curada del muslo es consecuencia de un mordisco de Demonio, no de sus garras.

Otros: su amante piensa que sabe a miel.

Personalidad: contestona, valiente. Miente fatal. Amable. Se deleita en la venganza. No les da demasiadas vueltas a sus decisiones pasadas. Impulsiva. Temeraria con respecto a su seguridad. Testaruda. Competitiva. Se distrae mucho.

Hábitos/Costumbres/Fortalezas/Debilidades: arruga la nariz cuando está pensando algo que no quiere compartir. Se escapa con regularidad por la noche. Lleva una daga de heliotropo con mango de hueso de *wolven* amarrada al muslo. Sufre pesadillas, pero no suele poder dormir una vez que sale el sol. Rara vez enferma y se cura deprisa. Se marea en barco. Odia las serpientes.

Antecedentes: nacida en una fecha desconocida de abril; eligió el día veinte como su cumpleaños. Fue atacada por Demonios cuando tenía seis años; estos casi la mataron y se supone que mataron a sus padres. La reina de Solis la acogió después del ataque y cuidó de ella como si fuese su propia hija. Le dijo que había sobrevivido porque había sido tocada por los dioses; luego la forzó a ponerse el velo de la Doncella desde los ocho años.

Familia: criada primero por Coralena † (una doncella personal que se cree que era una Retornada) y Leopold † (un *viktor*). En realidad es la hija biológica de la reina Isbeth † (una *demis*) e Ires (un dios), y desciende de Nyktos (un Primigenio de la Muerte) y su consorte, Seraphena Mierel (la *verdadera* Primigenia de la Vida).

A lo que saben las emociones para ella/cómo las siente:

AFLICCIÓN = pesada y amarga
AGOTAMIENTO = arenoso
ALIVIO = terroso, silvestre y refrescante
AMOR = chocolate y bayas
ANGUSTIA = ácida y agria, a veces amarga
APROBACIÓN = tarta mantecosa
ASOMBRO = burbujeante y azucarado
ATRACCIÓN y EXCITACIÓN = picante y ahumada
CONDESCENDENCIA = escalda la garganta y escuece en los ojos
CONFLICTO = ácido y alimonado
CONFUSIÓN = ácido y alimonado
CONSTERNACIÓN = frío, fresco y resbaladizo
CULPA = agria
CURIOSIDAD = limón primaveral
DECISIÓN = salada y olor a nuez
DESAGRADO = ácido
DESASOSIEGO = crema demasiado espesa
DESCONFIANZA = amargo
DESEO = picante y ahumado
DESESPERACIÓN = ardiente
DETERMINACIÓN = salado y con olor a nuez, a veces con olor a madera de roble como el whisky
DIVERSIÓN = azucarada
DOLOR = el físico es caliente, el emocional es frío
EMOCIÓN = agua con burbujas o champán
EMPATÍA = caliente
ESTRÉS = como crema demasiado espesa y pesada
FRUSTRACIÓN = espinosa
FURIA = caliente y ácido, pero puede ser gélida
HORROR = agrio
HUMILLACIÓN = ácido y picor/agobiante

IMPOTENCIA, INDEFENSIÓN = amarga, similar a la angustia o al humo caliente y asfixiante
INCERTIDUMBRE/INQUIETUD = ácido y alimonado, pero acre en ocasiones
IRA = caliente y ácida, aunque puede ser gélida
IRRITACIÓN = ácida
LUJURIA = picante, ahumada y caliente
MIEDO = acre como el melón amargo
ODIO = caliente y ácido, pero puede ser gélida
ORGULLO = como la empatía, pero con canela más rica y caliente
PÁNICO = agrio
PREOCUPACIÓN = crema demasiado espesa
RABIA = caliente y ácida, puede ser gélida
REMORDIMIENTO = vainilla
SINCERIDAD = vainilla reconfortante y caliente
SORPRESA = fría
TERROR = parecido al dolor
TRISTEZA = ácida y agria
VERGÜENZA = muy dulce

Esta mujer extraordinaria con una debilidad por el queso y las fresas empezó su vida como una Doncella reprimida y confinada. El título significaba que se suponía que había sido Elegida por los dioses y por tanto la habían escondido detrás de un velo cuando no era más que niña, regida por reglas que no le daban ni voz ni voto en su vida. Hasta que conoce a Hawke Flynn, también conocido como el príncipe Casteel, «Cas» Hawkethrone Da'Neer.

Una vez que él entra en su vida, y acaba por despertar un amor que ella teme que nunca será correspondido, Poppy jura no volver a ocultarse nunca más, ni siquiera cuando tiene más miedo de sí misma que de cualquier otra cosa.

Ahora que todo lo que le han enseñado o lo que ha creído nunca se está desvelando como una serie de mentiras siniestras, ahora que sus poderes están aumentando, que el amor entre Cas y ella se hace más fuerte a cada día que pasa, y que las verdades de sus orígenes van saliendo a la luz a cachitos a cada giro de los acontecimientos, Poppy aprende a compartimentar, procesar y aceptarlo todo en un tiempo récord. No obstante, aún le cuesta encajar las verdades más grandes: que Isbeth, una *demis*, es su madre y que ella, Poppy, es una diosa, una Primigenia nacida de carne mortal, la Primigenia de Sangre y Hueso, y la *verdadera* Primigenia de la Vida *y* la Muerte.

Su viaje ha sido espantoso, por decir poco, y he registrado todo lo que he podido, tanto cosas que han sucedido como otras que he *visto* mediante mi don. Sin embargo, ¿la conclusión cuál es? Que su futuro, solo parte del cual fue predicho, sigue siendo en su mayor parte suyo para escribirlo…

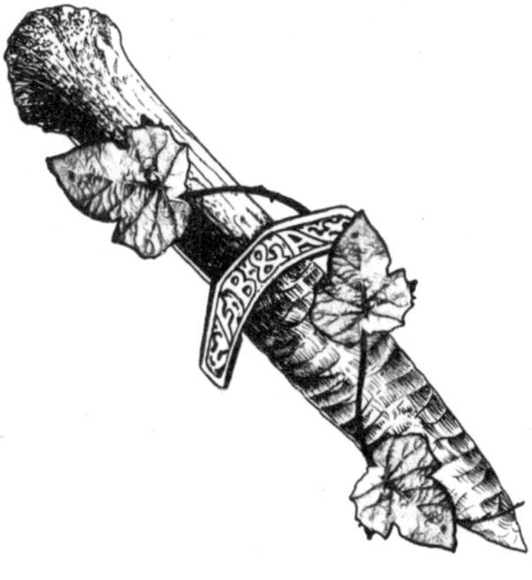

EL VIAJE DE POPPY HASTA LA FECHA:

Nacida de la *demis* Isbeth y del dios Ires, Penellaphe se crio con la doncella personal Retornada Coralena Balfour y su marido *viktor*, Leopold.

Cora y Leo intentaron huir con Poppy, que tenía solo seis años, y con su *hermano* Ian, el hijo biológico de Cora y Leo, para alejarlos de la influencia de Isbeth. Se detuvieron en una posada de Lockswood para pasar la noche. Mientras estaban ahí, un supuesto *amigo*, un *wolven* llamado Alastir Davenwell, que creía que Poppy era una amenaza para Atlantia, los traiciona y allana el camino para que el príncipe Malik Elian Da'Neer la destruya. El Señor Oscuro la considera la heraldo de muerte y destrucción dispuesta a arrasar ambos reinos como había predicho la profecía. Sin embargo, cuando Malik ve a la consorte (la antepasada de Poppy, Seraphena) en sus ojos, vacila y se echa atrás, pues ya le estaba costando la idea de acabar con la vida de una niña. Al final, la devuelve a Carsodonia, pero antes, atraídos por las muertes ocurridas en la posada, los Demonios siguen el rastro de la sangre y los atacan, causando aún más destrucción.

A diferencia de la mayoría de las personas, que se convierten en maldecidos o mueren después de recibir un mordisco, Poppy sobrevive al ataque de los Demonios en la posada, lo cual da credibilidad a la historia que le cuentan acerca de haber sido Elegida por los dioses. La verdad es que los atlantianos no se transforman si los muerden. Y ella es mucho más que eso. Es una diosa. Una Primigenia. Aunque esto es algo que ella no descubre durante un tiempo.

Durante la mayor parte de su vida, Poppy cree que los Demonios mataron a sus padres en Lockswood aquella noche, lo cual no es verdad. Isbeth mató a Cora algún tiempo después al obligarla a beber sangre de *draken*, y es probable que a Leo lo enviasen de vuelta al Monte Lotho para aguardar su renacimiento como *viktor*.

Sin embargo, ahora que Poppy ha quedado huérfana y la han devuelto a la capital, la reina acaba por enviarla al castillo de Teerman, donde la ocultan tras el velo de la Doncella y la confinan, a la espera de su diecinueve cumpleaños y la primera Ascensión desde la Guerra de los Dos Reyes, algo que a Poppy le dicen que curará al reino de Solis. Todo eso también es mentira. Lo que es aún más desafortunado es que, durante su tiempo en Masadonia, Poppy queda sujeta a las órdenes tiránicas y a los abusos crueles del duque Dorian Teerman, mientras su mujer, la duquesa Jacinda, hace la vista gorda.

Temerosa de su Ascensión y desesperada por ser libre y tener derecho a elegir, Poppy espera, en secreto, que los dioses no la encuentren digna de Ascender.

Sus únicas vías de escape son pulir su destreza en la lucha y escabullirse para ayudar a su entrenador y amigo, Vikter, también un *viktor*. Juntos ayudan a los maldecidos a morir. Poppy utiliza sus dones y piensa en recuerdos felices para aliviar el sufrimiento de los afectados, pero anhela algo más.

No mucho antes de su Ascensión, Poppy se escapa para ir a la Perla Roja, un local de mala reputación, para experimentar la vida durante unas horas. Con la ayuda de una servidora bajo la guisa de una de las mujeres que trabajan en el antro (¡nunca he dicho que no haya interferido!), Poppy se encuentra en las habitaciones del príncipe Casteel Hawkethrone Da'Neer, un atlantiano elemental que por aquel entonces se hacía pasar por «Hawke». Se besan y las cosas se ponen en marcha para la pareja... tanto las cosas de los Hados como los planes del príncipe Casteel.

Aún en su papel de Hawke, Cas se postula como guardia en el castillo y con el tiempo se abre paso hasta el círculo interno para convertirse en uno de los guardias personales de Poppy.

Eso es algo que me pareció de lo más inteligente, aunque cuando preví que iba a ocurrir, aún me preguntaba cuáles serían sus motivos.

A medida que pasa el tiempo, Poppy empieza a cuestionarse el orden natural de las cosas, y a preguntarse si podría cambiarlas, en especial cuando ve que sus dones no hacen más que aumentar y evolucionar. Al principio, solo percibía el dolor de los demás, pero eso cambió deprisa a la posibilidad de percibir todo tipo de emociones, cuyos sabores únicos distinguía con la lengua, y después a una capacidad para aliviar a los demás, del mismo modo que hacía con los maldecidos. Dado que la empatía es una de sus mayores cualidades, espera poder usar un día sus dones para ayudar a la gente.

Desde el momento en que empecé a seguir sus movimientos, la admiraba mucho por ello.

Cuando parte de Masadonia en dirección a Carsodonia, acompañada de Hawke, Kieran (que Poppy descubre que es un *wolven*) y los otros aliados, un mundo entero se abre ante ella. Ve y experimenta cosas que jamás ha tenido ocasión de conocer antes y decide que no va a volver a una vida sin libertad. Jura no Ascender, y llega a la conclusión de que sus dos opciones son huir o hablar con la reina. Sin embargo, el peligro la acecha y *muchísimas* cosas no son lo que parecen.

Pronto aprende la verdadera historia de Solis y la realidad con respecto a los *vamprys* y los atlantianos, y eso la deja descolocada, pero ella está hecha de una pasta más dura. Aun así, los que la ven como al enemigo no cejan en su empeño y al final resulta herida casi hasta el punto de la muerte. De hecho, podría haber muerto, de no ser por la sangre atlantiana de Hawke y sus propiedades curativas. No obstante, entre la emoción del ataque y sus consecuencias subsiguientes, se revela un gran secreto: Hawke es en realidad el príncipe de Atlantia, y a Poppy la han criado para considerarlo el Señor Oscuro.

Sí, suelta una exclamación. Quiero decir, yo ya lo sabía, pero ¿puedes imaginar lo que debió de ser para ella descubrir ese pequeño detalle?

Consternada y con sentimientos encontrados, entre su sensación de traición y lo que siente por Hawke, que ahora sabe que es un príncipe, Poppy decide huir. Sin embargo, no llega lejos y su lujuria acaba por ganar la partida. Quiero decir, ¿no suele hacerlo? En cualquier caso, aún con eso y consciente de que lo quiere, Poppy sabe que no puede confiar en él… o al menos no debería. Y el lado oscuro de Cas, aunque es excitante y algo que apela a la necesidad de venganza de Poppy y encaja con su propensión a matar sin dudarlo a veces, es un poco inquietante.

Como ya he dicho, la sombra de una persona no es todo lo que hay y lo que determina si una persona es buena o no. Lo que determina si alguien es de fiar es lo que tiene en el corazón y en el alma.

Cuando descubren que Poppy no es del todo mortal y Casteel le dice que se dirigen a Atlantia para casarse, ella se niega. Está convencida de que no está a salvo con él, y los atlantianos no tienen ninguna duda de que al final pedirán un rescate por ella. Así que Poppy traza un plan para escapar e ir en busca de su hermano. Si lo que le han dicho acerca de los Ascendidos es verdad, Ian podría ser un monstruo, en cuyo caso Poppy tendrá que matarlo. Pero no lo sabrá hasta que no lo encuentre.

Una vez más, no llega lejos. Casteel y Kieran la detienen y Cas le da un ultimátum: *Lucha conmigo. Si ganas, puedes quedarte con tu libertad.* Por desgracia, antes de que Poppy pueda hacer más que hacer sangrar a Casteel, atacan los Demonios.

Una vez dan buena cuenta de esas crueles criaturas, se instalan a pasar la noche y Casteel revela más información. Los Ascendidos no tenían ninguna intención de proceder con la Ascensión de Poppy. Hacerlo ensuciaría su codiciada sangre, que necesitan para sus planes nefarios. Por otra parte, lo más probable es que Ian no sea su hermano biológico. Cas también le cuenta lo que los Ascendidos le hicieron a él, una historia que la horroriza, y explica sus motivos para querer casarse con ella: para evitar la guerra, salvar a *su* hermano, Malik, y resolver los problemas de escasez de alimentos y tierras de su gente, al tiempo que le permitirá a ella ser libre. Era ventajoso para todos. Poppy se da cuenta de que el plan de Cas tiene su mérito y es probable que sea el rumbo de acción más seguro. Además, está ese pequeño detallito de la atracción que siente hacia él. No debemos olvidar eso.

Cuando Alastir, a quien Poppy conoce solo como un aliado *wolven* de confianza, comparte información acerca de su hija y le asegura que la ayudará en todo lo que pueda si siente que la están obligando a algo, Poppy empieza a sentirse más cómoda. No obstante, cuando se entera de que Casteel va a convertirse en el rey, se pregunta si ella de verdad es importante para él pese a todo lo que ha pasado, o si no es más que otro peón en el largo juego.

Con la cabeza llena de dudas, los dones de Poppy y sus sentidos no paran de crecer y agudizarse. Empieza a sentir calambrazos cuando toca tanto a Kieran como a Casteel. Al hablar de las distintas estirpes atlantianas, Cas revela que cree que Poppy desciende de la línea de guerreros Empáticos, y Alastir comenta después que en ocasiones los llamaban Come Almas.

Cuando los Ascendidos por fin dan con ella y los atacan, toman como rehén a un niño, y ella se entrega para salvar a los inocentes. Pide que la lleven ante la reina, pero lord Chaney tiene otros planes. El lord confirma que Poppy tiene sangre atlantiana y ataca, invadido por la sed de sangre. Por suerte, Casteel acude en su rescate y le da a Poppy su sangre otra vez para ayudarla a curarse. La cercanía y la esencia de Cas en el interior de Poppy ayudan a que su relación aumente. Al final, Cas le pide que finja: *Yo soy Hawke y tú eres Poppy. Sin pasado, sin futuro.*

Poppy lo hace, se entrega a él y se deleita en ello.

Mientras continúa su viaje hacia el hogar de Casteel y a pesar de los peligros y las penurias, Poppy se empapa de todo lo que puede sobre la cultura atlantiana y el pasado de las personas hacia las que ya siente afecto. Descubre lo del vínculo de Kieran con Casteel, y que el *wolven* amó y luego perdió; también le cuentan la historia del hermano de Casteel, Malik, y la de Shea. Y entonces Alastir le habla de la Unión.

Cuando llegan a Spessa's End, Poppy conoce a aún más gente cercana a Casteel y a Kieran y exhibe sus poderes crecientes al curar a Beckett, un *wolven* joven que había sufrido un accidente.

Aunque aún se pregunta si Cas la desechará una vez que consiga lo que quiere, Poppy llega a la conclusión de que ya no va a dudar más de sí misma y se entrega a Casteel una vez más sin reservas. Él es la primera cosa que ella elige para sí misma en toda su vida, y no está dispuesta a renunciar a ello. No obstante, aunque ella lo quiere a él, eso no significa que él la quiera a *ella*.

Continúan adelante con la boda y da la impresión de que su unión recibe la bendición de Nyktos, pese a que Poppy se pregunta si no será más bien un presagio.

Se revela que Poppy está emparentada con la reina y que en realidad Ileana no es una Ascendida (algo que explica algunas cosas que Poppy siempre se había preguntado). Durante otro enfrentamiento, los dones de Poppy cambian aún más y le permiten proyectar un miedo abrumador para ayudar en la victoria, pues de algún modo, eso invoca a los *wolven* sin querer mientras está angustiada.

A mí no me importaría nada que un *wolven* viniese a mí, aunque te garantizo que no habría ninguna angustia en el encuentro.

Mientras lidian con amenazas continuas, aparecen más señales de la aceptación de los dioses: la bendición de Nyktos durante la boda, Aios salva a Poppy de caer por un acantilado, las voces en los sueños de Poppy con consejos y advertencias... Casteel le dice que cree que Poppy les gusta. En cualquier caso, eso no significa que guste a todos. Un puñado de ciudadanos de Atlantia la atacan, en un intento de lapidarla, e insisten en que es una Come Almas y ha mancillado tanto al príncipe como al reino. Los dones de Poppy se avivan con intensidad una vez más para defenderse: les rebota a los atacantes su propio odio multiplicado por tres, cosa que los mata a todos en el proceso. Y allá donde cae sangre de Poppy... aparecen árboles de sangre, una señal de su conexión con los dioses.

Como si hubiese alguna duda.

El ataque también fortalece su vínculo con los *wolven*, a quienes invoca en masa una vez más y acuden a la carrera para protegerla. Cuando llegan el rey y la reina, la reina Eloana revela que Poppy es la última descendiente de los más antiguos y lleva la sangre de Nyktos en su interior. Después renuncia a su corona y declara que Poppy es la nueva reina de Atlantia.

Los *wolven* siguen actuando de un modo extraño, y a Poppy le dicen que cortó sus vínculos con sus atlantianos sin querer, y que ellos pueden percibir su *notam* primigenio. Poppy recuerda que Kieran le habló de los lobos *kiyou* y de cómo la sangre de una deidad usurparía cualquier derecho al trono que pudiese tener un atlantiano. ¿Es ella una deidad?

El zumbido de la magia en su sangre aumenta y Cas le dice que ha empezado a refulgir cuando utiliza su poder. No mucho, pero como unas hebras de plata entretejidas. Es entonces cuando Poppy descubre lo que es el *eather*, la esencia primigenia de los dioses.

Salen a la superficie más amenazas y los atacan los Arcanos, que la capturan y la hacen prisionera. Durante la batalla, Poppy oye la voz de quien cree que es la diosa de pelo plateado que aparece en sus sueños, y ve las manos esqueléticas que emergen del suelo.

Mientras está en las mazmorras, vuelve a reunirse con un viejo conocido, el comandante Jansen, aprende cosas sobre las sombras umbrías y los huesos de los Antiguos, y ve a un extraño cambiaformas que puede adoptar la forma de otra persona. También descubre que Alastir la traicionó y que Beckett, el *wolven* al que curó, está muerto. Eso la entristece. Además, aprende sobre los dioses y las deidades, las Tierras Umbrías e Iliseeum en su conjunto. También se entera de que todos los sepultados donde la tienen a ella eran deidades que se convirtieron en monstruos porque los atlantianos elementales se rebelaron contra ellas. Los que la tienen retenida insisten en que es peligrosa y debe ser detenida porque ha comenzado su

Sacrificio y empezará a mostrar las mismas tendencias caóticas como los que existieron antes que ella.

Y entonces se entera de lo de Malec, y Alastir le dice que O'Meer es su padre. Poppy oye también la profecía por primera vez, le dicen que *ella* es la persona sobre la que advirtió su tocaya, y se da cuenta de que Alastir estaba detrás del ataque a Lockswood cuando era niña.

Tantísimas cosas que asimilar, y muy poco tiempo para hacerlo.

Cuando Alastir le dice que preferiría ir a la guerra que dejarla suelta entre su gente y luego se la lleva a Irelone para ser entregada a los Ascendidos, Poppy se preocupa de que eso pueda ser el final. Sin embargo, Valyn, Casteel, Kieran, Jasper, Delano, Emil y Naill acuden a rescatarla.

Durante la batalla posterior a su rescate, Poppy abre sus sentidos y libera su poder, dispuesta a acabar con todo el mundo, pero se detiene en el último minuto, insistiendo en que no es un monstruo. No obstante, sí que impide que Casteel le aseste el golpe final a Jansen y cumple con su promesa de matarlo *ella*.

Sinceramente, yo hubiese hecho lo mismo.

En medio de la refriega, le disparan un virote de ballesta y, mientras yace herida y en proceso de desangrarse, estalla una violenta tormenta que deforma los árboles a su alrededor. Brotan árboles de sangre, que empiezan con capullos dorados que se abren para revelar hojas rojo sangre, y las raíces se congregan a su alrededor como un escudo. Cuando Kieran extrae el virote, Poppy se da cuenta de que se está muriendo y Cas planea Ascenderla.

Por suerte, Casteel la trae de vuelta. Durante su Ascensión, Poppy tiene otra visión de una mujer de pelo pálido, del color de la luz de la luna, que se parece a ella. La mujer derrama una lágrima rojo sangre y le habla a Poppy antes de desaparecer..

Cuando Poppy despierta, está muerta de hambre y se abalanza sobre Kieran, aunque enseguida la redirigen hacia

Casteel. Su necesidad de sangre enseguida se convierte en un ansia sexual y las cosas se ponen calientes e intensas. Sí, *vi* esto en mis visiones. No, no me siento culpable por ser una *voyeur*. Fue un momento crucial, porque después, Cas le dice a Poppy que la quiere y ella también se lo dice a él. Por primera vez.

Como necesita más información, Poppy hace muchas muchas preguntas y averigua que el vínculo entre Kieran y Casteel de verdad está roto, que lo que dijo Alastir no es correcto, y que Cas había extraído hasta la última gota de su sangre para Ascenderla porque en verdad había muerto. Cas dice que Poppy ya no le parece mortal, y a Kieran tampoco le huele así. En lugar de eso, le dicen que transmite una sensación de poder absoluto y definitivo.

Mientras se pregunta si Ian será como ella, más fuerte pero no realmente Ascendido, Poppy retoma su camino y ve cómo la neblina se diluye ante ella y cómo los árboles dorados de Aios se han tornado de color rojo sangre.

Cuando llegan a la Cala de Saion, los ciudadanos más mayores se inclinan ante Poppy y la llaman *Meyaah Liessa*, «mi reina», y ella descubre que se puede comunicar mediante telepatía con los *wolven*. Entonces se cobra su venganza de Alastir y jura no volver a pensar en él nunca más.

Todo lo que ha pasado en tan poco tiempo se vuelve abrumador para Poppy (¿puedes culparla?) y muestra las emociones que siempre se esfuerza tanto por ocultar. Cas está ahí para consolarla y se relajan juntos mientras leen algunas de mis entradas más ardientes en el diario.

Siempre tuve la esperanza de que alguien se topase con esos diarios algún día.

Poppy y Cas hablan sobre el derecho al trono de la primera, y Cas admite que la respaldará si quiere la corona, pero también dice que si no la quiere, tendrán que marcharse de Atlantia. Poppy se encuentra desgarrada entre una opción y otra.

Cuando de repente la llaman para ayudar a un niño, descubre que sus poderes han evolucionado aún más, lo cual le permite no solo curar sino traer a alguien de vuelta a la vida. Y cuando se entera de que Nyktos y su consorte tuvieron dos hijos, de nombres y géneros desconocidos, eso la hace pensar.

En especial cuando luego le dicen que ni siquiera los hijos de las deidades tenían habilidades que se manifestasen tan fuerte como las suyas. Ni siquiera el elemental más poderoso es capaz de hacer lo que hace ella. Cuando la reina revela que Poppy tiene algunos de los mismos poderes que Malec, empieza a preguntarse si la duquesa no tendría razón. Sin embargo, también descubre que Malec no puede ser su padre, puesto que Eloana insiste en que ella lo sepultó antes de que Poppy fuese concebida. Lo único que *pueden* deducir a ciencia cierta es que, de algún modo, desciende de Nyktos. Poppy no puede evitar preocuparse de que su madre fuese una atlantiana retenida por la Corona de Sangre y forzada a quedarse embarazada.

Sale a la luz entonces que Eloana, Valyn y los Ancianos (no era unánime entre nosotros) ya han decidido ir a la guerra y planean reducir Carsodonia a cenizas. Poppy sabe que solo Cas y ella son capaces de impedirlo, pero solo si son rey y reina. Después de asumir que no todo el mundo la aceptará, Poppy toma una decisión.

De repente, llega Ian y los convoca en Oak Ambler. Poppy por fin lo ve y sabe que quizá deba tomar una decisión dura pronto y acabar con el hermano que sabe que ya no está. Además, sabe que es posible que eso sea una trampa, aunque la reina haya prometido no hacerles daño si mantienen a raya a los ejércitos atlantianos.

Cuando los Arcanos atacan de nuevo sin ninguna intención de dejarla con vida, Poppy desata su poder una vez más, después de advertir que todo el que intente impedir que asuma la corona fracasará en su intento.

Como miembro del Consejo de Ancianos, tengo la suerte de estar presente antes de la coronación y poder hablar de varias cosas con Poppy: de su noche en la Perla Roja, su linaje y su necesidad de ir a Iliseeum. También tengo la oportunidad de anunciar a la feliz pareja, el rey y la reina que propiciarán una era completamente nueva. Son el Rey de Sangre y Cenizas y la Reina de Carne y Fuego.

Poppy y Cas le piden a Kieran que sea su Consejero y, recordando la conversación que tuvo conmigo y los otros datos que sabe, Poppy llega a la conclusión de que los guardias de Nyktos son los *drakens*.

Poppy y los más cercanos a ella se aventuran a cruzar las neblinas cercanas a las montañas de Nyktos para entrar en Dalos y encontrarse con los *drakens* y el Rey de los Dioses. Poppy averigua entonces la historia de la consorte y recuerda otra vez que los dioses no deberían nacer en el mundo mortal… sin embargo, ahí está ella.

Después de contarle a Nyktos lo de los Retornados, él comenta que son abominaciones y se disculpa por lo que Poppy tendrá que soportar en los siguientes días. Después le recuerda que nació de carne con el fuego de los dioses en la sangre, le dice que es la portadora de vida y muerte, la llama la Reina de Carne y Fuego, a la que le corresponde más de una corona y un reino, y reitera que siempre ha tenido el poder en su interior.

A bordo de un barco en dirección a su siguiente destino, Poppy y Cas estrechan aún más su relación y exploran mejor sus deseos… con un poco de ayuda de la página doscientos treinta y ocho de mi diario. *Mmm,* sí. Esa fue una buena.

En Oak Ambler, Poppy ve a un gato grande en una jaula y recuerda de pronto el que vio de niña. Su poder vibra con fuerza en su pecho y eso fuerza al felino a transformarse en hombre. Poppy le promete que volverá a por él y se pregunta si podría ser Malec. Cuando pregunta acerca de ello, le dicen que Malec no era de ese tipo de deidad. Además, se supone que está sepultado. El gato de cueva no puede ser él.

Cuando llega a presencia de la reina Ileana, Poppy jura que la Corona de Sangre no volverá a poner jamás un solo dedo sobre su marido otra vez, y por fin puede al menos ver y abrazar a su buena amiga Tawny. Esta fue su compañera y confidente durante la mayor parte de su vida como la Doncella, y la única persona con la que podía hablar que la conocía sin el velo. La echaba de menos.

En su encuentro con Ileana, se revelan muchas de sus maquinaciones. La Reina de Sangre les dice que siempre planeó que Poppy fuese la reina de Atlantia, pero que había asumido que sería con Malik como su rey. También dice que preferiría ver arder todo el reino antes que entregarles un solo acre de tierra.

Entonces deja caer el mayor bombazo de todos: le dice a Poppy que es su madre, que su verdadero nombre es Isbeth, que Cora no estaba de acuerdo con sus planes y por eso trató de llevarse a Poppy a escondidas, y que aunque Coralena sobrevivió al ataque de Lockswood, *no* sobrevivió a la cólera de la reina.

También revela que Malec es un dios. Poppy recuerda de repente lo que le dijo Nyktos. Pregunta por ello e Isbeth confirma que todo lo que hizo, lo hizo por venganza. En un arrebato ruin de ira, hace que maten a Ian, momento en el cual los más antiguos instintos de Poppy toman el control y activan sus poderes. Luchan como dioses e Isbeth acaba matando a Lyra, la amiga y amante de Kieran.

Al cabo de un rato, Poppy cae inconsciente y, cuando despierta, descubre que Casteel se ha entregado a la Corona de Sangre. En su ira, conjura otra tormenta. Una Retornada se acerca a ella y le dice que deje de hacer lo que sea que esté haciendo, y amenaza con detenerla ella misma si no lo hace. Cuando Poppy por fin se apacigua, descubre que Tawny ha sido herida por piedra umbra, algo que Poppy no puede curar, ni siquiera con sus poderes recién adquiridos.

Mediante un proceso de eliminación y algo de deducción, Poppy se da cuenta de que la consorte debe de ser su abuela y que la vendetta de Isbeth es algo totalmente personal. Eloana se llevó al hijo de Isbeth, así que Isbeth se llevó a Casteel. Y a pesar de que Malec estaba sepultado, Isbeth y Malec *debían* ser sus padres.

Decide invocar a los *drakens* y hacer lo que sea necesario para llevar a Casteel a casa. Cuando Kieran y ella llegan a Iliseeum, Poppy encuentra a Nektas, el guardia *draken* más próximo a Nyktos, en su forma de dios. Nektas le dice que Nyktos se ha vuelto a dormir con su consorte. Entonces le pregunta a Poppy si está dispuesta a soportar el peso de dos coronas y a traer de vuelta lo que tienen el deber de proteger y lo que permitirá que la consorte despierte. Poppy averigua que se refiere al *draken* desaparecido (Jadis, la hija de Nektas) y al hijo de la consorte, que Poppy descubre que no es Malec sino su gemelo, Ires.

Cuando se percata de que el gato de cueva enjaulado era su padre, conjura a los *drakens* y parte de nuevo hacia el mundo mortal, donde visita a Tawny y se reúne otra vez con los otros. Regresa a Oak Ambler, donde se encuentra con Jalara. Poppy le dice al rey que tiene un mensaje para la Reina de Sangre y después lo decapita para utilizarlo a *él* como mensaje. A continuación, destruye a los caballeros de la reina, da vía libre a los *drakens* y le indica al Retornado que entregue el mensaje completo a la reina, reiterando que va a por Isbeth. Sus últimas palabras resuenan en el aire: «Soy la Elegida, la Bendecida, y llevo en mi interior la sangre del Rey de los Dioses. Soy la *Liessa* de los *wolven*, la segunda hija, la legítima heredera de las coronas de Atlantia *y* de Solis. Soy la Reina de Carne y Fuego, y los guardias de los dioses cabalgan conmigo. Dile a la Reina de Sangre que se prepare para la guerra».

Mientras Poppy se prepara para rescatar a Cas y cobrarse su venganza, sus poderes crecen aún más, lo cual hace que los árboles tiemblen y el clima arrecie. Toma el bastión de los Ascendidos en Massene y ata algunos cabos.

Incapaz de comer ni de dormir, no hace más que revivir lo que sucedió en Oak Ambler y se pregunta si tienen un traidor en su seno… alguien distinto de Alastir.

A medida que se suceden los días, Poppy y Kieran estrechan cada vez más sus lazos en su aflicción compartida a causa del encarcelamiento de Cas, y Poppy descubre algo interesante: existe un registro de un Rito en la época de los dioses, y los segundos y terceros hijos e hijas en los libros de historia no tienen fechas de muerte. Esto la lleva a la conclusión de que el Rito existía antes de los Ascendidos, pero que al final se perdió en el tiempo hasta ser corrompido y luego adoptado otra vez por los *vamprys*.

Al hablar con Reaver, uno de los *drakens* que respondieron a su llamada, descubre que están vinculados a ella como los *wolven*, pero de un modo un poco diferente. No pueden comunicarse con ella, como hacen los *wolven*, pero *sí* responderán a su llamada. Reaver dice que siempre ha sido así con los Primigenios y le dice a Poppy que no es muy lista.

Está claro que Reaver no tiene filtros, y no estoy segura de que Poppy captara su insinuación despreocupada de su verdadero estado: del hecho de que es una Primigenia.

Reaver le dice entonces que un dios puede matar a otro, y que ella, Poppy, es la primera descendiente femenina del Primigenio de la Vida, el ser más poderoso jamás conocido. Dice que, con el tiempo, se volverá aún más poderosa que su padre, Ires.

Cuando Poppy le pide más información sobre la consorte, quien ahora cree que es su abuela, le dicen que pronunciar el nombre de la consorte está prohibido.

Justo cuando parece que las cosas empiezan a desentrañarse, aunque sea de un modo sorprendente con todas esas revelaciones, Isbeth le envía un *regalo*. Resulta ser el dedo índice de Casteel, completo con alianza de boda incluida. Poppy pierde los papeles por completo y tienen que calmarla.

Tras decidir que no puede, y no piensa, esperar para ir en busca de Casteel, hace planes para partir lo antes posible. Kieran insiste en ir con ella, y Poppy le dice que Reaver también debe ir.

Esa noche, camina en sus sueños (algo que también se llama almambulismo, cuando las almas gemelas pueden encontrarse incluso en sueños) y encuentra a Casteel. Cuando se reúnen, la cosa se pone caliente, como de costumbre entre ellos, y él le dice que lo encuentre, cosa que refuerza la determinación de Poppy.

Antes de que pueda tomar otra decisión siquiera, una tormenta antinatural llega de pronto y mata a todos los *drakens* que están con ella excepto a tres. Poppy se da cuenta de que debe ser cosa de Vessa, la extraña mujer que encerraron cuando se volvió un poco loca. Al final, Poppy la mata, pero no antes de que Vessa insista en que Poppy jamás controlará el fuego de los dioses y provocará la guerra; luego afirma servir a la Verdadera Corona de los Mundos. Signifique lo que signifique.

Por desgracia, lo averigüé no mucho después…

Reaver le explica entonces que Nyktos no es el Primigenio de la Vida, como todo el mundo asume. Lo *era* Kolis. También explica cómo Kolis quedó sepultado después de la guerra entre los Primigenios y los dioses, y cómo a continuación se le borró de la historia. Reaver también le cuenta que los Retornados fueron una vez el proyecto más querido de Kolis y explica cómo se crearon los mortales, antes de explicar por qué eran especiales los terceros hijos e hijas.

Puesto que Poppy no logra devolver la vida a los *drakens* que han muerto, por mucho que lo intente, se da cuenta de que tampoco puede traer de vuelta a la vida a los *wolven*, pues ellos también pertenecen a dos mundos. Esto la lleva a la conclusión de que la única manera de salvar a Kieran si este resultaba herido y de garantizar su seguridad continuada era que Cas, Kieran y ella completasen la Unión, que los haría a todos casi inmortales.

Al llegar a Oak Ambler, encuentran a un grupo de ciudadanos que intenta marcharse, la mayoría de ellos lamentando la pérdida de hijos que les habían arrebatado. Poppy les dice que vayan a Massene, donde estarán a salvo; luego llama a los soldados y les dice que ella no es la heraldo, pero que lleva la sangre del Rey de los Dioses en su interior. También afirma que los Ascendidos son el enemigo, *no* ella.

Poppy piensa en la tormenta que conjuró Vessa y llega a la conclusión de que la Corona de Sangre sabe cómo emplear la magia primigenia, lo cual le hace preguntarse si la magia que empleó Isbeth era de Malec o de Kolis, y si Malec es el gran conspirador de la profecía.

Pregunta por los niños y la conducen a la tumba, donde encuentra setenta y un cuerpos de los últimos dos Ritos. Le ordena a Reaver que reduzca el templo a cenizas, incluidos a los sacerdotes que están en su interior. Después cura a quien puede. Por desgracia, pierden a cinco *wolven* y cerca de cien soldados atlantianos por el camino.

De repente, a Poppy se le ocurre la idea de utilizar magia para localizar el paradero de Cas y encontrar una manera de llegar hasta él. Reúne lo que necesita para hacer un hechizo localizador, pero antes de poder partir, llega Tawny (aunque Poppy descubre que está muy cambiada). Sigue siendo su amiga, pero tiene un aspecto distinto y le transmite unas sensaciones diferentes. Tawny le cuenta que vio a Vikter en un sueño que no era un sueño, y que él le dijo que Poppy es una diosa y que el plan de Isbeth es rehacer los mundos con ayuda de Poppy.

Al pensar en Vikter (al que vio morir, después de todo), Poppy averigua que es un *viktor*, descubre lo que eso significa y deduce que él debió de determinar qué era, y es posible que también a quién se suponía que debía proteger y buscó a Cora antes de que Poppy naciese siquiera.

Repasando la profecía, que todavía no conocen o entienden por completo, Poppy se pregunta quién era la primera hija, puesto que a ella siempre se refieren como la segunda. Sí deduce que Malik debe ser el rey una vez prometido que se menciona.

Poppy averigua que la consorte nació en Lasania y que era una princesa mortal y la verdadera heredera al trono antes de adquirir todo su poder. Sin embargo, nació con una brasa de puro poder primigenio, a diferencia de los terceros hijos e hijas. Todo eso, combinado con el hecho de que ningún Primigenio puede pronunciar el nombre de la consorte sin hacer que las estrellas caigan del cielo y las montañas se desmoronen hacia el mar, le hacen preguntarse aún más cosas acerca de sí misma y de su antepasada.

Llega un gran grupo de soldados y se produce una batalla. Poppy, Kieran y Reaver acaban apresados como rehenes, y Poppy despierta acompañada de la doncella personal Retornada de la reina, que dice llamarse Millie. Poppy acepta un trato para salvar a Kieran y a Reaver. Dos días más tarde, Poppy se despierta en su antiguo dormitorio de Wayfair con Kieran y le dicen que Reaver está en una habitación debajo de ella.

Los dos hablan sobre los caballeros del castillo y sobre las dos personas tan extrañas que han conocido (Callum y Millie), y Poppy intenta ponerse en contacto con Delano mediante la telepatía. Parece que su plan de atacar en oleadas se ha frustrado, aunque descubre que Whitebridge y New Haven están ahora bajo control atlantiano, y que Tres Ríos está a punto de caer en sus manos.

Llevada ante la Reina de Sangre, Poppy se pregunta cómo se sentiría la gente si supiera la verdad acerca de Isbeth y cómo Malik puede soportar estar cerca de ella. Entonces Poppy destroza los escudos mentales de Malik y percibe la verdad. Isbeth hace que se lo lleven y deja que Poppy le exponga sus términos, de los cuales se ríe.

La Reina de Sangre permite a Poppy ver a Cas, pero no deja que nadie más se acerque a él. Cuando Poppy por fin llega hasta él, lo encuentra sumido en la sed de sangre y parece estar en muy malas condiciones. Ella consigue curarlo y traerlo de vuelta del borde del precipicio, pero Cas necesita más que eso. Poppy exige que le lleven comida y agua, pero Isbeth se burla una vez más.

Poppy e Isbeth hablan entonces sobre las mentiras y la responsabilidad última de todo lo que se ha hecho. Al final, Poppy le pregunta a la reina cómo capturó a Ires y esta le dice que fue ahí por voluntad propia hace más de doscientos años, en busca de su gemelo, Malec. Añade que la que llegó con él, que ahora sabemos que era Jadis, podía detectar la sangre de Malec. Isbeth insinúa después que *se habían encargado* de la *draken*.

Cuando Poppy pregunta acerca de su concepción, Isbeth dice que no fue forzado, pero añade un «ninguna de las dos veces», antes de pasar a decir que ella quería un hijo fuerte y que Ires estaba lleno de lujuria y odio. Él incluso intentó matarla después, algo que parece proporcionar a Isbeth un placer perverso.

También revela que sabía en lo que se convertiría Poppy y que Malec no estaba muerto, a pesar de que su vínculo de corazones gemelos se rompió cuando Eloana lo sepultó.

Sin tiempo que perder, Poppy estira su mente hacia Kieran y le dice que deben agarrar a Cas y marcharse de inmediato. Poppy odia la idea de dejar a su padre atrás, pero no tiene elección.

Después de hablar con Malik y de repasar lo que sintió cuando destrozó sus escudos, Poppy se da cuenta de que la razón para que él se quede es Millie. Más tarde, averigua que Malik y Millie son corazones gemelos.

Pero es complicado.

Sin saber que Isbeth quiere ver los reinos arder y culpando a Nyktos por negarse a atender la petición de Malec de celebrar una prueba de corazones gemelos, Poppy acaba por comprender que erradicar a todos los atlantianos es la única justicia que satisfará a Isbeth.

Después de que la escolten de vuelta a su habitación, Poppy conjura la neblina primigenia, que utiliza para escapar.

Se reúne con Kieran y Reaver y se abren paso luchando a través del castillo. Kieran resulta herido y Poppy no puede curarlo del todo; después descubre que el arma llevaba una maldición. Cuando llegan hasta Cas, lo encuentran en peor estado que antes y les dicen que Callum es la causa. Poppy jura ver al muy bastardo muerto, y Reaver está de acuerdo con ella. Poppy es capaz de traer a Cas de vuelta a su ser, más o menos, y se vuelven a unir.

Justo del modo que yo esperaba que lo hicieran. Recuerda que no tengo ninguna vergüenza como *voyeur*.

Cuando Cas revive el tiempo pasado en la mazmorra, le cuenta a Poppy sus interacciones con Millie y lo que acabó por entender: Millie es la hermana de Poppy, de padre y madre. La primera hija. Poppy también se entera de que Callum le enseñó a Isbeth cómo fabricar Retornados, y Malik menciona algo dicho cierto tiempo atrás: que Poppy es una Primigenia. El *draken* confirma entonces que en efecto *es* una Primigenia nacida de carne mortal. La primera desde el Dios Primigenio de la Vida.

Malik les cuenta entonces cómo mataron a Preela, la *wolven* que estaba vinculada con él. Más tarde, Poppy se entera de que la mataron delante de Malik y que sus huesos se emplearon para crear armas… una de las cuales la lleva Poppy encima en todo momento: la daga de heliotropo con mango de hueso de *wolven* que le regaló Vikter en su dieciséis cumpleaños.

Ya reunidos, Poppy y Cas hablan sobre el hecho de que ella sea la heraldo, sobre su Sacrificio, la profecía y la Unión. Después Poppy repasa todo lo que aprendió con los generales y descubre información sobre Malec. Al final resulta que está sepultado en la esquina noreste del Bosque de Sangre, cerca de unas ruinas, dentro de un féretro cubierto de huesos de deidad.

También se entera de que yo misma ayudé a Eloana a sepultar a Malec.

Sí, lo hice.

Deciden que, una vez que termine todo, Malec e Ires serán devueltos a Nyktos y a la consorte. A continuación, Poppy se marcha para pasar algo de tiempo con Tawny y para hablar con Kieran acerca de la Unión. Mientras hablan, Poppy siente cosas procedentes de Kieran y descubre que hay amor ahí. Entonces se da cuenta de que ella también lo quiere. No es lo mismo que siente por Cas, pero es suficiente como para que los dos hagan el tipo de promesa requerida por la Unión.

Parten en busca de Malec, pero encuentran algunas dificultades por el camino (¿qué hay de nuevo en esto?): Demonios y *gyrms*, a los que por fortuna derrotan.

Cuando regresan, Poppy, Cas y Kieran realizan la Unión (que sí se volvió sexual... algo que aprobé de todo corazón) y acaban con la respiración y la frecuencia cardiaca sincronizadas y con sentimientos compartidos. Por desgracia, eso no elimina la maldición sobre Kieran como habían esperado.

Poppy sueña otra vez con la mujer de pelo plateado y ve a alguien que piensa que podría ser Vikter. Despierta entre los brazos de Cas, con Kieran tumbado cerca. Después de asegurarse de que sus ejércitos están listos, parten para reunirse con la reina.

Aquí es donde los acontecimientos varían un poco con respecto a mis visiones de vidente. Yo acabé casi igual de sorprendida por el resultado final que todos los presentes.

Cuando llegan hasta la reina, Poppy le lanza un ultimátum: deben retirar la maldición de Kieran antes de que ella entregue a Malec. Callum lo hace y le entregan a la reina su corazón gemelo, pese a las advertencias de Millie a Poppy de que algo no parece ir bien.

Convencidos de que Isbeth traería a Malec de vuelta, todo el mundo observa con atención, dispuestos a intervenir si fuese necesario. Y aquí es donde las cosas se ponen extrañas. Isbeth los sorprende a todos al disculparse y clavar una daga de piedra umbra en el corazón de su amado. Es la única cosa que puede matar a un dios. Isbeth no hace más que decir que alguien está esperando el sacrificio. El equilibrio en el que tanto insisten los *Arae*. La nacida de carne mortal a punto de convertirse en un gran poder primigenio. Y Callum revela que siempre que tanto Poppy como Millie compartan la sangre del Primigenio y sean amadas, *él* será restaurado. Añade que Isbeth solo necesitaba a alguien de la estipe de *él* para poner las cosas en marcha.

Así que Malec *no era* el Verdadero Rey de los Mundos del que todo el mundo hablaba. Y Poppy acabó siendo la portadora de muerte y destrucción de todos modos, puesto que llevó a Malec ante *Isbeth*. Juntando las piezas del puzle de la profecía, establecen que Isbeth es la heraldo y que Millie es la advertencia. Callum dice entonces que *él* necesitaba estar fuerte para poder despertar, y que la Ascensión de Poppy *lo* liberó. Dice que cuando Malec respire su último aliento, *él* habrá recuperado toda su fuerza. Cuando Poppy detecta un olor a lilas marchitas, se da cuenta de quién es *él*. Es Kolis. El Primigenio que robó el poder y la corte de su hermano gemelo y desequilibró los mundos.

Millie le dice a Poppy que Malec aún vive y que las cosas pueden detenerse. Cuando Poppy invoca a los *drakens* y empieza a usar el *eather*, le advierten de que eso atraerá a los *dakkais*. Poppy se repliega, pero no es capaz de aguantar así. Durante su batalla divina con Isbeth, los *dakkais* atacan y se producen muchas muertes. La consorte acude a ella y le dice que no debía ser de este modo, y Poppy recuerda lo que dijo Reaver acerca de pronunciar el nombre de la consorte.

Poppy se percata entonces de que la consorte es la verdadera Primigenia de la Vida y grita su nombre, uno que ni siquiera sabía que conociera. De repente, Poppy recibe el impacto de un relámpago y se convierte en luces y sombras giratorias con alas de *eather*. Le salen colmillos y su Sacrificio se completa.

Poppy se pone toda Primigenia y se produce una gran batalla. Cuando despierta más tarde, se siente aliviada de ver que todos sus amigos caídos están vivitos y coleando, y se entera de que Reaver se ha llevado a Malec de vuelta a Iliseeum, que Millie huyó y Malik fue tras ella.

Nektas le cuenta a todo el mundo la historia de Eythos y Kolis, y luego también la de Sotoria. Luego pasa a decir que la Ascensión de la consorte fue como un reinicio cósmico, y que solo si nacía una descendiente femenina y esta Ascendía podría producirse un reinicio otra vez. El hecho de que Malec tuviera un hijo alteró el equilibrio y creó un vacío en el que poder *des*hacer lo que le habían hecho a Kolis. Dice que deben encontrar a Callum y encargarse de él y revela que Poppy es la Primigenia de Sangre y Hueso, la verdadera Primigenia de la Vida *y* la Muerte.

Cuando Poppy le dice a Nektas que sabe dónde está Ires, este les ordena que lo lleven con el dios y dice que también deben encontrar a Jadis para que puedan volver todos a Iliseeum. Nyktos y la consorte ya no están dormidos, lo cual significa que los otros dioses despertarán.

La guerra solo ha comenzado.

En los túneles de debajo de Wayfair, Kieran y Casteel se muestran muy sobreprotectores. Nektas se burla de ellos por preocuparse de ella y protegerla, y los llama *adorables*.

Cuando los túneles se desplomaron, Cas y Kieran van a protegerla, pero se dan cuenta de que no había sido cosa de ella. De ninguno de ellos. Son los dioses.

Poppy se emociona por que pudiera ser Penellaphe, su tocaya, y pregunta si puede conocerla. Nektas le responde que lo más probable es que los conozca a todos cuando sea el momento oportuno.

Estoy impaciente por *ver* eso.

El grupo por fin llega hasta Ires, y Poppy no sabe muy bien qué decir o qué hacer. Al principio, se siente muy incómoda y Cas la tranquiliza, mientras Nektas les advierte de que Ires se parecerá más a un animal que a un hombre.

Poppy toca a su padre y este se transforma. Habla con él y le pregunta si la recuerda, al tiempo que le informa de que es su hija. Después de que Kieran le consiga a Ires un estandarte para envolverse en él, el dios encuentra su voz y alarga las manos hacia Poppy para decirle que sabe quién es.

Fue un momento de lo más conmovedor.

Hablan todos de Jadis, e Ires les dice que cree que está en algún lugar de las Llanuras del Saz.

De repente, Poppy se marea. Cuando Nektas pregunta que si ha dormido, ella contesta que descansó un poco. Él le aclara que se refiere a una estasis, pero Poppy se desvanece antes de que él pueda decir nada más.

Kieran y Cas la llevan a una habitación vacía del castillo y cuidan de ella, mientras le cuentan historias de sus primeros tiempos juntos.

Cuando por fin se despierta, sacude el castillo entero, graba a fuego un símbolo de vida y muerte en el suelo y abre unos ojos del más puro tono plateado, propios de una Primigenia.

La profecía de Poppy:

«De la desesperación de coronas doradas y nacido de carne mortal, un gran poder primigenio surge como heredero de las tierras y los mares, de los cielos y todos los mundos. Una sombra en la brasa, una luz en la llama, para convertirse en un fuego en la carne. Cuando las estrellas caigan de la noche, las grandes montañas se desmoronen hacia los mares y viejos huesos levanten sus espadas al lado de los dioses, el falso quedará desprovisto de gloria hasta dos nacidas de las mismas fechorías, nacidas del mismo gran poder primigenio en el mundo mortal. Una primera hija, con la sangre llena de fuego, destinada al rey una vez prometido. Y la segunda hija, con la sangre llena de cenizas y hielo, la otra mitad del futuro rey. Juntas, reharán los mundos mientras marcan el comienzo del fin. Y así comenzará, con la última sangre Elegida derramada, el gran conspirador nacido

de la carne y el fuego de los Primigenios se despertará como el Heraldo y el Portador de Muerte y Destrucción a las tierras bendecidas por los dioses. Cuidado, porque el final vendrá del oeste para destruir el este y arrasar todo lo que haya entre medias».

Cosas destacables de la profecía:

- Alastir le dice a Poppy que la profecía se escribió en los huesos de la tocaya de Poppy.
- El primer atisbo de la profecía fue solo: «*Con la última sangre Elegida derramada, el gran conspirador nacido de la carne y el fuego de los Primigenios se despertará como el Heraldo y el Portador de Muerte y Destrucción a las tierras bendecidas por los dioses. Cuidado, porque el final vendrá del oeste para destruir el este y arrasar todo lo que haya entre medias*».
- Yo presento a Cas como el Rey de Sangre y Cenizas, y a Poppy como la Reina de Carne y Fuego a la gente.
- La sacerdotisa llamó a Poppy «aquella cuya sangre está llena de cenizas y hielo».

CORALENA «CORA» BALFOUR †

Según todos los indicios, Coralena era una madre increíble. A pesar de convertirse en la tutora de Poppy por orden de su reina, al final se volvió contra Isbeth para intentar salvar a su hija, aunque seguro que sabía que el castigo sería rápido y severo si alguna vez la descubrían.

Ojos: marrones (más tarde nos enteramos de que eran muy pálidos, como los de todos los Retornados, pero que se los habían oscurecido con magia).

Antecedentes: tercera hija. Doncella personal/Retornada.

Familia: marido = Leopold Balfour †, Hijo = Ian Balfour †.

EL VIAJE DE CORALENA HASTA LA FECHA:

Según cuenta la historia, al ser una tercera hija, Coralena era una dama en espera, entregada a la corte en el Rito. Antes de su Ascensión conoció a Leopold, lo cual dicen que fue por casualidad, pero nosotros sabemos que no fue así, puesto que Leo era un *viktor* y sabía quién era su protegida, por lo que buscó a Cora antes de que Poppy naciese siquiera. Se enamoraron; eso es verdad, al menos. Se dice que Coralena solicitó no Ascender para poder estar con Leo, algo que no se había hecho jamás. No está del todo claro si *esa* parte es verdad. Lo que sí sabemos es que acabaron casados y tuvieron un hijo juntos.

La historia real es que Cora era una Retornada, una de las guardias personales de la reina y muy próxima a Ileana (que ahora sabemos que en realidad es Isbeth). Coralena era la favorita de la reina.

Después del nacimiento de Penellaphe, Isbeth se la entregó a su doncella personal de mayor confianza (Cora), para que nadie que quisiera obtener lo que tenía la reina pudiese utilizar a su hija en su contra. No obstante, Cora cambió sus lealtades cuando descubrió que Isbeth planeaba casar a Poppy con Malik en un intento por unir los reinos. Cora desaprobaba ese rumbo de acción, por lo que Leo y ella huyeron con Poppy e Ian.

Puesto que habían entablado amistad con Alastir antes de esa noche, la pareja le pidió ayuda. Poco sabían que él tenía motivos ulteriores para acercarse a ellos y que, una vez se enteró de la verdad acerca de Poppy, decidió matarla.

Alastir dejó entrar a Malik, el Señor Oscuro, esa noche, convencido de que el príncipe haría lo que él no había logrado aún. El rastro de sangre que dejó Malik a su paso de camino a la posada atrajo a los Demonios, que después le causaron a Poppy sus heridas. Cora trató de salvarla, le suplicó a Malik y le dijo que su hija propiciaría un gran cambio y supondría el fin de la Corona de Sangre, no el fin de los mundos. Después le dijo que Leo era el *viktor* de Poppy. Todo eso hizo poco por cambiar las intenciones del Señor Oscuro, y Cora acabó apuñalando a Malik en el pecho mientras Alastir contemplaba la escena.

Se creía que Cora había muerto esa noche en la posada, superada por los Demonios. Sin embargo, la Reina de Sangre reveló más adelante que no pereció en Lockswood. Sobrevivió. Pero no sobrevivió a la cólera de Isbeth después.

La reina obligó a Cora a ingerir sangre de *draken*, lo cual provocó su muerte.

LEOPOLD «LEO»/«LEÓN» BALFOUR †

Leopold es un personaje interesante. Como *viktor*, nació (o *renació*, supongo) para proteger a alguien que los Hados creían que estaba destinado a propiciar un cambio significativo o a servir para un gran propósito. Sin embargo, a diferencia de la mayoría de los *viktors*, Leo dedujo lo que era, así como a quién lo habían enviado a proteger y por qué.

Pelo: rojo cobrizo.

Ojos: verde pino.

Constitución: alto.

Rasgos faciales: mandíbula cuadrada con pelusilla de varios días. Nariz recta. Cejas oscuras.

Personalidad: cariñoso. Estable.

Hábitos/Costumbres/Fortalezas/Debilidades: llamaba a Poppy «florecilla de amapola» y «niña pequeñita».

Antecedentes: *viktor*. Primer hijo. Adinerado pero no era un lord; familia de comerciantes con negocios navieros y amigos del rey.

Familia: mujer = Coralena †, Hijo = Ian Balfour †.

EL VIAJE DE LEOPOLD HASTA LA FECHA:

Leopold, que había renacido con el único propósito de proteger a Poppy en su camino hasta propiciar un gran cambio, era uno de los pocos que averiguaron a quién debía proteger y guiar, y se encargó de buscar a la que acabaría por convertirse en la tutora de Poppy: Cora. Los dos se enamoraron y acabaron teniendo un hijo. A todos los efectos, tuvieron una buena vida, a pesar de saber la verdad sobre los Ascendidos y el destino de Poppy.

Cuando el Señor Oscuro fue en busca de Poppy, tanto Leo como Cora lucharon. Alastir, que los había traicionado a ambos, también estaba presente en la posada de Lockswood aquella fatídica noche.

La mayoría de las personas creyeron que tanto Cora como Leo murieron esa noche. Más adelante se supo que Cora no murió entonces, sino que la mató Isbeth. El final de Leo, sin embargo, sigue sin conocerse a ciencia cierta.

Supongo que *sí* que murió y regresó al Monte Lotho con los *Arae* para aguardar su siguiente vida y misión.

IAN BALFOUR †

Ian fue el catalizador de gran parte de la motivación de Poppy después de que Casteel, como Hawke, se la llevara. Aunque su historia tiene un final trágico, y a pesar de las circunstancias, fue un buen hermano.

Pelo: castaño rojizo.

Ojos: avellana; oscilaban entre el castaño y el verde. Se volvieron negros después de la Ascensión.

Constitución: largo y fibroso.

Rasgos faciales: apuesto. Rostro ovalado. Mandíbula suave. Labios carnosos.

Personalidad: amable. Imaginativo. Juguetón. Dulce. Paciente. Atento. Un poco ligón.

Hábitos/Costumbres/Fortalezas/Debilidades: su voz era suave como el aire. Le encantaba contar cuentos. Era un soñador. Conocía los horrores que aguardaban fuera de los muros del Adarve. Llamaba a Penellaphe «Poppy». Le escribía a su hermana una carta todos los meses. Le gustaba el café. Sufría pesadillas con el ataque de los Demonios. Antes de su Ascensión, se lo podía encontrar al aire libre en los días soleados, anotando cosas en uno de sus diarios y escribiendo cuentos. Era un gran actor. Le gustaba bailar.

Otros: era dos años mayor que Poppy. Nacido en diciembre, pero no recordaba la fecha y en realidad no lo celebraba.

Antecedentes: estaba impaciente por que llegase su Ascensión. Se casó con lady Claudeya poco después de Ascender, aunque nunca hablaba de ella. Ascendió como *favor* cuando Poppy tenía dieciséis años. Fue el último en Ascender.

Familia: madre = Coralena †. Padre = Leopold †. Hermana adoptiva = Penellaphe.

EL VIAJE DE IAN HASTA LA FECHA:

Ian es un caso interesante. Daba la impresión de conservar algo de su bondad incluso después de su Ascensión. Fue una pena que Isbeth tuviera que acabar con su vida demasiado pronto. Desearía que Poppy hubiese tenido más tiempo para comprobar cuánto quedaba de él, para poder así añadir eso a sus recuerdos jugando con él bajo el sauce, haciendo bolas de nieve o aprendiendo a forzar cerraduras.

La noche que los Demonios los atacaron en Lockswood debido al Señor Oscuro (es decir, Malik), una mujer de la posada metió a Ian a toda prisa en una habitación para salvarlo.

Se dice que siempre tuvo ganas de Ascender. Estoy segura de que eso cambió una vez que supo la verdad…

Tres años antes de la Ascensión planeada para Poppy, un año antes de que Ian Ascendiera, él ganó a lord Mazeen al póker, pero el lord lo acusó de hacer trampas. La cosa no acabó bien y provocó algo de tensión.

Me he preguntado varias veces si esa fue la razón de que Ian acabase separado de Poppy… aparte de que ella fuese la Doncella y él fuese seleccionado para la Ascensión.

Ian Ascendió cuando Poppy tenía dieciséis años, aunque no era un segundo hijo, que son a los que los *vamprys* convierten en nuevos Ascendidos. Se dijo que se hizo como *favor* hacia Poppy y que Ileana les rogó a los dioses que lo permitiesen.

Yo no creo nada de eso.

No obstante, merece la pena destacar que Ian fue el último en *ser* Ascendido.

Se casó con lady Claudeya poco después de Ascender, pero creo que, de alguna manera, era más un acto político. Ian no hablaba nunca de ella. A lo mejor no se casó con ella nunca y era todo solo una mentira. ¿Quién sabe?

Ian no volvió a aparecer en mis visiones hasta el momento en que las cosas se estaban volviendo reales con Poppy y sus aliados.

Vonetta confirma que Ian ha Ascendido, justo antes de que él conduzca a un pelotón de unos doscientos Caballeros Reales y soldados a Spessa's End para solicitar una audiencia con Cas y Poppy. Ian dice que solo hablará con su hermana y afirma haber acudido para evitar otra guerra.

Pregunta por Poppy, interesado en saber cómo le va después de su secuestro. Cuando averigua que está casada, finge sorpresa. Yo estoy casi segura de que ya lo sabía.

Cuando se reúne con ellos, Ian pregunta qué espera Atlantia ganar raptando a su hermana (no a *la Doncella*), y se cuestiona si de verdad se supone que debe creer que Poppy se ha casado con el monstruo responsable de la muerte de sus padres. Hace un comentario en el que dice que solo puede imaginar las mentiras que le ha contado el enemigo a Poppy, aunque también dice que él no se lo tendrá en cuenta... como tampoco se lo tendrá la Corona.

En este punto, las cosas que decía me hicieron pensar que aunque quizá tuviera aún una chispa de bondad en su interior, no era una grande. O bien eso, o bien como dijo Poppy, era simplemente un actor extraordinario. La verdad es que no lo sé. Es muy difícil interpretar bien a una persona en una visión.

Sobre todo cuando parece cambiar otra vez y añade algunas cosas más, antes de decirle al grupo que el villano es siempre el héroe en su propia historia.

Ian solicita hablar con Poppy a solas y, mientras hablan, *algo* parece cruzar su rostro cuando Poppy menciona cómo se alimentan los Ascendidos.

Ian informa de que Tawny está a salvo, pero dice que Poppy podría verlo por sí misma si vuelve con él. Añade que la *verdadera reina* ha solicitado una reunión con el príncipe y la princesa de Atlantia dentro de dos semanas en la sede real de Oak Ambler. Dice que Ileana promete no hacer daño a ninguno de los dos, siempre que dejen al ejército que han reunido en el norte.

Mientras el grupo lo discute, Ian flirtea con Vonetta y le dice que es más que bienvenida de unirse a ellos cuando hagan el viaje.

Cas se acerca a Poppy y los caballeros empiezan a avanzar. Ian los detiene y les dice que la Corona de Sangre no tiene ningún deseo de empezar otra guerra; después añade que, si la cosa acaba así, Atlantia no ganará.

Les advierte a todos de que, si llegan con malas intenciones, serán destruidos, junto con Atlantia, empezando por Spessa's End. Después les lanza una pulla: dice que aunque tuviesen a cientos de miles de soldados, no podrían vencer a lo que la reina ha creado, en alusión a los Retornados.

Ahí, me dio la impresión de que les estaba proporcionando información sin que pareciese que no era leal a la Corona de Sangre. Y dado lo que sucede a continuación, creo que estaba en lo cierto.

Ian le dice a Poppy que la verá en Oak Ambler y luego pide poder abrazarla. Cuando lo hace, le dice que sabe la verdad y la urge a despertar a Nyktos, añadiendo que solo los guardias de este pueden detener a la Corona de Sangre.

Esto me sorprendió. No estaba preparada para recibir la confirmación de que era verdad que Ian estaba actuando. Tal vez el hecho de que fuese un primer hijo cambiase su Ascensión de algún modo, igual que pasó con Millie y con Callum cuando se convirtieron en Retornados. La verdad es que no estoy segura.

Cuando el grupo llega a Oak Ambler, Ian habla con Poppy y le dice que espera que esté bien y que sus viajes, después de la última vez que se vieron, hayan sido fructíferos. Esto podría sonar inocuo para los que estaban a su alrededor y no referirse a nada más que a su viaje a Oak Ambler, pero nosotros sabemos que estaba preguntando con sutileza si Poppy había ido a Iliseeum.

El grupo se encuentra con la reina, intercambian pullas, e Ian permanece en silencio todo el rato.

Yo vi otro fallo en la actuación de Ian cuando Ileana ordena matar a Millie y él aparta la mirada. Cuando sale a la luz la verdad acerca de Isbeth (qué y quién es), Ian lo confirma todo.

Cuando la Reina de Sangre establece sus términos para lo que quiere de Poppy y de Cas, Poppy se niega. Como castigo, Isbeth hace que uno de sus caballeros decapite a Ian.

VIKTER WARD/WARDWELL †

Vikter es de lo más intrigante (de hecho, ocupa un lugar especial en mi corazón), y su historia es igual de desgarradora y cautivadora.

Pelo: rubio pajizo.

Ojos: azules.

Constitución: hombros anchos.

Rasgos faciales: piel curtida, besada por el sol.

Personalidad: severo. Hosco.

Hábitos/Costumbres/Fortalezas/Debilidades: gran luchador. Debilidad por el cacao caliente y el chocolate. Propenso a sufrir migrañas. Desgarrado entre querer que Poppy aprenda y ayude a los maldecidos y preocuparse por la seguridad de esta debido a su temeridad.

Otros: enseñó a Poppy a luchar.

Antecedentes: *viktor*. Ha vivido muchas vidas.

Familia: mujer = Camilia †. Hija = bebé, nombre desconocido †.

EL VIAJE DE VIKTER HASTA LA FECHA:

Vikter, al ser un *viktor*, tiene varios viajes que merece la pena explorar. Por el bien de este dosier, voy a hacer un resumen conciso de lo que sé sobre su pasado y después mencionaré los hechos más notables del tiempo que pasó con Poppy.

Los *viktors* son seres eternos nacidos con un objetivo: proteger a alguien que los Hados creen que está destinado a propiciar un gran cambio o a tener un gran propósito. No son ni mortales ni dioses. No todos son conscientes de su deber, pero los Hados siempre los pondrán con la persona que deben salvaguardar. Siempre se reencarnan. Cuando mueren, sus almas regresan al Monte Lotho, donde los *Arae* les dan una nueva forma mortal y un nuevo propósito, sin ningún recuerdo de sus vidas anteriores. No obstante, algunos *viktors* están predestinados a averiguar lo que son y a quién los han enviado a proteger. Vikter es uno de esos.

Vikter se apellidaba Ward, en lugar de Wardwell, en la época de los dioses, momento en el cual lo llevaron ante Seraphena para aplicarle un hechizo que la mantendría a salvo e impediría que la sacasen a la fuerza de las Tierras Umbrías. Vikter le explica a Sera que es un *viktor*. El primero.

Sus vidas entre Sera y Poppy son desconocidas para mí.

La primera vez que me fijé de verdad en Vikter fue en la Perla Roja. No sé, hay algo en él. Exige atención incluso sin intentarlo.

La noche que propicié el primer encuentro entre Poppy y Casteel, Vikter llegó y eso aumentó mi necesidad de sacar a Penellaphe de la sala principal y enviarla a la habitación de *Hawke*. Cosa que hice. El resto de esa noche, bueno, digamos solo que me tomé algo de tiempo para mí misma.

Pero volvamos a la historia de Vikter.

A la noche siguiente, Vikter acude a Poppy y la insta a ayudarlo con un maldecido. Juntos, contribuyen a que su muerte sea más fácil.

Cuando Poppy revela que espera que la encuentren indigna, para no tener que Ascender, Vikter le dice que haga lo que haga, *Ascenderá*.

Sabiendo lo que sabemos ahora acerca del viaje de Poppy, esa afirmación es muy interesante. Porque, en efecto, sí que Ascendió (cuando murió y Casteel la salvó), solo que no fue de la manera que todos pensábamos (a manos de los Ascendidos).

Cuando encuentran a la dama en espera Malessa asesinada, Vikter llega después de que el comandante Jansen declare que el castillo es seguro. Está sufriendo una de sus migrañas, así que Poppy alivia su dolor.

Cuando el guardia de Poppy, Rylan Keal, muere, Vikter llega con otro guardia. Sabemos que Jericho mató a Rylan, pero Vikter no sabe eso. Todo el mundo seguía bajo la impresión de que los atlantianos los tenían en el punto de mira. En la ceremonia funeraria de Rylan, Vikter es quien prende la hoguera.

Da su opinión cuando el duque acepta que Hawke se convierta en el nuevo guardia personal de Poppy y después le ofrece algunos consejos sabios. También establece las reglas acerca de lo que Hawke puede y no puede hacer con la Doncella.

Mientras entrena con Poppy, hablan de que las aventuras de esta deben terminar. Cuando es hora de incorporar al nuevo guardia que va a ocupar el puesto de Rylan, Vikter acompaña a Poppy ante los Regios para conocer a Hawke.

Más tarde, después de una de las *lecciones* de Poppy con el duque, Hawke manda llamar a Vikter porque está preocupado, y este escolta a Poppy de vuelta a su habitación.

Cuando atacan los Demonios, Vikter lucha con los guardias en el exterior del Adarve y ve a Hawke también ahí afuera. A Vikter le preocupa que Poppy se haya quedado sola, aunque sabe que es capaz de cuidar de sí misma. Por desgracia, a su regreso, Hawke le informa de que Poppy había estado luchando en el Adarve durante el ataque. Al día siguiente, la entrena en maniobras cuerpo a cuerpo.

Cierto tiempo después, tras asistir a un maldecido y sin avisar a Poppy, Vikter la acompaña al Rito y escucha las preocupaciones y la advertencia de Agnes. Cuando llega Hawke, Vikter se separa de ella para informar al comandante de lo que ha oído.

Justo cuando Hawke y Poppy se están marchando después de su encuentro debajo del sauce, Vikter se topa con ellos y sabe muy bien lo que han estado haciendo. Se enfunda su actitud de padre protector y dice que tendrán que pasar por encima de su cadáver si quieren volver a pasar tiempo juntos y a solas. Después de decirle a Hawke que puede retirarse, le suelta un sermón a Poppy. Ella se enfada y trata de hacerle entender su postura, además de recordarle todo lo que ha perdido y lo que le han negado.

Los Descendentes atacan el Rito, y Vikter le dice a Poppy que se defienda y no se preocupe por ocultar el hecho de que sabe luchar. Poppy y él derrotan a todos sus enemigos, pero uno se levanta del suelo y le inflige una herida mortal a Vikter al atravesar su pecho con una espada, justo por encima de su corazón.

Mientras Vikter se está muriendo, le dice a Poppy que está orgulloso de ella y se disculpa por no haberla protegido. Dice que le ha fallado como hombre. Entonces le pide que lo perdone y muere.

Nosotros sabemos que en realidad no murió. Se limitó a regresar con los *Arae* del Monte Lotho a aguardar su renacimiento.

Esto me consuela en cierta medida.

El resto de estas cosas fueron reveladas *después* de la muerte de Vikter.

Poppy recuerda que una vez le dijo que no debería tener en cuenta las vidas de los que le ponen una espada o un cuchillo al cuello.

Cuando Vikter le regaló a Poppy su daga de heliotropo y hueso de *wolven* por su dieciséis cumpleaños, dijo: «Esta arma es tan única como tú. Cuídala bien y ella hará lo mismo por ti».

Ahora que sabemos que la daga estaba hecha con los huesos de Preela, esa afirmación me pone la piel de gallina.

Vikter le dijo una vez a Poppy lo siguiente: «No es que no me afecte. La muerte es la muerte. Matar es matar, Poppy, por muy justificado que esté. Cada muerte deja una marca, pero no espero que nadie corra un riesgo que yo no esté dispuesto a correr. Tampoco le pediría a nadie que cargase con un peso con el que yo me negara a cargar o sentir una marca que no haya sentido en persona».

También dijo que la neblina es más que solo un escudo para los Demonios. La neblina llena sus pulmones porque no hay aire en ellos y emana de sus poros porque ningún sudor puede hacerlo.

Puesto que los *viktors* no pueden revelar sus razones ni su identidad, Vikter tuvo sumo cuidado con lo que le contó a Tawny en su sueño de piedra umbra y lo que le pidió que transmitiera en su nombre (como la profecía completa, el hecho de que Poppy ya conocía el nombre de la consorte y lo que ocurriría si alguien con poder primigenio lo pronunciaba en el mundo mortal).

AL CORAZÓN NO LE IMPORTA

~Poppy~

Ahogada en pánico e impotencia, me desperté de golpe con un grito reprimido quemando mi garganta.

Con el corazón tronando, abrí los ojos. Mi mirada desorbitada saltó de un lado para otro por la habitación desconocida, iluminada por la luz de la luna. Tardé un momento en reconocer el entorno. Traté de sentarme, pero el peso de un brazo caliente apoyado contra mi cintura desnuda me detuvo.

Mientras me resistía al impulso de meter la mano por debajo de la manta y tocarlo, insté a mi corazón a ralentizarse.

Era solo una pesadilla.

Casteel estaba a mi lado, vivito y coleando. Estábamos en una posada discreta de la pequeña ciudad de Tadous, a medio camino de la capital. No estábamos en ese lugar oscuro y frío, atrapados y…

Solo una pesadilla.

La cama mullida se movió un poco. Un instante después, el olor a pino y a especias me envolvió, espantando el tenue olor a humo de leña.

—¿Poppy? —La voz de Casteel, ronca por el sueño, llegó hasta mí una décima de segundo antes de que su brazo se apretase alrededor de mi cintura.

Oír su voz soñolienta apaciguó el martilleo en mi pecho. Giré la cabeza y alcancé a distinguir la línea cincelada de su mandíbula y la curva de su boca sensual.

—Lo siento —susurré, luego me aclaré la garganta—. No pretendía despertarte.

Su barbilla, un poco áspera por la pelusilla, rozó contra mi hombro y me provocó un escalofrío.

—No pasa nada.

Sí pasaba. No podía ni empezar a llevar la cuenta del número de veces que lo había despertado en medio de la noche.

—Es oficial. Debo de ser la peor persona del mundo con la que dormir.

—No puedo estar de acuerdo con eso. Eres oficialmente la mejor persona con la que dormir. —Los pelillos cortos de su pierna me hicieron cosquillas en la mía cuando se incorporó un poco—. Con la que dormir. —Besó mi hombro—. Y con la que despertarse.

Las comisuras de mis labios se curvaron hacia arriba.

—Tú tienes que decir eso.

—Solo digo la verdad. —Su brazo se aflojó al tiempo que su mano se movía para deslizarse por la curva de mi cintura—. ¿Era otra pesadilla? —La palma de su mano recorrió mi cadera—. ¿El Señor Oscuro?

Abrí la boca, luego la cerré. Casi deseé que hubiese sido esa pesadilla. Esas eran producto del pasado. Esta parecía como… como un heraldo. Tragué saliva.

Deslicé los ojos hacia las vigas vistas del techo, bañadas en luz de luna. Noté la piel fría de pronto.

—No era ese tipo de pesadilla.

Casteel trazaba pequeños círculos distraído por la parte superior de mi muslo.

—Cuéntamela.

—No ha sido nada —le dije—. Amanecerá pronto y aún nos queda un buen trecho de camino, ¿verdad? Deberíamos estar dormidos…

—Poppy. —La mano de mi muslo regresó a mi cadera y se apretó para inclinar mi cuerpo, de modo que quedó sobre el costado, de frente a él.

Apreté las manos contra su pecho.

—Ni siquiera la recuerdo. —En realidad, no estaba segura de cómo podría olvidarla: la imagen de él, frío y gris, exangüe e inmóvil.

Se me aceleró el corazón de nuevo. ¿Por qué habría de soñar algo así? ¿Ahora? Apreté los labios y oí, de repente, la voz de Kieran en mi cabeza.

Al corazón no le importa de cuánto tiempo dispones con una persona.

Por todos los dioses, acababa de entender qué había provocado una pesadilla así, semejantes sensaciones de pánico e impotencia.

A la luz de la luna, los ojos de Casteel encontraron los míos.

—Cuéntamela.

Entorné los ojos.

—Estás siendo muy exigente.

—Y tú estás siendo muy evasiva —repuso él—. Eso me preocupa.

—Pues no debería.

—Y me hace sentir más curiosidad —continuó, al tiempo que apretaba mi cadera con su mano—. Me hace preguntarme si estabas soñando con otro, y por eso estás siendo tan vaga en tus respuestas.

—¿En serio? —pregunté con tono seco.

—Sí. Mi ego disminuyó en algún punto entre la Cala de Saion y aquí —declaró—. Y ahora necesito que me reafirmes tus sentimientos.

No había ni una sola parte de mí que creyese que el ego de Casteel fuera capaz de debilitarse. Ni que él pensara que había soñado con otro. De hecho, dudaba que su ego permitiese siquiera que esa idea entrase en su mente.

Pero había aprendido que podía jugar con él.

—Tienes razón. —Deslicé un dedo por la línea bien definida de su pecho—. Era otro…

Me dio un azote suave en el trasero, que me pilló desprevenida. La sorpresa me hizo soltar un gritito, pero un fogonazo de calor perverso me hizo dar un respingo.

Lo miré con los ojos entornados.

—Eso ha estado fuera de lugar.

La risa de Casteel danzó por encima de mis labios.

—Te ha gustado. —Por desgracia, tenía razón. Acarició la piel que había golpeado—. Y sé que no estabas soñando con otro.

—Entonces, ¿por qué has sugerido algo así?

Movió la pierna de nuevo para asentar el muslo entre los míos.

—Porque quería regodearme en la gloria de tus afirmaciones y sentimientos.

—Eres insufrible —dije, mientras trataba de reprimir una carcajada.

—Quieres decir insaciable. —Casteel agachó la cabeza y su boca encontró la mía con una precisión absoluta.

Me abrí de inmediato para Casteel. Sus besos eran forzosos, incluso esos lentos y lánguidos cuando parecía sorber de mis labios. Unos escalofríos diminutos recorrieron mi piel cuando su lengua se deslizó sobre la mía en una danza íntima y sensual.

Con la mano que tenía sobre mi trasero, Casteel tiró de mí hacia él. Solté una exclamación ahogada cuando esos pelos ásperos de su pierna arrastraron por la parte más sensible de mí. La inesperada fricción hizo que mis caderas dieran una sacudida.

—Me encanta lo bien que responde tu cuerpo al mío. —Empujó hacia arriba con su muslo, con lo que provocó más fricción contra mí. Me estremecí cuando cien dardos de placer salieron disparados en todas direcciones desde el centro de mi ser. Una risa más profunda y sensual jugueteó sobre mis labios—. ¿Te lo había dicho alguna vez?

Antes de que pudiera pensar si lo había hecho, la mano sobre mi trasero tiró de mí para apretarme contra su muslo. Casteel volvió a mover la pierna hacia arriba, directa contra ese haz de nervios en tensión. Unas oleadas de placer cada vez más apretadas y calientes recorrieron todo mi cuerpo.

Los labios de Casteel volvieron a los míos. Enrosqué los dedos y los clavé en su pecho cuando me movió otra vez. El beso se profundizó y él meció mis caderas contra su muslo duro. Muy pronto, dejé de necesitar su ayuda. Su gruñido de aprobación retumbó a través de mí cuando mis piernas se apretaron alrededor de la suya y me restregaba contra él. Sentí que se me aceleraba la respiración y el centro de mí se tensaba cada vez más. Sabía que estaba húmeda contra su piel. Mojada. Me sonrojé, consciente de que él podía sentir mi excitación.

Ladeó la cabeza y su beso se volvió más duro y feroz. Entonces rompió el contacto, su brazo apretó mis caderas para inmovilizarme.

—Cas —exclamé, y todo mi cuerpo vibraba del deseo insatisfecho.

Me dio un mordisquito en los labios e hizo ese sonido grave otra vez.

—Necesito estar dentro de ti cuando te corras, y te necesito encima de mí, cabalgándome cuando lo hagas.

Me tragué un gemido.

—Yo también quiero eso.

Agarró mi muñeca y la bajó entre nosotros. Mis dedos rozaron su miembro caliente y rígido. Cas cerró mi mano alrededor de su pene.

—Entonces, hazlo.

Al oír su exigencia acalorada, un escalofrío me recorrió de arriba abajo. Apoyé una mano abierta en su pecho y lo urgí a tumbarse de espaldas. Sus dos manos se deslizaron hacia mis caderas para sujetarme cuando puse una pierna a cada lado de él. Con la mano aún cerrada en torno a la base de su pene, empecé a descender. Mi gemido se perdió en su gruñido gutural cuando la cabeza de su pene separó mis labios. Temblando, planté ambas manos sobre su pecho y fui bajando sobre su miembro, centímetro a centímetro, hasta que nuestros cuerpos quedaron pegados.

Jadeando, me quedé quieta un instante, mientras mi cuerpo se ajustaba a su tamaño. Su grosor parecía estirar y llenar cada rincón de mi ser. Sentí una aguda e intensa punzada de placer que casi rayaba en lo doloroso cuando los dedos de Casteel presionaron contra la piel de mis caderas. Abrí los ojos, los deslicé por los duros músculos de su abdomen, su pecho, y luego a los marcados tendones de su cuello. Cas se quedó muy quieto, la mandíbula apretada mientras me daba tiempo.

Siempre me daba tiempo.

—Te quiero —susurré, y me incliné hacia delante para besarlo. La posición me provocó una oleada de placer crudo.

Casteel gruñó de nuevo, sus dedos sufrieron un espasmo.

—Demuéstramelo —murmuró con voz rasposa—. Demuéstrame cuánto.

Y eso hice.

Empecé a moverme. Tardé unos momentos en encontrar el ritmo, pero él no me metió prisa, se limitó a dejar que encontrase justo el punto correcto. Un calor líquido llenó todo mi ser cuando lo hice. Empecé a moverme más deprisa entonces, sus gemidos una cacofonía exquisita mientras yo bajaba la vista hacia nosotros, hacia mí, hacia nuestros cuerpos.

—Preciosa —gruñó—. Eres jodidamente preciosa, Poppy.

Me puse roja, se me aceleró la respiración. Mis ojos bajaron hacia mis pechos oscilantes, mis pezones duros asomaban entre los mechones de mi pelo, luego bajaron hacia la curva redondeada de mi bajo vientre, ese que ninguna cantidad de entrenamiento lograba aplanar, y hasta las cicatrices que lo recorrían, tenues a la luz de la luna. Vi sus manos sobre mis caderas, sus dedos clavados en la piel de la zona. Vi las cicatrices de mis muslos, y el grosor y la fuerza de mis piernas después de años de entrenamiento. A diferencia de Casteel, cuyo cuerpo era duro y bien definido, cada centímetro de él, yo era fuerte, pero bajo una capa, o dos, de blandura. Me estremecí mientras me movía arriba y abajo sobre su miembro; me observé acogerle en mi interior, hasta que levanté la vista hacia su cara.

Sus ojos eran como charcos calientes de miel fundida, y verlos tocó ese punto con la misma intensidad que su pene.

Entonces sí que lo cabalgué, cada vez más deprisa y más fuerte. Sus brazos se cerraron a mi alrededor para tirar de mí hacia abajo. Me estremecí de nuevo cuando las puntas de mis pezones rozaron su pecho, a medida que sentía que la tensión se acumulaba.

Casteel me besó y levantó las caderas para encontrarse con las mías. Los dos nos movíamos de manera furiosa ya. El olor ahumado de su pasión intensificaba lo que yo sentía. Todo ello era demasiado. La tensión estalló. Unas oleadas de placer calientes y resbaladizas se apoderaron de mí y arrastraron también a Casteel con la tormenta. Sentí su liberación como si fuese la mía, y cada espasmo de su pene enviaba réplicas de placer a través de mí.

—Te quiero. —Los labios de Casteel rozaron los míos mientras yo separaba mi cuerpo del suyo. Él me ayudó a tumbarme de lado, las piernas enredadas con las suyas. Después acarició mi pelo, mientras nuestra piel se enfriaba y nuestros corazones se apaciguaban. Pasó algo de tiempo hasta que volvió a hablar—. ¿Vas a contarme qué te despertó?

Cerré los ojos. Por supuesto que Cas no había olvidado lo que le había despertado a él.

—Eres como un *barrat* con un hueso.

—Eso crea un imaginario muy agradable —comentó. Pasó un momento—. ¿Recuerdas lo que hablamos? Compartimos las cosas el uno con el otro. Todo.

—Lo recuerdo. De verdad que sí. Es solo que… no sé. —Deposité un beso en su pecho y me dediqué a contemplar la pared desnuda revestida de madera—. Es Kieran…

—O sea que *sí* que estabas soñando con otro —me interrumpió—. Eso es… intrigante.

—No me refería a eso. —Le regalé una sonrisilla irónica y sacudí la cabeza—. Creo que he tenido este sueño… o pesadilla… debido a algo que dijo él. —Casteel se quedó muy callado y quieto entonces, lo cual activó todas mis campanillas de advertencia. Me apoyé en los codos—. No dijo nada malo que me molestara ni nada.

—Sé que él nunca diría nada para molestarte. —Su mano se deslizó por mi espalda—. Él no haría eso. Pero Kieran… a veces dice cosas que esperarías oír de boca de un vidente.

—Tampoco fue así. —Bajé la barbilla hacia su pecho—. Me estaba hablando de Elashya.

La sorpresa de Casteel fue como un chorro de agua fría contra el fondo de mi garganta.

—¿Te habló de ella?

—¿Eso te sorprende? —pregunté, tras asentir.

—Sí, mucho. —Casteel levantó su mano libre y la pasó por su pelo—. No habla de ella demasiado.

—Comprendo por qué. —La pena alanceó mi corazón al pensar en el amor y la pérdida que había sentido Kieran—. La… la verdad es que me asombra que supiera que iba a perderla y aun así se enamorase de ella.

Los ojos de Casteel encontraron los míos a la tenue luz.

—Al corazón no le importa, Poppy.

Se me cortó la respiración.

—Eso es más o menos lo que dijo Kieran. Que al corazón no le importa de cuánto tiempo dispongas para estar con una persona. —La emoción atoró mi garganta—. Que solo le importa que tengas a esa persona durante todo el tiempo posible.

—Yo no siempre pensé así. —La mano dio otra pasada por mi espalda—. Cuando pasó todo aquello entre él y Elashya, no podía entender cómo se había permitido enamorarse. No lograba encontrarle la lógica. Pero luego llegaste tú. —Sus dedos se enredaron en mi pelo—. Ahora, entiendo muy bien que al corazón no le importan los planes, ni el deber, ni la venganza. No le importa el tiempo.

Se me hinchió el corazón. Kieran había estado en lo cierto. Casteel estaba en lo cierto. Yo también lo sabía. Yo no debía enamorarme de Casteel, pero lo hice cuando él era solo Hawke para mí, sin importar mi deber entonces. Y continué enamorándome cada vez más, a pesar de las mentiras y la traición.

Sus manos se cerraron en torno a mi pelo.

—Creo que sé lo que has soñado.

Solté un suspiro tembloroso.

—He soñado que… que te pasaba algo. Que te perdía.

—Poppy —murmuró.

—Era muy real. —Cerré los ojos con fuerza—. Aún puedo sentir la impotencia y la desesperación.

—Era un mal sueño —dijo—. No me vas a perder nunca.

—¿Me lo prometes? —susurré.

—Te lo prometo. —Puso una mano sobre mi mejilla—. No necesitas temer eso nunca, ni siquiera pensar en ello.

Asentí, luego me mordí el labio de abajo.

—Olvida la pesadilla.

—Lo haré.

—Quiero que la olvides ahora.

Mis labios amagaron con sonreír.

—Ya estás en plan mandón otra vez.

—Solo porque no quiero que malgastes ni un segundo en preocuparte por algo que no va a suceder nunca.

Extendí los dedos por su pecho.

—Cuesta un poco no pensar en ello, ¿sabes? Cualquier cosa puede pasarnos a cualquiera de nosotros…

—Eso no va a pasar —me cortó—. Pero ¿sabes qué sí va a pasar?

Eché la cabeza hacia atrás.

—¿Qué?

—Que no vas a pensar en nada dentro de un momento —dijo, al tiempo que se movía y me hacía rodar sobre la espalda.

La boca de Casteel cayó sobre la mía y su peso se instaló sobre mí. Me besó hasta que me quedé sin respiración, luego exploró mi cuerpo primero con su mano, luego con su boca. Al final, hundió su lengua en mí y me robó la capacidad para pensar en nada más que en cómo pasaba una de mis piernas por encima de su hombro para abrirme de par en par mientras él lamía y succionaba hasta que me hice añicos de nuevo. Después empezó de cero otra vez, introdujo su lengua, después sus dedos adentro y afuera, despacio, de manera metódica, hasta que me retorcía sin parar y le rogaba que parase y le suplicaba que continuara. Y solo cuando pensé que iba a perder del todo el control de mis sentidos, me penetró con fuerza.

Casteel me tomó fuerte, primero tumbada bocarriba, después de rodillas con sus dedos hábiles jugueteando en la unión entre mis muslos. A continuación, guio nuestros cuerpos hasta quedar tumbados de lado, frente a frente, y me hizo el amor. Me agotó por completo hasta quedar inerte y saciada. La pesadilla y el miedo no eran nada más que tenues recuerdos cuando me dormí otra vez entre sus brazos, nuestros cuerpos aún unidos, a sabiendas de que lo único que recordaría de esta noche era esto.

Nosotros.

Nuestro amor.

Nuestros corazones.

PRÍNCIPE CASTEEL «CAS» HAWKETHRONE DA'NEER (TAMBIÉN CONOCIDO COMO HAWKE FLYNN)

Se convierte en el rey Casteel Hawkethrone Da'Neer.

Para ser sincera, Casteel no aparecía de manera demasiado prominente en mis visiones hasta que su destino empezó a alinearse con el de Poppy. Una vez que ocurrió eso, todo tipo de hebras empezaron a entretejerse para formar un tapiz espectacular de fuerza y sensibilidad.

Pelo: negro con reflejos azulados; roza su cuello y se riza por su frente.

Ojos: del color ambarino de la miel fría.

Constitución: hombros y pecho anchos. Cuerpo largo, delgado y musculoso. Alto (en torno a 1,95 m), pero no tan alto como su hermano Malik.

Rasgos faciales: pómulos altos y angulosos. Nariz recta. Mandíbula orgullosa y cincelada. Colmillos.

Rasgos distintivos: hoyuelos (los del lado derecho son habituales, los del izquierdo solo aparecen con sonrisas genuinas y radiantes). Escudo real de Solis marcado a fuego en el muslo derecho, justo debajo de la cadera. Cortes y cicatrices variadas por todo el cuerpo. Voz grave con un ligero acento.

Otros: su corazón gemelo cree que huele a pino y especias oscuras, pero su sangre huele a cítricos en la nieve. Tiene más de doscientos años, pero parece un mortal de veintidós. Después de ser apuñalado con una daga hecha de los huesos de los Antiguos, puede transformarse en un enorme gato de cueva de ojos plateados y capa negra y dorada que se alza hasta el metro y medio de altura.

Personalidad: no ríe demasiado. Autoritario. No tolera las amenazas. Le gustan las apuestas. Encuentra placer en la venganza. Perseverante con respecto a lo que quiere. Confía en sí mismo. Progresivo.

Hábitos/Costumbres/Fortalezas/Debilidades: capaz de emplear la coacción. Detesta la violencia contra las mujeres. Buen intérprete de caracteres. Sabe cuándo alguien está mintiendo. Le encanta oírse hablar a sí mismo. Motivado. Disfruta matando cuando está justificado. Le encanta leer. Siente que las necesidades maritales deberían estar por delante de las del reino. Sabe hacer trenzas en el pelo. Experto con muchas armas. Gran rastreador. Siente una fascinación secreta por la agricultura. Su sangre tiene propiedades curativas.

Antecedentes: atlantiano elemental. Fue prisionero de la Corona de Sangre. Vinculado con un *wolven* desde que nació.

Familia: padres = reina Eloana y rey Valyn Da'Neer de Atlantia. Hermano = príncipe Malik Elian Da'Neer. Tío = Hawkethrone †. Bisabuelo = rey Elian Da'Neer †. Descendiente de = Attes, codirigente de Vathi, Primigenio de la Guerra y la Concordia. Otros antepasados = Kyn, codirigente de Vathi, Primigenio de la Paz y la Venganza.

Casteel es un hombre interesante. Listo, estratégico y espabilado, no tiene miedo de ensuciarse las manos para lograr cualquier objetivo. También tiene un pasado un poco trágico. Utilizado, traicionado, encarcelado y maltratado. Aun así, prevalece.

Poppy saca a la luz lo mejor de él, incluso su lealtad y valentía ya presentes. No se prodiga con sonrisas, rara vez sonríe y nada dado a los abrazos, su carácter se suaviza cuando ella entra en su vida, lo cual crea una dicotomía interesante de protector feroz, y amigo y amante sensible.

Me da la sensación de que ella es perfecta para él. Y dado su emparejamiento, parece que los dioses y los *Arae* estarían de acuerdo.

Estoy muy impaciente por ver lo que el futuro le tiene reservado al rey de Atlantia.

EL VIAJE DE CASTEEL HASTA LA FECHA:

Hijo del rey Valyn y la reina Eloana, Casteel crece en Atlantia y mantiene una relación estrecha con su hermano mayor, Malik, el *wolven* vinculado a él, Kieran Contou, y su mejor amiga, Shea Davenwell, que más tarde se convierte en su prometida.

A medida que aumentan los disturbios entre los reinos de Solis y de Atlantia, Casteel se autoconvence de que puede matar a la Corona de Sangre (la reina Ileana y el rey Jalara) él solo. Por desgracia, los Ascendidos lo capturan y lo retienen cautivo durante cinco décadas, tiempo durante el cual lo torturan sin cesar.

Shea y Malik intentan salvarlo en múltiples ocasiones, hasta que los Ascendidos preparan una trampa durante uno de esos intentos y les tienden una emboscada. Shea y Malik acaban separados y Shea les dice a los Ascendidos con quién está, y hace un trato para intercambiar la vida de Malik por la suya y acepta dejar a Casteel ahí.

Con los Ascendidos ocupados, Shea reniega de su trato e intenta huir con Casteel por los túneles. Por desgracia, no llegan lejos y un par de Ascendidos los detienen.

A pesar de luchar con valor, los *vamprys* los vencen y le cuentan a Casteel que Shea había intercambiado su vida por la de Malik. Eso la convertía en una traidora y había permitido a la Corona de Sangre atrapar al príncipe, lo que a su vez los había llevado a su actual aprieto de estar cautivos. Aunque Casteel al principio no les cree, Shea intenta salvarse *otra vez* ofreciendo la vida de Casteel a cambio de la suya.

En un arrebato de ira, Casteel la mata con sus propias manos, así como a los Ascendidos. Luego intenta encontrar y rescatar a Malik. Me da la sensación de que hay más en la historia de la muerte de Shea y sigo tratando de *ver* más. Por desgracia, no he sido capaz de averiguar nada más sobre el tema. Pero volvamos a la fuga de Casteel. No logra rescatar a su hermano y al final acaba en la playa, donde lo descubren y lo devuelven a casa.

Como he dicho antes, no tuve mucha interacción con Casteel ni a nivel personal ni por medio de mis visiones, así que mis conocimientos de la época entre ese rescate y cuando por fin conoce a Poppy en la Perla Roja mientras se hace pasar por Hawke Flynn (y con un poco de ayuda mía) son algo escasos. Las partes *después* de conocer a Poppy son las buenas de todos modos, así que empecemos por ahí.

Casteel, como Hawke, entra en Solis y se queda ahí durante dos años. Se hace pasar por un guardia del Adarve, tiempo durante el cual observa y espera. Sigue a Poppy con discreción durante sus rutinas diarias como la Doncella, con la esperanza de capturarla y llevársela a Atlantia. Con el plan de utilizarla en la trama de Atlantia para salvar a su hermano Malik y evitar la guerra, y en connivencia con el comandante de la guardia real, Griffith Jansen (que luego resulta ser no solo un agente doble sino también un traidor a Atlantia ¡y un cambiaformas!), Casteel se postula para un puesto que lo lleva a estar muy cerca de Penellaphe Balfour.

Mientras está en el Adarve, Cas (como Hawke) contempla Radiant Row y piensa en cómo toda la ciudad está dividida en gente que lo tiene todo y gente que no tiene nada. Hace su turno con su compañero de guardia, Pence.

Hawke ve que se empieza a acumular niebla a lo lejos y sabe lo que significa. Los Demonios van hacia ahí. Pence maldice y culpa a los atlantianos, y Hawke tiene que hacer un esfuerzo inmenso para no corregir al hombre… de un modo violento. Sin embargo, se da cuenta de que el guardia no conoce la verdad y lo deja pasar.

Hawke ve a un guardia que se tambalea y sabe lo que está ocurriendo. Ha sido infectado. No obstante, antes de poder hacer nada al respecto, el teniente Smyth llega al Adarve y le echa a Hawke una buena bronca. Hawke le da respuestas poco serias e incluso frívolas, en una especie de reto al hombre. Cuando el teniente se marcha, Pence le pregunta a Hawke cuán grandes tiene las pelotas, pues se había mostrado muy atrevido e insubordinado.

A mí también me gustaría saber eso. [guiño]

Hawke le pregunta a Pence acerca de Jole Crain, el guardia maldecido, y su compañero le dice que su habitación está en la segunda planta del barracón. Hawke lo encuentra tratando de quitarse la vida, pero no puede porque la maldición no se lo permite. Hawke aprovecha para hacerle unas cuantas preguntas antes de dominarlo con coacción y poner fin a su sufrimiento.

Hawke entrena en el patio y ve a la Doncella. Mientras disputa un combate de entrenamiento con Vikter, le echan la bronca por estar distraído. Aunque Hawke lo niega, Vikter le dice que tiene un *consejo sabio* que darle: le dice que solo hace falta un segundo para perder todo lo que importa de verdad.

A Hawke le parece un presagio.

Hawke se reúne con Jansen, Kieran y Jericho en la Perla Roja. Jansen comenta que los guardias son hombres buenos y dice que no le gusta lo que tienen que hacer.

Estoy segura de que a ninguno de ellos les gustaba demasiado.

Hablan de las costumbres de la Doncella y de dónde sería mejor atraparla. Hawke le dice a Jericho que la Doncella no debe sufrir ningún daño.

Con Hawke como su guardia personal y Kieran aún trabajando como guardia de la ciudad, el plan es raptar a la

Doncella la noche del Rito. Se supone que los Descendentes van a crear una distracción provocando varios incendios.

Cuando los otros se marchan, Hawke y Kieran hablan de los orígenes de la Doncella y de por qué los Ascendidos la valoran tanto. No pueden entenderlo. Hawke dice que es más probable que logren sacar más información a los Ascendidos con los que entablen *amistad*. Kieran está de acuerdo; luego se marcha a comprobar el estado de sus otros recursos.

Mientras tanto, Poppy entra en la planta baja de la Perla Roja y yo utilizo un poco de mi magia de casamentera para que Casteel y ella acaben en la misma habitación. Después de eso, sabía que la naturaleza seguiría su curso.

Casteel cree que Poppy es una doncella llamada Britta con la que ha coqueteado en el pasado, por lo que acepta con gusto su llegada inesperada a la habitación de la Perla. Sin embargo, aún recela, porque la mujer no huele como Britta, al tacto tampoco parece Britta, y le hace sentir cosas que Britta nunca ha despertado en él. En cualquier caso, es una distracción bienvenida y la lleva a la cama, donde la besa a conciencia y explora tantas partes de ella como buenamente puede con ella todavía envuelta en su capa.

Cuando Hawke por fin retira la capucha de la mujer, se queda de piedra. Puede que lleve una máscara, como muchos tienden a hacer en la Perla, pero él sabe muy bien a quién tiene debajo. Es Penellaphe. La Elegida. La Doncella. Pasan una cantidad de tiempo intrigante juntos antes de que Kieran los interrumpa con noticias importantes que obligan a Casteel a marcharse.

Un poco más tarde, Kieran y Hawke se encuentran con Emil y Delano en la Arboleda de los Deseos. Cas los saluda a ambos y Emil le contesta con una payasada, como de costumbre. Kieran le dice al atlantiano que tiene ganas de morir.

En realidad parece que así es.

Emil le informa de que el rey y la reina están preocupados, y que Alastir no ha ayudado a apaciguar su ansiedad.

Después de hablar un poco más, Cas se alimenta de Emil y ve los recuerdos del atlantiano, que curiosamente tienen que ver con Vonetta.

Es muy curioso, e interesante, la verdad.

Emil se ofrece a quedarse por ahí en caso de que pueda necesitarlo, pero Cas le dice que vuelva a Evaemon y vigile a Alastir por él.

Mientras se marchan de la Arboleda, Cas le dice a Kieran que no planea matar a la Doncella como quieren hacer sus padres, o como querrían si le pusieran las manos encima. Kieran lo acepta sin inmutarse.

Cuando Casteel regresa a la habitación de la Perla Roja, descubre que Poppy no lo ha esperado. Sigue su rastro hasta la Arboleda y descubre que un Ascendido la acecha. Le arranca el corazón al *vampry* y lo deja colgado de la rama de un árbol. O bien lo descubrirán y provocará habladurías, o bien el sol se encargará de él cuando salga.

Ambas cosas son beneficiosas.

Se da un baño y se excita al pensar en la Doncella, algo que lo confunde y también lo enfada un poco. Tiene sentimientos encontrados. Se da placer a sí mismo mientras piensa en ella, pero entonces recuerda su tiempo en cautividad: el ataque, sus traumas, su proceso de curación. Hace acopio de determinación y vuelve a fijar su objetivo en su cabeza.

Hawke se pregunta qué está pasando cuando Poppy no visita el jardín como suele hacer. Ve a lord Mazeen con la duquesa y se entera de que están buscando a un Descendente. Los oye hablar de heridas punzantes en un cuerpo y luego Mazeen menciona a lord Preston, el *vampry* al que Hawke colgó del árbol por seguir a la Doncella.

Bien. Parece que el hombre ha transmitido el mensaje pretendido.

Cuando lord Mazeen pasa por su lado, Hawke se da cuenta de que huele a jazmín y a… algo más. Cuando se percata de que lo que ha detectado es el olor de la Doncella, eso lo molesta más de lo que probablemente debiera.

Britta se acerca para saludarlo y Hawke le pregunta qué ha pasado, vista la agitación del castillo. La joven le dice que alguien ha asesinado a Malessa Axton, una dama en espera, y la ha dejado tirada en el castillo. Después de algunas indagaciones acerca del lord, Britta admite ante Hawke que Mazeen es, en efecto, un poco demasiado *amistoso*.

La gente de Hawke hace que sucedan cosas para que su plan avance. Eliminan a Rylan Keal, el guardia de Poppy, con lo que queda un puesto vacante como guardia real al lado de Poppy. No obstante, cuando Jansen se acerca a Hawke en el Adarve para informarle de que ya se han encargado del guardia, Hawke averigua que Jericho intentó llevarse a la Doncella y que esta se defendió. Llegó incluso a cortar al *wolven* que, en represalia, le pegó.

Hawke se dirige a los Tres Chacales, pero Kieran lo alcanza antes de que llegue y le dice que no puede matar a Jericho. Hawke le dice que no va a hacerlo, que lo va a asesinar. Kieran insiste en que las dos cosas son los mismo y Cas le explica la diferencia… lo cual es ridículo.

Hawke y Kieran entran en una sala del tugurio y encuentran a Jericho jugando a las cartas con otros *wolven* y Descendentes. El hombre intenta calmar a Hawke explicándole lo sucedido.

Hawke le sirve un vaso de whisky como distracción, luego le corta la mano izquierda. A continuación, le advierte de que la próxima vez haga lo que le dicen, ni más, ni menos. Luego se marcha, tras ordenar a Kieran que envíe a Jericho a New Haven.

El día del funeral de Rylan, Hawke cuida de la Doncella mientras Vikter va a encender la pira.

Algo más tarde, Kieran y Hawke se reúnen con el Descendente Lev Barron en el barrio donde están la mayoría de los almacenes de la ciudad y encuentran a una pareja muerta y un bebé que se ha convertido en Demonio. Es un acto de indiferencia absoluta hacia la vida y disgusta a Hawke. Acaba con la vida del bebé y jura que los hará pagar a todos.

Citado en la oficina del duque, Hawke acude y se reúne con el Ascendido. El duque le dice a Hawke que un guardia no debe temer a la muerte. Hawke no está de acuerdo y declara que si uno no le teme a la muerte, entonces no le teme al fracaso. Le explica al duque cómo hubiese manejado él la situación del jardín y de otras ocasiones con la Doncella. Cuando el duque insinúa ciertas cosas, Hawke declara no tener ningún interés en seducir a la Doncella ni en convertirse en su amigo. El duque le advierte de que su inocencia es encantadora e informa a Hawke de que será despellejado vivo si le ocurre algo a la Doncella.

El duque y la duquesa se dirigen a la población para tranquilizarla con respecto a los últimos sucesos, tiempo que Hawke aprovecha para observar a la Doncella. Ella no es como los otros, y eso le resulta al mismo tiempo encantador y frustrante. La familia Tulis es tachada de Descendente y a Lev se lo llevan prisionero después de tirarles a los Regios una mano de Demonio. Hawke ordena a su gente que evacúen a los Tulis para que no tengan que entregar al único hijo que les queda.

Citado de vuelta en la oficina del duque para su nombramiento oficial, a Hawke le presentan a Poppy y a Tawny y le hacen un resumen de las reglas y de cuáles serán sus obligaciones. Con cada palabra que sale por la boca del duque, Hawke lo odia más y más. Cuando retiran el velo de la Doncella, Hawke se queda sin palabras. Es despampanante, y él puede ver la fuerza y la resiliencia que hay en ella.

Tras acompañar a Tawny y a la Doncella de vuelta a los aposentos de esta, Hawke se queda fuera y escucha la conversación de las dos amigas. Cada vez que Tawny habla bien de él o intenta convencer a su amiga de algo, Hawke piensa en cómo la dama en espera se ha convertido en su persona favorita.

Al cabo de un rato, Vikter le lleva a Hawke su capa blanca y le advierte de que tenga cuidado con lo que hace.

Después de hablar de los horarios de la Doncella, Vikter advierte a Hawke acerca de las pesadillas de Penellaphe y le cuenta lo del ataque de los Demonios cuando ella tenía seis años. Cuando Hawke pregunta cómo sabrá si es solo una pesadilla o si de verdad tiene problemas, Vikter le responde que ella nunca gritará si tiene problemas.

Después de recibir toda la información, Hawke se da cuenta de la existencia tan espantosa que ha tenido Penellaphe. La idea le molesta más de lo que probablemente debería, y no puede dejar de pensar en ello.

Durante sus horas libres, Cas encuentra una nota de Kieran y acude al distrito de envasado de carne. Entra en el matadero supervisado por un Descendente llamado Mac, luego baja al sótano donde encuentra a Kieran con lord Hale Devries. El Ascendido está atado e inconsciente.

Kieran lo despierta volcando un cubo de agua fría por encima de su cabeza, y Cas le pregunta al lord dónde tienen retenido a Malik. El *vampry* responde que no sabe nada de ningún príncipe *retenido* (cosa que es verdad porque Malik ya no estaba retenido en ese momento).

Hawke se adapta con facilidad a todo lo que se requiere de él como guardia personal de la Doncella, pero de alguna manera, se encuentra dividido entre su deber y sus planes, y lo que empieza a sentir por la Doncella.

Mientras la protege, se pregunta por qué no la ha visto en varios días después de escoltarla hasta la oficina del duque. Mientras piensa en los fuegos que los Descendentes han montado para crear el caos, oye un grito procedente de la habitación de la Doncella. Hawke entra y se esconde entre las sombras, al tiempo que piensa que es probable que debiera pensar en ella por su nombre. Observa la austeridad de la habitación y, una vez más, piensa en la horrible vida que ha tenido la Doncella; nada que ver con lo que él y todos los demás hubiesen imaginado. Comprueba que Penellaphe está bien y detecta un leve olor a árnica.

La neblina vuelve a aparecer y Hawke va al exterior del Adarve, donde ve también a Vikter. Se da cuenta entonces de que eso significa que no hay nadie protegiendo a la Doncella, así que decide volver con ella. Sin embargo, encuentra a alguien en el parapeto disparando flechas. Está *muy* intrigado cuando descubre que es Penellaphe.

Hawke habla con Vikter y este le pregunta por qué no ha informado a nadie de que ha visto a Penellaphe en el Adarve. Hawke intenta explicárselo, al tiempo que piensa que el respeto que siente hacia ella es un caos complicado; luego le dice a Vikter que sabe que él es el que la entrenó.

A medida que pasa el tiempo, Hawke y Penellaphe comparten información personal y empiezan a conocerse y a robar momentos íntimos cuando pueden, lo cual solo consigue que Hawke quiera que las cosas se pongan *más* íntimas.

Se da cuenta de lo intensas que se están poniendo las cosas cuando Britta lo visita en su habitación y casi se lanza sobre él, pero él la rechaza.

De mal humor por esa idea, Cas va a la Perla Roja y encuentra a Kieran y a Circe en pleno acto sexual. La pareja lo invita a unirse a ellos (cosa que no sería nada de lo que escandalizarse, ya lo ha hecho antes), pero no está de humor. Se queda ahí enfurruñado, irritado por cómo se imagina teniendo sexo con Penellaphe, y bebe hasta que ellos acaban.

Kieran le suelta un sermón por quedarse ahí sentado con una erección y le pregunta qué está pasando. Hawke le cuenta un poco, pero luego cambia de tema a cómo planea matar al duque. Kieran le dice que no puede hacerlo; luego añade que sería venganza y que es egoísta.

Hablan de que Penellaphe estaba en el Adarve y de cómo la han subestimado, en realidad. Y Kieran suelta de pronto que a Cas le importa la Doncella. Este lo niega y le asegura a su amigo que los planes no han cambiado.

Hawke sigue a Penellaphe al Ateneo y la descubre escondida en el alféizar de una ventana con un diario apretado contra el pecho. Le toma el pelo sobre ello, lee un poco del texto y la avergüenza antes de acompañarla de vuelta a casa. También la llama *Poppy* por primera vez.

Ese fue un verdadero punto de inflexión para ellos. Estaba claro que Hawke ya se estaba ablandando y se sentía fascinado por ella, pero que utilizara su mote fue un gran paso adelante.

Mientras caminan por la Arboleda, hablan de cómo ella controla su lengua cuando no está con él, lo cual invita a Poppy a ser aún más descarada. Después hablan un poco más acerca de leer.

Cas no puede resistirse a tomarle el pelo acerca de mi diario, y a mí me encanta cada segundo.

Cuando Hawke se da cuenta de que sus planes supondrán para ella solo cambiar una jaula por otra, la idea le molesta. Y el hecho de que le moleste le molesta aún más.

Sip. El tío está fastidiado.

Más tarde, Hawke espera en la oficina del duque con los pies sobre un guardia muerto. Cuando ve las varas, su furia aumenta. Insiste en que lo que planea hacer no es venganza, y trata de consolidar eso en su mente.

El duque llega y se sorprende de encontrar ahí a Hawke. Y se sorprende aún más cuando ve al guardia muerto. Amenaza a Hawke, lo cual hace reír a este, que aprovecha para revelarse como el Señor Oscuro y el príncipe de Atlantia, y le dice a Dorian que no tienen ni idea de quién está en su ciudad.

El duque insiste en que Hawke jamás se llevará a la Doncella, pero Cas lo doblega. Lo obliga a parpadear para demostrar cuántas veces la ha azotado y luego le da el mismo tratamiento.

Durante el proceso, algo se apodera del duque y dice que Poppy es y siempre será suya. Me da la sensación de que ahí estaba canalizando a Kolis, pero esa es solo mi hipótesis.

Iracundo, Hawke lo empala con una vara de árbol de sangre y luego lo coloca detrás del estandarte donde está teniendo lugar el Rito.

Cuando se encuentra con Poppy y con los otros, actúa como si no hubiese sucedido nada.

Cas asiste al Rito y pasa algo de tiempo de calidad bajo el sauce con Poppy. Cuando emergen, Vikter los pilla y les echa una buena bronca a ambos. Hawke le contesta sin tapujos, pero al final deja que Poppy se marche con Vikter.

Kieran le echa una bronca tremenda por no haber eliminado a Vikter y haber raptado a Poppy ahí mismo, en ese mismo instante. Cas le asegura que es solo un ligero retraso. Le dice a Kieran que lo verá en la Arboleda con la Doncella. Kieran dice que hay algo que le da mala espina, pero informa a Cas de que los Descendentes han puesto las cosas en marcha.

Cuando Cas regresa al castillo, la batalla del Rito ya arrecia. Se une a la refriega, sin dejar de buscar a la Doncella en ningún momento. Cuando por fin la encuentra, es para verla ahogada en una profunda aflicción y una intensa ira. Ve cómo es testigo de la muerte de su amigo y guardia, alguien que era como un padre para ella. Después, Hawke se queda al margen cuando la ve acercarse a lord Mazeen con los ojos cargados de una furia asesina.

Con todo lo que ha pasado, Casteel sabe que ha llegado el momento de pasar a la acción. Permite que Poppy se cobre su venganza, pero luego la sujeta hasta que se calma. Sin embargo, cuando lo hace, se da cuenta de que no pueden marcharse directamente. Jansen envía un mensaje a Kieran en la Arboleda para informarle de lo ocurrido; Cas tampoco cree que demorarlo un poco más vaya a importar demasiado.

En el piso de arriba, un rato después, Cas y Tawny hablan de cómo la Doncella solo necesita tiempo. Tawny le dice a Hawke que cree que a él le importa Poppy. Aunque él lo admite para sus adentros, no lo hace en voz alta.

La duquesa llega y le habla del somnífero que Poppy estaba tomando. Añade que la lealtad de Hawke es admirable y que la reina estará contenta.

Eso hace que se me ponga la carne de gallina, porque todos sabemos que eso es solo una manipulación.

Cas va a ver a Kieran a la Perla Roja y hablan de Valyn. También hablan de los remordimientos de Cas y de cómo todavía no saben cuál es el verdadero papel de Poppy con los Ascendidos. Sea como sea, Cas solo puede pensar en cómo ella se merece un futuro. No obstante, no es algo que exprese en voz alta. Miente y le asegura a Kieran que los planes son los mismos a pesar del retraso.

Poppy y Hawke parten en dirección a la capital con ocho hombres y continúan estrechando lazos a medida que pasan los días, a pesar de las circunstancias. Comparten cosas sobre su pasado y detalles personales sobre ellos, detalles vulnerables. Y durante todo ese tiempo, Kieran no hace más que recordarle que no olvide su misión y que se atenga al plan.

En New Haven, Cas se reúne con Elijah, Delano y Kieran, y estudian sus siguientes pasos, después de repasar lo que ha sucedido hasta entonces.

Al final, Poppy y Hawke ya no son capaces de resistirse más y tienen sexo. Al día siguiente, Hawke se reúne con Elijah, Delano y Orion, un atlantiano que trae una misiva de la Corona. Descubren que se está comportando de manera sospechosa y, cuando amenaza la vida de Poppy, Cas le arranca el corazón y lo tira al fuego, antes de decirle a todo el mundo que el mensajero murió de manera inesperada durante su viaje.

Cas se da cuenta de que debe ir a Berkton para reunirse con su padre, pero hay una tormenta por el camino. Delano se ofrece a ir con él, pero Cas le dice que lo necesita en New Haven. Elijah le asegura que Poppy estará bien.

De repente, irrumpe Naill, diciendo que Phillips (uno de los hombres con los que han viajado) está tratando de marcharse con Poppy. Todos corren a los establos.

Todo el ardid de Cas sale a la luz cuando este mata a uno de los guardias delante de Poppy. Entonces le cuenta todos los acontecimientos que han llevado hasta donde están ahora.

Es obvio que ella no se lo toma bien (ni eso, ni ver a Kieran transformarse para adoptar su forma de *wolven*), así que Hawke la confina en las mazmorras para que no pueda escapar ni hacerle daño a nadie.

Durante el camino de vuelta de Berkton, Cas recibe la noticia de que han atacado a Poppy y siente un miedo atroz. Kieran la lleva a sus aposentos, y Cas acude ahí en cuanto llega y ve lo grave que es el asunto. La lleva al suelo delante del fuego y suelta la daga de sus manos.

Para ayudarla a curarse, la alimenta con su sangre y se pierde en la reacción sensual de Poppy a ella.

Al final, confiesa que es, de hecho, Casteel Da'Neer, príncipe de Atlantia, a quien ella solo conoce *como* el Señor Oscuro, pues eso es lo que le han enseñado toda la vida. Poppy demuestra que es, como él la describe ahora, la criaturita absolutamente asombrosa y letal, y lo apuñala en el corazón para después huir.

Cuando Casteel la alcanza, le explica que él, a diferencia de los *wolven* o los Ascendidos, no morirá a causa de una puñalada en el corazón. Le dice también que todo lo que ha sucedido entre ellos ha sido real y que nada ha sido una mentira; luego la muerde y se da cuenta de inmediato de que es en parte atlantiana. Cas no puede controlar su lujuria y tienen un sexo glorioso y sin restricciones en el bosque nevado.

Aquello me trajo algunos recuerdos muy buenos. Debería leer otra vez esas entradas del diario en los volúmenes que todavía tengo en mis manos.

Más tarde, Casteel confiesa que sus sentimientos interfirieron con su plan, y ella le quita el dolor, tanto físico como emocional, lo cual hace que él se dé cuenta de por qué los *vamprys* estaban tan ansiosos por tenerla en sus redes. Entonces le dice que la va a llevar a casa, a Atlantia; sin embargo, después de ciertas objeciones entre sus filas, Cas se da cuenta de que es imperativo que le demuestre a su gente que ella está bajo su protección.

A continuación, clava a todos los que atacaron a Poppy a las paredes de la zona común con picas de heliotropo, o piedra de sangre, a través de las manos, el corazón y la cabeza; deja con vida solo a Jericho, menos una mano. Después informa a todos los demás de que Poppy es en parte atlantiana y que los dos vuelven a casa para casarse. A medida que el viaje progresa, comparten momentos robados entre pulla y pulla, y Casteel le dice que no le ha mentido desde que descubrió quién es y le explica las razones para querer casarse con ella.

Cuando Poppy trata de escapar de nuevo y Casteel se percata de que pensaba acudir a los Ascendidos con la esperanza de que la llevasen a la capital, donde podría encontrar y liberar a su hermano, le dice que se niega a grabar su nombre en la pared de las tumbas, como los de tantos otros fallecidos, y le devuelve la daga de heliotropo.

Mientras Cas es testigo de cómo los dones de Poppy cambian y aumentan, sabe que hay algo especial en ella, y no es solo su origen o su sangre. Cuando los Ascendidos por fin la localizan y atacan, Cas se enfrenta a ellos y les dice: «Soy originario del primer reino. Creado de la sangre y las cenizas de todos aquellos que cayeron antes de mí. He resurgido para recuperar lo que es mío. Soy aquel al que llamáis Señor Oscuro». Y continúa con: «Sí, tengo a la Doncella, y no la voy a devolver».

Algo que tenía más de un significado, estoy segura.

Después de un enfrentamiento con los Ascendidos que deja a Casteel con miedo de que Poppy esté muerta cuando por fin llega hasta ella, le da su sangre para ayudarla a recuperarse y utiliza una coacción suave para ayudarla a dormir, con lo que se saltan la hiperexcitación que suele acompañar al acto de alimentarse.

Por qué querría nadie saltarse esa parte está más allá de mi entendimiento. Es la mejor parte. Pero bueno, me estoy desviando del tema...

Los sentimientos de Casteel son cada vez más intensos, aunque ella aún parece vacilar, así que él le pide que finja y viva el momento con él. Que no se preocupe ni del pasado ni del futuro.

Como gran aficionada a los juegos de rol y a fingir, eso me pareció de lo más sexy. Aunque también fue de una dulzura ridícula.

Después de darle a Poppy la posibilidad de desquitarse del ataque de lord Chaney y del hecho de que este tomara al niño como rehén, Cas se marcha a ocuparse de sus deberes como príncipe, aunque odia tener que dejarla sola. Estar lejos de ella es cada vez más difícil a medida que pasan los días. Más tarde, cuando Poppy tiene una pesadilla, él la consuela y *finge* otra vez. Solo que para él empieza a ser algo más que una farsa. No parece capaz de dejar de darle placer y le encanta observar cuando ella alcanza el clímax con sus caricias.

Mientras continúan viaje hacia Atlantia, Casteel está preocupado por su gente. Planea esperar al primer grupo de New Haven antes de continuar hacia las montañas Skotos, pero descubre que no *solo* se preocupa por su gente. Sus instintos protectores hacia Poppy continúan creciendo, igual que sus sentimientos.

Cuando Poppy le dice que no es suya y que solo se pertenece a sí misma, él le pregunta si estaría dispuesta a entregarle al menos una parte, la que ella quisiera, y le dice que sería su posesión más preciada.

¿Podía *ser* más dulce?

Con el tiempo, hablan de su relación, lo que pueden esperar y lo que la gente esperará de *ellos*, así como los cambios en Poppy. De pasada, Cas menciona que ella podría encontrar a alguien a quien amar de verdad después de que todo esto terminara, pero la forma en que lo expresa... en realidad sigue hablando de ellos mismos. Me pregunto si tal vez ni siquiera se diese cuenta. Cuando Poppy le pregunta si ha estado enamorado alguna vez, él le confirma que sí, pero corta cualquier otra pregunta que ella tenga simplemente diciendo: «Fue hace mucho tiempo». No quiere hablar de Shea. ¿Quién podría culparlo por ello?

Las cosas discurren con bastante tranquilidad durante los siguientes tres días, hasta que su grupo se topa con el clan de los Huesos Muertos. Cas le da a Poppy una ballesta y le enseña a usarla. Es una señal de confianza, además de algo necesario. Cuando el clan ataca, su grupo lucha con valentía, pero Casteel resulta herido en la batalla, con múltiples disparos de flecha: en el hombro izquierdo, justo a la derecha del centro de su espalda, una en la espalda, otra en el estómago. La última se queda atascada cuando intenta extraerla, pero le asegura a Poppy que no es grave.

Una vez instalados en Spessa's End, Casteel despierta con Poppy pero lo hace muerto de hambre. Las heridas sufridas lo han dejado demasiado tocado, por no hablar de la sangre que le dio a Poppy para que se curase. Sin embargo, a pesar de su necesidad de sangre, está hambriento de *ella* y está harto de esperar. Al principio, la asusta un poco, hasta que ella se percata de sus intenciones. Entonces… la devora. Hasta que Kieran irrumpe de pronto para detenerlo, preocupado por la seguridad de Poppy… y por el estado mental de Cas si le hacía daño sin querer. Al cabo de unos instantes, el príncipe sale de su trance y se disculpa. Aunque sabe que jamás volverá a pensar en la miel del mismo modo.

A pesar de necesitar sangre, duda cuando Poppy se ofrece a alimentarlo. Cuando insiste, él por fin cede y dice que lo hará, pero con una condición: no pueden quedarse solos. Invitan a Kieran a supervisar el acto y, cuando ya se ha alimentado lo suficiente, Casteel deja que Kieran se marche y se ofrece a aliviar el lujurioso deseo de Poppy, su gloriosa reacción a que él se alimente de ella. Cas le dice lo valiente y generosa que cree que es. Lo preciosa. Y entonces la lleva hasta el clímax con manos hábiles, mientras él mismo alcanza su propio éxtasis, algo que dice que nunca antes había ocurrido de ese modo.

Con énfasis, admite que él *siempre* querrá más cuando de ella se trate y pide poder abrazarla, fingir una vez más, aunque para él hace tiempo que ya no es una farsa. No cree que ella vaya a permitírselo, pero cuando lo hace, él le dice que no puede echarse atrás y la abraza con fuerza y se deleita en cómo se derrite contra él.

Mi propio corazón se está derritiendo otra vez mientras escribo esto, igual que me pasó cuando lo *vi*.

Casteel propone hacer una excursión por el *verdadero* Spessa's End con Poppy, por la parte que los forasteros no tienen la oportunidad de ver, pero le da un ultimátum: solo lo hará si siguen fingiendo ser pareja. Su estratagema para mantenerla cerca. Cierran el trato con un beso y Poppy se ríe. Eso deja a Cas cautivado.

La risa de Poppy *es* bastante espectacular.

Cuando un *wolven* joven llamado Beckett resulta herido y Poppy lo cura, Casteel la ve brillar y la desea tanto que es casi incomprensible. Como es Cas y nunca tiene miedo de decir lo que piensa, se lo cuenta, tanto que estaba brillando como que quiere hacerle cosas de lo más perversas.

Estoy segura de que yo sentiría lo mismo.

Está claro que los poderes de Poppy están aumentando y eso tiene a Cas totalmente embelesado. No obstante, también le preocupa. Habla con ella de sus dones y le pide que no los utilice delante de mucha gente hasta que sepan más y puedan controlar lo que se diga.

Hablan de sus inminentes nupcias y Cas le dice a Poppy que quiere casarse con ella ya, en Spessa's End. Ella acepta, pero Alastir está de todo menos contento con la noticia. A Casteel no le agrada la reacción del *wolven* y reitera que es a *Poppy* a quien quiere. Después de ese encuentro y con ganas de compartir algo de la belleza de Spessa's End con Poppy, Cas la lleva a los campos de amapolas y a las cuevas, donde le cuenta pequeños retazos de su verdad y le dice cómo se siente.

Mientras están en la caverna, acuerdan dejar de fingir y tienen un encuentro sexual apasionado y maravilloso en el manantial de agua caliente. Cuando regresan con los otros, la ira de Alastir se vuelve ruin y suelta que Casteel ya está prometido con otra (a saber, la sobrina de Alastir, Gianna).

Es obvio que la noticia hiere a Poppy. ¿Y a quién no, después de todo lo que han compartido? Casteel casi puede ver sus pensamientos en su rostro y discute con Alastir, al que acusa de haberle dado un golpe bajo. Explica sus acciones una vez más y reitera su amor por Poppy. Incluso llega a revelar que ella lo apuñaló en el pecho al enterarse de su plan original; esto lo hace en un intento por suavizar las cosas con los demás ahí presentes.

Poppy les dice a todos que conocía los planes de Cas de capturarla y utilizarla, pero que se enamoró de él de todos modos, cuando todavía era Hawke. Después dice que Cas es la primera cosa que ha elegido jamás para ella misma.

Corazón mío, estate tranquilo.

Más tarde, cuando Casteel va a la habitación de Poppy a despertarla, discuten sobre Gianna. Cas le dice que nunca se opuso de manera abierta a la sugerencia de casarse con ella porque no quería herir los sentimientos de la sobrina de Alastir, pero le asegura a Poppy que ha sido del todo sincero con ella sobre todo… excepto sobre su necesidad de alimentarse. Y eso se lo ocultó por una buena razón.

Cas le pregunta si lo que dijo durante la cena era verdad (que se ha enamorado de él y lo ha elegido) y reconoce que quiere todo de ella. Comparte que su plan original tenía menos sentido cuanto más interactuaban, y que con ella, puede solo *ser*.

Antes de que Cas pueda demostrarle cuánto la quiere, los interrumpen diciendo que el cielo está en llamas.

Sí, eso sí que sofocaría cualquier ardor.

Se preguntan si es un presagio y salen a investigar, solo para descubrir que en realidad no es el cielo, sino algo grande en la distancia. Un poco más tarde, llega Delano, herido, con noticias de que los Ascendidos van hacia ahí con un ejército.

Casteel envía a Alastir y a Kieran en busca de refuerzos, y le pide a Poppy que vaya con ellos, pero como de costumbre, se muestra testaruda y se resiste. Cas amenaza con usar la coacción sobre ella si no va, pero al final cede cuando ella lo convence de que puede ser un activo y no será una carga.

Es una gran luchadora. Yo le hubiese creído.

Kieran está enfadado por dejar a Cas ahí, pero sabe que debe hacerse. Comparten una despedida emotiva y Casteel se marcha a decidir quién puede luchar. Una vez terminada su evaluación, organiza una reunión estratégica e invita a Poppy a unirse a ellos. Otra señal de confianza y amor.

En un intercambio muy sentido, Casteel admite que la mayor vergüenza que ha sentido nunca tiene que ver con ella y que, de hecho, había planeado secuestrarla durante el Rito. Incluso tenía a Kieran y a otros esperando para actuar. También admite que quería… no, que *necesitaba* ser su primer todo, y que todavía lo quiere todo de ella. Añade que finge que puede tenerlo, incluso cuando sabe que es inevitable que ella se marche, y lo deje a *él* con un deseo insatisfecho.

Pobrecillo. Solo tengo ganas de abrazarlo.

En un momento de vulnerabilidad y sinceridad, Cas por fin le habla a Poppy de Shea. Revela que no habla de ella, no porque la quiera, sino porque la odia y aborrece lo que se vio obligado a hacer. Le cuenta a Poppy que solo Malik y Kieran saben la verdad. La gente de Atlantia cree que Shea murió como una heroína, y a él no le parece mal. Luego explica que una de las principales razones por las que no podía casarse con Gianna era porque se parece a Shea, y eso lo molestaba.

Poppy corresponde a su sinceridad desnudando su propio corazón ante él. Le dice lo que siente en realidad y Cas se le vuelve a declarar y le pide casarse de inmediato. Ella acepta y le dice que recuerde que es digno.

Casteel y Poppy se casan a la manera tradicional atlantiana, pero cuando los declaran marido y mujer, el cielo de la tarde se vuelve tan oscuro como la medianoche. Es un presagio, algo que no había ocurrido desde que los padres de Casteel se casaron, y se cree que es una bendición de Nyktos, que muestra su aprobación por su unión.

Después de la boda, Casteel contempla a su esposa con un asombro absoluto. Poppy le pregunta por qué la mira de ese modo cuando se ríe o sonríe, y él le explica que es como un *déjà vu*, como si ya lo hubiese oído antes de conocerla siquiera. Cuando ella le pregunta acerca de los corazones gemelos, Cas le explica que es algo que comenzó al principio de la historia registrada, cuando una de las antiguas deidades se enamoró de un modo tan profundo de una mortal que les suplicó a los dioses que le otorgaran el don de una vida larga a la persona que él eligiera. El final de esa historia es triste, pero la belleza detrás de la idea de tener a alguien que está hecho para ti, que te completa, es preciosa. También hablan de la Unión, que lleva a compartir sangre y cuerpos.

Y deja que te lo diga, fue una consumación gloriosa de su matrimonio.

Cuando la duquesa de Teerman llega con sus caballeros y pide que le devuelvan a la Doncella, Casteel exige que Poppy se quede oculta en el Adarve para no convertirse en una diana. También le dice que si le pasase algo a él, debe irse a las cuevas. Kieran la encontrará ahí. Sin embargo, cuando la duquesa empieza a escupir mentiras, diciendo que Ileana es la abuela de Poppy y que la reina no es una Ascendida, la recién casada no puede permanecer escondida. Ni en silencio. A Casteel le encanta su espíritu, pero odia cuando se dibuja una diana sobre sí misma.

Cuando la duquesa catapulta sus *regalos* y la cabeza de Elijah aterriza a los pies de Casteel, la furia consume al príncipe.

Le dice a Poppy que mate a todos los que pueda y salta desde el Adarve.

Una vez que las cosas se apaciguan un poco, Poppy sugiere que debería ir con ellos para que nadie más de los suyos resulte herido o muerto. Insiste en que no la matarán, pero Casteel dice que no puede entregarse porque sabe lo que le harán. Dice que ella es lo que importa ahora. Que *ellos* son lo que importa.

Me encanta este hombre.

Antes de que Cas pueda llevarla a lugar seguro, Poppy amenaza con quitarse la vida si el ejército de Solis no se detiene, y les advierte de lo que les haría la reina si permitiesen que eso sucediera. Cas tiene ganas de estrangularla, y se lo dice, porque sabe que Poppy lo haría. Es así de impulsiva. Y aunque no debería ser algo que lo encariñase con ella, lo hace. Por suerte, la amenaza logra que los soldados vacilen, justo el tiempo suficiente para que llegue el ejército atlantiano.

La nueva pareja se reúne con Kieran y le dice que se ha perdido un montón de cosas, y le muestra la marca de matrimonio. Sin embargo, antes de que Casteel pueda decir nada más, Poppy desaparece de pronto y corre hacia el carruaje real. Cas la alcanza, justo cuando Poppy destruye a la duquesa. Está absolutamente furioso con su mujer por su numerito de antes *y* por ponerse en peligro, pero aun así lo tiene completamente cautivado… y perversamente excitado. Cas le dice a todo el mundo que no debe acercarse nadie, bajo ninguna circunstancia, y luego entra con Poppy, antes de cerrar la puerta. Rebosante de emoción, le dice que la necesita y pregunta si puede tomarla. Entonces se demuestran con el cuerpo lo que las palabras no pueden transmitir.

Le perdonan la vida a un solo soldado de Solis en la batalla, un chico apenas llegado a la edad adulta, y solo para que pueda transmitir un mensaje en su nombre. Casteel y unos pocos más parten hacia las tierras calcinadas de Pompay con el chico, para que pueda informar a los Ascendidos de Whitebridge de que los atlantianos han reclamado Spessa's End y que cualquiera que pretenda conquistarla encontrará el mismo final que los anteriores.

Cuando Cas regresa, le dice a Poppy que los *wolven* la oyeron durante la batalla y que viraron en su dirección. Poppy le cuenta lo que dijo la duquesa en el carruaje acerca de que sus hermanos estaban juntos y que Poppy había conseguido lo que la reina nunca pudo: conquistar Atlantia.

Vuelven a ponerse en camino y cruzan a través de la neblina de las montañas Skotos con la intención de reunirse con los otros en Roca Dorada. Cuando se paran a pasar la noche, hablan de cómo la neblina parece estar interactuando con Poppy. Esa noche, Poppy se levanta sonámbula, pero Casteel logra detenerla a tiempo y tira de ella hacia atrás justo antes de que caiga por el borde del precipicio.

Le dice que cree que los dioses lo ayudaron a encontrarla y que parece que ella les gusta. Después le cuenta que ha soñado que ella estaba en la misma jaula en que lo habían tenido a él, y que no podía liberarla. También le cuenta el sueño de Kieran.

Parece que algo los afectó a todos. Me da la sensación de que los dioses ya estaban inquietos a estas alturas, y que Kolis ya estaba afectando un poco a las cosas del mundo mortal.

Al final, llegan a Roca Dorada y se reúnen con los otros. Continúan camino, pasan entre los Pilares de Asphodel (que no son los mismos pilares que en la época de los dioses servían de entrada al Valle y el Abismo) y Cas le da a Poppy la bienvenida a *casa*.

Con Poppy asombrada por todo lo que está viendo por primera vez, Cas se marcha a hablar con Alastir, mientras Beckett se ofrece a llevar a Poppy a las Cámaras.

A Cas le llegan noticias de una conmoción y se apresura a ir en busca de Poppy. Llega después del ataque con Naill, Emil, Alastir, los padres de Casteel y otros, solo para encontrar una carnicería y un minibosque de árboles de sangre que no estaban ahí antes.

Cuando Jasper le gruñe al acercarse, Cas comprende de repente lo que ha pasado. Algo que su madre confirma cuando ella le pregunta qué ha hecho y qué ha llevado consigo a Atlantia.

Alastir insiste en que todavía hay tiempo. Casteel hinca una rodilla en el suelo, sus espadas cortas cruzadas delante del pecho, mientras los *wolven* se tumban sobre la barriga o hacen reverencias, los cuartos traseros en el aire.

La reina Eloana le dice a Alastir que sí es demasiado tarde y se quita la corona, que deja al pie de la estatua de Nyktos antes de decir: «Bajad las espadas e inclinaos ante la última descendiente de los más antiguos, aquella que lleva la sangre del Rey de los Dioses en su interior. Inclinaos ante vuestra nueva reina».

Cuando Poppy se tambalea, Casteel hace ademán de ayudarla, pero se detiene un instante al oír gruñir a todos los *wolven*, incluso Kieran, el *wolven* vinculado *a él*. A Cas no le importa. Comprende que solo la están protegiendo, algo de lo que es muy partidario, pero lo enfada que la guardia real y los presentes en el templo vean a Poppy y a los *wolven* como una amenaza. Sin embargo, entonces registra lo que ha dicho Alastir y se da cuenta de por qué los *wolven* están actuando de semejante manera.

Todos los vínculos entre los atlantianos y los *wolven* se han roto.

Los ha roto su mujer.

Cuando Poppy explica lo que ha ocurrido, Cas se enfurece por que su gente haya intentado lapidar a Poppy en el templo, y ordena que encuentren a Beckett. También declara, para que todos lo puedan oír, que cualquier acto en contra de su mujer es un acto en contra de él, y que cualquiera que lo intente siquiera morirá. A continuación, ordena que apresen a Alastir.

¿Puedes imaginar lo que debe de ser que alguien a quien has conocido toda tu vida, alguien en el que confiabas de manera implícita, te traicione de esa manera? Me duele el corazón solo de pensarlo.

Cuando el padre de Casteel declara que este no es el rey todavía y que Poppy no es la reina, y ordena que recluyan a Alastir en algún lugar *seguro*, Cas declara que si Alastir no va por voluntad propia, *él* será el primero en tirársele al cuello. No obstante, antes de que puedan llevárselo, Alastir ordena a los guardias proteger el rey y a la reina (Valyn y Eloana, *no* Casteel y Poppy), y estos atacan.

Jasper y Kieran reciben sendos flechazos durante la escaramuza, y Casteel se mueve para proteger a Poppy. Por desgracia, él también es herido (en la espalda y en la pierna). Y las flechas impregnadas de sombra umbría convierten su piel en piedra.

Una vez vi a alguien herido con sombra umbría. No es algo que tenga ningunas ganas de volver a ver.

Cuando Cas por fin sale de ello unos días después, él y varios más parten hacia Irelone para rescatar a Poppy. La encuentran después de decirle a la guardia de la corona que si los conspiradores no confiesan, empezará a matarlos a todos... y utilizó la coacción para asegurarse de que recibían el mensaje y *él* obtenía la información que necesitaba.

Llega ahí y destroza las filas enemigas; incluso llega hasta el punto de arrancar la columna de un hombre que atacaba a Poppy y a Kieran. En cualquier caso, cuando Poppy le grita que parara justo antes de matar a un hombre con una máscara, Cas lo hace sin dudar, más que sorprendido cuando encuentra a Jansen tras esa máscara. Alguien en quien confiaba antes de la Perla Roja, antes de que las cosas de verdad se hubiesen puesto en marcha.

Cas pasa del orgullo al ver a Poppy cumplir su promesa de acabar con Jansen a la devastación cuando uno de los Protectores la hiere en el pecho con un virote de ballesta. Cas le promete a Poppy que arreglará aquello e ignora las advertencias de su padre y las cosas que Kieran intenta decirle. En vez de eso, se muerde la muñeca e intenta que Poppy beba de ella. Cuando ve que está tan grave que no es capaz de hacerlo, Cas se derrumba de la pena.

Cuando un árbol de sangre crece alrededor de Poppy, Cas toma su decisión y les dice a los que son leales a él que mantengan a todos los demás, en especial a los que intentan detenerlo, lejos de Poppy y de él. Amenaza con arrancarles el corazón del pecho si no lo hacen. Y declara que ni siquiera los dioses podrían impedirle hacer lo que piensa hacer a continuación.

La cosa que su padre dice que no puede hacer, porque sabe lo que ocurrirá.

Ascenderla.

Cuando Poppy despierta muerta de hambre y se abalanza sobre Kieran, Casteel interviene para detenerla. Luego le urge que lo utilice a él a cambio, y se maravilla por el hecho de que esté viva pero no haya Ascendido.

Cas se disculpa por no haber estado ahí en el instante en el que Poppy se despertó. Le dice lo mucho que la admira y le recuerda lo valiente que es, momento en el cual repite que no es digno de ella. Cuando Poppy por fin se ha alimentado lo suficiente como para volver a su ser, Cas le dice lo mucho que la necesita y que la quiere, maravillado por el hecho de que ella le dice lo mismo (¡por primera vez!). Y entonces se demuestran con cuerpos y bocas y más lo mucho que se quieren.

Sin embargo, incluso con ella otra vez entre los brazos y aún capaz de ver el precioso verde de sus ojos en lugar del negro que tanto temía, Cas todavía se culpa por el ataque y siente que no hizo lo suficiente para garantizar la seguridad de Poppy.

Cuando Poppy pregunta qué había pasado mientras estaba inconsciente, Cas le cuenta que murió y que su marca de matrimonio incluso había empezado a difuminarse, que era cuando supo que no había vuelta atrás y empezó el proceso de Ascenderla. Después hablan de las cosas que sucedieron a continuación: que Poppy tratara de comerse a Kieran, que Cas se alimentara de Naill, del hecho de que ella, al final, no había Ascendido.

Hablan con Kieran sobre lo sucedido en el templo y sobre por qué Poppy no ha Ascendido, lo cual la hubiese convertido en una *vampry*. Kieran le recuerda a Poppy que él le había dicho que olía a muerte, no como algo muerto, y Casteel añade que su sangre no sabe solo vieja, sino que sabe *antigua*. Por lo tanto, la sangre en ella debe de ser poder antiguo. También hablan de por qué Poppy hizo lo que hizo, o lo que fue capaz de hacer, en las Cámaras, y llegan a la conclusión de que fue por el hecho de estar en tierra atlantiana combinado con la sangre que había ingerido de Casteel, junto con unas cuantas cosas más.

Menuda sorpresa se iban a llevar cuando descubrieran la verdad del tema.

Cuando Poppy pregunta por los vínculos de los *wolven*, Casteel confirma que el suyo con Kieran desde luego que está roto. Kieran dice que solo es porque le han hecho sitio a ella.

Eso sí que me convirtió en un charco de baba. Kieran es tan dulce y sexy...

Hablan de Alastir, y Poppy revela que él estaba ahí la noche en que sus padres y ella fueron atacados en Lockswood. Casteel le confirma que hablaba en serio cuando le prometió que podía tener todo lo que quisiera, y la informa de que Alastir es todo suyo.

Un desquite dulcísimo. Hay algo de lo más erótico en tomarse venganza cuando el castigo es merecido.

Antes de partir hacia las montañas Skotos, Casteel le dice a Poppy lo impresionado que está con su nueva fuerza y le pide que se la demuestre dándole un golpe. Cuando Poppy se niega, él la provoca tomándole el pelo sobre lo mucho que a Poppy le gusta mi diario (¿y a quien no le gustaría?), y por fin consigue que le dé un puñetazo en el estómago, con lo que demuestra a las claras lo mucho que ha aumentado su fuerza.

Mientras siguen su camino, Casteel se fija en que la neblina entre las montañas parece distinta esta vez. Se desperdiga para dejarlos pasar. Y cuando llegan a los árboles de Aios, ven que estos también están cambiados. En vez del bosque dorado al que todos están acostumbrados, encuentra uno lleno de árboles rojo sangre.

Viniendo de alguien que tanto vio como disfrutó de los preciosos árboles dorados, verlos ahora del color de la sangre fue un verdadero shock. En cualquier caso, seguían siendo impactantes y supe que anunciaban los cambios aún por venir.

Cuando paran a descansar esa noche, Delano empieza a aullar, pues percibe la angustia de Poppy, y Casteel tiene que despertarla de lo que parece una pesadilla, al tiempo que se maravilla de la conexión que tiene ahora con los *wolven*.

Al llegar al templo de Saion, Casteel pregunta si alguien sabe que tiene retenido a su padre. Le informan de que su madre y los guardias de la corona creen que Valyn está con ellos. También se entera de que algunos atlantianos y mortales trataron de liberar a Alastir y que recibieron su merecido, aunque algunos siguen con vida para el… divertimento de la pareja.

Cuando por fin se encuentran cara a cara con el padre de Cas, Poppy y él le revelan que no es una *vampry*. Aun así, Valyn vuelve a reprender a su hijo por hacer lo que hizo, pero Casteel le dice que sabía muy bien lo que estaba haciendo desde un principio y que volvería a hacer lo mismo, incluso aunque Poppy *hubiese* Ascendido. Después añade que ella es su todo y que no hay nada más importante que ella. Después se marcha cada uno por su lado y la pareja se dirige a ver a Alastir.

Sin ninguna merced en absoluto, Casteel decapita a todos los que intentaron liberar a Alastir, dejando con vida solo a los *wolven*. A continuación, Cas le dice a Alastir que ha traicionado tanto a él como a Atlantia, pero hace hincapié en que esos no fueron sus peores pecados. Le echa en cara entonces aquel día, hace muchos años, en el que Alastir se convirtió en el responsable de las pesadillas y cicatrices de Poppy. Con la espada pegada al cuello de Alastir, Casteel lo amenaza, pero al final limpia la hoja en la ropa del hombre y se lo entrega a Poppy, para que ella pueda cobrarse su venganza.

Cosa que hace. Encantada.

Llegan a la Cala de Saion recibidos por una gran multitud que proclama el regreso de su príncipe. Cas se disculpa con Poppy por abrumarla, pero le explica que no hay ningún otro camino para llegar a casa de Jasper. Cuando las alabanzas se vuelven hacia Poppy y el gentío empieza a corear «*Meyaah Liessa*», para llamarla su reina, Cas vuelve a sentirse asombrado.

Cuando llegan a las cuadras y Casteel presenta a Poppy como alguien muy querido para él, su mujer, ocurre una cosa de lo más extraordinaria. Todos los *wolven* se acercan y se transforman, hincan una rodilla en tierra con la mano sobre el corazón, toda su lealtad dirigida a Poppy.

Al llegar a sus aposentos, Casteel le explica a Poppy lo que hay inscrito en sus alianzas de boda: *siempre y para siempre*; y le recuerda que son reales el uno con el otro, siempre y para siempre. Después le dice que sabe que han pasado muchas cosas y que no pasa nada por que se sienta como quiera que se sienta. Cuando Poppy por fin se desmorona, él está ahí, como prometido, para recoger los pedazos y abrazarla con fuerza.

Casteel aprovecha que Poppy está dormida para estudiar mi diario. Cuando Poppy despierta y lo encuentra hojeando el volumen encuadernado en cuero, él le toma el pelo leyendo una de mis entradas favoritas: la noche en que Andre, Torro y yo tuvimos una escandalosa cita en un jardín, a la que luego se unió lady Celestia, lo cual hizo que la noche fuese aún más memorable. La verdad es que hubo más de una virilidad y muchas partes femeninas escandalosas por ahí.

Casteel se marcha para hablar con su padre. Cuando regresa, aterriza en medio de un ataque de los Arcanos, un grupo extremista que él creía desintegrado o extinguido, completo con *gyrms* y todo. Cuando por fin los vencen, abraza a Poppy y le da la enhorabuena por los atacantes a los que ha eliminado.

Mientras hablan sobre qué hacer acerca de los Arcanos, Poppy intenta convencer a Casteel de que no deberían matarlos solo porque no confíen en ella o no les guste. Poppy cree que se les debería dar la oportunidad de redimirse. Casteel acepta que haya un juicio, pero insiste en que él tendrá la última palabra a la hora de decidir si viven o mueren.

Hablan también del derecho al trono de Poppy, y Casteel le dice que la apoyará en cualquiera que sea la decisión que tome. No obstante, tendrán que abandonar Atlantia si opta por renunciar a ella. En cualquier caso, Cas reitera que no pasaría nada, que no quiere que Poppy tenga que desempeñar otro papel que no desea y no ha elegido, y que la quiere a ella más que a su gente. Aunque sí que añade que sería una reina maravillosa y una regente mucho mejor de lo que lo sería él nunca.

Una niña resulta herida en un accidente y Casteel es testigo de cómo Poppy la salva, a pesar de estar más allá de la salvación. Cuando lo hace, Cas se da cuenta de que Poppy es, en verdad, una diosa. Él siempre ha pensado que lo era, pero esta es una verdadera confirmación. Cuando hablan sobre ello después, Casteel supone que o bien Poppy instó al alma de la niña a quedarse, o bien la trajo de vuelta a la vida.

Casteel presenta a Poppy a la madre de Kieran, Kirha, y se encuentra con sus padres en el Palacio de la Cala. Todos analizan los orígenes de Poppy, y Casteel descubre que los padres de Poppy no podían haber sido mortales. A medida que aprende más sobre el pasado, Casteel se enfurece por que sus padres permaneciesen cercanos a Alastir cuando sabían que había dejado abandonada a una niña para que la asesinasen los Demonios. Su padre se limita a responder que, si Cas va a convertirse en rey, tendrá que aprender a tragar con cosas que atormentarán sus sueños.

Cuando llega Ian, el hermano de Poppy, organizan una expedición a Spessa's End. Después de reunirse con Ian, Cas y Poppy hablan de por qué Poppy no mató a su hermano y de si Poppy debería aceptar la corona. Sin embargo, antes de que puedan hacer más que hablar de la coronación, los Arcanos atacan de nuevo. Esta vez, Poppy emplea su poder para derrotarlos y Casteel está superorgulloso de ella... y muy cachondo.

Vi algo de eso en una visión y es *verdad* que ella estaba resplandeciente.

Después de que la pareja reclame los tronos de Atlantia, se reúnen con el Consejo. Es la primera vez que me ven, y siento un gran placer cuando se dan cuenta de quién soy y de que su material de lectura más escandaloso (al menos, según Poppy) y divertido es, de hecho, mi diario personal.

Cuando a algunos miembros del Consejo se les ocurre que pueden decir lo que piensan acerca de Poppy, Casteel los informa que o bien se inclinan ante su reina, o bien sangran ante ella.

Eso me hizo sonreír.

Después de hacer planes para su viaje a Oak Ambler e Iliseeum, repasan las cosas que han averiguado hasta el momento: lo de que yo los uní en la Perla Roja, lo de la profecía, y lo que es posible que le espere a Poppy con respecto a su hambre...

Conscientes de que necesitan a alguien para actuar como su mano derecha, Casteel y Poppy le piden a Kieran que sea su consejero. Después reúnen al grupo para dirigirse a Iliseeum y se ponen en marcha, junto con Kieran, Vonetta, Emil y Delano.

Al llegar, se encuentran con muchos peligros: la neblina, los soldados de la consorte, las serpientes de humo. Casteel insta a Poppy a utilizar *eather* para derrotar a cualquier cosa que intente hacerle daño, y luego le recuerda al grupo que no van a entrar en Dalos y que los guardias de Nyktos podrían estar cerca.

Cuando por fin se encuentran con el Rey de los Dioses, Casteel intenta defender a Poppy cuando esta se muestra un poco impertinente con Nyktos y él amenaza con matarla. A continuación, Cas le hace prometer a Poppy que no hará nada que pueda suponer su muerte mientras habla con el Primigenio en privado.

Después de la reunión, Casteel le pregunta a Poppy acerca de la mujer que ha estado viendo y conjetura que podría ser también una Primigenia. También le lleva a Poppy las últimas palabras de Nyktos (que tendrá más que una corona y un reino), lo cual significa que llegará el día en que gobierne sobre Solis *y* sobre Atlantia.

Después de reunir a su equipo para dirigirse a Oak Ambler y partir en barco, Casteel ayuda a Poppy con su mareo. Para ello, la distrae de la manera más deliciosamente carnal posible mientras lee mi diario en voz alta (es un pasaje especialmente maravilloso).

Casteel admite ante Poppy que, cuando la Corona de Sangre lo tuvo prisionero, con frecuencia olvidaba quién era y se sentía una *cosa*, no una persona. Le cuenta que Kieran es el único que sabe el horror de todo lo que vivió. Revela también que oír que lo llamaban «Cas» o «Hawke» era, en ocasiones, lo único que necesitaba para recordar que *no* era una cosa.

Poppy entendió entonces el enorme asombro de Casteel la primera vez que ella lo llamó así.

Según continúa su viaje, Poppy y Cas se topan con un gran gato en una jaula, y él se maravilla de lo mucho que se parece a los antiguos gatos de cueva que todo el mundo creía extintos. Odia tener que decirle a Poppy que no pueden liberarlo.

Aun así, promete incluirlo en su trato con la Corona de Sangre. Cuando Poppy pregunta si el gato podría ser Malec, Cas le dice que Malec no era ese tipo de deidad y no podía adoptar esa forma.

Cuando la reina y su gente se reúnen con ellos, Casteel se queda horrorizado al encontrar a su hermano Malik al lado de Ileana y le pregunta a esta qué ha hecho. Cuando Malik revela que la reina había querido que Poppy se casase con *él* y destaca que *él* debía ser su Ascensión... de la carne, Kieran tiene que sujetar a Casteel.

A continuación, Cas se entera de que Alastir le comunicó a Ileana el ultimátum que habían planeado darle y averigua que la reina preferiría ver arder el reino entero antes que entregarles un solo acre de terreno. Cuando oye la contraoferta de Ileana, Cas le dice que ha perdido la cabeza.

Parece que la guerra es inevitable.

A medida que Ileana revela más datos, a Casteel le cuesta aceptar lo que le están diciendo: que Ileana es, en realidad, Isbeth; que Isbeth es la madre de Poppy; que Malec es un dios; que *Isbeth* es una diosa porque Malec la Ascendió...

Yo misma no me creí la mayor parte.

Entonces, Cas le dice a Isbeth que no aceptan sus términos, lo cual acaba con el hermano de Poppy asesinado y una refriega para escapar.

Durante la batalla, Cas sujeta a Poppy, que está siendo estrangulada por la magia de Isbeth y ordena que todo el mundo se aparte. Le dice a Isbeth que puede tener lo que ella quiera y se ofrece a entregarse, diciendo que es la única manera de que ella controle a Poppy.

Malik lo lleva a las mazmorras y lo encadena con piedra umbra en torno a los tobillos y al cuello.

A medida que pasan los días, las doncellas personales pululan a todas horas por la celda para extraerle sangre. Casteel es capaz de eliminar a muchas, debido a lo cual acortan sus cadenas, pero también averigua algo de un valor incalculable:

no todas las doncellas personales de la reina son Retornadas. Una incluso *permaneció* muerta después de que él la matase.

Pocas horas después de una de esas extracciones de sangre, cinco doncellas personales entran en su celda, seguidas de Isbitch, como me he aficionado a llamarla después de oírlo en una visión. Revela algunas cosas que conducen a Cas a darse cuenta de que Isbeth es una *demis* y averigua más acerca de cómo se crean.

Casteel se enfurece cuando le dicen que no se ha ganado el derecho a ver a su hermano, pero se queda encantado cuando se entera de lo que Poppy le hizo al rey Jalara y de que ella sabe dónde está Malec y ha amenazado con matar al dios.

Isbeth intuye que el único interés de Casteel por Poppy tiene que ver con su poder, cosa que a él no le sorprende. Sin embargo, cuando la Reina de Sangre sigue hablando y revela que no quiere Atlantia, sino que quiere rehacer los *mundos* y cree que Poppy está destinada a ayudarla a hacerlo… eso *sí* que sorprende a Cas.

Lo dejan solo durante un rato, hasta que llega Callum y apuñala a Casteel con una daga de piedra umbra.

Con el cautiverio, las sangrías y esta nueva pérdida de sangre, Casteel se da cuenta de que necesita alimentarse y teme convertirse en la cosa en la que se convirtió cuando estuvo en cautividad la vez anterior. También hay otras similitudes entre aquella vez y ahora. Llevan una bañera a la celda, pero él se niega a usarla, a sabiendas de que ese tipo de cosas siempre eran recompensas o un preludio a algún castigo. Y él no ha hecho nada para merecer una recompensa.

Cuando le cortan el dedo índice, está más molesto por el hecho de que le hayan quitado su alianza de boda que por la pérdida del dedo. ¿Y por qué no habría de estarlo? Era una unión bendecida por los dioses y un símbolo de su siempre y para siempre con Poppy. Al menos sabe que Kieran está con ella.

Cuando Millicent, la doncella personal de la reina, acude a curarlo, algo en ella le resulta familiar. Se pregunta si es su olor, pero no consigue ubicarlo del todo. Millie procede a contarle que Poppy destruyó los hechizos protectores de los túneles cuando Ascendió a su divinidad y que lleva en su interior la sangre tanto del Primigenio de la Vida como del Primigenio de la Muerte. De inmediato, Casteel asume que es Nyktos, pero Millie lo corta al instante diciéndole que no sabe nada.

Luego lo informa de que, aunque es verdad que Isbeth no tiene el poder para rehacer los mundos, sí sabe cómo traer de vuelta a la vida algo que sí tiene ese poder. Esa información deja a Cas consternado, pensando en lo que podría significar todo eso.

Esa noche, Cas camina en sueños para encontrarse con Poppy en el estanque de la cueva y se deleita en el hecho de que es capaz de tocarla. De amarla. Sin embargo, no deja de estar frío y oye el entrechocar de cadenas, por lo que sabe que no es real. Aun así, dado que eso es más que un sueño, confirma una cosa: que Poppy y él son corazones gemelos.

Más tarde, se arrepiente de no decirle a Poppy que está bajo tierra y que Isbeth es una *demis*, aunque no puede arrepentirse de lo que sucedió en el sueño. Cuando lo atacan más Demonios, mata a uno y agarra el hueso de su espinilla para utilizarlo de arma. Es mejor que nada…

Cuando Malik va a visitarlo, Casteel siente una breve chispa de esperanza de que su hermano esté ahí para liberarlo. Por desgracia, esa esperanza se hace añicos enseguida. La traición azuza su ira, aunque la entiende en parte. Como dice Malik, si alimentase a Cas, la reina descubriría su visita y castigaría a Casteel. Eso sí, Malik desinfecta y venda la herida de Cas, lo cual le hace creer que Millie debe haberle dicho a su hermano lo que le estaba pasando.

Hablan de Shea, y Malik admite que ha estado pensando mucho en ella. Cuando Cas revela que él la mató, no parece sorprender a su hermano. Después hablan de Preela. Malik le cuenta a Casteel todo lo que le pasó a la *wolven* vinculada a él y revela que la daga de Poppy está hecha de sus huesos. Eso espanta a Cas, y se da cuenta de que perder a Preela de ese modo debió de ser el catalizador para lo que le sucedió a Malik y lo que condujo a lo que es ahora.

Cas empieza entonces a atar algunos cabos con respecto a su hermano y la doncella personal. Cuando Malik le pide que no se vengue de Millie por las cosas que le han hecho, Cas le pregunta si ella le importa. Malik le dice que es incapaz de eso, pero que ella, igual que Poppy, no ha tenido elección en su vida. Y que él se lo debe. Después le dice a Casteel en tono críptico que todo tiene que ver con Poppy y que lo más probable es que ella no lo recuerde.

Al pensar en las nuevas revelaciones, todas las incógnitas no hacen más que preocupar a Casteel. Esa noche, vuelve a caminar en sueños con Poppy y le revela que es una diosa. Le dice que lo supo en el instante en que se enteró de que Malec era un dios. Sin embargo, Poppy le dice entonces que Malec *no* es su padre. Lo es su gemelo, Ires. E Ires es el gato de cueva que vieron. Todo eso enfurece a Cas, pero se alegra de que Isbeth no sepa dónde está sepultado Malec.

Hablan un rato más y Poppy le dice que están yendo a rescatarlo y ya están cerca. También le cuenta que ha invocado a los guardias de Nyktos y que Kieran y Reaver, uno de los *drakens*, están con ella.

Luego comparten más información: el hecho de que Cas está en algún lugar subterráneo, el hecho de que Isbeth es una *demis* y lo que eso significa, el hecho de que la Reina de Sangre sabe cómo utilizar energía primigenia y que eso es lo que mató a los otros *drakens* que Poppy trajo con ella…

Mientras relato esto, no puedo evitar sentirme aliviada por que Nithe escapase de esa masacre. La noche que compartimos siempre ocupará un lugar especial en mi corazón.

Callum despierta a Cas con un cubo de agua fría e Isbeth se encara con él. Cas le lanza varias pullas antes de apuñalarla en el pecho con el hueso. No le atraviesa el corazón por poco y le dice que eso es a cambio de lo que le hizo al hermano de Poppy. Callum va a por él y pelean. Cas trata de llegar hasta Isbeth de nuevo… sin suerte.

Isbeth revela entonces una información importante y pertinente. Los Primigenios tienen una debilidad: el amor puede utilizarse como arma para debilitarlos y después acabar con ellos. También pueden nacer en el mundo mortal, y los dioses forzaban a los Primigenios a su eterno descanso al Ascender. Sin embargo, los Hados crearon un cabo suelto que permitiría al mayor poder de todos levantarse de nuevo. La cosa es que eso solo ocurre con las féminas de la estirpe del Primigenio de la Vida… lo cual sugiere que Isbeth no dio a luz a una diosa, dio a luz a una *Primigenia*. Poppy es una Primigenia.

Pasa el tiempo y Cas empieza a perder la cabeza por la sed de sangre. Apenas se da cuenta cuando Poppy llega hasta él y utiliza su don para sacarlo de su embotamiento y curar sus heridas. No obstante, cuando Cas ve a Callum en lugar de a Kieran, sabe que Poppy no está ahí para rescatarlo. Ha pasado algo. Ella le dice que los apresaron a las afueras de Tres Ríos y los trajeron ante la reina. Cuando Poppy se ofrece a alimentarlo, Cas rechaza la oferta por miedo a debilitarla.

Cuando Cas se da cuenta de que Isbeth no sabe que Poppy ha traído a un *draken* con ella, se alegra. Y cuando exige que le den agua y le permitan alimentarse y luego exhibe su poder, lo deja completamente asombrado. Una vez más. Aun así, la convence de que se vaya. Poppy tiene planes que hacer y no puede hacerlos ahí abajo en las mazmorras con él.

La siguiente vez que Millie va a verlo, se lava el color negro del pelo y retira la pintura de su cara, y Cas se da cuenta de por qué le parecía tan familiar. Ella confirma sus sospechas al decirle que es la primera hija, la hermana de Poppy. También le cuenta que, a diferencia de Poppy, ella no es una diosa. Es un fracaso. Cuantos más detalles revela, más respuestas obtiene Cas, pero también más preguntas le surgen. Millie detalla el plan de Isbeth desde hace muchísimos años y le dice a Cas que cuando Poppy complete su Sacrificio, le dará a su madre justo lo que ha querido desde que murió el hijo de la reina: vengarse de todo el mundo. No quiere rehacer los mundos, quiere *destruirlos*, y Poppy está destinada a ayudarla con eso. Ella sí que *es* la heraldo anunciada. Millie continúa diciendo que todo lo que dijo la profecía que ocurriría *iba* a ocurrir. Poppy propiciaría el fin, y Casteel fracasaría. Matará a Poppy.

Atormentado por sus pensamientos, Cas piensa en todo lo que le ha dicho la doncella personal. Sabe que jamás matará a Poppy, pero las cosas con la profecía se han ido revelando verdaderas... aunque no como todos esperaban.

Cuando Callum regresa, le dice a Casteel que Poppy lo apuñaló con su propia daga, y Cas no puede sentirse más orgulloso. No obstante, cuando Callum le dice que aunque la arrogancia de Casteel es impresionante, él ha visto al amor derribar a los seres más poderosos, y ha visto al amor derrotar a la muerte una sola vez (con Nyktos y su consorte), Cas se da cuenta de lo viejo que es el Retornado. Y entonces... Callum lo apuñala en el pecho y lo envía directo a las profundidades de la sed de sangre.

Kieran, Poppy y Malik llegan para rescatarlo, pero está demasiado perdido para percatarse de lo que ocurre. Kieran lo distrae mientras Malik lo deja inconsciente. Luego Reaver lo libera de las cadenas de hueso y su hermano lo saca en brazos de la celda. Poppy utiliza sus dones para intentar curarlo, pero está demasiado debilitado para que sirvan de gran cosa. Cas se lanza hacia el cuello de Poppy, pero su amor por ella gana la partida y acaba protegiéndola en lugar de hacerle daño.

No creo que hubiese podido hacerle daño. Personalmente, creo que siempre hubiese sabido que era ella y hubiera mantenido el control, incluso en la agonía de la sed de sangre.

Casteel conoce entonces a Reaver y piensa que el *draken* podría gustarle, en especial cuando ayuda a retirar los grilletes de piedra umbra. Una vez que se asegura de que están todos a salvo, Cas pide pasar algo de tiempo a solas con Poppy. Kieran se queda unos instantes, y Cas le da las gracias a su amigo por ayudar a liberarlo, pero sobre todo por cuidar de Poppy y estar ahí para ella cuando él no podía.

Desesperada por demostrar que ella es real y que está con él otra vez, se demuestran el uno al otro lo mucho que se quieren y cómo se han echado de menos, y luego juran no volver a dejarse separar nunca más. Cas le asegura a Poppy que en poco tiempo estará bien.

Poppy le cuenta lo que ha estado haciendo, y Cas averigua que aunque ella necesita alimentarse, le sirve cualquier sangre excepto la de un *draken*. Da por sentado que Poppy se alimentó de Kieran, y eso incluso lo alegra. Poppy le cuenta todo lo demás que ha sucedido y, mientras la escucha hablar, se devana los sesos para cómo decirle a Poppy que Millie es su hermana.

Incapaz de dormir con eso en la cabeza además de las palabras de la doncella personal sobre el hecho de que Poppy morirá entre sus brazos, la deja dormir y habla con Kieran. Analizan todo lo que Millie le contó a Cas y lo que significa con respecto a la profecía y lo que creen que puede haber entre Millie y Malik. Mientras hablan, Casteel se da cuenta de que Poppy será una Primigenia una vez que complete su Sacrificio; le preocupa lo que dijo Isbeth acerca de que el amor era peligroso para un Primigenio.

Después de que Poppy se alimente y de pasar algo más de tiempo de calidad juntos, Cas por fin le cuenta a Poppy que Millie es su hermana, pero que no sobrevivió a su Sacrificio. Isbeth la convirtió en una Retornada para salvarla.

Durante su viaje, Casteel pasa algo de tiempo a solas con su hermano y le revela que Millie le había contado que era la hermana de Poppy y que él había sumado dos más dos para deducir cómo había acabado como estaba ahora. Su hermano confirma que la sangre de Cas no fue suficiente para Ascender a Millie, pues estaba muy debilitado por su cautiverio, y que Callum le enseñó a Isbeth cómo crear Retornados y utilizar magia primigenia.

Después de su discusión con su hermano, Casteel le dice a Poppy que no cree que sea una diosa ya, pero Malik lo interrumpe para decirle a Poppy sin rodeos que es una Primigenia. En ese momento, Casteel se da cuenta de algo y vuelve toda su ira contra Reaver por no decirle a Poppy de inmediato que era una Primigenia. Después pregunta cómo puede un Primigenio nacer de carne mortal.

A medida que se van revelando cosas, Cas acaba por averiguar que Malik era el Señor Oscuro de Lockswood y por tanto responsable de las cicatrices y traumas de Poppy. Utiliza entonces la coacción para obligar a su hermano a agarrar una daga y plantársela delante de su propio cuello. Poppy detiene a Cas y le explica que Malik no le hizo daño de manera directa; en realidad la ayudó a escapar. Eso no disminuye la ira de Casteel. Cuando Malik contradice todo lo que afirma Poppy para intentar que Cas comprenda que solo estaba protegiendo a su reino y a su familia, Cas no puede contenerse más. Se abalanza sobre su hermano, y Poppy se ve obligada a emplear sus poderes para separarlos.

Isbeth aparece donde se están quedando y mata a la pareja de Descendentes que les habían dado cobijo. A continuación, se produce una escaramuza y Cas impide que Malik regrese con Isbeth (con algo de ayuda de Kieran, que lo deja inconsciente). No obstante, Kieran resulta herido en la refriega, lo cual conduce a que Cas apuñale a Callum en el pecho antes de traer a Poppy de vuelta del borde del precipicio.

Se dirigen a Padonia para reunirse con su ejército y hablan de tomar Carsodonia mientras se reúnen con Isbeth en el Templo de Huesos. No es lo ideal, pero es algo en lo que pensar. También hablan de la profecía, de cómo la vida de Poppy es solo suya, de la Unión y de todo lo que se ha revelado acerca de Malik.

Cas habla con Kieran sobre la Unión, pero el *wolven* deja claro que no quiere ni espera que lo hagan solo para salvarlo de la maldición que ahora sufre debido a la daga con la que lo ha cortado Callum. Cas le dice a *él* que son más que solo amigos o hermanos: son mitades del mismo todo. Después le dice a Kieran cuándo planea realizar la Unión si Poppy aún lo desea.

Si no lo está, ¿puedo presentarme voluntaria yo?

Solo estoy de broma.

¿O no? [guiño]

Con la cabeza más fría, Casteel se reúne con su hermano. Le deja claro lo que opina sobre el hecho de que Malik fuese el Señor Oscuro y la medida en que hirió a Poppy y, por tanto, el impacto que tuvo sobre su vida. Después de hablar largo rato sobre Alastir, Millie y las intenciones y creencias de Malik con respecto a Poppy, la actitud de Cas se suaviza un momento cuando le dice a Malik que no se deje matar y que luche *con* ellos, no contra ellos.

Ahora bien, no estoy diciendo que fuesen íntimos otra vez en absoluto, pero fue un paso enorme que Cas le tendiera esa mano para hacer las paces, y que Malik la aceptara… al menos en ese momento.

Casteel le pregunta a Malik acerca de la siniestra rima que oyó Poppy, pero Malik le dice que no tiene ni idea de lo que está hablando, lo cual confirma que eso no fue cosa de su hermano. A continuación, ordena que retiren las cadenas de hueso de Malik. No quiere que su padre o el reino lo vea de nuevo por primera vez mientras está encadenado.

Cas se queda sin palabras al ver a los *drakens* por primera vez en Padonia, pero se siente un poco más tranquilo cuando Poppy identifica a cada uno de ellos para él. Poco después, se sorprende cuando ve a Tawny. Le da la sensación de que la amiga de Poppy no está igual, pero no logra identificar *qué* es lo que le transmite. Es solo algo… diferente.

El grupo se prepara y Cas le dice a todo el mundo que solo le van a entregar a Malec a Isbeth para que retiren la maldición de Kieran. Después de eso, pondrán punto final a la guerra de una vez por todas. Hacen planes entonces para convocar a los generales y estudian cómo tomar Carsodonia.

Los siguientes días están llenos de planificaciones y de disfrutar de su reina, hasta que parten en busca de Malec. El viaje está lleno de conflictos, como de costumbre (Demonios, Centinelas, *gyrms*, serpientes), pero también está cargado de información. Cas aprende cosas sobre los distintos tipos de *gyrms* y cómo se originaron, cómo cambió Malec después de visitar el mundo mortal, y que Nyktos y su consorte tuvieron sus razones para no intervenir cuando su hijo fue sepultado.

Con esa parte de su viaje hecha, Cas ordena a todo el mundo tomarse un día de descanso antes de partir hacia el Templo de Huesos. Esa noche, conduce a Poppy al Bosque de Glicinias y a la orilla del río Rhain, donde los espera Kieran.

Al aire libre, entre la naturaleza, los tres se convertirán en uno solo. ¿Puede algo ser más sexy que eso?

El trío inicia el ritual: Poppy bebe de ellos, ellos beben el uno del otro, y después Cas y Kieran beben de ella, pronunciando las palabras que expresan su consentimiento y su intención. La tensión aumenta. Yo vi todo el intercambio en una visión, y solo deja que te diga que tuve que hacerle una visita a uno de mis amantes habituales después. Ellos tres, una espectacular paleta de colores que se fundían, suspiros que llenaban el aire, la confianza, el amor y el respeto de ese momento… fue algo realmente precioso. Igual que lo fueron las hebras de la Unión que los conectaron.

Cuando después están enredados en un batiburrillo satisfecho y vinculado, ven que la herida de Kieran está curada, pero no saben si la Unión ha anulado la maldición. Sigue siendo una preocupación, pero la Unión era para mucho más que solo para salvar la vida de Kieran, y los tres lo saben. Lo más asombroso para Cas es compartir ahora la misma frecuencia cardiaca con las dos personas más importantes de su vida. Es una maravilla.

El grupo parte hacia el Templo de Huesos, y Cas, Kieran y Poppy se deleitan en su recién encontrada cercanía. Siempre habían tenido un vínculo especial, pero ahora es muchísimo más. Cuando llegan hasta Isbeth, Cas tiene un enfrentamiento verbal con Callum y provoca a Isbeth diciéndole que Malec aún duerme. También pregunta cómo podía haber pensado Isbeth nunca que Malec le daría lo que quiere. Más engreída que nunca, Isbeth responde que *sabe* que lo hará.

Una vez que Callum retira el maleficio, Cas le dice a Kieran que deje que Poppy lo cure (por ella, no por él) y luego aguardan como un solo ser mientras esperan a ver qué hará Isbeth. Cuando la reina saca una daga de piedra umbra, Cas tranquiliza a Poppy. No pueden confiar en Isbitch, y la reina ha demostrado que no es nada más que impredecible, cosa que demuestra de nuevo cuando clava la daga en el pecho de Malec.

Cuando Callum explica el significado *real* de las partes de la profecía que aluden al heraldo y portador de muerte y destrucción, Cas le recuerda a Poppy que él nunca pensó que ella fuese muerte y destrucción. Aun así, le sorprende lo que revela Callum y se enfurece por lo que dice sobre el supuesto «Verdadero Rey de los Mundos». Sin embargo, la gota que colma el vaso es cuando Callum dice que *él* está esperando para cortar su bonita florecilla y ver cómo sangra. Cas ya ha oído suficiente y le arranca al muy imbécil el corazón aún palpitante del pecho con sus propias manos… justo cuando Kolis revela su presencia.

La tierra se agrieta y los *wolven* huyen (algo que Cas no los había visto hacer jamás), y una horda de *dakkais* brota de las fisuras. Luchan con todo lo que tienen, pero sufren muchísimas bajas. Naill. Emil. Delano. Cas hace todo lo que puede por vengarlos, su atención dividida entre la batalla y la transformación de Poppy. Eso lo deja totalmente alucinado, igual que lo hace la llegada de Nektas, y le cuesta apartar la mirada, pese a los peligros que lo atacan por los cuatro costados. Intenta proteger a Poppy del horror de la destrucción de Isbeth, pero ella la observa, como hacen todos, hasta que Isbitch deja de existir.

Tras conseguir que Poppy recupere la consciencia, Cas se maravilla por todo lo ocurrido. De algún modo, ninguno de los suyos está muerto, y Poppy ha completado su Sacrificio. Cuando le informa de que trajo a todo el mundo de vuelta a la vida, Nektas lo corrige y dice que la verdadera Primigenia de la vida, la *consorte*, la ayudó, y que Nyktos capturó sus almas antes de que pudieran entran en el Valle o en el Abismo.

Cuando Nektas les cuenta la historia completa de Sotoria y Kolis y Nyktos y su consorte, todos están intrigados, aunque también preocupados. A medida que Nektas continúa con su relato, Cas ata cabos y descubre que si Kolis no hubiese hecho lo que hizo (matar a su hermano y robar las brasas), Nyktos se habría convertido en el Dios Primigenio de la Vida, y Malec e Ires habrían nacido Primigenios. Sin embargo, no lo hicieron porque hacía falta una descendiente femenina.

Cuando Nektas dice que Poppy es la Primigenia de Sangre y Hueso, la verdadera Primigenia de la Vida *y* la Muerte, y que esas dos esencias jamás han existido en un solo ser, Cas la tranquiliza diciendo que da igual si eso es bueno o malo, porque ya saben que *ella* es buena.

Esperanzado ante la idea de que las cosas empiecen a mejorar ahora que han frustrado los planes de la Reina de Sangre y que Malec aún vive, Cas solo siente ira y frustración cuando Nektas les dice que no han detenido nada y que tienen que matar a Kolis… algo que ni siquiera Nyktos y la consorte fueron capaces de hacer.

Más tarde, en los túneles, Cas mata a un *vampry*, aunque no los atacó. Dice que se movía hacia Poppy y que eso no estaba bien. No está seguro de por qué da la impresión de que ella se está apagando, pero es algo que lo preocupa mucho.

Nektas le dice a Cas que se parece mucho a la estirpe de la que desciende, la de Attes y Kyn.

Los túneles se desploman y Cas y Kieran corren a proteger a Poppy. Nektas les dice que no ha sido cosa de ella, que eran *ellos*. Se refiere a los dioses, que se están despertando; sobre todo Penellaphe, que descansa cerca.

Aún preocupado por Poppy, Cas debe dejar sus pensamientos a un lado durante unos instantes cuando se topan con Ires en su forma de gato, enjaulado. Parece en muy mal estado. Todos ven los barrotes y los hechizos protectores, y Nektas dice que nadie en el mundo mortal debería tener esos conocimientos.

Le dicen a Ires que Isbeth está muerta, que han ido ahí a rescatarlo y que todo irá bien. Poppy toca a su padre y este se transforma para adoptar su forma de dios. Les habla de Jadis y entonces se desmaya para sumirse en una estasis.

Poppy se marea. Nektas pregunta si ha dormido y ella dice que un poco. Pero eso no es a lo que se refería él. Le está preguntando por la estasis posterior a su Ascensión. Antes de que pueda contestar nada coherente, pierde el conocimiento y Cas y Kieran la atrapan al vuelo.

Nektas explica que necesita la estasis para completar su transformación y dice que la propia tierra buscará protegerla. Añade que no sabe cuánto tiempo dormirá, pero les dice que la lleven a algún lugar seguro, que la cuiden, la protejan y hablen con ella. No obstante, añade que podría haber efectos secundarios inesperados. Podría despertar sin ningún recuerdo de quién es ella, de quiénes son ellos o de nada de lo sucedido.

La trasladan a una habitación de invitados en el castillo y Cas le dice a Emil que se asegure de que Wayfair es seguro. El atlantiano ya pensaba tomar medidas en ese sentido y se aseguraría de que no los molestaran, pero además dice que los *wolven* protegen el recinto con Hisa y la guardia de la corona.

Emil le pregunta a Cas qué deben hacer con los Ascendidos y, aunque su primer instinto es decir «matadlos a todos», opta por dar la orden de que los mantengan recluidos en sus casas.

Emil pregunta entonces por Valyn e Ires, y Cas se da cuenta de que ni siquiera ha pensado en los que están en Padonia. Da orden de informar a su padre, pero sin contarle lo de Poppy, y le dice que Nektas se ha llevado a Ires a casa, a Iliseeum.

Entonces recuerda lo que les dijo Nektas de hablar con Poppy y piensa en la primera vez que la vio. Decide hablarle de cómo vivía en Masadonia antes de conocerse de manera oficial. Empieza con su época en el Adarve.

Poppy duerme durante horas, tiempo que Cas aprovecha para lavarla y retirar la tierra y la sangre de la batalla. Le cuenta que Vikter es, en cierto modo, parte de los Hados y que quizás, al ser un *viktor*, percibió los verdaderos motivos de Cas como Hawke. Le recuerda a Poppy que pudo ser Vikter el que muriera esa noche en el jardín y no Rylan Keal, y admite que tenía ideas preconcebidas sobre ella puesto que aún no la conocía. No obstante, dice que *todo* cambió cuando se conocieron.

Cas abraza a Poppy contra su pecho y le explica que tuvo problemas para procesar todo lo que ocurrió durante su cautiverio, Shea, lo que ocurrió después, y admite haber utilizado sexo, drogas y alcohol para aliviar el dolor. Después empezó a utilizar el dolor, un dolor literal, como vía de escape. Lo único que le hizo darse cuenta de lo mal que estaban las cosas fue cuando se fijó en lo mucho que le estaba penalizando a Kieran.

Kieran le dice que no pasaba nada porque utilizase su vínculo para recuperar fuerzas, y que tampoco pasa nada por olvidar cosas, siempre y cuando las recordase más tarde.

También pregunta por Shea, por si Casteel le va a hablar alguna vez a Poppy de ella.

Nosotros sabemos que *ella* sabe que Cas mató a Shea con sus propias manos después de su traición. ¿Qué más podría haber?

La respuesta de Cas es que Poppy debe estar despierta para oír esa historia y saberlo todo.

¡Yo sí que quiero saberlo todo!

Cas le habla a Poppy de cuando Malik estuvo cautivo y de lo que dijo el lord de la planta de envasado de carne (acaba de darse cuenta de que no estaba equivocado, visto el jueguecito al que estaba jugando Malik), y de cómo Vikter no dijo nada sobre lo que ocurría durante sus lecciones con el duque porque no quería avergonzarla.

Cas tiene muchas ganas de intentar encontrarla en sus sueños, pero no está seguro de que vaya a funcionar, pues este no es un sueño normal. Es una estasis.

Piensa en la Perla Roja y en lo valiente que creía que era Poppy, luego menciona la noche en el Adarve, cuando atacaron los Demonios. Dice que ahí es cuando todo empezó a cambiar y ella empezó a ser *Poppy* para él.

Kieran y Cas hablan sobre el día que Britta fue a la habitación de *Hawke*, y Cas espera que Poppy no recuerde esa parte cuando despierte. Se preguntan si Poppy tiene mejor aspecto y llegan a la conclusión de que sí.

Kieran le dice a Cas que las cosas están tranquilas en la ciudad. Un Descendente advirtió a Emil sobre los túneles que los *vamprys* usan para desplazarse durante el día, y Hisa ha bajado ahí con un grupo para encargarse del tema. Kieran admite que es duro no estar con ellos, pero Cas le recuerda que se lo necesita justo donde está.

Cas pregunta por Malik, y Kieran dice que Valyn y compañía se demoraron en Padonia pero que llegarán pronto. Le dice a Cas que descanse y Cas le devuelve la pelota y le pregunta si *él* está descansado. Determinan por dónde se habían quedado en la historia que le estaban contando a Poppy.

Cas le habla a Poppy sobre mi diario mientras Delano descansa al pie de la cama, donde lleva casi acampado desde el día uno, y Kieran se toma algo de tiempo en la sala de baño. Cas cambia de tema para hablar del duque y le dice a Poppy que hizo sufrir al muy capullo.

Luego saca el tema de la sensación de corrección que los dos sintieron bajo el sauce la noche del Rito. Cas dice que era porque sus almas se habían reconocido.

Cas pregunta por Millie, cosa que a Kieran le parece una transición extraña, pero los dos opinan que es diferente de los Retornados normales. Después hablan del Rito y de cómo las cosas se fueron de mano aquella noche. Casteel dice que todavía se siente responsable.

De repente, suena la voz de Emil en el pasillo; le pregunta a alguien qué está haciendo. Delano se despierta y gruñe, y Kieran adopta una posición defensiva. Millie irrumpe como si tal cosa y les pide que no la maten. Cas comenta que Naill debe de haber encontrado a Malik y a Millie, justo cuando aparece su hermano con aspecto maltrecho.

La Retornada pregunta qué está pasando con Poppy y dice que nunca quiso verla muerta. Malik insiste en que ella no le hará daño a Poppy, así que Casteel le pregunta a Millie por qué huyó. Ella responde que se asustó cuando vio a la consorte en los ojos de Poppy.

Kieran se transforma y dice que se quedará si Millie quiere pasar un poco de tiempo con Poppy.

Cas sale al pasillo con Malik y les pide a Emil y a Naill que los dejen un momento solos. Le pregunta a su hermano qué ha pasado y Malik le cuenta que tuvieron un enfrentamiento con varios Retornados. Dice que acabó con la mayoría de los problemáticos, pero que aún quedan más ahí fuera. Cuando Cas pregunta cómo pudieron matar a los Retornados, Malik le informa de que la sangre de *draken* es letal para ellos y que Millie encontró cierta cantidad almacenada.

Hablan de confianza y del pasado y de sus corazones gemelos y llegan a algo parecido a una tregua.

De vuelta en la habitación con Poppy, Cas le dice que nunca quiso que averiguara la verdad sobre él del modo que lo hizo, cuando él mató al guardia en los establos. También le cuenta el miedo que sintió cuando le llegó la noticia de que la habían atacado después de eso. Tras contarle más historias, admite que creyó que lo apuñalaría cuando dejó caer su bombazo sobre su compromiso durante la cena, pero que ella lo sorprendió una vez más al forzar la cerradura y escapar.

Reconoce que se había enamorado de ella bastante antes de darse cuenta de ello. Antes de que salieran de Masadonia siquiera. Para cuando llegaron a Spessa's End, estaba seguro de ello. Después, le dice que hay similitudes entre ella y lo que hizo Shea, y promete contarle más cuando despierte.

Cas se duerme un rato para obtener algo del descanso que tanto necesita, pero despierta sobresaltado y ve en la habitación a un figura vestida de negro con una daga blanca. Cas bloquea su ataque y se da cuenta de que el hombre es un Retornado.

El hombre le dice a Cas que debería haber cerrado la ventana y luego le informa de que las armas que lleva están hechas de los huesos de los Antiguos y son capaces de detener incluso a un Primigenio. Llega incluso a llamar a Cas *falso Primigenio*.

Eso me pareció muy interesante cuando lo vi, pero luego se volvió más claro.

El Retornado apuñala a Cas en el pecho, lo cual lo incapacita. Cae impotente y solo puede observar cómo el Retornado se vuelve hacia Poppy de nuevo. Cuando recita la siniestra rima que Poppy ha estado escuchando (¿recordando?) durante años, algo explota en el interior de Cas. En el exterior, estalla una violenta tormenta, y él extrae la daga de hueso de su pecho.

Después… se transforma. Se convierte en un gato de cueva a manchas negras y doradas antes de hacer pedazos al Retornado. Incluso con sus recuerdos alterados en su nueva forma, ve a Poppy como suya. Y cuando entra Kieran, a él también lo ve como suyo.

El siguiente en entrar es Emil, y Cas quiere comérselo. Kieran lo convence para que se calme y dice que el atlantiano es irritante, pero que también es de Cas, solo que de una manera distinta.

Una vez que Emil se ha marchado, Kieran habla con Cas, le recuerda quién es y lo anima a transformarse de vuelta. Cuando lo hace, hablan de que casi mata a Emil y recogen las dos dagas de hueso. Kieran comenta que se parecen a la que utilizó Callum para maldecirlo.

Después menciona que la transformación de Cas se parece mucho a la de Ires, y supone que este nuevo desarrollo guarda relación con el vínculo de su Unión. Se pregunta si Poppy también podrá transformarse, y Cas comenta que se emocionará cuando se entere.

Hablan de cómo podían oír los pensamientos del otro y asumen que es otro efecto secundario de la Unión. Cuando deciden meter los pedazos del Retornado en las mazmorras para poder interrogarlo más tarde, se giran hacia Poppy.

De repente, las paredes y el suelo empiezan a temblar y en él aparece un círculo con cruces puntiagudas superpuestas. Es el símbolo de la vida y la muerte y la sangre y el hueso. Cuando miran otra vez a Poppy, tiene venas de *eather* plateado bajo la piel y después las sombras se congregan ahí. Su piel ha recuperado el color, está caliente de nuevo y entonces… abre los ojos.

Son del tono plateado de un Primigenio.

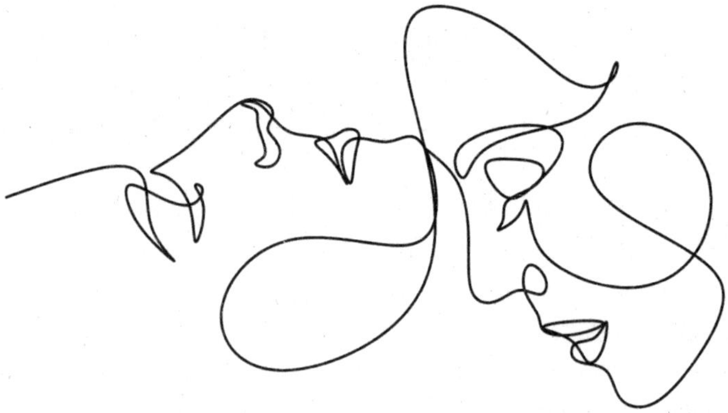

EL REY Y YO

Querido diario:

Acabo de llegar de vuelta a casa después de un tiempo ausente en el que he dado rienda suelta a mi espíritu errante y mi alma inquieta. Como sabes, a menudo parto hacia lugares aún desconocidos en mi búsqueda de vida. Esta vez no fue ninguna excepción y desde luego que he regresado con recuerdos que llevaré siempre conmigo y con un encuentro que estoy impaciente por registrar en estas páginas.

Como ya he hecho en el pasado, partí a caballo con tan solo una mera dirección en mente y dejé que los Hados guiaran mis viajes y mis experiencias. Cuando por fin llegué al bosque a las afueras de Oak Ambler, busqué un lugar donde descansar, pues para entonces ya llevaba varios días de viaje. Por suerte para mí, me topé con un refugio de caza más que adecuado. E incluso con más suerte para mí, la puerta no estaba atrancada.

Puesto que no conocía el estado del conducto de la chimenea, decidí pasarme sin encender un fuego en el hogar y me contenté a cambio con aprovechar el calor de las muchas velas que encontré situadas alrededor del espacio.

A la parpadeante luz de los pabilos encendidos, me acomodé con mi escueta cena de tasajo, algo de queso, unas bayas y pan, mientras tomaba notas en ti para poder recordar todos los encuentros y las experiencias de las que había disfrutado hasta entonces en mi viaje.

Me empezaban a pesar los párpados, así que apoyé la cabeza en mis brazos cruzados y me adormilé. Soñé con los despampanantes amigos, musculosos y de una belleza ridícula, con los que había flirteado dos noches atrás. Eran muy divertidos. Pero ya te he hablado de ellos en una entrada anterior. Deja que vuelva a mi noche en el refugio.

Sabía que no había estado descansando durante mucho rato, pero unos sonidos al otro lado de la puerta me despertaron de golpe. No sabía si era un animal (era temporada de caza y estaba segura de que a los animales salvajes los estaban espantando de sus hogares asustados por diversión) o si era otra cosa o persona (después de todo, me había colado en la residencia de alguien, aunque pareciese ser una morada temporal).

Extraje la daga de mi bota y me quedé sentada, el arma escondida entre los pliegues de mi capa, esperando a ver qué ocurría. Puede que te preguntes si estaba asustada, pero dados los muchos años que he vivido, he descubierto que no hay demasiadas cosas que me asusten. ¿Que me preocupen? Desde luego. Así que lo estaba, preocupada por cómo podían salir las cosas.

Cuando oí y vi que el pomo de la puerta giraba, supe que mi suposición de que fuese un animal era incorrecta. Estaba claro que estaba a punto de encontrarme con alguien sobre dos piernas. Solo esperaba que fuese benévolo.

Cuando la puerta de madera se abrió hacia dentro, la luz de la luna llena en el exterior recortó la silueta y dibujó un halo alrededor de una figura alta y ancha. Por lo que pude ver entre las sombras, la figura estaba ocupada buscando algo en una bolsa colgada delante del pecho y todavía no se había percatado de que no estaba sola. Me quedé quieta y en silencio, y me limité a observar mientras la figura daba dos pasos a través del umbral de la puerta. La luz de las velas por fin iluminó los elegantes rasgos de su apuesto rostro.

En ese momento debió registrar la luz de las llamitas, pues levantó la vista, una expresión de sorpresa y alerta pintada en la cara.

Dejó caer el pequeño paquete que había sacado de su bolsa y desenvainó de inmediato su espada. Cuando lo hizo, el pomo y la hoja centellearon a la luz de las velas y pude ver el diseño: los elaborados adornos que habían sido captados en innumerables representaciones artísticas y en las páginas de libros por todo el reino. Estaba sentada delante de, nada más y nada menos, que Elian Da'Neer, el actual rey de Atlantia.

Incluso a la tenue luz de la habitación, su pelo negro brillaba con reflejos azulados y, a pesar de la expresión de su despampanante rostro, que ahora parecía un poco enfadado, su nariz recta, pómulos altos y mandíbula fuerte que parecía tallada en granito despertaron algo en mi interior.

El rey todavía no había dicho nada, así que dejé con calma y suavidad mi cuchillo sobre la mesa y me puse de pie despacio, al tiempo que levantaba las manos delante de mí, las palmas hacia fuera en un gesto conciliador.

Incliné la cabeza y me dirigí a él llamándolo «majestad». Eso pareció desarmarlo un poco y vi que la postura rígida de su cuerpo largo, delgado y tonificado se relajaba un pelín. Luego pasé a decir que no pretendía hacer ningún daño ni faltar al respeto a nadie y que solo era una viajera cansada que buscaba un sitio donde descansar esa noche. Añadí que tenía toda la intención de compensar a quienquiera que fuese el propietario de la cabaña por el tiempo que pretendía pasar en ella. Señalé hacia la bolsa de monedas que había dejado sobre la repisa de la chimenea.

El rey envainó su espada y dio unos pasos más para entrar del todo en la habitación. Cerró la puerta a su espalda y así impidió que el frío de la noche otoñal siguiese entrando. Aunque eso debería haberme tranquilizado, la habitación parecía más pequeña de algún modo con los dos encerrados ahora en su interior. El rey ejercía una extraña atracción que tiraba de ti y te atrapaba, aunque era de lo más agradable. Tragué saliva con esfuerzo y lo miré a sus ojos de un tono ámbar dorado.

Me preguntó mi nombre y le contesté infundiendo el mayor respeto que pude a mi tono. Sorprendentemente, lo que vi cruzar su rostro justo después no fue lo que esperaba. No fue confusión ni incertidumbre, sino reconocimiento. Me preguntó si era la vidente, uno de los miembros del recién creado Consejo de Ancianos. Yo asentí, y eso pareció desarmarlo del todo, por alguna razón. Recogió lo que había dejado caer antes, dejó su petate a un lado y sacó la silla de enfrente de mí, antes de sentarse con un suspiro de cansancio y hacerme un gesto para que me sentase frente a él, en el sitio del que me había levantado hacía unos instantes.

Bromeó y me preguntó si pensaba utilizar el cuchillo que había dejado sobre la mesa, y me regaló una sonrisa devastadora que hizo que se me estremecieran las entrañas, al tiempo que exhibía un par de hoyuelos que hicieron que mi corazón diera un traspié. Estaba claro que era un descendiente de la corte de Vathi con esos rasgos tan elegantes. Le devolví la sonrisa y dejé caer la daga en la bolsa que había colgado del respaldo de la silla.

Le pregunté al rey si quería algo de vino. Cuando aceptó agradecido, saqué mi odre y un vaso extra y le serví una ración generosa, antes de rellenar mi propio vaso.

Me preguntó qué estaba haciendo en su refugio de caza. Así que le hablé de mi alma errante y mi sed de aventuras y de cómo utilizaba con frecuencia refugios aislados para descansar durante mis viajes, pero que siempre me aseguraba de compensar con generosidad a mis anfitriones inconscientes.

A medida que avanzaba la noche y el vino fluía, Elian se puso más cómodo e incluso les dijo a sus guardias que montasen el campamento más allá en el bosque. Sentí que yo también me relajaba. Ya lo había visto antes, por supuesto. Conocía su legado, cómo había invocado a un dios y sin ayuda de nadie había suavizado las cosas entre los wolven y los atlantianos después de la guerra. Aun así, nunca había tenido el placer de estar en su compañía, excepto a cierta distancia y durante un tiempo muy breve.

Como acostumbro, incluso sin libaciones, mis comentarios se volvieron coquetos y mis contactos inocentes empezaron a ser numerosos e intencionados. Vi con claridad cómo afectaban a Elian. Lo vi tragar saliva con esfuerzo en más de una ocasión, vi cómo su nuez subía y bajaba y cómo las sombras se movían en su elegante cuello.

Con el vino que se abría paso por dentro de mí y las llamas de las velas y el calor corporal que caldeaba mi piel, me encontré quitándome capas de ropa a medida que la noche avanzaba. Él había hecho lo mismo, solo para ponerse más cómodo, y de repente me di cuenta de lo cómodos que empezábamos a sentirnos los dos.

Es bien sabido en todo el reino que el rey y la reina tienen un matrimonio abierto. Tienen hijos, por supuesto, y estoy convencida de que se quieren a su manera, pero no es ningún secreto que la reina prefiere a las mujeres y que no tiene ningún problema con que el rey tenga amantes.

Con esa certeza bien arraigada en primera línea de mi mente, me armé de valor y me puse de pie. Me acerqué a donde Elian estaba sentado de cualquier forma en su silla, un poco apartado de la mesa, las piernas separadas en una postura cómoda. Me situé entre sus muslos y lo miré desde lo alto, mientras trataba de transmitir con una sola mirada lo que deseaba, tanteando la temperatura de las aguas con la esperanza de que él quisiese zambullirse en ellas conmigo. Él levantó una mirada ardiente hacia mí, sus espectaculares ojos centelleantes se entrecerraron, su pecho se hinchó solo un poco más deprisa con su respiración más agitada.

Despacio, oh, muy despacio, alargué una mano en dirección a su cara. La acerqué de a poquito, a la espera de ver si él me detenía. En lugar de eso, agarró mis dedos y puso la palma de mi mano abierta sobre su mejilla; luego se apoyó en ella y besó la cara interna de mi muñeca. Sentí un revoloteo en mi bajo vientre y el calor me sofocó al sentir el contacto de esos labios sedosos y blanditos sobre la piel sensible de la zona.

Inspiró hondo y supe que podía oler mi excitación. No sentí la menor vergüenza. Más bien al contrario. Me levanté la falda con la mano libre y me senté con firmeza en su muslo para dejar que sintiera lo que la noche me había hecho, el calor y la humedad que se habían instalado en el mismo centro de mi ser.

Él hizo un ruido gutural cuando me contoneé sobre su pierna y dejé que mi cabeza cayera hacia atrás del placer. Nuestras manos aún unidas cayeron a la base de mi cuello, justo por encima del corpiño con volantes de mi vestido.

Antes de que pudiese aspirar una sola bocanada de aire, él había liberado mis pechos de las restricciones de su corsé. El aire acarició mis pezones e hizo que se fruncieran. La situación no era del todo cómoda, pues todavía estaba vestida, pero todo pensamiento de incomodidad se esfumó al instante cuando él lamió primero la punta rosácea de un pezón y luego la otra. Luego masajeó uno con un pulgar mientras succionaba el otro a la cálida y mojada caverna de su boca. Lamió y chupó y me hizo casi jadear del deseo.

Deslicé una mano por su muslo libre y giré la muñeca para poder plantar toda la mano sobre el duro miembro que forcejeaba por liberarse de su jaula de cuero suave. Elian hizo otro ruido gutural y renovó su fervor en mi pecho cuando apliqué solo un poco de presión y apreté, al tiempo que deslizaba un dedo índice por detrás de la solapa de sus pantalones para arañar su pene con suavidad con una uña roma. Eso le hizo bufar y levantar la cabeza para mirarme.

La expresión de sus ojos era casi indescriptible. La descripción más cercana que se me ocurre es que parecía muerto de hambre.

Desaté con habilidad las lazadas de su cintura y su ingle con una mano, mientras tiraba del faldón de su camisa con la otra. Pasó la túnica con brusquedad por encima de su cabeza y después atacó mi ropa con tal prisa e intensidad que temí quedar reducida a un solo vestido para el resto de mi viaje.

Me empujó hacia atrás y me levantó justo lo suficiente para que ambos pudiésemos deshacernos de lo que quedaba de nuestra ropa.

Luego me levantó entre sus poderosos brazos casi sin pensarlo, antes de cruzar la cabaña hacia la zona que hacía de dormitorio.

Me depositó sobre la suave colcha y yo, de un modo de lo más desvergonzado, me deslicé hacia atrás, apoyé los codos detrás de mí y me abrí a él, al tiempo que le lanzaba una sonrisa sensual. Él no perdió ni un segundo. Se limitó a lanzarse de cabeza y me devoró con tal destreza y pasión que vi las estrellas cuando llegué hasta esa cima y caí por el otro lado. Sin embargo, él no paró ahí. Dio vueltas en torno a ese apretado haz de nervios y dio un mordisquito en su punta. Introdujo su pícara lengua en mi interior como preludio de las cosas que estaban por venir. Insertó uno y luego dos dedos dentro de mí, los giró y meneó y tocó ese punto profundo que me tenía jadeando en busca de aire y empapando sus dedos.

Cuando se abrió paso con besos y mordisquitos por todo mi cuerpo y tomó mi boca en un beso fogoso y apasionado, supe que yo quería saborearlo a él como había hecho él conmigo. Lo hice rodar, lo cual lo pilló un poco por sorpresa, según pareció indicar su exclamación ahogada. Luego bajé besando y lamiendo su cuerpo hasta su impresionante miembro. Lo acaricié desde la base hacia arriba e hice girar mi pulgar sobre la punta mientras lo miraba a los ojos y le demostraba con mi expresión lo mucho que lo deseaba.

Cuando lo acogí en mi boca, sus caderas se separaron de golpe de la cama y alargó las manos para agarrarme del pelo, no con brusquedad, pero tampoco con dulzura, aunque la leve punzada de dolor se fundió con el placer y el poder que sentía al proporcionarle semejante placer. Utilicé mi mano para acariciarlo mientras alternaba entre una succión y una presión constantes y unas pasadas sensuales con la lengua. Sentí que se ponía aún más duro, sentí cómo su cuerpo se ponía en tensión y me preparé para disfrutar de él cuando de repente se paró y se apartó de mí.

Hice un mohín y le dije que justo estábamos llegando a la parte buena. Él se rio, con lo que exhibió esos hoyuelos incomparables otra vez. Luego me subió a la cama con él y me besó con intensidad, de un modo de lo más seductor. Movía la lengua sobre la mía de un modo que me recordaba a lo que había hecho con ella antes, y casi me corrí solo de pensarlo. Cuando bajó una mano e insertó tres dedos esta vez, casi estallé en llamas por la repentina intrusión, y eso antes de que empezase a moverlos siquiera. Al primer deslizamiento suave hacia fuera seguido de otro movimiento hacia dentro sí que me hice añicos de nuevo. Mi grito salió de lo más profundo de mi ser y rompió nuestra conexión cuando todos mis músculos se bloquearon.

Estaba tan extasiada que no registré sus movimientos y solo pude exclamar cuando me penetró hasta el final de una sola embestida fluida. La sensación de estar llena solo se intensificó cuando su miembro alcanzó ese punto en mi interior una vez más, de un modo que era tan placentero que casi dolía. Me estremecí y ansiaba mover las caderas, rotarlas solo un poco, ansiosa por sentir esas embestidas y retiradas, pero él se limitó a regañarme con una risita y me sostuvo en el sitio para prolongar el placer.

Me hizo rabiar, besando y lamiendo mi cuello, dándome mordisquitos en el hombro... luego volvió a apoderarse de mi boca con la calma de una conquista. Después, por fin se movió. Yo solo pude invocar a los dioses, mientras él provocaba una tormenta de sensaciones y sentimientos en mi interior, de un extremo a otro de mí, por encima de mí. Y solo pude sujetarme mientras él me tomaba sin descanso, como había soñado que haría. Mientras me castigaba con placer y casi me mataba del deseo. Sentí como si estuviese flotando por encima de mí misma.

Justo cuando pensaba que era imposible sentir nada más, clavó sus colmillos profundo en mi cuello y me hizo caer de cabeza por el abismo otra vez. Él vibró un poco, succionó una última vez con fuerza y luego se quedó rígido, la espalda arqueada, mientras se vaciaba en mi interior.

Después de eso, Elian me sorprendió. Resultó que era un mimoso. Nos quedamos abrazados en la cama y hablamos durante horas, hasta que salió el sol. Y cuando regresó de su excursión de caza, yo lo estaba esperando, como me había pedido que hiciera. Me dijo que les había dejado claro a sus guardias que debían mantenerse alejados, y pasamos otra noche como la anterior. Y otra después de esa. De hecho, al final tuvo que enviar a uno de los wolven a la población más cercana para comprarme un vestido nuevo, porque el mío no sobrevivió a su hambre insaciable ese segundo día.

Ahora, cada vez que lo veo en un acto formal del reino o cuando me topo con alguna obra de arte o libro sobre él, vuelvo al instante al recuerdo de esos días que pasé con él en nuestro propio oasis del bosque.

Y he de decir que me proporciona una especie de placer perverso saber que, si alguien encuentra mis diarios, este en particular, sabrá que una vez tuve un breve affaire con un rey.

Willa

PRÍNCIPE MALIK ELIAN DA'NEER

Malik es... complicado. Como heredero al trono, su vida empezó bien: pasaba tiempo con su hermano y con sus amigos, explorando el mundo como hacen todos los adolescentes. Pero entonces la tragedia lo golpeó y las cosas nunca volvieron a ser lo mismo.

Pelo: casi hasta los hombros; castaño claro con mechas rubias.

Ojos: de un tono dorado brillante.

Constitución: alto, unos cinco centímetros más alto que su hermano. Delgado desde su cautiverio.

Rasgos faciales: piel de un bronce dorado. Pómulos angulosos, nariz recta. Mandíbula orgullosa. Boca carnosa.

Rasgos distintivos: hoyuelos.

Personalidad: amable. Generoso. Bromista. Era la alegría y el alma de la familia hasta que la Corona de Sangre lo apresó. Para nada tan serio como su hermano. Odia la violencia de cualquier clase.

Hábitos/Costumbres/Fortalezas/Debilidades: le encantaba *experimentar* con la comida y la bebida. Oculta sus emociones. No demasiado hábil con la coacción, ni con resistirse a ella. Por lo general, cree que lo sabe todo, pero no conocía la verdadera historia de los mundos hasta que estuvo prisionero.

Antecedentes: atlantiano elemental. Estaba vinculado a una *wolven*, Preela. Se hizo pasar por el Señor Oscuro y se hacía llamar *Elian* en lugar de Malik.

Familia: madre = Eloana Da'Neer. Padre = Valyn Da'Neer. Hermano = Casteel Da'Neer. Tío = Hawkethrone †. Bisabuelo = rey Elian Da'Neer †. Antepasados = Attes y

Kyn, codirigentes de Vathi, Primigenios de la Guerra y la Concordia y de la Paz y la Venganza.

EL VIAJE DE MALIK HASTA LA FECHA:

Hijo del rey Valyn y la reina Eloana, Malik crece en Atlantia y mantiene una relación estrecha con su hermano pequeño, Casteel, con la *wolven* a la que está vinculado, Preela, y con sus amigos Kieran y Shea. El grupo a menudo pasa tiempo explorando, haciendo travesuras y yendo a la playa. A Malik le encanta sentir la arena entre los dedos de los pies. También pasa tiempo entrenándose con su hermano para saber luchar, hasta que le llegue el momento de aprender a gobernar un reino.

Cuando Casteel decide enfrentarse solo a la Corona de Sangre y al final lo capturan, Malik asume la responsabilidad de encontrarlo y liberarlo. Junto con Shea, la prometida de Casteel, montan un intento de rescate para el cual entran en Carsodonia a través de las minas en los Picos Elysium. Fracasan muchas veces, hasta la vez que no.

Más o menos. Nada es lo que parece.

Durante el intento de rescate, Shea y Malik se separan y Shea les dice a los Ascendidos con quién está. Luego hace un trato: los dos hermanos a cambio de su vida. Así, después de que les dieran el soplo sobre los detalles del plan de fuga, los Ascendidos caen sobre ellos mientras Shea y Malik trasladan a Cas a través de los túneles de las mazmorras. Con los *vamprys* ocupados con Malik, Shea reniega de parte de su trato e intenta huir con Casteel, con lo que permite que apresen a Malik, que permanece cautivo durante un siglo entero.

Mientras está en Solis, la *wolven* vinculada a Malik, Preela, trata de rescatarlo y consigue llegar incluso hasta Carsodonia antes de que la capturen. El rey Jalara la mata delante de Malik, pero no después de que él y otros abusaran de ella. Después de su muerte, fabrican siete dagas de heliotropo con mango de hueso de *wolven* con sus restos. La reina le regala una a su doncella personal, Coralena, que después se la da a su marido Leopold. Con el tiempo, esa daga llega a manos de Poppy.

Destrozado por el asesinato de Preela y por su tiempo en cautividad, Malik empieza a hacer lo que le dicen, tanto que convence a la Corona de Sangre de que se ha vuelto contra su reino y su familia. Emplea parte de la libertad que le ha concedido la reina y asume la personalidad del Señor Oscuro, con la que se infiltra en Solis, donde crea un entramado de Descendentes. Al final, descubre que Coralena y Leopold Balfour planean llevarse a la hija de Isbeth, Penellaphe, de la capital, y Malik es bien consciente de la profecía que rodea a la niña y cómo quiere utilizarla la reina. Así que cuando ella lo envía para traer a Poppy de vuelta a la capital, hace lo que le dicen, aunque con otra intención. De camino a Lockswood, Malik deja un rastro de sangre que hace que una horda de Demonios lo siga y ataque el pueblo. En la confusión, Malik pasa a la acción. Cora trata de convencerlo de que Poppy no es la heraldo, y que muy bien puede ser la que los salve a todos. Incluso llega a apuñalar a Malik en el pecho para detenerlo, pero él la supera y retoma su misión personal de matar a la niña. Jamás había pensado hacer nada así, pero proteger el reino y coartar los planes de Isbeth es más importante que una sola vida. Sin embargo, cuando ve a la consorte en los ojos de Poppy, no puede terminar con la tarea que se había impuesto. En lugar de eso, la salva y la devuelve a Carsodonia.

La primera hija de la reina entra en escena durante su tiempo en cautividad, antes de que Poppy naciese siquiera. Isbeth obliga a Malik a hacerle cosas innombrables a Millicent (el alcance y los detalles de las cuales todavía no los conocemos). En algún momento, Malik se percata de que Millie es su corazón gemelo. Aunque siente que no es capaz de querer a nadie ya, tiene una deuda con Millie y se niega a marcharse sin ella.

Cuando Cas y el resto del grupo responden a la llamada de la reina transmitida por el hermano de Poppy, Ian, Malik se presenta al lado de la reina, vestido con ropa de persona rica y con privilegios. Le dice a su hermano que *Ileana* le ha abierto los ojos a la verdad.

Puede que en ese momento sonara como si se estuviese poniendo del lado de la reina, pero me gusta pensar que solo estaba transmitiéndole a su hermano que sabía la verdad sobre los Ascendidos y todo lo que eso entrañaba.

Cuando los secretos empiezan a desvelarse, Malik confirma que Isbeth pretendía utilizarlo, casarlo con Poppy para unificar los reinos y hacer que él fuese su Ascensión... de la carne.

Isbeth espanta a todo el mundo con su demostración sobre los Retornados, para lo cual hace que maten a Millicent, y Malik no puede evitar su reacción. Da un respingo y casi da un paso adelante antes de reprimirse. Sin embargo, incapaz de apartar la mirada, observa la escena hasta que Millie es capaz de levantarse de nuevo; y todo eso no les pasa inadvertido a los otros presentes en la sala.

Cuando Isbeth revela más detalles de su plan final y reconoce, apesadumbrada, que ya no tiene la sangre de un futuro rey (puesto que Cas es ahora el rey de Atlantia), Malik esboza una sonrisa de disculpa, pero no lo siente para nada.

Poppy e Isbeth acaban luchando y Poppy resulta incapacitada. Para salvarla a ella y a sus otros seres queridos, Casteel se entrega a Isbeth y la reina le ordena a Malik que lo aprese.

Después de que Isbeth le corte el dedo a Cas y se lo envíe a Poppy, Millie informa a Malik de que su hermano sufre una infección. Malik baja para ver a Casteel y la recepción no es precisamente una reunión familiar. Le dice a su hermano pequeño que no sea un niñato y luego le desinfecta el dedo.

Mientras hablan, Malik revela que se había puesto furioso al descubrir la verdad sobre Isbeth y el hecho de que sus padres les habían mentido a ambos. Se pregunta si alguno de los dos estaría donde están ahora si les *hubiesen* dicho la verdad hacía siglos.

Al ver el sufrimiento de su hermano, Malik siente de todo corazón no poder alimentarlo y así ayudar a aliviar su tortura, pero dice que si lo hace, Cas será castigado. Consciente de lo que le hicieron a su hermano la última vez, no quiere que eso ocurra.

Malik menciona que ha estado pensando en Shea en los últimos tiempos y le dice a Cas que sabe lo que hizo, que los entregó a los Ascendidos. Siente oír que fue Casteel el que la mató y dice que recuerda cuánto quería ella a Cas. También adivina con acierto que Casteel nunca le contó a nadie lo de su traición.

Casteel menciona a Millicent y, una vez más, Malik no puede controlar su respuesta. A medida que su hermano le habla, se interesa mucho en las cosas que la doncella personal le contó a Cas. Resulta que le habló de los Retornados. Malik está de acuerdo en que Millie es extraña, pero le pide a Cas que no se cobre su venganza con ella. Dice que, igual que Poppy, ella también ha tenido muy pocas posibilidades de elegir nada en la vida.

Mientras siguen hablando, Malik le dice a Cas que *todo* tiene que ver con Poppy. Cuando Casteel revela que Poppy se había mostrado completamente de acuerdo en venir a rescatar a Malik, sin *conocerlo* siquiera, este dice que es verdad que no lo conoce... o al menos que no lo recuerda. Cuando Cas cuestiona esa afirmación, Malik no responde excepto para decir que lo averiguará pronto.

En la siguiente reunión de la reina con Poppy y sus dos guardias (Kieran y otro al que Malik no conoce), Malik aguanta estoico cuando Kieran intenta provocarlo. Después, cuando la reina le pregunta a su hija si ha sido capaz de resistirse a los amplios encantos de los hombres, Malik no puede evitar sonreír.

Poppy insinúa que todas las mentiras saldrán a la luz pronto, y Malik le pregunta qué espera; ¿que la gente de Solis le dé la espalda a todo lo que ha conocido nunca? Después dice que tendrán miedo de Poppy.

No mucho después, Poppy corta a través de los escudos mentales de Malik y eso lo sorprende. Se queda aturdido e incluso sufre una hemorragia nasal. Cuando es incapaz de recuperar del todo la compostura después, la reina ordena a sus doncellas personales que se lo lleven. Él se las quita de encima de malos modos.

Pronto, Isbeth le dice a Malik que lleve a sus *invitados* a sus habitaciones. Por separado. Malik lleva a Kieran a una y a Reaver a otra en el piso de abajo mientras Callum lleva a Poppy a ver a Cas.

Más tarde, cuando Poppy pregunta por qué la había citado la reina en el Gran Salón, Malik le dice que es para que vea lo mucho que la quieren. Asimismo, le dice que Isbeth ha estado advirtiendo a todo el mundo acerca de Poppy, reforzando sus miedos de que sea la heraldo. Mientras hablan de las mentiras que se han contado acerca de las ciudades capturadas por los atlantianos y Poppy le dice a Malik que ni su reino ni su padre harían jamás las cosas que dice Isbeth, él no muestra emoción alguna.

Poppy se fija en lo pendiente que está Malik de Millie y lo provoca diciéndole que le contará a la reina que Millicent es la razón de que Malik se quede ahí. Él la amenaza y poco después la reina le ordena que se marche.

Isbeth incita a Poppy a utilizar su poder, pero le dice que no olvide que no está sentada ante una Ascendida. Para dar más hincapié a sus palabras, hace picadillo a una pareja de Solis con su poder.

Poppy, Kieran y Reaver abandonan Wayfair, dejando un gran caos a su espalda. Malik los sigue y se ofrece a llevarlos hasta Cas si se marchan de inmediato. Cuando Kieran le dice que eso suena sospechoso, Malik le dice a *él* que es un riesgo significativo y les recuerda que ayudó a Cas cuando tenía la infección. Solo dice que no quiere a su hermano en ningún sitio cerca de la reina.

Siguen sin creerle, así que responde a una pregunta que Poppy le hizo hace algún tiempo: confirma que se queda ahí por Millie. Luego les explica que son corazones gemelos. Cuando Kieran dice que está loca, Malik le lanza una advertencia y dice que aunque aún quiere al *wolven* como a un hermano, no dudará en arrancarle la garganta si no deja tranquila a la doncella personal. También revela que ha hecho muchas cosas inimaginables por Millie, cosas que ella nunca sabrá.

De camino a las mazmorras, Malik los insta a apresurarse. Especifica que se topó con Callum más temprano y sintió que debía ir a comprobar el estado de su hermano, para ver lo que Callum podría haberle hecho. Cuando todos ven lo que hizo (herir a Casteel de la gravedad suficiente como para activar su sed de sangre), se dan cuenta de que no pueden sacarlo de ahí, al menos no mientras esté consciente. Por ello, Malik hace que Kieran distraiga a Casteel mientras él le hace una llave que lo duerme.

Kieran sugiere que necesitarán las cadenas de huesos de deidad para cuando Casteel despierte, y Malik se muestra de acuerdo. Cuando Reaver utiliza su fuego para liberar a Cas, Malik se sorprende de ver que es un *draken*. Una vez liberado Casteel, Malik transporta a su hermano a través de una serie de túneles y fuera del castillo. A continuación, los conduce a la casa de un amigo, Blaz, y su mujer, Clariza. Ambos Descendentes.

Cuando Clariza los recibe con escepticismo y una daga, y lo llama *Elian*, Poppy trata de calmarla reforzando lo que les dice Malik: que el hombre inconsciente en brazos de su amigo es el rey de Atlantia y ella es la reina. Cuando hacen una reverencia, Poppy sorprende a Malik al decirles que no lo hagan porque ella no es *su* reina.

Una vez que meten a Casteel en una cama, Malik le dice a Poppy que su propia sangre no hará gran cosa por Cas. Tiene que ser la de ella, pero cuando intentan inmovilizarlo, Cas forcejea pues la sed de sangre se apodera de él. Aturdido, Malik observa cómo Poppy cura y apacigua a su hermano. Cuando por fin lo calman, Malik le dice a Poppy que Cas necesita motivación, como el olor de su sangre; luego explica que si no toma suficiente, las cosas serán aún peores para él.

Con Cas aún no del todo bien pero sí más sereno, Malik va en busca de Reaver para que pueda retirar las cadenas de hueso. Cuando regresa, Cas actúa como si quisiera atacar al *draken*, pero Poppy trata de recordarle quién es y le dice que es probable que no quiera enfrentarse a él. Malik comenta que parece que *sí*.

Una vez que las cosas se quedan más tranquilas ahí, Malik se marcha, seguramente a informar a Blaz y a Clariza de lo que está pasando. Al final, acaba instalado en el sofá del salón para descansar. No obstante, antes de irse a dormir, les dice a todos que conseguirá un barco para sacarlos con discreción de Solis y llevárselos de Carsodonia.

Más tarde, mientras charla, les dice a todos que Blaz y Clariza son buenas personas. Cuando Poppy le pregunta si Millie es su hermana, Malik no entiende cómo lo sabe. Cas comenta que Millie se lo dijo y *también* se lo mostró, momento en el cual Malik comenta lo mucho que se parecen Poppy y ella, y añade que las dos divagan.

En respuesta a algunas de las preguntas de Casteel, Malik confirma que Millie hubiese sido una diosa de haber sobrevivido a su Sacrificio. Cuando Reaver entra y reitera lo que oyó y se refiere a Millie solo como *la doncella personal*, Malik se enfada y le dice que tiene nombre, con lo que todo el mundo se da cuenta de que su relación va más allá de lo que se ve a simple vista.

La conversación continúa y Malik explica que la sangre de Casteel no fue lo bastante fuerte para Ascender a Millicent (estaba demasiado débil a causa de su cautiverio e Isbeth no tuvo eso en cuenta). Cuando le preguntan por Ires, explica que las cadenas de hueso y la jaula de huesos de deidad anulan el *eather* del dios. Después menciona cómo Callum enseñó a Isbeth a crear Retornados, y dice que desearía que Millie hubiese mantenido la boca cerrada sobre… todas las cosas. Todo el que conoce esos secretos está muerto y Malik no entiende por qué ella corrió semejante riesgo.

Su última pizca de información es que, aunque *todavía* no es lo bastante poderosa, el propósito de Poppy es destruir los mundos. Y será lo bastante fuerte para hacer justo eso después de que complete su Sacrificio.

Le cuenta a Poppy que Isbeth le puso el nombre de la diosa que advirtió sobre la profecía, y luego dice que Poppy ya ha participado en el plan de Isbeth al haber nacido. No obstante, después añade que quizá su libre voluntad sea mayor que la profecía y lo que quiere Isbeth… después de todo, Coralena creía que propiciaría un cambio y no la destrucción.

Cuando Poppy muestra su sorpresa por el hecho de que Malik hubiese conocido a Cora, y Malik ve que recuerda esa aciaga noche en Lockswood, Malik le dice a Casteel que lo que le hicieron a Preela lo destrozó. Dice que nunca le fue leal a Isbeth, no después de lo que ella le hizo a Cas y lo que Jalara le hizo a Preela. No después de lo que Isbeth le obligó a hacerle a Millie. Quería matar a la Reina de Sangre y de hecho lo intentó, antes de darse cuenta de lo que era. Y lo más probable era que hubiese *seguido* intentándolo, de no ser por la profecía. Sin embargo, cuando se enteró de eso, no podía permitir que Isbeth destruyera los mundos ni a Millie. Tenía que hacer *algo*.

Dice que matar a una niña simplemente era una línea que no podía cruzar. Incluso cuando lo intentó de nuevo, convencido de que era la única opción, vio a la consorte mirándolo a través de los ojos de Poppy. No sabía que eso fuese posible y detuvo su mano. Cuando surgen más preguntas acerca de los sucesos de aquella noche, Malik explica que los Demonios siguieron el rastro de sangre que él había dejado, pues sabía que la distracción era la única manera de que pudiese superar la vigilancia de Leo y Cora.

Cas no se toma bien enterarse de que su hermano era la causa del dolor de Poppy, tanto físico como psicológico, por lo que utiliza la coacción para que agarre una daga y se la ponga al cuello. Cuando Malik continúa hablando e insinúa que hubiese intentado matarla incluso si *hubiese* sabido que era el corazón gemelo de su hermano, Casteel se abalanza sobre Malik, lo derriba y empieza a pegarle hasta que Poppy emplea su poder para separarlos.

Cuando tienen la cabeza más fría (un poco), Clariza les advierte que se acerca un grupo de guardias, por lo que Malik les dice a todos que tienen que salir de ahí y dirigirse hacia los muelles. Por desgracia, eso no ocurre y, en cambio, Isbeth, Callum y sus guardias irrumpen en la casa.

Isbeth le dice a Malik que él le pertenece y lo acusa de traicionarla; cosa que era cierta. Después le dice que supere de una vez lo que les hicieron a Cas y a él. Pero él nunca lo superará. Al final, Malik se defiende y le dice que la jodan, y ella insinúa que no han hecho eso desde hace muchos años.

A pesar de lo mucho que adore el sexo, no puedo imaginar a *nadie* con Isbeth, no digamos ya a Malik. Pero me estoy desviando del tema.

Callum hiere a Kieran, y Malik hace ademán de agarrarlo, pero las sombras lo lanzan hacia atrás antes. Cuando Isbeth les dice que pueden irse todos menos él, Malik le dice al grupo que no pasa nada y se dirige hacia Isbeth. Cas intenta impedírselo, pero Malik le exige que lo deje pasar. Poppy trata de convencerlo de quedarse con ellos y le recuerda que si está muerto no le servirá de nada a nadie, en alusión a Millie. Kieran lo deja inconsciente para asegurarse de que no va con la reina.

Cuando Malik despierta, ya están de camino a Padonia y él está inmovilizado por las cadenas de hueso, las manos detrás de la espalda y a lomos de un caballo dirigido por Reaver. Explica que los estandartes blancos sobre las puertas significan que esos lugares son refugios seguros para Descendentes.

El grupo revela los detalles de su plan y Malik deja muy claro que está horrorizado porque se planteen siquiera hacer lo que quiere Isbeth y entregarle a Malec. Mientras hablan más y piensan en la maldición que Callum echó sobre Kieran, Malik le dice al *wolven* que no quiere que le ocurra nada malo y que todavía le tiene afecto. Cuando Reaver menciona que la maldición no funcionará si Kieran, Cas y Poppy están Unidos, Malik siente alivio. Da por sentado que lo están y que él ni siquiera lo había pensado. Por desgracia, no lo están. Todavía.

Cuando acampan, los hermanos tienen una conversación más profunda y sincera. Malik supone que Casteel lo odia, y no lo culpa por ello. Sabe que Casteel lo ha estado buscando durante el siglo entero que estuvo desaparecido, durante el cual él se dedicó a esperar y rezar por que se diese por vencido. Cuando se enteró de que los Descendentes estaban llamando a Cas el Señor Oscuro, esperó que su hermano oyese hablar del hombre al que llamaban Elian y pensase que Malik había traicionado a Atlantia, lo cual lo forzaría a abandonar su búsqueda. Las cosas se ponen acaloradas, del modo en que lo hacen las discusiones entre hermanos, y Cas le dice que mintió y traicionó a Poppy en beneficio de Malik, dejando claro que haberlo hecho es algo que no puede perdonar con facilidad. Luego le pregunta cómo alguien que aborrece la violencia pudo *plantearse* siquiera hacer daño a una niña. Malik explica que cuando todo acabó, no pudo dejar a Poppy ahí para que muriera, así que la llevó de vuelta a Carsodonia y la reina. A continuación, dice que captó un atisbo de Poppy antes de que le pusieran el velo de la Doncella y vio lo que habían hecho sus acciones. Y aunque es un consuelo pequeño, Cas tiene suerte de no haber visto esas heridas cuando estaban frescas.

A medida que salen a la luz más detalles de aquella noche en Lockswood, Malik revela que Alastir lo vio y lo reconoció. También dice que cuando vio a la consorte en los ojos de Poppy, creyó lo mismo que creía Cora: que Poppy terminaría con la Corona de Sangre. Sin embargo, con los años se dio cuenta de que no importaba quién era Poppy en lo más profundo de su ser; lo único que importaba era si Isbeth encontraba una manera de explotar el poder de Poppy: Isbeth provocará su ira, Poppy responderá con rabia y, después de su sacrificio, responderá con muerte. Cas se ofende por la insinuación y agarra a Malik del cuello mientras le dice que ella nunca hará lo que él dice que hará.

Malik quiere creer que Poppy puede controlar sus acciones y le dice a Cas que no le hará daño como hubiese hecho cuando era más pequeña. También le recuerda que Millie tampoco ha intentado hacerle ningún daño. Cuando Cas menciona lo que dijo Millie acerca de que él acabaría por matar a Poppy después de su Sacrificio, Malik responde que no pudo ser fácil para ella decirle eso. Aunque la doncella personal no conoce a su hermana, no desearía ese tipo de final para ella. Aun así, odia que su hermano tuviera que oír que él sería el único que pudiera detener a Poppy y que eso significaría que su hermano mataría a su corazón gemelo.

Cuando Malik le pregunta a Cas acerca de la Unión, se asombra de que no la hayan completado. Cuando Cas le pregunta por qué no volvió a intentar matar a Poppy, o por qué no lo hizo Millie, Malik explica que Poppy no deja de ser su hermana, aunque se suponía que no debía saber de ella. En cuanto a él, para cuando Poppy fue lo bastante mayor como para no verla como a una niña, supuso que Cas la mataría para vengarse de la Corona de Sangre. Cuando Cas le pregunta si *quiere* derrotar a la Corona de Sangre y si Millie también quiere eso, su hermano responde de manera afirmativa. Malik acepta entonces unirse a ellos para encontrar a Malec, matar a Isbeth y terminar con esa lucha de una vez por todas.

Justo antes de que Casteel le retire las cadenas de hueso, le pregunta a Malik acerca de la rima que pronunció cuando estaba en Lockswood. Malik escucha a Cas recitar esa rima y dice que es inquietante, pero que jamás la había oído.

Se reúnen con los otros, y cuando Malik ve a Delano, se arrodilla. Delano, en forma de *wolven*, empuja su mano con la cabeza, lo cual hace que Malik se estremezca. Pone la palma de la mano sobre Delano y cierra los ojos, incapaz de contener las lágrimas. Preela era hermana de Delano, y ese dolor sigue igual de fresco que cuando la Corona de Sangre se la arrebató.

En Padonia, la reunión con su padre es tensa y, aunque ya no está encadenado, está claro que no es del todo libre. Naill y Emil vigilan cada uno de sus movimientos. Durante la cena, se sorprende cuando Valyn revela la verdadera identidad de la Reina de Sangre y confiesa que tanto él como Eloana lo sabían desde el principio.

La desconfianza sigue bien patente cuando parten en busca de Malec. Ni siquiera quieren darle un arma, a pesar de la amenaza de los Demonios. Malik insiste en que le den algo con lo que luchar cuando los ataquen, mientras trata de razonar con ellos que no podrá ayudarlos a derrocar a la Corona de Sangre sin algo con lo que luchar. Le dicen que utilice su encantadora personalidad y que cierre la boca.

Poppy realiza el hechizo localizador de magia primigenia y Malik ve que ha funcionado; y lo dice. Mientras siguen el sendero, da por sentado que los llevará hacia la costa. En un momento dado, le pregunta a Poppy por qué no ha preguntado nada acerca de la noche de Lockswood. Ella no contesta, así que él insiste, con la insinuación de que debe de tener muchas preguntas. Poppy le pregunta cómo murió Coralena y él explica que Isbeth la obligó a beber sangre de *draken*, pero que sentía predilección por la doncella personal, así que fue una de las pocas veces en que la Reina de Sangre no hizo que fuese una muerte larga y dolorosa.

Cuando llegan al túnel y los atacan los *gyrms*, Malik vuelve a pedir un arma y luego sugiere que Poppy se ponga toda Primigenia contra ellos.

Después de liberar a Malec, Malik cabalga al lado del carro. De regreso en Padonia, lo encierran en una habitación bajo vigilancia de nuevo. No obstante, siempre se le ha dado bien estar donde se supone que no debe estar, así que sale a hurtadillas y sorprende a Poppy en las cuadras, donde está con el féretro de Malec. Malik lo toca y comenta que no le transmite ninguna sensación especial. Le pregunta a Poppy si ella siente algo y Poppy se encoge de hombros, pero está claro que miente.

Más tarde, mientras hablan de sabotajes y sacrificios, Malik revela que se le habían ocurrido todo tipo de cosas para frustrar lo que estaban a punto de hacer, pero que prefiere que no lo quemen vivo. Cuando le recuerda a Poppy que ella sacrificó a su padre para salvar a Cas, al menos en cierto modo, le comenta que le alivia saber que lo hizo. Explica cómo él ha hecho todo tipo de cosas por Millie. Cuando le preguntan si ella haría lo mismo por él, Malik responde que hay más probabilidades de que Millicent le prendiera fuego. Poppy parece perpleja, por lo que Malik le explica que aunque son corazones gemelos, ella en realidad no lo sabe.

Malik espera que Millie no esté en el Templo de Huesos, pero supone que lo más probable es que Isbeth exija su presencia. Cuando Poppy pregunta por qué Millie no ha intentado detener a Isbeth, Malik explica que aunque ella es fuerte y feroz, no es una *demis* como la reina. Y que aunque es la hija de Isbeth, no es malvada. Ella jamás mataría a un niño ni a su hermana... a diferencia de él. Después le cuenta a Poppy cómo mató Jalara a Preela delante de él, y que Poppy lleva encima un pedazo de la *wolven* a la que estaba vinculado, en forma de mango de su daga.

Una vez que llegan al Templo de Huesos, por fin le confían una espada y él ayuda a Emil y Naill a descargar a Malec y llevarlo al templo. Sin mirarla, le pregunta a Millie si está bien.

A medida que los acontecimientos se suceden, Poppy deduce su papel en la profecía (que era la portadora de muerte y destrucción por llevar a Malec ante Isbeth), y Malik maldice cuando todas las piezas se unen. Cuando la tierra se agrieta y los *dakkais* brotan por la fisura, él lucha y trata de proteger a Millie. En un momento dado, Delano lo salva, pero Malik acaba luchando contra Callum. Cuando Isbeth arremete contra Millie, él la protege lo mejor que puede pero muere… hasta que Poppy, con la consorte en su interior, los trae a todos de vuelta a la vida.

Al despertar, Malik descubre que Millie se ha marchado y va tras ella.

Ella es siempre su primer pensamiento.

Su primera prioridad.

Un tiempo después, regresa a Wayfair con Millie para hablar con Poppy y Cas, solo para encontrar a Poppy en estasis. Se asegura de que Millie pueda pasar unos minutos con ella y él habla con su hermano durante un rato. Salen a la luz un montón de trapos sucios, pero una vez todo está dicho, llegan a una especie de tregua. No obstante, mientras habla con Cas, Malik comenta que Millie y él son corazones gemelos y, como ella está justo en la habitación de al lado, no sabe si lo ha oído o no.

Aunque, ¿acaso importa en realidad? Millie lo odia. O eso dice Malik. Y está convencido de que debería hacerlo.

MILLICENT «MILLIE» MIEREL

Todavía hay muchas cosas que no sabemos acerca de Millicent, pero estoy de lo más intrigada por lo que *sí* sabemos y estoy impaciente por descubrir más cosas.

Pelo: de un rubio casi blanco, le cae hasta la cintura, con rizos apretados.

Ojos: azules plateados, increíblemente pálidos, casi sin color.

Constitución: caderas redondas. Varios centímetros más baja que Poppy y también más baja que otras doncellas personales.

Rasgos faciales: piel aceitunada. Rostro ovalado. Boca ancha y carnosa. Frente fuerte. Mandíbula testaruda.

Rasgos distintivos: dientes sin colmillos. Algunas pecas sobre la nariz y las mejillas. Lleva una máscara de un negro rojizo que se extiende desde el nacimiento de su pelo hasta debajo de sus ojos y se abre casi hasta la mandíbula por ambos lados. Parece las alas de un ave de presa.

Personalidad: amable. Alegre y animada. Educada. Un poco extraña. Mantiene sus emociones encerradas tras unos muros sólidos.

Otros: es posible que tenga unos doscientos años; la guerra terminó hace cuatrocientos años e Ires acudió a Isbeth doscientos años después.

Hábitos/Costumbres/Fortalezas/Debilidades: no es susceptible a la coacción. Lleva espadas curvas de piedra umbra. Dice tener un comportamiento sobresaliente, pero tiene costumbre de derramar sangre sin necesidad. Cuando utiliza flechas, les coloca puntas de piedra umbra. Le encanta tararear, pero se le da fatal. Tiene costumbre de divagar cuando habla. Su lealtad forzada está dirigida a Isbeth, pero aun así trata de ayudar a la gente.

Antecedentes: doncella personal Retornada. No sobrevivió a su Sacrificio, así que Isbeth la convirtió en una Retornada. No obstante, la mayoría de las personas creen que es *como* una Retornada pero… al mismo tiempo no, lo cual es verdad en parte, pues no es una tercera hija y sus orígenes fueron un poco diferentes.

Familia: madre = Isbeth †. Padre = Ires. Hermana = Penellaphe Da'Neer. Antepasados = Nyktos y Seraphena.

EL VIAJE DE MILLIE HASTA LA FECHA:

Hija de la reina Ileana (también conocida como Isbeth) e Ires Mierel, la vida de Millicent comenzó un poco como una mentira y como algo sobre lo que ella no tenía ningún control. Como la *primera hija* mencionada en la profecía, su destino siempre fue ser una herramienta. Eso se volvió aún más cierto cuando no sobrevivió a su Sacrificio e Isbeth, que no quería verla morir, utilizó magia primigenia para convertir a Millie en una Retornada… o al menos en algo con rasgos de Retornado. Todavía me pregunto si no hay nada más en esa historia que aún nos quede por descubrir. En cualquier caso, el resultado de eso fue que se convirtió en una de las guardias personales de la reina, una doncella personal, y se entrenó en todos los tipos de muerte conocidos.

Malik Da'Neer y ella son corazones gemelos, pero por lo que sé, ella todavía no se ha enterado. Aunque es posible que sí lo sepa y solo elija ignorarlo. También se dice que Isbeth obligó a Malik a hacerle muchas cosas innombrables y eso cambió para siempre su relación. En cualquier caso, todavía no sabemos lo que fueron esas cosas.

La historia de Millie se me aparece en fogonazos y trocitos. La verdad es que aún no he sido capaz de unir todas las piezas, pero la mayor parte de lo que sucedió cuando por fin conoció a Casteel y a su hermana está bastante clara.

Cuando Poppy, Casteel y su grupo se cuelan en el castillo y se topan con Ires como gato, Millie les bloquea el paso en el pasillo. Delano la ve como a una amenaza y la ataca de inmediato, pero ella lo vence en cuestión de segundos, lo cual sorprende a los otros. Casteel intenta emplear su don de coacción con ella para obligarla a soltar a Delano, pero no surte ningún efecto. Cuando el *wolven* le pregunta qué es, ella les dice a todos que es una doncella personal… y muchas otras cosas.

Millie le pide con educación a Delano que se comporte, al tiempo que revela que tiene la mala costumbre de derramar sangre de manera innecesaria. También insinúa que ella tiene un comportamiento extraordinario y hace hincapié en que *ellos* no se han comportado al ir donde no deberían haber ido (a los túneles subterráneos) y al ver lo que no deberían haber visto (a Ires).

Les ofrece no contárselo a la reina si ellos prometen hacer lo que les diga, pero añade que si no lo hacen, no serán ellos los que paguen el precio. Serán sus fuerzas que se aproximan ya a las puertas orientales de la ciudad. Con eso, el grupo descubre que su plan se ha frustrado.

Mientras están todos ante la reina, Isbeth utiliza a Millie para demostrar lo que es un Retornado y lo que pueden hacer. Para ello, ordena que la apuñalen en el corazón. Millie muere y después resucita como hace siempre; luego va a colocarse otra vez al lado de la reina y escucha cómo hablan sobre los puntos fuertes de un Retornado.

Cuando la reina ordena decapitar a Ian, Millie no puede ocultar su espanto. Para mí, eso indica que no es tan fría como intenta parecer.

Cuando Poppy provoca la furiosa tormenta a las afueras de Oak Ambler después de que Casteel se entregue, Millie aparece ante ella y le dice que pare, insinuando que Poppy hará daño a personas inocentes si sigue así. Cuando Millie ordena a otros del grupo que intervengan y nadie se mueve, continúa con una amenaza de que si ellos no la detienen, lo hará *ella misma*. Poppy le lanza una red de poder, pero Millie le dice que no funcionará, al tiempo que informa a Poppy de que una flecha de piedra umbra apunta hacia su cabeza.

Cuando Poppy por fin se calma un poco, Millie le dice que siente lo de Ian. Después se asegura de que el grupo entienda que todos los *vamprys* se han marchado y que ahí solo quedan inocentes, por lo que no deberían darse tanta prisa en arrasar todo el lugar. Cuando Poppy vuelve a amenazarla, Millie se ríe y dice que acogería con gusto su muerte definitiva.

Hablan un poco más y Millie por fin revela que los Ascendidos iban a llevar a Cas a la capital, pero no sabe a dónde. Después dice que Isbeth apostará a los Retornados y a Malik para vigilarlo, y que la única forma de que Poppy pueda salvarlo es si lleva consigo el fuego de los dioses.

Esto puede parecer una afirmación inocua, que Poppy debería llevar consigo todo lo que tiene, pero según lo interpreto yo, lo que de verdad le está diciendo a Poppy es que debe asegurarse el apoyo de los guardias de Nyktos. Me encanta que revelase que Poppy tenía que conseguir a los *drakens* sin decirlo a las claras.

Unos treinta días después de que Casteel fuese apresado, Millie va a verlo. Después de mirarlo de arriba abajo, le informa que cree que tiene el dedo infectado. Cuando Cas le pregunta por qué está ahí, Millie admite que le hizo una promesa a alguien (que luego averiguamos que fue Malik). Millie intenta convencer a Cas de que se bañe, pero él le contesta con impertinencia todo el rato. Al final, Millie comenta que debe de estar cascarrabias porque tiene hambre, y añade que Malik también se pone así.

Es interesante que sepa eso y lo comente.

Cas le pregunta dónde está su hermano y ella contesta que es probable que esté aquí, allí… en cualquier sitio menos donde se supone que debe estar. Cuando él comenta que debe pasar mucho tiempo con Malik para saber cómo se pone cuando necesita alimentarse, ella dice que en realidad no. Que solo es observadora.

Yo no me creo eso ni por un segundo. Sabiendo lo que sabemos sobre las actividades extracurriculares de Malik, desconocidas para la reina, esa afirmación sobre el hecho de que suele estar en lugares donde no debería adquiere cierto significado nuevo, aunque no digo esto porque tenga pruebas de ello. Es mera conjetura.

Mientras Millie se lava los símbolos de la piel con el agua de baño de Cas, hablan sobre los túneles y los hechizos protectores. Millie le dice a Cas que Poppy los rompió cuando Ascendió a su condición de diosa, lo cual permite que ciertas cosas entren y salgan, aunque ni siquiera Callum sabe cuándo y dónde. Cuando Cas le pide más detalles sobre ese tipo dorado, Millie le comenta que Callum es viejísimo.

Millicent revela que ella hubiese matado a Isbeth, pero la reina es una diosa (aunque nosotros sabemos que en realidad no lo es, pero en fin…). Después dice que cree que Poppy acabará por matarla, y que la vio después de que Casteel se entregase y ahí se dio cuenta de lo poderosa que es. Cas le dice que su mujer es diferente de cualquier otro. Millie está de acuerdo. No obstante, cuando Cas menciona que Nyktos es la razón de la singularidad de Poppy, ella lo corrige diciendo que no sabe nada si cree que Nyktos es el *verdadero* Primigenio de la Vida y la Muerte. Después detalla cómo Isbeth necesitaba una herramienta/arma para destruir los mundos y comenta que Isbeth ha averiguado una manera de traer de vuelta a la vida algo que puede hacerlo.

Millie está ahí para bloquearles el paso a Poppy, Kieran y Reaver mientras todavía van de camino a Carsodonia para salvar a Casteel. Se produce una pelea y después de un rato tienen una discusión en la que Millie llama a Poppy Reina de Carne y Fuego. Al final, todos acaban en Wayfair.

Más tarde, Millie informa a Poppy de que la reina quiere hablar con ella sobre el futuro de los reinos y el Verdadero Rey de los Mundos, y le comunica también que New Haven y Whitebridge han caído en manos atlantianas (la Corona de Sangre había recibido una misiva con la noticia). Añade que todo el mundo está nervioso desde entonces. Poppy se niega a ponerse la ropa que le lleva Millie porque es blanca, y dice que se niega a que la obliguen a parecerse a la Doncella otra vez. Le dice a Millie que o le consigue otra cosa, o irá desnuda. Millie bromea con que casi merecería la pena dejar que Poppy fuese así, solo para ver el resultado.

Mientras siguen hablando, Poppy le advierte a Millie que no se refiera a Isbeth como su madre. Y cuando Poppy estira sus poderes hacia ella, Millie bloquea sus intentos de leer su mente. Al marcharse, le dice a Poppy que les hará compañía a Kieran y a Reaver, y comenta lo guapo que es Reaver.

Según parece, todo el mundo se enamora de Reaver. Yo, sin embargo, no puedo dejar de verlo como a un jovenzuelo. Para mí siempre será así, puesto que lo *vi* en mis visiones durante la época de los dioses.

Más tarde, cuando escolta a Poppy y a los otros al Gran Salón, Millie confirma que Reaver tiene razón cuando dice que la estatua de la sala no es Nyktos. Una vez dentro, Millie le recuerda a Poppy que se calme, no vaya a creer todo el mundo que la heraldo está entre ellos. Cuando la reina dice que Cas, a diferencia de Malik, nunca aprendió a hacer que su estancia fuese más agradable, Millie no puede controlar su enfado. Es posible que Malik no le guste demasiado (o al menos eso es lo que *finge*), pero está claro que no puede evitar preocuparse por él.

A Millie le divierte mucho cuando Poppy apuñala a Callum en el corazón. A la reina, sin embargo, *no le divierte nada* y castiga la insolencia de Millie obligándola a limpiar el desaguisado.

De vuelta en la celda con Casteel, él declara que Isbeth no le hará daño a Poppy; hará daño a otros para *llegar hasta* Poppy. Millie lo confirma. Después, finge tener sangre en el pelo y se lo lava en la bañera de Cas, con lo que revela que su color natural es casi blanco, no negro como el carbón. Después se lava la cara para mostrar su aspecto real y recalcar su parecido con Poppy. Cuando se limita a mirarla, ella le dice que tiene algo importante que decirle y luego le informa que es la primera hija. Añade que nunca hubo intención de que ella existiera, aunque la segunda tampoco. Cuando Cas pregunta acerca de eso, Millie confirma que Poppy y ella son hermanas de padre y madre y que Ires las engendró a ambas. Millie le explica a Casteel que ella, sin embargo, no es una diosa como su padre. Es un fracaso. Él intenta discutírselo, pero ella le dice que, al igual que su hermano, Casteel no tiene ni idea de lo que es y no es posible… como la historia real de los mundos, por ejemplo.

Millie explica cómo todo lo que ha hecho Isbeth ha sido por una razón. Cuando apresó a Cas por primera vez, la razón por la que retuvo a Malik… era todo para poder tener a alguien de un linaje atlantiano fuerte con quien Ascender a Poppy y asegurarse de que ella no fracasaba como lo había hecho Millie. Una vez que Poppy complete su Sacrificio, le proporcionará a Isbeth lo que siempre ha querido desde que su hijo muriera: la posibilidad de vengarse de todo el mundo. Y no quiere rehacer los mundos. Quiere destruirlos.

Poppy está destinada a hacer eso, a ser la heraldo predicha. No tendrá elección. Millie le recuerda entonces a Casteel que, aunque Isbeth no es lo bastante fuerte para rehacer los mundos, creó algo que *sí* lo es. Pensar en ello la pone un poco triste y deja que algunas de sus emociones salgan a la luz. Este es otro indicador de que Millie es diferente a los otros Retornados. Está claro que ella tiene emociones; por lo tanto, tiene alma. Los otros Retornados no la tienen.

Millie sabe que la reina triunfará, hagan lo que hagan todos los demás. Primero, Poppy completará su Sacrificio, y después su amor por Cas se convertirá en una de sus escasísimas debilidades. Él será la única cosa que pueda detenerla. Sea como sea, la hermana de Millie no sobrevivirá. O bien morirá a manos de Casteel, o bien ahogará los mundos en sangre..

Decorada con pintura en el Templo de Huesos, Millie está muy inquieta y preocupada por que vayan a llevar a Malec ante Isbeth. Intenta advertir a Poppy y pregunta dónde está Reaver, al tiempo que le dice a su hermana que debería estar preocupada de que Isbeth no preguntase por Reaver. Siente que hay algo muy equivocado en todo lo que está pasando y lo dice.

Después de que Callum cure la maldición de Kieran, Millie se anima cuando el *wolven* apuñala a Callum en el pecho. Comenta que verlo caer es algo que de lo que nunca se cansa, pero se asegura de decirle a Kieran que apunte a la cabeza la próxima vez si quiere que dure más tiempo.

Millie observa a Isbeth besar a Malec en su féretro y comenta cómo parece que está a punto de meterse dentro con él. Cuando oye a su madre decir «No puede ser de ningún otro modo», levanta la cabeza de golpe, solo para ver a Isbeth clavar una daga en el pecho de Malec.

Confusa y sin comprender bien qué está pasando, solo puede escuchar cómo Callum se regodea y la llama un fracaso. De repente se da cuenta de que se suponía que debía ser Poppy la que estuviera sobre el altar, lo cual tiene más sentido cuando Callum les explica la profecía.

Millie pregunta quién es el heraldo, y Callum le dice que es *ella. Ella* era la advertencia. Callum pregunta si de verdad creía que Poppy iba a destruir los reinos y dice que tardaría una eternidad en ser tan poderosa.

Después de que Casteel le arranque el corazón a Callum, Millie le dice a Poppy que todavía tienen una oportunidad de detener lo que se ha iniciado porque Malec aún respira. A continuación estalla el caos y Millie recibe una pedrada en la cabeza cuando la roca explota. Malik la atrapa antes de que caiga al suelo y entonces Delano los salva a ambos de los *dakkais*.

Millie se enfrenta a los otros Retornados y le grita a Poppy que extraiga la daga del pecho de Malec y vaya a por Isbeth. Cuando Poppy no puede hacerlo, va la propia Millie. Justo cuando por fin llega hasta Malec y cierra la mano en torno al mango de la daga, Isbeth la golpea con un fogonazo de *eather* y Millie muere.

Millie se recupera después de que Poppy llame a la consorte y entonces observa a Poppy eliminar a los *dakkais* y a Isbeth. En la confusión posterior, Millie se escabulle del lugar.

Sabemos que Malik fue tras ella.

Al final, ella también se entera, porque aparece en Wayfair con él. Cuando descubre que Poppy está en estasis, se muestra preocupada. Se queda a solas con ella durante un rato, pero al final se marcha.

Espera a que descubra en lo que se ha convertido Poppy…

REINA ELOANA DA'NEER

Se convierte en la reina madre Eloana Da'Neer.

Pelo: color ónice.

Ojos: del color de la miel ámbar fría.

Rasgos faciales: mandíbula orgullosa.

Personalidad: frenética. Cauta. Fuerte.

Hábitos/Costumbres/Fortalezas/Debilidades: siempre tiene en mente lo que es mejor para el reino. Le cuesta hablar de su hijo retenido. Llama a Casteel «Hawke». Se preocupa mucho por su gente, hasta el punto de que en ocasiones eclipsa a la esperanza. No habla demasiado sobre Malec. Propensa a apuñalar a Valyn. Ha matado para mantener en secreto la ubicación de Iliseeum. Envenenó a Isbeth con belladona. Sepultó a Malec.

Antecedentes: atlantiana elemental. Era joven cuando se convirtió en reina. El *wolven* vinculado a ella murió durante la guerra. Estuvo casada con Malec.

Familia: exmarido = Malec. Marido = Valyn. Hijos = Malik y Casteel. Hermano = Hawkethrone †.

Eloana no es solo la reina madre del actual rey de Atlantia, también es una pieza clave de los engranajes que se pusieron en movimiento en todo lo que tiene que ver con Isbeth. Malec tuvo una aventura con Isbeth mientras estaba casado con Eloana. Esta pensaba que Malec exageraba en su pasión por ella, pero pronto se dio cuenta de que Isbeth no era como sus otras amantes. Era su corazón gemelo.

EL VIAJE DE ELOANA HASTA LA FECHA:

Después de que Poppy fuese atacada en las Cámaras de Nyktos, Eloana entra en el templo y ve lo que ha hecho Poppy. Le pregunta a Hawke qué ha llevado de vuelta con él a Atlantia y luego les dice a los demás presentes que se inclinen ante su nueva reina.

Cuando Poppy insiste en que nada de lo que está sucediendo es cosa suya, Eloana le dice que puede que no se haya dado cuenta de que ha invocado a los *wolven*, pero que lo ha hecho. Muchos se transformaron sin previo aviso. Entonces se vuelve hacia Cas y le dice que debería preocuparse por la razón de que los *wolven* se estén comportando como lo hacen, y declara que los vínculos entre los *wolven* y sus atlantianos elementales se han roto. Después le explica a Poppy que la sangre divina que lleva dentro supera a cualquier juramento entre los *wolven* y los atlantianos elementales a los que estaban vinculados, y que esa es la razón de que los vínculos se rompiesen.

El ataque contra Poppy consterna a Eloana, que le dice a Poppy que no es una Come Almas y que sus atacantes deberían haber sabido bien lo que era cuando vieron que el *eather* de su sangre se volvía visible.

Cuando surge el tema de Malik, Eloana se pregunta en voz alta si el matrimonio entre Hawke y Poppy es una estratagema, pues ella conocía el plan original de su hijo.

Cuando Alastir ataca, Eloana se sorprende otra vez al ver que Cas recibe varios flechazos. Les ordena a los guardias de la corona que depongan las armas. No entiende por qué se volverían contra su hijo… su príncipe y ahora futuro rey.

Alastir y sus compinches huyen con Poppy. Supongo que Eloana ayudó con los que fueron envenenados por la sombra umbría.

Después de que Poppy y Cas pasan por su espantoso calvario y regresan a Atlantia, Eloana recibe a Hawke en el Palacio de la Cala, pero entonces ve las diferencias en Poppy. Sabe que fue Ascendida y la mira incrédula porque no es una *vampry*. Todo ello provoca una miríada de emociones en Eloana, cosas que sentí en mi visión: alivio, alegría, amor y pena.

Tras haber tenido tiempo de pensar en lo ocurrido con Alastir, Eloana explica que cree que él pensaba que los Regios respaldarían su plan de eliminar a Poppy, que es lo que quiso decir cuando gritó «No es demasiado tarde» en las Cámaras. Eloana no puede evitar sacar el tema de la Ascensión de Poppy, y Poppy le echa en cara que le falta al respeto. Eloana se disculpa y le sorprende que Poppy lo entienda.

Eloana y Poppy hablan de los orígenes de esta última. Eloana confirma que Poppy comparte algunas habilidades con Malec y comenta que incluso se parece a él. Da por sentado que Malec debe ser su padre, aunque hay algunas cosas sobre esa hipótesis que no cuadran.

Intenta suavizar el golpe de esa noticia para Poppy diciéndole que Cora todavía podría ser su madre, solo que no una mortal. No obstante, se da cuenta de que Alastir lo hubiese sabido, lo cual invalida esa teoría.

Eloana revela que sabía que Alastir había encontrado a alguien que pensaba que era descendiente de Malec, pero dice que no sabía nada de ella y no tenía ni idea de que estuviera hablando de Poppy.

Después de pensarlo un poco más, Eloana revela que es imposible que Malec sea el padre de Poppy, porque ella lo encontró después de la guerra y lo sepultó rodeado de cadenas de hueso bajo el Bosque de Sangre. Y eso fue hace cuatrocientos años. Hubiesen hecho falta solo doscientos años para que se debilitara lo suficiente como para morir, por lo que llevaría muerto mucho tiempo antes de que Poppy naciera. Sin embargo, después teoriza que quizá la Corona de Sangre descubrió dónde estaba sepultado Malec y lo ayudó a recuperarse. Entonces sugieren que Poppy debe de ser la bisnieta de Nyktos.

Cuando los árboles dorados de Aios se vuelven rojo sangre, Eloana le dice a Poppy que los árboles representan la sangre de los dioses y que el cambio de color significa que una deidad está en la línea de sucesión al trono. Eran rojos cuando gobernaban las deidades y se volvieron dorados después de que Malec fuese destronado. También se refiere a Ileana como la Reina de Sangre y Cenizas y le cuenta a Poppy el origen de esa historia.

A pesar de todo, Eloana sigue defendiendo a Malec y le dice a Poppy que no era mal hombre ni mal regente, que era solo alguien que se perdió.

Cuando hacen planes para sus próximos pasos, Eloana le pregunta a Poppy qué van a hacer con respecto a Malik y también qué hará si Ian no es como lo recuerda. Después de que Poppy le responda, Eloana se preocupa por el estado en el que encontrarán a Malik y casi piensa que sería mejor para él si estuviera muerto. Ese pensamiento la hace romper a llorar y Poppy la consuela mientras se desahoga. Eloana también dice que Poppy es lógica, valiente y fuerte.

Después revela que Valyn, ella y los Ancianos ya habían decidido que la guerra es inevitable. Planean reducir Carsodonia a cenizas y cortar la cabeza de la serpiente, por decirlo de algún modo. Al final, dice que solo Poppy y Cas, los nuevos reyes de Atlantia, pueden detener lo que ya está en marcha.

Sin embargo, Eloana también revela que se está cociendo una batalla diferente en Atlantia entre los que pueden confiar en una forastera y ven a Poppy como la legítima reina, y los que no. Añade que aunque Poppy abdicara, la división será igual de destructiva que la guerra. A continuación admite que cree que Cas y Poppy son la mejor opción para Atlantia y le explica a Poppy por qué cree que es adecuada para gobernar. Eloana le informa que dispone de días, quizás una semana, para decidir, pero que si elige ceñirse la corona, debe hacerlo por las razones correctas.

Valyn, Cas y Vonetta aparecen y les dicen a todos que ha llegado una comitiva de Ascendidos a Spessa's End. Cuando Ian solicita una reunión con Poppy y sus aliados, Eloana teme que sea una trampa para apresar a Poppy, a Cas o a ambos.

Después de regresar a la capital, la corona de huesos descoloridos de Eloana se vuelve dorada y lustrosa. Le dice a Poppy que la coronación será cuando ellos quieran, pero que los Ancianos están impacientes por oír sus noticias.

Lo cual era muy cierto.

Eloana se ofrece a enviar la noticia del cambio de las coronas mientras Cas y Poppy se reúnen con el Consejo.

Durante la ceremonia de coronación, Eloana corona a Poppy y luego le presenta a Rose, la administradora del palacio. Esta se sorprende cuando Poppy no solo le pide que la llame Penellaphe y no *majestad*, sino que también cambia el escudo atlantiano para que muestre igualdad entre Casteel y ella. Antes, ese escudo tenía armas desiguales, la espada mucho más grande que la flecha. En la versión nueva, la espada y la flecha son del mismo tamaño y están cruzadas con precisión por el centro.

Cuando hablan más de las cosas que hay que hacer (un viaje a Oak Ambler y un viaje a Iliseeum para reclutar a los guardias de Nyktos), Eloana teoriza que despertar a Nyktos podría ser justo lo que fuerce a la Corona de Sangre a actuar, aunque Valyn y ella pretenden quedarse en el palacio mientras Poppy y Cas van a Iliseeum. Servirán como sustitutos de la Corona cuando los nuevos reyes estén ausentes.

Tras los sucesos de Oak Ambler que conducen al nuevo cautiverio de Casteel a manos de la Corona de Sangre, Poppy va en busca de Eloana al regresar. Eloana se da cuenta de inmediato de que Cas no está con Poppy y alarga la mano hacia su marido (que no está ahí) cuando de pronto es consciente de *por qué* su Hawke no había vuelto. Cuando Poppy le echa en cara que ella sabía lo que era y no era Isbeth, y que el hecho de no contárselo a ellos es lo que ha provocado la situación actual, a Eloana se le cae el alma a los pies.

Poppy le cuenta a Eloana que la Reina de Sangre mató a su hermano, Hawkethrone, y que ahora tiene a su hijo. Otra vez. Poppy sabe exactamente por qué la Reina de Sangre quería a los hijos de Eloana. Porque es algo personal.

La acusa a Eloana de saber que Ileana era Isbeth y que *no era* la primera Ascendida. De hecho, no es una Ascendida en absoluto. Eloana jura que no lo sabía hasta que encontró a Malec después de la guerra y lo sepultó. Poppy le dice que no importa *cuándo* se enteró de la verdad, solo que no la compartió con ellos.

Cuando Eloana pregunta si su hijo está vivo, Poppy le pregunta que *cuál de ellos* y le cuenta que Malik está cómodamente instalado con Isbeth. Luego le muestra la marca de matrimonio que demuestra que Cas está vivo. Aunque añade que significa muy poco, dado lo que ha sucedido.

Eloana explica que todo fue una cuestión de ego, y le dice a Poppy por qué hizo lo que hizo. Después admite que ella no quería ir a la guerra con Solis, en parte porque la identidad y la historia de Isbeth saldrían a la luz. Poppy le informa que Malec le mintió acerca de ser una deidad y que Isbeth lo supo desde un principio. Eloana da entonces una lección de humildad y reconoce que Malec siempre tendrá un pedazo de su corazón.

Poppy le cuenta a Eloana su ascendencia y revela que la reina planeaba casarla con Malik y recuperar Atlantia. Eloana opina que, al final, el plan de Isbeth sí que *ha sido* un éxito, puesto que Poppy es la actual reina. Poppy afirma entonces que la han utilizado durante toda su vida y que no volverá a permitir que eso ocurra. Le dice a Eloana que planea despertar a los *drakens* y declara que ahora ya no hay forma de evitar la guerra.

Poppy le pide a Eloana que cuide de Tawny, su primera amiga, y Eloana me hace llamar a mí para ayudar a la pobre chica después de que la apuñalaran con piedra umbra.

No estoy segura de qué hizo Eloana después de eso, pero cuando estuvo en marcha el plan de volver a llevar a Malec con Isbeth, Valyn se puso en contacto con ella para saber dónde y cómo sepultó al dios.

La reina madre se lleva una gran sorpresa cuando se entera de todo *lo demás* que descubren mientras están ausentes.

REY VALYN DA'NEER

Se convierte en el rey padre Valyn Da'Neer.

Pelo: rubio.

Ojos: dorados.

Constitución: alto. Ancho de hombros.

Rasgos faciales: mandíbula cincelada. Nariz recta. Pómulos altos.

Rasgos distintivos: hoyuelos, aunque rara vez se ven.

Personalidad: directo. A veces agresivo cuando se trata de un objetivo. No es celoso. Muy reservado con sus emociones.

Hábitos/Costumbres/Fortalezas/Debilidades: lucha con una elegante fuerza bruta. Hará cualquier cosa para proteger a su mujer. Siempre tiene en mente lo mejor para Atlantia. Le gusta el vino.

Antecedentes: atlantiano elemental. El *wolven* vinculado a él murió durante la guerra. Lo coronaron de nuevo cuando luchó contra Jalara en Pompay. Eloana lo ha apuñalado muchas veces, pero él insiste en que es probable que se lo mereciera.

Familia: mujer = Eloana. Hijos = Malik y Casteel. Abuelo = rey Elian Da'Neer †. Descendiente de = Attes, codirigente de Vathi, Primigenio de la Guerra y la Concordia. Otro antepasado = Kyn, codirigente de Vathi, Primigenio de la Paz y la Venganza.

Valyn no solo es el rey padre del actual rey de Atlantia, sino que también desempeñó un papel crucial en el cambio de poderes entre los reinos.

EL VIAJE DE VALYN HASTA LA FECHA:

Después de la exhibición de poder de Poppy tras el ataque en las Cámaras de Nyktos, Valyn confirma lo que ha dicho Alastir acerca de que Poppy ha invocado a los *wolven*. Le dice a Cas que piense en por qué el *wolven* vinculado a él, Kieran, está dispuesto a atacarlo.

Más tarde, durante las conversaciones, Valyn consuela a Eloana cuando el tema trata de Malik. Asimismo, le recuerda a Cas que Poppy y él todavía no son los reyes. Después de la demostración de traición de Alastir, le dice al *wolven* que lo encerrarán en algún lugar seguro y que aceptará la decisión sin discusión. Añade que si no lo hace, es muy probable que Cas o los otros *wolven* lo ataquen, y que Valyn no intervendrá.

Una vez hechos los planes, Valyn se une al grupo que viaja a Irelone para rescatar a Poppy. Cuando la hieren de muerte con un virote de ballesta, Valyn se horroriza al darse cuenta de que Casteel planea Ascenderla. Les ordena a los guardias que apresen a su hijo, pero los *wolven* los rodean y a Valyn no le queda otra que observar.

Después de los sucesos de Spessa's End, admite que está impresionado por lo que han hecho, pero no cree que sea suficiente. Todavía quiere desquitarse e ir a la guerra.

Casteel se lo lleva a hurtadillas para *salvaguardarlo* y Emil y los otros lo escoltan de vuelta a Atlantia. Más adelante, se reúne con Cas y con Poppy en el templo de Saion. Cuando ve a Poppy por primera vez desde que estuvo al borde de la muerte, se sorprende de constatar que no ha Ascendido. Comenta que él estaba presente cuando Cas salió de su envenenamiento con sombra umbría y se dio cuenta de que Poppy no estaba. Añade que nunca lo había visto así, y que es algo que no olvidará jamás.

En un momento de sinceridad, Valyn le dice a Poppy que si *hubiese* Ascendido, él se habría visto obligado a matarla y lo habría intentado sin vacilar, incluso a sabiendas de que los *wolven* no le habrían permitido llegar hasta ella. Que ella se convirtiese en una Ascendida hubiese supuesto una guerra que los habría debilitado frente a Solis.

Valyn está de acuerdo en que Poppy ya no es mortal y comenta que debe tener que ver con sus orígenes, aunque no quiere hablar más del tema sin que Eloana esté presente (para protegerla de una historia que los ha atormentado durante siglos). En cualquier caso, aconseja a todos que mantengan en secreto los cambios de Poppy y que no lo sepa nadie que no pertenezca a su círculo interior o que no estuviera ahí cuando Cas la salvó.

Cuando llega el momento de hacer justicia con Alastir, Valyn pide que le aseguren que el *wolven* no sobrevivirá a esa noche. Añade que si lo hace, Valyn se encargará de que muera al amanecer, algo de lo que se asegurará en persona, mientras aún tenga una corona sobre la cabeza.

Poppy le da las gracias a Valyn por ayudar en su rescate, pero él le dice que no hace falta que le dé las gracias. Que ahora ella es de la familia.

El hecho de que cambiara de forma de pensar tan deprisa me resultó sospechosa al principio, pero cuanto más lo meditaba, más me daba cuenta de que las cosas simplemente son así con Poppy. La gente no tarda demasiado en verla y darse cuenta de que es especial, poderes primigenios aparte.

Después del ataque en la residencia de los Contou, Valyn le dice a todo el mundo que los atacantes eran Arcanos y comparte más información sobre ese grupo.

Al hablar de la reciente traición, dice que cree que los guardias de la corona implicados en el ataque hablaron con franqueza con los que no lo estuvieron, y así los infectaron con sus tonterías.

A su regreso a Atlantia, ven que los árboles de Aios han cambiado de dorado a rojo, y Valyn le dice a Cas que la gente verá esa transformación como señal de un gran cambio.

Valyn se reúne con Cas y Poppy en el Palacio de la Cala. Cuando Eloana pregunta si Hawke está más alto, Valyn comenta que Cas dejó de crecer hace una eternidad... más o menos cuando dejó de escuchar a sus padres.

En un momento dado, a Valyn se le escapa llamar a Poppy *Doncella*. Cas lo amenaza y le dice que no vuelva a llamarla así *jamás*.

Después de que Poppy salve a Marji, la niñita atropellada por el carruaje, hablan de las habilidades de Poppy. Valyn no sabe de ningún otro mortal Ascendido con sangre atlantiana que haya pasado por el Sacrificio y no se haya convertido en *vampry*. Tampoco sabe de ningún medio atlantiano vivo que descienda de los dioses. Después le dice a Poppy que es imposible que Cora y Leo fuesen sus padres.

Cuando analizan el papel de Alastir en todo lo ocurrido y lo que Valyn y Eloana sabían y no sabían, Valyn dice que sabía que Alastir había encontrado a alguien que creía que era descendiente de Malec, pero que no sabía nada más.

Se sabe que Valyn y Eloana han matado para proteger el secreto de Iliseeum, así que cuando los presionan acerca de lo que le ocurrió a Poppy y aquellos a los que mataron para proteger el mundo de los dioses, Valyn le dice a Cas que, si va a convertirse en rey, debe aprender a lidiar con el hecho de tener que hacer cosas que le revolverán el estómago y atormentarán sus sueños.

Hablan un poco más de los orígenes de Poppy, y Valyn le dice a Poppy que ninguna otra deidad podría ser sus padres porque Malec las mató a todas. Después añade que, para él, sus poderes son demasiado fuertes para que haya una diferencia de varias generaciones. A continuación, dice que los cambios de los árboles de Aios significan que una deidad está en la línea de sucesión al trono. Añade que la madre de Poppy debía de ser casi tan vieja como Malec y, o bien una atlantiana elemental, o bien de otro linaje importante, posiblemente uno que se cree extinguido.

La conversación gira hacia la profecía y Valyn admite su curiosidad.

Poppy dice que quiere destruir a los Ascendidos, y Valyn cree entonces que tiene a alguien que le respalda en sus esfuerzos para ir a la guerra. Sin embargo, trata de convencerlos de no ir corriendo a Spessa's End para reunirse con la comitiva de Ascendidos y dice que Cas está hablando como un hombre enamorado, no como un rey.

Valyn y Eloana regresan a la capital y entregan sus coronas. Durante sus conversaciones, Valyn sabe que Cas y Poppy quieren hablar sobre algo más que solo lo que sucedió durante su reunión con los de Solis. Se refiere a Ian como un Ascendido y eso irrita a Poppy. Cuando Valyn sugiere que su derecho al trono podría cuestionarse, lo ponen en su sitio al instante.

Durante la reunión con el Consejo, Eloana le dice que ha llegado la hora, para que aluda al hecho de que ellos no siguen la ruta tradicional con nada. Valyn corrige con severidad a lord Gregori con respecto a los orígenes de Poppy y le agrada ver la respuesta de esta con una demostración de fuerza.

Una vez que Poppy y Cas son coronados de manera oficial, Valyn los advierte de que tendrán que elegir un consejero. Cuando Cas menciona que ya sabe a quién se le va a pedir ser el Consejero de la Corona, Valyn está de acuerdo en que Kieran es buena elección.

Después de que el grupo decide ir a Iliseeum, Valyn comenta que despertar a Nyktos podría ser un riesgo innecesario, pero dice que Eloana y él se quedarán en el palacio para servir de sustitutos de la Corona mientras ellos estén ausentes.

Cuando Casteel se entrega a la Corona de Sangre, Valyn ve a Poppy unos instantes antes de que ella regrese a Evaemon sin su marido y parte de inmediato hacia el norte.

Con el ejército, recibe a Poppy en el punto más septentrional del reino y le dice que sabe que ella traerá a su hijo de vuelta. Añade que Cas es un hombre muy afortunado por haberla encontrado y haberse hecho suyo. Después dice que Eloana y él son aún más afortunados de tenerla como nuera.

Con tristeza, Valyn le pide a Poppy un favor. Le ruega que le dé a Malik la muerte más rápida e indolora posible si lo viera. Ella le dice que así lo hará.

Valyn llega a Massene y Vonetta le cuenta lo sucedido con los *drakens* en la tormenta de Vessa. Él le da a Reaver sus condolencias por la pérdida de sus hermanos y hermanas y jura hacer que la Corona de Sangre lo pague con creces.

Durante las conversaciones con los generales y otras personas acerca de Oak Ambler, Valyn discute con Gayla La'Sere cuando esta dice que los métodos que empleaban antes podían ser brutales, pero eran eficaces. Él le dice que dado el punto en el que están ahora, no fueron eficaces en absoluto. Puesto que se retiraron. No ganaron.

Poppy decide advertir a los mortales sobre la inminente invasión de sus ciudades, aunque Valyn no está seguro de que eso sea sensato. A medida que oye más detalles del plan, le cuesta estar de acuerdo. No está preocupado por el liderazgo, está preocupado por su nuera. Por ella. Le recuerda a Poppy que ninguno de los miembros de su familia que han entrado en la capital han regresado del mismo modo que se fueron. *Si es que* han regresado. Poppy rechaza la oferta de

Valyn de ir con ella y le recuerda lo que le haría Isbeth si lo capturaran.

Después de que Poppy se vista con su atuendo blanco, Valyn va a verla y hace un comentario sobre la cantidad de armas que lleva. Le dice que ella es la más poderosa y, sin decirlo a las claras, le pide que lo recuerde. Poppy responde que no quiere ser un arma, quiere ser curandera, y él comenta lo sincera que es. Valyn la mira con atención y comenta que se parece a su cuadro preferido del palacio, el de la diosa Lailah con su armadura blanca.

Poppy menciona lo que vio mientras dormía y Valyn la corrige cuando le cuenta lo de sus sueños compartidos con Casteel. Lo llama caminar en sueños, y le dice que en verdad es almambular porque son corazones gemelos.

Con algo de vergüenza, Valyn revela que Alastir supo quién era Ileana en realidad antes que él; él no lo supo hasta que apresaron a Cas por primera vez, y solo porque se lo dijo Eloana. Después dice que jamás se hubiese retirado antes de haberlo sabido.

Cuando el tema de conversación gira hacia Malec, Valyn dice que Eloana no hablaba de él nunca. Y que sabía que una parte de ella todavía lo quería y siempre lo haría, aunque Malec no se lo mereciese y ella también quisiese a Valyn. Poppy vuelve a regañarlo por no decir la verdad más pronto, insinúa que de haberlo hecho no hubiesen tenido que negociar con Isbeth, y termina diciendo que Atlantia está construida sobre la misma cantidad de mentiras que Solis.

Valyn afirma que estaban convencidos de que Poppy era una deidad, una descendiente de una de las mortales con las que Malec había tenido aventuras. No sabían que Malec era un dios hasta que Poppy se lo dijo. También dice que Eloana le contó lo del hijo de Malec e Isbeth, pero sigue creyendo que ella no sabía toda la verdad hasta que Alastir se la dijo.

Cuando el grupo toma el castillo de Redrock, Valyn registra la fortaleza con unos cuantos soldados. Encuentran y se enfrentan con Demonios y con las docenas de cuerpos de mujeres con velo y los cuerpos maltratados. Valyn desearía que Poppy no tuviese que ver eso.

Después de que Lin informe a Valyn de la existencia de túneles debajo del templo, Valyn envía a todos los generales a asegurarlos.

A medida que más secretos van saliendo a la luz, Valyn se pregunta cómo un sacerdote de Solis puede conocer una profecía pronunciada por los dioses hacía una eternidad. También le desagrada pensar que crean que el Verdadero Rey es Malec.

Cuando Poppy le pregunta a Valyn dónde y cómo sepultaron a Malec, él le dice que Eloana utilizó magia antigua y cadenas de hueso para contenerlo. Añade que Malec no estaría consciente y que lo más probable fuera que no recordase ni quién era, no digamos que buscara desquitarse. Sin embargo, está de acuerdo en que necesitan confirmación y dice que le enviará un mensaje a Eloana.

Después de descubrir a los sacerdotes y las sacerdotisas Ascendidos, Valyn se sorprende de que Poppy no supiese que los *vamprys* también servían en los templos. Cuando ella y los otros van en busca de los niños, Valyn se queda con los sacerdotes y las sacerdotisas. Luego le pregunta a Poppy qué quiere hacer con ellos y le recuerda que ella no tiene por qué ser la que lo haga todo.

Valyn se pregunta si el conspirador de la profecía se refiere a Isbeth… lo de rehacer los mundos podría significar solo apoderarse de Atlantia.

Poppy se dirige a los habitantes de la ciudad, y Valyn y ella hablan sobre su necesidad de delegar. Poppy insiste en que ella debería ser la que hablase con las familias, y Valyn le dice que Cas tiene suerte de haberla encontrado. Ella le dice a *él* que los dos tienen suerte.

Planifican su ruta y cómo lograrán sus objetivos, y Valyn le promete a Poppy que Vonetta no tendrá ningún problema con los generales durante su ausencia, que no derribarán ningún Adarve, que no matarán a inocentes y que los deseos de Poppy se cumplirán.

Más tarde, en Padonia, después del rescate de Casteel, Valyn recibe a su hijo y tiembla cuando se abrazan. Le dice que le había pedido a Poppy que no fuese a buscarlo, pero lo ponen deprisa en su lugar. Pese a tener muchas cosas de las que hablar, tendrán que esperar.

Cuando Valyn por fin se encuentra con Malik de nuevo, la situación es incómoda. Se queda pálido, se le quiebra la voz y se pone rígido cuando Malik lo saluda con actitud impasible. Todo lo que puede hacer es decirle que tiene buen aspecto, con tono ausente.

Sven pregunta qué podía querer la Reina de Sangre con Malec, y Valyn revela quién es en realidad la reina: les dice que era la amante de Malec y los informa de que nunca fue una *vampry* porque un dios no puede crear a un *vampry*. Crean algo distinto.

La conversación gira hacia cómo Isbeth cree que Malec puede ayudarla a destruir Atlantia y rehacer los mundos. Valyn se queda muy sorprendido. El dios no estará en buen estado y necesitará alimentarse. Mucho. Acabará por recuperarse, pero era imposible saber en qué estado mental estaría ni qué podría hacer.

Eloana le hace llegar un mensaje sobre el paradero de Malec y Valyn comparte la información: está en la esquina noreste del Bosque de Sangre, cerca de unas ruinas, sepultado en un féretro y cubierto de huesos de deidad. Valyn revela entonces que yo ayudé a Eloana a sepultar a Malec, aunque no tiene ni idea de qué esencia primigenia utilizamos para hacerlo.

Mientras el grupo se prepara para partir hacia el Templo de Huesos, Cas le dice a Valyn que debe permanecer en Padonia con Vonetta, con la excusa de que ella necesitará su apoyo para gobernar. Es una orden, así que Valyn la obedecerá, pero despedirse de los demás es difícil.

Y desde luego que le espera una gran sorpresa cuando se entere de todo lo que sucedió después…

ALASTIR DAVENWELL †

Exconsejero de la Corona.

Oh, Alastir. Aunque el origen de sus creencias y la razón para sus acciones puede que procediesen de un lugar más o menos noble (de querer proteger el reino por encima de cualquier cosa), desde luego que no pensaba bien las cosas cuando se trataba de lo que sus acciones les harían a aquellos a los que decía querer. No solo traicionó a los que enseguida decía que eran su familia, sino que eso al final le costó la vida.

Pelo: largo, rubio pajizo.

Ojos: azul pálido.

Constitución: ancho de hombros.

Rasgos faciales: apuesto de un modo rudo.

Rasgos distintivos: profunda cicatriz en el centro de la frente.

Otros: voz rasposa. Tiene al menos ciento ochenta años aunque parece tener cuarenta y tantos.

Personalidad: no propenso a la violencia. Un poco alarmista.

Hábitos/Costumbres/Fortalezas/Debilidades: siente una lealtad increíble hacia su reino.

Antecedentes: fue el *wolven* vinculado al rey Malec, pero ha sido incapaz de transformarse desde que el vínculo entre ambos se rompió. Consejero de la Corona para el rey Valyn y la reina Eloana. Forma parte de la hermandad secreta de los Protectores. Después de traicionar a Cas al secuestrar a Poppy, esta lo mata cortándole el cuello.

Familia: hija = Shea †. Sobrina = Gianna. Sobrino nieto = Beckett †.

EL VIAJE DE ALASTIR HASTA LA FECHA:

Para mí, Alastir siempre ha sido un poco turbio. Como uno de los *wolven* más destacados, vinculado a Malec, figura parecida a un tío para ambos príncipes y Kieran, y Consejero de la Corona atlantiana, es obvio que aparecía en mis visiones. Aun así, siempre había... algo que lo hacía un pelín borroso y un poco demasiado mutable. Después de los acontecimientos recientes, esa razón parece más clara. Solo desearía haberlo *visto* de antemano, aunque, claro, yo no enredo con los asuntos de los Hados... al menos no demasiado.

Empecemos a relatar la línea temporal del *wolven* cuando entra en la historia de Poppy y Cas, ¿te parece?

Mientras el grupo está de viaje, Alastir llega a New Haven justo antes de la tormenta.

Después de ver a Poppy por primera vez y fijarse en la marca del mordisco en su cuello, comenta que se ha perdido muchas cosas y habla con ella. Más tarde, durante su presentación formal, él menciona que le sorprende el apellido de Poppy y dice que *Balfour* se remonta cientos de años en Solis. Supongo que es porque tiene conocimientos sobre el último oráculo o sabe algo sobre Leopold. También menciona que le sorprende oír de su ascendencia atlantiana, dado lo cercanos que eran sus padres a la Corona de Sangre.

Cuando Poppy menciona la noche en que los Demonios atacaron a su familia, Alastir responde con un poco de curiosidad. Poppy cree que es porque se está preguntando si fue así como acabó con esas cicatrices. Pero ahora que sabemos que él estuvo ahí, me pregunto qué buscaba...

Más tarde, en el salón de banquetes, Poppy saluda a Alastir con educación y él habla unos instantes con Kieran en otro idioma. Después menciona su sorpresa al enterarse de su proposición a Casteel y se refiere a ella como la Doncella. Cuando Cas lo regaña por ello, él acepta la reprimenda pero no antes de declarar que nadie puede cambiar el pasado, sean cuales sean las circunstancias actuales. Durante la cena, cuando la conversación vira hacia cómo Poppy intentó asesinar a Cas, Alastir se queda consternado. Puedo imaginar qué pasaba por su cabeza en esos momentos. Él ya estaba urdiendo planes para asegurarse de que la profecía no se hacía realidad. Y entonces descubrir que ella había intentado asesinar a su príncipe...

Hablan de lo sesgada que está la historia y de lo que cree la gente de Solis, y Alastir menciona que no todos los habitantes del reino son leales a la reina Ileana y el rey Jalara. Se refiere, como es obvio, a los Descendentes, en especial a los leales a Atlantia y los que tienen las mismas ideas que él: los *Protectores*. A medida que la conversación deriva hacia los planes, Alastir deja claro que su lealtad es hacia el reino de Atlantia. Para los que estaban sentados a la mesa, eso sonaría como que hablaba de Cas y de sus planes, pero nosotros sabemos que eso no es así. Alastir le era leal primero y ante todo al reino, y eso significaba que no podía estar de acuerdo con los planes nuevos de Casteel con respecto a Poppy. También advierte de cierta agitación entre los *wolven*.

Alastir solicita hablar con Poppy en privado, así que dan un paseo. Hablan del hecho de que ella sepa luchar, y entonces Alastir revela cómo su hija, Shea, era la prometida de Casteel. Se apresura a tranquilizar a Poppy y promete ayudarla a salir de su actual situación si ella cree que no es lo que quiere. Puede que a Poppy eso le pareciese altruista, pero había unas maquinaciones mucho más profundas en juego. Alastir también dice que preguntará por ahí para ver si alguno de los suyos sabe algo acerca de los padres de Poppy, aunque ahora sabemos que él ya los conocía a ambos.

Tras marcharse a explorar los caminos con un pequeño grupo, Alastir regresa después del ataque de los Ascendidos.

Sus hombres y él se encargan de varios de los caballeros de la reina y después ve a Poppy curando a los heridos. Le pregunta si está segura de que su hermano Ian ha Ascendido, pues duda de que fuesen a dejar Ascender a un medio atlantiano. También le habla de las estirpes de guerreros Empáticos y cómo podían apropiarse de la energía detrás de las emociones, alimentarse de otros de ese modo. Le cuenta que los llamaban Come Almas.

Alastir parte hacia Spessa's End antes que el resto del grupo. Cuando habla con Poppy después, le cuenta lo que es la Unión y el vínculo de los *wolven* con los atlantianos elementales, y revela de manera indirecta que él estaba vinculado a Malec.

Beckett resulta herido y Alastir lo lleva corriendo a casa de Vonetta. Alastir se queda de piedra cuando Poppy cura al joven *wolven*, pues es mucho más que lo que hizo después del ataque de los Ascendidos, con resplandor y todo. Se disculpa por la gente que la está mirando con suspicacia y los que la tratan de manera extraña, y le aconseja que ignore las miradas. Le dice que si no quiere alejarse de la situación, no puede revelar que la molesta.

Todo aquello parecía muy contraproducente para lo que él planeaba. Sin embargo, a pesar de saber que la traicionaría, a lo mejor sí que le tenía a Poppy cierto afecto y cariño. Y quizá de verdad pensase que podía simplemente conseguir que se marchase si abrumaba sus pensamientos y despertaba dudas en su interior.

Alastir reconoce que no sabe cómo surgió el amor entre Poppy y Casteel, dados los planes originales del príncipe para ella como la Doncella. Después pasa a decir que ya ha visto a Cas enamorado antes y que la gente esperaba que otra persona se convirtiese en su reina, pues Cas estaba prometido a otra mujer.

Eso sí que parece cuadrar más con el objetivo final de Alastir. Era una gran oportunidad para infundirle dudas a Poppy sobre sí misma y sobre su relación con Casteel. También fue un acto de lo más manipulador.

Cuando Casteel le echa en cara haber sacado ese tema y lo tacha de débil por hacerlo, Alastir afirma que una boda entre Cas y su sobrina Gianna hubiese fortalecido la relación entre los *wolven* y los atlantianos. Jasper advierte a Alastir de que se está excediendo, pero el *wolven* se empeña en acusar a Cas de olvidar su deber para con su gente.

Estoy convencida de que ahí fue cuando Alastir cambió del todo. Ya había estado urdiendo planes, pero ver que la cosa no tenía esperanza y que no podía convencer a Cas de cambiar de planes ni conseguir que Poppy se marchase por sí misma solo reforzó su convicción de que debería encargarse de las cosas en persona.

Mientras los otros se dispersan, Alastir se queda en Atlantia. Cuando vuelve a reunirse con el grupo en la Cala de Saion, se sorprende de ver que Casteel y Poppy se han casado y le sorprende aún más saber que Nyktos ha bendecido la unión. Solicita hablar con Casteel en privado, supongo que con la esperanza de hacerle entrar en razón y convencerle de su propio punto de vista.

No estoy segura de qué estuvo tramando entre ese momento y cuando Beckett condujo a Poppy a su emboscada en las Cámaras de Nyktos, pero, como la mayoría de los otros, Alastir llega después del ataque y ve el final del despliegue de lo que Poppy puede hacer. Intenta razonar con la reina y le dice a Eloana que aún no es demasiado tarde, consciente de lo que eso significará para la corona.

Informa de que Poppy está llamando a los *wolven* para que acudan al templo y dice que puede sentir los vínculos rotos porque puede sentir el *notam* primigenio de Poppy. Cuando Cas ordena a los guardias apresar a Alastir, este se queda consternado y dice que Cas no tiene autoridad sobre los guardias ni sobre él, puesto que todavía no es el rey. Aun así, lo apresan. Cuando Valyn ordena que lo lleven a algún lugar… *seguro*, Alastir se enfurece.

«Proteged a vuestro rey y a vuestra reina», grita, y les hace señales a los leales a él para que actúen, y estos infectan con sombra umbría a todos los que están intentando proteger a Poppy. Alastir le dice a Poppy que *ella* es la amenaza para Atlantia, no él, luego la deja inconsciente y se la lleva de ahí.

Mientras Poppy está en la cripta, Alastir va a verla y se disculpa por el comportamiento de Jansen. Después le habla de los dioses, las deidades, las Tierras Umbrías e Iliseeum. Continúa con una explicación de por qué Poppy es peligrosa. Dice que ha comenzado su Sacrificio y que empezará a mostrar las mismas tendencias caóticas que mostraron los que existieron antes que ella: las deidades que se convirtieron en monstruos y provocaron que los elementales se rebelaran contra ellas. Le explica lo de Malec y revela que Eloana y Valyn conocían los poderes de Malec. Después, implica que Malec es el padre de Poppy y añade que el rey tenía muchas amantes y que había otros como ella (hijos nacidos de la deidad) que nunca llegaron a su Sacrificio.

Nunca he sido capaz de determinar si Alastir sabía o no que Malec era en realidad un dios y no solo una deidad, o si sabía de la existencia de Ires y Millicent.

Alastir le habla a Poppy de la profecía y revela que ya se habían visto antes, la noche en que mataron a sus padres. Dice que le había parecido familiar cuando la había conocido en New Haven... algo de sus ojos... y le daba la impresión de que podía ser ella, pero que no lo había sabido a ciencia cierta hasta que ella le había dicho los nombres de sus padres. Alastir admite que estaba ahí para ayudarlos a huir de Solis y afirma que él no mató a sus padres pero que los *hubiera* matado a ambos *y* a ella de haber tenido la oportunidad. Después dice que el Señor Oscuro fue el que mató a sus padres y que una oscuridad que escapaba de su control estuvo ahí esa noche. Cuando Cora y Leo le hablaron de Poppy y le dijeron de quién descendía (de la Reina de Sangre), supo que tenía que hacer algo, así que... dejó entrar a esa oscuridad, en la forma de Malik.

A continuación, Alastir revela todo tipo de secretos: que ya no puede transformarse, que planea entregar a Poppy a los

Ascendidos, y que aunque no quiere hacerle daño a Casteel, lo hará si se interpone en su camino. Añade que no cree que el plan de Cas sea suficiente. Alastir y Valyn quieren que los Ascendidos paguen y, mientras Poppy esté viva, el trono es suyo por derecho propio. Alastir dice que preferiría ir a la guerra antes que tener a alguien como ella gobernando sobre su gente.

Cuando Cas y los otros acuden a rescatar a Poppy, también ponen a Alastir bajo custodia en las criptas. Cas utiliza la coacción sobre él para averiguar los nombres de todos los implicados y para saber dónde se la entregaron a los Ascendidos. Mientras está prisionero, un puñado de atlantianos y mortales trata de liberar a Alastir, pero ellos también son capturados. Más tarde, Casteel va a buscar a Alastir a las criptas bajo el templo. Al creer que Poppy está muerta, Alastir se muestra aliviado al principio cuando Casteel revela que no lo va a matar, pero luego se sorprende de ver a Poppy. Alastir le dice que lo que él ha empezado no terminará con su muerte. Ella le dice a *él* que no volverá a pensar en él nunca más, le corta el cuello y luego deja que los *wolven* den debida cuenta de él.

Después de su muerte, descubrimos que Alastir sabía que Ileana era Isbeth y que *él* fue quien mató al hijo de Isbeth y Malec.

KIERAN CONTOU

He tenido el ojo puesto en Kieran desde hace tiempo, aunque, claro, entra bastante bien por los ojos. Incluso tonteé con su tía y el atlantiano elemental al que está vinculada una vez con una luna azul…

Pelo: oscuro y muy corto.

Ojos: de un asombroso azul pálido, como un cielo invernal.

Constitución: fibroso.

Rasgos faciales: piel de un cálido tono beige. Rostro anguloso. Pasa de una belleza fría a asombrosamente atractivo cuando sonríe.

Rasgos distintivos: ligero acento. Marcas difuminadas de garras sobre el pecho. Herida punzante cicatrizada cerca de la cintura.

Otros: fina capa de pelo sobre el pecho. Tiene más de doscientos años.

Personalidad: sarcástico y mordaz. Un poco quisquilloso. Poco propenso a dar abrazos. No modesto. Más o menos tan transparente como una pared de ladrillo. Su expresión por defecto es aburrida con un toque de diversión.

Hábitos/Costumbres/Fortalezas/Debilidades: se mueve con la gracia de un bailarín cuando lucha. A menudo duerme en su forma de *wolven* y patalea en sus sueños, pero descansa mejor cuando está saliendo el sol. Le encantan las galletas… bueno, la comida de todo tipo. No le gustan las ciudades llenas de gente. Se le da fenomenal preparar bebidas alcohólicas. Su lealtad a su familia y a sus seres queridos va más allá de cualquier vínculo, incluido el *notam* primigenio.

Rasgos preternaturales: de tono pardo/arenoso/beige en su forma de *wolven*. Leves dotes premonitorias; tiene sensaciones que tienden a hacerse realidad. Casi tan alto como un hombre, incluso a cuatro patas. Su impronta es como el cedro: rico, terroso y silvestre. Su sangre huele a bosque, terrosa y rica.

Antecedentes: vinculado a Casteel desde su nacimiento. Perdió a su gran amor, Elashya, que nació con una enfermedad degenerativa.

Familia: madre = Kirha Contou. Padre = Jasper Contou. Hermanas = Vonetta y una hermanita recién nacida de nombre aún desconocido. Tía = Beryn.

Este *wolven* leal, protector, gracioso y fiero es el equilibrio perfecto para Casteel y Poppy. Él haría cualquier cosa por ellos, y ellos lo harían por él.

EL VIAJE DE KIERAN HASTA LA FECHA:

Hijo primogénito de Jasper y Kirha Contou, Kieran quedó vinculado a Casteel en el momento de nacer. La mayor parte del tiempo, compartían cuna, dieron sus primeros pasos juntos y la mayoría de las noches cenaban juntos, y se negaban a comer las mismas verduras. Eran inseparables. A medida que crecieron, rara vez se separaban, aun cuando a veces daba la impresión de que se odiaban; de hecho, a menudo llegaban a las manos por asuntos triviales... como con frecuencia hacen los hermanos.

Kieran tuvo una vez un gran amor, Elashya, que había nacido con la misma enfermedad degenerativa que su abuela. Esta no se reveló durante más de cien años, pero cuando por fin se manifestó, resultó de lo más virulenta, inutilizó su cuerpo y la mató en cuestión de días. Kieran siempre albergará cierta tristeza a causa de su pérdida.

De corazón aventurero, Kieran pasaba una cantidad considerable de tiempo explorando con Casteel; el hermano de Cas, el príncipe Malik; y su amiga, Shea. Cuando entraban en los túneles, se aseguraban de no perderse marcando las paredes de piedra con sus iniciales. Estoy segura de que algunas todavía pueden verse hoy en día. Kieran y Casteel incluso trataron de navegar más allá de las montañas de Nyktos una vez para comprobar si las tierras del otro lado eran habitables, pero casi murieron en el proceso.

Ahora, pasemos a cuando las cosas se ponen de verdad interesantes.

Cuando Casteel intenta derrocar a la Corona de Sangre, Kieran no conoce el plan y Cas le prohíbe expresamente ir a la capital. Cuando de repente se siente enfermo, sabe de inmediato que Casteel está herido, y se da cuenta de que es grave cuando eso lo deja sin fuerza alguna. Kieran descubre que han capturado a Casteel cuando este no regresa. Kieran ya no pueda andar y ninguna cantidad de comida o agua lo sacian. Pierde peso a toda velocidad y permanece en ese estado debilitado durante las cinco décadas que Casteel está retenido por la Corona de Sangre.

Kieran es el único que sabe todo lo que sufrió Cas durante su cautiverio, y a menudo tuvo que ayudar al príncipe a recordar quién era en los días después de regresar a casa. Tenía que recordarle sobre todo que no era una *cosa*. Es una conexión terrible para consolidar la unión con otra persona, pero está ahí de todos modos para los dos hombres. Kieran y Casteel comparten un vínculo que va más allá de la amistad y la familia. Son las dos caras de la misma moneda.

Cuando Casteel urde el plan de convertirse en *Hawke Flynn* (un nombre que de hecho eligió Kieran) para capturar a la Doncella y utilizarla como moneda de cambio para liberar a su hermano, Kieran está a muerte con él. A pesar de odiar casi todo en Solis debido a sus muchos Ascendidos y a las masas de gente, Kieran sabe que irá donde quiera que vaya Casteel sin hacer preguntas.

Y aquí es donde las hebras del destino de Kieran, Poppy y Casteel convergen para mí en mis visiones.

Kieran empieza en Masadonia como guardia de la ciudad, y viaja con Casteel a territorio enemigo para iniciar su ardid. Él se queda con Setti ahí y se reúne en secreto con Casteel cuando pueden. Utilizan mucho la Perla Roja, pero también se comunican mediante notas que dejan en la Arboleda de los Deseos.

Cas y él se reúnen en la Perla Roja con otro *wolven*, Jericho, y con el Descendente Griffith Jansen, un comandante de la guardia real (un cambiaformas que más tarde resulta ser un traidor a la corona y del que dan debida cuenta con rapidez). Después de marcharse para ocuparse de un asunto, Kieran regresa para informar a Hawke de que el enviado ha llegado, sin darse cuenta de que la Doncella está en la habitación. De haberlo sabido, me pregunto si hubiese demorado su interrupción.

Más tarde, Kieran y Cas se reúnen con Emil y Delano en la Arboleda para que Cas pueda alimentarse. Cuando Emil actúa como… bueno, como Emil, Kieran le dice que parece que tiene ganas de morir.

Y es verdad. No es capaz de mantener la boca cerrada. Y cuando Kieran se entere de lo de Vonetta… es probable que él también quiera ir a por Emil.

Cuando Cas se entera de que Jericho intentó llevarse a Poppy la noche que mató a Rylan Keal y acabó pegándole, Kieran intenta despistarlo diciéndole que él ya le ha dado su merecido al *wolven* por su insubordinación. También le dice a Cas que no puede matar a Jericho. Cree que quizás haya convencido a Hawke (y así era), pero cuando llegan a los Tres Chacales, solo puede quedarse a un lado y observar cómo Cas le corta a Jericho la mano izquierda.

Más tarde, va con Cas al distrito de los almacenes, citados por uno de sus Descendentes. Cuando llegan, Lev les dice que tienen que ver algo. Sin embargo, cuando Kieran lo ve, piensa que podría haberse pasado sin ver eso nunca. Nadie debería tener que ver algo así. Los Ascendidos habían convertido en Demonio a un bebé. Kieran apenas puede observar la escena mientras Cas hace lo que debe hacer.

Kieran le deja una nota a Casteel en la que le dice que está en el distrito de envasado de carne con un nuevo amigo. Cuando llega Casteel, Kieran le dice que se ha estado congelando las pelotas y luego disfruta mucho de asustar y torturar a lord Devries, hasta que empieza a soltar cosas por la boca que a Kieran le había costado mucho conseguir que Casteel superase.

Kieran pasa algo de tiempo de calidad con Circe en la Perla Roja, pero Cas los interrumpe. Kieran lo invita a unirse a ellos, pero Cas rechaza la oferta. Después, hablan sobre el duque y lo que Casteel quiere hacerle al hombre, y Kieran le dice que eso es vengativo. Y egoísta. Cas le dice otra vez que desearía que Kieran no estuviese ahí, y Kieran básicamente le dice que se calle.

Él nunca dejaría a Cas solo.

La noche del Rito, Cas y él se reúnen para hablar del plan. Cas le dice que se reunirá con él más tarde en la Arboleda, con la Doncella, y Kieran vuelve a decirle que no le gusta el plan. No le da buenas vibraciones. Eso sí, le confirma que los Descendentes están haciendo su parte y van a crear la distracción prevista.

Lo que no sabe es que eso no es todo lo que están haciendo.

Después de que los Descendentes ataquen el Rito, Hawke aprovecha la oportunidad para raptar a Penellaphe mientras finge escoltarla hasta la capital para llevarla con la reina. Kieran va con él, además de los guardias reales, Phillips, Rathi, Bryant y Airrick, y los Cazadores Luddie y Noah. En cabeza del grupo con Phillips, Kieran se fija en la interacción entre Hawke y Penellaphe, y ve que su relación ya ha progresado bastante. Cuando oye a Penellaphe reírse de manera ruidosa cuando Hawke le revela que ha llevado consigo mi diario, Kieran ve algo en su amigo que no había visto en bastante tiempo: vida.

Me encanta que mi diario hiciese el viaje con ellos.

En su primera noche de viaje, el grupo acampa en el bosque de Sangre. Mientras cuatro de los guardias descansan, Kieran y otros tres de ellos montan guardia a varios metros de donde la Doncella intenta dormir. Kieran y Hawke hablan de los peligros y sus preocupaciones, y Kieran le dice a Cas que lo ha sorprendido hoy, que hacía mucho tiempo que no había oído al atlantiano reírse como se había reído con Poppy. Luego le toma el pelo con ir a hacerle compañía a Poppy y está lo bastante cerca como para ver cómo Hawke le proporciona placer a Penellaphe un rato después.

Cuando ella se duerme, Kieran le toma el pelo un poco más diciéndole que le gusta a Poppy. Añade que aunque llegarán a Tres Ríos antes del anochecer, no pueden quedarse ahí. El príncipe sugiere que si descansan a medio camino de Tres Ríos y continúan el viaje por la noche, es posible que puedan llegar a New Haven por la mañana. Kieran le pregunta si está preparado para eso y menciona la relación cada vez más estrecha entre Penellaphe y él. Le recuerda a Hawke que no olvide la tarea que tienen entre manos.

Más adentro en el Bosque de Sangre, un grupo de Demonios les tiende una emboscada. Kieran se mueve con la elegancia de un bailarín, luchando con una espada en cada mano. Después de que Airrick muera en el ataque, Kieran ocupa el lugar del guardia y cabalga al lado de Hawke y Penellaphe.

Cuando se detienen, Kieran y Cas hablan de lo que hizo la Doncella con el guardia moribundo. Durante la conversación, Cas la llama *Poppy*, y Kieran le pregunta al respecto. Cas responde quitándole importancia al tema. Kieran lo advierte sobre ponerse demasiado familiar y pregunta a las claras si ella sigue siendo una doncella. Eso molesta a Cas, pero Kieran le recuerda todo lo que ella ha tenido que soportar ya y le dice que no puede hacerle más daño.

Después de descansar cerca de Tres Ríos, Kieran comparte su queso con Poppy por el camino mientras le toma el pelo y responde a sus preguntas. Por fin llegan a New Haven y se reúnen con los otros de su grupo, con quienes discuten sus planes. Durante una de esas reuniones, Kieran observa cómo Cas le arranca el corazón a Orion y luego lo tira al fuego.

Más tarde, Kieran descubre a Phillips tratando de escapar con Penellaphe y se produce un enfrentamiento. Phillips le da un tajo en el estómago y otro en la pierna durante la refriega. Incapaz de hacer mucho más, Kieran cambia a su forma de *wolven*, va tras ellos y atraviesa la puerta del establo durante la persecución.

Cuando Bryant intenta huir de las cuadras, Kieran lo mata. Una vez que todas las amenazas han sido neutralizadas, se transforma de nuevo y se reúne con Penellaphe y Hawke en su discusión sobre lo que está sucediendo. Se burla de las cosas que la Doncella *cree* que sabe.

Una vez que trasladan a Penellaphe a las mazmorras, Kieran se topa con Jericho y sus compinches, que la están atacando. Los reduce y lleva a la Doncella a los aposentos de Hawke. Cuando está con su amigo, le dice que no deje que ella beba su sangre y lo llama *Casteel* sin darse cuenta, cosa que a Poppy no le pasa inadvertida.

Más tarde, después de que Poppy intente escapar y Cas la atrape en la nieve, Kieran habla con él. Cas le dice que es medio atlantiana y cavilan acerca de por qué la querrían los Ascendidos en realidad. Cas por fin admite que le importa Poppy y Kieran se muestra encantado. Hablan de cómo ha cambiado todo y Kieran insinúa que Cas está enamorado. El príncipe trata de negarlo y cambia de tema.

Mientras Hawke se encarga de los traidores que atacaron a Penellaphe, Kieran le pregunta a esta si va a bañarse y le dice que huele a Hawke. Un poco avergonzada, ella acepta la oferta. Como pasa en la bañera más tiempo del esperado, Kieran va a comprobar cómo está, lo cual a Poppy le parece de lo más sorprendente y escandaloso. Kieran trata de tranquilizarla y le dice que su gente venera las cicatrices y que nunca las oculta.

Personalmente, estoy de acuerdo con esto. Algunas de las personas más fascinantes y profundas que jamás he conocido y con las que he tenido el placer de estar tenían cicatrices que eran como mapas de carretera de sus vidas sobre sus cuerpos. Trazarlas era como leer el braille personal de sus historias grabado en su piel.

Mientras acompaña a Penellaphe y a Hawke a la zona común, Kieran estudia con atención a la Doncella cuando da un traspié, espantada al ver a los traidores clavados a la pared. Mientras se dirigen al comedor, Kieran le asegura a Penellaphe que se merecían lo que Casteel les había hecho. Cuando hablan de que Penellaphe no es mortal y que tiene al menos una parte atlantiana (algo que acaban de descubrir después de que Casteel se alimentara de ella), Kieran le dice que de vez en cuando nace un niño de ambos reinos.

Cuando Landell, otro *wolven*, expresa sus objeciones al anuncio del príncipe de que se va a llevar a Penellaphe a casa para casarse con ella, Kieran le insta a cerrar la boca. El hombre no lo hace y Hawke lo mata arrancándole el corazón. Al ver la consternación en el rostro de Penellaphe, Kieran le pregunta si quiere volver a su habitación.

Aunque pudiera querer asegurarse de que ella supiese que no le permitirían retirarse a sus aposentos sola, empezaba a estar claro que Kieran estaba desarrollando cierto afecto por Poppy a la par que Hawke.

Mientras caminan, ella le pregunta por el hombre más mayor que había acudido a la cena, y él le dice que ese era Alastir Davenwell. Luego le explica que es como un tío tanto para el príncipe como para él. Mientras siguen andando, Kieran se percata de que su olor es diferente y se lo dice. Dice que huele a muerte.

Mientras le explica la verdad acerca de los Ascendidos, Kieran le dice a Penellaphe que aunque el príncipe se ganó a pulso su apodo del Señor Oscuro, él es la única cosa en ambos reinos a la que ella no tiene que temer.

Más tarde, cuando Penellaphe intenta escapar, Kieran se transforma y acompaña a Casteel al bosque para atraparla. Cas le dice a Poppy que si pelea con él y lo vence, se ganará su libertad; después le ordena a Kieran que vuelva a la fortaleza. Cuando el príncipe regresa, Kieran sale con él para encargarse de los Demonios muertos con los que se toparon Cas y Poppy, y Kieran le revela a Penellaphe que es un gran honor proteger aquello que el príncipe tiene en tal estima.

No tenía ningún sentido seguir negando los sentimientos de Casteel por Poppy, y cualquiera podía ver que Kieran también empezaba a encariñarse con ella.

Durante la cena, Kieran le roba comida a Penellaphe, como es habitual en él, y siguen hablando de linajes y estirpes. Ya habían hablado de ello antes, pero hay muchas cosas que ella no sabe. Kieran trata de enseñarle un poco, pero también le toma el pelo. Cuando ella le pregunta por qué la llama *Penellaphe*, él le dice que los motes se reservan para los amigos. Después le pregunta que si siempre hace tantas preguntas, algo que repite durante toda su incipiente relación y es probable que siga haciendo durante muchos muchos años por venir. Estoy segura. Es simplemente algo característico de ellos y de su vínculo, y yo lo encuentro de lo más entrañable.

A la mañana siguiente, Kieran acude para acompañar a Penellaphe a desayunar y confiesa que estaba al tanto de los planes de Casteel. También dice que supo que habían cambiado antes que el propio Casteel, antes de saber que era atlantiana. Después añade que simplemente sabe cosas a veces.

Jasper tiene el mismo don, y me pregunto si tienen sangre de vidente en alguna parte de su familia. En cualquier caso, solo son suposiciones mías y no tengo ninguna prueba para respaldarlas.

Cuando Casteel llega para el almuerzo, Kieran se coloca a la izquierda de Cas en una posición de poder y protección, y le recuerda que si no consiguen convencer a Alastir de este *falso* compromiso entre Cas y Penellaphe, no habrá forma de que persuadan al rey y a la reina. Después de hablar sobre las tendencias asesinas de Penellaphe y sorprender con ello a la mayoría de los presentes a la mesa, continúan comiendo y Kieran le habla a Penellaphe de los dioses y su descanso.

Después de comer, y pese a que es probable que mi diario fuese el libro más interesante en sus aposentos (algo que Kieran comenta enseguida), Penellaphe busca algo que leer y encuentra un tomo casi oculto que menciona a los *wiverns*, los *ceerens* y otras cosas. Le pregunta a Kieran al respecto. Él comenta que debe de ser un libro de registros atlantianos y se acerca para verlo mejor. Al hacerlo, su brazo roza el de ella y siente un calambrazo, como si hubiese recibido el impacto de un rayo. Da un respingo y retrocede de un salto.

Cuando llegan los Ascendidos, Kieran se transforma. Mientras Casteel está hablando con lord Chaney, Kieran recorre a hurtadillas la fortaleza y emerge cerca de los establos. Cuando se desencadena una pelea, Kieran salta sobre la espalda de un caballero al ver que el Ascendido está haciendo todo lo posible por matar a Elijah. Más tarde, le arranca la lengua a lord Chaney por irritarlo y le deja el resto a Penellaphe.

¿Me equivoco al pensar que eso es sexy? Por la señora Tulis, por su hijo, por el hombre que el caballero asesinó por orden de Chaney, por los otros que murieron durante la pelea y por aquellos que cayeron después, yo hubiese hecho lo mismo que Poppy. Es probable que hubiese hecho algo aún peor.

Más tarde, en la biblioteca, Kieran le cuenta a Penellaphe la historia del cautiverio de Casteel y explica su vínculo con el atlantiano. También revela que la *wolven* vinculada a Malik murió mientras trataba de rescatarlo. Hablan sobre Alastir y de que era el *wolven* vinculado a Malec; luego hablan de la guerra y de cómo los vínculos cambiaron después de ella.

Todo cambió después de esa guerra.

Se preparan para partir hacia Atlantia, y Kieran y Casteel estudian su estrategia. Prevén llegar a Spessa's End al final de la semana y hablan de las personas que esperan que se unan a ellos en la batalla con los exploradores y los caballeros que es inevitable que envíe la Corona de Sangre.

Cuando se topan con unas formas únicas colgadas de los árboles durante el viaje, Kieran pone sobre aviso a Casteel. Saben muy bien lo que son: la marca de los violentos habitantes caníbales de las tierras en el exterior del Adarve. El clan de los Huesos Muertos los atacan y se produce una pelea.

Por suerte, Kieran no resulta herido. No me hubiese gustado nada ver su preciosa piel desfigurada… y había mucha piel a la vista después de transformarse. Poppy desde luego que se fijó en ella.

Kieran nota los daños sufridos por Casteel durante la refriega y se preocupa por el control del príncipe. De hecho, deja claro que no cree a Cas cuando este insiste en que está bien. Las flechas lo han dejado como un colador.

Mientras descansan en Pompay, Kieran oye a Poppy gritar e irrumpe en la habitación que ella comparte con Casteel, solo para darse cuenta de inmediato de que ha malinterpretado la situación. Era un grito de placer, no de angustia. Se disculpa y hace ademán de marcharse, pero entonces Casteel se vuelve hacia él y Kieran ve que el Atlantiano está muerto de hambre. Urge a Penellaphe a huir y se mueve para incitar a Casteel a abalanzarse sobre él. Como de costumbre, ella no le hace caso e intenta apaciguar a Casteel con palabras. Por suerte, en cuanto lo llama *Hawke*, él sale de su trance, se disculpa, pasa junto a Kieran y sale por la puerta.

Una vez que Casteel se ha ido, Kieran comprueba que Penellaphe está bien y se asegura de que el príncipe no la ha forzado a hacer nada que no quisiera. Cuando ella le asegura que está bien y pregunta qué ha sucedido, Kieran le explica que en ese momento Cas lo vio a él como una amenaza para ella. Luego le dice que Cas necesita alimentarse y que él ya le había advertido sobre los peligros de estar al límite mismo del control y lo que era inevitable que ocurriera.

Penellaphe y Kieran comparten muchas cosas entonces: que Cas le había contado a Poppy lo de sus pesadillas, por qué Kieran cree que Cas no se ha alimentado, e historias sobre su infancia compartida. Cuando Penellaphe menciona a Shea, pues intuye que el *amigo* de la historia de Kieran es ella, él la advierte de no sacar el tema de Shea con Cas.

Mientras hablan de Casteel más tarde, Kieran le dice a Penellaphe que se alegra de que ella por fin reconozca que siente algo por Cas. Cuando ella le pregunta si de verdad la hubiese dejado marchar si se hubiese negado a casarse con él, Kieran le dice que sí, que podría haberse marchado y que Casteel la hubiese dejado hacerlo, pero que no se hubiese librado de él. Porque Kieran conoce lo profunda que es su conexión, aunque *ella* no se haya dado cuenta todavía.

Cuando Cas por fin acepta alimentarse, Kieran actúa de supervisor, monitoriza la frecuencia cardiaca de Penellaphe y se asegura de que Casteel ingiera la sangre suficiente pero no demasiada. Consciente de lo que inevitablemente ocurrirá entre los dos después de alimentarse, Kieran se marcha.

Yo habría preferido que se hubiese quedado. A esas alturas, los tres sabían lo de la Unión; podrían haber hecho un ensayo, al menos. Y sé a ciencia cierta que Poppy y Casteel conocían todo tipo de detalles y trucos para añadir a un tercero a su juego, porque habían leído sobre ello en mi diario. De hecho, tanto Casteel como Kieran tenían experiencia práctica, y apuesto a que Poppy se hubiese mostrado totalmente receptiva, aunque quizás un poco tímida.

Al hablar con Alastir después de que Beckett resultase herido, Kieran confirma que Penellaphe, en efecto, tenía intención de matar a Casteel cuando lo apuñaló. Esa información sorprendió a Alastir y a todos los demás en la sala.

La verdad es que si la conocieran, no se sorprenderían tanto.

Cuando les llega la noticia de que el cielo está en llamas, Kieran es uno de los primeros en dirigirse a los parapetos a investigar esa afirmación y está ahí cuando llega Penellaphe. Hablan de qué podría ser y qué hacer, y al final deciden esperar. Por desgracia, la espera no es larga. Los atacan y Delano resulta herido en la escaramuza. Kieran se queda a un lado mientras Penellaphe lo cura. Más tarde, en una sesión de estrategia, Kieran sugiere rutas alternativas que podrían tomar los refugiados de New Haven para evitar a los Ascendidos.

Para disgusto de Kieran, Casteel le ordena que acompañe a Alastir al otro lado de las montañas Skotos. Cuando Kieran se lo discute y dice que debería quedarse con él, que su vínculo y su deber le exigen defender a Casteel con su vida, el príncipe le dice que es rápido y fuerte, y que no fallará; después le dice que lo quiere protegiendo a lo que es más preciado para él: Poppy. Al final, Penellaphe termina por no ir con ellos, pero Kieran sabe por qué quiere Casteel que vaya *él*. No quiere que Kieran se sacrifique a sí mismo y quiere asegurarse de que Alastir no pueda desbaratar lo que tiene planeado acudiendo al rey y a la reina para contarles lo del matrimonio antes de que Casteel tenga la oportunidad de decírselo en persona. La despedida es cariñosa y sentida. Mientras se aleja, Kieran se gira hacia Penellaphe y le dice que proteja a su príncipe. Entonces la llama *Poppy* por primera vez, lo cual recalca que son amigos y que ella le importa.

Kieran y los otros refuerzos llegan en medio del enfrentamiento de Poppy con la duquesa de Teerman. Mientras el ejército se apresta a atacar, Kieran, en forma de *wolven*, empuja con el hocico la mano de Poppy, donde está la marca de matrimonio. Poppy y Casteel le dicen que se ha perdido un montón de cosas durante su ausencia. Cosa que es cierta. La boda fue solo una de *muchas* cosas.

Kieran monta guardia fuera del carruaje cuando Poppy y Casteel tienen su intensa y acalorada celebración de vida después de despachar a la duquesa. Más tarde, Kieran revela que los otros *wolven* y él oyeron a Poppy llamarlos para pedir ayuda y viraron hacia ella. También le dice que cree que los refuerzos y él lograron cruzar las montañas y la niebla con tanta facilidad porque los dioses lo permitieron.

Cuando se ponen en marcha de nuevo, Kieran cabalga con Poppy y Cas mientras que los otros van por otro lado. Quedan en encontrarse otra vez en Roca Dorada. Durante el trayecto, Kieran le toma el pelo a Poppy con respecto a cómo van a dormir, e insinúa que o bien será incómodo, o bien será *interesante*.

Yo apostaría por lo segundo.

Poppy se levanta sonámbula y casi se mata, pero Kieran le dice que cree que el temblor de tierra lo causó un dios volviendo a su lugar de descanso, y que la diosa Aios impidió que Poppy cayese por el borde del precipicio. Después le cuenta que él soñó con que lo perseguían sus propios sueños durante el episodio de Poppy.

Después del ataque a Poppy en las Cámaras de Nyktos, Kieran llega en forma de *wolven* con muchos otros y la mira a los ojos mientras las docenas de *wolven* se acercan, la rodean y olisquean el aire. La están protegiendo.

Con las pupilas brillando de un tono blanco plateado, Kieran gruñe cuando los otros se acercan demasiado a Poppy después de su exhibición de poder. Incluso le lanza un mordisco a Casteel cuando dice que destruirá a cualquier persona, animal o cosa que se interponga entre su mujer y él. Tensa todos los músculos para atacar y solo se detiene cuando Poppy se lo ordena. Todavía alerta y listo para saltar, por fin retrocede cuando Poppy le recuerda que *él* mismo le dijo a *ella* que Casteel era la única persona en ambos reinos con la que Poppy estaba a salvo.

Alastir se vuelve contra ellos y ordena a los guardias atacar a Poppy. Kieran salta para protegerla y recibe el impacto de una flecha impregnada en sombra umbría, lo cual lo paraliza en el sitio y vuelve su piel tan dura como la piedra y tan fría como el hielo. Igual que les pasa a Jasper, Casteel y otros.

Yo he visto lo que puede hacer la sombra umbría, y no es para los pusilánimes. Es una imagen aterradora en todos los sentidos.

Cuando por fin sale de su parálisis, Kieran forma parte de un grupo grande que va a Irelone para rescatar a Poppy. Ve que la han atado con huesos de deidad y los retira con sumo cuidado. Cuando llega Casteel y le arranca a un Protector la columna del cuerpo, Kieran comenta que está un pelín enfadado.

Y deja que te lo diga, Casteel Da'Neer es *de lo más* atractivo cuando está furioso.

Después de que Poppy se encargue de Jansen, un Protector le dispara en el pecho con un virote de ballesta. Kieran, frenético, trata de extraerlo de su cuerpo y se apresura a decirle a Cas que no le ha dado en el corazón por poco, pero que ha cortado una arteria y ha perforado el pulmón, con lo que pretende transmitir que la herida es mortal pero que todavía tienen tiempo. Cuando ve que nadie va a convencer a Cas de no Ascenderla, Kieran le asegura que lidiarán con cualesquiera que sean las consecuencias. Juntos.

Poco tiempo después, Kieran está presente cuando Poppy despierta y él se da cuenta de que todavía puede sentir su *notam* primigenio. Cuando ella se abalanza sobre él hambrienta, Kieran le advierte a Cas de que Poppy es ahora mucho más rápida y fuerte, aunque puede ver que no ha Ascendido.

Kieran supervisa esa primera vez que Poppy se alimenta de Cas, y la fuerza a detenerse cuando empieza a tomar demasiado. Cuando la sed de sangre se convierte en otro tipo de sed, en lujuria, Kieran deja a la pareja a lo suyo.

Más tarde, Poppy revela más de lo que le contaron mientras estaba retenida y Kieran confirma que el vínculo entre Cas y él está roto. También le dice a Poppy que cree que los *wolven* supieron por instinto lo que era desde el principio, pero no habían terminado de unir las piezas. Cuando Poppy les cuenta los fragmentos que oyó con respecto a la profecía, Kieran la informa de que los atlantianos no creen en ellas.

Cuando Poppy se preocupa de que el vínculo cambie a ella y lo que puede significar para Cas y Kieran, este la tranquiliza diciéndole que su vínculo con Cas va mucho más allá del poder y que esto solo significa que le han hecho hueco a ella.

¡La verdad es que adoro a estos tres!

Después hablan de los dones de Poppy, de las deidades y de la inmortalidad, y Kieran revela que Poppy le huele ahora a un poder absoluto y definitivo.

Cuando hablan de Alastir otra vez, Kieran dice que cree que el *wolven* todavía le tiene afecto a Cas y a su familia, pero que es leal al reino por encima de todo lo demás. Después pasa a decir que supone que Alastir se dio cuenta de lo que era Poppy antes que cualquier otro, y que supo lo que significaría para el reino y para la corona.

Eso no excusa sus acciones, pero a mí también me parece válido ese razonamiento.

Kieran, en forma de *wolven*, y Poppy esperan mientras Casteel va a buscar a Alastir. Cuando ella se pregunta si el plan de Alastir fracasó, Kieran le responde por telepatía, lo cual la sorprende. Después de que Poppy le corte el cuello a Alastir, Kieran llama a los *wolven*, que convergen en masa para devorar al *wolven* caído en desgracia.

A la noche siguiente, en la residencia de los Contou, Kieran les lleva comida y un mensaje de que Valyn quiere reunirse con Casteel. Kieran, Cas y Poppy hablan de la noche anterior y de cómo Casteel leyó partes de mi diario sobre besos perversos en lugares secretos y sobre cuartetos. Oh, esos pasajes son muy buenos; aunque he de decir que el acto en sí fue aún mejor… Kieran se lamenta por no haber estado ahí en el momento en que hablaron de cuartetos. En ocasiones, me imagino sentada con ellos, contándoles algunas de las historias de primera mano. Estoy segura de que sería un experimento delicioso.

Cas se marcha a hablar con su padre y Kieran se queda con Poppy. Le explica cosas sobre Nyktos y los *wolven* y su historia. Después le dice a Poppy que su gente la respetará de una manera diferente a como lo hacen con el rey y la reina, porque ella es la prueba de que proceden de los dioses. Cuando ella le cuenta lo que le dijo la duquesa acerca de que la Reina de Sangre se alegraba de que Poppy se apoderase tanto de Atlantia como de Solis, Kieran dice que sus acciones y no sus orígenes son las que determinarán si va a convertirse en una amenaza para Atlantia.

Cuando Poppy comenta que lo oyó en su mente en el templo, Kieran le pregunta acerca de su impronta. Poppy estira sus sentidos para probarla y le dice que es como el cedro, silvestre y rico. Kieran le asegura de que no puede leer sus pensamientos todo el rato, solo esa vez en el templo hasta ahora, y que si pudiera, imagina que la mente de Poppy sería un ciclón de preguntas. Cuando intentan comunicarse por telepatía, lo consiguen. En los dos sentidos. Kieran teoriza con que el *notam* permite esa comunicación.

Después de un enfrentamiento con los Arcanos, Kieran, Cas y Poppy hablan sobre la pelea. Kieran explica cómo intentó mantener a Poppy fuera de ella, y Cas le dice que su mujer puede cuidar de sí misma. Cuando Kieran le recuerda que las cosas son diferentes ahora, Poppy cede un poco y le dice a él que lidiarán con lo que sea que se les presente… juntos. Cuando la conversación gira hacia el ataque que mató a los padres de Poppy, Kieran le dice que es probable que todo lo que le han dicho nunca acerca de Cora y Leo sea mentira.

Kieran regresa de ver a Sage, que resultó herida, y trae de vuelta un libro de texto y a su padre. Con el libro, aprenden cosas acerca de los *gyrms* y que Iliseeum es real. También descubren dónde se supone que está. Mientras hablan más sobre esto y giran hacia el tema de cómo aparecieron los *gyrms* en su mundo, Jasper revela que la mayoría de las cosas acerca de la Tierra de los Dioses se mantenían en secreto, en especial la magia. Luego dice que *yo* soy una de las pocas personas que sabe cosas sobre el tema, lo cual pilla a todos por sorpresa. Entonces le hablan a Jasper de mi diario y él comenta que soy una de las cambiaformas más mayores aún con vida *y* uno de los miembros del Consejo de Ancianos. Y aunque desearía que no lo hubiese hecho, porque la edad de una mujer debería mantenerse secreta y sagrada, le dice al grupo que tengo más de dos mil años.

Cuando reciben la noticia de que una niña ha resultado herida en un accidente, Kieran acude enseguida con Casteel y Poppy. Según se acercan a la niñita llamada Marji, atrapada debajo del carruaje, Kieran se da cuenta de que la niña está muerta. Cuando Poppy la resucita, al parecer sin consecuencias, Kieran se arrodilla y le rinde homenaje.

Después del breve encuentro sexual de Cas y Poppy en el jardín, Kieran y ellos admiran las vistas de la ciudad y acaban en un museo. Hablan de Nyktos y de su conexión con los *wolven*, y contemplan cuadros del Rey de los Dioses con un lobo gris oscuro, esculturas de él con un lobo, y un dibujo en el que un lobo blanco espera de pie detrás de él. También hablan de cómo la Ascensión de Isbeth por Malec es lo que los condujo a donde están ahora, mencionan al gato de cueva que Poppy vio cuando era más pequeña, y comentan el hecho de que las estirpes de los dioses y su jerarquía se han corrompido en gran medida por la historia transmitida de manera incorrecta por los Ascendidos.

Más tarde, se topan con una boda entre *wolven*, y Casteel les dice a sus guardias que pueden retirarse. Kieran pasa algo de tiempo con su amiga Lyra y todos bailan y se divierten. Kieran le dice a Poppy que los honra al unirse a sus bailes. Después, Lyra le da placer a Kieran entre las sombras de un acantilado y Kieran pilla a Poppy observando.

Cuando llega el momento de encontrarse con el rey y la reina, Kieran monta guardia y ayuda a Poppy a afirmar su posición y la de Casteel, pues habla por todo el conjunto de los *wolven* y declara que no importa si Poppy *es* o no es la hija de Malec.

Hablan de que Leopold no podía haber sido Malec bajo otra identidad, ni un cambiaformas disfrazado, y Kieran cuestiona cómo puede Malec ser el padre de Poppy para empezar a hablar, dado que se presupone que lleva varios siglos muerto. Después se pregunta si están equivocados. A lo mejor su padre es de verdad otra persona. Sugiere que la única manera de saber si Malec se ha levantado es ir al Bosque de Sangre a comprobarlo, lo cual es casi imposible con todos los Demonios pululando por ahí y lo profundo que está en Solis.

El hermano de Poppy les entrega una invitación para una reunión. Tras informar a sus padres de su viaje a Spessa's End para reunirse con Ian, Kieran empieza a reunir a *wolven* para que los acompañen. Cuando llegan a la ciudad, totalmente exhaustos, Kieran se comunica con Poppy de manera telepática y ella les ordena a todos descansar.

Más tarde, en sus formas de *wolven*, Kieran y Delano, junto con Netta y Nova, acompañan a Cas y Poppy a su reunión. Cuando se encuentran cara a cara con Ian, Kieran deja claro su desagrado, pero Poppy le ordena que mantenga la calma.

Durante la cena, Kieran y Poppy hablan de Iliseeum, los Hados y las relaciones. Charlan sobre Lyra y él le toma el pelo a Poppy por haberlos observado durante la boda de los *wolven*. Luego le habla de su amor perdido, Elashya.

En Evaemon, Kieran acompaña a Poppy y a Cas por el palacio. Cuando los nervios se apoderan de ella, Kieran le recuerda que desciende de los dioses y no huye de nada ni de nadie. Cuando la reina renuncia a su corona en pro de Poppy, Kieran y los otros se arrodillan por respeto.

Kieran acompaña a Cas y a Poppy a la sala para la reunión del Consejo y por fin conozco a Poppy y a Casteel en persona. Cuando es hora de hacer el gran anuncio para la gente, Kieran permanece en su forma mortal y yo me deleito en anunciar al nuevo Rey de Sangre y Ceniza y a la Reina de Carne y Fuego a su gente.

Más tarde, Poppy y Cas llaman a Kieran. Él cree que es para hablar de la Unión, pero se lleva una gran sorpresa cuando le informan de que quieren que sea su Consejero de la Corona. Al principio protesta e insiste en que debería ser alguien más mayor, como su padre, pero Cas le deja muy claro que en ningún momento habían considerado siquiera a otra persona. Eso emociona a Kieran un poco.

Poppy le hace unas cuantas preguntas sobre los *drakens* y Kieran le dice que no debería estar tan entusiasmada sobre ellos. Luego le cuenta que los *drakens* eran temperamentales y muy poco amistosos, por no mencionar que respiran fuego; después añade que espera que ninguno de su grupo los cabree.

Poco sabe entonces que *él mismo* estará en el centro de la ira de uno de esos *drakens*.

Cuando el grupo parte hacia Iliseeum, caminan por los túneles. Justo cuando Netta está comentando que quiere leer mi diario (¿quién no querría?) cae a través del suelo, lo cual le quita varios años de vida a Kieran. Intenta salvarla y levantarla a pulso, pero no consigue llegar del todo hasta ella para tener un buen agarre. Por suerte, Poppy es capaz de utilizar su poder y salvar a la hermana del *wolven*.

Una vez en Iliseeum y después de enfrentarse a varios soldados esqueleto, se acercan al templo y Kieran se da cuenta de lo que son las *estatuas*: *drakens*. Cuando Poppy toca una y hace que la piedra se agriete para revelar un ojo, Kieran advierte al resto del grupo.

La joven, sin embargo, no puede reprimirse. Su curiosidad se apodera de ella demasiado a menudo.

De vuelta en el mundo mortal después de casi morir de ansiedad cuando Poppy osó llevarle la contraria al Rey de los Dioses, Kieran, Cas y ella pasan varias noches tratando de encontrar una manera de superar el Adarve del castillo de Redrock sin que los vean.

Una noche, durante la cena, Kieran y los otros hablan de ir a Oak Ambler, y él traza el plan. Ellos viajarán por mar para llegar por donde los Ascendidos no se lo esperan, mientras que otro grupo se acercará por tierra desde el otro lado, para desviar su atención.

Disfrazados, Kieran y los otros entran en la ciudad. El estado de cosas ahí los sorprende, como también lo hace encontrar a un gato de cueva que se transforma en hombre cuando Poppy lo toca. La verdad es que la joven debería dejar de tocar cosas sin pensar. Antes de que puedan ir mucho más allá, una doncella personal y unos cuantos caballeros y guardias reales los detienen, y se percatan de que su plan ha sido frustrado. Cuando los llevan ante la reina, Kieran se sorprende de encontrar a Malik ahí, y además con aspecto feliz y saludable. Cuando Malik explica que se suponía que él debía ser la Ascensión de la carne para Poppy, Kieran tiene que sujetar a Casteel, mientras lo advierte de que lo que quieren es justo que pierda el control.

Después de que la Reina de Sangre revele todos sus secretos y fije sus términos, y ordene matar a Ian para darle énfasis a todo ello, Kieran teme por el estado mental de Poppy. Se desencadena una batalla y Lyra muere, lo cual enfurece a Kieran aún más.

En los bosques de Oak Ambler después del enfrentamiento, Poppy recupera el conocimiento y Kieran se ve obligado a informarle que Cas se ha entregado a Isbeth para salvarlos a todos. Intenta explicarle que no había nada que pudieran hacer y que la reina les había entregado a Tawny como gesto de *buena voluntad*. En su furia, Poppy conjura una tormenta. Kieran intenta calmarla y le ruega que pare, pero ella lo tira al suelo con su poder.

Después de un periodo para calmarse y cuidar de Tawny, regresan a Evaemon. Vonetta y Kieran, ambos en forma de *wolven*, acompañan a Poppy a informar a Eloana de lo que ha sucedido y a revelar las verdades de lo que le habían dicho a Poppy acerca de ser una diosa y más. Una vez todo dicho, Poppy anuncia que va a ir en busca de los guardias de Nyktos.

Cuando vi la proclamación en mis visiones, la animé a hacerlo. Poppy puede ser un poco ingenua en ocasiones (todo esto es nuevo para ella, después de todo), pero cuando las cosas se ponen feas, es una de las personas más valientes que jamás he tenido el placer de ver o conocer.

Kieran acompaña a Poppy a Iliseeum una vez más para invocar a los *drakens* y casi consigue que le arranquen el brazo de un bocado. Nektas revela que Ires es el padre de Poppy y les cuenta lo de Jadis.

De vuelta en el mundo mortal, el toma y daca entre Reaver y Kieran continúa (juro que discuten como hermanos adolescentes). Cuando aparece Jalara e intenta sacar de quicio a Poppy, ella contraataca con la afirmación de que *él* es su mensaje para la Reina de Sangre. Kieran sale disparado de entre las sombras y agarra el brazo del rey con los dientes mientras Poppy le corta la cabeza.

De camino a Massene, uno de los *wolven* (Arden) empieza a mostrarse visiblemente agitado, y Kieran se adelanta para ver qué lo ha alterado tanto. Es incapaz de disimular su horror ante lo que ve en las murallas que rodean Massene, y se lo transmite sin querer a Poppy. Cuando *ella* ve los cuerpos en las murallas, Kieran la calma lo mejor que puede.

Una vez que superan el Adarve, despachan a la mayoría de sus guardias antes de que amanezca y los Ascendidos regresen. Cuando el resto de los guardias se rinde, los interrogan acerca de lo ocurrido a los que están clavados a la muralla.

El que contesta declara que no estaba seguro de haber visto lo que había visto (que los Ascendidos eran unos monstruos). Kieran confirma que había sido todo real, antes de ordenar que los llevasen a los barracones y los confinasen ahí, pero sin hacerles daño.

En Cauldra Manor, ninguno de los guardias se rinde, por lo que reina la muerte. Durante su búsqueda de los Ascendidos, Kieran encuentra las cámaras subterráneas de la fortaleza, que son similares a las de New Haven. Una vez dentro, ven que las celdas están llenas de Demonios. Deducen que los *vamprys* los sueltan de vez en cuando solo para aterrorizar a los lugareños y mantener en pie su farsa del *descontento de los dioses* cuando los edictos no se cumplen.

Veintiocho días después de que Cas se entregara, todo el mundo está agotado por la falta de sueño, y Poppy tiene dificultades para controlar su poder. Kieran ha podido traerla de vuelta del precipicio, pero conseguir que cuidase de sí misma en general ha sido un desafío. Cuando se enfrenta a él sobre distintas cosas, Kieran le recuerda que está haciendo lo que Cas y ella le pidieron que hiciese: aconsejar.

Kieran opta por dormir junto a Poppy en su forma de *wolven*, un consuelo para él y también para ella. A los dos les falta una pieza vital de sí mismos, y es posible que sean las únicas personas del mundo que puedan entender el dolor de eso. No obstante, Kieran jamás dormiría al lado de Poppy en su forma mortal sin Cas presente. Es una señal de respeto.

A Vessa, una anciana a la que denominan *la viuda*, le permiten quedarse en la fortaleza. La siniestra mujer, que habla en rima, intenta apuñalar a Poppy, y Kieran entra en la biblioteca justo después del suceso. Sin embargo, se niega a acercarse a ella porque cree que es un espíritu. Una *laruea*. Cuando queda claro que la locura de Vessa proviene de su creencia en la profecía, Kieran advierte a Poppy de que no debería ir por ahí sola. No saben quién más puede creerle ni lo lejos que podría ir su fanatismo.

Kieran llega con Emil, Perry y un paquete destinado a Poppy. Kieran oculta sus emociones lo mejor que puede (pues sabe que no puede haber nada bueno en esa caja) y le informa que solo su sangre puede abrirla. Cuando Poppy se apresta a sangrar para ello, Kieran le recuerda que tenga cuidado y dice que podría haber cualquier cosa dentro del *regalo* enviado por la reina.

Cuando todos ven lo que hay dentro (el dedo índice de Casteel con su alianza de boda), Kieran cierra la tapa de la caja al instante para intentar proteger a Poppy lo más posible. Cuando ella amenaza a la reina, Kieran dice que nada le gustaría más que hacer todo lo que Poppy ha dicho que quiere hacer, pero no pueden. Kieran se resiste al *notam* primigenio, trata de desobedecer su orden de que la ayuden a cobrarse su venganza e intenta razonar con ella. Le explica que si hace lo que quiere en el fragor del momento, matará a personas inocentes (algo con lo que ella no será capaz de vivir después), y nadie la verá nunca como nada más que una cosa de ira y poder puro e incontrolable.

Cuando Poppy por fin se calma, Kieran le da la alianza de boda de Cas. Ella ordena que quemen el dedo, pero que *no* lo haga Kieran. Entonces él le informa de la nota que había dentro de la caja: una disculpa de la reina por el dolor que sabía que le causaría a Poppy.

La verdad es que Isbeth no tiene desperdicio.

Cuando hablan de ir a Carsodonia, Kieran le dice a Poppy que no hay forma humana de que vaya a ir sola, y que puede nombrar a un Regente de la Corona para ocuparse de las cosas durante la ausencia de ambos. También le recuerda que Cas es parte de él y que lo necesitará ahí tanto como la necesitará a ella. Poppy acepta, pero le dice a Kieran que quiere que Reaver vaya con ellos. Nektas quiere recuperar a Ires, y Reaver puede ayudarlos con eso.

Empieza a estar claro que Poppy necesita alimentarse, así que Kieran se ofrece a hacerlo, al tiempo que le recuerda que Cas querría que fuese así.

Poppy informa a Kieran de su elección de regente y este la aprueba. Su hermana será una gran Regente de la Corona.

Estudian su estrategia y Kieran le recuerda que Cas estará en mal estado cuando lo encuentren. Y que su padre, Ires, estará aún peor. Con amabilidad, le dice que es imposible que puedan sacarlos a los dos sanos y salvos. Kieran se asegura de que Poppy lo entienda, y luego hace hincapié en que *sí* sacarán a Ires. Eso no lo pone en duda; la cuestión es cuándo.

La noche en que Poppy camina en sueños con Cas, Kieran se despierta al percibirlo y le cuenta cómo una vez Jasper le dijo que los corazones gemelos podían caminar por los sueños del otro, lo cual refuerza la idea de que Casteel y ella son, en efecto, corazones gemelos.

Estalla una tormenta terrible que sacude la fortaleza entera, y Kieran le dice a Poppy que no cree que deban estar en el interior. De hecho, la insta a marcharse antes de que el edificio entero se desplome. Por desgracia, una vez que están fuera, son testigos de cómo los *drakens* empiezan a caer. Poppy intenta traer a uno de vuelta a la vida, pero Kieran le dice que aunque pueda curar, una vez que el alma sale de un ser de dos mundos, ya no hay nada que hacer. Reaver lo confirma al decirle que solo el Primigenio de la Vida podía restaurar las chispas de un ser de naturaleza dual.

Kieran sigue a Poppy cuando se percata de que Vessa tenía que ser la que conjuró esa tormenta. La encuentran utilizando magia negra y Kieran advierte a Poppy de que tenga cuidado. Poppy mata a Vessa. Más tarde, Reaver le dice a Kieran que está equivocado si piensa que Nyktos era el Primigenio de la Vida y la Muerte, y cuando habla de los Retornados, hace hincapié en la diferencia entre sobrevivir a cualquier herida y volver a la vida. Kieran se da cuenta de que solo Malec podía haber compartido los conocimientos sobre cómo utilizar semejante magia con Isbeth, que luego la habría compartido con Vessa para provocar esa tormenta. No obstante, más tarde averiguamos que él no era el único que podía haber compartido ese tipo de información. Callum también podría haberlo hecho.

Kieran le dice a Poppy que *todos ellos* habían perdido a los *drakens* y que no era solo responsabilidad suya. Añade que era imposible que ella supiese que Vessa era capaz de hacer algo así. Nadie podía haberlo sabido. Cuando la conversación gira hacia el hecho de que Poppy no puede curar a los *wolven*, Kieran le asegura que no pasa nada. Todo el mundo muere tarde o temprano.

Durante la recepción de la reunión del Consejo, Kieran le explica a Poppy quién es cada general y luego se queda con ella durante la reunión informativa. Gayla La'Sere pregunta cómo pueden esperar que la gente luche y se defienda, y Kieran responde que *no puede* hacerlo hasta que los mortales sepan que tienen el respaldo de los atlantianos. Insiste en que los mortales encontrarán la fuerza para luchar cuando les aseguren que Atlantia no es el enemigo, y les recalquen que su intención es derrocar a la Corona de Sangre y acabar con el Rito.

Cruzan por la Tierra de Pinos hacia Oak Ambler, y Kieran ve a un grupo abandonando la ciudad. Detienen a algunos para hablar con ellos y varios revelan que los Ascendidos se han llevado a sus hijos. Cuando Poppy les hace promesas a algunos de los padres, Kieran le advierte que eso no era buena idea.

Poppy intenta entrar para ayudar a los habitantes que pretenden marcharse, pero los Guardias del Adarve no se creen que sea quien dice ser. Cuando se ve obligada a neutralizarlos, Kieran la consuela al decirle que salvarán a miles de personas. Se desencadena una batalla y Kieran protege a Poppy de una andanada de flechas. Cuando ya solo queda una pequeña cantidad de soldados, Kieran intenta convencerlos para que se rindan.

Una vez dentro de las cámaras subterráneas por debajo del castillo de Redrock, se enfrentan a los Demonios. Kieran se pone furioso al constatar que los Ascendidos han convertido en Demonios a los sirvientes de la fortaleza. La furia de Poppy es igual de intensa que la de él, y ordena a Kieran y a los otros que encuentren a los *vamprys* y los lleven ante ella.

En el exterior de la cámara de Elegidos drenados, Kieran no impide que Poppy los vea. Comprende que debe ser consciente de la gravedad de la situación… hasta que algunos de los cuerpos empiezan a sufrir espasmos. Entonces sí que la urge a salir y ella no se lo impide. Cuando Kieran le dice que esos cuerpos se transformarán, ella lo acepta, aunque Kieran ve lo mucho que eso la aflige. Emil se separa de ellos para ir a encargarse del problema.

Al cabo de un rato, reciben la noticia de que han encontrado unas cuantas salas llenas de figuras vestidas de blanco y saben que se refieren a los sacerdotes y las sacerdotisas. El sacerdote Framont le dice a Poppy que ya es hora de que cumpla con su *propósito*, y Kieran ordena a su gente proteger de inmediato los túneles del templo.

Cuando Vonetta se reúne con ellos acompañada de una sacerdotisa, Kieran se sorprende al descubrir que es una Ascendida. Aunque eso no le sorprende tanto como cuando entran en una habitación llena de estalactitas creadas con sangre y un suelo lleno de huesos. Cuando Poppy se apresta a matar a la sacerdotisa, Kieran la detiene y le dice que no merece la pena que gaste su energía y su poder en eso. Al final, encuentran setenta y un cuerpos de los últimos dos Ritos en esa habitación, e innumerables restos más de Ritos anteriores.

Me rompe el corazón pensar en tantos niños asesinados. ¿Y todo para qué? ¿Para satisfacer el complejo de dioses de unas personas que ni siquiera hubiesen existido de no ser por la avaricia y el egoísmo de un solo momento en el tiempo? Es casi incomprensible.

Kieran va en busca de Poppy para que ayude a curar a Perry, que recibió un flechazo en el hombro en Massene, y Reaver lo informa del reciente mareo de Poppy. Preocupado,

Kieran sugiere que olvide lo de curar a Perry y deje que ocurra de manera natural; después le pregunta si necesita alimentarse. Cuando Poppy insiste en que está bien y acuden al lado de Perry, se encuentran con Delano leyendo mi diario, que tomó del camarote de Poppy en el barco, para gran diversión de Kieran. Una vez más, insisto en que todo el mundo debería leerlo. Es posible que Delano incluso encuentre algunas maneras nuevas de dar placer a su pareja, dadas las cosas que revelo en él sobre algunos de mis tríos y cuartetos más sensuales e increíbles. Pero bueno, me estoy desviando del tema...

Enroscado con Poppy en su forma de *wolven* como acostumbra a hacer en los últimos tiempos, Kieran se despierta por los gritos silenciosos de Poppy a través del *notam* y, de manera inconsciente, se transforma para consolarla. Envuelve los brazos a su alrededor y, cuando ella le pide que le prometa que la matará si se convierte en un monstruo porque sabe que Cas jamás será capaz de hacerlo, Kieran se enfada y se entristece a partes iguales. Le dice a Poppy que no se da el crédito suficiente y que ella jamás dejará que las cosas lleguen tan lejos. En cualquier caso, al final acepta prometérselo.

Cuando a Poppy se le ocurre la idea de poder utilizar magia primigenia para ayudar a localizar a Cas, hablan con Perry acerca de lo que su padre podría haberle contado. Uno de los artículos necesarios para el hechizo es una posesión preciada de la persona a la que desean encontrar. Kieran piensa de inmediato en la propia Poppy, aunque se apresura a añadir que no es que la considere una *cosa*. Sabe que esa distinción es importante para ella, igual que lo es para Cas, y se siente mal por haberlo expresado siquiera como lo ha hecho. Poppy saca un caballito tallado que ha estado llevando encima, y eso le trae recuerdos a Kieran, pues Malik le hizo también uno a él.

Cuando Gianna y Tawny se acercan a Poppy más tarde en el campamento, Tawny les cuenta que ha soñado con Vikter y lo que ha aprendido acerca del *viktor*. Al llegar a la parte sobre los *Arae* y el Monte Lotho, Kieran revela que está escrito que Lotho está en Iliseeum. A medida que Tawny les cuenta más cosas, Kieran se pregunta por qué Vikter no le contó a nadie su papel o sus motivos, pero entonces descubre que los *viktors* no pueden hacer eso. Mientras protegen a la persona que les han asignado, no pueden revelar sus razones.

Cuando Tawny recita la profecía más larga, Kieran da por sentado que el *rey una vez prometido* que menciona es Malik. Hablan más acerca de lo que podría significar cada frase. Tawny les dice que Vikter le había pedido que transmitiera una cosa más, pero debía decírselo solo a Poppy. A Kieran no le gusta la idea y no tiene reparos en decírselo, pero al final deja que las dos jóvenes hablen en privado.

Con un pseudoplan en mente, Kieran, Reaver y Poppy se encaminan hacia la capital. Después de volver a caminar en sueños con Cas, Poppy le cuenta a Kieran y a Reaver lo que le ha dicho Cas. Hablan sobre los *demis*, entre las habituales pullas y riñas de Reaver y Kieran, y tratan de desentrañar lo que significa la leyenda de los *demis* y cómo podría funcionar a su favor si Isbeth fuese, de verdad, una *demis*.

Más tarde esa noche, después de un ataque de Demonios y de que Kieran descubra que Poppy necesita alimentarse, la conversación los lleva a hablar de Cas y de si sus captores lo dejarían a *él* alimentarse. Kieran revela que sí se lo permitieron la última vez que lo tuvieron cautivo, y comenta que han pasado como mucho cuarenta días desde la última vez que lo hizo. Cuando por fin se apresta a alimentar a Poppy, se hace un corte de unos cinco centímetros en la muñeca y le ordena que beba con ganas, no con pequeños sorbitos, y le dice que no sienta ninguna vergüenza. Cuando Poppy bebe, Kieran deja que se le escapen algunos recuerdos picantes para hacerla rabiar, lo cual avergüenza a Poppy a más no poder pero consigue que no piense en el acto en sí. Poppy cura el corte de Kieran cuando termina, y a este le divierte que ella no reconozca lo que le ha revelado con sus recuerdos: que sabe que ella los observó a Lyra y a él en la boda *wolven* y que, a cambio, él los observó a Cas y a ella.

Durante su viaje posterior, hablan de las diferencias de clase y de cosas entre Atlantia y Solis, y después hablan sobre Lasania. Kieran se pregunta dónde ha oído ese nombre antes. Después hablan de las diferencias entre el mundo mortal actual y en el que vivió Reaver por última vez, y el *draken* les dice que la consorte nació ahí y era la verdadera heredera y princesa. A Kieran le sorprende mucho descubrir que la consorte era en parte mortal.

Se topan con más de dos docenas de soldados y piensan en cómo podrían pasar por su lado sin ser reconocidos. Kieran decide utilizar barro para medio ocultar su rostro y el de Poppy, y contar una historia de cómo se dirigían hacia las Llanuras del Saz y se habían cruzado con unos Demonios. Las cosas no salen como tenían previsto y pronto los rodean tanto guardias reales como Retornados y los apresan.

Cuando Poppy trata de negociar y dice que se pueden quedar con ella si sueltan a Kieran y a Reaver, Kieran se niega a separarse de ella. Los Retornados les dicen que no son prisioneros, lo cual sorprende mucho a Kieran, aunque debe olvidar su reacción al instante cuando Poppy sucumbe a una herida de piedra umbra. Kieran apenas la atrapa al vuelo antes de que caiga al suelo inconsciente.

Dos días más tarde, Poppy por fin despierta y Kieran le cuenta que intentó darle sangre mientras estaba inconsciente. También la informa de que Reaver está en la habitación de debajo de ellos y de que el *imbécil dorado*, como llama a Callum, intentó separarlo de ella. Una vez que recupera un poco la coherencia, Poppy le dice que están en sus antiguos aposentos de Wayfair. Kieran le dice que le han llevado a Reaver siempre que ha pedido verlo, que de hecho el *draken* se está comportando, y que los han atendido bien pero nunca han podido desplazarse sin guardias. Asimismo, menciona que hay guardias reales *por todas partes*, aunque esos son los únicos

Ascendidos que ha visto hasta el momento. Solo Millie, la doncella personal Retornada, y Callum han interactuado con Reaver y con él.

Kieran pone a Poppy al día diciéndole que su ejército debería estar ya en New Haven o incluso en Whitebridge, a unos tres o cuatro días de ahí, y que si ellos no regresan a Tres Ríos como estaba previsto, Valyn iría ahí a buscarlos. Entonces le pregunta a Poppy a qué distancia cree que puede comunicarse por telepatía con Delano. Poppy cree que, si lograse subir al Adarve, tal vez pudiese llegar hasta él. Puesto que a Kieran le quitaron sus armas cuando llegaron ahí, Poppy le ofrece su daga, pero él la rechaza.

Millie acompaña a Kieran y a Poppy al Gran Salón, flanqueados por cuatro doncellas personales y seis caballeros reales. Isbeth entra en la sala sobre una litera, lo cual Kieran encuentra de lo más desagradable, aunque lo que de verdad lo sorprende es ver a Malik con ella.

Puesto que Kieran ve y siente la reacción de Poppy a todo el rollo que le suelta la reina, este la advierte de no hacer nada imprudente y le dice que mantenga la calma pase lo que pase. La Reina de Sangre ordena que lleven ante ella a una frágil mujer joven para la *Bendición Real* y eso horroriza a Kieran. Sabe bien lo que de verdad significa ese espectáculo. Emplean sangre atlantiana para hacer que parezca que la Corona de Sangre tiene la bendición de los dioses y que su contacto puede curar. Pero él sabe que no es una cura en absoluto. Es solo un respiro de lo que sea que aflija a la persona *bendecida*.

Cuando la Reina de Sangre se acerca, Kieran se niega a inclinarse ante ella, pero se pone tenso cuando ve que Malik acompaña a la reina. Intenta provocarlo llamándolo príncipe, pero la reina lo interrumpe al decirle que tiene un aspecto igual de exquisito que la última vez que lo vio.

Estoy de acuerdo con la querida Isbeth, pero ella no lo decía con la misma intención que lo diría yo al hablar de nuestro apuesto *wolven*.

Callum llega para llevar a Poppy a ver a Casteel, como ha solicitado, pero no dejan que Kieran vaya con ella. Mientras se la llevan, Kieran le dice que estará *escuchando*, con lo que insinúa que estará en forma de *wolven* para poder oírla por medio del *notam*. Más tarde, ella le informa que tanto ella como Cas están bien. Sin embargo, Kieran no está tan seguro acerca de Cas; no puede ni imaginar cómo *podría* estar bien. No mucho después, Poppy vuelve a estirar sus sentidos hacia él y le dice que tienen que sacar a Cas de ahí cuanto antes, al tiempo que le transmite que está bajo tierra y en algún lugar cercano al templo, antes de sugerir ir por las minas.

Durante su fuga, Kieran se topa con Poppy en el rellano del segundo piso de la escalera de caracol de la torreta y le pregunta si ella conjuró la neblina. Intuyen que los gritos que oyen son cosa de Reaver, y Kieran le dice que hablarán más sobre la neblina después (ese no es el momento, pues disponen de menos de un minuto antes de quedar encerrados dentro).

Reaver se une a ellos, cubierto de sangre, y Kieran los conduce a ambos a una pasarela cubierta después de un enfrentamiento con algunos caballeros y guardias. Le advierte a Poppy de que conserve su energía y le dice que Cas necesitará que esté fuerte. Mientras observan a Reaver despachar a algunos caballeros, le pide a Poppy que le recuerde que deje de llevarle la contraria al *draken*.

Mientras la neblina mantiene a todo el mundo ocupado, trazan un plan para entrar en los túneles. Cuando llegan hasta la cella del templo y las velas se prenden con un rugido, Reaver les dice que es debido a Poppy y a la sangre que lleva en su interior. Kieran se gira hacia ella y le dice que «es muy especial».

Malik aparece detrás de ellos y Kieran está dispuesto a pelear con él de inmediato, e incluso comenta que solo está un poco preocupado por tener que encargarse del *inconveniente* que plantea Malik. Kieran se ríe cuando Malik insinúa que está corriendo un gran riesgo y luego les dice que confíen en él. A continuación, el príncipe dice que todo lo que ha hecho lo ha hecho por Millicent porque es su corazón gemelo. Eso deja pasmado a Kieran. Su desconfianza de Malik es tan fuerte como su necesidad reticente de creer que su antiguo amigo no ha dado la espalda por completo a su familia y a su reino en favor de la Corona de Sangre. Pasa por una lucha interna significativa, alternando entre ira, esperanza, desilusión e incertidumbre.

Cuando por fin le pregunta a Malik por qué no sacó a Cas, Malik dice que se niega a dejar a Millie. Cuando por fin llegan hasta Cas, Kieran intenta impedir que Poppy entre en la celda a la carrera y se queda devastado al ver a Cas casi como un Demonio en su sed de sangre. Comenta que Casteel está demasiado ido y no le gusta la sugerencia de Malik para sacarlo de ahí y darle tiempo de volver a su ser. Al final, le dice a Poppy que deben dejar a Cas sin sentido para poder sacarlo con seguridad de la celda, y después cruzar los dedos para que *siga* inconsciente.

Kieran distrae a Cas mientras Malik lo deja sin sentido, y luego le dice a Poppy que deben atarlo para la seguridad de todos ellos. Él la consuela cuando llora al pensarlo. Después de inmovilizar a Cas, Kieran se ofrece a llevarlo en brazos, pero Malik se niega. En lugar de eso, Kieran se limita a tapar a Cas y las cadenas con su capa.

Malik los lleva a casa de unos amigos, los Descendentes Blaz y Clariza, y ellos se enteran entonces de que Malik se había hecho amigo suyo mientras se hacía pasar por Elian (su segundo nombre y también el de su antepasado). Trabajando juntos como una sola unidad, Poppy y Kieran se encargan de sacar a Cas de su sed de sangre y alimentarlo. Cuando Casteel vuelve a ser más o menos él mismo, Kieran deja a la pareja sola y va a hablar con Malik.

Una vez que están todos instalados y han descansado un poco, Cas va a hablar con Kieran y le asegura que la Corona de Sangre solo tomó su sangre esta vez. Kieran le recuerda a Casteel que puede contar con él y con Poppy, siempre y para siempre, y luego le asegura a Cas que alimentará a Poppy en cuanto esta despierte.

Precisan que deben marcharse cuando anochezca y hablan de Reaver y de Malik. Kieran les dice que Malik puede conseguirles un barco y facilitar su salida de incógnito, pero añade que hay muy pocas personas a las que les confiaría la seguridad de Poppy… y que Malik desde luego que no es una de ellas… Aun así, todavía no los ha abandonado ni los ha traicionado, y Kieran reconoce que está arriesgando mucho para ayudarlos.

La conversación gira entonces hacia Millie y cómo solo pueden utilizarla para controlar a Malik si Isbeth sabe que el príncipe y ella son corazones gemelos. Cas revela todo lo que aprendió acerca de que Millie es la hermana de Poppy y le dice a Kieran que es como una Retornada, sí… pero no del todo. Hablan de la profecía, y Kieran se pregunta cómo fue Millie un fracaso. Supone que Isbeth la convirtió en una Retornada para salvarla después de que no sobreviviera a su Sacrificio.

Cuando Kieran pregunta si Millie fue el primer intento de Isbeth de crear algo con lo que rehacer los mundos y Poppy fue el segundo, Cas asiente. Sin embargo, Kieran dice que es imposible que Poppy vaya a ayudar jamás a Isbeth. Casteel le dice entonces que Millie le dijo que solo Cas puede detener a Poppy, y solo si la mata. Al pensar en eso, Kieran sugiere que le pidan a Reaver que incinere a la Retornada. Hablan un poco más sobre Poppy y se dan cuenta de que una vez que complete su Sacrificio, será una Primigenia. Después llegan a la conclusión de que, en efecto, sí fue ella la que creó la neblina.

Kieran sigue a Cas para despertar a Poppy y le dice que necesita alimentarse. Casteel muerde la muñeca de Kieran y este da un leve respingo cuando Poppy cierra la boca sobre su piel. Una vez más, le muestra recuerdos inapropiados y obtiene una satisfacción excesiva de ello.

Está claro que Kieran es un hombre que aspira a ganarse mi corazón. Si yo tuviese el poder de transferir recuerdos y visiones, nadie pensaría jamás en la guerra.

Más tarde, Kieran abraza a Cas y Poppy le pregunta si cree que Millie es su hermana. Él le dice que al principio no lo creyó, pero que ahora sí. Cuando Reaver parece sorprendido por la noticia, Kieran no puede perder la oportunidad para burlarse un poco de él. Mientras hablan de lo mal que fueron las cosas con el Sacrificio de Millie, Kieran pregunta por qué no utilizaron la sangre de Ires, y Malik explica que la jaula anula su *eather*.

Malik menciona a Preela en la conversación, y Kieran le explica a Poppy que era la *wolven* vinculada a Malik. A medida que Malik continúa con la historia, Kieran se escandaliza al enterarse de que Malik era el Señor Oscuro de los recuerdos de Poppy y que había planeado matar a Poppy de niña. Cas ataca a Malik, y Kieran deja que la cosa prosiga. Se niega a intervenir y piensa que Malik se merece todo lo que pueda hacerle Cas. Cuando Poppy utiliza su poder para separar a los hermanos, Kieran atrapa a Cas antes de que caiga.

La reina llega con sus guardias y con Callum, y el grupo se prepara para luchar, hasta que se dan cuenta de que no pueden. Callum le dice a Kieran que siempre ha querido tener a un lobo como mascota, y Kieran responde «que te den». Más tarde, en medio de la refriega, Callum corta a Kieran con una daga de piedra umbra y susurra un hechizo. Un humo negro rojizo emana de la herida y luego se filtra en ella. Las sombras ondulan por encima del cuerpo de Kieran y tiran a Malik hacia atrás antes de que Cas apuñale a Callum en el corazón.

La reina les da un ultimátum: deben regresar con Malec o Kieran morirá. Cuando se marchan, Malik hace ademán de seguir a la reina, pero Cas le dice que no lo haga. A fin de conservarlo con ellos, Kieran lo deja sin sentido e intenta asegurarle a Poppy que se pondrá bien y que no debería preocuparse por la maldición que Callum ha arrojado sobre él.

Kieran pasa la mayor parte del viaje a Padonia en su forma de *wolven*, pero hace todo lo posible por dar confianza a Poppy y a los otros cuando puede. También hace lo imposible por proteger a Poppy, y eso incluye salvarla de sí misma en ocasiones.

Más tarde, cuando Cas acude a él, Kieran le dice que no quiere que se sientan obligados a realizar la Unión solo para salvarlo del maleficio, pero Cas le recuerda que no son solo hermanos o amigos, son parte de un gran todo.

Adoro su conexión, la verdad. Y solo mejoró cuando las cosas se intensificaron y Poppy entró en la mezcla.

Se reúnen con los otros y Kieran observa a Malik con recelo mientras se acerca Delano. No está seguro de cómo saldrán las cosas, pues Preela, la *wolven* vinculada a Malik, era la hermana de Delano. Más tarde, mientras hablan de su plan y su estrategia, Kieran se da cuenta de que el Bosque de Sangre está donde está porque Malec está sepultado ahí.

Cuando las cosas se asientan, Kieran va a hablar con Poppy sobre la Unión. Al principio bromea con que nadie querría declinar la oferta de unirse a un rey y una Primigenia. Cuando ella intenta tranquilizarlo, él le dice que no lo haga incómodo, aunque es incapaz de impedir que se noten sus sentimientos. Kieran le dice que no lo hace por sus títulos ni por su linaje, sino porque los quiere a los dos. Cuando Poppy le pregunta qué tipo de amor siente, él le dice que es del tipo que le permitió prometerle que la mataría si fuese necesario.

Después de un viaje repleto de obstáculos, Kieran espera a Poppy y a Cas en el Bosque de Glicinias y bromea diciendo que pensaba que se habían quedado dormidos. Cuando Poppy pregunta por los otros *wolven* a su alrededor, Kieran le dice que es un gran honor para ellos supervisar una tradición así.

Antes de empezar la ceremonia de la Unión, Kieran le recuerda a Poppy que ni Casteel ni él esperan nada de ella, pero es incapaz de controlar las respuestas naturales de su cuerpo. Al ponerse detrás de Poppy, se disculpa y dice que están intentando comportarse, pero que es duro porque es preciosa.

Fue un momento tan bonito y puro que casi me hizo llorar. Sin embargo, que Kieran controlase su comportamiento no era la única cosa dura ahí. Hablando de virilidades sobre las que merece la pena escribir en un diario...

Durante el intercambio, Kieran trata de mantener el ambiente relajado haciendo rabiar a Poppy como hace siempre. Después, se acurrucan juntos y Kieran ve que la marca de su brazo ha desaparecido, aunque ninguno de ellos puede estar del todo seguro de si el maleficio desapareció con ella. Después de la Unión, las cosas cambian, pero todas para mejor. Comparten un vínculo que no puede romperse. Kieran también siente cómo su atracción hacia Poppy aumenta, aunque sabe que es diferente a lo que Casteel siente por ella y también está condicionado por lo que él siente por Cas.

Cuando llegan al Templo de Huesos, Kieran comenta que los ejércitos nunca habían llegado tan al oeste. Después de que Cas le tome el pelo por pensar en tener sexo con Poppy vestida con su armadura, igual que está haciendo él, le dedican a Poppy la misma arenga que le dieron en Evaemon.

Después de llevar a Malec ante Isbeth, Callum utiliza una daga blanca lechosa para retirar la maldición del brazo de Kieran, y entonces este lo apuñala en el corazón con heliotropo. Millie le dice que la próxima vez le corte la cabeza si quiere que quede inutilizado durante más tiempo. A continuación, Poppy cura el corte de Kieran. Él le asegura que está bien y vuelve su atención hacia Isbeth, consternado cuando la reina clava su daga en el pecho de su corazón gemelo.

Poppy les grita a Kieran y a Cas para que saquen la daga de Malec, pero estalla el caos. Muere mucha gente, y Cas y Kieran derriban al Retornado que ha matado a Emil.

En medio de todo ello, Kieran no puede evitar asombrarse por los cambios que experimenta Poppy, pero el asombro enseguida se convierte en otra cosa cuando la onda sísmica que ella emite casi acaba con él y con todos los demás. Por suerte, Cas lo protege.

Cuando todo se calma, los cuidados de Kieran le devuelven la conciencia a Poppy y él le confirma que tiene colmillos. Le dice que Cas tendrá que ayudarla con eso, puesto que es algo de lo que él no tiene ni idea.

Kieran la consuela cuando Poppy ve que todos sus amigos están vivos otra vez, sanos y salvos, y Casteel y él le explican que fue ella la que los trajo a todos de vuelta a la vida. Nektas los corrige deprisa y explica que en realidad fue la consorte, trabajando a través de Poppy, la que lo hizo. A medida que siguen hablando, Kieran pregunta qué es Nyktos, si no es el Primigenio de la Vida y la Muerte. También se pregunta en voz alta por qué querría honrar a la consorte permaneciendo en el anonimato.

Pese a todo lo que los aguarda, encontrar y dar debida cuenta de Callum es la primera de las prioridades de Kieran. Sin embargo, tienen cosas mucho más importantes de las que preocuparse. Kolis está libre y ¿quién sabe lo que eso significa para los mundos…?

Me estremezco al pensar en lo que podría ocurrirnos a todos a continuación.

En los túneles debajo de Wayfair, Kieran y Cas empiezan a preocuparse por Poppy. La notan fría y no les transmite buenas sensaciones. Cas y él se muestran muy sobreprotectores con ella, algo que Poppy no necesita en absoluto, y Nektas los llama adorables. Kieran dice que no cree que lo hayan descrito nunca de ese modo.

Yo lo llamaría así todo el día si él quisiera.

Encuentran a Ires y lo ayudan a volver a su ser; al mismo tiempo, descubren que es probable que Jadis esté retenida en las Llanuras del Saz.

Cuando Poppy se desmaya y se sume en una estasis, Cas y Kieran la llevan a una habitación vacía y el *wolven* va en busca de algo de ropa. Pasa la mayor parte del tiempo con ellos y con Delano en esas habitaciones, pendiente de ella y esperando a que se despierte.

Mientras Cas le cuenta historias a Poppy, hablándole como les indicó Nektas, Kieran escucha e interviene en algunos momentos. Le dice a Cas que lo que le ocurrió no fue culpa suya, le pregunta si le va a contar a Poppy toda la historia sobre Shea, y aprovecha para fortalecer su vínculo.

No está en la habitación cuando el Retornado ataca a Casteel y entra para encontrar al atlantiano al que está vinculado no como lo dejó, sino convertido en un gato de cueva moteado. Kieran le habla, le dice que recuerde, y de repente lo oye en su mente. Impide que se coma a Emil, le dice al atlantiano que se marche y luego ayuda a Cas a volver a transformarse.

Reúnen las dagas de hueso de *wolven* y hablan sobre ellas durante un rato, hasta que las paredes y el suelo empiezan a agrietarse, aparece un símbolo y Poppy abre sus ojos plateados.

La Primigenia de Sangre y Hueso y de la Vida y la Muerte.

Edición especial

CORREO ANUAL DE HIGHGROVE

Entrevista a Kieran Contou, Consejero de la reina y el rey de Atlantia

por JLA

Buenos días, lectores del *Correo anual de Highgrove*. Soy JLA y me pongo en contacto con vosotros con una entrevista realmente extraordinaria con el único e irrepetible Kieran Contou, Consejero de la reina y el rey de Atlantia. En esta la primera entrevista jamás dada por el Consejero, responderá a las preguntas remitidas por los, ejem, miembros más curiosos de nuestra estimada comunidad.

Quiero empezar por disculparme con nuestros lectores más reservados y, una vez más, con el Consejero, por la naturaleza íntima de la mayoría de estas preguntas. Había albergado la esperanza de que la gente estaría más interesada en lo que consistía el papel de un consejero y lo que podemos esperar de nuestros nuevos reyes, pero me han comunicado que un porcentaje bastante grande de los lectores del *Correo anual de Highgrove* se ha convertido en fechas recientes en miembros del Club de Lectura de la Srta. Willa Colyns, lo cual los ha dejado bastante sedientos de detalles íntimos sobre la vida del Consejero.

Dicho esto, por favor, uníos al Consejero y a mí mientras desentrañamos algunos de los misterios que rodean a nuestro nuevo Consejero.

JLA: Muchísimas gracias por aceptar realizar esta entrevista. Sé que no es fan de que le hagan preguntas.

LA NUEVA REINA HA LLEGADO

EL NUEVO ESCUDO

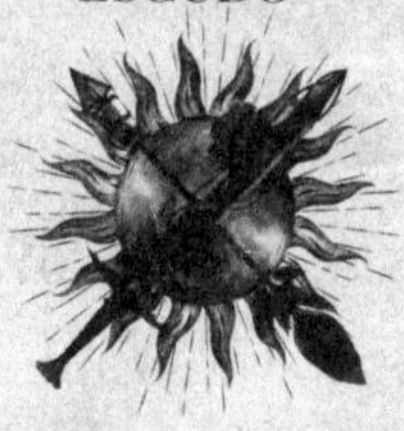

FESTIVAL DE LOS LOBOS *KIYOU*

Edición especial

Correo Anual de Highgrove

Kieran: Me encanta que me hagan preguntas.

JLA: Me parece que detecto un toque de sarcasmo ahí.

Kieran: Nunca.

JLA: Entonces, empecemos. ¿Le sorprendió que le ungieran como Consejero del rey y la reina?

Kieran: Así es.

JLA: ¿A quién creía que elegirían?

Kieran: A mi padre. O a cualquiera con más experiencia. Pero una vez que lo pensé, comprendí que no solo valoran mis opiniones, sino que a cualquier otro le costaría no volverse loco al tratar con ellos.

JLA: ¿Quiere decir que es difícil trabajar con nuestra nueva reina y nuestro nuevo rey?

Kieran: Yo no diría difícil.

JLA: Entonces, ¿qué diría?

Kieran: Son más bien… impredecibles. E inquisitivos. Uno a menudo prefiere lidiar con los insultos arrancando el corazón del ofensor, mientras que la otra tiene una tendencia a apuñalar primero y hacer las preguntas después.

JLA: Oh.

Kieran: Aunque solo si los irritas. Aconsejaría no hacerlo.

JLA: No creo que ni yo ni la comunidad de Highgrove tengamos ninguna intención de hacer semejante cosa.

Kieran: Me alivia saberlo, puesto que yo también tengo ciertas tendencias.

JLA: ¿Por ejemplo?

Kieran: Arrancarle la garganta a todo el que quiera hacer daño a cualquiera de los dos.

JLA: Vale, bueno. No esperaría menos del Consejero. En otro orden de cosas… Vayamos a algunas de las preguntas hechas por la comunidad, ¿le parece?

Kieran: No puedo esperar a oírlas.

JLA: Si pudiera cambiar una cosa de su pasado, ¿lo haría? Si fuera así, ¿cuál cambiaría?

Kieran: Intento no pensar en lo que cambiaría. Es algo que ha quedado atrás. Darle vueltas solo te lleva a más cosas que desearías haber hecho de otra manera.

JLA: Tengo que estar de acuerdo en eso. Yo también intento no darle demasiadas vueltas al pasado, pero aun así siempre hay cosas que no puedo evitar pensar que me gustaría cambiarlas cuando pienso en ellas. Debe haber algo que le venga a la mente.

Kieran: Supongo que si tuviese que dar una respuesta, diría que fue permitir a Cas ir a por los Ascendidos por su cuenta.

JLA: ¿Desearía no haberlo escuchado?

Kieran: Sí. Desearía haber escuchado a mi instinto y o bien haberlo detenido, o bien haberlo seguido.

JLA: En ocasiones, tenemos que aprender por las malas cuando de nuestros instintos se trata.

Kieran: Por desgracia, hay quien nunca lo hace.

JLA: Muy cierto. Ahora, tengo una pregunta relacionada con su hermana. ¿Cómo fue crecer con ella?

Kieran: Difícil.

JLA: Oh, vaya. No esperaba esa respuesta. He conocido a su hermana. Es muy bonita.

Edición especial

Correo Anual de Highgrove

Kieran: No ha tenido que vivir con ella. Jugar a las muñecas con ella. Evitar que cayese de un acantilado o que se ahogase antes de que aprendiera a nadar. Espantar a todos los aspirantes a pretendiente o…

JLA: Hablando de pretendientes. ¿Sabe si hay alguien con quien su hermana mantenga una relación romántica?

Kieran: No.

JLA: ¿De verdad?

Kieran: De verdad.

JLA: ¿Está seguro? Tenía la impresión de que hay cierta persona en la vida de su hermana.

Kieran: Estoy seguro de que si me permito reconocer que hay cierta persona en la vida de mi hermana, esa persona ya no estaría en posesión de dicha vida.

JLA: [lo mira]

Kieran: [la mira de vuelta]

JLA: Vale, bueno. A ver, otro miembro quiere saber si le gusta que lo toquen en su forma de *wolven*.

Kieran: Si la persona me gusta, entonces sí.

JLA: ¿Y si no?

Kieran: Dejaría de tener una mano.

JLA: Tiene sentido. Una persona ha preguntado si su padre ha realizado la Unión.

Kieran: No lo ha hecho.

JLA: ¿Qué opina de que usted haya completado la Unión con el rey y la reina?

Kieran: Está encantado. Es un honor continuar la tradición de la Unión.

JLA: Hubo muchísimas preguntas acerca de la Unión.

Kieran: Estoy seguro de que las hubo.

JLA: Hubo una que no hacía más que repetirse. Los lectores del *Correo* sienten bastante curiosidad acerca de dónde, exactamente, estaban vuestros… apéndices.

Kieran: ¿Acaso importa?

JLA: Al parecer, sí.

Kieran: Pues no importa.

JLA: Bueno…

Kieran: En primer lugar y ante todo, la Unión fue una experiencia muy emotiva para los tres. Un vínculo como ese, ya de por sí, es un acto de amor y compromiso. Sí, se volvió físico, cosa que estoy seguro de que no fue ninguna sorpresa para aquellos que estaban prestando atención. Todo lo que diré es que los tres fuimos participantes en la misma medida en todas las cosas.

JLA: Ha hablado de amor. ¿Ama a nuestra reina y a nuestro rey?

Kieran: Por supuesto. Siguiente pregunta.

JLA: Uhm, alguien quiere saber su talla de zapatos.

Kieran: Menuda pregunta más absurda.

JLA: Verá, creo que están intentando determinar el tamaño de…

Kieran: Ya sé lo que están intentando determinar. Siguiente pregunta.

JLA: ¿Desea, en secreto, que Reaver se sienta atraído por usted?

Reaver: [pasa por la puerta de la sala] ¡Lo desea!

Kieran: No.

JLA: ¿Para nada?

Kieran: Ni de lejos.

JLA: Es bastante guapo.

Kieran: También me pisó la pata.

JLA: Estoy seguro de que fue sin querer.

Edición especial

Correo Anual de Highgrove

Kieran: Pues yo estoy seguro de que no.

JLA: ¿Prefiere dormir en su forma mortal o en su forma de *wolven*?

Kieran: Prefiero dormir en mi forma de *wolven* cuando creo que, o bien yo, o bien otras personas, podrían estar en riesgo. Por lo demás, cualquiera de las dos formas está bien.

JLA: Se dice que cuando nuestro rey estaba cautivo, usted dormía la mayor parte de las veces en forma de *wolven* cuando estaba con nuestra reina. ¿Era esa la razón?

Kieran: Sí. Quería ser capaz de reaccionar al instante a cualquier amenaza aparte de cuando ella tenía pesadillas. Solo dormía en mi forma de *wolven* cuando Cas no estaba presente.

JLA: ¿Hay alguna razón para ello?

Kieran: Sí.

JLA: ¿Cuál?

Kieran: Era mi manera de respetar los límites.

JLA: Eso fue antes de la Unión. ¿Ahora han cambiado esos límites?

Kieran: De haberlo hecho, no los compartiría con una población entera de personas interesadas en mi talla de zapato y en si siento algo o no por un *draken* extragrande.

JLA: Anotado. ¿Querría compartir con nosotros lo que tenía en mente la primera vez que Poppy se alimentó de usted? Pensó en algo que la hizo sonrojarse.

Kieran: Por supuesto que lo hice. Ella estaba hurgando en mis recuerdos y en mis pensamientos sin pedir permiso. Así que le mostré algo que, en ese momento, le hizo pensarse dos veces volver a hacer eso.

JLA: Suena muy divertido al respecto.

Kieran: Lo estoy.

JLA: ¿Y qué fue eso que le mostró?

Kieran: Lo que ella ya sabía pero fingía no saber: a Cas y a ella observándome en la playa de la Cala de Saion.

JLA: Ah, sí. Nuestra reina era bastante… curiosa entonces.

Kieran: Muy curiosa.

JLA: ¿Sigue siendo… curiosa?

Kieran: ¿Usted qué cree?

JLA: Creo que debería hacer otra pregunta.

Kieran: [ríe entre dientes]

JLA: Alguien ha preguntado quién hace… mejores arrumacos. ¿El rey o la reina?

Kieran: Tendría que decir que soy un *wolven*. Nosotros somos los mejores en eso.

JLA: El, uhm, el resto de las preguntas son bastante… personales.

Kieran: ¿Más personales que preguntar dónde estaban mis apéndices durante la Unión?

JLA: Sorprendentemente, sí.

Kieran: Entonces creo que esta entrevista ha terminado.

JLA: Sí, creo que eso será lo mejor. Gracias.

Kieran: Ha sido un placer.

JASPER Y KIRHA CONTOU

Como líder de los *wolven* y miembro del Consejo de Ancianos, Jasper ocupa puestos de estima no solo dentro de su grupo sino con los atlantianos en su conjunto. Y como esposa suya, Kirha es venerada por derecho propio. Esto es lo que sé acerca de Jasper:

Pelo: desgreñado y plateado.

Ojos: azul pálido.

Constitución: Alto.

Rasgos faciales: pelusilla en la barbilla. Piel bronceada.

Rasgos distintivos: tatuajes negros en ambos brazos que suben en espiral hasta sus hombros.

Aspecto preternatural: de un tamaño imposible. Pelaje plateado.

Otros: tiene dotes predictivas. Su impronta es como tierra fértil y hierba recién cortada. Transmite una sensación terrosa y mentolada.

Personalidad: centrado en su familia.

Antecedentes: líder de los *wolven*. Miembro del Consejo de Ancianos.

Familia: mujer = Kirha. Hijo = Kieran. Hijas = Vonetta y bebé recién nacida.

Y esto lo que sé sobre su mujer, Kirha:

Pelo: trencitas (filas estrechas de trenzas pequeñas y apretadas).

Ojos: azul invernal.

Rasgos faciales: piel del color de las oscuras rosas de floración nocturna. Pómulos anchos. Boca carnosa.

Otros: a veces parece saber las cosas con antelación, como su marido y su hijo.

Personalidad: cálida y maternal.

Hábitos/Costumbres/Fortalezas/Debilidades: le gusta hacer punto. Tiene buena mano con las plantas. Duerme muy profundo.

Antecedentes: *wolven*.

Familia: marido = Jasper. Hijo = Kieran. Hijas = Vonetta y bebé recién nacida. Hermana = Beryn.

EL VIAJE DE JASPER Y KIRHA HASTA LA FECHA:

JASPER

Jasper y Kirha siempre aparecen algo fusionados en mis visiones y mi conocimiento sobre Kieran y Vonetta, pero intentaré separar algunos de sus aspectos más destacados.

Jasper llega a Spessa's End durante la cena dos días después que el resto del grupo. Cuando conoce a Poppy por primera vez, tiene una respuesta visceral. Solo puedo suponer que se debe a la descarga de electricidad estática que la mayoría de los *wolven* reciben de ella. Cuando Alastir expresa sus pensamientos con respecto al compromiso entre Poppy y Casteel y el *wolven* más mayor implica que el matrimonio entre Cas y Gianna hubiese fortalecido la relación entre los *wolven* y los atlantianos, Jasper lo advierte de que puede estarse sobrepasando en sus funciones.

Mientras el grupo come y Casteel cuenta historias sobre su tiempo con Poppy, Jasper encuentra divertido que Poppy apuñalara a Cas al enterarse de sus planes originales para ella. Eso lo lleva a comentar que está claro que Casteel sale a su padre en cuanto a las mujeres y los objetos afilados.

Después deja clara su opinión de que si Cas ha elegido a Poppy, el resto de ellos también puede (y debe) hacerlo.

Cuando pasa tiempo con Poppy, Jasper se fija en que ella no le transmite las mismas sensaciones que otras personas. Él se lo menciona y dice que tiene un olor diferente aunque familiar que no logra identificar del todo. Cuando se comenta que Poppy podría descender de la estirpe de los Guerreros Empáticos, Jasper no está de acuerdo, puesto que muy pocos podían curar con su contacto.

Jasper oficia la boda de Cas y Poppy y, cuando el día se convierte en noche, comenta que Nyktos la aprueba. De hecho, menciona que nadie había visto nada semejante desde la boda de Valyn y Eloana, y que incluso aquello no fue tan claro.

Cuando un grupo se separa del resto en las Skotos, Jasper va con Emil y Quentyn. Ellos son los primeros en llegar a Roca Dorada para su reunión.

Jasper llega a las Cámaras de Nyktos con los otros *wolven* después del ataque a Poppy. Él también se siente obligado a protegerla y emite un gruñido de advertencia cuando Casteel se acerca demasiado a ella. Cuando las cosas se calman un poco, Jasper se transforma y le ofrece a Cas su antigua habitación en el palacio para cuidar de Poppy. Cuando Poppy se preocupa por la reacción de los *wolven*, Jasper le dice que siempre que Cas no les dé una razón para actuar de otra manera, los *wolven* lo protegerán con la misma ferocidad que a ella.

Alguien comenta que el derecho de Poppy al trono es discutible, y eso hace reír a Jasper. Cuando Alastir se vuelve contra Poppy, Jasper se transforma y se abalanza sobre él, pero una flecha impregnada en sombra umbría lo alcanza, lo cual lo fuerza a volver a su forma mortal antes de que su piel se endurezca y se quede gélida.

Jasper se une al grupo que rescata a Poppy en Irelone. Mata al Descendente que dispara a Poppy con una ballesta y le gruñe y lanza tarascadas a Valyn cuando trata de intervenir e impedir que Cas haga lo que tiene que hacer.

Una vez que Poppy mejora, Jasper va con Kieran a los aposentos que esta comparte con Cas para hablar de los *gyrms* y de los Arcanos. Está muy irritado por que Valyn no le hablara de ellos. Hojean el libro que ha llevado consigo para aprender más, y Jasper comenta que no son criaturas vivas.

Más tarde revela la ubicación de Iliseeum y le dice a Poppy que ella es la única que puede llegar hasta ahí con vida, porque se dice que la neblina del lugar es letal para todo el que no reconozca como a un dios. También les dice que Valyn y Eloana han matado para mantener en secreto la ubicación de Iliseeum.

Cuando están hablando de magia primigenia, Jasper menciona que es probable que Dominik y yo seamos los únicos que sepamos de Iliseeum y de cómo utilizar la magia necesaria para conjurar *gyrms*. No creo que eso sea del todo cierto, pero compartí encantada todo lo que sabía cuando me lo preguntaron.

Poco después, llega el hermano de Poppy para solicitar una audiencia, y Jasper se une al grupo que va a Spessa's End. Después de encontrarse con el Ascendido, Jasper comenta que Ian es un actor de puta madre y menciona que Alastir tiene muchas creencias que no tienen sentido.

Cuando Poppy regresa de Oak Ambler, Jasper está de camino a Evaemon con Kirha y su nueva hija.

KIRHA:

Embarazada y casi a punto de dar a luz, Kirha duerme durante todo el ataque de los Arcanos y los *gyrms*.

Al día siguiente, Cas le pregunta por el paradero de Gianna y ella le dice que lo más probable es que esté en Evaemon o cerca, en algún sitio de Aegea.

Cuando Kirha conoce a Poppy por primera vez, está ordenando unas lanas con Kieran. Hablan sobre su embarazo y ella revela que le falta solo un mes para dar a luz y que los curanderos creen que es una niña. También menciona su esperanza de que sea su último hijo.

Antes de que el grupo se marche, Kirha le dice a Poppy que su casa siempre estará abierta para Cas y para ella. Luego le da un abrazo. También le dice que los padres de Cas son buenas personas y que, una vez que superen el shock de todo lo que ha pasado, la recibirán con los brazos abiertos.

Cuando se anuncia que los *wolven* acompañarán a Cas y a Poppy a la reunión de Spessa's End, Kirha les dice que no se preocupen por ella, que no va a tener al bebé en la próxima semana.

Justo después de dar a luz, Jasper y ella vuelven a Evaemon para reunirse con todos los demás.

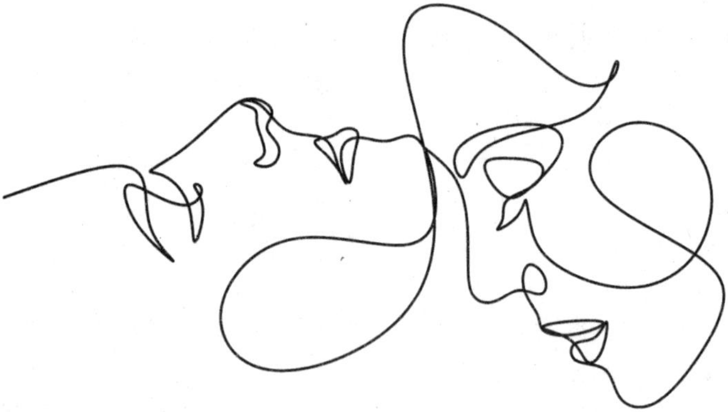

EL RETRATO DEL DESEO

Oh, diario, menuda historia tengo para contarte.

Tal vez haya mencionado ya mi deseo de que pinten mi retrato. Intento que capten mi aspecto cada pocos meses, solo para recordarme el paso del tiempo, pues en ocasiones puede convertirse en un borrón para alguien que lleva por aquí tantos años como yo.

En cualquier caso, asistí a una fiesta hace unas semanas en la que el lord y la dama de la fortaleza tenían varias obras de arte preciosas colgadas de las paredes. Pregunté por el poseedor de semejante talento y el señor de la casa me habló de un matrimonio muy codiciado de Spessa's End. Vistos sus dones, comprendí a la perfección por qué la gente deseaba tener obras suyas.

Mientras me bañaba esa noche, tuve una visión de una pareja despampanante. A medida que se sucedían los acontecimientos, me vino el conocimiento de quiénes eran. La mujer era la tía de Kieran y Vonetta Contou, la hermana de Kirha, lo cual los relacionaba no solo con el líder de los wolven, sino también con el príncipe atlantiano y la Corona.

Con esa información en mente y una intensa sensación de anticipación, hice el viaje y pregunté en la taberna local dónde podía encontrar a la pareja. El posadero me envió hacia las afueras de la ciudad y me dio unas indicaciones generales para encontrar la morada de los artistas.

A medida que me acercaba a caballo, el entorno enseguida me resultó familiar: la casita cerca de la costa de la bahía de Stygian, las aguas centelleantes que proyectaban rayos cristalinos sobre la fachada de barro cocido y arenisca de la residencia. Las montañas Skotos se elevaban como centinelas silenciosos detrás de ella y enmarcaban el lugar a la perfección. Parecía el sitio ideal de residencia para unos artistas, puesto que incluso alguien como yo, con ningún talento artístico reseñable aparte de mi habilidad para poner palabras sobre un papel, podía ver lo inspirador que era.

Mientras echaba pie a tierra y recolocaba un poco mi vestido y mi capa, sentí un pequeño escalofrío bajar rodando por mi columna. Mis labios se curvaron en una leve sonrisa. Conocía esa sensación. Era mi don. Y aunque quizá no hubiese proyectado imágenes al ojo de mi mente todavía, mi intuición supo que esa reunión sería de lo más afortunada... y era probable que en más de un aspecto.

Incluso ahora, mientras escribo estas palabras, recuerdo las sensaciones que corrían por mi cuerpo. La sensación de emoción y nerviosismo. La lasciva oleada de cosas aún por experimentar que yo, como vidente, sabía que serían memorables.

Cuando llamé a la puerta y oí unas pisadas en el interior, se me erizaron los pelillos de la nuca y se me puso la carne de gallina. Aunque es posible que el frío tuviese algo que ver, se debió más a la euforia por lo que simplemente sabía que vendría a continuación, combinada con el misterio de lo que todavía no había visto.

Cuando el panel que hacía de mirilla en la puerta se deslizó hacia un lado para revelar un ojo azul hielo rodeado de piel de un oscuro y ahumado color topacio, esa emoción solo aumentó.

Con una voz similar a la de unas campanillas en una caverna, al mismo tiempo delicada y resonante, la mujer me preguntó en qué podía ayudarme.

Solo con el sonido de su voz y la imagen de ese ojo glacial, ya sentía una sensación de atracción hacia esta preciosa criatura. Le dije mi nombre y le expliqué cómo había averiguado quiénes eran y luego los había encontrado.

Y entonces... sonrió. Fue como si saliera el sol en el más deprimente de los días. Me calentó de inmediato. Y también me hizo desearla.

Cuando abrió la puerta, vi más que un ojo y una sonrisa en una cara casi perfecta. Era como una diosa (y justo yo podía saber eso), con curvas en todos los lugares correctos, y hendiduras y valles que creaban un mapa de carretera que cualquiera querría explorar. Su pelo era del color de las lustrosas hojas de finales del otoño: de un oscuro marrón bruñido.

Me dijo que se llamaba Beryn Moxley y me presentó a su marido, Vanian. El hombre medía casi dos metros de altura, con los hombros anchos y unos muslos poderosos. En contraste con las oscuras trenzas de su mujer, el pelo del hombre era de un tono dorado bruñido y un mechón caía por su frente para ocultar en parte un centelleante ojo dorado. Lo que más me llamó la atención, sin embargo, fueron sus manos. Comparadas con su poderoso físico casi de guerrero, sus manos eran casi delicadas. Lo único que estropeaba su perfección eran las manchas de color salpicadas por su piel y las oscuras medias lunas bajo sus uñas. Aunque para mí, eso solo lo hacía aún más cautivador.

Cuando me estrechó la mano, una chispa de electricidad recorrió mis sinapsis y desencadenó una visión de piernas y brazos enredados y suspiros sensuales. Me estremecí de nuevo.

Me invitaron a comer y hablamos de mi encargo, sobre todo del fondo y la luz, de la ropa y del tono. Ambos artistas tenían un talento y unos conocimientos increíbles, y supe enseguida que estaba en buenas manos. De hecho, estaría en buenas manos de más maneras que solo esa... Solo tenía que dejar que la naturaleza siguiera su curso.

La pareja me ofreció quedarme en la buhardilla de su estudio, que habían decorado con muebles cómodos para acoger a aquellos que, como yo, habían viajado cierta distancia para que pintasen sus retratos.

A lo largo de los días que posé, vestida solo con una camisola cuyos tirantes con volantes resbalaban de manera alterna de un hombro delicado u otro, reclinada con actitud seductora en un diván, la pareja y yo nos fuimos conociendo. Hablamos tanto de temas mundanos, como historia y filosofía, como de nuestras esperanzas y nuestros sueños, lo cual nos conectó a un nivel intelectual que encontré de lo más sexy.

A medida que pasaban los días y Beryn ajustaba esto o aquello en mi postura, mientras sus manos sedosas acariciaban mi piel, sus respiraciones cálidas rozaban mi cuerpo al inclinarse hacia mí una y otra vez, vi... y sentí... los cambios que iban ocurriendo. Sus manos se demoraban más. Sus labios se acercaban. Sus respiraciones se volvían solo un poquito más trabajosas cuando se acuclillaba delante de mí para ajustar el faldón de mi camisola o para enderezar su cuello.

Y mientras yo posaba ahí sentada y observaba a Vanian pintar, pude apreciar que él también empezaba a estar afectado. Vi cómo su pecho subía y bajaba un pelín más deprisa, cómo sus ojos dorados se oscurecían a medida que sus pupilas se dilataban. Me fijé en el cambio en nuestras conversaciones durante la cena a medida que avanzaban las horas.

Incluso aquí, ahora, sentada ante mi escritorio, siento el calor pesado de su mirada y el temblor que inducía la cercanía de Beryn.

En nuestro último día entero de trabajo, pensé que estaba cansada de esperar. Visto que ellos no daban el primer paso, decidí que lo daría yo. Estaba claro que había atracción, y la tensión sexual de las últimas dos semanas me mantenía despierta por las noches. Necesitaba sentir sus manos sobre mi piel, su respiración en mi pelo y sobre mi cuerpo. Necesitaba observar mientras ellos deslizaban sus yemas de los dedos experimentadas el uno sobre el otro. Cómo provocaban suspiros lascivos y gritos de placer. Necesitaba saborear sus esencias, tanto por separado como conjuntas. Solo... necesitaba.

La siguiente vez que Beryn se acercó para recolocar alguna parte de mí, levanté una mano y retiré hacia atrás un exquisito mechón de su pelo bruñido, deslizando los dedos por la curva de su pecho y de su hombro desnudo al hacerlo. Sus respiraciones se aceleraron al instante, lo cual empujó sus impresionantes senos contra el corpiño de su vestido y tensó sus cintas al máximo.

Sus ojos azul hielo conectaron con los míos y vi cómo sus pupilas se dilataban, cómo el negro casi engullía el tono glacial.

Y entonces hice lo que había querido hacer desde el momento que había visto solo la mitad de su rostro por la portezuela de la entrada. Estiré los brazos, deslicé las manos por debajo de esa melena para enmarcar su precioso rostro, y la besé.

Sus labios eran blandos como una almohada y suaves como la seda. Dudó solo un segundo antes de fundirse en el abrazo y de responder con la misma ansia, al tiempo que soltaba un suspiro dentro de mi boca. Al notar que la abría, me colé en ella con la lengua y la recorrí para captar su sabor y grabármelo en la memoria. Sabía a vainilla y hielo, y sentí ganas de devorarla.

Distraída, oí lo que sonaba como un pincel cayendo al suelo e hice una pausa en mi exploración para mirar de reojo a Vanian.

Estaba cerca de su caballete, el cuerpo rígido, los ojos extasiados mientras observaba la escena que se desarrollaba delante de él. Sin dudarlo, acaricié la mejilla de Beryn con el pulgar izquierdo y liberé mi mano derecha para invitar a su marido a acercarse.

Vanian dio un pequeño traspié de entrada, pero luego salió de detrás del lienzo al tiempo que pasaba las tiras del delantal por encima de su cabeza y lo dejaba caer en su taburete antes de continuar hacia nosotras.

Cuando llegó a nuestro lado, Beryn había tomado asiento en el diván junto a mí, la mano aún sobre mi muslo, cuya piel acariciaba con el pulgar mientras yo me estremecía. Sin embargo, lo que de verdad me hizo estallar en llamas fue la mirada en los ojos de su marido, que nos observaba sin perder detalle.

Bajé la vista para encontrar la obvia, e impresionante, evidencia de cuánto estaba disfrutando de lo que veía. Alargué el brazo otra *vez para agarrar su mano, al tiempo que me recolocaba en el diván a una posición más sentada y tiraba de Vanian para que se sentase a mi lado de modo que acabamos los tres sobre el diván, sentados en fila conmigo en medio.*

Me incliné un poco hacia atrás, puse una mano en el hombro de cada uno y ejercí una ligera presión para urgirlos a encontrarse en el centro, por encima de donde estaba sentada yo. Sus bocas se encontraron de un modo hambriento, las lenguas lujuriosas y los dientes voraces mientras daban rienda suelta a sus deseos y demostraban sin palabras que había consenso entre los dos. Mientras demostraban que yo era bienvenida.

Con la pareja aún comiéndose la boca, deslicé una mano hacia abajo desde el hueco de sus gargantas por delante de sus cuerpos, mientras estudiaba sus diferencias y me las grababa en la mente. Sentí cómo me excitaba cada vez más, y estaba impaciente por ver a dónde nos llevaba esta noche.

Hicieron una pausa en su abrazo y los dos giraron la mirada hacia mí. Un orbe azul y otro dorado me abrasaron con su ardor, una piel como oscuro topacio ahumado y otra de alabastro llenaron mis sentidos y me hicieron desear solo una cosa:

Más.

Retiré las manos de sus cinturas y las alargué hacia las cintas ya medio sueltas de mi camisola. Las solté del todo y me contoneé con sensualidad hasta que la parte superior cayó hasta mi cintura. Observé cómo las miradas de ambos se posaban en mi pecho agitado, así que deslicé mis manos hacia arriba por mi vientre y mis costillas para acunar mis senos y dejé caer la cabeza hacia atrás del placer.

Oí un gruñido grave procedente de mi derecha y entonces sentí que retiraban mi mano antes de que unos labios calientes se adhirieran a mi pecho palpitante. Una lengua abrasadora giró en torno a mi pezón endurecido y el palpitar se intensificó en pleno centro de mi ser.

Entonces sentí unos labios igual de calientes pero delicados sobre mi cuello y dejé escapar un gemido. Deslicé las manos a la parte de atrás de la cabeza de ambos, mientras mis caderas se levantaban por voluntad propia ante el arrebato de placer.

Lamieron y succionaron, saborearon y mordisquearon, y yo me deleité en sus atenciones. Exaltada por el lujo de todo ello. No obstante, yo también necesitaba saborearlos a ellos.

Me puse de pie con suavidad y mi camisola cayó al suelo, arremolinada en torno a mis pies. Me quedé desnuda por completo. Una vez más, oí un gruñido grave por parte de Vanian, esta vez seguido de una exclamación ahogada procedente de Beryn, y una sonrisa se desplegó por mis labios.

Me giré para mirar a los ojos de Vanian con una expresión entendida, antes de volverme hacia su mujer y ver el mismo deseo que sentía yo reflejado en sus ojos. Alargué una mano hacia cada uno de ellos y tiré para que se pusieran de pie conmigo, luego me giré hacia Beryn. La acerqué a mí, al tiempo que retrocedía contra Vanian, sintiendo el calor de sus cuerpos sobre mi piel desnuda y anhelante.

Con movimientos diestros, retiré hasta la última prenda de ropa de Beryn. Acaricié y manoseé cada zona a medida que las descubría, al tiempo que disfrutaba de las manos de Vanian que paseaban por mi cuerpo desnudo mientras exploraban sus curvas y encontraban tanto las zonas blandas como las más firmes. Cuando terminé de desvestir a Beryn, agarré la parte de atrás de su cuello con dedos seguros y le di un beso abrasador. Sus respiraciones se acompasaron con las mías mientras nos anhelábamos la una a la otra. Luego me giré hacia su marido.

Igual que había hecho con Beryn, retiré toda su ropa con una seguridad medida, deslizando los dedos y las palmas de las manos por su piel. Exploré la pelusilla de su pecho, la cincelada V de músculo por debajo de su cintura, y la larga y orgullosa protuberancia de su erección. E igual que había hecho él conmigo hacía unos instantes,

Beryn deslizó sus delicadas manos por toda mi piel, explorando. Fue un festín erótico para los sentidos.

Miré a los ojos de Vanian y le di un largo y apasionado beso. Luego me estiré hacia atrás y agarré ambas manos de Beryn para llevar una a mi pecho y la otra a la virilidad de su marido. Vanian bufó entre dientes y bombeó con sus caderas mientras yo me deleitaba en la erótica imagen de la mano más oscura de Beryn contra el tono porcelana de la de Vanian, de cómo cedía levemente la piel mientras ella lo acariciaba desde la raíz hasta la punta, cómo hacía girar el pulgar sobre la brillante humedad que la cubría y lo usaba para deslizarlo por el miembro.

Mi pezón se frunció y apreté contra la palma de la mano de Beryn, que frotó la mano contra mí para crear una fricción deliciosa que me hizo cerrar los ojos unos instantes.

Por todos los dioses. Estoy empapada solo aquí sentada mientras escribo esto. ¿Te imaginas cómo me sentía en ese momento, ahogada en deseo?

Cuando todos habíamos jugado un poquito, bajé hacia el suelo y me apoyé en los codos con las rodillas flexionadas, las piernas separadas. Vanian comprendió de inmediato la invitación y fue a colocarse entre mis muslos, antes de mirar a su mujer en busca de aprobación. Cuando ella contuvo la respiración y asintió, él me penetró y yo grité de placer. Me moví un poco, esforzándome por no interrumpir el fervor del ataque sensual de Vanian mientras urgía a Beryn a ponerse de rodillas. Tiré de ella más abajo hasta que su atractiva perla roja estaba a mi alcance. Imité lo que Vanian estaba haciendo conmigo con su gloriosa mujer, hasta que todos nosotros gemíamos y gritábamos a dioses que lo más probable era que no estuviesen escuchando.

Cuando Beryn y yo recuperamos nuestros sentidos, un poco, nos giramos hacia Vanian. Lo instamos a que se tumbara de espaldas y yo me coloqué a un lado de su cabeza mientras Beryn subía con movimientos sensuales por su cuerpo. Cuando estuvo posicionada sobre él, me incliné para apoderarme de su boca en un beso glorioso, justo cuando Beryn dejaba que su cuerpo bajara sobre el de él. Vanian dejó escapar un sonido gutural y yo moví la lengua al mismo ritmo que los movimientos giratorios de las caderas de Beryn.

Noté la tensión del cuerpo de Vanian a medida que su placer aumentaba y observé cómo un precioso rubor se extendía por la piel suave como la seda de Beryn. Sentí la necesidad de tocarla, por lo que me puse detrás de ella, y bajé hasta poder utilizar la pierna de Vanian para crear una fricción deliciosa en el centro de mi ser mientras cerraba una mano sobre el generoso pecho de Beryn y estimulaba su clítoris con un dedo de la otra.

En un santiamén, Beryn soltó un grito y el placer que percibí incitó mi propio orgasmo que me llevó directa a los cielos. Cerré la boca sobre la piel salada del hombro de Beryn para ahogar mi grito, y luego me eché hacia atrás para dejarle algo de espacio.

Sin embargo, daba la impresión de que Vanian no había terminado todavía.

Flexionó las rodillas y se arrastró hacia atrás, sin perder el contacto con Beryn en ningún momento mientras ella se seguía corriendo, luego le dio la vuelta y la penetró con fuerza. Beryn abrió los ojos de par en par y su boca se abrió en una exclamación.

Necesitaba observarlos, así que me puse cerca de sus cabezas, sin sentir culpa alguna por mi voyerismo, mientras contemplaba cómo Vanian daba placer a su mujer y a sí mismo. La embistió una y otra vez, al tiempo que deslizaba una mano debajo del trasero de Beryn para sujetarla más fuerte contra él. Ella tuvo otro orgasmo, su rostro una cosa encantadora de ver, y no pude evitar bajar la mano para poner a prueba mi propia receptividad a otra ronda.

Me mordí el labio mientras miraba a los ojos de Vanian y él emitió algo ininteligible antes de embestir a Beryn una última vez y luego arquear la espalda. El movimiento hizo que la pequeña mesita de pinturas se volcara sobre el suelo y nos salpicara a todos con un arcoíris de colores que me hicieron entrar en erupción una vez más.

Fue todo absolutamente glorioso y algo que no olvidaré pronto.

Cuando todo terminó, nos limitamos a quedarnos ahí tumbados sobre esa tela para cubrir el suelo, entre la pintura, mientras los colores convertían nuestras pieles en el lienzo. Beryn y yo apoyamos la cabeza en ambos pectorales de Vanian, sin dejar de acariciarnos, rozarnos y masajearnos los tres.

El retrato que pintó Vanian de mí cuelga ahora sobre la repisa de mi chimenea y cada vez que lo miro recuerdo aquella noche.

Y menuda noche fue.

Willa

EMIL DA'LAHR

Pieza vital del grupo de Poppy y Cas, Emil aparece en mis visiones de manera casi tan prominente como Kieran, pero siempre en la periferia y he de reconocer que no con demasiada claridad.

Pelo: ondas castañas rojizas.

Ojos: ámbar.

Constitución: esbelto.

Rasgos faciales: de una belleza asombrosa.

Personalidad: amistosa, de trato fácil. Muy ligón. Sarcástico y mordaz.

Hábitos/Costumbres/Fortalezas/Debilidades: muy bueno con un arco. Le gusta flirtear con Poppy para irritar a Casteel. Siempre parece estar donde está Vonetta.

Antecedentes: igual que Kieran, ayudó a Cas a recordar quién era y a recordarle que no era solo una *cosa* después de su cautiverio.

Familia: Quentyn = parentesco desconocido, pero comparten apellido.

EL VIAJE DE EMIL HASTA LA FECHA:

Emil viaja a Masadonia para alimentar a Cas mientras este se hace pasar por Hawke. Se ofrece a quedarse, pero Cas le dice que lo necesita en Evaemon para mantener un ojo puesto en Alastir y entorpecer sus planes.

Emil llega a New Haven con Alastir justo antes de la tormenta. En el mismo instante en que le presentan a Poppy, esta lo divierte mucho… en especial su descaro.

A mí también me encanta por eso.

Cuando Alastir le dice a Poppy que ya sabía de su existencia, que era la Doncella Elegida por los dioses, Poppy responde que eso debió sorprenderlo, visto que sus dioses están dormidos y no pueden elegir a nadie. Emil se muestra de acuerdo.

Cuando Alastir pregunta cómo un atlantiano pudo pasar tanto tiempo cerca de la Corona de Sangre sin ser descubierto (en aquel momento, todos seguían convencidos de que Poppy era atlantiana solo en parte, debido a que Cora o Leo tuviesen ascendencia atlantiana) y Poppy hace un comentario acerca de que eran bolsas de sangre, Emil se muestra de acuerdo con ella pero le lanza una mirada inquisitiva a Kieran cuando Poppy declara que no sabe cuál de sus padres era atlantiano.

Antes de la cena, Poppy saluda a Alastir con educación y el *wolven* hace un comentario al respecto, diciendo que ninguno de los otros presentes en la sala tiene modales. Emil sonríe.

Cuando se sientan a cenar, Cas revela que su prometida está molesta con él, y Emil bromea con que no es muy buena señal que ya la esté molestando cuando ni siquiera se han casado todavía. Mientras hablan sobre cómo se conocieron Poppy y Cas, ella les dice que Cas era su guardia, pero este la corrige y admite que en realidad se conocieron en un burdel. Gracias a una servidora, muchas gracias. Emil se atraganta con su comida.

Alastir le hace a Poppy más preguntas sobre su tiempo como la Doncella y dice que suponía que la *mantenían bien vigilada*, dado que estaban esperando a su Ascensión. Ella lo confirma, pero lo lleva más allá y dice que, en esencia, estaba enjaulada. Emil se sorprende de averiguar que estaba virtualmente encarcelada en su habitación durante todo el día, todos los días.

Pobre Poppy. La verdad es que no era más que una prisionera hasta que Casteel, básicamente, la raptó. Irónico, ¿verdad?

Emil parte hacia Spessa's End con Alastir después de que Casteel y él determinen que sería mejor viajar en múltiples grupos.

Cuando Beckett resulta herido, Emil hace llamar a un curandero, pero es Poppy la que lo cura. Emil se queda pasmado de ver el resplandor que emana de las palmas de las manos de Poppy.

Más tarde, cuando Alastir y Casteel discuten sobre obligaciones, Emil trata de aligerar la situación.

Cas revela que Poppy lo apuñaló en el pecho con una daga de heliotropo, y Kieran añade que lo hizo con intención de matarlo. Emil se pregunta cuántas veces le ha hecho sangrar Poppy a Cas.

Muchas, te lo aseguro. Pero esa es solo otra razón por la que son tan divertidos.

Emil interrumpe el momento sexy de Cas y Poppy para alertarlos de que el cielo está en llamas. Cuando la pareja llega a la terraza, Emil les cuenta lo que han visto y lo que ha sucedido, y les dice que Delano se ha adelantado para explorar. Se aventuran a subir al Adarve y cuando ven el cielo, saben que no significa nada bueno. Después, Emil les cuenta lo que han dicho los exploradores acerca del ejército Ascendido que se dirige hacia ellos, y de sus armas.

Se dirige a Poppy como *alteza* y ella se resiste. Emil y Naill le explican que está prometida a un príncipe y, por tanto, ella es una princesa; así es como son las cosas y ya está. Entonces, Emil le da la enhorabuena por su compromiso, pero como siempre con Emil, lo hace con un poco de sarcasmo. Llega a decir incluso que después de la boda tendrán que llamarla *majestad*, y le guiña un ojo a Poppy.

Si las miradas pudiesen matar al pobre chico, sería un montón de cenizas humeantes. A Cas no le gusta demasiado su actitud insinuante.

Emil cruza con el grupo las montañas Skotos. Cuando Poppy se pregunta por los peligros de sufrir una emboscada, él le contesta que no ha habido un ataque de Demonios tan al este desde la guerra. Con Jasper, Emil corta a través de la neblina.

Cuando llegan a los árboles de Aios y Jasper menciona las Cámaras de Nyktos, Emil comenta que es un templo justo al otro lado de los Pilares, y le dice a Poppy que debería visitarlo y ver su belleza.

El grupo se divide y acuerda reagruparse en Roca Dorada. Emil va con Jasper y Quentyn y, cuando se encuentran otra vez, le dice a Poppy que se alegra de que lograse cruzar y hace una reverencia desenfadada que irrita aún más a Cas. Intercambian historias de cómo pasaron la noche, y Emil menciona cómo temblaron las montañas. Cas admite que lo sintieron, pero no da más detalles, algo que no se le pasa por alto a Emil.

Después del ataque a Poppy en las Cámaras, Emil está ahí para ver cómo los *wolven* la rodean y cómo la reina renuncia a su corona y observa la escena con miedo. Mientras los *wolven* lloriquean y aúllan y ladran, Emil comenta que es probable que estén llamando a la ciudad entera. Eloana explica que los vínculos entre atlantianos y *wolven* se han roto y que los *wolven* están respondiendo a la llamada de Poppy. Emil retrocede aún más, asustado, y eso hace que uno de los *wolven* lo siga. Cuando se aprestan a atacar, Poppy les ordena que se detengan y los *wolven* se apaciguan. Emil le da las gracias por su interferencia tan oportuna.

Casteel le pide a Emil que consiga ropa para Delano y Kieran, y él hace lo que le pide su príncipe. Cuando averiguan que fue Beckett el que llevó a Poppy a las Cámaras y por tanto es responsable, Emil se marcha con Naill y con Delano a buscarlo. Lo que todavía no saben es que no fue Beckett sino el cambiaformas Jansen, que se hizo pasar por Beckett. Al pobre *wolven* joven ya lo habían matado.

Después de que Alastir se lleve a Poppy, Emil forma parte del grupo que la rescata de Irelone. Él y otros acompañan entonces a Valyn de vuelta a Atlantia.

Cuando Cas y Poppy llegan al templo de Saion, Emil se siente aliviado de verlos y se lo dice a Poppy, a la que vuelve a dirigirse como *alteza*.

A continuación, los informa sobre el grupo que trató de liberar a Alastir y dice que la cosa se puso un poco sangrienta cuando se encargaron de ellos. Emil le devuelve entonces a Poppy su daga, tras explicarle que la encontró debajo de un árbol de sangre cuando fue con otros hombres a buscar pruebas.

Después de que Cas encuentre a Alastir, Emil va en busca de Kieran y de Poppy. Les dice que Alastir cree que Poppy está muerta y que ellos no lo corrigieron en su suposición.

De camino a esperar a que Cas los llame, Emil se fija en que Poppy actúa de manera extraña y le pregunta si se encuentra bien. Ella le dice que sí. Luego descubrimos que ahí fue cuando oyó la voz de Kieran en su cabeza por primera vez.

Emil, Naill y Quentyn se marchan del templo de Saion temprano, antes que el resto del grupo. Más tarde esa noche, Emil comparte cena con el grupo en la residencia de los Contou, donde hablan sobre Iliseeum.

De camino a la capital, Emil y Naill van discutiendo sobre todo tipo de cosas, desde whisky hasta armas. Siempre se están incordiando, pero está claro que todo lo hacen con cariño. Los dos tienen una relación muy muy estrecha, lo cual es evidente para cualquiera que los vea.

Cuando Poppy menciona que le gustaría ir subida en su propio caballo, Emil va en busca de uno para ella y dice que encontrará uno que sea digno de su belleza y fuerza, flirteando con ella como hace siempre, lo cual despierta la ira de Casteel. Emil regresa enseguida con Tormenta.

Los Arcanos y los *gyrms* atacan y Emil lanza una daga. Una vez que consiguen tomarse un respiro, Emil se pregunta qué pretendían lograr los Arcanos. Después hace conjeturas acerca de quién podría haberlos informado sobre dónde estarían y sugiere que es probable que fuese alguna persona de la posada de Tadous o alguien que hubiese visto a Arden de camino a Evaemon.

Cuando el grupo se acerca más al palacio, Emil se adelanta para anunciar la llegada del grupo. Después los espera justo a la entrada del templo con al menos diez guardias. Cuando Cas y Poppy se acercan a la reina Eloana, Emil hace una reverencia como todos los demás. Es testigo de la transferencia de coronas y luego acompaña a la pareja por todo el palacio hasta que llega la hora de la reunión del Consejo. La verdad es que no recuerdo que Emil estuviese ahí cuando lo estábamos todos, pero supongo que esa es señal de un buen guardia.

Emil se reúne con Poppy, Casteel, Kieran, Vonetta y Delano para realizar el viaje a través de los túneles hasta Iliseeum. Comenta que ni siquiera sabía que *hubiera* túneles debajo de Evaemon, y luego dice que solo van a Iliseeum porque ninguno de ellos tiene sentido común. Después añade que le encantaría evitar ser asfixiado hasta la muerte por la neblina, si es que es posible.

En los túneles, el suelo se hunde bajo los pies de Vonetta, y Emil la atrapa mientras cae. Sobre el estómago, con ella apenas sujeta, le dice a todo el mundo que la tiene «más o menos», y le insta a Netta para que agarre la mano de Kieran. Pero ella no llega. Entonces, Emil siendo Emil le dice que se tirará detrás de ella si cae y así podrán averiguar juntos lo que de verdad hay debajo de los túneles. Cuando ella señala que los dos estarían muertos, Emil le dice que es solo semántica. El túnel empieza a agrietarse bajo el peso de Emil, pero Poppy por fin utiliza su *eather* para salvarlos.

En marcha de nuevo, el camino se estrecha por delante de ellos y no logran ver lo que hay al otro lado de la neblina. Emil expresa en voz alta su esperanza de que no sea un *draken* dispuesto a brasearlos. Una vez en Iliseeum, unos géiseres de tierra empiezan a brotar por todas partes a su alrededor y

Emil comenta que eso es bastante grosero antes de asomarse dentro de uno de los agujeros. Suelta una maldición pero no dice nada más. Cuando todos ven las manos y los cuerpos esqueléticos que emergen de ellos, Vonetta lo regaña por no advertirlos, y él se disculpa. Mientras luchan con los soldados de la consorte, Emil informa a los demás que cortarles la cabeza no funciona, algo que ya era obvio para la mayoría. Vonetta comenta que Emil es un desastre y él le dice que es preciosa (un ligón, incluso en el fragor de una batalla). Aparecen cientos de esqueletos más, y Emil lucha espalda con espalda con Vonetta. Cuando las serpientes de humo emergen de las bocas de los soldados, Emil declara que se arrepiente de haber ido con ellos.

Cuando Poppy utiliza su *eather* para derrotar a los esqueletos y luego les dice que deberían ponerse en marcha antes de que lleguen más, Emil comparte su esperanza de que no sea así. Mientras contempla la preciosa ciudad de Dalos, Emil comenta que supone que es probable que el Valle tenga justo ese aspecto. Por suerte, siguen mi consejo y no se aventuran a entrar en él. Los que lo hacen, no regresan.

Cuando continúan hacia el Templo y ven las grandes estatuas de los *drakens*, Emil menciona que si una cobra vida, él saldrá de ahí al instante, y que jamás habrían visto a un atlantiano correr más deprisa. Cuando Poppy toca una de las estatuas y la piedra se agrieta para revelar un brillante ojo azul con una pupila vertical, Emil le grita a todo el mundo que huya.

De vuelta en el mundo mortal, tienen una reunión durante la cena para hablar de su viaje a Oak Ambler. El plan es dividirse en dos grupos: Emil y Lyra se harán pasar por Poppy y Cas en un grupo que se dirigirá por tierra hacia las puertas orientales del castillo de Redrock, mientras que Poppy, Cas y los otros llegan por mar.

Por desgracia, el plan falla para todos ellos y los Ascendidos apresan a Emil, Naill, Hisa, Vonetta y Lyra. Cuando todos se reúnen de nuevo, Emil le dice a Poppy que no pasa nada por que abrace a Tawny.

Cuando la reina realiza su demostración sobre los Retornados, en la cual mata a Millie y hace que todos sean testigos de cómo se levanta de nuevo, Emil dice a las claras que son una abominación para los dioses.

Después contempla horrorizado cómo asesinan a Ian y es testigo de la furia primigenia de Poppy. Más tarde, en el bosque a las afueras de Oak Ambler, le dice que Tawny está herida pero viva y que la hemorragia se ha cortado. Mientras tratan de asimilar todo lo ocurrido, Vonetta y él comparten una bebida de una cantimplora y pregunta cuál es el plan. Cuando Poppy revela que es una diosa y tiene confirmación de ello, Emil alarga la mano hacia la cantimplora de nuevo.

Emil, Delano y Vonetta acompañan a Poppy de vuelta a Oak Ambler para reunirse con Jalara. Cuando se separan, Poppy le dice a Emil que tenga cuidado. Más tarde, Emil le dice a Delano que está seguro de que puede eliminar a los veinte guardias de la muralla norte. Cuando vuelve a reunirse con el grupo, comenta abiertamente su furia y su repugnancia por lo que encontraron en el Adarve. Naill arrastra la espada por la pared lateral de los barracones para llamar la atención de los guardias y Emil dice: «Bueno, esa es una manera de hacerlo».

Kieran pregunta cuándo van a dejar los mortales de referirse a los *wolven* como perros extragrandes, y Emil responde que no conocen la diferencia, después escupe sobre un hombre que había intentado apuñalar a Netta.

El grupo se topa con un puñado de Demonios y Emil pregunta por qué los Ascendidos querrían tener una cuadra de ellos. Poppy le dice lo que hacían creer a los mortales de Solis y supone que es probable que dejen salir a los malditos de vez en cuando para aterrorizar a los lugareños. A Emil le sorprende que la gente puede creer de verdad semejantes mentiras.

Cuando por fin regresan de Oak Ambler, Emil acompaña a Vonetta a ver a Poppy y no pierde la ocasión de hacerla rabiar con una profunda reverencia y llamándola *alteza* de nuevo. Cuando ella le pregunta si piensa seguir haciendo eso, su única respuesta es que «Es probable».

Después de cumplir con su misión de hacer correr la voz sobre Poppy y los atlantianos, Vonetta informa de que fue bien. Les dice que le ha comunicado a un montón de personas lo del matrimonio entre Poppy y Casteel, y lo del hecho de que Poppy sea una diosa. Emil afirma que le hubiese encantado estar ahí para ver sus reacciones. Poppy dice que no se merece ningún crédito por cómo fueron las cosas, porque fue idea de Casteel sacar a la luz las mentiras de los Ascendidos. Sin embargo, Emil le recuerda que fue idea de ella extender la noticia de que es una diosa, por lo que ella también merece reconocimiento.

Mientras hablan sobre lo que significa ahora que se ha revelado la verdad, Vonetta hace ademán de agarrar una tira de beicon, pero Emil se la quita delante de las narices. Ella se muestra de lo más ofendida. Yo haría lo mismo. El beicon es la respuesta a todo, y esa respuesta siempre es que sí, pero Emil se ofrece a compartirlo con ella. Cuando Vonetta le pregunta por qué está Emil ahí para empezar a hablar, él le dice que es porque la echaba de menos. Está claro que ella no le cree, y Emil les dice a todos que ha ido porque han recibido una misiva del duque y la duquesa de Ravarel. Las únicas palabras son: *No aceptamos nada* (en respuesta a la esperanza de poder negociar que albergaba Poppy).

Emil entra para encontrar a una mujer que grita y a la que él llama *la viuda*. Poppy le dice que se llama Vessa, pero que la vieja bruja acaba de intentar apuñalarla. A continuación, Poppy pide que recluyan a la mujer en algún lugar seguro. Emil se pregunta por qué no la meten en una celda, pero Poppy le dice que le preocupa la avanzada edad de Vessa y quiere asegurarse de que no sufre ningún daño.

Por desgracia, es algo de lo que se arrepentirá más tarde.

Emil se reúne con Kieran y con Perry para entregarles la caja cerrada procedente de la Reina de Sangre. Explica que la ha entregado un guardia real, que dijo que era para la reina de Atlantia, de parte de la reina de Solis, y que luego se cortó su propio cuello en el mismo momento que dejó de hablar.

Cuando Poppy echa su sangre sobre el cierre de la caja, una sombra emana de la caja y Emil suelta una maldición y luego dice una pequeña oración cuando ve lo que hay en su interior: el dedo de Casteel con su alianza de boda. Emil, Naill y Vonetta salen luego al bosque de pinos para encargarse con gran respeto del contenido de la caja.

Mientras escribo estos detalles, me estoy fijando en una tendencia con Emil: parece ser el que se encarga de las tareas duras para ahorrárselas a las personas que le preocupan. Tal vez se esconda detrás de una máscara de sarcasmo y una actitud poco seria, pero tiene un gran corazón.

Después de la tragedia de la tormenta de Vessa, y la subsiguiente ejecución del castigo por parte de Poppy, Emil menciona al dios de la muerte (al que él llama Rhain) cuando hablan. Reaver lo corrige y dice que él nunca fue un dios de la muerte, solo un Primigenio de la Muerte. Como sabemos, Rhain es el dios del hombre común y los finales.

Cuando empiezan a hablar de Retornados y de Kolis, Emil le confirma a Reaver que los Elegidos eran los terceros hijos e hijas.

Emil está presente durante la reunión informativa con los generales, y sirve vino y agua para aquellos que los quieran. Cuando Lizeth llama a Poppy *Liessa*, hacen una reverencia todos, incluido Emil. Más tarde, cuando Valyn pregunta qué pasó en Oak Ambler, Emil les dice que bien pueden volver a arrodillarse, porque a Valyn no le va a gustar y es probable que Poppy se ponga toda Primigenia con ellos otra vez.

Cuando parten hacia Oak Ambler, Emil y una pequeña horda de guardias flanquean a Poppy. Se encuentran con un grupo de personas que abandona la ciudad y Emil se pone alerta cuando Poppy se detiene a hablar con ellos. Cuando uno mete la mano en sus alforjas, Emil hace ademán se desenvainar la espada para protegerla, pero Poppy lo detiene. A medida que averiguan más detalles, Emil comenta que dos Ritos seguidos no es algo normal… y que es preocupante.

En las puertas de Oak Ambler, los guardias del Adarve no creen que Poppy sea quien dice ser, pese a su insistencia y a los copiosos estandartes reales. Cuando le faltan al respeto de manera descarada, Emil deja muy claro que espera tener la oportunidad de matar al más bocazas. Cuando Forsyth recalca el hecho de que los atlantianos proceden de un reino sin dioses, Emil señala que es una ironía dolorosa que los Ascendidos digan que ellos no tienen dioses.

Después de que Nithe suelte una bocanada de fuego y de que los mortales despejen el Adarve, Emil informa a Poppy cuando desaparece el último. Se abren paso luchando, Emil y Kieran con espadas, al tiempo que Emil advierte a todo el mundo sobre los arqueros del castillo.

Una vez que las cosas se calman, Poppy les dice a los *drakens* que encuentren un lugar seguro donde descansar; Reaver elige el punto más alto del castillo de Redrock. Emil se muestra espantado cuando ve el lugar donde ha decidido instalarse el *draken*.

Más tarde, en las cámaras de debajo del castillo de Redrock, Emil insta al guardia, Tasos, hacia donde se refugian los Ascendidos durante el día. Ven a un montón de sirvientes muertos y, al cabo de un rato, se topan con una horda de Demonios. Luchan para intentar llegar hasta Arden. Por desgracia, cuando por fin llegan hasta el *wolven*, está muerto. Tras descubrir las cámaras adicionales con todos los cuerpos de los Elegidos a punto de transformarse, Emil se ofrece a encargarse de ellos, y dice que los cubrirá y se encargará de que sea rápido.

Otra vez encargado de las tareas duras.

Al llegar a la sala de las estalactitas, Emil discute con Naill acerca de si es una palabra real. Esos dos serían capaces de discutir sobre si el cielo es azul, lo juro.

Cuando el general Cyr les dice que un grupo de residentes desea marcharse, Emil está de acuerdo con Poppy y con Vonetta en que debería permitírseles. Mientras planean el rescate de Cas, Emil sugiere que Poppy, Kieran y Reaver lleven whisky con ellos como método de distracción y forma de asegurarse de que cualquiera que pare no los mire con demasiada atención. Cuando están a punto de partir y Poppy le dice a Vonetta que confía en ella para que gobierne en su ausencia, Emil pregunta que por qué no lo ha nombrado a él. Vonetta vuelve a llamarle un «desastre», y él se burla de ella diciendo que a Netta le gusta el tipo de desastre que él es... lo cual significa que *él* le gusta. Emil hace una reverencia entonces en dirección a Poppy y le dice que vaya en busca de su rey.

Después de rescatar a Cas, Emil se reúne con ellos en Padonia. Cuando Cas abraza a Delano y a Netta, Emil pregunta si lo ha echado de menos, a lo cual Cas contesta que no ha pensado en él ni una sola vez (no te preocupes, luego recibe un gran abrazo del rey). Emil se gira entonces hacia Poppy para decirle que sabía que sacaría a Cas de ahí y pone la mano de la reina sobre su propio pecho con armadura mientras la mira con respeto. Cuando hablan de Malik, Emil comenta que no tiene para nada el aspecto que esperaba (es decir, el príncipe tiene aspecto saludable y no parece un cautivo), y pregunta si es verdad que Malik no quería volver con ellos. Cas le dice que es complicado.

A medida que el Adarve de Padonia se alza ante sus ojos y Poppy señala lo bonitas que son las glicinias, Cas dice que deberían arrancarlas. Emil está de acuerdo porque están debilitando el Adarve, y añade que han derruido la muralla del este en algunas zonas. Cuando Poppy pregunta por los Ascendidos que dirigían el lugar, Emil le cuenta que se habían marchado antes de que su gente llegara, igual que en Whitebridge y en Tres Ríos. Cas pregunta más acerca de eso y Emil les dice que los Ascendidos huyeron de Tres Ríos, aunque por suerte dejaron con vida a los mortales.

Mientras repasan más de lo sucedido durante el tiempo que los grupos estuvieron separados, Emil le dice a Poppy que su plan funcionó y que la gente oyó lo que había sucedido en Massene y en Oak Ambler antes de que ellos llegasen a Tres Ríos siquiera. Poppy lo corrige y le dice que era el plan de *todos ellos*, no solo suyo, y Emil se sonroja ante el reconocimiento.

No se muestra tan humilde cuando Poppy elogia a Vonetta por cómo manejó a los ejércitos y la *wolven* responde que tuvo ayuda. En esa ocasión, Emil sugiere que *él* fue lo mejor de esa ayuda.

Justo antes de que Valyn y Malik se reencuentren, Casteel les pide a Emil y a Naill que mantengan un ojo puesto en su hermano. Los hombres se lo toman a pecho y colocan a Malik de manera estratégica entre ambos durante la cena. Cuando Sven y el general Aylard le echan en cara a Valyn que se guardase la verdad acerca de la Corona de Sangre, Emil comenta que las cosas se están poniendo un poco incómodas. Cas amenaza entonces a Aylard, y Kieran afirma que las cosas están a punto de ponerse aún *más* incómodas, lo cual hace reír a Emil. Después de la cena y tras un gesto afirmativo por parte de Casteel, Naill y Emil acompañan a Malik fuera de la sala.

Después de una pelea con los Demonios en el Bosque de Sangre, Emil comenta que los árboles están rezumando y pregunta qué es. Perry se burla de él y dice que va en el nombre: árboles *de sangre*, lo cual repugna por completo a Emil, que se apresura a limpiarse las manos en los pantalones. Reaver se une a ellos y Emil le dice que es un detalle que por fin haya aparecido… hasta que el *draken* se gira a toda velocidad hacia él. *Entonces*, le dice que está contento de verlo.

El chico parece que tiene ganas de morir, lo juro. Un día de estos, su boca lo va a meter en un serio problema. Cuanto más sé de él, más lo quiero, pero…

Poppy ejecuta el hechizo localizador y todos observan con una curiosidad embelesada. Cuando las llamas brotan con intensidad, Vonetta retrocede contra Emil y dice que le parece que tiene cierta belleza. Emil se limita a lanzarle una mirada y sacude la cabeza.

La verdad es que estos dos son una pareja de la que estar pendientes. Su relación, sea la que sea, no es muy conocida todavía, pero tampoco es que sea un secreto, exactamente. Y me da la sensación de que va a evolucionar de una manera encantadora. Esto no tiene nada que ver con la videncia. Es pura intuición femenina.

Emil está más que disgustado cuando el grupo se encuentra con un puñado de *gyrms* otra vez. La conversación gira hacia la razón por la que tienen la boca cosida, y Poppy dice que eso es bueno, visto que si la tuviesen abierta las serpientes de su interior saldrían reptando por ellas… cosa con la que pronto tienen un encuentro en primera persona. Cuando uno de los *gyrms* emite un gemido grave, Emil se muestra espantado, y lo dice, aunque no tan horrorizado como cuando las serpientes salen a jugar.

Emil pasa la noche de la Unión con Vonetta. Por todos los dioses, cómo desearía haber podido ser una mosca en la pared durante *esa* nochecita de placer.

Durante el viaje al Templo de Huesos, Emil menciona que los habitantes de Solis deben de estar sorprendidos de que los atlantianos no se parezcan a los Demonios, como los habían llevado a creer. Cuando llegan al templo, Emil y Naill descargan el féretro de Malec y entonces Malik llega para ayudarlos a transportarlo. Ya con Isbeth, contemplan cómo esta se inclina para besar a Malec, y Emil no puede reprimirse de comentar lo repugnante que es eso.

Cuando Isbeth apuñala a Malec, se libera una onda expansiva y el suelo empieza a temblar y a ceder. Emil afirma que jamás había visto a un *wolven* huir de nada hasta entonces y se fija en que algo emerge de uno de los agujeros del suelo. Alerta a los otros y todos empiezan a luchar contra los *dakkais*. Emil utiliza sus reflejos rápidos para librarse por poco de ser herido. A medida que se desarrollan los acontecimientos, Emil avisa a los otros de que están llegando aún más *dakkais*. Uno raja el pecho de Naill de arriba abajo y Emil arranca a la criatura de su amigo, devastado por lo que ve. Aunque no tiene tiempo de lamentos. La batalla continúa. Mientras lucha contra un Retornado, una lanza atraviesa el pecho de Emil y este muere.

Sin saber lo que ha ocurrido entremedias, Emil se encuentra de repente vivo y curado y de pie al lado de Hisa; la única evidencia de lo que ha pasado es su ropa ensangrentada y desgarrada y su armadura destrozada, que se apresura a quitarse. Mientras Nektas le cuenta a Poppy la historia de los mundos, Emil y los otros se acercan a ellos.

Es solo el principio. Y después de todo, el conocimiento es poder.

Casteel le encarga a Emil que calme y asegure Wayfair mientras Poppy se sume en su estasis, algo que a Emil le resulta fácil de hacer. Lo que no es tan fácil es asimilar que los dioses se han despertado.

Cuando Kieran y Cas regresan con Poppy en estasis, Emil les dice que los *wolven* están protegiendo el recinto con Hisa y la guardia de la corona, y que él se ha asegurado de que nadie vaya a interrumpirlos.

Le pregunta a Cas qué quiere hacer con los Ascendidos y asiente cuando Cas le dice que los mantengan bajo arresto domiciliario.

Emil pregunta qué hacer con Valyn, y Cas le dice que le envíe un mensaje a Padonia pero que suprima las partes sobre Poppy.

Antes de partir, Emil le pide a Casteel que le diga a Poppy cuando despierte que tiene su devoción eterna y su más absoluta adoración. Cas lo llama imbécil, Emil se ríe y luego se marcha.

Cuando regresa más tarde con Kieran, descubren que Cas se ha transformado en gato de cueva y parece a punto de comérselos. Emil capta la indirecta y se marcha cuando Kieran le insta a hacerlo.

Queridísima Netta:

Deja que empiece por reconocer que arriesgo el pellejo al escribirte si cierto hermano sobreprotector tuyo intercepta este mensaje. Recemos los dos a los dioses dormidos por que eso no ocurra, pues prefiero que mi corazón y otras partes (mucho más interesantes) permanezcan intactas y en pleno funcionamiento.

Sin embargo, lo que tengo que decirte merece la pena el riesgo.

Sé que disfrutas de mi compañía. O, más bien, de lo que una vez llamaste y yo cito textualmente, mi lengua profundamente pícara y talentosa. También sé que crees que mi interés por ti no es más que físico. Aunque desde luego que el lado físico me interesa, me he dado cuenta de que es algo más que solo no pasar la noche solo o tener sexo.

La cosa empezó cuando descubrí que, en cuanto me alejaba de ti, en lo único que podía pensar era en cómo sabes y en tus suspiros. Tus besos. Tu calor húmedo. Tu risa. Que los dioses se apiaden de mí, estoy empezando a sonar como Cas, pero es verdad. Puedo saborear tu risa. Es suave y dulce, con un toque de picante y, aunque suena del todo ridículo, nada de lo que sentí cuando el suelo cedió bajo tus pies en los túneles podría describirse como tal.

Se me paró el corazón.

Joder, se me paró en seco, Netta.

Nunca había tenido tanto miedo: jamás en mi vida. Y créeme, he tomado parte en muchas cosas que me han causado grandes dosis de miedo. Pero nada podría compararse con la idea de no volver a oír tu risa nunca más, de no volver a ver tu sonrisa, o incluso de no volver a ser la víctima de tus ingeniosos insultos cortantes. No hay nada pasajero en eso.

Me importas, Netta. Mucho. Y debido a ello, siento que debo ser sincero antes de que nos encontremos buscando placer el uno con el otro, ya sea en casa o en la carretera. Quiero más que solo unas pocas horas de pasada. Te quiero a ti. Hoy. Esta noche. Mañana. Quiero ver lo que el futuro tiene reservado para nosotros.

He de reconocer que me da un poco de miedo compartir esto contigo. Hacerlo podría terminar con nuestra relación antes de que incluso hubiese una relación. Pero no puedo continuar como hemos estado haciendo si tú no te encuentras también deseando ver el aspecto que podría tener el futuro para nosotros.

Si no es así, respetaré y honraré tus deseos. Pero por mucho que mi libido me esté maldiciendo por admitir esto, no creo que pueda continuar como hemos estado hasta ahora. Creo que mis sentimientos hacia ti solo aumentarían y eso no sería justo para ninguno de los dos.

Así pues, ¿a dónde vamos desde aquí, Netta? Depende de ti. He pensado que sería mejor evitar cualquier incomodidad innecesaria. Si no vienes a verme en un futuro próximo, daré por sentado que he recibido tu respuesta.

Atentamente,

Emil

P.D. Estabas absolutamente deslumbrante esta mañana, vestida con esa túnica azul.

VONETTA CONTOU

Lo reconozco, Vonetta no era más que la hermana de Kieran para mí durante muchísimo tiempo. Sin embargo, cuando empezó a acompañar a Casteel y a Poppy en sus misiones y al final se convirtió en regente de la corona, empecé a verla cada vez más, y sospecho que eso continuará.

Pelo: trencitas negras, estrechas y apretadas; le llegan hasta la cintura.

Ojos: azul invernal.

Constitución: alta.

Rasgos faciales: piel del color de las rosas de floración nocturna. Rostro anguloso. Pómulos anchos. Boca carnosa.

Rasgos distintivos: risa ronca femenina.

Otros: sesenta años más joven que su hermano, así que tiene unos ciento cuarenta años.

Personalidad: amistosa, de trato fácil. Amable. No aguanta a los tontos cuando de hombres se trata.

Hábitos/Costumbres/Fortalezas/Debilidades: le encanta la fruta confitada y se la exige a Kieran cuando este la enfada. Cocina fatal. Rápida con una espada. Le resultaba difícil creer que *alguien* pudiese ser inocente en Solis hasta que conoció a más Descendentes.

Rasgos preternaturales: de tono beige/arena/pardo en su forma de *wolven*, pero más pequeña que Kieran. Su impronta es silvestre, como roble blanco y vainilla.

Antecedentes: guardia del Adarve de Spessa's End. Ayudó a Casteel a recordar quién era y a no olvidar que no era una cosa después de su cautiverio.

Familia: madre = Kirha Contou. Padre = Jasper Contou. Hermano = Kieran. Hermana = bebé recién nacida, aún sin nombre. Tía = Beryn.

EL VIAJE DE VONETTA HASTA LA FECHA:

La primera vez que me fijé en Vonetta en mis visiones e investigaciones fue cuando conoció a Poppy en la residencia de los Contou.

La primera vez que ve a Poppy, le dice que puede llamarla Netta, y regaña a su hermano por no decirle a la futura reina que tiene una hermana. Cuando se dan la mano, Vonetta siente la misma descarga de electricidad estática tipo relámpago que han sentido los otros *wolven*. Y, al igual que su hermano, le dice a Poppy que huele a algo viejo, aunque no a muerte como dijo Kieran.

Netta observa mientras Poppy cura a Beckett y, como los demás, cree que puede provenir del linaje de Guerreros Empáticos.

La *wolven* se deja enredar por Poppy para realizar una sesión de entrenamiento y le lleva un vestido que ponerse para su boda al día siguiente. Poppy le pregunta acerca de la Unión cuando hablan, y Vonetta le explica lo que sabe: sobre todo que es algo que fortalece el vínculo. Añade que no siempre debe ocurrir en la boda (puede realizarse antes o después), que no siempre es sexual y que nunca es extraño ni incómodo. También dice que nadie *espera* que Poppy la haga.

Mientras Vonetta ayuda a Poppy a prepararse, esta se lamenta de ser la razón de que todo lo que han construido en Spessa's End esté ahora en peligro y se disculpa por llevarles problemas. Vonetta la tranquiliza y le asegura de que no es culpa suya, como tampoco lo es la inevitable batalla.

Cuando Vonetta añade joyas al conjunto de Poppy, explica que los diamantes son tradicionales y que son lágrimas de alegría de los dioses a las que se ha dado forma.

Llevarlos significa que los dioses están con alguien, aunque ellos duerman.

Poppy hace preguntas sobre lo que ocurrirá después de la boda. Vonetta le cuenta que, una vez que Cas y ella lleguen a Evaemon, el rey y la reina exigirán una celebración en honor de Poppy (una que durará días) para poder presentarla.

Cuando llegan la duquesa de Teerman y sus caballeros y se produce un enfrentamiento, la pata derecha de Vonetta resulta herida en la batalla. Una vez que las cosas se asientan y los otros se ponen en marcha, Vonetta se queda en Spessa's End, aunque planea volver a Atlantia pronto para el cumpleaños de su madre y el nacimiento de su nueva hermanita.

Vonetta llega al Palacio de la Cala para informar a los Regios, a Cas y a Poppy de que ha llegado un grupo de Ascendidos a Spessa's End, y solicitan una audiencia con Casteel y con Poppy. Dice que Ian encabeza al grupo e informa a Poppy de que, en efecto, su hermano ha Ascendido. Tanto ella como su hermano sienten el dolor de Poppy al oír la noticia.

Los hermanos informan a sus padres de que van a regresar a Spessa's End. Es un viaje arduo, y Vonetta está exhausta cuando llegan. Además, todavía está descolocada por el hecho de que puede oír a Poppy en su cabeza.

Después de hablar con Ian, Vonetta se pregunta si él le dijo a Poppy que despertase a Nyktos con la esperanza de que el Rey de los Dioses matara a su hermana. En cualquier caso, se da cuenta de que Cas y Poppy se lo están planteando de todos modos, así que ella tendrá que lidiar con lo que pase.

En Evaemon, Vonetta muestra algo de hostilidad hacia Perry. Dados los últimos acontecimientos, está en un plan un poco sobreprotector desde que los amigos de Cas lo han traicionado. También decide encargarse de ser la sombra de Poppy durante su primer día en palacio, mientras esperan a la transferencia de coronas.

Vonetta, en forma de *wolven*, se une al grupo de guardias durante la reunión del Consejo. Recuerdo verlos a ella y a su hermano en forma de *wolven* aquel día. Son absolutamente preciosos y majestuosos. Cuando Ambrose se niega a inclinarse ante Poppy, y Cas le dice que o bien se inclina ante su reina, o bien sangra ante ella, Vonetta se muestra de acuerdo con un gruñido grave.

Como no quiere perderse la oportunidad de ver Iliseeum, Vonetta se une al grupo que viaja a la Tierra de los Dioses. Durante el viaje, pregunta por mi diario y dice que podría estar interesada en leerlo (como debe ser). Justo cuando lo hace, el suelo desaparece bajo sus pies y ella cae. Por suerte, Emil la atrapa y Poppy es capaz de utilizar su *eather* para izar a Netta hasta lugar seguro.

Cuando pasan a través de la neblina y brotan esos soldados esqueléticos del suelo, Vonetta regaña a Emil por no advertirles de lo que había visto en el agujero y le dice que es un desastre después de que él la llame preciosa en medio del caos. Mientras el grupo lucha contra los esqueletos, Vonetta pelea espalda con espalda con Emil, hasta que Poppy por fin termina con ellos mediante su poder.

Mientras contempla Dalos, Vonetta se pregunta si habrá dioses despiertos. Después, al percatarse de lo que cubre el suelo, comenta que están caminando sobre diamantes.

De vuelta en el mundo mortal, planean el viaje a Oak Ambler y Vonetta acepta ir con el grupo que llegará por tierra. Por desgracia, los Ascendidos los capturan antes de que logren avanzar demasiado.

Durante la demostración de la Reina de Sangre con la Retornada, Vonetta confirma que Millicent está muerta después de que el caballero le atraviese el pecho con un cuchillo largo. Le dice al grupo que no hay pulso y que huele a muerte.

En el bosque a las afueras de Oak Ambler, después de que hayan hecho prisionero a Cas, Vonetta le enseña a Poppy la herida de Tawny y la tranquiliza asegurándole que recuperarán a Cas. A pesar de esas afirmaciones, Poppy pierde el control de su poder y lanza a Vonetta hacia atrás por acto reflejo.

Cuando Poppy se siente mal por ello más tarde, Vonetta le dice que no se lamente.

De vuelta en la capital, Netta sigue a Poppy en forma de *wolven* a encontrarse con la reina madre, y planea quedarse hasta que lleguen sus padres y su hermanita recién nacida.

Vonetta pasa la noche con Emil (y la ven separarse de él, del todo saciada).

Netta acompaña a Poppy cuando vuelve a Oak Ambler para entregar su mensaje en forma de cabeza del rey Jalara.

Durante la captura de Massene, Vonetta ataca primero desde la Tierra de Pinos tras abrir Poppy la puerta oriental; después ataca encantada y mata a un guardia que provocó a Poppy hablando de violarla. En el interior de la fortaleza de Cauldra Manor, Vonetta, Delano y Sage se dirigen a las cámaras subterráneas y guían a Poppy hacia ahí.

Después de entregar el mensaje de los atlantianos a los mortales en cuanto a lo que viene hacia ahí y de buscar a más Descendentes para unirlos a su causa, Vonetta regresa y le dice a Poppy que parecía que la gente estuviese preparada para que alguien hiciese algo acerca de los Ascendidos. También le cuenta que le dijo a la gente que la Doncella no solo se había casado con el príncipe atlantiano, sino que también es una diosa.

Poppy le pide que se convierta en la Regente de la Corona, y Vonetta acepta, pero no está contenta con quedarse atrás cuando van a rescatar a Cas.

Cuando llega la caja mágica procedente de la Reina de Sangre con el dedo de Casteel, Netta, Naill y Emil se encargan del contenido. Más tarde, cuando va a ver cómo está Poppy, hablan de Ian y de Isbeth. Vonetta comenta que Ian era educado y cálido; nada parecido a lo que esperaba. Luego relata las historias que le contó Ian.

Más tarde, durante un momento con Reaver, Vonetta pregunta quién era el dios de la muerte antes que Rhain. El *draken* le dice que nunca hubo un dios de la muerte, solo un

Primigenio de la Muerte. Netta comenta entonces lo similares que son los nombres de Kolis y Solis, y le pregunta a Reaver por qué la magia de Kolis solo funcionaba con los terceros hijos e hijas. Lo que no sabe es que no era así. Funcionaba también con otros, solo que era… diferente.

Cuando llegan los ejércitos atlantianos, unos doscientos mil en total, Vonetta informa de ello a Poppy y sugiere que se ponga la corona para dirigirse a su gente. Después se marcha para encabezar a los *wolven* y guiarlos al interior de la ciudad y ayuda a asegurar el templo.

Después de que encuentren a los sacerdotes y las sacerdotisas Ascendidos en las cámaras subterráneas del castillo de Redrock, Vonetta empuja un momento a uno de los Ascendidos hacia un rayo de sol después de que el *vampry* intente morderla repetidas veces. Cuando descubren la sala llena de niños asesinados, le pregunta a Poppy qué van a hacer con el templo y está de acuerdo en que deberían limitarse a reducirlo a cenizas.

Más tarde, le dice al general Cyr que, si la gente quiere marcharse de la ciudad, deberían permitírselo. Poppy está de acuerdo con ella. Después, Vonetta le da confianza a la nueva reina antes de que le hable a la multitud.

Mientras hacen planes para separarse, Vonetta promete cuidar de Tawny por Poppy, y quedan en encontrarse de nuevo en Tres Ríos.

Vonetta y los ejércitos toman New Haven y Whitebridge mientras Poppy está ausente.

Después del rescate de Casteel, Vonetta se encuentra con el grupo a las afueras de Padonia y saluda a Cas en forma de *wolven*. Él le dice que la ha echado de menos; luego Vonetta va a saludar a Poppy antes de regresar a la ciudad antes que todos los demás.

Una vez que todo el mundo está instalado, Vonetta lleva a Tawny a ver a Poppy y le explica que Gianna y ella le han estado enseñando a luchar, y destaca que la joven aprende deprisa.

Cuando Poppy le pide a Vonetta un abrazo sobre dos piernas en lugar de sobre cuatro, Netta se ríe y le da ese gusto. Poppy la felicita por haber liderado a los ejércitos de manera espectacular y ella responde que no lo hizo sola.

Más tarde, mientras hablan, Vonetta comenta que, con el tiempo, Malec se recuperaría de todos los años pasados sepultado. Netta acaba en el Bosque de Sangre mientras buscan al dios; Poppy comenta que en teoría no debería estar ahí siquiera, pero las dos se alegran de verse. Cuando Poppy realiza el hechizo para localizar a Malec, Vonetta pregunta si las ruinas son el lugar indicado y comenta lo bonito que es el camino mágico.

Cuando recuperan a Malec, Netta cabalga en cabeza de la procesión de vuelta a Padonia. Después, la noche de la Unión de Poppy, Cas y Kieran, ella pasa la noche con Emil.

Antes de presentarse ante Isbeth, Poppy y Cas deciden que si ninguno de los dos puede gobernar, Vonetta debe ocupar el trono y le ordenan quedarse en Padonia con cincuenta mil soldados. Netta acepta, hasta que registra lo que tendría que ocurrir para ser la siguiente en la línea de sucesión. Antes de que la pareja salude a su gente, Vonetta les entrega sus coronas y les dice que estas solo revelan su verdadera naturaleza cuando un dios se sienta en el trono.

Solo espera a que se dé cuenta de que Poppy no es solo una diosa. Es una Primigenia.

Emil:

Espero verte en mi tienda esta noche.

Atentamente,

Netta

P. D.: Por favor, no vuelvas a mencionar a mi hermano nunca en la misma carta en la que hables de mi sabor.

P. P. D.: Ya sé que tenía buen aspecto esta mañana, eras incapaz de dejar de mirarme.

TAWNY LYON

Tawny era la única amiga de Poppy cuando todavía era la Doncella; era mucho más que solo su propia doncella. Tawny era su confidente y su cómplice en no tramar nada bueno. Era lo único a lo que se aferraba Poppy mientras trataba de no perder la conexión con lo normal en una existencia, por lo demás, del todo anormal.

Pelo: rizos castaños y dorados que se vuelven blancos como la nieve después de ser envenenada con sombra umbría.

Ojos: marrones que se vuelven casi blancos, excepto por la pupila, después de ser envenenada con sombra umbría.

Rasgos faciales: lustrosa piel marrón.

Constitución: alta. Ágil.

Personalidad: sarcástica y frívola.

Hábitos/Costumbres/Fortalezas/Debilidades: salta de un tema a otro de manera aleatoria durante las conversaciones. Tiene una debilidad por las tartas. Es una experta en holgazanear. No se le da bien ocultar sus emociones. Enrosca un mechón de pelo alrededor de su dedo cuando está ansiosa. Puede ser insistente cuando quiere algo. Nunca creyó en los Hados. Su memoria es notablemente subjetiva.

Antecedentes: una de las pocas personas con autorización para hablar con la Doncella y verla sin velo. Segunda hija de un comerciante de éxito. Entregada a la corte a los trece años. Se le asignó como acompañante de la Doncella poco después de su Rito.

Familia: hermano y hermana mayores.

EL VIAJE DE TAWNY HASTA LA FECHA:

Después de que Tawny ayudara a Poppy a salir a hurtadillas para ir a la Perla Roja, donde acaba por encontrarse con Hawke por primera vez, Tawny habla con la Doncella de lo que ocurrió y de la inminente Ascensión de ambas.

Cuando casi raptan a Poppy, Tawny la ayuda a curar sus heridas y a conseguir los medicamentos necesarios. También se entera de la teoría de la duquesa de que el intruso era atlantiano.

La noche en que asesinan al guardia de Poppy, Rylan Keal (a manos de Jericho), Tawny duerme en la cama con Poppy, con lo que consuela a su amiga y también alivia sus propias preocupaciones.

A pesar de que los preparativos absorben gran parte de su tiempo, Tawny encuentra unos cuantos momentos para pasarlos con Poppy y descubre que Hawke y ella se besaron. Al cabo de un tiempo, le sonsaca la historia completa de la Perla Roja a su amiga.

Como de costumbre, Tawny acompaña a Poppy al atrio (incluso agarra algunos de sus sándwiches favoritos de antemano). Observa, divertida, cómo Poppy les echa en cara a las damas en espera que se pongan en ridículo con Hawke. No obstante, se siente mal al respecto más tarde, cuando el duque expresa su descontento. Después del castigo de Poppy por haber hablado con las otras damas en espera, Tawny vuelve a ayudarla con sus heridas.

La noche del Rito, se queda con su amiga hasta que Poppy le dice que vaya a divertirse. Más tarde, cuando se desata el infierno, sus intentos para evitar que Poppy se meta en la refriega durante el ataque al Rito son inútiles. Y después de todo, lo único que puede hacer es ayudar a Poppy a bañarse y cambiarse, sin saber muy bien qué más hacer para ayudar a su amiga.

La reina ordena que trasladen a Poppy a la capital, y Tawny revela que no puede ir con ella. Es demasiado peligroso y ella podría ser un problema. Antes de separarse, las dos comparten una despedida sentida en los aposentos de la Doncella la mañana en que Poppy parte hacia la capital en compañía de Hawke y los otros guardias.

Durante el tiempo que Poppy está ausente, la reina Ileana conserva a Tawny en la capital con ella, pero no la Asciende. Me pregunto si sabía que podía utilizar a Tawny para chantajear a Poppy. Cuando esta llega al castillo de Redrock, Tawny trata de avisarla: le dice a su amiga que la reina no es lo que parece. Intenta decirle más, pero Ian la interrumpe.

La reina realiza su demostración con la Retornada, y Tawny se muestra horrorizada cuando el caballero apuñala y mata a Millicent. Se queda aún más traumatizada cuando otro decapita a Ian. Cuando se desata todo el infierno (otra vez), Tawny recibe una herida en el hombro en medio de la refriega. Después de que Casteel se entregue, la reina entrega a Tawny a los atlantianos en muestra de *buena voluntad*. Su tajo tiene mal aspecto, las venas lucen abultadas, gruesas y negras. Poppy cura su herida exterior, pero descubren que el arma estaba impregnada en sombra umbría. El veneno empieza a extenderse y repta hacia arriba por su cuello como unas enredaderas negras.

Cuando regresan a la fortaleza, Delano lleva a Tawny a una habitación para recuperarse, y llaman a los curanderos y a los Ancianos. Los curanderos y yo conseguimos ayudarla, pero todo ello la cambia de manera irrevocable. Se le pone el pelo blanco, sus ojos se vuelven casi incoloros y Tawny ya no computa como mortal. Poppy tampoco puede leer sus emociones. Todavía no estamos del todo seguros de *qué* es, exactamente.

Cuando le preguntan si alguien le habló de la magia primigenia, Tawny no da una respuesta directa. Se limita a decir «Sí y no». Después revela que sabía que se estaba muriendo, hasta que vio a Vikter, y cree que los Hados hicieron algo para salvarla. Eso cambió todo lo que creía… o más bien, todas las cosas en las que *no* creía.

Dice que todo sucedió como un sueño que no era un sueño. Recuerda la puñalada, después no hubo nada durante bastante tiempo, y a continuación una luz plateada. Pensó que estaba entrando en el Valle, pero entonces vio a Vikter. Él le dijo que Poppy era una diosa. A Isbeth ya se le había escapado eso, pero Tawny no le había creído. Ian, en cambio, sí le creyó. Al mencionar al hermano de Poppy, Tawny se disculpa por lo que le ocurrió.

Continúa diciendo que todo lo que sabe es que Isbeth planea rehacer los mundos y cree que Poppy puede ayudarla a hacerlo. Admite que no pasaba tanto tiempo en presencia de Isbeth y que no tenía ni idea de por qué le había hecho ir a la capital. Le dijeron que temían que ella también fuese raptada, después de la amenaza a la vida de Poppy. Cuando llegó a Wayfair, vio a las doncellas personales (las Retornadas) y supo que no había nada correcto en ese lugar. Cuando la reina reveló que Poppy era su hija, Tawny solo supuso que estaba perturbada.

En el sueño que no era un sueño, Vikter le dijo cosas que ni él ni ella podían haber sabido, como que Aios había impedido que Poppy cayese por el acantilado de las montañas Skotos; que Nyktos *y* la consorte aprobaban el matrimonio entre Poppy y Casteel; que Cas había sido apresado y que Poppy acabaría por liberarlo. También le contó que era un *viktor*, y Tawny le cuenta todo eso a Poppy.

Tawny y Kieran discuten sobre lo *in*útil que era su información, y ella dice que Vikter no creía que conociesen la profecía entera. Comparte con ellos la versión completa (véase la sección «Profecía»).

Le preguntan si alguna vez vio o conoció a alguien llamado Malik, pero ella les dice que no conoce a nadie por ese nombre.

No lo conoce, porque Malik se hacía llamar Elian.

Cuando Poppy se preocupa por su destino, en especial por las partes de la profecía que hablan de un heraldo, Tawny le dice que las cosas que le dijo Vikter no daban la impresión de que Poppy estuviese destinada a hacer el mal. A continuación, le cuenta solo a Poppy lo que Vikter le dijo acerca de la consorte.

También menciona cómo no quería creer lo que decía Ian sobre lo que les ocurre a los terceros hijos e hijas. A pesar de ser una segunda hija, le preocupa poder ser ahora como una Retornada (muerta pero no), y Poppy promete averiguar qué le ocurrió a su amiga.

Después de decirle a Poppy que ella siempre ha sabido lo mucho que la quiere, promete ver a su amiga otra vez en Tres Ríos.

En verdad, la próxima vez que se ven es en Padonia, donde Tawny le cuenta a Poppy que Netta y Gianna le están enseñando a luchar.

Cuando regresa Casteel, Tawny le da la bienvenida y él le dice que está contento de verla sana y salva. Ella le dice que se alegra de que quiera a Poppy con la misma ferocidad con la que su amiga lo quiere a él, y de no tener que darle un puñetazo por haberle mentido a ella y haber secuestrado a Poppy.

Estoy segura de que ese fue otro momento en el que Cas pensó que Tawny es su persona favorita. Cualquiera que muestra una lealtad tan feroz hacia su reina se merece respeto.

Cuando Poppy se marcha para reunirse con la reina y llevar a Malec al Templo de Huesos, Tawny va a despedirla.

EL LAGO

~Poppy~

—Nos vas a meter en un lío gordísimo. —A la moteada luz plateada de la luna, la figura encapuchada de Tawny se agachó para pasar por debajo de una rama que colgaba baja. Aunque nadie entraba nunca en esta parte de la Arboleda, ninguna de las dos habíamos retirado todavía las capuchas de nuestras capas por precaución—. Lo sabes, ¿verdad?

—Esto fue idea tuya —le recordé—. Estaba a punto de meterme en la cama cuando viniste a mi cuarto con este gran plan.

Su cabeza encapuchada giró hacia mí. No podía ver su cara, pero oí la sonrisa en su voz.

—¿Cómo te atreves a acusarme a mí de semejante bobada?

—¿Bobada? —Arrugué la nariz—. Esa es una palabra tontísima.

—Una palabra tonta para comportamientos tontos —comentó—. Se la oí a Rylan el otro día. Le dijo a Vikter que sospechaba que tramabas alguna bobada cuando se suponía que debías estar en tus aposentos.

Era probable que Rylan tuviese razón. Sonreí y rodeé una gran roca enredada entre unas raíces expuestas. Tawny y yo habíamos recorrido este camino muchas veces de noche. La escasa luz que se colaba entre las sombras no era impedimento alguno.

—Si lo hacía, es muy probable que estuviese haciendo alguna otra cosa que tú habías sugerido.

La risita callada de Tawny llegó hasta mí.

—Solo para que las dos lo tengamos claro: puede que lo de esta noche haya sido idea mía, pero tú lo empezaste.

—¿Y cómo he empezado yo esto?

—¿Acaso no fue idea tuya en primera instancia? —Pasó por debajo de un pino que debía de haberse caído contra otro durante una de las tormentas de finales del verano. Sus ramas caídas y secas crujieron bajo los pies de Tawny—. Lo de ir a nadar al lago.

—Es posible. —A decir verdad, no recordaba quién había sugerido el primer baño nocturno.

Eché un vistazo hacia atrás, incapaz de ver nada más que el oscuro contorno de los enormes pinos. Estábamos lo bastante adentro en la Arboleda como para que no pudiera vernos nadie. Y nadie que estuviese dentro de la gran franja de bosque que separaba a los ricos de los pobres de Masadonia sería capaz tampoco de ver las murallas interiores que rodeaban el castillo; incluso a la luz del día. Tampoco estábamos cerca de la sección que habían despejado para utilizarse como una especie de parque.

—¿Estás preocupada por que alguien pueda descubrirnos?

—Para nada. —Los pasos de Tawny se ralentizaron—. Nadie más que las tontas como nosotras se adentran tan profundo en la Arboleda. Solo estoy siendo dramática para no poder oír a los espíritus si *de verdad* nos sigue alguno.

Mi sonrisa se volvió irónica.

—He pasado un montón de veces por la Arboleda, y todavía no he visto ni a un solo fantasma.

Tawny soltó un resoplido divertido.

—Suenas decepcionada.

—En cierto modo lo estoy.

—Bueno, siempre hay una primera vez para todo —comentó—. Aunque no estoy segura de qué daría más miedo: ¿el espíritu de un guardia o un animal, como un lobo?

Fruncí el ceño.

—Creo que me decantaría por el espíritu de un guardia. Pero creía que los fantasmas del lugar eran de aquellos que murieron dentro de la Arboleda.

—¿Quién sabe? La verdad es que quizás el espíritu de un conejo sea lo que más miedo dé.

—¿Qué? —Me eché a reír—. Estoy impaciente por oír la justificación para esa afirmación.

—No hay nada que dé más miedo que algo peludo y mono que esté muerto y haya sido reanimado.

—Oh, por todos los dioses. —Sacudí la cabeza—. No creo que los espíritus sean los muertos reanimados, Tawny.

—¿Y eso cómo lo sabes?

—Porque he visto a los Demonios —dije, y la sonrisa se borró de mis labios. Había visto a mortales *maldecidos* morir y después regresar. Sabía bien el aspecto que tenían los muertos reanimados.

—Cierto —murmuró Tawny, y se detuvo cuando el olor a tristeza llegó hasta mí. Esperó hasta que estuve a su lado y después pasó un brazo a mi alrededor—. Por cierto, ¿sabes lo que he oído? —Bajó la voz, aunque las únicas otras cosas en la Arboleda aparte de nosotras seguramente eran pequeños bichos peludos y pájaros grandes. Bueno, las únicas cosas *vivas*, supuse—. ¿Sobre el nuevo guardia?

—¿El nuevo guardia? —pregunté, aunque sabía muy bien a quién se refería. Había un solo nombre en boca de todo el mundo durante las últimas semanas. *Hawke Flynn*. Me dio un retortijón en el estómago, y se me hizo un nudo muy parecido a los de las raíces desnudas alrededor de la roca que habíamos visto antes. Era una sensación tan equivocada que ni siquiera estaba segura de por dónde empezar a analizarla.

—Sí, el nuevo guardia, ese que es superguapo y del que pareces haberte olvidado por completo —repuso con sequedad—. Pese al hecho de que en los últimos días has pasado bastantes mañanas absorta en el entrenamiento diario de los guardias.

Me sonrojé y un par de ojos dorados brillaron con intensidad en mi mente… igual que lo hicieron unos brazos bien torneados, musculosos por el uso de la espada, relucientes de sudor…

—No tengo ni idea de a qué te refieres.

—Sí, claro. —La risa de Tawny sonó ligera.

No respondí nada, porque Tawny sabía que estaba mintiendo. Todo el mundo sabía quién era Hawke Flynn. Me daba la sensación de que incluso el duque de Teerman debía de estar un poco absorto en observar al guardia. Era la forma en que se movía, la elegancia fluida cuando entrenaba. O cómo, cuando entraba en el Gran Salón para las sesiones del Consejo de la Ciudad, no solo andaba. Lo hacía con actitud *acechante*.

—¿Qué has oído? —pregunté, tras aclararme la garganta.

—Que ha encontrado a alguien nuevo con quien ocupar su tiempo libre —me contó, mientras el olor a tierra húmeda se espesaba a nuestro alrededor—. Britta.

—¿Ah, sí? Estoy segura de que hacen muy buena pareja —me oí decir, al tiempo que una punzada de envidia alanceaba mi pecho. Britta era una de las muchas doncellas que trabajaban dentro del castillo, y no me sorprendió nada saber que era una de una ristra de mujeres (al menos según las habladurías) que habían captado la atención de Hawke. No solo porque era una de las doncellas más guapas, sino porque Britta disfrutaba de la vida y de todo lo que tenía que ofrecer. Era descarada con sus afectos. Tenía experiencia. La única vez que la había visto con pinta de estar escandalizada fue cuando habló de los bailes que había visto detrás de las cortinas de la Perla Roja.

Lo cual me hacía sentir aún más curiosidad por el tipo de bailes que podía haber visto.

En cualquier caso, no tenía ni idea de si la envidia que se enroscaba en mi bajo vientre estaba dirigida a ella o era solo porque yo... bueno, no tenía ni idea de lo que era captar la atención de otra persona de esa manera. De lo que era ser... deseada. Poder tener experiencia. Vivir de verdad.

Y era probable que nunca experimentara ninguna de esas cosas.

Al ver por fin la centelleante agua entre los árboles, salí de mi ensimismamiento. No tenía ningún sentido darle vueltas a eso, ¿verdad? El futuro era inevitable y no quería estropear estos momentos que tenía con Tawny.

Más pronto que tarde ya no podríamos disfrutar de ninguno como este.

El silencioso lago apareció delante de nosotras, sus aguas tranquilas reflejaban la luz de la luna y captaban las sombras de las largas ramas de los árboles, aún abarrotadas de hojas. Eso también cambiaría pronto. Este calor de final de verano acabaría en un abrir y cerrar de ojos, y yo despertaría una mañana para descubrir que todas las hojas se habían caído. Y otro invierno estaría sobre nosotros.

Deslicé la mano de la de Tawny y me adelanté. Cuando llegué al borde del agua, levanté los brazos y retiré mi capucha para descubrir mi rostro al cielo nocturno. No había nada mejor que sentir el aire sobre mis mejillas y mi frente.

—Da la impresión de que vas a convertirte en una estatua —comentó Tawny.

Con una sonrisa, miré hacia ella. Ya había dejado caer su capa sobre una de las rocas planas cerca de ella y ahora estaba ahí de pie, cubierta solo por una combinación, mientras se quitaba los botines de una patada. Tenía su masa de rizos color caramelo recogidos en lo alto de la cabeza, de modo que sus pómulos parecían aún más angulosos y altos. Contemplé la suave piel de su frente y su mejilla y sentí otro indeseado retortijón de envidia.

Aparté la mirada, enfadada conmigo misma, mientras desenganchaba mi capa. La doblé con cuidado antes de dejarla junto a la de Tawny, puesto que no era mía. Ni siquiera estaba segura de quién era, pero debía de haberla utilizado un hombre, puesto que todavía perduraba en ella el aroma distintivo a colonia masculina. Me había... apropiado de ella cuando la había visto tirada en una de las muchas habitaciones de la planta baja. Ahora, la cuidaba con esmero. Ni siquiera sabía por qué. No era como si planease devolverla a donde la había encontrado. Yo hacía acopio de ropa de color del mismo modo que otros coleccionan libros o baratijas.

Tawny lanzó una sonrisa en mi dirección al meterse descalza en el agua. Se le escapó un gritito.

—Oh, qué fría está. Está helada.

Esa agua siempre estaba gélida, lo cual era raro, dado que el suelo del lago estaba hecho de algún tipo de roca oscura. Sería de esperar que absorbiera la luz del sol y calentara el agua, pero ese no era el caso.

Tawny siguió caminando varios metros, los brazos cruzados delante del pecho mientras musitaba para sí misma sobre lo mala que era esta idea.

—¿El otro lago? —preguntó Tawny desde donde estaba ahora, con el agua hasta la cintura—. El que estaba cerca de Wayfair. ¿Siempre estaba tan frío como este?

—Sip. —Asentí—. Incluso en los días más calurosos. —No tenía demasiados recuerdos claros caminando entre los olmos a las afueras de Wayfair con Ian cuando era pequeña pero sí recordaba el lago ahí. Este me recordaba muchísimo a aquel, excepto que era más grande y tenía una catarata. Sin embargo, había otra cosa que los lagos también tenían en común, algo que no había recordado hasta ahora—. ¿Sabes qué es raro?

—¿Aparte del hecho de que soy la única que está dentro del lago? —preguntó, al tiempo que trataba de salpicarme.

—Aparte de eso. —Empecé a quitarme una bota con el otro pie—. El bosque que rodeaba al otro lago en Carsodonia también se rumoreaba que estaba encantado. Al menos es lo que afirmaba Ian.

—Ian afirma muchas cosas.

Me reí mientras desenganchaba la funda de mi daga de heliotropo con mango de hueso de *wolven* para luego dejarla sobre la capa. Me acerqué más a la orilla, la hierba fría bajo mis pies.

—Decía que el bosque estaba… —Guiñé los ojos, pensativa—. Decía que el bosque estaba encantado por los espíritus de aquellos que temían enfrentarse a su juicio final.

—Vaya, eso es un poco triste —dijo Tawny, al tiempo que descendía hasta que sus hombros eran solo apenas visibles—. Pero ¿por qué querrían deambular por ese bosque?

—Ian decía que era porque el lago era un portal a donde gobernaba Rhain —le expliqué—. Uno de muchos.

—Tu hermano tiene una imaginación muy activa.

—Eso es verdad —murmuré.

—¿Decía lo mismo sobre este lago? Espera, no contestes a eso. No quiero saberlo.

Me eché a reír y me acerqué despacio al agua.

—No recuerdo si… —Dejé la frase a medio terminar al notar una repentina tensión en la parte de atrás del cuello. Se me puso la carne de gallina. Me detuve y me giré para escudriñar los árboles. La Arboleda estaba en silencio, excepto por la brisa que revolvía con suavidad las ramas y por los lejanos trinos de los pájaros.

—¿Poppy? —dijo Tawny—. ¿Has oído algo?

Eché un último vistazo a toda la extensión de los árboles.

—No. Es solo que… —Fruncí el ceño. Ni siquiera estaba segura de qué me había detenido. No había oído nada. Solo había… *sentido* algo. ¿El qué? No tenía ni idea.

Negué con la cabeza y me metí en el agua. Su frialdad me robó la respiración, pero seguí adelante, consciente de que era mejor hacerlo de un tirón. La pálida combinación que llevaba ondulaba detrás de mí cuando llegué al lado de Tawny. Descubrí que ella todavía tenía los ojos clavados en la orilla del lago.

Seguí la dirección de su mirada, pero no vi nada. La miré a ella de nuevo.

—¿Has oído algo *tú*?

—No. —La brisa cálida revolvió un rizo suelto alrededor de su cara—. Pero casi espero que un espíritu salga de entre los árboles en cualquier momento en un intento de echar un vistazo a nuestros inmencionables.

—No sé si estás hablando en serio o no —dije, al tiempo que me sumergía. En cuanto el agua subió por encima de mi pecho, pensé que se me había parado el corazón un momento. Sin embargo, después de unos segundos, el shock del frío se diluyó. Me adentré más en el lago, deslizando los pies por la suave roca del fondo. Después nadé un poco hasta la parte más profunda del lago, donde el agua me llegaba hasta la barbilla.

Tawny aún no había apartado la vista del bosque.

Dejé que mis sentidos se abrieran, solo un pelín. No demasiado. Una inquietud ácida, casi con sabor a limón, se arremolinó en mi garganta.

—¿Estás bien?

—Sí. Sí. —Retrocedió por el agua.

—Te juro que no he visto ni oído nada, pero si prefieres que volvamos, podemos hacerlo. —Me di impulso contra el suelo del lago.

—No. Estoy bien. Solo estoy siendo tonta. —Remetió el rizo descarriado detrás de su oreja y se volvió hacia mí. Pasó un momento—. No crees en espíritus, ¿verdad? Quiero decir, del tipo que se quedan aquí. Con nosotros.

Abrí la boca, sin tener muy claro cómo contestar.

—No lo sé. Nunca he visto ninguno, al menos que yo sepa. —Me encogí de hombros—. ¿Tú sí crees?

Se acercó nadando mientras se mordía el labio.

—Antes no.

Eso picó mi curiosidad.

—¿Pero?

—Pero una vez vi uno.

—¿De verdad? —Entorné los ojos—. ¿Estás siendo sincera?

—Sí. En serio. —Me salpicó, con lo cual creó una onda que se propagó hasta el centro del lago—. Y no fue cuando era pequeña. Fue hace pocos años.

La miré pasmada.

—¿Viste a un espíritu aquí? ¿En el castillo?

Tawny asintió.

—Estaba en el atrio con Loren. La institutriz acababa de marcharse y Loren se había quedado dormida. Yo debía estar leyendo. Y así era. Más o menos. —Deslizó los dientes por encima de su labio inferior y miró otra vez hacia la orilla—. Sentí un… No sé. ¿Una corriente fría? De repente. Como una ráfaga de viento. Entonces levanté la vista y lo vi de pie en el rincón.

—¿Lo viste? —susurré.

—A ella. Era una mujer. De entrada, pensé que era una invitada. La imagen era sólida. O al menos eso me *pareció* al principio —continuó Tawny, y se me puso la carne de gallina—. Hice ademán de sonreírle, pero me di cuenta de que no… bueno, no tenía un aspecto normal.

—¿A qué te refieres?

—Su vestido era viejo. —Frunció el ceño—. Como los que había visto llevar a damas de cuadros de hace cientos de años. Y estaba pálida. No blanca. *Pálida*. Estaba muy muy quieta, y me percaté de que la veía casi… borrosa, ¿sabes? Como si sus facciones no fuesen nítidas. Al principio, pensé que se debía al sol que entraba por las ventanas, pero entonces me di cuenta de que podía ver a través de su mitad inferior. —Abrí los ojos como platos—. Lo sé. —Tawny soltó una risita nerviosa—. Por un momento, no pude moverme ni pensar. Me quedé paralizada. El tiempo se detuvo. Y nos quedamos ahí plantadas, solo mirándonos. O algo así.

—¿No tuviste miedo?

—No. —Deslizó los dedos por el agua—. Pero eso no fue lo más extraño. En ese momento no tuve miedo, pero después, estaba aterrorizada. No quise quedarme sola en el atrio durante meses. Pero en ese momento, no tuve miedo. Y ella...

Me acerqué más.

—¿Qué?

—Ella... —Tawny apartó la mirada, negó con la cabeza—. Simplemente se esfumó. Desapareció.

—¿Y eso fue todo?

—Sí. —Tawny asintió.

No me cabía ninguna duda de que estaba diciendo la verdad acerca de lo que había visto, pero mientras se alejaba flotando, pensé que quizás eso no fuera todo.

—¿Por qué no me lo habías contado nunca?

—No lo sé. Nunca se lo dije a nadie. —Giró sobre sí misma en el agua—. No es porque creyera que fueses a pensar que estaba loca o algo.

—Bueno... —me burlé. Ella se echó a reír.

—Es solo que en realidad no sé lo que vi.

—Suena como que lo sabes bien. —Miré por el lago a nuestro alrededor y pensé en la extraña sensación que había notado—. A lo mejor hay algo de verdad en lo que dijo Ian sobre el bosque.

—¿Crees que...?

Las ramas de uno de los árboles se agitaron de manera ruidosa por encima de nosotras. Echamos la cabeza atrás al instante para mirar. Había algo grande ahí arriba. Por acto reflejo, mi mano se deslizó hacia mi muslo, pero entonces recordé que había dejado mi daga con la capa. Maldita sea. Varias ramas se agitaron de nuevo, esta vez con la fuerza suficiente para hacer caer unas cuantas hojas.

—Por todos los dioses —susurró Tawny, justo cuando un pájaro emprendía el vuelo.

Un pájaro *enorme* con el cuerpo y las alas de un blanco plateado. Sumidas en un silencio aturdido, observamos cómo volaba en círculo por encima de nuestras cabezas. El pájaro debía de tener una envergadura de alas de casi metro y medio. Debía de ser algún tipo de halcón, o quizás un águila, pero no sabía que hubiese ninguno de *semejante* tamaño. Al menos no en esta zona de Solis.

Mi corazón latía desbocado mientras el pájaro se alejaba en silencio hasta quedar fuera de la vista y desaparecer por encima de la Arboleda. Bajé la barbilla despacio y me giré hacia Tawny.

—Me gustaría cambiar mi anterior afirmación de que los espíritus de los conejos son los que más miedo dan —empezó—. Seguro que un espíritu de *esa* cosa daría más miedo.

Me reí y deslicé la mirada otra vez hacia el cielo. No había ni rastro del halcón plateado (al menos, creía que era un halcón), y no pude evitar sentirme como se había sentido Tawny al ver a ese espíritu en el castillo. Tenía la clara sensación de no saber lo que había visto, pero de tener claro que había visto *algo.*

NAILL LA'CROX

Otra pieza vital del grupo de Poppy y Cas, igual que Emil, Naill aparece casi en todas las instancias en que lo hace el atlantiano elemental en mis visiones e investigaciones.

Pelo: oscuro, cortado muy corto.

Ojos: de un dorado oscuro.

Constitución: alto.

Rasgos faciales: lustrosa piel oscura. Pómulos altos y angulosos. Sonrisa espectacular.

Personalidad: callado y obediente.

Hábitos/Costumbres/Fortalezas/Debilidades: bastante hábil con una aguja y un hilo. En ocasiones, da la impresión de aparecer de la nada. Tiene una velocidad increíble.

Antecedentes: atlantiano elemental. Igual que Emil, ayudó a Casteel a recordar quién era y a saber que no era una cosa cuando determinados sentimientos se apoderaban de él. Es el que conoce a Cas desde hace más tiempo, después de Kieran y los Contou.

Familia: el padre dirige los molinos que crean electricidad; mantiene en funcionamiento las antiguas ruedas.

EL VIAJE DE NAILL HASTA LA FECHA:

Durante el viaje a la capital, cuando matan a los guardias en el establo y meten a Poppy en una celda para su propia seguridad (y la paz mental de sus acompañantes), Naill va con Delano a sacarla de ahí y trasladarla a un lugar más cómodo. Naill se pone alerta de inmediato cuando Jericho llega a las mazmorras. Seis hombres más llegan detrás de él y Naill les dice que están siendo muy estúpidos. Cuando el señor Tulis escupe sus duras críticas, Naill le recuerda que la Doncella no fue la que quiso llevarse a su hijo; fueron los Ascendidos. Inevitablemente, se produce una refriega y Naill le arranca la garganta a un Descendente. Al final, lo dejan inconsciente.

Cuando Poppy saluda a Alastir, a Naill lo incluyen en el grupo que el *wolven* mayor dice que no tienen muy buenos modales (yo creo que, de hecho, Naill es muy educado). Mientras Cas les cuenta la historia de cómo no había planeado la proposición de matrimonio y que Poppy de entrada lo rechazó, Naill aporta sin ningún miedo que Poppy también le dijo al príncipe que había perdido la cabeza y varias cosas más.

Justo después de que Cas y Poppy hablen de la estirpe de los Empáticos y casi se besen, Naill los interrumpe con noticias de que los Ascendidos se acercan por las carreteras del oeste. Cuando los *vamprys* entran en el patio, Casteel le dice a Naill que estén atentos, y el atlantiano se marcha.

Después del ataque de los Ascendidos, Naill va a explorar las carreteras del oeste para asegurarse de que están despejadas y así poder partir cuanto antes. De camino hacia Atlantia, Naill ve a Poppy pegar a Cas. Cuando Casteel le resta importancia, Naill comenta que a él no le había parecido un golpecito amoroso.

Cuando pasan a caballo junto a esas cosas colgadas de los árboles, Naill es el primero en ver al clan de los Huesos Muertos y le grita al grupo que están en los árboles a la izquierda. Recibe un flechazo en la pierna durante la escaramuza y casi recibe otro antes de que Poppy elimine a su atacante con una ballesta. Después del ataque, Naill se adelanta para explorar y asegurarse de que no se topan con más hombres del clan. Cuando continúan su camino, Poppy hace preguntas acerca del clan de los Huesos Muertos y Naill le explica que no son solo antiDemonios al proteger su territorio. Son anti *todo el mundo.*

Al llegar a Pompay, Casteel cuenta el relato de su trágica historia y Poppy se pregunta por qué la afecta tanto después de todo lo que ha oído ya. Naill responde que eso no es algo a lo que uno se acostumbre nunca y que él no querría hacerlo. Dice que necesita sentirse afectado para que la línea divisoria entre los *vamprys* y él no se afine.

Poppy encuentra a Naill y a Delano sentados sobre la muralla que da hacia la bahía en Spessa's End. Delano dice que Poppy tiene aspecto de necesitar un trago y le ofrece la botella. Naill la advierte de que sabe a pis de caballo. Es probable que no esté equivocado. Yo he probado mi buena dosis de whisky vomitivo y otros licores de barrica de acero a lo largo de los años. Y aunque hacen el apaño, no son siempre agradables para el paladar.

Emil llama a Poppy *alteza* y ella parece molesta por ello. Naill le informa que aún antes de su coronación, es habitual y sería un gran deshonor que no se dirigiesen a ella de esa manera.

Mientras cruzan las montañas Skotos, Naill se separa del grupo con Beckett y Delano para adentrarse en la neblina, y su grupo es el último en reunirse con los otros en Roca Dorada.

Pese a ser siempre calmado y sereno, ver el despliegue de poder de Poppy en las Cámaras de Nyktos es sorprendente para Naill, que siente incluso miedo. Como varios otros de los presentes, a Naill lo sigue un *wolven*, aun mientras él le habla con voz suave para tratar de razonar con él. Una vez que las cosas se calman, Casteel ordena a Naill que vaya con Emil y Delano en busca de Beckett y lo lleven ante él. Por desgracia, el pobre Beckett ya está muerto.

Naill forma parte del grupo que rescata a Poppy en Irelone y da rienda suelta a su ira destrozando a los Ascendidos. Mientras vuelven a cruzar las Skotos, Naill alimenta a Cas en una cabaña de caza en las estribaciones de las montañas. Cuando Poppy se despierta, incluso sus primeras transformaciones (a saber, su fuerza y su agilidad) asombran a Naill.

Cuando Cas le toma el pelo a Poppy acerca de haberla encontrado encaramada al alféizar de una ventana con cierto libro en la mano (mi diario, por si no lo sabías), Naill se muestra superintrigado por la historia y aún más por el libro. Espero que se lo prestasen más tarde.

Poppy le da las gracias por ayudar a Casteel después de Irelone y, por extensión, a ella. Entonces le dice que la llame *Poppy* en lugar de Penellaphe, lo cual le hace sonreír. Cuando Kieran se transforma, Naill recupera su ropa, pero regaña al *wolven* y le dice que debería haberlo dejado volver al reino en pelota picada.

Naill se pregunta sobre la tormenta que pudo deformar y doblar los árboles, y se sorprende aún más cuando ven los árboles de Aios y se percata de que las hojas ya no son doradas, sino rojo sangre. En el templo de Saion, Naill saca a Alastir de las criptas y lo obliga a arrodillarse delante de Cas y de Poppy. Después de lidiar con los traidores, Naill se marcha con Emil y con Quentyn antes del amanecer.

Al llegar a la residencia de los Contou, Naill cena con todo el mundo y hablan sobre Iliseeum. A continuación, se une al grupo que se dirige a la capital, y se dedica a su habitual cháchara y sus consabidas riñas con Emil; cuando surge el tema de la comida, menciona que no ha tomado una cacerola de judías verdes desde hace años. Como Emil no hace más que flirtear con Poppy, Naill se pregunta en voz alta si el atlantiano tiene ganas de morir (¡yo me pregunto lo mismo!).

Los Arcanos atacan y Naill recibe un flechazo en el brazo, aunque sigue luchando con todo el mundo para repeler a los Arcanos y a los *gyrms*. Más tarde, Poppy pregunta por algunos edificios y le explican que albergan maquinaria que convierte el agua en electricidad. Naill dice que es todo superaburrido y complicado, pero que es probable que pueda recitar cada pieza y describir su propósito, puesto que su padre es el supervisor de los molinos.

Durante la transferencia de la corona de Eloana y Valyn a Poppy y Cas, Naill monta guardia y después camina con el grupo por el palacio. También está presente en la reunión del Consejo y cuando presento a los nuevos regentes a la población de Atlantia.

En lugar de unirse al grupo que se dirige a Iliseeum, Naill opta por quedarse en la capital para pasar algo de tiempo con su padre. Sí está presente, sin embargo, en la reunión durante la cena de después, cuando hacen planes para Oak Ambler. Se le asigna al grupo del rey y la reina falsos y acaba capturado por los Ascendidos.

Cuando Poppy despierta en el bosque a las afueras de Oak Ambler después de que Casteel se sacrifique y se entregue, Naill se inclina sobre Tawny, tumbada bocarriba. Cuando regresan para hablar con Eloana, él monta guardia a la puerta con Hisa, y se alegra de formar parte del grupo que acompañará a Poppy de vuelta a Oak Ambler para reunirse con el rey Jalara.

Mientras cabalgan hacia Massene, Naill habla con Poppy cuando ella percibe la ansiedad de Arden. Él se ha adelantado con Kieran para investigar, y se queda horrorizado por lo que encuentran en el Adarve: todos los mortales asesinados. Debido a eso y mucho más, se une encantado a la batalla con los guardias. Cuando algunos se rinden, Poppy ordena a Naill que lleve a Arden consigo y se queden con los prisioneros en los barracones.

Naill va con Vonetta y Wren a entregar el ultimátum al duque y la duquesa de Ravarel, a buscar a Descendentes y a advertir a los mortales de lo que ocurrirá si sus exigencias no se atienden. Una vez hecho eso, regresan todos al campamento.

Poppy envía a Naill a encerrar a Vessa en un dormitorio que pueda cerrarse con llave desde fuera, de modo que no pueda hacerse daño a sí misma y tampoco a nadie más, después de que la anciana atacase a Poppy. Naill hace lo que le dicen. Por desgracia, eso no impide que Vessa emplee magia primigenia y mate a muchos de los *drakens* más tarde.

Después de que la Reina de Sangre envíe su horrendo mensaje (el dedo de Casteel), Naill ayuda a Emil y a Vonetta a encargarse con respeto del contenido de la caja.

Al estallar la tormenta, Naill acude a la carrera a ver cómo está Poppy y comenta que es el mismo tipo de tempestad que se produjo cuando ella Ascendió a su condición de diosa. Cuando salen al exterior y ven lo que está pasando con los *drakens*, Naill calma a Poppy y después la sigue cuando se dirige a ocuparse de *la viuda*.

Cuando Reaver está hablando de Nyktos, Naill comenta que jamás había oído el nombre de Kolis hasta entonces. La conversación gira hacia el Rito, y Naill pregunta si los Elegidos podían decidir si querían Ascender o no. Reaver le dice que sí, que Eythos siempre los dejaba decidir.

Naill le hace a Poppy algo que ponerse (un atuendo blanco para enviar un mensaje), y la vigilancia aumenta. Naill ayuda a mantener un ojo puesto en los generales, consciente de que los Arcanos siguen siendo una amenaza.

En el templo, Naill encuentra a otro par de personas sagradas y es el primero en descubrir que los sacerdotes y las sacerdotisas habían Ascendido entre ellos, algo que no habían sabido antes. Cuando Vonetta llega con otra sacerdotisa, Naill se une al grupo que la sigue. Llegan a una cámara con estalactitas de sangre y con huesos. Después de tener una discusión ridícula con Emil sobre la palabra «estalactita», Naill señala que el agujero del suelo es en realidad un pozo profundo.

Sage resulta herida, y Naill ayuda a Poppy a curarla. Cuando Reaver se transforma, toma a Naill por sorpresa, pero no tanto como cuando Sage responde con un *mmm* en respuesta a lo que ve. Naill le recuerda que los *drakens* pueden respirar fuego, pero eso no parece preocuparla lo más mínimo. Lo entiendo. Yo tuve una experiencia de lo más increíble con un *draken*, y son bastante deliciosos.

Cuando regresa Cas, Naill espera a que los *wolven* saluden al rey antes de acercarse a darle un abrazo. Le dice a Cas que las cosas no estaban bien sin él y que no se marche de nuevo. Su euforia enseguida se convierte en shock cuando ve a Malik.

Todo el mundo informa a Poppy y a Cas de lo que está pasando con la toma de las ciudades, y Naill les informa que los Ascendidos dejaron un cementerio en Whitebridge y en Padonia, igual que hicieron en Pompay. Hablan del duque de Tres Ríos y Malik menciona que lo conoce. Naill no puede reprimir su ira y se revuelve contra él: le pregunta con desdén cuán complicadas se han puesto las cosas, y utiliza para ello su título de príncipe. Más tarde, Cas les pide a Naill y a Emil que mantengan un ojo puesto en Malik, y Naill acepta encantado.

En el Bosque de Sangre, mientras buscan a Malec, Naill lucha contra un grupo grande de Demonios junto con los otros. Cuando llega Reaver, alerta al grupo de la aparición de los *drakens*. Una vez solucionado eso, Poppy pronuncia el hechizo para encontrar a Malec, y a Naill le sorprende la reacción.

Más adelante, pese a que le han encargado que lo vigile, Naill no se da cuenta de que Malik no está en sus aposentos, sino hablando con Poppy en las cuadras.

Cuando por fin llegan al Templo de Huesos, Naill comenta que la Reina de Sangre había llevado consigo a algunos amigos. Ayuda a Emil a descargar a Malec y luego transporta el féretro con los otros dos, comentando lo mucho que pesa el dios.

Callum retira la maldición de Kieran con una daga blanca de algún tipo, y Naill se sorprende de ver la neblina negruzca que emana de la herida del *wolven*. Supongo que cualquier cosa relacionada con la magia primigenia debe resultar sorprendente, sobre todo cuando es todo tan nuevo para ellos.

Después de que Isbeth apuñala a Malec y se produce el enfrentamiento posterior, Naill intenta salvar a un guardia real de un *dakkai*, pero no es lo bastante rápido. Sin embargo, sí que agarra del pescuezo y salva a Rune mientras el fuego de *draken* llueve sobre el templo. Al final, un *dakkai* derriba a Naill, que muere con el pecho abierto en canal. Cuando revive, encuentra a todo el mundo vivo y curado, aunque con evidencias de la pelea aún muy presentes.

Mientras les cuentan la historia de los mundos, Naill sabe que es solo el principio.

Todos lo sabemos.

Naill parte para intentar encontrar a Malik y a Millie.

DELANO AMICU

Delano es uno de mis favoritos para ver en mis visiones. No solo es adorable en su forma mortal, sino que también es magnífico en su forma de *wolven*. Con alma de cuidador, es de una lealtad increíble y siempre está ahí para quienquiera que lo necesite.

Pelo: muy rubio, casi blanco.

Ojos: pálido azul invernal.

Constitución: alto. Corpulento y fuerte como un toro.

Rasgos faciales: piel pálida. Aspecto juvenil.

Rasgos distintivos: arruga casi constante en el ceño.

Aspecto preternatural: pelaje blanco.

Otros: su impronta es primaveral y suave como una pluma.

Personalidad: reservado.

Hábitos/Costumbres/Fortalezas/Debilidades: muy rápido. Leal hasta decir basta.

Antecedentes: no vinculado a un atlantiano elemental. Los Ascendidos mataron a toda su manada, incluidos su madre, su padre y sus hermanas. Mantiene una relación con Perry.

Familia: madre †, padre †, y número desconocido de hermanas †. Hermana = Preela †. Pareja = Perry.

EL VIAJE DE DELANO HASTA LA FECHA:

Cuando era joven, los Ascendidos asesinaron a toda la manada de Delano, incluidos sus padres y sus hermanas (aunque los *vamprys* esperaron un rato antes de matarlas). Su otra hermana,

Preela, también fue asesinada más tarde por el rey Jalara delante del atlantiano elemental al que estaba vinculada, Malik.

Después de que la Corona de Sangre capturase a Casteel y este escapara, Delano lo ayudó a recordar quién era y le insistió en que no era una *cosa*. Se convirtió en parte del círculo interno de Cas y, si puede evitarlo, no se aleja nunca mucho de él.

Delano acompaña a Emil a Masadonia cuando el atlantiano acude a alimentar a Cas, pero no vuelve a ver al príncipe y a Kieran hasta que llegan a New Haven con la Doncella. Celebran varias reuniones para trazar planes y estrategias y Elijah llama a Delano «nube» (de caramelo). Cuando Delano se irrita más tarde, el Descendente dice que la nube se está poniendo durilla. Delano lo amenaza (como es obvio).

En cualquier caso, a mí me encanta que Delano sea una nube. Eso me hace sonreír.

Un guardia intenta salir de la fortaleza de Haven con Poppy, y Delano acaba matando a uno de los Cazadores en los establos durante su intento de fuga. Aunque no sabe todo lo que ocurrió en Masadonia (se supone que Kieran lo va a poner al día más tarde), Delano acompaña a Poppy a las mazmorras.

Mientras está ahí abajo, Delano le lleva queso y pan y comenta que le llevaría estofado si creyese que ella no se lo iba a tirar a la cara. También le dice que estaría muerta si ese fuese su destino o si esa fuese la intención de todos ellos.

Delano se queda con ella hasta que llega Hawke, momento en el cual se marcha para conseguir algunos artículos de primeros auxilios. Sin embargo, un poco más tarde, Jericho y sus compinches atacan. Delano y Naill estaban a punto de llevar a Poppy a algún lugar más cómodo, así que son testigos de todo. Delano protege a Poppy, incluso hasta el punto de tirarle su espada para que ella también pueda luchar.

Después del intento de escapatoria de Poppy y de que Cas la persiga hasta el bosque, el príncipe revela que es medio atlantiana, lo cual sorprende a Delano hasta la médula. Se pregunta cómo lo sabe Casteel, pero entonces ve la marca del mordisco en el cuello de Poppy.

Después de cambiar de sitio y del más reciente intento de fuga de Poppy, Delano monta guardia a la puerta de su habitación y responde con el mayor sarcasmo que puede cada vez que ella exige que la liberen. En un momento dado, Delano entra a la carrera en la habitación de Poppy, jurando que la ha oído pedir ayuda a gritos y decir su nombre. Cuando ella jura que solo estaba gritando para sus adentros, Delano se muestra confuso.

Más tarde averiguaría que era el *notam* primigenio.

Llegan los Ascendidos y Delano permanece en forma de *wolven*, rondando por ahí en caso de que lo necesiten. Después, Naill y él salen a comprobar el estado de las carreteras del oeste y regresan para informar a todos de que son lo bastante seguras para viajar.

Durante el viaje, el clan de los Huesos Muertos ataca al grupo. Delano conduce a los caballos al bosque y luego se une a la pelea. Uno de los miembros del clan comenta que su pelaje haría una gran capa, y Delano lo muerde con más fuerza de lo normal por su comentario. Después de la batalla, recupera los caballos para poder seguir su camino.

En Spessa's End, Delano le ofrece a Poppy algo de whisky después de la cena y le pide que no apuñale a Casteel porque eso le genera ansiedad.

El cielo de repente parece arder en llamas y Delano va a ver por qué. Cuando regresa, está herido (ha recibido varios flechazos). Se desploma y pierde el conocimiento. Poppy lo cura como hizo con Beckett.

Después de la boda de Cas y Poppy, Delano viaja con Naill y Beckett a través de la niebla de las montañas Skotos y planea reunirse con los otros en Roca Dorada. Su grupo es el último en llegar, pero todo salió bien.

Tras el ataque a Poppy en las Cámaras de Nyktos, Delano llega con los otros *wolven*. Todos rodean y protegen a Poppy, gruñendo cada vez que alguien se acerca demasiado.

Pronto queda claro que Poppy es mucho más de lo que parece, y Delano se une a los otros cuando hacen una reverencia ante ella y emiten un aullido colectivo. Al descubrir que Beckett fue el que condujo a Poppy hasta las Cámaras, donde se produciría el ataque, Delano, Emil y Naill van en busca del joven.

Cuando capturan a Poppy y la llevan a Irelone, Delano se une al grupo que parte para rescatarla. Durante el viaje, descubre que puede sentir lo que sueña Poppy. Percibe que, en sus sueños, Poppy piensa que es un monstruo, y Delano en respuesta le dice que no lo es, que es *meyaah Liessa*. Después le ordena que se despierte, pero no en voz alta; se lo dice por telepatía.

Poppy cura el dolor de Quentyn cuando les dan la noticia de que Beckett había sido asesinado, y los ojos de Delano brillan con hebras plateadas de luz en sus iris, igual que los de ella, lo cual consolida el hecho de que los *wolven* están vinculados a ella.

Y de hecho él se convertirá en uno de los que tienen un vínculo más estrecho.

Un carruaje atropella a una niña llamada Marji en un pueblo y Delano corre a buscar a Cas y a Poppy. Se transforma y los conduce hasta la niñita, pero es demasiado tarde. Delano no puede evitar emitir un gemido cuando la niña muere, pero se siente al mismo tiempo aliviado y estupefacto cuando Poppy la trae de vuelta a la vida.

Delano invita a su rey y a su *Liessa* a unirse a los festejos de una boda *wolven*. Le pide a su reina que baile con él, y ella le dice que la llame *Poppy*, no otra cosa más formal.

Después de encontrarse con el hermano de Poppy, Ian, Delano se reúne con el grupo que se dirige hacia la capital. Cuando llegan, es testigo de la transferencia de coronas y protege a la pareja durante la reunión del Consejo.

Durante el viaje hacia Iliseeum, Delano lleva dos espadas a la cintura. Cuando Cas empieza a hacer rabiar a Poppy acerca de mi diario, Delano le pide que no apuñale a su rey.

Aunque a él le gusta el libro tanto como a ellos.

Vonetta cae a través del suelo del túnel durante el viaje a Iliseeum, y Delano utiliza una antorcha para iluminar la situación. Su preocupación se triplica cuando estudia el estado del suelo y ve que no aguantará demasiado tiempo más para ninguno de ellos.

En la Tierra de los Dioses, unos esqueletos surgen del suelo de pronto, y Delano pregunta cómo se supone que deben matar a unos soldados que ya están muertos. Después de que Poppy utilice su poder para poner fin a la lucha, ella y Cas se abrazan con pasión. Mientras que todo el mundo se muestra un poco incómodo, Delano comenta que verlos besarse es mejor que verlos pelear.

Delano participa en la gran reunión estratégica para hablar de Oak Ambler. Cuando llegan a la ciudad, deja su capa atrás para quien pueda necesitarla, totalmente consternado por el estado de los ciudadanos. Vestido como guardia de Solis, se muestra receloso cuando entran en el pasadizo subterráneo del castillo de Redrock, y de alguna manera percibe que los Ascendidos saben que han llegado. No hay guardias en las entradas del túnel, cosa que supone que debería haber, en especial porque ya han entrado atacantes por ahí en el pasado.

Cuando se topan con un gran gato de cueva enjaulado, Delano sugiere que los Ascendidos lo llevaron con ellos al castillo de Redrock y comenta que parece desnutrido. Cuando Poppy lo toca y el gato cambia de forma para convertirse en hombre, Delano le dice que deje de tocar cosas. Después se pregunta en voz alta si será un *wivern*.

Interceptados por Millie y sus guardias, Delano ataca y lo reducen en tiempo récord, inmovilizado por espadas que apuntan a su estómago y debajo de su barbilla. Cuando llegan las pullas acerca de Isbeth, Delano dice que no importa lo que sea la Reina de Sangre porque Poppy es una diosa.

Cuando Cas se entrega y la Corona de Sangre devuelve a Tawny, Delano la lleva a una habitación de Evaemon y llama a los curanderos y a mí.

Delano, Naill, Emil y Vonetta acompañan a Poppy de vuelta a Oak Ambler para reunirse con el rey Jalara y entregar el *mensaje* de Poppy. Justo antes de matar al rey, Poppy le dice que Delano proviene de una estirpe a la que el propio Nyktos dio forma mortal. Después de que Poppy separe la cabeza del rey de su cuerpo, Delano deja caer la cabeza de Jalara a los pies del Retornado y luego le lleva a Poppy la corona del rey muerto.

Durante su viaje a Massene, Delano y Poppy se comunican a través del *notam* primigenio. Él le dice que hay veinte guardias del Adarve en la puerta norte y dos docenas de mortales en la muralla. También informa de que Emil puede encargarse de los del Adarve. Una vez que dan la señal y que se encargan de los guardias, Delano sigue a Emil hasta la puerta.

A través de las cámaras subterráneas de Cauldra Manor, Delano encabeza la marcha con Vonetta y Sage para garantizar la seguridad de Poppy. Mientras Poppy deambula por las ruinas en el exterior de la fortaleza, Delano la acompaña como guardia.

Igual que Poppy, Delano se pregunta sobre lo que Reaver dijo que ocurriría si alguien pronunciase el nombre de la consorte en el mundo mortal. Dice que suena como si ella fuese igual de poderosa que Nyktos.

Cuando Poppy se pone toda Primigenia al recibir el dedo de Casteel de la Reina de Sangre, Delano protege a Perry, pero después intenta consolar a Poppy cuando se calma.

Durante la reunión con los generales, Delano está atento a todo en su forma de *wolven* y gruñe cuando Aylard insinúa que Poppy está más preocupada por la gente de Solis que por la de Atlantia, que es su gente.

Durante su regreso a Oak Ambler, Poppy alerta a Delano de que se están acercando a la puerta y él le asegura por telepatía que tiene el apoyo de todos ellos. Después, Vonetta, Sage y Arden conducen a los *wolven* al interior de la ciudad.

Cuando hieren a Perry, Delano se queda con él y le lee pasajes de mi diario (un material de lectura excelente, sí señor, y una gran forma de pasar el rato. No obstante, no creo que les haya proporcionado demasiada relajación. Más bien al contrario, en realidad). Poppy va a ver cómo están y cura a Perry. Delano le da las gracias y después besa a su pareja.

Más tarde, mientras hablan sobre la magia primigenia que piensan utilizar para localizar a Malec, Delano le recuerda a todo el mundo que todavía necesitan un artículo preciado, una vez que averigüen el tema de la sangre.

El grupo se divide y queda en reunirse otra vez en Tres Ríos. Delano y su grupo están obligados a ir a Padonia primero, y Poppy se pone en contacto con ellos ahí por medio del *notam*, después de que Reaver, Kieran, Malik y ella abandonen Carsodonia con Casteel.

Poppy, Cas y los otros llegan a Padonia, y Delano se lanza a los brazos de su rey. Cas le dice a Delano que lo ha echado de menos.

Malik se acerca dubitativo y se arrodilla al lado de Delano, al que habla en voz baja. Delano empuja la mano de Malik con su cabeza, y el hermano de Cas rompe a llorar mientras pone una mano sobre Delano. Los dos echan de menos a Preela y esta es la primera vez que han tenido la oportunidad de lamentar su pérdida juntos.

Al final, deducen que Malec está enterrado cerca de Masadonia, y Delano deduce que el Bosque de Sangre crece donde crece en parte porque Malec está enterrado ahí. Tres días después, están cerca del Bosque de Sangre. Luchan contra un grupo de Demonios y luego realizan el hechizo para localizar el lugar exacto donde está enterrado Malec.

Cuando encuentran el túnel, Delano está de acuerdo con Sage cuando dice que los *wolven* deberían entrar primero. Cuando los atacan los *gyrms*, Delano se fija en que no atacan a Poppy y él le dice que quizá la reconozcan de alguna manera.

En el Templo de Huesos, Delano deja bien clara su animadversión por Callum. Cuando se desata el infierno, Delano salva a Malik de un *dakkai* mientras este ayuda a Millie; después aparta a Poppy del camino del fuego del *draken*. Ella le dice que deben llegar hasta Malec e impedir que muera, y Delano le dice que tiene todo su respaldo.

Con su poder, Isbeth envía la daga de Poppy de vuelta hacia ella y Delano salta delante de Poppy para salvarla. La hoja se le clava en el pecho y Delano muere.

Cuando Poppy se fusiona con la consorte y trae a todo el mundo de vuelta a la vida, él empuja su mano con la nariz y ella lo abraza. Delano se acerca todo lo que puede a ella, agradecido de estar vivo y de que el resto de sus seres queridos también estén bien.

Delano acompaña a Cas, Poppy, Kieran y Nektas a los túneles de debajo de Wayfair. Encuentran a Ires, y Poppy se sume en una estasis. Delano vuelve con ellos y se queda con Poppy en forma de *wolven*, vigilándola durante todo el tiempo que pasa dormida.

Cuando llegan Malik y Millie, Delano se mueve para proteger a Poppy, pero acaba dejando que las hermanas pasen algo de tiempo juntas con la vigilancia de Kieran.

Me interesa mucho saber cómo lidia Delano con la noticia de que Cas puede transformarse y de que Poppy despierta como una Primigenia.

PERRY

Pelo: oscuro y corto.

Ojos: ámbar.

Rasgos faciales: lustrosa piel marrón. Apuesto, corpulento, rasgos cálidos.

Personalidad: de sonrisa rápida. Generoso.

Antecedentes: no está vinculado a un *wolven*. Mantiene una relación con Delano. Es un lord; incluso tiene aposentos propios en el palacio. Le gustan los puros. Su padre quería que se centrase más en la tierra que poseían y en otras empresas familiares en lugar de unirse al ejército. Perry aceptó.

Familia: padre = Sven.

EL VIAJE DE PERRY HASTA LA FECHA:

Cuando Perry conoce a Poppy y saluda al resto del grupo en el palacio, Vonetta se acerca para protegerla de él. Él se lo toma como confirmación de que los rumores que ha oído acerca de la nueva reina de Atlantia son ciertos. Ayuda a Poppy a bajarse del caballo y después pregunta si Delano está con ellos, pues todavía no ha visto a su amante.

En el barco hacia Oak Ambler, Perry le dice a Poppy que sus piernas se harán al mar enseguida. Está claro que ella no está tan segura. Cuando llegan, Perry se ofrece a mantener un barco cerca a fin de que puedan utilizarlo para regresar a Atlantia. Sin embargo, le dicen que vuelva de inmediato porque es demasiado arriesgado.

Lleva a Casteel a un lado y le pide que mantenga un ojo puesto en Delano por él mientras están separados, pues dice que a veces el *wolven* es demasiado valiente. Cas le promete a Perry que Delano volverá con él.

Perry y la tripulación planean llevar de vuelta a Atlantia todo lo que llevó consigo el grupo, incluido mi diario.

Es agradable ver que todo el mundo lo mantiene tan a salvo.

Perry representa el papel de capataz a la perfección mientras cargan y descargan cajas de botellas de vino para Oak Ambler. El ardid permite a Casteel utilizar coacción con los guardias y después colarse con los demás al otro lado del Adarve.

Más tarde, Perry llega con Kieran y Emil para entregarle a Poppy el *regalo* de la Reina de Sangre. Perry le dice que la caja lleva magia primigenia y explica que los que saben utilizarla pueden crear conjuros y hechizos protectores que solo responden a determinadas estirpes. Le informa que solo debería requerir una gota o dos de su sangre. Cuando Poppy le pregunta cómo sabe todo eso, él aclara que aprendió cosas sobre la magia primigenia de su padre.

Cuando Poppy pierde el control al ver el dedo cortado de Casteel, Delano (en forma de *wolven*) empuja con suavidad a Perry para que se aleje de ella.

Mientras la tormenta arrecia y los *drakens* empiezan a caer del cielo, Perry llega a la habitación de Vessa y la encuentra utilizando magia primigenia.

Cuando Reaver les cuenta que el *eather* es más fuerte en los terceros hijos e hijas, Perry presta especial atención y escucha mientras el *draken* explica que la esencia de Kolis convirtió a los Retornados en lo que son: seres que no están ni vivos ni muertos.

Perry retira su medallón de la cadena de oro que lleva y se la da a Poppy para que lleve encima la alianza de boda de Casteel. A continuación, cose el medallón a su armadura, porque está claro que es especial para él.

También ofrece su caja de puros para guardar en ella las coronas de Poppy y de Casteel, y se reúne con los otros para proteger a la pareja mientras informan y dan instrucciones a los generales.

Más tarde, Kieran va en busca de Poppy para curar a Perry, que ha recibido un flechazo en el hombro. Perry protesta y dice que no hace falta que se preocupe por él cuando tiene tantas otras cosas que debe hacer.

Mientras hablan sobre el libro que está leyendo Delano, Perry comenta que yo he tenido una vida interesante (no te lo puedes ni imaginar), y luego dice que Casteel debía de estar encantado de haber leído el diario y luego haberme conocido en la reunión del Consejo.

El sentimiento fue, y todavía es, mutuo por completo.

Poppy cura a Perry y después Delano y él comparten un beso muy dulce.

Perry se une a la conversación de Poppy y Sven sobre magia primigenia. Cuando su padre parece un poco despistado, Perry le da algo de whisky para ayudarlo a pensar. Una vez más sereno, Perry le pregunta por qué no hace más que volver al tema del hechizo localizador. A medida que entran en más detalles, Perry sugiere que mi diario podría ser el artículo preciado necesario para realizar el conjuro.

Quiero decir, está claro que es un objeto preciado para muchos, pero dado lo que sé acerca de la magia primigenia, no creo que funcionara como pretendían.

Cuando Poppy y el grupo regresan a Padonia con Cas, Perry la da al rey un abrazo con un solo brazo y le dice que tiene buen aspecto, y que ha estado cuidando de Delano (una labor de veinticuatro horas. Aunque estoy segura de que es una que no le importa). Añade que nunca dudó de que Kieran y su reina fuesen a recuperar a Casteel.

De pronto, ve a Malik y se pone tenso, la mandíbula apretada cuando ve que el príncipe tiene buen aspecto, no el que debería tener después de un siglo de cautiverio.

Mientras hablan de lo sucedido durante su ausencia, Perry les dice que los *vamprys* no habían dejado a nadie con vida en Whitebridge. Habían matado a miles, muchos convertidos en Demonios… tantos que, de hecho, perdieron soldados y *wolven* durante la batalla.

Cuando descubren que Eloana y yo enterramos a Malec en el Bosque de Sangre, Perry se da cuenta de que nunca había sabido que los árboles de sangre crecían donde lo hacían porque era el lugar del enterramiento de Malec.

Tres días después, Perry se une al grupo que lucha contra una horda de Demonios mientras buscan al dios. Blande un hacha de heliotropo como si fuese una extensión de su brazo.

Cuando Emil se queja de que los árboles *rezuman* y pregunta qué es, Perry responde al instante que va implícito en el nombre, con lo que sugiere que es sangre.

Al darse cuenta de que los *gyrms* que protegen a Malec no atacan a Poppy, Perry se lo comenta a los otros y dice que él no puede ser el único que se ha fijado.

Después de eso, le perdí la pista. No estoy segura de que estaba ahí cuando fueron al Templo de Huesos o si se quedó atrás, pero sé que no es lo último que sabremos acerca de este fascinante atlantiano elemental.

HISA FA'MAR

Pelo: negro azabache. Lo lleva recogido en una única trenza.

Ojos: ámbar.

Constitución: alta. Musculosa.

Rasgos faciales: piel marrón clara con trasfondo dorado.

Personalidad: sensata y práctica.

Hábitos/Costumbres/Fortalezas/Debilidades: conoce la magia que puede crear *gyrms*.

Antecedentes: atlantiana elemental. Comandante de la guardia de la corona.

Familia: desconocida. La familia que ha elegido es la *wolven* Lizeth Damron, con quien mantiene una relación.

EL VIAJE DE HISA HASTA LA FECHA:

No sé gran cosa sobre los comienzos de Hisa, pero espero rellenar esos detalles lo más pronto posible. Sin embargo, sí puedo relatar cómo encaja en la historia una vez que Poppy y Casteel entran en escena.

Después del ataque de los Arcanos a la residencia de los Contou, Hisa ordena que los guardias registren los alrededores. Menciona la máscara de Descendente encontrada en el lugar del incendio provocado y deduce que, entre eso, el ataque al patio y las ruinas, todo ello debe estar conectado y ser obra de los Arcanos.

Está presente cuando Poppy y Casteel se encuentran con Valyn y Eloana en el Palacio de la Cala. También está presente en la coronación de la pareja y empieza a seguir de inmediato a sus nuevos protegidos.

Junto a Kieran, Vonetta, Delano, Emil y Naill, Hisa monta guardia durante la reunión del Consejo. Recuerdo verla ahí; es preciosa, tiene presencia y es difícil no fijarse en ella.

Cuando el grupo va a Iliseeum por primera vez, Hisa los conduce a través de las criptas hasta los túneles de acceso, y utiliza sus llaves para abrir la puerta de entrada. Cuando van a partir, les desea buen viaje y dice que el reino quiere tener la oportunidad de conocer a sus nuevos regentes.

Durante la reunión estratégica a la que acude con los padres de Casteel, Hisa se da cuenta de que el grupo que irá por tierra será detectado antes de que el que va por mar llegue siquiera a Oak Ambler. Es decir, toda la atención estará puesta sobre ellos. Así pues, se convierte en parte de ese grupo y llega por tierra con Lyra y Emil, que se hacen pasar por Poppy y Cas. Por desgracia, los Ascendidos los capturan casi de inmediato.

Después de que Tawny resulte herida, Hisa comenta que nunca había visto a una mortal herida por sombra umbría y se pregunta si (o más bien espera que) uno de los Ancianos sabrá cómo ayudarla. Yo sabía, por suerte.

Cuando está lista para enviar su *mensaje*, Poppy le pide a Hisa que le comunique a la Corona de Sangre que quiere encontrarse con ellos al final de la semana siguiente y añade que les diga que solo hablará con el rey o la reina.

Una vez que el grupo llega a Massene, Hisa se encarga de la tarea de crear un mapa de Oak Ambler. Más tarde, anima a Poppy a compartir los planes y se asegura de estar presente en la reunión informativa con los generales. Cuando hablan de avisar a los mortales antes de que sus ejércitos converjan en las ciudades, Hisa está de acuerdo en que es buena idea. Después analizan estrategias de batalla y ella declara que deberían matar a todo Ascendido que ataque, pero solo capturar a los que se rindan. A medida que la planificación se alarga, Hisa expresa su preocupación acerca del momento en el que quieren rescatar a Casteel y afirma no estar de acuerdo con esa parte del plan.

Aunque los otros se marchan, Hisa se queda con Valyn para asegurarse de que se siguen los planes. Cuando su novia, la general Lizeth Damron, va a partir para cumplir con su deber, Hisa le dice que tenga cuidado. Lizeth responde «Pero sé valiente», y Hisa dice «Siempre», antes de besarla.

Eso me encanta.

Hisa y Valyn conducen al ejército al interior de la ciudad. Una vez ahí, ella registra el castillo de Redrock con él y con los otros soldados. Encuentran a los Demonios dentro y luchan contra ellos. Cuando se topan con los sacerdotes y las sacerdotisas, Poppy le encarga a Hisa vigilar a Framont y a los otros mientras ella habla con Valyn. Después, siguen a la sacerdotisa Ascendida hasta la sala donde están los cuerpos de todos los niños asesinados.

Más tarde, ya instalados, hablan de emplear la magia para ayudar a localizar a Casteel. Poco después, llegan visitantes desde Atlantia (Tawny y Gianna), y Hisa muestra su descontento por que Lin no les preguntara sus nombres. Cuando ve a Tawny y los cambios evidentes en la mortal, muestra un recelo comprensible hacia ella.

En Padonia, Hisa se reúne con los generales a la entrada de la fortaleza. Más tarde, durante la cena, Lizeth y ella comparten un momento de tranquilidad, y Hisa insinúa que sabe por qué Isbeth quiere a Malec. Interesada por el *después*, Hisa pregunta qué será del dios después de que derroten a la Corona de Sangre. ¿Lo devolverán a su sepultura? Le dicen que alguien se lo devolverá a sus padres, Nyktos y su consorte. Lo más probable es que lo haga Reaver.

La noche de la Unión de Poppy, Cas y Kieran, Hisa pasa el tiempo con Jasper y Valyn.

Una vez que encuentran a Malec, Hisa cabalga al lado de la carreta para vigilar a su presa. Cuando Poppy responde a la orden de Sven de «Ten cuidado» con un «Pero sé valiente», Hisa sonríe.

Durante la gran batalla con Isbeth en el Templo de Huesos, un Retornado con piedra umbra mata a Hisa. Más tarde, revive y acaba sentada sobre un murete bajo, observando a Poppy... lo más probable es que alucinada.

LIZETH DAMRON

Pelo: hasta la barbilla y de un rubio frío.

Ojos: azul invernal.

Rasgos faciales: piel clara.

Antecedentes: *wolven*. General del ejército atlantiano.

Familia: desconocida. La familia que ha elegido es la atlantiana elemental Hisa Fa'Mar, comandante de la guardia de la corona.

EL VIAJE DE LIZETH HASTA LA FECHA:

Igual que con Hisa, no sé gran cosa acerca de Lizeth. Por lo tanto, solo puedo deciros lo que vi de ella con respecto a otros.

Lizeth entra en mi campo de visión después de que Poppy y Casteel sean coronados como los nuevos reyes de Atlantia.

Justo antes de la reunión con los generales, Lizeth llega con el general Aylard y muestra curiosidad por lo que está pasando. Cuando los generales y los demás hablan de estrategia, Lizeth aprueba lo que dicen de que controlar los suministros a otros puertos es buena cosa; además, evitará que las fuerzas de la Corona de Sangre puedan entrar por ahí. Al ver el mapa de Oak Ambler por primera vez, sabe al instante que es obra de Hisa.

Cuando Poppy despliega su poder, Lizeth hinca una rodilla en tierra y se dirige a ella como *meyaah Liessa*.

Antes de partir hacia Oak Ambler, su novia y ella comparten una despedida tierna.

Más tarde, en Padonia, da la bienvenida al grupo con Sven.

Durante la cena, cuando Hisa y ella están charlando en silencio y Hisa comenta que sabe por qué Isbeth quiere a Malec, Lizeth supone que es porque la Reina de Sangre cree que él le proporcionará Atlantia.

A pesar de ser una general, lo único a lo que aspira Lizeth es a que la guerra acabe de una vez por todas.

ESCAPADAS LABERÍNTICAS

Queridísimo diario:

El encuentro de esta noche se merece una entrada. En el mismo momento en que me marché, saciada y sonriendo, supe que querría captar el evento en glorioso detalle.

El ambiente parecía cargado de electricidad mientras estuve fuera esta noche, aunque si se debía a una tormenta en ciernes o a mi propio entusiasmo, no lo sé. Sea como sea, el aire me besó según pasaba por mi lado, hinchó mi vestido y acarició mi piel desnuda hasta que se me puso la carne de gallina de un modo delicioso. Puedo sentirlo en este momento mientras escribo, al tiempo que un escalofrío de anticipación baja de puntillas por mi columna.

Casi puedo saborear el whisky que bebía a sorbitos mientras caminaba. Los olores del jazmín y de las rosas de floración nocturna me rodeaban como un perfume delicado que me recordaba a la rubia de generosos pechos con la que había coqueteado pocas lunas antes. Ella había olido a noches prohibidas y a fantasías perversas (algo que habíamos hecho realidad). Mmm. Me estremezco ahora solo de recordarlo.

Pero volvamos a la aventura de esta noche.

Mientras caminaba al encuentro de mi amante para nuestra escandalosa cita (un acuerdo al que habíamos llegado en la pista de baile de la fiesta pre-Rito de un lord y una dama), el laberinto se alzaba a ambos lados de mí, sus exuberantes y frondosas paredes de un verde plateado a la luz de la luna. Alargué la mano y toqué los arbustos; el roce de las ramas cortadas y las hojas sobre la palma de mi mano y las yemas de mis dedos me recordó a bigotes sobre piel delicada.

A medida que me dirigía al centro del laberinto, recuerdo pensar en lo que me esperaba ahí. No una mítica bestia de leyendas populares, sino un macho viril de exquisita belleza masculina. Aunque si soy sincera (y siempre soy sincera conmigo misma), había esperado que me devorase de formas mucho más placenteras.

Incluso ahora, aquí en mis aposentos, mi rostro sonríe al recordar ese pensamiento... y las formas en que esas esperanzas se satisficieron.

Pero me estoy adelantando a los acontecimientos.

Me abrí paso entre los serpenteantes y enrevesados setos hasta llegar al centro del laberinto. Terminé mi último sorbito de licor justo cuando emergía de la frondosa pared, y el delicado ardor del alcohol fue como un abrazo cálido. Me encendió desde el interior, pero no tanto como la escena que se desplegó ante mí.

Los refinados anfitriones de las actividades de esta noche (bueno, al menos los del interior de la mansión, en cualquier caso) habían equipado su laberíntico jardín con una elaborada mesa de hierro forjado con sillas a juego, y altas antorchas de llamas parpadeantes.

El claro circular estaba lleno de árboles en flor que yo sabía que serían de un vibrante fucsia a la luz del día, pero que eran del color del vino caliente con especias al resplandor incandescente de la luna.

Sin embargo, ni siquiera fue eso lo que captó mi atención. No, lo que me hizo pararme en seco, lo que había atrapado mi mirada, fue el hombre instalado sobre un mullido diván, su piel tersa y tonificada a la vista, nada más que la cola de gasa de una de las cortinas que colgaban del arco bajo el cual estaba sentado para cubrir su virilidad.

Sus facciones eran como las recordaba, solo que aún más etéreas por efecto de la luz de la luna. Mejillas cinceladas y mandíbula cuadrada; una cicatriz cruzaba su pómulo hasta la sien derecha. La herida ya curada solo aumentaba su atractivo y daba crédito a su fuerza. Un aura de inteligencia lo rodeaba, una de la que no podías escapar, incluso con una sola mirada a sus espectaculares ojos verdes, levemente entrecerrados y recalcados por los arcos de sendas cejas oscuras. Su pelo pardo y ondulado le llegaba justo por encima de los hombros, lo cual le daba un aspecto travieso y un atractivo sexual claro, que había sido lo primero que me había llamado la atención de él desde el otro lado de la pista de baile.

Continué mi observación detallada, deslizando los ojos despacio desde la cabeza hasta sus pies. Incluso desde esa distancia, vi que estaba listo y a punto para mí, y que había esperado con ansia mi llegada.

Recuerdo con gran claridad ahora el escalofrío que me recorrió, la sensación de poder y de orgullo. Solo la anticipación de encontrarse conmigo aquí había tenido este efecto sobre un hombre que había parecido estar muy en control de sí mismo hacía un rato. También recuerdo pensar, y esperar, que ejerciese algo de ese control sobre mí.

No me decepcionó.

Caminé hacia él, aportando un contoneo adicional a mis pasos, mientras deslizaba la lengua por el borde del vaso de cristal que sujetaba, sin apartar los ojos de los suyos durante todo el camino.

Dejé el vaso en la mesa al pasar junto a ella, mientras observaba embelesada cómo el general Ximien se tocaba por encima de la vaporosa cortina. Los músculos de su pierna flexionada se abultaron y la luz de la luna centelleó sobre el sudor que ya perlaba su tentadora piel de un color ámbar cautivador.

Cuando llegué hasta él, empecé a desvestirme, despacio. Las prendas y accesorios de mi atuendo de fiesta fueron cayendo a la húmeda hierba bajo mis delicados zapatos, mis ojos aún fijos en los suyos.

Él me miró desde el diván en todo momento, la luz de sus ojos centelleaba, sus dientes succionaron su carnoso labio inferior, su impresionante pecho agitado con sus respiraciones aceleradas.

Le pregunté si le gustaba lo que veía, y su única respuesta fue un gruñido grave mientras cerraba la mano con más fuerza sobre su miembro.

Cuando me quité las últimas prendas de ropa, me solté el pelo y observé cómo un rizo negro azulado caía hacia delante para juguetear con un pezón. La sensación sedosa del pelo solo aumentó el intenso placer que noté que empezaba a subir en espiral por mi columna y que hizo que mis pezones ya duros se fruncieran de un modo casi doloroso al húmedo aire nocturno.

Y aun así, él se limitó a mirar, aunque la expresión apreciativa de sus ojos disparó mi deseo. Algo en la distancia que nos separaba era aún más erótico que si hubiese estirado las manos hacia mí, y la carga eléctrica del aire parecía crear un vínculo invisible que se convirtió en un zumbido en mi sangre. Aun así, a pesar de la excitación, me sentía vacía, abandonada. Necesitada de caricias.

Así que me acaricié a mí misma. Agarré mis pechos, ambas manos extendidas alrededor de los pesados orbes, y pellizqué sus puntas cosquillosas entre mis dedos. Cerré los ojos y dejé que mi cabeza cayese hacia atrás con un suspiro.

En un abrir y cerrar de ojos, sentí que el aire se removía y oí el movimiento cuando el general Ximien, uno de los guardias reales de la reina Ileana, me apretó contra su cuerpo duro, su pene palpitante atrapado entre nosotros, dejando un refrescante rastro de humedad al recolocarse para tener mejor acceso. De repente, me entraron ganas de saber a qué sabría. ¿Sería ahumado? ¿Dulce? ¿Ácido?

Pero antes de poder expresar esos deseos, el general ya había cerrado un puño alrededor de mi pelo y su boca estaba sobre la mía, al tiempo que deslizaba un dedo por la raja de mi trasero para apretarme más contra él.

No fue ningún beso tentativo. Fue uno de reclamo; su pasión reprimida y su deseo acumulado se fundieron en una tormenta de necesidad. Recuerdo pensar que si nuestro primer beso era así, el resto de la noche sería de lo más gloriosa.

Metí la mano entre nosotros y la cerré sobre su impresionante erección; la sedosa sensación de su piel sobre el acero de debajo me provocó un gemido ronco. Los Arae lo habían bendecido. Mis dedos apenas se tocaban alrededor del grosor de su miembro y, cuando abrí la mano y las yemas de mis dedos encontraron los ásperos rizos de su ingle, el tiempo que tardé en deslizar la mano hasta llegar al final fue un poco impactante... del modo más cautivador y excitante posible.

Recuerdo pensar que no podía esperar a sentir cómo me estiraba y me quemaba. A ver si su curva me tocaba en ese punto en mi interior que hacía que galaxias enteras cobrasen vida detrás de mis ojos.

Soltó mi pelo y me levantó con sus poderosos brazos. Enrosqué las piernas a su alrededor y las crestas de su abdomen crearon una fricción deliciosa que me hicieron apretar los muslos y rotar las caderas entre sus brazos.

El general arqueó una ceja y me dedicó una sonrisa devastadora; luego susurró algo acerca de que era muy avariciosa, antes de darme un mordisquito en el labio. No recuerdo si le contesté algo.

Cuando me depositó en el diván, me pregunté si pasaríamos directamente a follar (yo desde luego que estaba preparada para ello) o si él tendría alguna otra idea en mente. Resultó que tenía muchísimas otras ideas.

Me empujó hacia atrás sobre los cojines y luego tiró de mí hacia él, clavándome los dedos en los muslos de tal manera que me pregunté si tendría moratones al día siguiente. Si aflorasen, serían medallas de honor.

Abrió mis piernas y se acercó más para pasar primero una y luego la otra pierna por encima de sus anchos hombros mientras me lanzaba una sonrisa lasciva.

Y luego descendió.

Deslizó su lengua turgente a lo largo de mí varias veces, después la hundió en lo más profundo de mi ser, dando vueltas y girando ese maravilloso músculo de formas que ningún otro amante había hecho jamás (y he estado con muchos y variados compañeros de cama durante mi larga vida). Justo cuando me tenía jadeando, retrocedió, aunque no fue lejos. Se limitó a subir un poco para lamer ese haz de nervios que ya palpitaba, ansioso por recibirlo. Por más.

Repitió el proceso varias veces y me mantuvo con el alma en vilo para ver qué haría a continuación. Lo único que podía hacer yo era tratar de respirar y agarrar su pelo pajizo con los puños, urgiéndolo a seguir mientras mi cuerpo cobraba vida.

Cuando por fin llegué a la cima de esa cresta y le grité mi placer a la noche, todos los músculos en tensión y el bajo vientre convulsionando en una ola que parecía interminable, él bebió de mí como si fuese el más exquisito de los vinos.

Con una última pasada escandalosa de su lengua, levantó la cabeza, una sonrisa entendida en la cara. Entonces me dijo que era deliciosa y se apoderó de mis labios con un beso abrasador para poder saborearlo por mí misma.

En ese momento, quise devolverle el favor. Quería ver cómo sabía él y recordé mis pensamientos iniciales mientras notaba la evidencia de su deseo contra mi estómago. Cuando le expresé mis deseos, él rechazó la oferta. No estaba segura de si algún hombre había dicho que no alguna vez a tener mis labios cerrados alrededor de su pene. Pero este hombre... este dijo que quería estar bien enterrado en mi interior cuando alcanzase el clímax. Que quería sentirme apretarlo con tanta fuerza que casi fuese doloroso antes de que me rompiese en mil pedazos y gritase su nombre a los cielos.

Y eso es justo lo que hizo.

Sin apenas previo aviso, se ensartó en mí, hasta el fondo, y esa invasión lasciva me provocó una exclamación de sorpresa. Como esperaba, me estiró de un modo delicioso y llegó muy profundo, la combinación de sensaciones casi rayando en el dolor. Sin embargo, esa febril y brillante línea divisoria entre el placer y el dolor solo intensificó aún más mi deseo.

El general fijó un ritmo precioso, ni demasiado rápido ni demasiado lento, y yo me contoneé y levanté las caderas para recibir cada embestida, aferrada a él para la experiencia, mis brazos apenas capaces de cerrarse en torno a su ancho pecho y sus hombros, las uñas clavadas en su piel.

En un momento dado, bufó y pidió más. Yo le di ese gusto y arañé su espalda con la evidencia del placer que me provocaba.

Cuando cambió de posición y encontró ese punto profundo en mi interior, sí que vi las estrellas. Y fue riguroso en su tenacidad, obcecado en extraer hasta el último ápice de placer de mí hasta que, como él había deseado, grité su nombre a la luna. Los pájaros nocturnos emprendieron el vuelo desde los árboles, sus chillidos en armonía con los míos.

Incluso ahora, en la tranquilidad de mi cuarto, recuerdo el éxtasis. Sentí ese orgasmo desde la parte de arriba de la cabeza hasta las puntas de mis pies y en todas partes entremedias. La oleada cosquillosa y el apretado clímax mientras me limitaba a liberar toda mi tensión y me entregaba al placer. Fue algo extraordinario.

Había dado por sentado que él me seguiría, pero me sorprendió una vez más al levantarme en un solo movimiento hábil y trasladarnos a la fresca humedad del césped, el rocío frío un contraste impactante contra mi piel acalorada.

Me colocó de rodillas, las manos también apoyadas en el suelo, y deslizó la palma callosa de una mano por mi columna, lo cual me produjo un escalofrío, antes de acariciar y agarrar un cachete redondeado de mi culo.

Bajó mi cabeza con suavidad con una mano sobre mi pelo y sentí la ancha cabeza de su pene en mi entrada. Me preparé para otra invasión, pero esta vez se deslizó dentro de mí con una lentitud agónica, con avances pequeños y retiradas deliciosas. La fricción del deslizamiento hizo que mi cuerpo cobrase vida otra vez de maneras que no creía posibles.

Cuando su jugueteo casi se volvió insoportable, empujé hacia atrás contra su cuerpo y él movió las manos para mantenerme inmóvil, al tiempo que me regañaba con suavidad, antes de inclinarse hacia delante y dar un mordisquito en el lóbulo de mi oreja y deslizar esa incomparable lengua suya alrededor de toda ella.

Continuó su tortura erótica hasta que me encontré haciendo algo que no recordaba haber hecho nunca. Rogué. Supliqué. Gimoteé para que me hiciese caer por el precipicio. Quería sentirme mal al respecto, pero no lo hice. E incluso ahora, mientras escribo esto, no lo hago. Me encantó que me diera algo que no había experimentado nunca.

Pero esas palabras, los sonidos que emití, dieron la impresión de despertar algo en él. De repente, estaba embistiendo con tal intensidad, que me preocupó que pudiera romperme, pero... menudo ímpetu. Cuando alargó un brazo a mi alrededor y apretó mi clítoris, estallé en otro intenso orgasmo, cuya fuerza atascó el aire en mis pulmones.

Con dos últimas embestidas, sus muslos pegados a los míos, rugió su liberación a la noche.

Todavía no había conseguido recuperar la respiración, mucho menos mantenerme erguida ya más, pero antes de poder desenredarme o caer de bruces al suelo, él se levantó y me urgió a levantarme con él, los dos aún conectados, aún palpitando. Cerró una mano con suavidad alrededor de mi cuello, acarició el pulso de mi vena con un pulgar y besó mi hombro, luego mi cuello, lo cual me provocó una nueva oleada de carne de gallina por todo el cuerpo.

Incliné la cabeza hacia el lado para darle un mejor acceso, y no me decepcionó. Justo cuando sentí que empezaba a resbalar de mi interior, besó el punto detrás de mi oreja, con suavidad, con dulzura, haciéndome suspirar. Y entonces susurró algo que no olvidaré jamás.

—Eres una criatura asombrosa y extraordinaria, Wilhelmina Colyns —dijo—. Tienes una belleza que rivalizaría con los dioses, y una astucia que dejaría en ridículo a cualquier gato de cueva. Me has embrujado por completo y jamás te olvidaré, durante todo el tiempo que viva. Me llevaré estos recuerdos conmigo a la batalla la próxima vez que me envíen a una.

Me di la vuelta entre sus brazos y lo besé, para demostrarle sin palabras lo mucho que había disfrutado yo también de esa noche. Nos habíamos dado el uno al otro cosas que no creo que ninguno de los dos supiésemos que nos faltaban.

Nos vestimos en silencio y nos limitamos a lanzarnos miradas apreciativas el uno al otro. Me ayudó con las últimas partes de mi corsé y mi vestido, aunque no necesitaba la ayuda, y yo lo ayudé a estirar bien las solapas de su chaleco y los puños de su camisa.

Compartimos un último baile bajo las estrellas, sin música alguna aparte de los sonidos que proporcionaba la naturaleza. Luego nos besamos con dulzura una última vez, un adiós íntimo.

Me giré mientras salía del claro, deseosa de tener un retrato mental del entorno para llevarme conmigo. El general Ximien estaba abrochando el cinturón de la espada en torno a su cintura, luego guardó una daga de aspecto malvado en su bota, pero levantó la vista hacia mí con tal adoración que sentí una oleada de calor por todo el cuerpo.

Me dijo que me encontraría de nuevo; yo le dediqué un guiño pícaro y le dije que podía intentarlo. Luego recorrí el intrincado laberinto de setos una vez más, tan aturdida por el placer que me equivoqué en un par de cruces y tuve que dar marcha atrás.

Cuando llegué a mi carruaje y me dirigí a casa, no paraba de revivir en mi mente los acontecimientos de la noche, igual que hago ahora.

Siempre he dicho que la vida es para vivirla y nunca me ha gustado desperdiciar un día, pero creo que si alguien me lo preguntara, tal vez renunciara a uno de esos días por otra hora entre los brazos de ese hombre. El placer que me proporcionó fue increíble... y como bien sabes, diario, la seducción y el placer no son desconocidos para mí. Además, fui capaz de apartar a uno de los guardias de la Reina de Sangre de su deber real durante un rato. Justo el tiempo suficiente para que lo que había visto en mi visión se cumpliese. O al menos eso espero.

Supongo que ya lo veremos.

Aun así, esta noche fue claramente un encuentro digno de tener cabida en estas páginas.

Willa

REINA ILEANA (TAMBIÉN CONOCIDA COMO ISBETH) †

Isbeth es una regente compleja. Empezó como una mera mujer enamorada, pero las circunstancias la amargaron e hicieron que se convirtiera en algo frío. Y todo eso fue antes de que tuviese tiempo de dejar que las circunstancias de su inusual Ascensión la afectasen. Podría darle un pase; después de todo, sí que perdió a su hijo y le robaron al amor de su vida, y todo después de denegarle lo que más deseaba. No obstante, todos tenemos elección en cómo nos comportamos y a la hora de decidir si empleamos las cosas que nos ocurren en la vida para hacernos mejores; podemos transmutar esa energía negativa de modo que vibremos a una frecuencia aún mayor y luego utilizarla para ayudar a otras personas. O si caemos en la desesperación y dejamos que nos vuelva oscuros. Isbeth se aferró a su necesidad de vengarse y dejó escapar toda su luz para lograr sus objetivos finales.

Pelo: oscuro tono castaño rojizo; cae en ondas sueltas hasta su cintura.

Ojos: casi negros.

Constitución: delgada. Cintura de una estrechez casi imposible.

Rasgos faciales: cutis pálido. Labios rojos y sensuales. Cejas altas y arqueadas. Pómulos altos.

Rasgos distintivos: nariz perforada con un rubí. Tenue resplandor plateado en las pupilas.

Otros: también conocida como reina Ileana. Risa similar a campanillas tintineantes. Huele a rosas y vainilla.

Personalidad: cruel. Conspiradora. Vengativa. Estratega. Dramática. Narcisista.

Hábitos/Costumbres/Fortalezas/Debilidades: todavía quiere a Malec. Tiene una obsesión por la limpieza. Muy orientada al detalle. Lleva el anillo de Malec en el dedo índice: es de oro atlantiano con un diamante rosa.

Antecedentes: *demis;* fue Ascendida por un dios. Corazón gemelo de Malec. Reina de Solis.

Familia: hijo = nombre desconocido † (asesinado por Alastir). Hijas = Millicent y Penellaphe.

EL VIAJE DE ISBETH HASTA LA FECHA:

Como reina de Solis, Ileana siempre estuvo en mi órbita. Como atlantiana, simplemente no podía soportar lo que ella y su gente estaban haciendo. Pero cuando empecé a captar atisbos de sucesos solapados para ella, incluso imágenes superpuestas, fue *entonces* cuando me di cuenta de que había mucho más de lo que parecía cuando de la Reina de Sangre se trataba.

Cuando vi la reunión entre Poppy e Ileana, en la cual la reina revelaba su verdadera identidad, supe que nada volvería a ser lo mismo nunca. Aquello respondía a muchísimas preguntas, pero al mismo tiempo creaba multitud de otras.

Desde el momento en que Poppy, Cas y su gente estuvieron frente a frente con Ileana/Isbeth después de la invitación de Ian, la Reina de Sangre emplea el sarcasmo. Parece que su narcisismo no tiene fin. Cuando Poppy le responde del mismo modo, Isbeth comenta que Ian no le había contado que Poppy había encontrado y afilado su lengua.

Isbeth le pregunta a Poppy si está vinculada a Kieran. Cuando contesta que está vinculada a todos los *wolven,* la reina le lanza una pulla a Malik y le dice que se ha perdido un montón de cosas. Después añade que sabe que Poppy se ha convertido en reina de Atlantia, justo como ella deseaba, pero que se ha casado con el hermano equivocado. Malik interviene entonces y confirma que sí, Poppy debía Ascender, pero que *él* debía ser su Ascensión de la carne.

Cas explota y se abalanza hacia su hermano, e Ileana comenta que siente curiosidad por cuál de los hermanos ganaría en una pelea. Dice que apostaría por Casteel, porque él siempre fue un luchador, incluso cuando ella estuvo a punto de romperlo.

Isbeth deja claro que los ha invitado para que pudiesen llegar a un acuerdo con respecto al futuro. Dice que le tiene cariño a Poppy, pero le advierte que no crea que ese afecto es una debilidad, porque ella es *la* reina y exige respeto.

Ileana revela que Alastir le contó el ultimátum que Poppy y Casteel han ido a darle y no oculta su alegría cuando descubre que el hombre está muerto. Mientras hablan un poco más sobre el trato, Ileana declara con vehemencia que prefiere ver arder el reino entero antes de ofrecer ni un solo acre de tierra a los atlantianos. Después les hace una contraoferta: Poppy puede reclamar Atlantia en su nombre y jurarle lealtad a Isbeth. Les dice que pueden quedarse con sus títulos de príncipe y princesa, pero que ella enviará a varios de sus duques y duquesas para establecer sedes reales en Atlantia. Una vez que convenzan a los ciudadanos de que es lo mejor para el reino y desmantelen los ejércitos, deberán llevar a la reina Eloana y al rey Valyn a Carsodonia para ser juzgados por traición.

Cuando vuelve a salir a la luz el tema de la guerra, Ileana les dice que, si la cosa llega a eso, cuenta con más de cien mil soldados mortales y varios miles de caballeros reales. Añade que aun así, en realidad deberían preocuparse por los Retornados… porque no son mortales. Demuestra lo que son, haciendo que un guardia mate a Millicent para que todos puedan ser testigos de cómo resucita. La reina explica más acerca de los Retornados y dice que tiene los suficientes para formar un ejército.

Asimismo, afirma que la Guerra de los Dos Reyes nunca terminó; solo ha habido una tregua tensa. Después añade que quiere el respeto de los atlantianos, y que esa es la razón de que todavía no haya atacado. Poppy le discute todo eso, como es propensa a hacer, y entonces Ileana revela que es probable que la gente no la acepte tan bien cuando descubra que su nueva líder es la hija de la reina de Solis.

Poppy le dice a Isbeth que la duquesa de Teerman dijo que Ileana era su abuela. En respuesta, Ileana la llama leal pero estúpida. Le dice a Poppy que es su madre y explica por qué hizo que la criase Cora. Después afirma no haber sabido nada de los abusos que el duque de Teerman infligía a Poppy y dice que lo hubiese despellejado vivo y hubiese dejado que se lo comiesen los bichos de haberlo sabido. También revela que Cora era una Retornada y que sobrevivió al ataque de los Demonios en Lockswood, pero no a la cólera de Ileana por fugarse con Poppy.

Después de esa gran revelación, añade que en realidad ella no es una Ascendida y que no fue la primera *vampry*. Luego detalla cómo fue envenenada por Eloana, así como su Ascensión por obra de Malec, a quien insiste que Eloana destrozó.

Al ver las dudas de los presentes, Isbeth demuestra que no es una Ascendida. Para ello, arranca las cortinas y permanece al sol sin sufrir daño alguno. Eso sorprende mucho a todos, pero no tanto como su siguiente dato: les dice que Malec es un dios y que Eloana no lo sabía. Les cuenta el plan de Malec y lo que ocurrió, y dice que los exreyes de Atlantia le arrebataron todo cuando lo único que había hecho ella mal era amar. Dice que jamás volverá a sentir lo que sentía por Malec y jura que les quitará todo a ellos, y a Atlantia, como represalia.

Cuando Poppy le dice que la culpa es suya y de nadie más, Isbeth ordena que maten a Ian, al tiempo que afirma que lo quería como si fuese su propio hijo. Así le da la vuelta a la tortilla y le dice a Poppy que la muerte de Ian es culpa *suya*.

Una sociópata manipuladora, ¿verdad?

En su ira, el poder de Poppy se aviva y toma a Isbeth por sorpresa, aunque redirige el *eather* sin problema con un único gesto de las uñas. Después le dice a su hija que la mayor debilidad de Poppy es que duda de lo que ve con sus propios ojos y de lo que sabe con el corazón. Le dice que son diosas y que deberían luchar como tales. Sigue esa proclamación con una muestra de poder que agarra a Poppy por el cuello para enseñarle una lección valiosa.

Lyra ataca para salvar a Poppy, e Isbeth la mata sin vacilar. Cuando otros se mueven para atacar en respuesta, Isbeth les advierte que si alguien lo piensa siquiera, partirá el cuello de Poppy. Después vuelve a mirar a su hija y dice que ella necesita aprender que nunca tuvo elección, aunque todavía crea que la tiene.

Cuando Isbeth aprieta su agarre sobre Poppy, Casteel le suplica que pare y se ofrece a entregarse, después de decir que así es como la reina podrá controlar mejor a Poppy: quitándole lo que más valora. Isbeth comenta que él fue siempre su mascota preferida y añade que, cuando Poppy despierte, sabrá bien lo que deberá hacer para mantener a su marido con vida.

Isbeth ordena a Malik apresar a su hermano y permite que los otros se marchen. Además, les entrega a Tawny como señal de *buena voluntad*, aunque con una herida infligida con piedra umbra.

La reina y su séquito se marchan y ponen rumbo a Carsodonia, donde pone a Malik y a todos los Retornados a vigilar a Casteel.

Cuando visita a su nuevo prisionero, Isbeth trata de poner a Cas de su lado y de *abrirle los ojos*. Cuando Cas la acusa de ser la razón de que Poppy tenga esas cicatrices y afirma que abusaron de ella, Isbeth se muestra claramente molesta y pregunta si la muerte del duque fue dolorosa. Cas le dice que sí, que él se encargó de que lo fuera, y ella le dice que se alegra.

Cuando la conversación gira hacia los padres de Casteel, Isbeth dice que su madre le daba pena y que, al principio, no la odiaba, pero que ahora desde luego que lo hace. Isbeth le dice entonces que es una *demis* y le pregunta a Cas qué sabe acerca de Malec.

Después de que Poppy decapite a Jalara, Isbeth le cuenta a Casteel lo ocurrido y él se ríe. También le dice que Poppy afirma que Malec está vivo, que sabe dónde está y que amenazó con matarlo. Cuando la reina dice que cree que Poppy podría hacerlo de verdad, le pregunta a Cas si es cierto que el dios aún vive y dónde está. Él le dice que no lo sabe y ella le cree.

Mientras sigue hablando, Isbeth dice que nunca quiso estar en guerra con su hija. Que había estado convencida de que Poppy aceptaría los planes y dejaría que Malik la Ascendiera. Después añade que no solo quiere Atlantia, quiere más, y que las cosas ya han empezado. Poppy estaba destinada a ayudarla a lograr sus objetivos.

Casteel la provoca diciendo haber visto a un gato de cueva en Oak Ambler y pregunta si es el mismo que Poppy vio de niña. Isbeth le dice que el gato está bien y en el mismo lugar que lo vio Poppy; después amenaza con darle de comer el siguiente dedo que le corte a Casteel. El primero fue el que le envió a Poppy con la nota de *disculpa* y su alianza de boda.

Cas la pilla desprevenida y la apuñala en el pecho con un hueso que ha afilado. No le da en el corazón por muy poco.

Isbeth comenta lo fuerte que es Cas, aunque dice que es de esperar: es elemental y además tiene la sangre de Poppy en su interior. Luego le habla de la debilidad de los Primigenios y cómo el amor puede utilizarse como arma para incapacitarlos y luego acabar con ellos. También dice que un Primigenio puede nacer en el mundo mortal (algo que había aprendido de boca de Malec) y que los dioses precipitaban a los Primigenios hacia su eternidad al Ascender. Sin embargo, dice que los Hados crearon un vacío que permitía al mayor poder de todos volver a surgir, pero solo en una descendiente femenina del linaje del Primigenio de la Vida, con lo que sugiere que ella no dio a luz a una diosa, sino a una Primigenia: Poppy.

Cuando Poppy y el grupo acuden a rescatar a Casteel, sus súbditos transportan a Isbeth al Gran Salón sobre una litera que parece una jaula de pájaro bañada en oro. Isbeth se deleita en la atronadora bienvenida que recibe y comenta que no vacilará ante un reino sin dioses. Luego le dice a la multitud que el heraldo ha despertado y que Atlantia está arrasando las ciudades, al tiempo que viola y masacra a las gentes de Solis. Continúa diciendo que la gente será perdonada, antes de pedirles que venguen a su rey.

Isbeth le imparte a una súbdita la *Bendición Real* y se regodea porque la verdad ha salido a la luz, aunque los que están con Poppy saben lo que está pasando en realidad. Más tarde, la reina le dice a Poppy que puede recuperar con facilidad las ciudades que ha perdido, con lo que se gana unos cuantos insultos por parte de su hija. Poppy quiebra entonces los escudos mentales de Malik, y Callum recibe una puñalada. Isbeth le dice a Poppy que lo que ha hecho no ha sido muy amable por su parte y ordena que alguien *limpie todo eso* y saquen de ahí a Malik.

Exhibiendo su poder un poco más, agarra a Poppy de la barbilla y le recuerda que la llevó en su seno y la cuidó hasta que dejó de ser seguro hacerlo. Dice que esa es la razón de que le tolere cosas que no toleraría de nadie más, y la razón de que le dará a Poppy lo que no se ha ganado. Le dice que puede ver a Casteel o a su padre (el gato de cueva Ires), pero no a los dos. Luego añade que debe elegir ahora o no ver a ninguno.

Isbeth separa a Kieran, Reaver y Poppy, y hace que Malik escolte a los hombres a habitaciones individuales. Mientras conduce a Poppy a través de Wayfair, le recuerda que la seguridad de Reaver y Kieran depende de su comportamiento y comenta cómo disfrutaba de ver a Poppy y a Ian corretear por los pasillos que ahora recorren, con lo que vuelve a despertar en Poppy el doloroso recuerdo de la muerte de Ian.

Cuando Poppy ve el estado en el que se encuentra Casteel, se revuelve, pero Isbeth le dice que las amenazas no son necesarias y que, de hecho, son inútiles porque no puede matar a sus Retornados y los pocos *drakens* que quedan están con los ejércitos atlantianos.

Isbeth provoca a Poppy diciendo que Cas estaría en mejores condiciones si se comportase, y ella reacciona con una demostración de poder. Isbeth le advierte que solo tolerará su falta de respeto hasta cierto punto, lo cual hace que Poppy se repliegue. La reina comenta que Poppy es poderosa y ha crecido, pero que más vale que aprenda a controlar su temperamento, y rapidito.

Mientras habla de Coralena, Isbeth insinúa que la doncella personal ocultaba el verdadero color de sus ojos (ese tono casi incoloro) de Poppy con una magia que Isbeth le había *prestado*.

Poco después, Callum es apuñalado de nuevo, y eso irrita a Isbeth. Como Millie se rio, le ordena a su otra hija que se lleve al Retornado. Poppy le pregunta a Isbeth cómo ha podido ocultar su identidad a los Ascendidos durante tanto tiempo, y ella dice que ellos no miran con demasiada atención y que prefieren ser ciegos que ver lo que tienen delante de las narices. Por no mencionar que la consideran casi una diosa. Luego añade que los que *sí* la cuestionan, reciben su merecido enseguida.

Al mirar a su hija, Isbeth le dice a Poppy que sus ojos son como los de su padre, y dice que la esencia se intensificaba y giraba en ellos cuando él se enfadaba. Poppy le pregunta a Isbeth cómo capturó a Ires, y la Reina de Sangre le explica que él mismo acudió a ella doscientos años después del fin de la guerra, en busca de su hermano. Después precisa que *el que venía con él* (suponemos que Jadis) podía percibir la sangre de Malec y condujo a Ires directo hasta Isbeth. La reina también revela que hubo que *encargarse del draken*.

Le cuenta que aunque sabía que Malec tenía un gemelo, cuando vio a Ires por primera vez pensó que era Malec... hasta que habló. Incluso pensó que podía *fingir* que era Malec y enamorarse de Ires. Cuando Poppy se lo pregunta, Isbeth dice que no forzó a Ires. Él eligió quedarse. Dice que le intrigaba el mundo y sentía curiosidad por los Ascendidos y por lo que había estado haciendo su hermano, pero que cuando quiso regresar a Iliseeum, ella no podía dejar que lo hiciera. Ires se enfadó, pero cuando estuvieron juntos, las dos veces, no fue en contra de la voluntad de él. Tampoco fue un acto de amor, pero ella quería un hijo fuerte y sabía lo que sería Poppy con Ires como su padre. Para él, fue solo una cuestión de lujuria y odio. Incluso intentó matarla después.

Cuando Poppy pregunta dónde está Ires, Isbeth le dice que no está en Wayfair, con lo que confirma sin decirlo que la Reina de Sangre no le hubiese permitido verlo aunque Poppy lo *hubiese* elegido por encima de Casteel. Isbeth dice que no podía permitir que Ires se marchase porque lo necesita para fabricar Retornados. También se le escapa que los grabados en la piedra y la magia tomada *prestada* son hechizos protectores para mantener cosas dentro... y otras fuera.

Las dos continúan discutiendo: sobre el hecho de que Poppy no se incline ante ella, sobre el Rito y los Demonios, sobre Poppy siendo la heraldo. E Isbeth le dice que si el ejército atlantiano aparece en la capital, llenará el Adarve de recién nacidos. Ante lo cual Poppy dice que no negociará.

Isbeth admite que la venganza es lo que la ha mantenido en marcha durante todo este tiempo, y afirma que en realidad no quiere Atlantia; quiere verla arder y ver a todos los atlantianos muertos. Sin embargo no culpa a Eloana, aunque dice tener algo muy *especial* reservado para ella. Culpa a Nyktos por no responder a la llamada de Malec de celebrar una prueba para corazones gemelos. Ese fue el catalizador y la razón de que Malec la Ascendiera en primer lugar. El Primigenio podría haber evitado todo lo sucedido.

A continuación, dice que Malec comentó que Nyktos les tenía un afecto especial a los atlantianos y que los veía como sus hijos. Su creación fue el resultado de la primera prueba de corazones gemelos y un producto del amor. Al eliminarlos, Isbeth siente que obtendría la justicia que busca.

Mientras continúan hablando, Isbeth le dice a Poppy que ella hará lo que nació para hacer: llevar la muerte a sus enemigos. Dice que Poppy es igual que ella, y que Isbeth la obligará si es necesario a demostrar lo parecidas que son.

Después, como acto de poder, mata a una pareja mortal a la que hace picadillo con su voluntad. Cuando Poppy se revuelve, Isbeth hace que la acompañen a su habitación y la mantengan vigilada, al tiempo que le dice que seguirán hablando más tarde.

Cuando Poppy y los otros escapan, Isbeth los alcanza y trata de recuperar a Malik. En la refriega, Callum hiere y maldice a Kieran. Isbeth ordena a Poppy encontrar a Malec y llevarlo ante ella, y les advierte a todos de que no hay escapatoria porque están rodeados por Retornados. Añade que si Poppy se niega a cumplir sus órdenes, se arrepentirá hasta su último aliento. Le da una semana para encontrar a Malec. Poppy exige tres; Isbeth acepta dos. Cuando Poppy dice que necesita algo de Malec, Isbeth le entrega el anillo del diamante rosa que solía pertenecer a su corazón gemelo, y dice que es todo lo que tiene de él.

Antes de marcharse, Isbeth mata a Blaz y a Clariza, a los que deja convertidos en meras cáscaras secas. Luego dice que el único Descendente bueno es uno muerto.

Isbeth llega al Templo de Huesos con una fuerza considerable. Cuando llegan Poppy y los otros, la Reina de Sangre pregunta dónde está Malec y se niega a levantar la maldición de Kieran hasta ver al dios. Una vez que abren el féretro, les dice que Malec no se levantará a menos que le den sangre y que nada puede despertarlo. Le habla a Malec en atlantiano antiguo y luego autoriza a Callum a retirar la maldición de Kieran cuando Cas le recuerda que cumpla con su parte del trato. Una vez más, Isbeth declara que si Nyktos les hubiese concedido la prueba de los corazones gemelos, estarían juntos, aunque no reinando sobre Atlantia. Hubiesen viajado por el mundo hasta encontrar un lugar donde se sintieran a gusto, y hubiesen vivido sus días con su hijo y cualquier otro que hubiesen podido tener. Después le dice a Malec cuánto lo quiere e insiste en que él tiene que saberlo, incluso dormido. Lo besa y reitera lo mucho que él y su hijo significan para ella, luego le suplica que la entienda, al tiempo que grita y lo apuñala en el corazón con una daga de piedra umbra. Sollozando, se disculpa otra vez y le grita a su ejército que proteja a su rey… en referencia a Kolis.

Isbeth continúa provocando a Poppy hasta que estalla una reyerta. Cuando Delano muere, la batalla se vuelve un asunto de diosas. Al cabo de un rato, Isbeth resulta herida: un tajo que se curva en torno a su sien y pasa rozando su ojo izquierdo, otro en la frente y por la nariz, le sangra la boca. No obstante, cuando Millie trata de extraer la daga del pecho de Malec para detener los sucesos que ya están en marcha, Isbeth tiene la suficiente presencia de ánimo para eliminar a su primera hija con *eather*, al tiempo que comenta que ha sido traicionada por sus *dos* hijas.

Cuando Poppy obtiene ventaja, arranca la corona de la cabeza de Isbeth y le asesta un revés con ella que hace que varios de sus dientes salgan volando. Después, cuando Poppy grita el nombre de la consorte, Isbeth solo puede observar con un asombro pasmado. Y su asombro pronto se convierte en terror.

Poppy le dice que la consorte sabía lo que planeaba Isbeth y que lo vio todo mientras dormía. Isbeth se defiende diciendo que la consorte debe saber que lo hizo todo por Malec y por el hijo de ambos: el hijo y el nieto de la consorte. Poppy le responde que había sido todo para nada. Es probable que la consorte le hubiese perdonado a Malec el haber Ascendido a Isbeth, pero la aflicción de la Reina de Sangre, su odio y su sed de venganza, la habían podrido. En lo que se convirtió y lo que le hizo al mundo no la salvarán, ni la curarán, ni eliminarán su dolor. No le traerán gloria, ni amor, ni paz.

Entonces la consorte, por medio de Poppy, le dice a Isbeth que lo que le ha hecho a los que llevan su sangre no puede ser borrado. Nada de Isbeth será recordado en la historia que aún está por escribirse. No será conocida ni será merecedora de recuerdo. A continuación, Poppy (junto con la consorte) ataca con su poder y rompe los brazos, las piernas y la columna de Isbeth. Poppy habla con la voz de la consorte y le dice a Isbeth que su muerte no será honorable ni rápida, y que Nyktos la aguarda, listo para empezar su eternidad en el Abismo. Isbeth sangra por todos los poros. Su piel se agrieta y se pela, al tiempo que los músculos y los ligamentos se desgarran y los huesos se astillan. Se le cae el pelo, ya no arraigado al cráneo.

Y entonces, deja de existir.

REY JALARA †

Aunque es una pieza vital del puzle, debo admitir que el rey Jalara es algo turbio para mí. Sin embargo, sí tuvo un papel en la historia y por tanto debe incluirse aquí.

Pelo: dorado, roza la parte de arriba de sus orejas.

Rasgos faciales: frente grande. Nariz recta. Mandíbula cuadrada. Labios finos.

Rasgos distintivos: bien parecido.

Personalidad: engreído.

Hábitos/Costumbres/Fortalezas/Debilidades: siempre lleva la corona puesta. Rara vez sonríe.

Antecedentes: rey de Solis. Originario de las islas Vodina. Para cuando luchó en Pompay en la Batalla de los Huesos Rotos, Malec ya no ocupaba el trono. Se dice que era amigo del padre de Leopold. Estaba vivo cuando gobernaban los atlantianos. Mató a Preela.

EL VIAJE DE JALARA HASTA LA FECHA:

Para ser sincera, durante mis investigaciones, Jalara parecía fundirse con el entorno casi siempre. Hasta que Isbeth pasa a la acción. *Entonces*, Jalara empieza a flexionar los músculos de su posición un poco más.

Cuando Poppy llega a Oak Ambler, Jalara no va a su encuentro de inmediato. Cuando por fin lo hace, la llama *Doncella* sin ningún respeto, aunque se sorprende de manera visible al ver que lleva la corona de huesos dorados.

No se guarda nada y deja muy claro lo que opina sobre los *wolven*, a los que llama animaluchos repugnantes y perros extragrandes. También amenaza con hacer pagar al marido de Poppy cada palabra maleducada que salga por la boca de esta, y la provoca diciendo que Casteel ha encontrado su estancia con ellos poco agradable. Después relata cómo Ileana casi lo convenció de que habían capturado a Poppy a pesar de su sacrificio, y se deleita al recordar sus gritos de ira, a los que describe como una serenata épica.

Cuando Poppy llama a la Reina de Sangre *Isbeth*, Jalara se enfada y dice que Ileana ya no es Isbeth. Supongo que eso hiere un poco su orgullo pues, como Isbeth, ella era el corazón gemelo de Malec y no la mujer de Jalara, y él es consciente de que ella nunca lo ha olvidado. Después le lanza una pulla a Poppy y le dice que no puede derrotar a Ileana. Se ríe de ella a la cara, diciendo que aunque puede que lleve la sangre de Nyktos, en realidad es, y siempre será, solo la Doncella que es en parte belleza y en parte desastre.

Después de expresar su irritación por que lo hayan llamado para recibir un mensaje que no es ni sumisión ni rendición, Poppy le dice que *él* es el mensaje.

Kieran, en forma de *wolven*, lo ataca y lo inmoviliza mientras Poppy lo decapita.

PÁGINAS DE REFERENCIA

Nyktos

Rey de los Dioses

Rhain

Dios del Hombre Común y los Finales

Rhahar

El Dios Eterno

Ione

Diosa del Renacimiento

Aios

Diosa del Amor, la Fertilidad y la Belleza

Corazones gemelos

Vínculo entre almas gemelas correspondientes a una deidad y un mortal, y que ata sus vidas para siempre

Atlantianos

Resultado de una unión tras una prueba de corazones gemelos

Atlantianos Elementales

Descendiente directo de los primeros atlantianos a los que los dioses les otorgaron la vida

Draken

Dragones a los que dieron forma mortal para ser guardianes y protectores

Otros Linajes

Cambiaformas, *Ceerens*, *Senturiones*,

Ascendidos

Los Elegidos Ascendidos

Seraphena

Reina de los Dioses

Penellphe

Diosa de la Sabiduría, la Lealtad y el Deber

Saion

Dios del Cielo y la Tierra / de la Tierra, el Viento y el Cielo

Lailah

Diosa de la Paz y la Venganza

Theon

Dios de la Concordia y la Guerra

Bele

Diosa de la Caza

Deidad

Hijo de los Dioses

Wolven

Lobos *kiyou* dados forma mortal para guiar y proteger a las deidades

Los demás linajes son descendientes de una deidad y los primeros atlantianos. Sus habilidades están vinculadas a la corte del Primigenio del que descienden.

LINAJES ATLANTIANOS

Wolven: lobos *kiyou* a los que un dios (se cree que fue Nyktos) dio forma mortal para vigilar y proteger a los hijos de los dioses y guiarlos en el mundo mortal.

Atlantianos elementales: atlantianos con el linaje más puro, uno cuyos orígenes pueden seguirse hasta el primer atlantiano y, por tanto, hasta los dioses. Son descendientes del primer mortal que se sometió a la prueba de los corazones gemelos con una deidad y se le otorgó una vida más larga.

Algunos de los linajes más antiguos son descendientes de las deidades y los primeros atlantianos. Su habilidad para transformarse guarda relación directa con la deidad de la que descendieron, y por tanto del dios o el Primigenio en cuestión. Algunas de las generaciones más nuevas descienden de atlantianos elementales y *wolven*. Se suele decir que los cambiaformas son el producto de la unión entre una deidad y un *wolven*, aunque no estoy segura de que ese sea siempre el caso.

Ceerens: pueden transformarse en seres acuáticos.

Wiverns: pueden transformarse en gatos grandes.

Cambiaformas: la mayoría solo puede transformarse en formas animales variadas, pero unos pocos selectos pueden adoptar el aspecto y los gestos de otra persona. Algunos tienen también otras habilidades, como las visiones de los videntes.

LOS LINAJES GUERREROS SENTURIONES

Los linajes guerreros (es decir, guerreros por nacimiento no por entrenamiento) difieren de los otros linajes atlantianos. Hubo un tiempo en que había docenas de líneas únicas, cada una con talentos especiales que hacía peligroso enfrentarse a ellos en batalla. Muchas de las líneas guerreras se extinguieron cientos de años antes de aparecer los Ascendidos, y sus habilidades cambiaron a medida que se introducía sangre mortal en las estirpes.

Empáticos: a veces llamados Come Almas. Capaces de leer las emociones de otras personas y convertirlas en armas al amplificar los sentimientos negativos. También podían curar. Es el linaje guerrero más próximo a las deidades. Eran diestros en batalla y se les consideraba la estirpe de guerreros más atrevidos y valientes.

Primordiales: capaces de conjurar los elementos durante la batalla, sobre todo la tierra, el viento o la lluvia.

Cimmerianos: capaces de conjurar la noche y bloquear el sol, con lo que ciegan a sus enemigos y los impiden moverse.

Pryo: capaces de conjurar llamas alrededor de sus espadas.

Desconocidos: capaces de invocar a las almas de los muertos a manos de aquellos con los que luchan.

CONSEJO DE ANCIANOS

Al formar parte del Consejo, nunca me había planteado en serio documentar a los Ancianos ni ningún detalle significativo sobre cada uno de nosotros. Sin embargo, luego fui consciente de por qué estaba creando estos archivos para empezar, y de repente me pareció importante. Así que, sin más preámbulos, te presento… al Consejo.

Antes de la regencia de Malec O'Meer (Mierel), cuando las deidades aún reinaban pero los otros linajes habían empezado a superarlas en número, se formó el Consejo de Ancianos para evitar que nadie pudiese hacer una elección o tomar una decisión que pudiera poner en peligro a la gente de Atlantia.

La corona conserva la autoridad final, pero el Consejo tiene voz y nuestras opiniones se escuchan.

Solo se nos ignoró dos veces, y ambas tuvieron graves consecuencias. La primera fue antes del gobierno de Malec, cuando pensamos que la corona debería llevarla uno de los linajes y no las deidades. La segunda fue cuando Malec Ascendió a Isbeth y le aconsejamos que se disculpase y arreglase las cosas.

No lo hizo.

Ayudamos a gobernar junto al rey y la reina de Atlantia cuando es necesario. Por lo general, no se nos llama a menos que haya que tomar una decisión significativa. La última vez que se reunió el Consejo antes de la reciente transferencia de coronas fue cuando Malik se convirtió en prisionero de la Corona de Sangre.

El Consejo está compuesto por una mezcla de representantes, nueve en total en todo momento:

JASPER CONTOU

Véase el dosier sobre Jasper para obtener más información. Como líder de los *wolven*, Jasper los representa en el Consejo.

Sin embargo, hay opciones alternativas para cuando él no puede asistir a una reunión o votación (véase abajo).

LADY CAMBRIA

Pelo: rubio con hebras plateadas.

Linaje: *wolven*.

Personalidad: encuentra graciosas las ridiculeces de los demás. Algo cauta, pero más estratégica.

Antecedentes: ayuda con la seguridad del reino y tiene un puesto importante en el ejército atlantiano.

WILHELMINA COLYNS

(Es raro escribir sobre mí misma en tercera persona).

Pelo: espeso y rizado, negro azabache.

Ojos: marrones dorados.

Rasgos faciales: lustrosa piel marrón oscura. Labios carnosos.

Rasgos distintivos: sonrisa traviesa. Voz ronca y ahumada.

Linaje: cambiaformas. Vidente.

Personalidad: obstinada. También encuentra graciosas las ridiculeces de los demás. Gran pensadora. Casamentera.

Hábitos/Costumbres/Fortalezas/Debilidades: reconoce las caras estén medio ocultas o no. Le gusta el whisky. Sensual.

Antecedentes: decana del Consejo; tiene dos mil años. Autora del *Diario de la Srta. Willa.*

SVEN

Pelo: oscuro.

Ojos: ámbar.

Rasgos faciales: lustrosa piel marrón, facciones anchas y cálidas.

Linaje: atlantiano elemental.

Personalidad: se aburre con facilidad.

Hábitos/Costumbres/Fortalezas/Debilidades: la magia primigenia siempre lo ha fascinado; colecciona cosas relacionadas con ella, habla de ella…

Antecedentes: ayuda con la seguridad del reino y ocupa una posición importante en el ejército atlantiano.

LORD GREGORI

Pelo: oscuro, se está volviendo plateado por las sienes.

Ojos: amarillos brillantes.

Linaje: atlantiano elemental.

Otros: muy viejo, uno de los Ancianos más mayores, aunque al menos mil años más joven que Wilhelmina.

Personalidad: inflexible. Ansioso. Algo intolerante y cerrado de mente.

LORD AMBROSE

Pelo: rubio frío.

Ojos: dorados.

Rasgos faciales: piel pálida.

Linaje: atlantiano elemental.

Personalidad: aprensivo. Desdeñoso.

JOSHALYNN

Pelo: castaño oscuro.

Rasgos faciales: piel dorada clara.

Linaje: atlantiana.

Personalidad: tiene buen corazón.

Antecedentes: su marido y su hijo murieron en la guerra.

Hay otros dos integrantes en el Consejo. Uno mortal y uno de linaje desconocido. No sé demasiado sobre ellos y nunca les he prestado demasiada atención, por lo que los voy a dejar fuera de este archivo de momento.

COMO ORDENAN LOS HADOS

Queridísimo diario:

Mientras estoy aquí sentada en camisón, mi vestido de seda rojo sin mangas y gloriosamente escotado extendido a mi lado en el diván, puedo sentir el camino que siguieron las manos de mi amante, puedo saborear su sabor dulce y ahumado sobre la lengua. Puedo imaginar lo que me gustaría hacer con él la próxima vez.

La Perla Roja no es un lugar nuevo para mí, como bien sabes. Rondo por ahí con regularidad, como un fantasma carmesí con asuntos por terminar. La razón para ello es simple: la energía del lugar no tiene parangón. Es un establecimiento de vicio y placer, y como origen de todo ello... de vida. La gente va a la Perla a vivir. Y eso, mi queridísimo y viejo amigo, es mi objetivo para cada día que paso en este mundo, como también sabes. No obstante, la serie de acontecimientos de esta noche merece una entrada. Creo que es posible que ya haya escrito antes sobre este amante, pero esta noche fue especial. Él es especial. Todo lo que sucedió fue extraordinario.

Al ser una vidente de cierto poder, no es fácil pillarme desprevenida, y aun así me encontré sorprendida más de una vez esta noche. Primero por la aparición de alguien a quien jamás imaginé ver en la Perla Roja: una joven envuelta en una capa azul turquesa y con una máscara de encaje; después por una visión, mientras estaba despierta, de la habitación del piso de arriba y una certeza absoluta de lo que debía hacer; por no mencionar las sorpresas del resto de la noche, que estoy impaciente por describir con gran lujo de detalle en estas páginas.

Esta noche, la Doncella entró en la Perla Roja, querido diario. ¡La Doncella! Supe que era ella en el mismo instante en que entró por la puerta, y no pude quitarle los ojos de encima mientras jugaba a las cartas con unos cuantos guardias, bebía algo de champán y observaba su entorno como un vagabundo hambriento comiendo por primera vez en demasiado tiempo. Y mientras la observaba, sentí que caía en ese abismo brumoso de una visión, donde todo parece al mismo tiempo irreal y demasiado real. En brillante detalle multicolor, vi justo lo que debía hacer. Y así, cuando surgió la oportunidad, dirigí a la dulce Penellaphe al piso de arriba y a la puerta que sabía que cambiaría su vida para siempre.

Una vez que se marchó, cambié mi foco de atención a la razón para la intensa angustia de la Doncella. Un hombre fascinante de cierta edad, pelo pajizo que formaba como un halo en torno a su cabeza, piel curtida por el sol que suplicaba ser tocada y ojos de un azul tan claro que eran como mirar al mar... uno en el que no te importaría ahogarte. Y entonces vi algo que no había visto nunca en él. Algo que nunca creí que fuese a ver. Mi segunda vista cobró vida y capté la inconfundible aura de un ser de una edad inimaginable. Algo que no había visto desde que me había cruzado con nada más y nada menos que el anterior tutor de Penellaphe, Leopold. El hombre era un viktor. Pero también había algo... más en este mortal. Algo de lo más único.

Me había quedado tan impresionada por el descubrimiento que me encontré de inmediato dando pasos hacia él. Ya nos conocíamos (de hecho, de un modo bastante íntimo), pero esta noche no había tenido ningún plan previo de pasar tiempo con él. Sin embargo, lo que acababa de ver hizo que la atracción hacia él fuese casi insoportable.

Y no solo por su tirón magnético, que tenía a espuertas. Era poder. Los dones que me habían otorgado los Hados se sentían atraídos por los que le habían otorgado a él.

Ahora que mis ojos se habían abierto, solo podía imaginar cómo sería pasar una noche con él. Por desgracia, Sariah seguía arrodillada a su lado, deslizando la mano arriba y abajo por el muslo fuerte y musculoso del hombre, la mirada de adoración de la chica clavada en la belleza casi ruda de su rostro (un rostro que me constaba que podía suavizarse y convertirse en algo parecido al arte). Me fijé en que se frotaba la sien, y supuse que estaría empezando a sufrir una de las migrañas que tan a menudo lo torturaban. Deseé poder quitarle el dolor.

Con un suspiro, decidí dejarlo a las atenciones adoradoras de Sariah y me marché. Subí las escaleras hasta la mitad del pasillo, donde había una mesa bajo una ventana abuhardillada que daba al tejado. La luna brillaba con intensidad a través del cristal, me llamaba como la canción de una sirena. Abrí el pestillo y la empujé hacia fuera; la abertura era justo lo bastante grande para permitir pasar a una persona. Trepé a la mesa y salí al tejado de la Perla Roja. Admiré las vistas y capté los sonidos y olores de la noche; cerré los ojos y me deleité en el asombro por unos segundos antes de sentarme en las tejas, extendiendo mi vestido rojo a mi alrededor.

Con la cabeza echada hacia atrás, mientras me empapaba de la noche y cavilaba sobre lo que acababa de ver, me sobresalté cuando alguien empujó a un lado mi larga melena y besó mi cuello con suavidad. Mantuve los ojos cerrados, me empapé de la sensación de unos labios firmes con solo un indicio de pelusilla y del olor a cuero y almizcle. Mi aura hormigueó y supe con exactitud quién estaba detrás de mí. Era como si lo hubiese conjurado con mis pensamientos.

Me dio un mordisquito en el lóbulo de la oreja y después se instaló a mi lado sobre el tejado. Miré a sus límpidos ojos azules y sonreí. Cuando él me devolvió la misma sonrisa, con una expresión preciosa en ese rostro de una belleza brutal, mi corazón dio un traspié. De algún modo, me pareció un regalo enorme. Aun así, detecté dolor en las arrugas que fruncían los bordes de sus ojos.

Levanté mi falda y me senté de frente a él, en su regazo. Lo miré a los ojos mientras empezaba a masajear su cabeza y sus sienes, deslicé las uñas por su cuero cabelludo antes de masajear también los músculos tensos de su cuello. Él dejó caer la cabeza hacia atrás y se le escapó un gemido de placer que fue directo al centro de mi ser.

Sin dejar de frotar la base de su cuello con los dedos y su sien con el pulgar de la misma mano, deslicé la mano que tenía en su nuca hacia delante y deslicé las yemas de los dedos por su cuello. Me deleité en la forma en que su nuez subía y bajaba al tragar saliva, y él levantó la cabeza y abrió los ojos. Nuestras miradas se cruzaron. La expresión de esos orbes azules era tan intensa que me robó la respiración. Vi necesidad en ellos, un deseo que se correspondía con el mío.

Con sus manos posadas con firmeza en mis caderas, deshice las lazadas de su largo chaleco y su túnica, de modo que pudiese tener acceso a más piel. Mis dedos recorrieron y trazaron cada cicatriz, al tiempo que me las grababa en mi memoria. Tenía un cuerpo pulido para la batalla, y la fuerza que sentía no solo en su presencia física sino también en su carácter me había excitado desde el primer momento que lo vi en la Perla hacía unos años. Con él a mi merced ya, los muslos tensos, su miembro cada vez más grueso, los dedos apretados, me sentí poderosa. Y a pesar de su capacidad de liderazgo con sus hombres y de su brutalidad con sus enemigos, sabía que estaba abierto a la sumisión y a menudo era tierno en su dominio.

Deslizó una mano para envolver mejor mi trasero y levantó la otra para deslizarla por debajo del corpiño de mi vestido. Su mano grande y callosa se cerró en torno a mi pecho e hizo que se me frunciera el pezón. Eché la cabeza hacia atrás con un gemido y empujé mi pecho hacia su contacto. El movimiento me puso en contacto más directo con su impresionante pene, duro entre nosotros y claramente dispuesto a lo que fuese a pasar después.

La sacudida de electricidad lasciva que el movimiento disparó a través de mí me provocó una exclamación ahogada y me hizo levantar la vista hacia su cara una vez más. Tenía los ojos clavados en mi pecho, en el seno que había liberado, y observé cómo se lamía los labios. Una oleada de calor me inundó y todos mis músculos se tensaron del deseo. Me levanté un poco sobre las rodillas, haciendo caso omiso de cómo se clavaban las tejas en mi piel, y me recoloqué para darle mejor acceso. No me desilusionó.

En un abrir y cerrar de ojos, tenía sus labios firmes y su boca caliente apretados contra mi pecho, mientras su lengua talentosa lamía y jugueteaba y se deslizaba por la punta sensible del pezón. Sentí cómo su gemelo se tensaba con una necesidad celosa, y su fricción contra la seda de su confinamiento solo intensificó aún más mi deseo. Notaba ambos senos pesados; hinchados del deseo. Eso me hizo emitir un gemido grave y tanto sentí como oí la risita de Vikter.

Más frustrada que divertida, pasé la parte superior de mi vestido por encima de mi cabeza y dejé que la tela carmesí se arremolinara en torno a mi cintura para exponerme del todo a él. Después puse la yema de un dedo debajo de su barbilla e incliné su cabeza hacia arriba para que sus ojos conectasen con los míos. Con el arqueo de una ceja y una sonrisa pícara, le dije sin palabras lo que necesitaba. Y no me decepcionó. Apretó mis pechos juntos y alternó entre un pezón y otro, con largas pasadas de la lengua intercaladas de círculos juguetones y mordisquitos con los dientes, antes de besarlos para aliviar el picotazo de dolor. Estaba completamente empapada solo con esas atenciones y me encontré jadeando, impaciente por recibir más.

Me moví hacia atrás solo un poco y sonreí al oír el sonido de protesta que hizo. Estaba claro que era un hombre de pechos. Sus sonidos de desaprobación no duraron demasiado, pues metí la mano entre nosotros para ponerla sobre la rígida extensión de su miembro a través de sus pantalones. Él hizo un ruido gutural y levantó las caderas, ansioso por sentir mi contacto. Yo quería lo mismo, así que *no dudé en desabrochar los cierres de su cintura y meter la mano por la abertura.*

Su pene palpitó en la palma de mi mano, piel sedosa por encima de un calor acerado. Mientras deslizaba la mano arriba y abajo por su miembro, observé las expresiones que cruzaban su cara, me deleité en la forma que su boca se entreabría para emitir pequeños jadeos de respiración acalorada, cada uno de los cuales acariciaban mis pezones anhelantes y atizaban las llamas de mi deseo.

Di un par de vueltas con el pulgar por la cabeza de su pene y extendí el líquido que la perlaba, mientras imaginaba el placer que los dos estábamos a punto de experimentar. Cuando levanté del todo mi falda y me moví para que su cabeza descansara contra mi entrada palpitante y empapada, él levantó los párpados y me dijo algo acerca de que la gente en la calle y cualquiera que pasase por el pasillo podría vernos. Recuerdo contestarle con énfasis: «Que nos vean. Les enseñaremos un par de cositas», antes de poner las manos sobre sus hombros y empalarme hasta el fondo en él.

Los dos soltamos un resoplido sorprendido ante la invasión, que pronto se convirtió en quejidos y gemidos de placer a medida que las sensaciones nos bombardeaban. Él me estiró de un modo delicioso y su longitud tocó de inmediato ese punto en lo más profundo de mi ser que me hizo estar aún más mojada... y eso que ninguno de los dos nos habíamos movido todavía. Él deslizó las manos hacia mis pechos de nuevo, los acarició y los hizo rabiar, los ojos clavados en sus atenciones. Cada pasada de sus pulgares por mis pezones hacía que todo mi ser se tensara y convulsionara a su alrededor, lo que le invitaba a levantar las caderas de manera involuntaria en respuesta, lo cual a su vez lo hacía deslizarse por ese tesoro oculto en lo más profundo de mí.

Antes de que pudiese registrar todas las sensaciones siquiera, me corrí en torno a él con un grito de sorpresa, las convulsiones tan intensas que eran casi dolorosas. Sentí cómo él palpitaba y daba una sacudida dentro de mí en respuesta mientras maldecía con brusquedad mentando a los dioses. Y entonces, sus manos estaban sobre mis caderas, y empezaron a levantarme y a estrellarme hacia abajo a lo largo de él con una brutalidad tal que esa forma de reclamarme solo intensificó mi deseo una vez más y me robó la respiración. Mientras me levantaba, yo roté las caderas para contonearme a lo largo de él antes de que tirase de mí de vuelta hacia su cuerpo. El movimiento le hizo jurar de nuevo y yo solté otra exclamación.

Me estaba acercando al clímax otra vez, tan deprisa que ni siquiera había tenido la oportunidad de recuperar la respiración después del primer orgasmo antes de que el segundo estallase en mi interior y nos envolviese a ambos en mi placer. Él no aflojó, no me dejó recuperarme mientras las oleadas posteriores continuaban sacudiéndome y hacían hormiguear cada terminación nerviosa de mi cuerpo.

Antes de que pudiese darme cuenta siquiera de lo que hacía, me había levantado de él y se había reclinado al tiempo que tiraba de mí hacia arriba, de modo que acabé a horcajadas sobre su cara en lugar de su cintura. Y entonces noté su boca sobre mí. Eso me provocó un grito brusco que enseguida se convirtió en mi propio juramento a los dioses mientras él se daba un festín. Sorbió mi néctar, sin dejar de emitir sonidos de apreciación y deleite que me hacían palpitar. Giró la lengua en torno a mi clítoris hinchado y la deslizó a lo largo de todo él de un modo que muy pocos hombres saben hacer. La insertó hasta el fondo y jugueteó con ella en el interior, las sensaciones igual de buenas que cuando había estado enterrado en mí hasta las pelotas. Mordisqueó mis labios inferiores, luego los lamió para eliminar el picor. Eso me hizo desearlo de manera dolorosa. Necesitaba más. Y no dudé en decírselo.

Con una destreza que pocos hombres poseerían, consiguió de algún modo levantarse e intercambiar nuestras posiciones, al tiempo que me desplazaba más cerca de la ventana. Su calor me rodeaba, a pesar del frío en el ambiente. Sentí cómo se arrancaba el chaleco y la túnica y luego vi cómo aterrizaban al lado de mí sobre las tejas, antes de que la piel de su pecho tocase mi espalda, su calor consolador pero al mismo tiempo frustrante. Cerró una mano en torno a uno de mis pechos y levantó la falda de mi vestido con la otra mano para introducir los dedos entre mis pliegues.

Con cuidado de sujetarnos bien a ambos, introdujo dos dedos bien profundo en mi interior. Eso me sacó otra exclamación de dentro, sobre todo cuando enroscó su dedo corazón para acariciar ese punto tan profundo otra vez. A continuación, separó un poco esos invasores perversos para estirarme y trazó unos círculos enloquecedores sobre mi clítoris. Me daba la impresión de que estaba a punto de entrar en combustión. Estaba literalmente jadeando ante el aluvión de sensaciones, sin haber bajado nunca de lo que me había hecho antes.

Medio aturdida, tuve la vaga conciencia de que se había retirado y me estaba empujando más hacia la ventana. Cuando apoyó una mano con suavidad entre mis escápulas y ejerció un poco de presión, me di cuenta de lo que quería y sentí que mis músculos interiores se tensaban de anticipación ante la idea. Una sonrisa curvó mis labios mientras me inclinaba por encima del alféizar de la ventana abuhardillada y apoyé las manos en la mesa un poco más abajo, al tiempo que meneaba el trasero en señal de invitación.

Oí una risa grave seguida de un sonido de protesta desde detrás de mí. Entonces sentí un frío repentino, solo para notar que Vikter tiraba de mí hacia atrás para poder colocar su ropa sobre el alféizar para proteger mi estómago. Sentí una oleada ardiente de gratitud y afecto por su consideración. Cuando me guio con suavidad de vuelta hacia abajo, obedecí encantada. Me agarré bien y me preparé para el ataque carnal que estaba a punto de producirse.

Y no me decepcionó. Levantó mi falda por encima de mi espalda y me penetró, sacándome un grito que estaba segura que todos aquellos que estuvieran por el pasillo pudieron oír con claridad (aunque tampoco es que fuese a diferenciarse de los otros sonidos que emergían del *interior de la Perla). Vikter fijó un ritmo furioso con sus embestidas. Se retiraba casi hasta el punto de la separación antes de volver a empujar hasta dentro. Era justo lo que yo necesitaba, lo que ansiaba. Solo quería... más. Así que se lo dije. Y él cumplió.*

Deslizó una mano a la base de mi cuello en un agarre autoritario que solo atizó las llamas de mi deseo. Jamás me sentí amenazada o en peligro con él. Lo que sí me sentí fue conquistada y, para alguien tan independiente y vieja como yo, eso era una rareza. Sin vacilar ni un instante en su infatigable ritmo, mis gritos se convirtieron en chillidos hasta que me hice añicos en uno de los orgasmos más intensos que había tenido en muchísimo tiempo. El placer agarrotó cada músculo de mi cuerpo y puso en tensión todos mis tejidos conectivos hasta que se liberó como una goma elástica y me hizo desplomarme contra el alféizar y tener que sujetarme contra la mesa.

Al hacerlo, sentí que sus muslos se apretaban contra la parte posterior de los míos y que su miembro crecía en mi interior antes de que por fin él también cayese por el precipicio del placer y se vaciase profundo en mi interior. Los chorros calientes me provocaron oleadas de placer postorgasmo y trajeron una enorme sonrisa y un suspiro satisfecho a mis labios.

Cuando levanté la vista, vi que alguien se acercaba por el pasillo, su piel marrón clara casi reluciente a la luz de los farolillos, sus ojos azules centelleantes de alegría mientras me miraba y me dedicaba una sonrisa torcida y una inclinación de cabeza antes de continuar su camino y llamar a la sexta puerta de la izquierda.

Vikter se deslizó fuera de mí y depositó un beso en el centro de mi espalda antes de sentir que utilizaba algo para limpiarme y después enderezaba mi falda. Me hizo girar para mirarlo. Cuando levanté la vista hacia su rostro rudo y apuesto, vi satisfacción en él. Relajación. Le pregunté qué tal iba su dolor de cabeza y él se limitó a reírse. El sonido retumbante se asentó en algún sitio profundo de mi barriga y me causó unas sensaciones que no sabía cómo podía sentir todavía.

Me ayudó a recolocar bien la parte superior de mi vestido y yo le ayudé a él a limpiarse, abrocharse los pantalones y ponerse la túnica otra vez. Se quedó con el chaleco en la mano; estaba claro que ese tendrían que lavarlo, y casi me reí en voz alta al imaginar lo que pensarían los encargados de hacerlo.

Cuando los dos estuvimos presentables, me asomé por el final del tejado y encontré a un grupo de personas sonrientes que nos miraban desde lo bajo. Nos saludaron con las manos y silbaron con sonrisas bobaliconas en la cara; y una pareja necesitaba con urgencia entrar en el garito y alquilar una habitación antes de que los guardias los detuviesen por indecencia pública (algo por lo que es probable que hubiese debido preocuparme más).

Vikter entró por la ventana y luego me ayudó a pasar, antes de bajarme de la mesa como si no pesase nada. Me depositó delante de él y se limitó a mirarme a los ojos durante unos segundos antes de pellizcar mi barbilla entre el pulgar y el dedo índice para inclinar mi cabeza hacia atrás y apoderarse de mis labios en un beso lánguido. Depositó un último besito en mi boca, acarició mi mejilla con el dorso de sus nudillos y luego retrocedió, antes de girar sobre los talones y bajar por las escaleras sin decir una palabra más.

Respiré hondo y me apoyé en la mesa detrás de mí, mientras escuchaba el ruido de sus pisadas y seguía con la vista su partida, al tiempo que revivía lo que acababa de suceder y lo que había descubierto esta noche.

Vikter Wardwell, un guardia real, era también un viktor, un ser eterno nacido con un objetivo: proteger a alguien que los Hados creen que está destinado a propiciar un gran cambio o que tiene un gran propósito. No obstante, por lo que había visto de él, también era... diferente. Y estaba impaciente por averiguar más.

Eso es, querido diario, Vikter es un viktor, el primero de ellos, de hecho, elegido y dirigido por los Hados. Pero aquí viene la sorpresa: la mayoría de los viktors no saben nada acerca de sus vidas *anteriores ni exactamente por qué están donde están en esta. Sin embargo, dado lo que he visto esta noche, Vikter es diferente. Él sí recuerda. Y sabe. Y parece haber aún más en esa historia.*

Lo cual me hace preguntarme qué le aguarda a nuestra querida Penellaphe Balfour. Estoy segura de que es algo aún más grande que lo que he visto.

WOLVEN CONOCIDOS

Mucho antes de mi tiempo, los lobos *kiyou* recibieron forma mortal para servir de guías y protectores para los hijos de los dioses. Fuertes y leales, ocupan un lugar elevado en la sociedad porque fueron elegidos por los propios dioses. Varios *wolven* han desempeñado un papel en la historia que he relatado, en especial en lo relativo a Poppy y Casteel. Quería recogerlos a todos en un mismo lugar por si acaso la información fuese necesaria en algún momento.

Alastir Davenwell †

(véase el dosier de Alastir para obtener información adicional)

Pelo: largo, rubio pajizo.

Ojos: azul pálido.

Constitución: ancho de hombros.

Rasgos faciales: apuesto de un modo rudo.

Rasgos distintivos: profunda cicatriz en el centro de la frente.

Otros: voz rasposa. Tiene al menos ciento ochenta años aunque parece tener cuarenta y tantos.

Personalidad: no propenso a la violencia. Un poco alarmista.

Hábitos/Costumbres/Fortalezas/Debilidades: siente una lealtad increíble hacia su reino.

Antecedentes: era el *wolven* vinculado al rey Malec, pero ha sido incapaz de transformarse desde que el vínculo entre ambos se rompió. Consejero de la Corona para el rey Valyn y la reina Eloana. Después de traicionar a Cas al secuestrar a Poppy, esta lo mata cortándole el cuello.

Familia: hija = Shea †. Sobrina = Gianna. Sobrino nieto = Beckett †.

Arden †

Ojos: azul vibrante.

Aspecto preternatural: pelaje plateado y blanco.

Otros: su impronta es como el mar salado.

Antecedentes: fue uno de los guardias principales de Poppy. Muere en una cámara subterránea llena de Demonios.

Beckett Davenwell †

Pelo: negro.

Ojos: azul invernal.

Constitución: tiene el cuerpo de un chico de trece años.

Rasgos faciales: piel bronceada.

Aspecto preternatural: pelaje negro.

Personalidad: enérgico. Nervioso.

Hábitos/Costumbres/Fortalezas/Debilidades: tiene la costumbre de no mirar por dónde anda. Le encanta perseguir hojas y mariposas cuando está en forma de *wolven*.

Antecedentes: asesinado por Jansen para que el cambiaformas pudiese ocupar su lugar.

Familia: Alastir es su tío abuelo. Shea y Gianna son sus primas.

Coulton

Pelo: calvo.

Ojos: azul invernal.

Rasgos faciales: piel aceitunada.

Otros: mayor.

Antecedentes: trabaja en las cuadras de Spessa's End.

Delano Amicu

(véase el dosier de Delano para obtener información adicional)

Pelo: muy rubio, casi blanco.

Ojos: pálido azul invernal.

Constitución: alto. Corpulento y fuerte como un toro.

Rasgos faciales: piel pálida. Aspecto juvenil.

Rasgos distintivos: arruga casi constante en el ceño.

Aspecto preternatural: pelaje blanco.

Otros: su impronta es primaveral y suave como una pluma.

Personalidad: reservada. Un poco sensiblero.

Hábitos/Costumbres/Fortalezas/Debilidades: muy rápido. Leal hasta decir basta.

Antecedentes: no vinculado a un atlantiano elemental. Los Ascendidos mataron a toda su manada, incluidos su madre, su padre y sus hermanas. Mantiene una relación con Perry.

Familia: madre †, padre † y número desconocido de hermanas †. Hermana = Preela †.

Effie †

Antecedentes: muere herida por una lanza en el pecho en Oak Ambler.

Gianna Davenwell

(véase el dosier de Alastir para obtener información adicional)

Pelo: rubio cálido, ondulado.

Ojos: pálido azul invernal, bastante separados.

Constitución: voluptuosa y de pechos generosos. Varios centímetros más baja que Poppy.

Rasgos faciales: cejas espesas. Nariz y pómulos angulosos. Boca pequeña pero labios carnosos.

Antecedentes: segunda prometida de Casteel después de Shea.

Familia: tío = Alastir †. Prima = Shea †. Primo segundo = Beckett †.

<u>Ivan †</u>

Aspecto preternatural: pelaje rojizo.

Antecedentes: compinche de Jericho. Clavado a la pared por Casteel.

<u>Jasper Contou</u>

(véase el dosier de Jasper y Kirha para obtener información adicional)

Pelo: desgreñado, plateado, ondulado alrededor de las orejas y por el cuello.

Ojos: azul pálido.

Constitución: alto.

Rasgos faciales: pelusilla en la barbilla. Piel bronceada.

Rasgos distintivos: tatuajes negros en ambos brazos que suben en espiral hasta sus hombros.

Aspecto preternatural: de un tamaño imposible. Pelaje plateado.

Otros: tiene dotes predictivas. Su impronta es como tierra fértil y hierba recién cortada. Transmite una sensación terrosa y mentolada.

Personalidad: centrado en su familia.

Antecedentes: líder de los *wolven*. Miembro del Consejo de Ancianos.

Familia: mujer = Kirha. Hijo = Kieran. Hijas = Vonetta y bebé recién nacida.

Jericho †

Pelo: oscuro y desgreñado.

Ojos: azul pálido.

Constitución: grande.

Rasgos faciales: sombra de una barba.

Personalidad: sediento de sangre.

Antecedentes: formaba parte del grupo original de Cas en la época de la Perla Roja. Mató a Rylan y trató de raptar a Poppy en el proceso. Pierde la mano izquierda a causa de la ira de Cas. Intenta acabar con Poppy en las mazmorras. Clavado a la pared por Casteel pero dejado con vida. Al final, Cas lo mata cuando retira los cuerpos de la pared.

Keev †

Rasgos faciales: piel de tono ónice.

Otros: parece una década más mayor que Poppy.

Personalidad: estoico y un poco desconfiado.

Antecedentes: herido durante el ataque de los Ascendidos, deja que Poppy le quite el dolor para poder curarse. Perdió a alguien hace mucho tiempo. Asesinado por los Ascendidos (una de las cabezas lanzadas en Spessa's End).

Kieran Contou

(véase el dosier de Kieran para obtener información adicional)

Pelo: oscuro y muy corto.

Ojos: de un asombroso azul pálido, como un cielo invernal.

Constitución: fibroso.

Rasgos faciales: piel de un cálido tono beige. Rostro anguloso. Pasa de una belleza fría a asombrosamente atractivo cuando sonríe.

Rasgos distintivos: ligero acento. Marcas difuminadas de garras sobre el pecho. Herida punzante cicatrizada cerca de la cintura.

Aspecto preternatural: pelaje beige/pajizo/pardo. Leves dotes premonitorias; tiene sensaciones que tienden a hacerse realidad. Casi tan alto como un hombre, incluso a cuatro patas.

Otros: fina capa de pelo sobre el pecho. Tiene más de doscientos años. Su impronta es como el cedro: rico, terroso y silvestre. Su sangre huele a bosque, terrosa y rica.

Personalidad: sarcástico y mordaz. Un poco quisquilloso. Poco propenso a dar abrazos. No modesto. Más o menos tan transparente como una pared de ladrillo. Su expresión por defecto es aburrida con un toque de diversión.

Hábitos/Costumbres/Fortalezas/Debilidades: se mueve con la gracia de un bailarín cuando lucha. A menudo duerme en su forma de *wolven* y patalea en sus sueños, pero descansa mejor cuando está saliendo el sol. Le encantan las galletas… bueno, la comida de todo tipo. No le gustan las ciudades llenas de gente. Se le da fenomenal preparar bebidas alcohólicas. Su lealtad a su familia y a sus seres queridos va más allá de cualquier vínculo, incluido el *notam* primigenio.

Antecedentes: vinculado a Casteel desde su nacimiento. Perdió a su gran amor, Elashya, que nació con una enfermedad degenerativa.

Familia: madre = Kirha Contou. Padre = Jasper Contou. Hermanas = Vonetta y una hermanita recién nacida de nombre aún desconocido. Tía = Beryn.

Kirha Contou

(véase el dosier de Jasper y Kirha para obtener información adicional)

Pelo: trencitas (filas estrechas de trenzas pequeñas y apretadas).

Ojos: azul invernal.

Rasgos faciales: piel del color de las oscuras de floración nocturna. Pómulos anchos. Boca carnosa.

Otros: a veces parece saber las cosas con antelación, como su marido y su hijo.

Personalidad: cálida y maternal.

Hábitos/Costumbres/Fortalezas/Debilidades: le gusta hacer punto. Tiene buena mano con las plantas. Duerme muy profundo.

Familia: marido = Jasper. Hijo = Kieran. Hijas = Vonetta y bebé recién nacida. Hermana = Beryn.

Krieg †

Antecedentes: murió en la batalla de Massene. Cabeza dejada en una pica cerca de la frontera de Pompay.

Kyley †

Antecedentes: murió en la batalla de Massene. Cabeza dejada en una pica cerca de la frontera de Pompay.

Lady Cambria

Pelo: rubio con hebras plateadas.

Personalidad: encuentra graciosas las ridiculeces de los demás.

Antecedentes: ayuda con la seguridad del reino y tiene un puesto importante en el ejército atlantiano.

Lizeth Damron

(véase el dosier de Lizeth Damron para obtener información adicional)

Pelo: hasta la barbilla y de un rubio frío.

Ojos: azul invernal.

Rasgos faciales: piel clara.

Personalidad: valiente.

Antecedentes: general *wolven*. Novia de Hisa Fa'Mar.

Lyra †

Pelo: recto como una tabla, castaño oscuro.

Ojos: azul pálido.

Rasgos faciales: cutis marrón dorado.

Aspecto preternatural: de tamaño pequeño. Pelaje marrón oscuro.

Otros: su impronta es como unas aguas cálidas y ondulantes. Un poco más joven que Kieran.

Personalidad: valiente. Dulce.

Antecedentes: amiga de Kieran con derecho a roce. Asesinada por Isbeth.

Preela †

Antecedentes: *wolven* vinculada a Malik. Fue capturada y torturada por la Corona de Sangre antes de que el rey Jalara la matase. Sus huesos los utilizaron para fabricar siete dagas.

Familia: hermano = Delano.

Roald †

Antecedentes: murió en la batalla de Massene. Cabeza dejada en una pica cerca de la frontera de Pompay.

Rolf †

Aspecto preternatural: pelaje marrón.

Antecedentes: uno de los compinches de Jericho. Ataca a Poppy en las mazmorras y ella lo mata con la espada curva. Cas lo clava luego a la pared con heliotropo como advertencia.

Rune

Aspecto preternatural: pelaje marrón y negro.

Antecedentes: va con el grupo al Templo de Huesos. Salvada por Naill y luego asesinada por un *dakkai,* pero después devuelta a la vida por Poppy cuando esta se fusiona con Sera.

Sage

Pelo: corto, oscuro y puntiagudo.

Aspecto preternatural: pelaje gris negruzco.

Otros: su impronta es como lluvia fresca.

Hábitos/Costumbres/Fortalezas/Debilidades: aprecia las formas masculinas, en especial la de Reaver.

Shea Davenwell †

(véase el dosier de Alastir para obtener información adicional)

Personalidad: salvaje. Valiente. Lista. Nunca se arredraba ante nada. Franca.

Hábitos/Costumbres/Fortalezas/Debilidades: capaz de defenderse. Nunca pedía ayuda y a menudo rechazaba la oferta.

Antecedentes: prometida de Casteel. Se convirtió en traidora mientras intentaba rescatar a Casteel y termina muriendo a manos de este.

Familia: padre = Alastir †. Prima = Gianna. Primo segundo = Beckett †.

Vonetta Contou

(véase el dosier de Vonetta para obtener información adicional)

Pelo: trencitas negras, estrechas y apretadas; le llegan hasta la cintura.

Ojos: azul invernal.

Constitución: alta.

Rasgos faciales: piel del color de las rosas de floración nocturna. Rostro anguloso. Pómulos anchos. Boca carnosa.

Rasgos distintivos: risa ronca femenina.

Otros: sesenta años más joven que su hermano, así que tiene unos ciento cuarenta años.

Personalidad: amistosa, de trato fácil. Amable. No aguanta a los tontos cuando de hombres se trata.

Hábitos/Costumbres/Fortalezas/Debilidades: le encanta la fruta confitada y se la exige a Kieran cuando este la enfada. Cocina fatal. Rápida con una espada. Le resultaba difícil creer que alguien pudiese ser inocente en Solis hasta que conoció a más Descendentes.

Rasgos preternaturales: de tono beige/arena/pardo en su forma de *wolven*, pero más pequeña que Kieran. Su impronta es silvestre, como roble blanco y vainilla.

Antecedentes: guardia del Adarve de Spessa's End. Ayudó a Casteel a recordar quién era y a no olvidar que no era una *cosa* después de su cautiverio.

Familia: madre = Kirha Contou. Padre = Jasper Contou. Hermano = Kieran. Hermana = bebé recién nacida, aún sin nombre. Tía = Beryn.

PERSONAJES DE ATLANTIA

Alastir Davenwell †

Wolven
Consejero de la Corona (rey Valyn y reina Eloana)
Wolven vinculado a Malec
Traicionó a Casteel y fue asesinado por Poppy

Arden †

Wolven
Murió en un ataque de Demonios en las cámaras subterráneas

Aurelia

Draken
Una de las únicas tres *drakens* hembra despertadas

Beckett Davenwell †

Wolven joven
Poppy lo cura
Asesinado por Jansen para poder ocupar su lugar

Conductor de carruaje

De la Cala de Saion

Casteel Da'Neer

Atlantiano elemental
Nuevo rey de Atlantia
Corazón gemelo de Poppy
Realiza la Unión con Poppy y Kieran

Coulton

Wolven
Trabaja en las cuadras de Spessa's End

Dante †

Atlantiano
Muere mientras explora con Delano cerca de Spessa's End

Delano Amicu

Wolven
Miembro del círculo interno de Cas y Poppy

Dominik

Atlantiano
Comandante de la guardia de la corona

Effie †

Wolven
Muere en la batalla de Oak Ambler

Elian Da'Neer †

Antepasado Da'Neer que invocó a un dios

Elijah Payne †

Atlantiano

Residente en New Haven
Asesinado por los Ascendidos y cabeza lanzada en Spessa's End

Eloana Da'Neer

Atlantiana elemental
Anterior reina de Atlantia
Ayudó a sepultar a Malec

Emil Da'Lahr

Atlantiano elemental
Miembro del círculo interno de Cas y Poppy
Tiene una relación casual con Vonetta

Gayla La'Sere

Atlantiana
General del ejército atlantiano

General Aylard

Atlantiano
General del ejército atlantiano

Gianna Davenwell

Wolven
Segunda prometida de Casteel después de Shea

Griffith Jansen †

Atlantiano
Cambiaformas
De los pocos cambiaformas que puede adoptar la forma de otra persona
Muere a manos de Poppy

Harlan

Mortal o cambiaformas
Trabaja en las cuadras de la Cala de Saion

Hisa Fa'Mar

Atlantiana
Comandante de la guardia de la corona
Novia de Lizeth

Ivan †

Wolven
Parte del grupo que intentó matar a Poppy en las mazmorras
Clavado a la pared por Casteel

Jasper Contou

Líder de los *wolven*
Padre de Kieran y Vonetta

Jericho †

Wolven
Mano izquierda cortada como castigo por intentar raptar a Poppy sin haber recibido esa orden. Después clavado vivo a la pared por Casteel, que luego lo mata

Joshalynn

Atlantiana
Miembro del Consejo de Ancianos

Keev †

Wolven
Muerto en New Haven

Kieran Contou

Wolven
Vinculado a Casteel
Nuevo Consejero de la Corona
Realiza la Unión con Poppy y Cas

Kirha Contou

Wolven
Madre de Kieran y Vonetta

Lady Cambria

Wolven
Miembro alternativo del Consejo de Ancianos

Landell

Atlantiano
Residente en New Haven
Muy en contra de que Poppy se convierta en reina
Casteel le arranca el corazón del pecho

Lin

Atlantiana
Soldado en el regimiento de Aylard

Lizeth Damron

Wolven
General del ejército atlantiano
Novia de Hisa

Lord Gregori

Atlantiano
Miembro del Consejo de Ancianos

Lord Murin

Atlantiano
Cambiaformas
General del ejército atlantiano

Lyra †

Wolven
Era amiga de Kieran con derecho a roce
Muerta a manos de Isbeth

Magda †

Atlantiana
Residente en New Haven
Asesinada por los atlantianos
Sobrina de Elijah

Malec O'Meer (Mierel)

Dios
Hijo de Nyktos y Sera
Lleva una eternidad sepultado
Primero en Ascender a otra persona: a Isbeth (con lo que la convierte en una *demis*)

Malik Da'Neer

Atlantiano elemental
Príncipe de Atlantia
Estuvo retenido por la Corona de Sangre durante muchísimo tiempo
Corazón gemelo de Millicent

Marji

Atlantiana

Joven
Poppy la trajo de vuelta a la vida

Padre de Marji

Atlantiano
Residente en la Cala de Saion

Madre de Marji

Atlantiana
Residente en la Cala de Saion

Señorita Seleana

Mortal
Costurera en la Cala de Saion

Naill La'Crox

Atlantiano elemental
Miembro del círculo interno de Poppy y Casteel

Padre de Naill

Atlantiano elemental
Dirige los molinos en Evaemon

Nektas

Draken
Primer *draken*
Vinculado a Nyktos
La Corona de Sangre se llevó a su hija Jadis

Nithe

Draken
Uno de los *drakens* que invoca Poppy

Nova

Atlantiana
Guardiana

Odell Cyr

Atlantiano
General del ejército atlantiano

Penellaphe Balfour

Primigenia de Sangre y Hueso y la *verdadera* Primigenia de la Vida y la Muerte
Antigua Doncella
Nieta de Nyktos y Sera
Hija de Ires e Isbeth
Corazón gemelo de Casteel
Realiza la Unión con Cas y Kieran

Perry

Atlantiano elemental
Amigo de Casteel
Tiene una relación con Delano

Preela †

Wolven
Wolven vinculada a Malik
Asesinada por el rey Jalara
Sus huesos se utilizaron para fabricar siete dagas de heliotropo

Quentyn Da'Lahr

Atlantiano elemental
Joven

Raul

Mortal
Residente en Evaemon
Mozo de cuadra

Reaver

Draken
Primero en despertar cuando Poppy invoca a los guardias de Nyktos

Renfern Octis †

Mortal
Joven
Asesinado por lord Chaney

Roald †

Wolven
Muere cerca de la frontera de Pompay

Rolf †

Wolven
Parte del grupo que intentó matar a Poppy en las mazmorras
Decapitado por Poppy con la espada curva
Clavado a la pared por Casteel

Rose

Mortal
Administradora del palacio en Evaemon

Rune

Wolven

Presente en la batalla del Templo de Huesos

Sage

Wolven
Le gusta Reaver

Shea Davenwell †

Wolven
Hija de Alastir
Prometida de Casteel
Traiciona a los Da'Neer
Casteel la mató con sus propias manos

Sven

Atlantiano elemental
Miembro del Consejo de Ancianos
Padre de Perry
Fascinado con la magia elemental; sabe mucho sobre ella

Talia

Atlantiana
Curandera

Thad

Draken
Parte del grupo que invocó Poppy
Sera lo trajo de vuelta a la vida en la época de los dioses

Valyn Da'Neer

Anterior rey de Atlantia
Padre de Casteel

Vonetta Contou

Wolven
Hermana de Kieran
Tiene una relación casual con Emil

Wilhelmina Colyns

Atlantiana
Cambiaformas
Vidente
Decana del Consejo de Ancianos
Aficionada a anotar sus encuentros carnales en diarios rojos

Wren

Mortal
Descendente

PERSONAJES DE SOLIS

Agnes

Mortal
Residente en Masadonia
Mujer de Marlowe (maldecido)

Blaz †

Mortal
Descendente
Marido de Clariza
Trabajaba con Malik cuando este se hacía pasar por Elian
Asesinado por Isbeth

Britta

Mortal
Doncella
Solía coquetear con Casteel

Bryant †

Mortal
Cazador/Guardia
Murió durante la treta de Hawke

Callum

El primer Retornado
Estaba ya en el mundo en tiempos de los dioses
Hermano de Sotoria

Clariza †

Mortal
Descendente
Mujer de Blaz
Trabajaba con Malik cuando este se hacía pasar por Elian
Asesinada por Isbeth

Comandante Forsyth †

Comandante de la guardia del Adarve en Oak Ambler
Muerto durante la toma de Oak Ambler

Comandante Jansen

Atlantiano
Cambiaformas
Se hizo pasar por guardia como parte del plan de Casteel para capturar a la Doncella
Poppy lo mata cuando revela su verdadera lealtad

Coralena †

Retornada
Doncella personal
Madre de acogida de Poppy
Muere cuando Isbeth la obliga a ingerir sangre de *draken*

Dafina †

Mortal
Dama en espera
Muere durante la masacre del Rito

Diana †

Mortal
Una segunda hija; tiene diez años
Asesinada por los Ascendidos

Duquesa Jacinda Teerman †

Ascendida
Tutora de Poppy
Gobernante en Masadonia
Muere a manos de Poppy

Duquesa de Ravarel

Ascendida
Gobernante en Oak Ambler
Desaparecida

Duque Dorian Teerman †

Ascendido
Tutor de Poppy
Gobernante en Masadonia
Muere a manos de Hawke

Duque de Ravarel

Ascendido
Gobernante en Oak Ambler
Desaparecido

Duque de Silvan †

Ascendido
Gobernante en Massene
Muere a manos de Poppy

Framont †

Ascendido
Sacerdote
Muere a manos de Poppy

Hannes †

Mortal
Miembro de la guardia real de la Doncella
Muere mientras duerme

Hawke Flynn

Atlantiano elemental
Alter ego de Casteel
Guardia real de la Doncella

Ian Balfour †

Ascendido
Hermano de Poppy
Hijo de Cora y Leo
Isbeth ordena que lo maten

Rey Jalara †

Antiguo rey de Solis
Marido de Ileana/Isbeth
Mató a Preela
Poppy lo decapita como mensaje para Isbeth

Leopold †

Viktor
Padre de acogida de Poppy
Nadie sabe con exactitud qué le pasó, aunque se da por sentado que regresó al Monte Lotho para aguardar un renacimiento

Lev Barron †

Mortal
Descendente
Perdió a un hermano por la fiebre y a otro por el Rito
Se supone que lo mata el duque de Teerman

Teniente Smyth

Mortal
Guardia real
Le encanta meterse con Hawke

Lord Brandole Mazeen †

Ascendido
Amigo del duque de Teerman
Solía torturar a Poppy
Poppy le cortó el brazo y después la cabeza

Lord Chaney †

Ascendido
Poppy lo mata

Lord Haverton †

Ascendido
Gobernante en New Haven
Muerto; los Ascendidos no lo saben

Loren †

Mortal
Dama en espera
Muere durante la masacre del Rito

Luddie †

Mortal
Cazador
Casteel lo mata con un virote de ballesta en el cuello

Mac

Descendente
Trabaja en el distrito de envasado de carne

Magnus

Mortal
Secretario del duque de Teerman

Malessa Axton †

Mortal
Dama en espera
Supuestamente asesinada por lord Mazeen; muere drenada de sangre

Millicent

Retornada
Hija de Isbeth e Ires
Corazón gemelo de Malik
Hermana de Poppy

Murphy †

Mortal
Arrebatado y muerto durante el Rito

Noah †

Mortal
Cazador
Muere mientras escolta a Poppy hasta la capital

Pence

Mortal
Guardia del Adarve

Peter †

Mortal
Arrebatado y muerto durante el Rito

Reina Ileana/Isbeth †

Demis
Reina de Solis
Corazón gemelo de Malec
Madre de Poppy y Millicent
Mujer del rey Jalara

Ramon

Mortal
Los Ascendidos se llevaron a su hijo Abel

Ramsey

Mortal
Uno de los secretarios del duque

Rylan Keal †

Mortal
Guardia real
Asesinado por Jericho durante la treta de Hawke

Sacerdotisa Analia

Ascendida
Sacerdotisa
Maestra de Poppy

Señor Tulis †

Mortal
Descendente
Muere después de intentar matar a Poppy; clavado a la pared por Casteel

Señora Tulis †

Mortal
Asesinada por lord Chaney

Señorita Willa Colyns

Atlantiana
Cambiaformas
Miembro del Consejo de Ancianos
Vidente
Vivió en Solis durante bastante tiempo
Le gusta hacerse pasar por una dama en la Perla Roja
Autora del diario encontrado en el Ateneo

Sir Terrlynn †

Ascendido
Caballero real
Cas le corta la cabeza

Tasos

Mortal
Guardia del Adarve en Oak Ambler

Le mostró al grupo las cámaras subterráneas llenas de Demonios y de niños muertos por el Rito

Tawny

Mortal
Dama en espera
Doncella y amiga de Poppy
Apuñalada con piedra umbra y convertida en algo aún desconocido

Tobias Tulis †

Mortal
Niño destinado a ser entregado en el Rito

Vikter Wardwell †

Viktor
Guardia, amigo y entrenador de Poppy
El único *viktor* conocido que recuerda todas sus vidas anteriores

Wren

Mortal
Descendente

DESCENDENTES CONOCIDOS Y AYUDANTES

Los Descendentes son mortales o atlantianos que siguen al Señor Oscuro y desean ver a Atlantia resurgir de las cenizas. Se cree que son responsables de la desaparición de un buen número de Ascendidos y son famosos por provocar altercados. Algunos Descendentes, pero no todos, tienen sangre atlantiana. Si no la tienen, suelen ser familiares de personas que lucharon junto a los atlantianos durante la guerra y por tanto saben la verdad.

Aunque los Descendentes siguen al Señor Oscuro, este no manda sobre ellos. Hacen lo que quieren y su amor hacia su reino pasa por delante y por encima de cualquier otra lealtad.

Alastir Davenwell †

Wolven
Consejero de la corona (rey Valyn y reina Eloana)
Wolven vinculado a Malec
Traicionó a Casteel y murió a manos de Poppy

Blaz †

Mortal
Marido de Clariza
Trabajaba con Malik cuando este se hacía pasar por Elian
Asesinado por Isbeth

Clariza †

Mortal
Mujer de Blaz
Trabajaba con Malik cuando este se hacía pasar por Elian
Asesinada por Isbeth

Elijah Payne †

Atlantiano
Residente en New Haven
Asesinado por los Ascendidos y cabeza lanzada en Spessa's End

Ivan †

Wolven
Parte del grupo que intentó matar a Poppy en las mazmorras
Clavado a la pared por Casteel

Jericho †

Wolven
Mano cortada y después clavado vivo a la pared por Casteel, que luego lo mata

Keev †

Wolven
Muerto en New Haven

Landell †

Atlantiano
Residente en New Haven
Muy en contra de que Poppy se convirtiera en reina
Casteel le arranca el corazón del pecho

Lev Barron †

Mortal
Rubio
Supuestamente muerto a manos del duque de Teerman

Los Arcanos

Hermandad/organización secreta solo masculina
Llevan máscaras que simulan *wolven*

Mac

Mortal
Calvo
Líder del grupo de Descendentes del matadero

Magda †

Atlantiana
Residente en New Haven
Asesinada por los Ascendidos
Sobrina de Elijah

Señor Tulis †

Mortal
Muere después de intentar matar a Poppy; clavado a la pared por Cas

Rolf †

Wolven
Parte del grupo que intentó matar a Poppy en las mazmorras
Decapitado por Poppy con la espada curva
Clavado a la pared por Cas

Wren

Mortal

LAS GUARDIANAS

Soldados de élite de Atlantia. Las guardianas son un batallón solo femenino compuesto de guerreras fuertes y potentes nacidas de los antiguos linajes de Guerreros.

Atributos físicos:

Fuerza de lucha femenina.
La líder es alta y rubia (Nova).
Van vestidas de negro.

Habilidades preternaturales:

Solo las mujeres del linaje tienen habilidades únicas debido a su origen.
En términos de fuerza y mortalidad, son como los atlantianos elementales.
Necesitan sangre para sobrevivir.

Hábitos y costumbres:

Las guardianas siempre entrenan a los ejércitos de Atlantia.
Una guardiana equivale a veinte soldados entrenados.
Largo grito de guerra gorjeante.
Utilizan espadas de piedra que se prenden cuando o si se golpean entre sí.

Historia y leyenda:

Son las últimas de su estirpe. Nacen en una larga sucesión de guardianas que defenderán Atlantia hasta su último aliento.
Las guardianes son el único linaje Guerrero que aún perdura.
Solo existen ya unas doscientas guardianas.

DRAKENS CONOCIDOS

Hace mucho mucho tiempo, incluso antes de los Primigenios y los dioses, y desde luego que antes de mi época, existían dragones tanto en el mundo mortal como en la Tierra de los Dioses. Cuando surgieron los dioses, Eythos, el Dios Primigenio de la Vida, entabló amistad con los dragones. Quería aprender sus historias y sus leyendas, así que se ofreció a proporcionarles forma mortal. Los que aceptaron fueron bautizados como *drakens*.

Aurelia

Aspecto preternatural: escamas marrones verdosas. Cuello largo. Alas tan largas como su cuerpo. Más grande que Nithe y Thad, pero más pequeña que Reaver. Hileras de cuernos y gorgueras alrededor del cuello.

Antecedentes: una de las únicas tres hembras de los veintitrés *drakens* despertados. Le fue señalando los *drakens* uno a uno a Poppy para que supiera cuál era cuál.

Basilia

Antecedentes: *draken* de Attes.

Crolee

Aspecto preternatural: escamas marrones y negras.

Familia: primos lejanos = Ehthawn y Orphine †.

Davina †

Pelo: largo y castaño claro.

Ojos: azul vibrante.

Rasgos faciales: piel marrón rojiza.

Aspecto preternatural: pequeña. Escamas marrones rojizas.

Otros: la mayoría la llaman «Dav».

Personalidad: nadie sabe si ella les tiene cariño o si está a segundos de prenderles fuego.

Hábitos/Costumbres/Fortalezas/Debilidades: lleva una daga delgada de hoja negra en el antebrazo y otra en el muslo.

Antecedentes: le llevaba a Sera las comidas. Murió cuando Kolis envió a su *draken*.

Familia: hermana mayor que murió hace mucho tiempo.

Diaval

Pelo: largo, ondulado y rubio.

Ojos: rojo rubí.

Rasgos faciales: apuesto pero engreído.

Antecedentes: *draken* de Kolis.

Ehthawn

Aspecto preternatural: grande. Escamas de color ónice.

Familia: gemela = Orphine †.

Iason

Pelo: oscuro.

Antecedentes: *draken* de Kolis.

Jadis

Pelo: oscuro.

Aspecto preternatural: escamas marrones verdosas. Cuello largo. Cabeza ovalada.

Personalidad: valiente. Inquisitiva.

Antecedentes: prisionera de la Corona de Sangre.

Familia: padre = Nektas. Madre = Halayna †.

Naberius

Aspecto preternatural: negro con escamas de punta roja. Mandíbula fuerte y nariz plana y ancha. Los cuernos brotan de su cabeza y se curvan hacia atrás, tan largos como la pierna de un mortal. Gran envergadura de alas y cola con púas.

Antecedentes: *draken* de Kolis.

Nektas

Pelo: largo y negro veteado de rojo (luego se vuelve veteado de plata).

Ojos: rojo sangre con pupilas verticales (se vuelven azul zafiro con pupilas verticales).

Constitución: alto. Piernas largas.

Rasgos faciales: piel cobriza. Facciones anchas y orgullosas.

Rasgos distintivos: crestas en la piel que parecen escamas.

Rasgos preternaturales: escamas negras y grises oscuras. Cola con púas. Del tamaño de tres caballos grandes. Cuello largo y elegante. La cabeza tiene el tamaño de medio caballo. Nariz ancha y plana. Mandíbula fuerte. Cuernos puntiagudos sobre la cabeza como una corona. El cuerpo mide al menos seis metros.

Personalidad: callado. Reservado. Con aspecto sabio.

Hábitos/Costumbres/Fortalezas/Debilidades: oído extraordinario. Puede manifestar ropa.

Antecedentes: era el *draken* vinculado a Eythos, el primerísimo *draken*. Mantenía una relación estrecha con él incluso antes de recibir su naturaleza dual. Creó al primer mortal con Eythos. Cuando Eythos murió, eso rompió el vínculo y Nektas acabó vinculado a Nyktos por elección propia.

Familia: hija = Jadis. Pareja = Halayna †. Pariente lejano = Thad. Primigenio al que está vinculado = Eythos y después Nyktos.

Nithe

Pelo: suaves ondas negras con reflejos azulados, le llegan justo hasta debajo de la mandíbula.

Ojos: azul zafiro con pupila vertical.

Constitución: mide casi dos metros. Hombros anchos. Muslos gruesos. Cintura y cadera tonificados.

Rasgos faciales: pómulos altos. Mandíbula cuadrada y cincelada. Labios suaves y blandos.

Rasgos distintivos: hoyuelo en la barbilla. Crestas en la piel que parecen escamas.

Aspecto preternatural: escamas color ceniza. Un poco más grande que un caballo (más pequeño que Reaver y Aurelia, pero más grande que Thad). Alas del color de la medianoche. Filas de cuernos y gorgueras alrededor del cuello.

Personalidad: fuerte y silencioso.

Orphine †

Pelo: largo y negro.

Ojos: carmesís con pupila vertical en época de los dioses.

Constitución: alta. Caderas redondeadas. Parece blanda.

Rasgos faciales: cutis pálido.

Aspecto preternatural: grande. Escamas de tono ónice/medianoche.

Otros: parece estar en la veintena.

Hábitos/Costumbres/Fortalezas/Debilidades: le gusta leer.

Familia: gemelo = Ehthawn. Primo lejano = Crolee.

Reaver

Pelo: rubio. Hasta los hombros.

Ojos: carmesís con pupilas verticales en la época de los dioses. Azules con pupila vertical en tiempos recientes.

Constitución: piernas largas.

Rasgos faciales: piel beige. Mandíbula angulosa, fuerte y cincelada. Ojos bien separados, inclinados hacia abajo por el lagrimal. Labios carnosos con arco de Cupido. No tiene una belleza clásica, pero es interesante y llama la atención.

Rasgos distintivos: patrón de escamas tenue pero visible sobre la piel.

Aspecto preternatural: escamas negras con reflejos morados. Grande pero no tanto como Nektas. Cuernos lisos y negros que brotan del medio del puente plano de su nariz y suben por el centro de su cabeza con forma de diamante. Los que están alrededor de sus ojos son más pequeños pero se alargan hacia unas puntas afiladas que asoman de su gorguera en su recorrido hacia la parte superior de su cabeza.

Otros: voz hosca. Puede cambiar los dientes y echar fuego por la boca mientras está en forma de dios.

Personalidad: distante. Sarcástico. Irritable.

Antecedentes: era joven cuando salió a la luz lo que había hecho Kolis. Lo escondieron junto con los otros *drakens* jóvenes. Fue el primero en emerger cuando Poppy invocó a los guardias de Nyktos.

Sax

Antecedentes: *draken* de Kolis.

Thad

Pelo: rubio.

Ojos: carmesís con pupila vertical.

Rasgos faciales: pálido. Facciones suaves.

Aspecto preternatural: escamas negras con reflejos marrones. Cuello largo con filas de cuernos y gorgueras.

Otros: parece unos años más joven que Sera.

Personalidad: tolerante.

Antecedentes: Sera se ve obligada a matarlo, pero luego lo trae de vuelta a la vida.

Familia: Nektas = familiar lejano.

NOTA: diecisiete de los veintitrés *drakens* invocados por Poppy murieron en la tormenta primigenia conjurada por Vessa.

PRIMERAS VECES DE CARNE Y FUEGO

Queridísimo diario:

Esta noche ha sido una noche de primeras veces, y sabes bien que ya no tengo demasiadas de esas... aunque no por falta de intentarlo.

Esta entrada está dedicada a la reina de Atlantia, pues sin ella, esto jamás hubiese sucedido. No obstante, me siento un poco mal por deleitarme en este momento cuando la razón de que ocurriera tiene su origen en unas circunstancias bastante desgarradoras y casi insoportables. Ahora bien, fue una zambullida en el estanque del tiempo, un momento de placer robado entre una multitud de caos, y por tanto merece ser celebrado.

Estaba de viaje para algún asunto del Consejo, y eso me llevó justo a las afueras de Spessa's End. Esa noche, había tenido una visión vívida de llamas voraces y escamas centelleantes, y supe que Penellaphe había invocado a los guardias del Rey de los Dioses para ayudarla a rescatar a su marido y terminar con la Corona de Sangre. También había visto fogonazos de algunos de esos acontecimientos futuros y sabía un poco sobre lo que iba a ocurrir en los días venideros.

Pero volvamos a mi visión de fuego... porque en fuego es en lo que se convirtió.

Por favor, perdóname, me estoy adelantando a los acontecimientos. Aunque mis labios están esbozando una sonrisa incluso ahora...

En lugar de marcharme de la zona, solicité quedarme una noche más en el establecimiento donde había alquilado una habitación en la planta de arriba, y decidí esperar a ver qué sucedía. Algo en mi visión, aunque muy vago y nada preciso, me urgía a quedarme. Así que eso hice. Una debe seguir sus instintos. La vida sería muy aburrida si no lo hiciésemos.

Cuando el día se trocó en una oscuridad ahumada, acudí a un pub local que se encontraba en la misma calle de mi alojamiento y me instalé con un vaso de whisky y algo de estofado. Justo cuando estaba a punto de darme por vencida y volver a mi habitación, la puerta se abrió y uno de los hombres más hermosos que he visto en la vida entró por ella.

Medía casi dos metros, con hombros anchos y piernas poderosas, el tronco un triángulo delicioso que se estrechaba hacia las caderas y una cintura tonificada. Su pelo caía en ondas suaves hasta justo por debajo de la línea de su mandíbula y lo observé boquiabierta levantar una mano para deslizar los dedos a través.

Llevaba ropa casual de varios tonos grises con un par de toques negros, y exudaba con claridad un aura de poder primigenio con un asomo de peligro.

Cuando se acercó un poco más y a la luz que proyectaba el fuego por la sala, estudié su rostro. Tenía los pómulos altos y una mandíbula cuadrada y cincelada, con un hoyuelo en el centro que me dio ganas de lamer. Sus labios eran carnosos y atractivos. Incluso su nuez me pareció sexy cuando tragó saliva.

Miró a su alrededor, supongo que para buscar un sitio en donde sentarse. Cuando su mirada llegó a la mesa en que yo cenaba, vi sus ojos. Eran como un sedoso fuego zafiro; un color no demasiado común. Los wolven tenían ojos azul hielo, señal de sus naturalezas duales. Este azul significaba lo mismo, pero las pupilas verticales en ese mar cerúleo reforzaron mi asunción inicial, cuando había entrado en el local. Delante de mí tenía a un draken en su forma de dios.

Hice un gesto hacia la silla vacía de mi mesita, al tiempo que inclinaba la cabeza y cruzaba las piernas, dejando que la raja de mi falda le proporcionase una atractiva vista de un muslo y una pantorrilla de lustrosa piel marrón y bien tonificados. El draken siguió con la vista mi movimiento y luego me miró otra vez. Echó un vistazo rápido a la silla enfrente de mí antes de por fin dirigirse hacia mi mesa.

Se me aceleró el corazón en el pecho y mi emoción se intensificó. Cuando se sentó enfrente de mí, sin apartar en ningún momento sus fascinantes ojos de los míos, su aura casi me hizo caerme de la silla. Esto era poder. Un poder antiguo. El poder de los dioses hecho carne. Y me ponía cachonda.

Por fin encontré mi voz y lo saludé; me presenté con mi nombre y le pregunté el suyo. Él no dijo nada durante tanto tiempo que temí haberlo asustado, pero entonces, por fin habló y su timbre grave retumbó y despertó cosas en mi pecho y más abajo.

Me dijo que se llamaba Nithe y me preguntó si sabía lo que él era. Supuse que percibía la sangre cambiaformas que surcaba por mis venas; quizás incluso supiera de alguna manera que yo era vidente. Le dije que sí y entonces entablamos conversación. Él era bastante gracioso, algo que no me esperaba. También muy muy educado y me hizo sentir apreciada, vista y oída. Bebimos whisky y disfrutamos del fuego y de la compañía mutua hasta que el tabernero dio la última llamada.

Sin apartar los ojos de los suyos en ningún momento, hice acopio de valor y le pregunté si le gustaría volver a mi habitación conmigo. Vaciló solo un segundo antes de aceptar la invitación. Luego se levantó y me tomó de la mano. Yo lo guié un pelín más allá por la calle y subí las escaleras a mi habitación, dándole un poco más de contoneo a mis pasos.

Cuando la puerta se cerró con suavidad, Nithe me atrajo hacia él, los duros bordes de su cuerpo acunando los planos más blandos del mío. Me besó como si estuviese hambriento y enredó los dedos de una mano en mi pelo mientras la otra emprendía un viaje aventurero por los valles y hondonadas de mi trasero.

Sentí el impresionante bulto de su virilidad detrás de la solapa de sus pantalones y mi cuerpo respondió como corresponde, con una oleada de calor y de deseo.

Retrocedió justo lo suficiente para llevar las manos hacia las lazadas de mi vestido, y yo hice otro tanto: desaté las tiras de su cuello y su cintura y aflojé la bragueta lo suficiente para ver la cabeza de su pene. Se me hizo la boca agua y no pude evitar preguntarme si sus escamas eran visibles en alguna parte mientras estaba en su forma mortal.

Me quité de encima esos pensamientos por el momento y continué despojándolo de su ropa. Lo hice girar para ayudarlo a deshacerse de su camisa, y me fijé en la fina línea de crestas que bajaba por su espalda y se asemejaba a escamas. A continuación, lo ayudé a quitarme la mía hasta que estuvimos el uno frente al otro, gloriosamente desnudos. Y quiero decir gloriosamente. Nithe era una obra de arte con pectorales y bíceps esculpidos, tríceps y hombros abultados. Su miembro lucía largo y duro, y se inclinaba un pelín a la izquierda, algo que sabía por mi enorme experiencia que solo podía significar cosas muy buenas para mí.

Mientras él deslizaba su mirada lapislázuli por mi cuerpo, mis pezones se fruncieron y sentí un estremecimiento entre los muslos. Se me cortó la respiración y me quedé paralizada en el sitio, totalmente cautivada por su atención. Su poder. Me deleité en él, dejé que mi cabeza cayese hacia atrás y solté un leve suspiro.

Nithe se lo tomó como una invitación y se acercó al instante para lamer y succionar sobre mi cuello y mis pechos. No pude hacer nada más que agarrar los mechones sedosos de su pelo negro azulado y entregarme a las sensaciones.

Cuando me levantó en brazos, enrosqué las piernas a su alrededor tan contenta, crucé los tobillos a su espalda y uní nuestras partes íntimas mientras me restregaba de un modo desvergonzado contra su erección. Él emitió un gruñido grave y retumbante que sentí en mi pecho y en el centro de mi ser, y me lancé a por su boca con abandono.

Solo aflojé mi agarre cuando me depositó en la cama. Apoyó las manos en el colchón y se sujetó por encima de mí mientras me observaba de arriba abajo otra vez, su escrutinio como una caricia física. Hizo un comentario sobre cómo le parecía una diosa, ahí tumbada delante de él, con las piernas abiertas y el pelo desplegado alrededor de mi cabeza. Me sonrojé un poco. Era posible que él lo supiese de primera mano. Al menos mejor que yo.

Intercambié nuestras posiciones y él me dejó. Se tumbó en el colchón con los codos apoyados para levantar un poco su exquisito tronco. Me observó extasiado, sus pupilas verticales más expandidas en el mar azul, mientras cerraba la mano en torno a él y luego bajaba la boca hacia su miembro. Abarqué todo lo que pude, y utilicé la mano para proporcionarle placer adicional. Sonreí cuando una pequeña vibración lo hizo gemir y caer hacia atrás sobre la cama. Cuanto más lo tocaba, más me deleitaba en su placer y más excitada estaba yo.

Como si pudiera sentir, u oler, el cambio, él tomó el control. Se movió con un solo movimiento fluido para colocarme de rodillas, las manos apoyadas en la cama y de frente a las puertas del balcón. Deslizó las yemas de sus dedos callosos por mi columna, se demoró un pelín en las curvas de mi culo y entonces lo sentí en mi entrada.

Empujó con suavidad al principio y el estiramiento fue magnífico. A medida que entraba más y más, la plenitud fue casi más de lo que podía soportar. Cuando por fin me penetró hasta el fondo y tocó ese punto en mi interior que hacía que estallaran fogonazos de color detrás de mis párpados, me perdí en el éxtasis.

Le supliqué que me diera más y él obedeció, embistiendo más duro y deprisa. Me transportó cada vez más y más arriba. Sentí como si estuviese en el pico más alto de las montañas Skotos, a punto de saltar. Pero no habría ninguna caída. No, estaba segura de que volaría.

Con una mano todavía en mi cadera para mantenerme estable, deslizó la otra a mi alrededor para cerrarla sobre un pecho. Mi pezón se endureció contra la palma de su mano. Él lo apretó justo al límite de sentir dolor, y sentí el placer por donde estábamos unidos. Estuvo claro que él también lo sintió, pues gruñó y rotó las caderas mientras embestía, con lo que tocó tanto mi perla de placer como ese punto mágico en mi interior.

La verdad era que no estaba segura de cómo no había perdido el conocimiento todavía, el placer casi insoportable, pero aun así todavía no me había corrido. Cuando deslizó esa mano de mi pecho, bajó por la parte de delante de mi cuerpo y trazó un círculo con el dedo índice por encima de mi clítoris, me hice añicos con un grito. Mi cuerpo sufrió espasmos en torno al suyo, tiré de él hasta que estuvo más adentro, mi seda apretada sobre su acero.

Salió de mí mientras yo todavía estaba temblando tanto por dentro como por fuera, y casi grité de la frustración, hasta que me dio la vuelta y me penetró de inmediato otra vez. No dejó de mirarme a los ojos mientras embestía y levantaba mis caderas para encontrarse con las suyas. El sudor goteaba de su frente y centelleaba en su pecho.

Deslicé las uñas por su piel, lo bastante fuerte para dejarle marca pero no tanto como para hacerle sangre. Él bufó y cerró los ojos. Cuando contoneó las caderas de nuevo, sentí que todo mi ser se apretaba de nuevo. Metí la mano entre nosotros y jugueteé con suavidad con ese apretado haz de músculo, lo cual le hizo perder un poco el ritmo. A la siguiente embestida, alcancé el clímax con otro grito.

Él empujó hacia dentro una vez más. Fuerte. Profundo. Luego arqueó la espalda y rugió. Su esencia me bañó en un calor distinto de cualquier otra cosa que hubiese experimentado jamás. Las sacudidas posteriores a mi orgasmo sacaron todo lo que pude de él, hasta que se desplomó sobre mí, jadeando. Parecía estar aspirando mi aroma.

Acaricié su espalda, hice girar mis dedos entre el sudor que la cubría, los deslicé por las crestas que eran como un sueño para los sentidos, y me maravillé por cómo cada músculo de su cuerpo parecía tallado en piedra.

En algún punto, debí quedarme dormida, porque lo siguiente que supe fue que un beso suave sobre la sien me despertaba. Nithe estaba a un lado de la cama, todavía impactantemente desnudo. Retiró un mechón de pelo de mi cara y luego se inclinó para besarme en los labios. Cuando se enderezó, me dijo que tenía que marcharse, pero me aseguró de que los pensamientos sobre nuestro encuentro tardarían en alejarse de su mente. Yo le dije que a mí me pasaría lo mismo y luego observé cómo se acercaba al balcón, su duro trasero ondulando a cada paso.

Abrió las puertas de par en par, giró la cabeza hacia mí con una sonrisa, y saltó.

Solté una exclamación y salí disparada de la cama hasta la barandilla. Miré hacia abajo y cuando no vi nada levanté la vista para admirar la magnífica criatura que surcaba el cielo. Sus escamas eran del color de la ceniza y sus alas eran inmensas, más oscuras que la medianoche. Tenía unos cuernos negros protuberantes que empezaban a mitad del hocico y subían por el centro de su enorme cabeza. Cuanto más atrás brotaban por su cabeza, más largos y afilados eran, hasta que al final sobresalían de una espesa gorguera. Dibujó un círculo y luego bajó en picado, girando en el último momento para acercarse todo lo que se atrevió al edificio.

Sentí el soplo de aire en mi cara y en mi cuerpo, y me llevé una mano al pecho con un asombro completo y absoluto. Fue como una ola y no era algo que fuera a olvidar pronto.

Lo observé hasta que ya no podía verlo, mientras volaba hacia Spessa's End. Luego regresé a la habitación, antes de cerrar con pestillo las puertas del balcón a mi espalda.

Recogí su camisa tirada en el suelo, la deslicé por encima de mi cabeza y enterré la nariz en ella. Inspiré hondo para oler su aroma terroso y silvestre.

Rodeada por su olor y aún hormigueante por nuestro encuentro, me quedé dormida con unos sueños muy muy dulces.

Willa

EL ÚLTIMO ORÁCULO

No se ha revelado gran cosa acerca del último oráculo en nacer, pero lo que *sí* sabemos es significativo.

Las profecías son sueños de los Antiguos. Después las comparten con los oráculos (mortales excepcionales capaces de comunicarse directamente con los dioses sin tener que invocarlos) y luego pasan a los Dioses de la Adivinación.

La profecía que conocemos hoy fue la última soñada por los Antiguos. Es una *promesa* conocida solo por unos pocos, menos aún se atreven a pronunciarla, y solo repetida por un descendiente de los Dioses de la Adivinación (como Penellaphe, diosa de la sabiduría, la lealtad y el deber) y el último oráculo.

Ese oráculo llevaba el apellido Balfour. Era amable y una gran conversadora, y se dice que la princesa Kayleigh Balfour de Irelone se parecía a ella.

Nosotros sabemos que Poppy recibió el apellido Balfour de sus padres de acogida Leopold y Coralena, pero eso te hace preguntarte qué más hay escondido en ese poco de información, ¿verdad?

EL CLAN DE LOS HUESOS MUERTOS

El clan de los Huesos Muertos es un grupo de mortales violentos y caníbales de las tierras al otro lado de los Adarves. Solían vivir por todo Solis, en especial donde crece ahora el Bosque de Sangre. La mayoría de las personas habían dado por sentado que habían sido erradicados cuando los Ascendidos quemaron todo entre New Haven y Pompay. Sin embargo, en algún momento a lo largo de los últimos centenares de años, acabaron cerca de Spessa's End.

Descripción física: llevan máscaras hechas de piel humana.

Hábitos/Costumbres/Fortalezas/Debilidades: cuelgan símbolos de los árboles (círculos o sogas de cuerda marrón con un hueso cruzado a través del centro). Parecidos al escudo real, pero en lugar de una línea recta o una flecha cortando por el centro, es un hueso el que los cruza. También crean el símbolo con rocas en el suelo del bosque. Se supone que matan y se comen a cualquier cosa o persona que perciban como una amenaza. En su empeño de mantener a la gente fuera de su territorio no son solo anti-Demonios; son anti todas las cosas y anti todas las personas. Por lo general, solo atacan cuando tienen hambre. Son caníbales, pero nadie sabe por qué.

LA PROFECÍA

Por todos los dioses, ¿qué puedo decir acerca de la profecía? Ha cambiado más que yo de parejas de cama. Aunque, bueno… ¿lo ha hecho? Lo que *de verdad* ha cambiado es la interpretación de lo que se profetizó en los huesos de la tocaya de Penellaphe Balfour, una Diosa de la Adivinación. Y de hecho, eso sigue cambiando incluso ahora.

Echemos un vistazo a lo que sabemos hasta ahora, ¿te parece?

De la desesperación de coronas doradas y nacido de carne mortal, un gran poder primigenio surge como heredero de las tierras y los mares, de los cielos y todos los mundos. Una sombra en la brasa, una luz en la llama, para convertirse en un fuego en la carne. Pues la nacida de la sangre y las cenizas, la portadora de dos coronas, y la dadora de vida a mortales, dioses y drakens. Una bestia plateada con sangre rezumando de sus fauces de fuego, bañada en las llamas de la luna más brillante en haber nacido nunca, se convertirá en una.

Cuando las estrellas caigan de la noche, las grandes montañas se desmoronen hacia los mares y viejos huesos levanten sus espadas al lado de los dioses, el falso quedará desprovisto de gloria mientras (NO HASTA) los grandes poderes se tambalearán y caerán, algunos de golpe, y caerán a través de los fuegos hacia un vacío de nada. Los que queden en pie temblarán mientras se arrodillan, se debilitarán a medida que se hacen pequeños, a medida que son olvidados. Pues, por fin, surgirá el Primigenio, el dador de sangre y el portador de hueso, el Primigenio de Sangre y Ceniza.

Dos nacidas de las mismas fechorías, nacidas del mismo gran poder primigenio en el mundo mortal. Una primera hija, con la sangre llena de fuego, destinada al rey una vez prometido. Y la segunda hija, con la sangre llena de cenizas y hielo, la otra mitad del futuro rey. Juntas, reharán los mundos mientras marcan el comienzo del fin. Y así comenzará, con la última sangre Elegida derramada, el gran conspirador nacido de la carne y el fuego de los Primigenios se despertará como el Heraldo y el Portador de Muerte y Destrucción a las tierras bendecidas por los dioses. Cuidado, porque el final vendrá del oeste para destruir el este y arrasar todo lo que haya entre medias.

Lo sé, lo sé, es mucho. Ni siquiera yo, con algo de conocimientos internos, he sido capaz de descifrarlo todo. No obstante, puedo decirte lo que, entre comillas, *sí* sé. Lo descompondré de un modo gradual y te diré lo que he descifrado. Por favor, ten en cuenta que aunque soy vidente, no soy una Diosa de la Adivinación. Y a medida que se suceden los acontecimientos, también lo hacen la interpretación y los posibles dobles significados de algunas de las frases de la profecía.

De la desesperación de coronas doradas (el Rey Dorado, rey Roderick, para detener la Podredumbre) *y nacido de carne mortal* (el rey Lamont y la reina Calliphe), *un gran poder primigenio surge como heredero de las tierras y los mares, de los cielos y todos los mundos* (Seraphena Mierel, la verdadera Primigenia de la Vida, la reina de los dioses, que lleva la única brasa de vida y, por tanto, la única razón de que cualquier cosa aún viva/exista). *Una sombra en la brasa* (Nyktos), *una luz en la llama* (Sera), *para convertirse en un fuego en la carne* (la unión que al final se convertiría en Poppy). *Pues la nacida de la sangre y las cenizas, la portadora de dos coronas* (Sera), *y la dadora de vida a mortales, dioses y drakens* (los Primigenios). *Una bestia plateada con sangre rezumando de sus fauces de fuego* (Ash), *bañada en las llamas de la luna más brillante en haber nacido nunca* (Sera otra vez), *se convertirá en una.*

Cuando las estrellas caigan de la noche (la Guerra de los Primigenios), *las grandes montañas se desmoronen hacia los mares y viejos huesos levanten sus espadas al lado de los dioses* (los soldados y drakens de la consorte), *el falso quedará desprovisto de gloria mientras* (¡no hasta!) *los grandes poderes se tambalearán y caerán, algunos de golpe, y caerán a través de los fuegos hacia un vacío de nada. Los que queden en pie temblarán mientras se arrodillan, se debilitarán a medida que se hacen pequeños, a medida que son olvidados. Pues por fin, surgirá el Primigenio, el dador* (Sera) *de sangre y el portador de hueso* (Nyktos), *el Primigenio de Sangre y Ceniza.*

Dos nacidas de las mismas fechorías (la captura de Ires y Jadis; la manera en que Isbeth se quedó embarazada), *nacidas del mismo gran poder primigenio en el mundo mortal* (Millicent y Poppy, nacidas de Ires, hijo de la verdadera Primigenia de la Vida y un Primigenio de la Muerte). *Una primera hija* (Millicent), *con la sangre llena de fuego* (Retornada con brasas en la sangre), *destinada al rey una vez prometido* (corazón gemelo de Malik). *Y la segunda hija* (Poppy), *con la sangre llena de cenizas y hielo* (nieta del Asher y… de la Muerte; como Ash), *la otra mitad del futuro rey* (corazón gemelo de Casteel). *Juntas, reharán los mundos mientras marcan el comienzo del fin* (el Despertar). *Y así comenzará, con la última sangre Elegida derramada* (Poppy fue la última Elegida, y su sangre se derramó: su nacimiento), *el gran conspirador* (Kolis) *nacido de la carne y el fuego de los Primigenios se despertará como el Heraldo y el Portador de Muerte y Destrucción a las tierras bendecidas por los dioses. Cuidado, porque el final vendrá del oeste* (el mundo mortal) *para destruir el este* (Iliseeum).

Nota para mí misma: asegúrate de actualizar estos archivos a medida que las piezas se vayan aclarando y se manifiesten más visiones.

FRASES CON TRASCENDENCIA

¿Sabes cómo alguien puede decirte algo y te afecta de tal modo que tomas de manera automática nota mental de lo dicho? Bueno, pues ha habido un montón de esos momentos a medida que captaba atisbos de Poppy, Cas, Sera y Nyktos a lo largo de los años, por no mencionar a otros. Aquí tienes algunas cosas que me aseguré de anotar en mis archivos.

DE SANGRE Y CENIZAS

«Eres una criaturita absolutamente asombrosa y letal».

«El miedo y el valor a menudo son la misma cosa. Te convierten en una guerrera o en una cobarde. La única diferencia es la persona que reside en el interior».

«La muerte es como una vieja amiga que viene de visita, a veces cuando menos se la espera y otras cuando la esperas. No es la primera ni la última vez que vendrá de visita, pero eso no hace que ninguna muerte sea menos dura o despiadada».

«Con mi espada y con mi vida, juro mantenerte a salvo, Penellaphe. Desde este momento hasta el último, soy tuyo».

«Prométeme que no olvidarás esto, Poppy. Que pase lo que pase mañana, el próximo día, la próxima semana, no olvidarás esto… no olvidarás que esto fue real».

«Nada es simple nunca. Y cuando lo es, rara vez merece la pena».

«Algunas verdades no hacen nada más que destruir y estropear lo que no son capaces de borrar. Las verdades no siempre liberan a la persona. Solo un tonto al que han alimentado toda la vida con mentiras creerá eso».

«La próxima vez que salgas ahí, lleva mejor calzado y ropa más gruesa. Esas sandalias podrían ser la causa de tu muerte, y ese vestido… ser la causa de la mía».

«Eres muy mala influencia». «Solo los malos pueden ser influenciados, princesa».

«Valentía y fuerza no equivalen a bondad».

«Lo diré otra vez. No me importa lo que eres. Me importa quién eres».

«Algunas cosas, una vez dichas, cobraban vida propia».

«Siempre había alguien cuyo dolor era tan profundo, tan crudo, que su aflicción se convertía en una entidad palpable».

«La soledad a menudo traía consigo un grueso manto de vergüenza y una capa hecha de bochorno».

«Eres importante para mí, Poppy. No porque seas la Doncella, sino porque eres… tú».

«Hawke no había sido el catalizador. Él era la recompensa».

UN REINO DE CARNE Y FUEGO

«¿Tu corazón, Poppy? Es un regalo que no me merezco. Pero es uno que protegeré hasta mi último aliento».

«El mundo, por grande que sea, es a menudo más pequeño de lo que creemos».

«No te mereces nada de lo que he hecho y te he hecho, y desde luego que no mereces que todavía intente aferrarme a ti. Que cuando llegue el momento de irte, seguiré deseándote. Incluso cuando inevitablemente te vayas, todavía te desearé. Todavía te querré».

«No quiero fingir. Yo soy Poppy y tú eres Casteel, y esto es real».

«Él era lo primero que había elegido de verdad por mí misma en toda mi vida».

«Hagamos el trato de no preocuparnos hoy de los problemas de mañana».

«Siempre. Tu corazón siempre estuvo a salvo conmigo. Siempre lo estará. No hay nada que vaya a proteger con mayor ferocidad o devoción, Poppy. Confía en ello, en lo que percibes de mí. Dentro de mí».

«No puedes deletrear disfuncional sin incluir que funciona, ¿verdad?».

«Me enamoré de ti cuando eras Hawke y seguí enamorándome cuando te convertiste en Casteel».

«Pero aun así, a veces, el sufrimiento que viene con amar a alguien merece la pena, aunque amarla signifique tener que decirle adiós en algún momento».

«Era al mismo tiempo el villano y el héroe, el monstruo y el verdugo del monstruo».

«Necesito sentir tus labios sobre los míos. Necesito sentir tu aliento en mis pulmones. Necesito sentir tu vida dentro de mí. Simplemente te necesito. Es un dolor, esta necesidad. Un deseo. ¿Puedo tenerte? ¿Entera?».

«Cuando estás callada y seria eres preciosa, pero ¿cuando te ríes? Rivalizas con el amanecer sobre las montañas Skotos».

«Por todos los dioses, ¿la tienes sobre su propio caballo? Pronto se dedicará a arrollarnos en lugar de apuñalarnos».

«No hay ningún lado de ti que no sea tan precioso como la otra mitad. Ni un solo centímetro que no sea despampanante. Era verdad la primera vez que te lo dije, sigue siendo verdad hoy y lo será mañana».

«Tenía mi corazón entero, y lo había tenido desde el momento en que me había permitido protegerme, desde el momento en que se puso a mi lado en lugar de delante de mí».

«Una celda es una celda, sea lo cómoda que sea».

«Los sentimientos no eran inamovibles. Como tampoco lo eran las opiniones o las creencias. Y si dejábamos de creer que la gente era capaz de cambiar, entonces bien podíamos dejar que el mundo entero ardiera».

«No sé lo que quieres de mí». «Todo. Lo quiero todo».

«Cuando de beicon se trata, la respuesta es siempre sí».

«Pero una vez me dijeron que las mejores relaciones son aquellas en las que las pasiones son intensas».

«La belleza, mi dulce niña, a menudo está rota y tiene púas, y es siempre inesperada».

«Hay las mismas probabilidades de que el cambio sea bueno como de que sea malo».

«Gracias». «¿Por qué?». «Por elegirme».

«Y besar a Casteel era como atreverse a besar al sol».

UNA CORONA DE HUESOS DORADOS

«Te inclinarás ante tu reina. O sangrarás ante ella. Queda a tu elección».

«Tienes que entender que haré cualquier cosa y todo lo que esté en mi mano por *mi mujer*. No hay riesgo demasiado grande, tampoco hay nada demasiado sagrado. Porque ella lo es *todo* para mí. No hay nada más importante que ella, y quiero decir *nada*».

«Tú eres los cimientos que me ayudan a mantenerme en pie. Tú eres mis paredes y mi tejado. Mi refugio. *Tú* eres mi hogar».

«La valentía es una bestia efímera, ¿verdad? Siempre ahí para meterte en un lío, pero rápida en desaparecer una vez que estás donde quieres estar».

«Te amo, Penellaphe. A ti. Tu corazón fiero, tu inteligencia y tu fuerza. Amo tu infinita amabilidad. Amo cómo me aceptas. Tu comprensión. Estoy enamorado de ti, y seguiré estándolo cuando respire mi último aliento y luego más allá en el Valle».

«Al corazón no le importa de cuánto tiempo dispones con una persona. Solo le importa que tengas a esa persona todo el tiempo que puedas».

«Tú. Todo lo que necesito eres tú. Ahora. Siempre».

«La vida no espera a darte un puzle nuevo hasta que hayas dilucidado el anterior».

«No puede haber equilibrio de poder si no hay elección».

LA GUERRA DE LAS DOS REINAS

«Las personas y vuestra preocupación por la desnudez. Qué cansinos sois».

«Daría igual que reinase sobre todas las tierras y los mares o que fuese la reina de nada más que un montón de cenizas y huesos, siempre sería... *será*... *mi* reina. El amor es una emoción demasiado débil para describir cómo me consume y lo que siento por ella. Poppy lo es todo para mí».

«Somos dos corazones... una sola alma. Nos encontraremos el uno al otro de nuevo. Siempre lo haremos».

«Ten cuidado pero sé valiente».

«Te quiero... con todo mi corazón y toda mi alma, hoy y mañana. Jamás tendré suficiente de ti».

«*Nunca* dejas de asombrarme. Estoy siempre completamente fascinado. Jamás dejaré de estarlo. Siempre y para siempre».

«De sangre y cenizas... ¡hemos resurgido!».

«Pronunciar su nombre es hacer caer las estrellas de los cielos y derribar las montañas hacia el mar».

«Ese vacío frío y doloroso que había despertado en los últimos veintitrés días. Sabía a una promesa de venganza. De ira».

«Eres más que una reina. Más que una diosa a punto de convertirse en una Primigenia. Eres Penellaphe Da'Neer, y no tienes miedo a nada».

UNA SOMBRA EN LA BRASA

«Sé lo que soy. Siempre lo he sabido. Soy de lo peor que hay. Un monstruo... Pero no te atrevas a decirme *jamás* cómo me siento».

«Es mucho más fácil que te mientan que reconocer que te han mentido».

«Quiero besarte, aunque no haya ninguna razón para hacerlo aparte de que me apetezca».

«Tú eres la heredera de las tierras y los mares, los cielos y los reinos. Una reina en lugar de un rey. Tú eres la Primigenia de la Vida».

«No estaba segura de cómo podía nadie seducir a otra persona después de haberla apuñalado en el pecho».

«Una de las cosas más valientes que puede hacer alguien es aceptar la ayuda de otros».

«Era como la más brillante de las estrellas y el más oscuro de los cielos nocturnos con la apariencia de un mortal. Y era absolutamente precioso en esa forma, totalmente aterrador».

«¿Dónde está toda esa valentía?». «Mi valentía termina cuando estoy delante de algo que me puede tragar entera».

«Creo que resbaló y cayó sobre mi daga». «¿Fue su cuello lo que cayó sobre tu daga?». «Qué raro, ¿verdad?». «Muy raro, sí».

«Por si te lo has estado preguntando, este soy yo mirando de manera intencionada». «Pervertido».

«Ni se te ocurra. Ni una sola palabra». «¿Cómo dices?». «Por si tienes problemas con las cuentas, esas son dos palabras».

«Eres problemática».

«A un monstruo no le importaría serlo».

«Tú me interesas porque parece que pasa muy poco tiempo entre lo que sucede en tu cabeza y lo que sale por tu boca. Y parece que tienes poca consideración por las consecuencias».

«De que la vida para cualquier ser es tan frágil como la llama de una vela. Puede extinguirse con facilidad».

«El amor es lo único a lo que ni siquiera el destino se puede enfrentar».

«Tú eres una bendición, Sera. Da igual lo que los demás digan o crean, eres una bendición. Siempre lo has sido. Tienes que saberlo».

UNA LUZ EN LA LLAMA

«Nunca quise amar. No hasta que llegaste tú, *liessa*».

«Si hubiese podido, te habría amado. No habría podido impedirlo nada ni nadie».

«Puedo percibir tu deseo. Sentirlo. Saborearlo. Te estás ahogando en él». «Joder, yo me estoy ahogando en él». «Entonces, ahógate conmigo».

«Necesitarme a mí o a cualquier otro para cubrirte las espaldas no significa que seas débil, que no puedas defenderte, ni que tengas miedo. Todos necesitamos que alguien nos cuide».

«Por primera vez en mi vida, me sentí como si fuese más que un destino que yo nunca había pedido. Más que las brasas que llevaba en mi interior. Me sentía… *más*».

«Porque acabas de romper en dos a un dios con tus propias manos y en cierto modo eso me ha puesto… cachonda».

«Solo porque alguien comparta sangre contigo no significa que se merezca ni tu tiempo ni tus pensamientos».

«Papá Nyktos no está contento».

«¿Eres un *viktor* llamado Vikter?».

«Sufriré encantado cualquier cosa que me quiera hacer Kolis, siempre que sea mi sangre la derramada y no la tuya».

«Pero no olvides cómo ser exquisitamente temeraria más tarde».

«Nunca sabes cuánto puedes encajar hasta que no puedes encajar más».

«El perdón beneficia al que perdona, y es algo fácil de hacer. Comprender es aceptar, y eso es mucho más difícil».

«El destino solo ve todos los posibles resultados de la libre voluntad».

UN ALMA DE CENIZA Y SANGRE

«Puedes llamarme así. O puedes llamarme "muerte". Lo que tú prefieras».

«Yo no era un hombre bueno. Era solo de ella».

«Después de que, cuando estaba a su alrededor, consiguiera no pensar en el pasado o en el futuro, y simplemente viviera».

«Sí que volvería. La buscaría. Y si no estaba aquí... La encontraría de nuevo. Más pronto que tarde. Sería mía».

«Una vez más no pude evitar pensar... que en una vida diferente, yo hubiese estado hecho para esto».

«Poppy... merecía la pena el riesgo. Para darle la oportunidad de vivir de verdad».

«¿Te vas a poner algo de ropa?». «¿Tengo que hacerlo?». «Quiero decir, es tu pene el que está ahí colgando, no el mío».

«Era demasiado fácil... vivir a la vez que lo hacía ella. Y por todos los dioses, cómo ansiaba eso. Muchísimo».

«Sabía que esto era real. Lo que había entre nosotros. Lo que ella sentía por mí. Lo que yo sentía por ella. Esto. Era real».

UN FUEGO EN LA CARNE

«Sabía que nada malo podía alcanzarme, asustarme o molestarme aquí. Porque no estaba sola. Había un lobo sentado en la orilla de mi lago, uno más plateado que blanco. Vigilaba. Y supe que estaba salvo».

«Porque lo quería. Estaba enamorada de él. Y fuese o no fuese lo correcto, haría cualquier cosa por él».

«"Sin ti, *liessa*, no soy nada", susurró, a medida que empezaba a difuminarse y las brasas vibraban en mi pecho. "Y sin ti, no habrá nada"».

«*Siempre* te encontraré, Sera».

«Aunque no te esté mirando, sigues siendo lo único que veo».

«Jamás quise nada hasta que llegaste tú».

«He vivido gracias a ti».

«Supe que yo no era una parte del ciclo de la vida. Yo *era* el ciclo. El principio. El centro. El último aliento antes del fin. La fiel compañera de la Muerte. Yo era la Vida».

«Él era la pesadilla que se había convertido en mi sueño. La calma en mi tormenta. Mi fuerza cuando estaba débil. El aire cuando no podía respirar. Era más que mi rey. Mi marido. Ash era la otra mitad de mi corazón y de mi alma».

«Pero aun así caí, Sera. De un modo rápido y absoluto. Irrevocable. Incluso sin mi *kardia*, me enamoré de ti».

«Simplemente eres mi primera, Sera, y serás mi última».

PLAYLISTS

¿Has tenido algún momento en tu vida que te parezca que debería ir acompañado de música? En ocasiones, yo me siento así con respecto a mis visiones. De vez en cuando, incluso oigo notas flotar en la brisa mientras la escena se desarrolla en mi mente. Los viajes de Poppy y Casteel, de Sera y Nyktos, son como sinfonías en sí mismos, pero el ritmo y el tempo y la cadencia de cada paso y cada hito de sus vidas es un complemento perfecto a algunas partituras de la vida real.

Aquí están algunas que creo que deberías escuchar y relacionar con lo que sucedió en las historias de sus vidas.

DE SANGRE Y CENIZAS:

Mr. Brightside de The Killers
The Hand That Feeds de Nine Inch Nails
Coming Undone de Korn
Heavy in your Arms de Florence and the Machine
Stand By Me de Ki: Theory
Freak On a Leash de Korn
Story of My Life de One Direction
I Am the Storm de Ramin Djawadi
Hunger of the Pine de alt-J
Carrion Flowers de Chelsea Wolfe
Everybody Knows de Sigrid
If I Had a Heart de Fever Ray

Castle (The Huntsman, Winter's War Version) de Halsey
Running Up That Hill de Placebo
Spoils of War, Pt. 1 de Ramin Djawadi
Hunter (feat. John Mark McMillan) de RIAYA

UN REINO DE CARNE Y FUEGO:

Hunger of the Pine de alt-J
If I Had a Heart de Fever Ray
Legend Has It de Run the Jewels
Heathens de Twenty One Pilots
You Don't Own Me de Grace
Something in the Shadows de Amy Stroup
Animals de Maroon 5
Hunter (feat. John Mark McMillan) de RIAYA
Deadcrush de alt-J
Sympathy for the Devil de The Rolling Stones
Spark de Tori Amos
Precious Things de Tori Amos
Shut Up and Dance de Walk the Moon
In Every Dream Home de Roxy Music
What I've Done de Linkin Park
Running Up That Hill de Placebo
No Light, No Light de Florence + the Machine
Everybody Knows de Sigrid
Take it All de Ruelle
I'm Afraid of Americans de David Bowie
Castle de Halsey
The Outsider de A Perfect Circle
Young Forever de Jay-Z ft. Mr. Hudson
Freak on a Leash de Korn
Suga Suga de Baby Bash
Elastic Heart de Sia ft. The Weeknd y Diplo

Flesh Blood de Eels
Wrong de Max ft. Lil Uzi Vert
Grey Blue Eyes de Dave Matthews
Bottom of the River de Delta Rae
Hurt de Johnny Cash
Cry Little Sister de Gerard McMann
Keep Hope Alive de The Crystal Method
Welcome to the Party de Diplo
Scars to Your Beautiful de Alessia Cara
Castle on the Hill de Ed Sheeran
Say You Won't Let Go de James Arthur
Titanium de David Guetta ft. Sia
Set the Fire to the Third Bar de Snow Patrol
OTEP de Head
The Hanging Tree de James Newton Howard ft. Jennifer Lawrence
Just Say Yes de Snow Patrol
Cosmic Love de Florence + The Machine
The Bells de Ramin Djawadi
The Last War de Ramin Djawdi
Heroes de Peter Gabriel
Closer de Nine Inch Nails
The Perfect Drug de Nine Inch Nails
Human de Rag'n'Bone Man
Khalessi de Ramin Djawadi
Guardians at the Gate de Audiomachine
O'Death de Jen Titus
Requiem for a Tower de London Music Works
Seven Devils de Florence + the Machine
Crown de Camila Cabello y Grey
Gold Dust Woman de Hole

UNA CORONA DE HUESOS DORADOS:

All Your Rage, All Your Pain de Secession Studios
Hallelujah de Jeff Buckley
Arcade de Duncan Laurence
What a Wonderful World de Alala
Heart of Courage de Two Steps From Hell
Mythical and Mighty de Secession Studios
Dracarys de Ramin Djawadi
Wicked Game (ft. Annaca) de Ursine Vulpine
Get Your Freak On de Missy Elliot
The River de Blues Saraceno
Woke Up This Morning de Alabama 3
Wildest Dreams de Duomo
#1 Crush de Garbage
Bomb Intro de Missy Elliot
Cold Wind Blowin' de The Barrows
Killing Machine de Tony Crown
Heathens de Twenty One Pilots
Heart of Darkness de Secession Studios
My Songs Know What You Did in the Dark de Fall Out Boy
Power de Kanye West
The Night King de Ramin Djawadi
WAP de Cardi By ft. Megan Thee Stallion
Immigrant Song de Led Zeppelin
Why Can't We Be Friends de War
Wrong de Max ft. Lil Uzi Vert
The Army of the Dead de Ramin Djawadi
Guardians at the Gate de Audiomachine

LA GUERRA DE LAS DOS REINAS:

Hurt de Nine Inch Nails
Deadwood de Really Slow Motion
My Body is a Cage de Peter Gabriel
Stand by Me de Ki Theory (VIP Mix)
The Rains of Castamere de The National
Coming Undone de Korn
Desperado de Love Shayla (Rihanna Remix)
Wildest Dreams de Duomo
Cold Wind Blowing de The Barrows
Red Warrior de Audiomachine
Heathens de Twenty One Pilots
Find My Baby de Moby
Seven Nation Army de The White Stripes
I Am the Storm de Ramin Djawadi
The Storm de Secession Studios
Human de Rag'n'Bone Man
If I Had a Heart de Fever Ray
Raspberry Swirl de Tori Amos
Precious Things de Tori Amos
Arcade de Duncan Laurence
Elastic Heart de Diplo, Sia, The Weeknd
Monster de Bon Iver, JAY-Z, Kanye West, Nicki Minaj y Rick Ross
Make Me Bad de Korn
Warrior de Atreyu, Travis Barker
Take it All de Ruelle
Running Up That Hill de Placebo
Counting Bodies de The Perfect Circle
Castle (Winter's War) de Halsey
Tokyo de Tomandandy
Warriors to the End de Epic Score
Closer de Nine Inch Nails

Don't Let Me Down de The Chainsmokers
Earned It de The Weeknd
Head de Step
In the Air Tonight de Phil Collins
All Your Rage de Secession Studios
Industry Baby de Lil Nas X
No Light, No Light de Florence + The Machine
Centuries de Fall out Boy
Cosmic Love de Florence + The Machine
Collapsing Universe de Really Slow Motion
Change de the Deftness
Castle on the Hill de Ed Sheeran
WAP de Cardi B, Megan Thee Stallion
Love Me Like You Do de Ellie Goulding
Winds of Winter de Ramin Djawadi
The Bells de Ramin Djawadi
The Night King de Ramin Djawadi
Mythical and Mighty de Secession Studios
Hunger of the Pine de alt-J

UNA SOMBRA EN LA BRASA:

Venom de Eminem
Freak On a Leash de Korn
Heathens de Twenty One Pilots
Not Meant for Me de Wayne Static
Change (In the House of Flies) de Deftones
Bodies de Drowning Pool
Slept so Long de Jay Gordon
Down with the Sickness de Disturbed
Cold de Static X
Excess de Tricky
No One Quite Like You de Trentemoller/Tricky

Running Up That Hill de Placebo
Wicked Games de Ursine Vulpine
Arrival to Earth de Steve Jablonsky
Desperado Slowed (Remix) de Rihanna
Power de Kayne West
Hurt de Johnny Cash
Legend Has It de Run the Jewels
The Last War de Ramin Djawadi
My Body is a Cage de Peter Gabriel

UNA LUZ EN LA LLAMA:

Venom de Eminem
Darkness de Eminem
My Little Box de John Frizzell
Money Power Glory de Lana Del Rey
I Did Something Bad de Taylor Swift
Requiem for a Tower de London Music Works
Mythical and Mighty de Secession Studios
Seven Devils de Florence + the Machine
The Bells de Ramin Djawadi
Heavy In Your Arms de Florence + the Machine
Radioactive de Imagine Dragons
Let it Rock de Kevin Rudolf, ft. Lil Wayne
Paint It, Black de The Rolling Stones
Say Something de Christina Aguilera
The Monster de Eminem ft. Rihanna
Sucker for Pain de Lil Wayne, Logic, Imagine Dragons, Wiz Khalifa y Ty Dolla $ign
Free Bird de Lynyrd Skynyrd
Heathens de Twenty One Pilots
Running Up That Hill de Placebo
Fallout de Neoni

Figured You Out de Nickelback
Cry Little Sister de Gerald McMann
Out of My Mind de Reuben and the Dark
Red Right Hand de Nick Cave
Wrong de MAX, ft. Lil Uzi Vert
Alone and Forsaken de Epic Geek (The Last of Us)
Darkside de Neoni
When It's Cold I'd like to Die de Moby
Glitter and Gold de Barns Courtney
Can't Hold Us de Macklemore ft. Ryan Lewis
Otherside de Macklemore ft. Fences
Protector of the Earth de Two Steps from Hell
All Your Rage, All Your Pain de Secession Studios
Day Ones de Baauer ft. Novelist, Leikeli47
Tokyo Drift de Teriyaki Boyz
New Blood de Zayde Wolf
I Am the Storm de Ramin Djawadi
Jenny of Oldstones de Florence + the Machine
Warriors to the End de Epic Score
In the Air Tonight de Phil Collins
Ligeti Requiem: ll. Kyrie de Gyorgy Ligeti, Jonathan Knott
Every Other Freckle de alt-J
Gold Dust Woman de Fleetwood Mac

UN ALMA DE CENIZA Y SANGRE:

Save Yourself de Stabbing Westward
Happy de NF
What Do I Have to Do de Stabbing Westward
Welcome to the Party de Diplo, French Montana, *et al.*
Tear Down the Bridges de IMAscore
Let You Down de NF
Sick Boi de Ren

Out Of My Mind de Reuben and the Dark
Keep Hope Alive de The Crystal Method
Andrew's Song de IMAscore
NF – The Search de Sound Audits
Interests of the Realm de Ramin Djawadi
Hi Ren de Ren
Homeland de Jenna Carlie *et al.*
Illest Of Our Time de Ren
The Outsider de A Perfect Circle
Human de Rag'n'Bone Man
Fate of the Kingdoms de Ramin Djawadi
Unholy (Ft. Kim Petras) de Sam Smith
Fading Memories de IMAscore
Castle of Ice de IMAscore
Where We Rise de Neoni
Darkside de Neoni
Fallout de UNSECRET y Neoni
Money Power Glory de Lana Del Rey
House of the Rising Sun de Five Finger Death Punch
When It's Cold I'd Like To… de Moby
Let It Rock de Kevin Rudolf, Lil Wayne
Last to Fall de Will Van De Crommert
Seven Nation Army de The White Stripes
Wildest Dreams de Taylor Swift
Warriors to the End de Epic Score
I Am the Storm de Ramin Djawadi
Godzilla (Ft. Juice WRLD) de Eminem
Animal Flow de Ren

UN FUEGO EN LA CARNE:

Start a Riot de BANNERS
A Dangerous Thing de AURORA

Hollowed Kings de Ursine Vulpine y Annaca
Shady de Birdy
For This You Were Born de UNSECRET y Fleurie
We Have It All de Pim Stones
Faint de Oliver Riot
Ultraviolet de Freya Ridings
Risk It All (Ft. Ruth) de Christian Reindl
After Night de MXMS
Fangs de Little Red Lung
Tears of Gold de Faouzia
Lost Without You de Freya Ridings
Wolves de Freya Ridings
Something Sweeter de LUMĘ
Handmade Heaven de MARINA
Slip Away de UNSECRET y Ruelle
Waking Up Slowly – Versión para Piano de Gabrielle Aplin
If the World de Josh Levi
Love and War de Fleurie
Believe de Tales of the Forgotten *et al.*
Walking on Fire de Skylar Grey y Th3rdstream
One Last Time de Jaymes Young
Down de Simon y Trella
Hypnotic – Vanic Remix de Zella Day
Exit for Love de AURORA
Cold de Oliver Riot
The Enemy de Andrew Belle
Comply de Llynks
Fallout de UNSECRET y Neoni
Heartbeat (Acoustic) de Ghostly Kisses
I am not a woman, I'm a god de Halsey
I Feel Love de Freya Ridings
Play With Fire de Sam tinnesz, Ruelle y Violents

ILISEEUM
ABISMO
VALLE
PILARES DE ASPHODEL
RÍO ROJO
BOSQUE MORIBUNDO
VATHI
BOSQUE ROJO
CIUDAD DE LETHE
TIERRAS UMBRÍAS
BAHÍA NEGRA
CASA DE HAIDES
N
O
E
S

NURAS DE THYIA
SIRTA
KITHREIA
ISLAS CALLASTA
LOTHO
ISLAS TRITON
BOLES DE AIOS
DALOS
PALACIO DE COR

LÍNEA TEMPORAL DE LA HISTORIA DE CARNE Y FUEGO

Este es un vistazo a cómo iban las cosas antes de que Sera entrase en Iliseeum. Algunos detalles se recopilaron por medio de investigaciones y hablando con otras personas, por lo que podría haber leves imprecisiones debido a detalles que aún no se supiesen o a conocimientos que no estuviesen disponibles. Otras partes son cosas que he *visto*.

UNOS 1000 AÑOS ANTES DE NACER SERA:

Kolis ve a Sotoria recolectando flores y se enamora de ella al instante.

Ella lo ve, se asusta y se cae de los Acantilados de la Tristeza.

Callum intenta quitarse la vida pero Kolis lo convierte en un Retornado.

Kolis le ruega a Eythos que la traiga de vuelta a la vida, pero este se niega.

Eythos cree que su gemelo aceptó su decisión.

Eythos conoce a Mycella y esta se convierte en su consorte.

VARIAS DÉCADAS MÁS TARDE:

Kolis descubre una manera de traer a Sotoria de vuelta a la vida, para lo cual se convierte en el Primigenio de la Vida.

Kolis destruye todos los registros que contienen la verdad en ambos mundos.

Intercambia su destino con su hermano.

Miles de dioses y varios Primigenios mueren como resultado de lo que hace Kolis.

Kolis trae a Sotoria de vuelta a la vida.
Ella está horrorizada por lo que ha pasado.
Kolis no entiende por qué está tan taciturna.
Es posible que Sotoria se mate de hambre.
Nada de lo que Kolis hace consigue que ella lo quiera.
Es posible que Sotoria se enfrente a él.
Ella muere otra vez.
Eythos y Keella la marcan para renacer.
El alma de Sotoria nunca entrará en el Valle; en lugar de eso, renacerá una y otra vez.
Kolis asesina a Mycella mientras está embarazada y destruye su alma.
De algún modo, Nyktos sobrevive milagrosamente.

DOSCIENTOS AÑOS ANTES DEL NACIMIENTO DE SERA:

El rey Roderick promete que la primera hija Mierel que nazca se convertirá en la consorte del Primigenio de la Muerte.
Nyktos tiene unos diecinueve años cuando se hace ese trato.
Eythos extrae las brasas de su interior y del de Nyktos y las oculta en la estirpe Mierel.
Cree que está escondiendo las brasas en el único ser capaz de detener a Kolis: la reencarnación de Sotoria.
Eythos muere a causa de una puñalada en el corazón con piedra umbra cuando está debilitado.
Kolis retiene su alma y la guarda dentro del diamante conocido como Estrella.

EL PRINCIPIO DE LA VIDA DE SERA:

Sera nace envuelta en un velo.
La Podredumbre comienza en el reino mortal; y es posible que también en Iliseeum.

Los mortales creen que es una cuenta atrás hasta que expire el trato hecho por el rey Roderick.

DIEZ AÑOS DESPUÉS:

Se produce un derrame de aceite en el mar Stroud y un Phanos iracundo brota del agua en un huracán y destruye todos los barcos del puerto, matando a cientos de personas. Su rugido de furia propaga ondas sísmicas por la tierra y hace sangrar muchos oídos. Después de eso, las aguas quedaron limpias de contaminación.

Me da la impresión de que, en esa instancia, Phanos estaba canalizando un poco a los Antiguos.

DIECISIETE AÑOS DESPUÉS DEL NACIMIENTO DE SERA (SU CUMPLEAÑOS):

Presentan a Sera al Dios Primigenio de la Muerte para convertirse en su consorte.

Nyktos la rechaza.

VEINTE AÑOS DESPUÉS DEL NACIMIENTO DE SERA (OTRO CUMPLEAÑOS):

El Dios Primigenio de la Muerte reclama a Sera.

VEINTIÚN AÑOS DESPUÉS DEL NACIMIENTO DE SERA:

Sera está destinada a morir a los veintiún años, a menos que Nyktos la Ascienda. Sin embargo, esto tiene truco… porque él tiene que amarla. Y es incapaz de amar porque hizo que le extirparan el *kardia*.

No está claro si Sera morirá a causa del Sacrificio/la sangre de Nyktos, a manos de Kolis o de otra manera.

Si Sera muere, ambos mundos morirán con ella.

Por suerte, el hecho de que Nyktos y ella sean corazones

gemelos significa que Nyktos *sí puede* quererla. Así pues, cuando él decide ser egoísta y Ascenderla en lugar de tomar las brasas y dejarla morir, ella se convierte en la verdadera Primigenia de la Vida.

PERSONAJES DE CARNE Y FUEGO

Igual que la parte anterior, esta sección contiene información sobre las personas más importantes en tiempos de los dioses. Aquí también he registrado cosas que he averiguado en mis investigaciones o que he *visto*, y las he documentado para que puedan utilizarse a modo de referencia. Si falta algo, es probable que se deba a que nadie lo ha registrado (cosa que es muy posible, puesto que por ejemplo todas las menciones de la consorte se borraron de la historia) o nunca lo vi en mis visiones. Si las cosas salen a la luz más adelante, ya sea por medio de referencias desenterradas o de mi vista, actualizaré los archivos como corresponda. Sin embargo, por ahora, este es un compendio bastante completo de lo que sucedió cuando Seraphena Mierel entró en Iliseeum, y de todos los implicados en los impactantes acontecimientos subsiguientes que produjeron múltiples cambios en los mundos.

SERAPHENA «SERA» MIEREL

Consorte del Primigenio de la Muerte/*La* Primigenia de la Vida
Corte: las Tierras Umbrías.

Oh, la querida Sera. Tiene un fuego que envidio y un pasado que lamento. Prometida a un hombre más de doscientos años antes de nacer siquiera, su futuro nunca fue suyo. Utilizada como herramienta, un peón en una apuesta para corregir algo que estuvo mal, la desposeyeron de sus legítimos derechos y la forzaron a cometer actos innombrables. Por fortuna, las cosas acabaron por arreglarse para ella (al menos la mayor parte), pero desde luego que no tuvo un camino fácil.

Puesto que no tengo información de primera mano acerca de la consorte, mis archivos sobre ella son extensos. No estaba segura de qué podría encontrar importante alguien, así que anoté prácticamente todo lo que *vi*. Ash y ella también me fascinan, así que descubrí que *quería* registrar lo más posible.

Pelo: rubio pálido. Rizado. Le cae hasta la cintura/las caderas.

Ojos: oscuro tono verde bosque que se vuelve plateado con su Ascensión. Rasgados en los extremos.

Constitución: alta. Voluptuosa.

Rasgos faciales: barbilla testaruda.

Rasgos distintivos: marca de nacimiento con forma de luna en cuarto creciente por encima de la escápula derecha; los mortales no la ven pero en ocasiones la sienten. Treinta y seis pecas en la cara; doce en la espalda. Una constelación de marcas de nacimiento en el muslo. Marca dorada de consorte en la mano derecha. Es diestra, por lo que lleva la daga en el muslo derecho.

Rasgos/habilidades preternaturales: puede percibir emociones. Percibe también la muerte. Mientras cura/revive, brota un resplandor bajo su piel y emana de sus manos. Su poder va acompañado a veces de un olor a lilas frescas. Puede utilizar la coacción con los Primigenios. Puede transformarse en un gato de cueva de pelaje blanco plateado y ojos verdes salpicados de plata.

Personalidad: impetuosa. Valiente. Testaruda. Contraria. Curiosa. Impulsiva. Temeraria.

Hábitos/Costumbres/Fortalezas/Debilidades: tiene miedo de las serpientes. Sufre graves ataques de ansiedad. Entrenada en el uso de armas. Entrenada como consorte. No se le da bien recordar voces. No sabe nadar. Camina cuando no puede conciliar el sueño. Parlotea cuando está nerviosa. Le gusta leer. Se le da extraordinariamente bien no pasar desapercibida. Puede aguantar la respiración debajo del agua unos dos minutos. Contiene la respiración para controlar su ansiedad.

Otros: tiene veinte años. Cumpleaños en invierno. Título completo como consorte: la nacida de Sangre y Cenizas, *la* Luz y el Fuego, y *la* Luna Más Brillante. Antes de que Kolis la raptase, había matado a veintidós personas con sus propias manos.

Antecedentes: prometida como consorte doscientos años antes de su nacimiento. Intentó quitarse la vida.

Familia: madre = reina Calliphe. Padre = Lamont †. Antepasado = Roderick Mierel †. Hermanastra = Ezmeria «Ezra». Hermanastro = Tavius †. Padrastro = Ernald †. Alma compartida = Sotoria †.

EL VIAJE DE SERAPHENA HASTA LA FECHA:

Con seis primaveras, Sera descubrió su don. Su querido gato de cuadra, Butters, murió y Sera y Ezra lo encontraron. Sera lo trajo de vuelta a la vida sin intentarlo siquiera. Por desgracia, su hermanastro Tavius la vio hacerlo y se lo contó a la reina, lo que hizo aún más difícil la vida de Sera.

A los siete años, su familia la dejó atrás cuando se fueron de vacaciones a su casa de campo, y nunca le permitían cenar con ellos. Ni siquiera le permitían tener una dama de compañía, por miedo a que esta pudiera ser una mala influencia para ella. Encuentro que esto es tristísimo y se me parte el corazón al pensar en ella.

A una edad muy temprana empezó a entrenar con armas y en el combate cuerpo a cuerpo, hasta ser aún más diestra que la mayoría de los guardias reales.

A los once años, se torció un tobillo y sir Holland, el caballero encargado de su entrenamiento, se lo vendó y le dio más afecto que nadie de su familia.

Su padre se suicidó cuando ella era pequeña, aunque no estoy segura de la edad exacta… lo bastante pequeña como para no conocerlo bien para nada. Eso la cambió.

En los meses que conducían hacia su cumpleaños número diecisiete, se entrenó con las cortesanas del Jade en el arte de la seducción, y le dijeron que el arma más poderosa de todas no es una violenta.

Tienen toda la razón. A mí misma se me conoce por haber usado mis mañas para conseguir lo que quiero, pero nunca me obligaron a ello, y desde luego que no como adolescente. Y sobre todo no para una tarea en la que me decían que no podía fallar, como le pasó a Sera: debía convertirse en la consorte del Primigenio de la Muerte, hacer que se enamorase de ella de modo que eso lo debilitase, solo para… acabar con él.

Pese a ser la hija de la actual reina y del difunto rey de Lasania, a Sera solo la han reconocido como miembro de la realeza y como princesa tres veces en su vida. Eso sí, ser la Doncella la puso en el punto de mira. Hubo al menos dos intentos de secuestro.

A los diecisiete años, a Sera la hicieron sentir desnuda, expuesta e indefensa cuando la engalanaron y la prepararon para presentarse ante el Primigenio de la Muerte. Por desgracia, él la rechazó de un modo muy público, lo que hizo que la vida de Sera fuese aún más dura en los años siguientes, algo de lo que él acabaría por arrepentirse amargamente.

A pesar de sus penurias crecientes y de su desgraciada posición en la vida, Sera encontraba maneras de ocupar su tiempo y sentirse útil. Ezra empezó a ayudar a los menos afortunados de Lasania, y Sera ayudaba a su hermanastra. Para ello, robaba restos de comida de las cocinas y echaba mano de cualquier otra cosa que pudiera ayudar; también ayudaba a los menos afortunados de otras maneras y protegía a los perdidos.

A los diecinueve años, Sera empezó a sufrir graves, molestos y preocupantes dolores de cabeza. Más o menos al mismo tiempo, se volvió activa en el ámbito sexual, cosa que utilizaba para sentirse menos vacía por dentro.

Por todos los dioses, la pobre chica me da una pena tremenda. Menudo encanto. El sexo debería ser una celebración de vida, no un sustituto para las cosas que uno necesita para sobrevivir y crecer. Sin embargo, Sera le saca el máximo partido a todo lo que se ha torcido y se consuela con el giro irónico de los acontecimientos: haber fracasado en su labor de convertirse en la consorte del Primigenio significa que ya no está escondida y no tiene que permanecer pura.

Como puedes ver, no tuvo una infancia fácil y sus años de adolescencia estuvieron aún más cargados de inquietudes, pues la reina Calliphe empezó a enviar a Sera a cometer actos de violencia innombrables incluso por las más mínimas faltas de respeto.

Pero volvamos a cuando todo cambió. Mientras se acercaba su decimoséptimo cumpleaños, Sera ya estaba recibiendo clases por parte de las cortesanas del Jade, era mejor en el combate que muchos de los guardias y la mantenían controlada en todo momento debido a su estatus como la Doncella Elegida. Todo ello contribuía a su ansiedad creciente, que trataba de controlar a la desesperada con ejercicios de respiración.

Como mencioné antes, en su cumpleaños número diecisiete la engalanaron para la presentación en la que la ofrecerían al Primigenio de la Muerte como su consorte. Así, honrarían el trato al que habían llegado el Primigenio y el rey Roderick Mierel unos doscientos años antes del nacimiento de Sera.

Lady Kala conduce a Sera ante tres Sacerdotes Sombríos, que la llevan a una sala circular donde la presentarán al Primigenio. Lo convocan y Sera siente verdadero terror cuando él llega. Sin embargo, como la han educado para hacer, sonríe con timidez y hace ademán de arrodillarse suplicante, pero él se planta de repente delante de ella. Lo nota frío, y esa frialdad no hace más que aumentar cuando se inclina hacia ella y le dice que no necesita una consorte. Igual de deprisa que había llegado, se marchó. Al principio, Sera se siente aliviada de que la haya dejado ahí, pero entonces la invade el pánico. Y con razón. Los siguientes tres años serían espantosos para la querida Sera.

A pesar de que la decisión del Primigenio no fuese culpa suya en absoluto, todos la culpan (su madre la que más) y eso rompe y marchita algo en su interior, lo cual la cambia de manera irrevocable.

Los sacerdotes la presentan de nuevo en cada uno de sus siguientes tres cumpleaños, pero el Primigenio de la Muerte no vuelve a aparecer. Más tarde, descubrí que nunca llegaron a convocar a Nyktos en realidad.

Cuando tiene veinte años, la madre de Sera le ordena que les demuestre a unos lores de las islas Vodina lo preciosa que es como pieza (algo soez que le habían dicho) y que los mate.

Cada año que el Primigenio de la Muerte no la reclamaba complicaba las cosas aún más para Sera, pero los seis meses siguientes a su vigésimo cumpleaños fueron algunos de los peores. Ya no le enviaban comida a sus aposentos, lo cual la obligaba a hacer incursiones en las cocinas. Ya no le proporcionaban ropa. Y siempre estaba sola. Las únicas veces que veía a su madre era cuando esta le ordenaba que *enviase un mensaje*.

Ahora sé que a Calliphe le costaba mirar a Sera, incluso desde muy temprana edad, debido a lo mucho que se parecía a su padre, y la reina lo echaba de menos como a una extremidad cortada. Sin embargo, ¿dejar de lado y maltratar a tu propia hija de ese modo? Me pone furiosa.

Pero bueno, volvamos al asesinato ordenado. En busca de los lores de las islas Vodina, Sera se dirige a los muelles y mata a los cuatro, antes de soltar las amarras de su barco para que lo encontrase quien fuese más tarde. Después se encamina hacia El Luxe, oye un chillido y sigue el sonido, solo para ver a una mujer matando a un hombre con *eather*. Sera percibe un calorcillo en el pecho y ve a un hombre tirando a un niño muerto a un lado. Se da cuenta de que tanto el hombre como la mujer son dioses y jura matar al menos a uno de ellos (al macho seguro). Es consciente de que lo más probable es que muera en el proceso, pero lo acepta sin problema.

Justo cuando está a punto de lanzar su ataque, alguien la agarra y la arrastra lejos de ahí. Algo en la voz del desconocido le resulta extrañamente familiar. Sera lo amenaza con una daga y acaba inmovilizada contra una pared exterior. Al mirar a su captor a los ojos, se percata de que *también* es un dios. Sera se pregunta si será de las Tierras Umbrías, la corte del Primigenio de la Muerte, y por tanto sabe quién es ella.

Oh, lo sabía muy bien.

Cuando regresan los tres dioses asesinos, Sera y el dios con el que está se besan contra la pared para esconderse a plena vista. Una vez despejado el camino, él le ordena que se vaya a casa. Al más puro estilo de Seraphena, ella se limita a alejarse de ahí haciéndole caso omiso.

Al encontrarse de nuevo, Sera se da cuenta de que él también ha estado siguiendo a los otros dioses. Deciden investigar juntos la casa de los Kazin y a Sera le resulta extraño que los dioses hubiesen matado a sus ocupantes y quisieran que no se supiese. Entonces descubre que no es la primera vez que estos dioses han hecho algo así y oye hablar de las otras víctimas.

Sera siente un calambre de electricidad estática cada vez que el dios y ella se tocan, y el *eather* en los ojos del dios la hace pensar en el Primigenio de la Muerte. A pesar de lo que siente y de la confusión que le produce, no duda en sacar su daga de heliotropo, o piedra de sangre, y ponérsela al cuello. Él hace un comentario sobre el arma y le pregunta de dónde la ha sacado. Ella miente y dice que se la quitó a su hermanastro.

Desarmada con facilidad, Sera tiene que responder a por qué corre con tantas ganas hacia la muerte. Sera le responde que se limite a matarla y ya está, pero se encuentra deseosa de relajarse contra él. Antes de poder darle más vueltas a ese pensamiento, él le dice que tenga cuidado y se marcha.

La siguiente vez que Sera entrena con sir Holland, este le dice que lleva unos días como ida, y ella se da cuenta de que ha estado tratando de asimilar el hecho de que amenazó y besó a un *dios*. Y cuanto más lo piensa, más se percata de lo bien que se sintió al estar con él.

Cuando Holland la llama *princesa*, Sera se enfada y lo corrige, diciendo que es una asesina y un cebo. Él la corrige a *ella*, pero una vez más Sera insiste en que es una mera arma y nada más… excepto quizás una mártir. Estaba preparada para morir matando a esos dioses asesinos, pero sabe que no sobrevivirá cuando mate al Primigenio de la Muerte.

Sera va a ver a Odetta y le pregunta qué significa estar tocada por la vida y por la muerte, algo que le han dicho varias veces antes. Odetta dice que eso solo lo saben los Hados.

Esa casi es la respuesta más cargada de implicaciones que he oído en mi vida. Me hace preguntarme si Odetta sabía más de lo que decía.

Después de ir a ver el cuadro de su padre que hay en la habitación de su madre y de discutir con la reina, Sera se dirige a Stonehill y siente calor en el pecho, lo cual indica que alguien ha muerto ahí cerca. Ve al dios Madis otra vez y entra en Diseños Joanis, solo para encontrar a la modista muerta. El olor a carne chamuscada y a algo más fresco llena el aire. ¿Lilas, quizá?

Sera percibe que alguien se acerca a ella a hurtadillas, así que gira en redondo y lanza una puñalada con su daga que le da… al dios, a su dios sexy, en pleno pecho. Aturdida, observa cómo él extrae la daga y la destruye. Ella lo amenaza y dice que no le impresiona nada su exhibición de fuerza, algo que no es sorprendente, dada su habitual falta de instinto de supervivencia. El dios pregunta si hay algo que le dé miedo y la llama *liessa*. Una vez más, Sera nota una sensación de… corrección al estar con él. Y aún más cuando él le dice que siente terror pero no está aterrorizada.

Nadie la ha visto nunca de ese modo.

Mientras hablan de qué es lo que hace que se crucen tan a menudo, él confiesa que ha estado pendiente de ella, pero más que eso, que ha *querido* hacerlo.

Ese sí que es un comentario que significa mucho más de lo que parece a simple vista, sobre todo porque sabemos que la ha estado observando desde que era una niña.

De repente, Sera nota una sensación extraña en el centro del pecho, justo en el punto donde suele sentir sus dones en respuesta a la muerte. La pesadez se extiende por su interior y Sera se vuelve hacia el cuerpo de la modista sin una razón clara. De pronto capta el olor a lilas marchitas en el aire.

La modista muerta se remueve, se levanta y ataca. El dios se adelanta y atraviesa a Andreia con su espada de piedra umbra. Una vez muerta la mujer, Sera le pregunta al dios qué significa «*liessa*», la palabra que ha estado usando para dirigirse a ella. Él le explica que tiene muchos significados, pero que siempre significa algo precioso y poderoso.

Si eso no le dio a Sera un subidón, no estoy segura de qué podría hacerlo.

Más tarde, mientras Sera entrena con sir Holland, Ezra va a buscarla (lo cual incita el enfado del caballero) y le pide ayuda. Le habla de un matón llamado Nor y de sus hijos. Sera acepta ayudarla.

Después de enfundarse en la ropa adecuada, Sera le hace una visita a Nor. Por el camino, Ezra y ella hablan sobre la Podredumbre que se está apoderando de la tierra. Cerca del templo de Keella, Sera oye a manifestantes hablar de la Podredumbre y de la Corona. Aunque sus quejas son verdad, las palabras que dicen la molestan. A pesar de eso, tiene un trabajo por hacer y lo hace: mata a Nor, se ocupa de una mujer magullada y rescata al hijo maltratado del hombre.

Mientras camina entre los olmos hacia su lago, Sera ve a un lobo *kiyou* marrón rojizo al que han disparado en el pecho con una flecha. Se acerca a él y trata de ayudarlo; al final, lo trae de vuelta a la vida. El lobo le lame la mano, y Sera siente el mismo calorcillo en el pecho que suele sentir en las inmediaciones de la muerte o cuando utiliza su don de curación, solo que esta vez es más intenso. Se pregunta si será por el tamaño del lobo.

Consigue llegar hasta el lago y se maravilla por la sensación que le transmite: es como estar en casa. Se mete en el agua y se divierte hasta que descubre que no está sola. Llama a quienquiera que esté ahí y lo conmina a mostrar su presencia. Se queda de piedra cuando el dios sale de detrás de la catarata. Intenta regañarlo por estar ahí. Cuando él le dice que estaba ahí antes que ella, Sera se da cuenta de que la vio desvestirse y se escandaliza y sorprende a partes iguales. Más aún cuando él le dice que es como una diosa hecha de plata y rayos de luna. Sea como sea, ella le exige que se marche.

Una vez más, la voz del dios (como una caricia oscura y ahumada) le resulta familiar y Sera siente un calor inexplicable.

Le pregunta sobre sus tatuajes y él responde con evasivas. Mientras hablan, ella vuelve a amenazarlo (menuda sorpresa, ¿verdad?) y luego revela que es una princesa. Le pregunta al dios su nombre y ve su tatuaje entero. Él dice que algunas personas lo llaman Ash, y explica que es una abreviatura de muchas cosas.

Sera sale del lago y se viste, pero solo llega a ponerse la combinación antes de que él la advierta de que no están solos. Sera ve a los *gyrms* por primera vez, y su olor le recuerda a algo. Está preocupada por que maten al dios, pero no puede evitar discutir con él mientras se enfrentan a las criaturas.

Al final, Sera acaba inconsciente a causa de la batalla. Cuando despierta, le dice a Ash que es guapísimo y se da cuenta de que está tumbada en la hierba con la cabeza sobre el muslo de él. Sorprendida de que Ash se quedase, charlan un rato más y él le da unos cuantos detalles más acerca de cosas sobre las que pregunta. Muchas de las cosas que dice Ash sorprenden a Sera en gran medida (y le encantan), y descubre que está un poco alucinada.

Se percata de que ha estado sonriendo, y él bromea con que ya le ha regalado tres sonrisas. Cuando Sera pregunta si los otros dioses son amables, Ash la corrige y le dice que *él* no es amable, pero entonces dice que tal vez tenga un hueso amable y decente en el cuerpo. Para ella.

Incapaz de reprimirse, Sera le pregunta por qué y él le dice que quiere y necesita besarla. Ella se da cuenta de que también se siente atraída por él a nivel visceral y le dice que proceda.

Ash sonríe, y Sera ve sus colmillos por primera vez, antes de compartir un beso que podría suponer el final de todos los besos. Cuando Ash le dice que le muestre lo que quiere, ella no lo duda. Le demuestra qué la excita más y controla los movimientos de Ash mientras este le da placer con la mano. Cuando Sera alcanza el clímax, él chupa su sabor de sus dedos y le dice que sabe como el sol.

Sera hace ademán de corresponder a sus atenciones y Ash confiesa que si lo hace, la cosa llegará más allá de besarse y tocarse, con lo que admite lo mucho que la desea. Ella le dice que siente lo mismo, antes de besarse, acariciarse, charlar un rato más y luego irse cada uno por su lado.

De vuelta en el castillo, Sera se entera de la revuelta de la noche anterior y habla con Ezra acerca del gobernante que necesita Lasania. Pese a la seriedad de su conversación, Sera descubre que no puede dejar de pensar en Ash.

Sera hace una incursión en las cocinas y se lleva todo lo que encuentra antes de ir a ver a algunos de los granjeros de las afueras de la ciudad. Por desgracia, descubre que los Couper han sucumbido a las penurias de la Podredumbre. Desolada, va a ver al rey y le habla sobre los Couper y lo que está pasando en el reino. Tavius está presente y discuten como de costumbre. Durante el intercambio, Sera siente algo oscuro en el centro de su pecho, donde su don suele cobrar vida, pero esta vez es algo frío y resbaladizo.

De camino a su entrenamiento, Sera oye a una sirviente pedir ayuda y va a investigar, solo para descubrir que es una trampa. Durante el ataque, les dice a sus agresores que matarla no detendrá la Podredumbre y se entera de que a los guardias reales les habían pagado para eliminarla. Ella se defiende y aumenta su cuenta de cadáveres a diecisiete. Cuando descubren los cuerpos más tarde, Sera miente y dice que encontró a los guardias muertos. También ve a un dios dorado que con el tiempo averiguamos que es Callum… y que no es un dios en absoluto.

Más tarde, Sera oye a Ezra dar instrucciones a un conductor de carruaje y ella la sigue. Acaba ayudando al curandero Dirks con unos cuantos ciudadanos heridos. Ezra y ella hablan del ataque sufrido por Sera y del papel de la sirvienta en todo ello, y Sera averigua que Tavius está sin dinero; esa es una insinuación de que no podría haber sido él el que había pagado a los guardias. No está segura de creerlo.

Ector llega al mundo mortal y se presenta ante Sera. Ella sabe que es un dios, pero él le dice que no se arrodille ante él, lo cual le hace darse cuenta de que nunca se ha arrodillado ante Ash. Ector le dice que ha recibido órdenes de entregarle algo y le ofrece una estrecha caja de madera de abedul. En su interior, se queda pasmada al encontrar una espectacular daga nueva de piedra umbra y siente una oleada de emoción. Jamás había recibido un regalo.

Eso es tristísimo, la verdad. Todo el mundo debería recibir un regalo en algún momento de su vida, en especial de pequeños.

La niñera de Sera fallece y Sera se encuentra cada vez más enferma después del funeral. Le cuenta a sir Holland sus síntomas y él le dice que descanse y que le llevará algo para ayudarla a sentirse mejor. Cuando regresa, le cuenta la historia de Sotoria y dice que Sera le recuerda a ella. También le asegura que todo irá bien en lo que respecta a convertirse en la consorte y al destino del mundo.

Como *Arae*, debía saberlo… Pero Sera todavía no tiene conocimiento de eso.

Llega el Rito, y Sera asiste a él, haciéndose pasar por doncella personal de la reina. En el Templo del Sol, Sera siente que la energía del lugar impregna el aire y crepita sobre su piel. Le recuerda a la corriente eléctrica que sentía cuando la tocaba Ash.

Mientras observa a su hermanastra, se da cuenta de que tiene celos de Ezra y desearía ser digna de su familia. Presentan a un Elegido ante el Rey de los Dioses, y Sera se queda consternada cuando Kolis la mira directamente a *ella*. Se pregunta si solo ha imaginado la atención del Primigenio, aunque pensar en ello solo consigue que le duela la cabeza aún más.

Esa noche, Ezra acude a Sera muy angustiada y le pide ayuda. Cuando ve por qué, Sera se da cuenta de que Mari, la amiga de Ezra, está muerta. Su hermana le ruega que salve a Marisol y Sera se percata de que Ezra está enamorada de la otra mujer. Sera la devuelve de entre los muertos y, por un momento, se preocupa por que pueda volver como volvió la modista… ya no como una mortal. Sus miedos se apaciguan cuando ve que Mari no tiene colmillos. Ezra le da las gracias y le dice que es y siempre ha sido una bendición, no un fracaso. Se abrazan y su hermanastra le dice que la quiere. Pese al desenlace positivo, Sera se preocupa por la sensación de miedo que se apodera de ella. Teme estar jugando a ser una Primigenia y que vayan a castigarla por ello.

Después de una noche llena de pesadillas en las que persigue a un hombre moreno y *a ella* la persiguen lobos y serpientes,

Sera se despierta a la mañana siguiente pensando (y esperando) que el Primigenio de la Muerte no sabe lo que hizo. Por desgracia, cuando se levanta encuentra a Tavius en su cuarto. Su primera reacción es agarrar su daga, solo para descubrir que no está. Sera acusa a Tavius de estar detrás del ataque del otro día, pero él le dice que no gastaría su dinero con ella.

Al ver que Tavius tiene su daga, ella se abalanza sobre él y Tavius la inmoviliza contra la cama. Le dice que el rey está muerto y que él es ahora el gobernante de Lasania. También se entera de que a sir Holland le han dado otro puesto y ha partido hacia las islas Vodina para trabajar en un supuesto tratado de paz. Sera sabe que eso no es verdad. Lo han enviado ahí para morir, pues la gente de las islas seguro que querrá vengarse de lo que ella les hizo a sus lores.

Sera le pregunta a su hermanastro por qué la odia y se da cuenta de que Tavius la ve como una amenaza, pues no deja de ser la última heredera Mierel legítima. Nunca lo había pensado... Aun así, Sera le dice que él no es y nunca será *su* rey. Tavius llama a los guardias y se la llevan al Gran Salón.

Tavius ata a Sera a la estatua del Primigenio y la azota. Cuando Sera siente que algo oscuro y oleoso se enciende en su interior, un fuego gélido emana de su cuerpo, su sangre zumba y el centro de su pecho palpita. A Sera le da la sensación de poder saborear las sombras y la muerte en el fondo de su garanta. Jura que matará a Tavius, que le cortará las manos del cuerpo y le arrancará el corazón antes de prenderle fuego. Cuando una carcajada brota de su interior, es un sonido antiguo, oscuro e interminable que no es de ella.

De pronto, aparece el Primigenio de la Muerte, y Sera se queda de piedra al constatar que es Ash. El Primigenio destroza a un guardia, lo cual la hace reír de un modo sombrío. Cuando Ash la reclama como su consorte, Sera vuelve a reírse.

Tenía que estar en shock y sus heridas seguro que no ayudaban.

Ash se encara con Tavius y el fuego gélido regresa a las venas de Sera cuando ve a su madre suplicar por la vida de su hermanastro. En lugar de matarlo, Ash lo deja a merced de Sera, y es *ella* la que lo mata. Todavía eufórica por haber dado debida cuenta de esa amenaza, Sera se da cuenta de que la familiaridad que ha sentido en compañía de Ash tiene sentido ahora. Eso la enfurece y, encolerizada, lo ataca.

Ash le dice que si la deja en el mundo mortal, se convertirá en una diana, aunque escape del castigo por matar al nuevo rey. Así que la reclama. Le dice que ya no tiene elección y se disculpa por ello, antes de prometerle que su familia estará a salvo.

Se marchan del castillo y Sera le pregunta a Ash por qué no le dijo quién era. Él le pregunta a *ella* si todavía hubiese estado interesada en él de haber sabido que era el Primigenio de la Muerte. Sera no tenía ninguna respuesta real para eso.

Cuando llegan a su lago, Sera descubre por qué se sentía tan cómoda ahí durante todos esos años: era una forma de que ella llegase hasta él. Pasan a Iliseeum y Sera se queda estupefacta cuando descubre que una de las colinas que ve es en realidad un dragón. Bueno… un *draken*. Conoce a Nektas y Ash le dice que lo acaricie. Sera vacila un instante, temerosa de que se la trague entera, pero lo hace de todos modos. Emergen otros dos *drakens*.

Sera ve el palacio y da por sentado que Ash empaló a todos los que ve colgados de la muralla. Eso la hace desconfiar. Entonces se acerca Rhain y se lo presentan. Ash confiesa que había esperado tener algo de tiempo antes de que los otros se diesen cuenta de que había llegado con una invitada. Le dice a Sera que muy pocos saben de su existencia, pero le pregunta si puede presentarla como su consorte. Ella acepta.

Después de conocer a Aios, la diosa la acompaña a su habitación y pide que le preparen comida y un baño. Ash llega cierto tiempo después, cuando Sera está en la bañera, y le dice que Tavius ha sido enviado al Abismo. Se ofrece a ayudarla a lavarse el pelo y ella acepta. Mientras lo lava, charlan un rato y Ash le pregunta acerca de su entrenamiento. Sera miente y pregunta por qué él no volvió nunca. Él le dice que los sacerdotes no volvieron a convocarlo nunca. Reconoce lo que percibió en ella el día que la vio y explica por qué hizo lo que hizo. Sera se sorprende al enterarse de que Ash puede sentir y saborear emociones.

Sera le pregunta a Ash por qué hizo ese trato, pero él contesta que la respuesta es complicada. Dice que se lo contará cuando esté vestida. La tensión sexual aumenta entre ellos otra vez y Ash le dice que sabe que ella disfruta y anhela su contacto, lo cual no tiene nada que ver con el trato. Los dos están muy interesados en determinados aspectos de su unión. Vuelve a proporcionarle placer a Sera con la mano y admite pensar en el tiempo que pasaron juntos en el lago cada vez que se da placer a sí mismo.

A continuación, aplica un ungüento cicatrizante a la espalda de Sera y le recuerda que es la misma persona que antes, pese a que ella sabe ahora que es el Primigenio de la Muerte. Después añade que ella sabe más acerca de él que la mayoría.

¿Más que la mayoría? Ella lo conoce por completo. Después de todo, son corazones gemelos.

Sera pregunta por el trato con el rey Roderick y descubre que Ash no fue el que lo hizo. Fue su padre. Ash le explica que el trato pasó a él cuando su padre murió, junto con todo el poder y las responsabilidades del Primigenio de la Muerte. De repente, Sera se da cuenta de que lo que dijo Ash cuando la trajo a Iliseeum, sobre no tener ya elección, le atañe también a él. Él tampoco eligió nada de esto.

Sera aprende más cosas sobre los padres de Ash, y este le revela que ha hecho que otros la observasen y velasen por ella. Cuando la conversación gira hacia Madis, Cressa y Taric, Ash le dice que no cree que los asesinatos guarden relación con ella, aunque dice que él esperó tanto a volver a verla por miedo a exponerla.

Sera se da cuenta de que todo lo que creía acerca del Primigenio de la Muerte era erróneo. Es un buen hombre, aunque eso no importa porque ella tiene un deber que cumplir. Vuelve a sacar el tema de Lathan (el amigo que Ash tenía observándola y que murió mientras lo hacía) y pregunta por qué Ash lo tenía velando por ella. Él explica que sus enemigos se convertirán ahora también en los de ella. A medida que empieza a asimilar la realidad de su situación, Sera se lamenta de su injusticia y piensa en todo lo que ocurrirá después de que mate a Ash.

Llega Aios y le aclara a Sera varias cosas que se ha estado preguntando. La diosa le explica cómo ha acabado en las Tierras Umbrías y por qué ella y otros se sienten a salvo en la corte de Nyktos. Cuando se marcha, Sera ve que Ector monta guardia a la puerta de su habitación y se da cuenta de que no tiene permitido salir. El dios le informa que está ahí por su seguridad. Cuando Sera se refiere a Nyktos como *Ash*, Ector se queda pasmado y le dice que duda que ni siquiera el Primigenio de la Muerte sepa qué hacer con ella.

No muchos lo sabrían. En verdad, Sera es única y maravillosa.

Davina se hace cargo entonces de las labores de doncella y llama a Sera *meyaah Liessa*. Sera averigua que significa «mi reina». La *draken* le habla de los peligros que rodean a la Casa de Haides.

Saion la acompaña abajo y Ash le devuelve la daga que le regaló, ahora con una vaina. Sera la asegura de inmediato a su muslo derecho, antes de hacerle unas cuantas preguntas.

Sera se entera de que Ash no puede leerle la mente y que ya no se alimenta. Cuando le pregunta si ha sido prisionero en algún momento, él le dice que ha sido muchas cosas y vacila a la hora de contestar. Sera pregunta si prefiere que lleguen a conocerse o seguir siendo unos extraños, y se queda estupefacta cuando él confiesa que le gustaría que volviesen a estar tan cerca como estuvieron en el lago, pero que el tema de cuando estuvo prisionero no está abierto a discusión.

Sera conoce a Jadis y aprende más cosas acerca de los *drakens*, cosa que encuentra de lo más fascinante.

La siguiente vez que ve a Ash, choca con él sin darse cuenta, y él da un respingo y suelta un bufido. Eso la preocupa; y aún más cuando Ash le dice que no lo toque. Sera insinúa que duda del interés de Ash por ella y dice que habla mucho pero nada más. Él la arrincona contra una pared y le dice, además de demostrarle, lo real y potente que es su interés por ella. Le explica lo mucho que desea estar dentro de ella y que sabe que ella también lo desea, sin tener que leer sus emociones siquiera. Ella le dice que él no le gusta (mentira) y Ash responde que es mejor así.

Pueden resistirse a ello todo lo que quieran, pero es inútil. ¿No te gustaría a veces poder decirle eso sin más a la gente para que deje de perder el tiempo y reconozca lo que tiene justo delante de las narices?

Sera recorre la Casa de Haides y se entera de que su coronación tendrá lugar dos semanas después. Cuando pregunta si la Ascenderán, se sorprende por la respuesta de Ash: le dice que aquello nunca fue elección de Sera y que él no la forzará a una eternidad de ello. También se entera de que Ash considera el amor como un riesgo innecesario.

Al pensarlo un poco, Sera deduce que es probable que a la madre de Ash la asesinase otro Primigenio, y supone que quizás Ash no sea capaz de amar debido a lo que les ocurrió a sus padres. También se pregunta cómo responderá él a su inusual don.

Unos días más tarde, llega otro Primigenio, y Ector acompaña a Sera a lugar seguro. Ella elige que la recluyan en la biblioteca en lugar de en sus aposentos, y acaba espiando la interacción entre Veses y Ash. Los sentimientos que le produce son confusos, pero opta por apartarlos a un lado por el momento.

Más tarde, deambula por el recinto y acaba en el Bosque Rojo. Encuentra a un halcón plateado herido (que más tarde descubre que era uno de los *choras* de Attes, una extensión del Primigenio en su forma *nota*) y cura al animal, empujada por un antiguo y poderoso instinto. A continuación, ve las similitudes entre la Podredumbre de Lasania y lo que está ocurriendo en el Bosque Moribundo y el Bosque Rojo.

Unos Cazadores y unos dioses sepultados atacan a Sera, y esta se da cuenta de que no puede matarlos a todos. Ash aparece de repente y la salva, y le explica más sobre los dioses sepultados y los árboles de sangre. Después del ataque, Saion la acompaña de vuelta a la Casa de Haides y se percata de que está herida. Sera pierde el conocimiento y despierta para encontrar a Nektas con ella en su forma de dios. Él le dice que la única razón de que no esté muerta es porque Ash utilizó un antídoto raro con ella.

Sera está convencida de que todas las decisiones y las acciones de Ash se deben al trato. No tienen ni idea de que él ya la ama, aunque ni siquiera él se ha dado cuenta de ello todavía a causa de su falta de *kardia*.

Llega Ash y le pregunta a Sera cómo ha llegado a ser tan fuerte, al tiempo que parece no estar nada afectado por *casi morir*. Ella dice que *tenía* que ser fuerte. La conversación gira hacia el ataque en el bosque y cómo se liberaron los dioses. Sera averigua entonces que el hecho de que las Tierras Umbrías estén muriendo no tiene nada que ver con el trato.

Ash le dice que le ha pedido a todo el mundo que le dieran a Sera algo de espacio y admite que él también la ha estado evitando, porque pasar más de unos pocos minutos en su presencia hace que su deseo sobrepase a su sentido común. Ella se troncha de risa. Ash la besa y reconoce que no sabe por qué se resiste, visto que ella le dejaría tomarla. Le da placer una vez más.

Sin ninguna razón, Ash le dice que ha contado sus pecas y revela que tiene treinta y seis, con lo que le dice que no debería haber ninguna duda en su mente sobre su interés por ella. Sera se da cuenta de que esta vez él también ha encontrado placer, aunque ni siquiera lo había tocado. Él pregunta si se puede quedar tumbado con ella. Sera acepta y le confiesa que ya ha tenido sexo antes; descubre, sin embargo, que Ash es virgen. Eso la sorprende sobremanera, y se pregunta en voz alta por qué. Sera se da cuenta de que la vida de Ash es tan solitaria como la suya, y que lo está arriesgando todo con ella porque no puede evitarlo (aunque él cree que los dos acabarán odiándolo por ello). Se duerme al lado de Sera, pero cuando esta despierta él ya no está.

Aios le lleva el desayuno a Sera y come con ella en sus aposentos antes de ir a dar un paseo y a ayudar a Reaver con sus primeros vuelos. La diosa le cuenta que Ash no ha tenido nunca ningún interés sexual o romántico por nadie antes que Sera. Después se encuentran con Bele y Rhahar. Bele es la primera en hacer una reverencia ante Sera y le dice por qué es tan importante que lo haga todo el mundo. También le dice que las otras cortes están haciendo apuestas sobre cuánto tiempo vivirá.

Más tarde, llega una modista para tomarle medidas a Sera y la conversación gira en torno a la coronación, los Elegidos y la Ascensión. Ash va a ver cómo está y le cuenta que hace varios cientos de años que no ha Ascendido ningún mortal; después le dice a Sera la verdad sobre el destino de los Elegidos y que Kolis lo sabe pero no le importa. También explica cómo algunos Elegidos simplemente están desapareciendo. Sera exige que encuentren una manera de acabar con los Ritos y descubre que Ash ha estado escondiendo a varios Elegidos, aunque prefiere que parezca que no está haciendo nada. Sera tiene que mantenerse fuerte. Lasania es lo único que importa. No puede preocuparse por los mortales. Los Elegidos no son su problema.

Esa noche, incapaz de dormir, sale al balcón, donde encuentra a Ash. Le dice que está tratando de asimilar todo lo que ha aprendido, y hablan de las dificultades de sus posiciones y de la forma en que la muerte los ha afectado a ambos. Ash dice que Sera no es un monstruo y la toca, lo cual hace que otra corriente eléctrica pase de uno a otro. Ash dice entonces que a un monstruo no le importaría serlo o no. Sera lo besa.

Al ver que él también está sufriendo, Sera le dice que él no es responsable de las acciones de otras personas y empieza a explorar. Disfrutando de la relación juguetona que tiene con Ash (algo que no había tenido nunca con nadie), le da placer y se deleita en hacer temblar al Primigenio de la Muerte. Después, se tumban abrazados de lado y ella se duerme, mientras piensa en todas las cosas nuevas que ha experimentado en el breve tiempo que ha estado con Ash.

A la mañana siguiente, se da cuenta de que cuando se durmieron la noche anterior sintió que algo cambiaba, como si estuviese creciendo entre ellos algo más que solo una lujuria mutua. Sera se siente conectada a él de un modo que va más allá del trato, y eso le produce un agradable calor en el pecho. Se queda sorprendida cuando encuentra a Nektas con ella, e incluso más sorprendida cuando el *draken* le dice que nunca ha visto a Ash dormir de un modo tan pacífico; luego la reclama como uno de los suyos.

Como le han dicho que no puede asistir a la sesión de la corte debido al riesgo, y sin nada que hacer aparte de pensar en cosas, Sera se contenta con poder pasear con Ector, pese a que su mente no hace más que darle vueltas a cómo Ash aleja la oscuridad de ella y a los sentimientos crecientes entre ellos. Aprende más acerca del dios y descubre que conocía a los padres de Ash y que está al tanto del trato.

El *draken* y ella lo siguen para ver qué está sucediendo en la puerta del sur, y Sera siente calor en el pecho cuando ve a Gemma. Se da cuenta de que la mortal está muerta, pero el calor de su pecho vibra y aviva un instinto que nunca antes ha sentido de un modo tan potente. Se pregunta si el *draken* puede sentir lo que está creciendo en su interior.

Empieza a brillar con una tenue luz blanca, con reflejos plateados, y se extiende un olor a lilas recién florecidas. La vibración aumenta en sus oídos, lo cual despierta una llamada en ella que supera a todo pensamiento. El *eather* gira alrededor de las yemas de sus dedos, se le queda la garganta seca, y su pulso se desboca al tiempo que una luz refulge por la piel de Gemma y la joven revive. Ash comenta asombrado que Sera tiene en su interior una brasa de vida.

Los pensamientos de Sera vuelven a cuando sir Holland le dijo que llevaba una brasa de vida, esperanza y la posibilidad de un futuro. Mientras lo piensa, le dicen que los dioses y los *drakens* presentes sintieron la onda poder, y que es probable que todo el mundo en Iliseeum la sintiese. La informan también de que muchos vendrán en busca del origen, y que eso podría ser muy mala cosa.

Y lo es. Una cosa *muy* mala. Aunque la mayoría de los que eran amenazas reales ya lo sabían.

Ash le dice que ya había sentido eso antes y le pregunta cuántas veces más ha utilizado su don. Revela que es probable que los Cazadores y los dioses asesinos la estuviesen buscando a ella y que, de haber estado él más cerca, la onda de poder también lo hubiese atraído. Sera explica cómo curó al halcón en el bosque y cómo trajo de vuelta a Marisol antes de abandonar el mundo mortal. Ash le dice que su don proviene del Primigenio de la Vida, pero no de Kolis, sino del verdadero: el padre de Ash. Sera descubre entonces que Eythos era el verdadero Primigenio de la Vida y que la brasa era suya (y de Ash en cierto momento), hasta que Kolis, el gemelo de Eythos, la robó.

Sera escucha entonces la historia de Eythos, Kolis y Sotoria. Admite que nunca había utilizado su don con un mortal antes de Mari porque no quería el poder ni la capacidad para decidir el destino de alguien ni emplear el poder cada vez que se le presentase la elección. Sera cree que eso la hace débil, pero Nektas le dice que es al contrario. Sera pregunta, no sin horror, si Ash y ella están emparentados; se alegra de descubrir que no, pero sigue preguntándose cómo puede ayudar su don. Entonces le cuentan que Kolis tiene el alma de Eythos, y dado que las amapolas empezaron a florecer cuando ella llegó, después de llevar latentes cientos de años, Nektas insiste en que la mera presencia de Sera está devolviendo la vida al mundo.

La Podredumbre de Iliseeum se debe a que Kolis estaba perdiendo sus poderes y, aunque ella cree que es porque el trato está cerca de expirar, le dicen que no tiene nada que ver con eso. Se queda pasmada al enterarse de que lo que está sucediendo en Lasania hubiese pasado con o sin trato, y de repente se da cuenta de que la cuenta atrás no era para su reino, era para *ella*.

La invade un alivio repentino al descubrir que no tiene que manipular y matar a Ash como la habían entrenado para hacer. Eso aligera su carga pero la llena de culpabilidad. Bele revela los motivos de Sera y esta los confirma cuando se lo preguntan a las claras. Explica que esa es la razón de que fuese al templo un año tras otro. Sera cree que ahora morirá y ya no puede pensar en Ash como... bueno, como Ash. Es Nyktos. Él le dice que ella hubiese muerto en el mismo instante en que hubiese extraído la daga de piedra umbra de su pecho después de matarlo. Ella intenta disculparse, pero le dicen que están bajo asedio.

Sera se ofrece a ayudar y les recuerda que está entrenada. Además, dice que el peligro está ahí por su causa y que no se quedará de brazos cruzados sin hacer nada. Ella no supone ningún peligro para su gente y no tiene ninguna intención de hacerles ningún daño, aunque Ash crea que es un peligro para él. Aun así, cabalga con Ash, Rhahar, Saion y Rhain hasta las puertas que dan a la bahía, y dice que puede percibir la muerte, las almas que abandonan sus cuerpos. Ash le dice que se quede con Ector y Rhain, y ella se dedica a disparar flechas a los *dakkais*.

Después del enfrentamiento, la ponen al día de las reglas para atacar la corte de otro Primigenio. De repente es consciente de que si Kolis quiere verla muerta, lo conseguirá. Kolis sabe que hay *algo* en las Tierras Umbrías, aunque no conoce el origen. Nyktos insiste en que se encargará de que siga siendo así, pase lo que pase.

Con una brecha entre ellos, intercambian pullas y Sera le grita a Nyktos que deje de leer sus emociones, en especial si no va a creer lo que percibe. Después le dice que nunca quiso cumplir con su deber y que nada de lo que había hecho con él había sido una actuación.

Sintiéndose como un monstruo, Sera se ofrece a curar las heridas de Nyktos, pero él dice que no confía en ella lo suficiente como para dejarle intentarlo. Eso duele. Sera está preocupada por él y no quiere que le pase nada, así que le pregunta a Nektas cómo puede conseguir que se alimente. Él le dice que es probable que logren que Ash se alimente de ella porque está lo bastante enfadado para hacerlo.

Vaya, menudo consuelo.

El *draken* le pregunta a Sera si hubiese matado a Ash si no hubiese averiguado nunca que eso no salvaría a su gente. Sera no es capaz de decir que sí. Nektas dice que Ash también lo sabe, y que es por eso que se alimentará. Así que Sera va a verlo y le dice que se alimente de ella. Además, admite que siempre supo que moriría joven. Ash le dice que se marche y que, si no lo hace, se alimentará de ella y la follará. Ella lo provoca preguntando si eso es una promesa. Ash reconoce que podría matarla. Aun así, la llama *liessa*.

Se sumen en un poco de sexo con odio mutuo, aunque es de todo menos eso, es más frustración, y él empieza a curarse.

Después de preguntarle si tomó la sangre suficiente, Sera hace ademán de marcharse. Ash le dice que descanse y ella le dice «que te jodan». Cuando Ash la agarra, Sera se da cuenta de que lo nota caliente por primera vez. Ash le dice que ella no es una amenaza real para él porque él nunca la querría.

Sera le pregunta si está seguro de eso. Luego cede y deja que la tome de nuevo. Le muerde el pulgar y le hace sangre; él le da un azote y ella sabe que ninguno de los dos volverá a ser el mismo nunca.

Más tarde, se despierta sola y con dolor de cabeza, y se pregunta si el cuerpo de Nyktos estaba caliente porque se había alimentado. No cree que pueda arreglar las cosas con él, pero quiere su amistad al menos. Si es posible. Piensa también en si tiene alguna otra manera de salvar a su gente. Tal vez pusieron la brasa en su interior por otra razón. De repente, se siente horrorizada por la idea de Kolis yendo a por Nyktos en el pasado y admite, aunque solo sea para sí misma, que tanto él como su gente le importan. Sabe que si Kolis la atrapa morirá, y que eso precipitaría la muerte de ambos mundos.

Paxton le lleva agua para la bañera y a Sera le entran ganas de llorar por la consideración del gesto. El joven le cuenta su historia y le dice que están impacientes por que llegue su coronación, también que están orgullosos de tenerla como su consorte.

Mientras está en la bañera, Sera es atacada. Hamid intenta estrangularla, pero ella se defiende, rompe una banqueta y lo apuñala con una pata astillada. El hombre cae y se parte la cabeza contra el borde de la bañera. Cuando llegan los otros, hablan del mortal y de sus motivos, y Sera recuerda que Hamid visitó a Gemma.

De repente, Sera se nota inestable sobre los pies, siente un dolor terrible en la cara y en la cabeza. Se marea y les dice que sufre migrañas como su madre, pero añade el detalle de que en los últimos tiempos le sangran las encías. Nyktos le lleva un té curativo, el mismo que había tomado con sir Holland, y repasan la evolución de sus síntomas. Le explican que está pasando por el Sacrificio y por qué.

Nyktos la mantiene cerca y le dice que será su Consorte, aunque solo en título. Añade que es un mero recipiente para la brasa que lleva dentro. Y dice que no habrá ni amistad ni amor en el asunto.

Golpe bajo, Nyktos. Aunque dado lo que vi algún tiempo después de esto, entiendo lo que estás intentando hacer aquí…

Después del desayuno, Sera va a ver a Gemma y descubre que su contacto cura todas sus heridas. Le dice a la joven que Nyktos no la considerará responsable de las acciones de Hamid porque ella no le dijo que atacase a Sera. Entonces las cosas se complican. Sera descubre que *ella* es a quien busca Kolis: su *graeca*. Su amor o su vida. También descubre lo que Kolis está haciendo con los Elegidos desaparecidos: convertirlos en Retornados.

Ahora sabemos que en realidad los estaba convirtiendo en Ascendidos *y* Retornados.

Sera se siente obligada a disculparse con Gemma por traerla de vuelta a la vida, luego les dice a Bele y a Aios lo que había dicho Odetta sobre que estaba tocada por la vida y la muerte. Les pregunta si ellas pueden ponerse en contacto con los Hados, luego insiste en que vayan a buscar a Nyktos de inmediato y le digan lo que han dicho Gemma y Odetta.

Aparecen Cressa, Madis y Taric. Sera es zarandeada y recibe unos cuantos golpes; luego Taric toma su sangre y hace algo más que Sera no logra entender del todo. Ella lo apuñala en el pecho con el cuchillo de mantequilla que escondió en el desayuno. En la escaramuza, Taric intenta utilizar la coacción con ella, pero no funciona.

Saion comprueba cómo está Sera, pero ella le dice que vaya con Bele, que resultó herida en la pelea. Sera siente un fogonazo en el pecho que la deja de piedra, pues sabe que es la diosa. Observa cómo mueren los dioses asesinos y entonces aparece Nyktos. Sera explica que Taric le hizo algo.

Nyktos le dice que recuerde que puede que sienta miedo, pero que jamás está asustada, y le devuelve su daga. Sera pregunta si puede intentar salvar a Bele, pero le dicen que la brasa en su interior no es lo bastante fuerte para traer de vuelta a un dios. Cuando insiste en que la diosa murió por su culpa y pide otra vez que le dejen intentarlo, Nyktos le dice que no se eche ese peso encima, pero le permite acudir al lado de Bele de todos modos. Sera trae a la diosa de vuelta a la vida y descubre que eso no es todo lo que hizo. También la Asciende.

Después, espera con Saion y con Ector en la oficina de Nyktos y les pregunta si le tienen miedo. No sabe lo que significa la Ascensión para un dios, así que Ector y Saion se lo explican. Nyktos entra y le da las gracias por salvar a Bele. Luego cura las heridas de Sera y le dice que ha convocado a los Hados; asimismo, cree que Kolis se quedará quieto un poco hasta que averigüe a qué se enfrenta en realidad. También le dice que no todos los dioses a los que traiga de vuelta a la vida Ascenderán. Tienen que estar destinados a hacerlo.

Eso me hizo preguntarme acerca de la historia. Si los Primigenios se refugiaron en la tierra porque los dioses estaban Ascendiendo tan deprisa, *¿cómo* y *por qué* ocurrió eso? Con suerte, seré capaz de encontrar esa pieza del puzle en algún momento.

Después de dormir durante un rato, Sera despierta y le dicen que los Hados han contestado. Nektas los está esperando a Nyktos y a ella en el salón del trono. Nyktos parece preocupado por el bienestar de Sera, pero ella le dice que si perdió demasiada sangre fue culpa de Taric, no de él. Nyktos la besa y sus labios están calientes. Después, él le dice que ese beso no cambia nada. Aun así, ella se siente esperanzada.

Y así debería ser. No cambia nada porque Nyktos ya sabe que ella lo es todo para él.

Cuando Sera entra en el salón del trono, se queda pasmada al ver a sir Holland. Se siente aliviada al instante al comprobar que no lo enviaron a las islas Vodina, pero entonces se da cuenta de por qué no parecía envejecer en todos los años que lo conoció. Descubre que los *Arae* no pueden afectar ya a su destino y se entera por boca de Holland de lo que hizo Eythos: ella tiene la esencia del poder de Eythos en su interior.

Sera también averigua que Nyktos y ella son corazones gemelos. Eso explica por qué se sienten tan bien cuando están juntos. Sera confiesa sentir eso y dice que le ha costado alejarse de él. Eso hace que se pregunte si esa es la razón de que él la encuentre tan interesante. Sin embargo, el tema de los corazones gemelos no es la única razón. A Sera le atrae *quién* es Nyktos.

Sera y Nyktos tratan de descifrar la profecía y suponen que significa que Kolis destruirá todas las tierras. Holland le explica a Sera que tiene muchos caminos posibles, pero que todos terminan del mismo modo. Sera dice que quiere saber más y descubre que está destinada a morir antes de los veintiún años. Ocurrirá a manos de un dios, de un mortal desinformado, de Kolis o incluso del propio Nyktos, aunque una de esas posibilidades podría ser un accidente.

Sera averigua también que la sangre de Nyktos la obligará a pasar por el Sacrificio y que, como es mortal, no sobrevivirá a él. Asimismo, no hay manera de impedir todo esto. Nyktos se queda horrorizado, aunque ella le asegura que no es su culpa.

Holland hace hincapié en que la temeridad e impulsividad de Sera podrían dar a lo que fuese que creyó Eythos al oír la profecía una opción de hacerse realidad. Luego le muestra la hebra del destino rota. Explica que la única cosa que los Hados no pueden controlar es el amor. Continúa diciendo que Sera no sobrevivirá al Sacrificio, no sin la voluntad pura de lo que es más poderoso que el destino o incluso que la muerte, no sin el amor del que la ayudaría en su Ascensión.

Sera pregunta si necesita la sangre de un dios que la quiera para sobrevivir, y descubre que tiene que ser el amor de un Primigenio. Y no solo de cualquier Primigenio, sino el propietario original de esa brasa: Nyktos.

Eso es muy injusto para ambos.

Después aprende algo que la deja aún más consternada: Sera ha tenido muchas vidas y es la reencarnación de Sotoria, la obsesión de Kolis. Ella lo niega, y entonces las cosas se ponen aún peor. Sera descubre que la vida solo ha continuado debido a la brasa en su estirpe; la que lleva ella dentro es la única brasa de vida que queda en ambos mundos. Y eso significa que… si ella muere, todo y todos en ambos mundos caen con ella.

Sera es la Primigenia de la Vida.

Nyktos hace una reverencia ante ella, pero ella le dice que no lo haga, luego empieza a sufrir un ataque de pánico. Nyktos la tranquiliza. Una vez que recupera la respiración, Sera comenta que las profecías no sirven para nada y descubre más cosas sobre ellas, los oráculos y los Dioses de la Adivinación.

Hablan de la Ascensión de Bele, de si Sera se parece a Sotoria, de los Demonios y de si Sera correrá hacia Kolis o *huirá* de *él*.

Sera pregunta qué le haría Kolis a Nyktos si averigua que la ha estado escondiendo de él. Le dicen que Kolis no puede matar a su sobrino porque la vida no puede existir sin la muerte, lo cual la lleva a preguntar sobre un Primigenio de la Vida *y* de la Muerte.

Nyktos admite haber hecho que le extirpasen el *kardia*. Cuando Sera parece no entenderlo, Penellaphe le explica lo que es y lo que eso significa: Nyktos es *incapaz* de amar. Eso la deja anonadada.

Llegados a ese punto, Sera se enfada por que Holland no le dijese que su deber no tenía ningún sentido cuando estaban en el mundo mortal, y se preocupa por cuánto tiempo les puede quedar a los mundos.

La conversación gira hacia cómo salvaguardarla lo mejor posible y entonces llega Vikter Ward, un *viktor*, para colocar un hechizo sobre los brazos de Sera y explica que eso valdrá. Holland nota la angustia de Sera y le dice que no se rinda, le recuerda lo de la hebra rota y le dice que el destino no está nunca escrito en sangre y hueso. Puede ser tan errático como la mente y el corazón de una persona. Ella le recuerda que Nyktos no puede amar, pero él le dice que el amor es más poderoso de lo que los *Arae* pueden imaginar siquiera.

Antes de marcharse, Sera le pregunta a Holland si volverá a verlo alguna vez. Él no puede responder a eso. Aun así, le recuerda a Sera algo que ella ya sabe: todo su entrenamiento no fue para nada. Ella *es* su debilidad. Solo que ese *su* no se refiere a Nyktos, sino a Kolis. Sera se da cuenta de que su verdadero destino es ser un arma contra el falso Primigenio de la Vida, aunque no quiere seducir a Kolis. La mera idea la pone enferma.

Nyktos la conduce de vuelta a su oficina y le pregunta en qué está pensando. Hablan de cuando se hizo extirpar el *kardia* y de quién lo sabe, y Sera le pregunta si dolió y *por qué* lo hizo. Él se lo explica, aunque después averiguamos que esa era solo parte de la verdad. Deciden continuar con el plan y mantenerla oculta.

Sera no le encuentra el sentido a la coronación si se va a morir en cinco meses, y Nyktos le pregunta si la idea de morir la inquieta en absoluto. En respuesta, Sera enumera todas las cosas con las que está lidiando en esos momentos, incluida la muerte. *Lidiando* no tiene nada que ver con cómo se siente al respecto. Cuando Nyktos dice que es injusto, eso la sorprende y le dice que tampoco es justo para él.

Sera le dice a Nyktos que cualquier protección que la coronación vaya a proporcionarle no merece la pena, pero él le dice que su seguridad lo vale todo, incluso las Tierras Umbrías. Sin embargo, Nyktos arruina el momento cuando dice que las brasas son importantes. No dice que *ella* lo sea.

La siguiente vez que Saion la acompaña a sus aposentos, tienen una conversación muy seria sobre dónde queda ella ahora que se sabe la verdad.

Sera conoce a Orphine, que también quiere matarla por *pensar* siquiera en hacerle daño a Nyktos. Sin embargo, añade que Sera también es especial para ellos porque es *vida*.

Más tarde, Sera se despierta a causa de un estallido ensordecedor y descubre que está cubierta con una manta que ella no había sacado. Orphine entra en la habitación a la carrera y le dice que no salga al balcón. Sera lo hace de todos modos y ve la batalla que se está disputando.

Orphine y Sera discuten acerca de que Sera pueda ayudar, y esta aprende todo tipo de cosas sobre los *drakens*. Durante la batalla, Orphine le impide revivir a un guardia caído y Ector tampoco le permite traer a Davina de vuelta a la vida.

Un fogonazo de *eather* casi impacta contra ella, pero le da a Orphine a cambio. Un dios de pelo pálido y piel clara se acerca a Sera y está claro que la busca a ella. No impide que un dios sepultado la ataque y, en la refriega, Sera resulta herida en el hombro y en el antebrazo.

Sera ve a Nyktos adoptar su verdadera forma Primigenia y eliminar al resto de dioses sepultados, al último de los cuales lo parte por la mitad con sus propias manos. Sera admite ante él más tarde que eso le puso… cachonda.

Quiero decir… sí que hay algo sexy en ese tipo de control y belleza salvajes.

Nyktos la lleva dentro y ella intenta decirle que no está herida. Él le informa que puede sentir y saborear su dolor; luego añade que necesita sangre, sobre todo porque no será capaz de curarse mientras esté pasando por el Sacrificio. Nyktos se niega a dejar que siga con dolor y le pide que le permita ayudarla.

Sera toma su sangre y piensa que sabe a miel. La hace sentir un cosquilleo por todas partes y nota cómo el poder de Nyktos vibra ahora en su propio pecho. Su dolor se desvanece y se siente en paz. También siente el contacto con él más que nunca. Con la piel vibrando y la sangre caliente, se da cuenta de que eso es un efecto secundario. Nyktos le dice que puede sentir y saborear su deseo. Que casi se está ahogando en él. Sera le dice que se ahogue *con* ella.

Tienen sexo y Sera no se reprime. Quiere oír, ver y saber lo que él le hace.

Más tarde, con los guardias, Sera le dice a Bele que ella no tiene la culpa de nada. La diosa le da las gracias por salvarle la vida. Cuando Sera le cuenta al grupo lo del dios que estaba dispuesto a dejarla morir, Nyktos se altera de manera visible. Llegan a la conclusión de que el ataque tenía que haber estado orquestado por otro Primigenio, puesto que ellos son los únicos que pueden controlar a los *drakens*.

Consciente de que las brasas y el alma de Sotoria la convierten en el arma perfecta contra Kolis, Sera escala el muro del palacio y consigue llegar hasta la bahía Negra, con la esperanza de colarse de polizón en un barco para dirigirse a Dalos y llegar hasta Kolis en un intento de salvar las Tierras Umbrías.

Un halcón plateado, que en verdad es Attes en su forma *nota*, la salva de unas Tinieblas en el bosque, y de algún modo, Sera casi trae a una de vuelta a la vida. Cuando aparece Nyktos, Sera huye de él, decidida a cumplir su destino. No puede detener la Podredumbre y tampoco puede protegerlo a él. No tiene ningún otro propósito en la vida aparte de esto. Furioso, la placa, aunque absorbe el golpe, y exige saber por qué huye de él. Sera le dice que estaba intentado *salvarlo*.

Sera confiesa lo que cree que es su verdadero destino. Es la debilidad de Kolis y da igual lo que le pase a ella, merecerá la pena. El mundo mortal puede salvarse, *él* puede salvarse, y nadie más tiene que resultar herido. Nyktos le dice que sufrirá encantado cualquier cosa que quiera hacerle Kolis, siempre que ella salga indemne, aunque no deja de mencionar las brasas una vez más. Sera se enfada y grita. El poder explota de ella y lanza a Nyktos por los aires.

En cuestión de segundos, Nektas está agazapado delante de Sera para protegerla de cualquier acto reflejo de desquite que pudiera infligirle el Primigenio de la Muerte.

Casi llorando, Sera se disculpa y dice que ni siquiera sabe qué pasó, pero se preocupa de que pueda pasar de nuevo.

Se da cuenta de que Nyktos no la dejará ir jamás, y él se lo confirma. Sera insiste en que es prácticamente una prisionera, pero él le dice que esa elección le corresponde a ella. Dice que su destino no es morir a manos de Kolis e insiste en que podría haber otra manera de hacer las cosas.

De vuelta en el palacio, Nyktos le dice a Sera que la próxima vez que ponga una daga delante del cuello de alguien, incluso del suyo, más le vale hacerlo en serio. Luego le ordena irse a su habitación. Él la sigue a sus aposentos y le informa que de ahora en adelante va a dormir al alcance de su mano; luego la traslada en brazos a su propio cuarto y la tira sobre la cama. Testaruda, Sera se niega a desvestirse y le obliga a él a hacerlo por ella antes de quedarse dormidos.

A la mañana siguiente, Sera despierta sola y Baines le lleva agua para darse un baño. Orphine dice que la acompañará a ver a Nyktos en cuanto esté lista. Mientras caminan, Sera se fija por primera vez en el dibujo de la puerta del salón del trono: un lobo. Una vez dentro, Nyktos les cuenta a todos que Sera había intentado ir a por Kolis para proteger las Tierras Umbrías y dice que su valentía no tiene igual entre todos ellos. Después susurra que nadie debería sentir ninguna animadversión hacia ella y que deberían verla como es: valiente y atrevida. Si no, sus pensamientos negativos serán los últimos que tengan. Jura destruirlos, sin importar lo leales que sean a las Tierras Umbrías. Luego le dice a Sera que es valiente y fuerte y más que digna de ellos.

A Sera le da la impresión de que está diciendo *más* que eso.

Nyktos sugiere que intenten extraer las brasas de ella y Sera se queda impactada. No creía que eso fuese posible siquiera. Nektas le dice que las brasas no son del todo suyas hasta que Ascienda, por lo que *deberían* ser capaces de extraerlas. Entonces, la sangre de Nyktos se aseguraría de que Sera sobreviviese a su Ascensión, aunque descubre que con ello podría convertirse en una verdadera diosa.

Después de hablar sobre cuándo ir a los Estanques de Divanash, la conversación gira hacia otras cosas, y Sera se entera de cómo murió la pareja de Nektas, Halayna, y de que él fue el primer *draken* y el que ayudó a Eythos a crear a los mortales.

Hablan más acerca de la extracción de las brasas y Sera descubre que solo los *habituales sospechosos* en las Tierras Umbrías conocen el plan, y que solo saben que tiene una brasa. Apoyan el plan, incluso la parte de Ascenderla. No obstante, solo Nektas sabe lo del alma de Sotoria, y la cosa debe seguir así. Saberlo sería demasiado arriesgado para los otros.

Sera le pregunta a Nyktos si continuará celebrando el Rito después de convertirse en el Primigenio de la Vida y así se entera de por qué se inició en primer lugar. Sera le explica cómo es la vida de un Elegido en el mundo mortal y averigua que eso es algo que comenzaron los mortales, no los dioses. Sera pregunta si a todos los Elegidos los han convertido en Demonios como a la modista… aunque también sabe de la existencia de los Retornados. Después pregunta qué les ocurrirá a Kolis y a la Podredumbre si consiguen extraer las brasas de ella. Le explican que es probable que jamás puedan matar al falso Primigenio de la Vida debido al equilibrio necesario, pero que pueden debilitarlo lo suficiente para sepultarlo. Sera trata de decirles que existe una manera de matarlo y que está justo delante de ellos (que es ella), pero Nyktos se niega a saber nada del tema.

El sonido de un caos en el exterior los interrumpe y Sera aprende lo que son los Cimmerianos y cómo luchan. Decide tentar a la suerte y sale afuera para unirse a la lucha. Mata a un Cimmeriano que estaba a punto de atacar a Rhain y Saion le recuerda que todavía pueden matarla; el enemigo no sabe lo que lleva dentro.

Durante la pelea, Sera sufre una herida en el lado izquierdo de la cintura y Nyktos acude a su lado. Coquetean un poco, incluso mientras otros luchadores mueren a su alrededor. El don de Sera se aviva al percibir sus muertes, pero Nektas le gruñe una advertencia y le dice que se controle.

Una vez que termina la reyerta, Rhain le da las gracias a regañadientes por su ayuda, pero también la critica y le da la charla. Menciona de pasada que Nyktos ha pasado por muchas cosas y ha sacrificado otras por ella, cosa que pica la curiosidad de Sera. Ector trata de restarle importancia al comentario y se apresura a comentar que Rhain solo está siendo dramático.

Nyktos reaparece y Sera le grita diciéndole que no va a tolerar que le den órdenes como si ya no tuviese ningún control sobre su vida, en especial cuando puede ayudar. Sin importar los riesgos. Después le recuerda que en realidad nunca le han permitido valorar su vida ni pensar por sí misma.

Nyktos le pregunta qué tipo de vida ha vivido, pero ella se niega a contestar. Él tampoco quiere decirle lo que ha sacrificado cuando ella se lo pregunta.

Sera pregunta si Taric notaría el sabor de las brasas en su sangre cuando bebió de ella. Nyktos le dice que nadie más se alimentará jamás de ella, que él no lo permitirá, pero... sí, el dios habría notado el sabor de las brasas. Después le dice que su sangre sabe a una tormenta de verano y al sol. A calor, poder y vida. Suave y esponjosa como un buen bizcocho.

El Primigenio es un poeta. En serio.

Nyktos explica lo que es sombrambular y Sera pregunta si ella también podrá hacerlo cuando Ascienda. Él le dice que sí, con lo que reconfirma su fe en el plan. También hablan de Tavius, y Nyktos dice que Sera es valiente y fuerte.

Eso la emociona.

Nyktos dice que ella debe descansar, que está pasando por el Sacrificio y fue herida con piedra umbra. Después añade que se pregunta de qué más maneras la están protegiendo las brasas puesto que una mortal o una divinidad hubiese muerto. Ni siquiera la sangre de Nyktos dentro de ella hubiese sido suficiente.

Más tarde, de vuelta en su habitación, Sera ve que la herida parece tener varios días de antigüedad, en vez de horas. Lo cual la hace preguntarse cuán fuertes son en realidad sus brasas. Se acuesta y piensa en Ash mientras se masturba, y de alguna manera *sabe* que él está en la habitación observándola, aunque ella no pueda verlo. Después *siente* su contacto. Llega al clímax y lo llama, pero no recibe respuesta. Justo cuando se está durmiendo, hubiese jurado sentir que el colchón se movía como si alguien se bajase de la cama.

Al día siguiente, Nektas le pregunta qué opina del plan de extraer las brasas y ella le dice que siente una esperanza cauta. Cuando hablan del viaje al Valle, Sera descubre que no es peligroso, pero que la carretera hasta ahí sí lo es.

Nyktos llega un poco más tarde, justo después de que Jadis consiga prender fuego a una silla. Hace un comentario frívolo sobre el vestido de Sera, que se enfada, y luego pasa a hablar de temas más importantes. Sera descubre que el ejército reunido se debe a que Nyktos planea ir a la guerra con Kolis. Por desgracia, se percata de que él no confía lo suficiente en ella para hablar sin tapujos en su presencia, lo cual la molesta mucho.

Nyktos le dice que puede marcharse, pero ella le dice que elige quedarse con él. Mientras trabaja, Sera le pregunta sobre los Libros de los Muertos. Intenta provocarlo mencionando a otras personas con las que debería o podría pasar el tiempo, y él la advierte de que debería ser selectiva con cómo pasa el tiempo con otras personas. Hablan de la noche anterior y de sus necesidades, y ella le ofrece un trato: placer por amor al placer.

Nyktos la llama temeraria, pero entonces le pregunta de repente si lleva su daga encima, pues están a punto de tener compañía. Nyktos se disculpa por lo que está a punto de suceder y Sera conoce a Attes por primera vez. El Primigenio se refiere a Sera como un complemento y ella lo amenaza sin vacilar. Nyktos le dice que se comporte, pero Attes pregunta si es lo bastante sensata para no repetir lo que oye. Sera no puede mantener la boca cerrada y le contesta con tono cortante. Y descubre que Kolis le está denegando el permiso para su coronación.

Después de oír que Nyktos debía recibir permiso para tomar una consorte, Sera maldice. Attes les dice que Kolis los hará llamar cuando esté preparado. Cuando el Primigenio se marcha, Nyktos le dice a Sera que discuta con él para distraerlo de su ira. Ella lo besa en cambio.

Sera asume que Kolis debe pensar que las brasas están dentro de Nyktos y que ha sido él quien Ascendió a Bele, pero le dicen que el falso Primigenio de la Vida sabe que no están en su sobrino. Ya puso a prueba a Nyktos. Cuando Sera se da cuenta de lo que debieron de ser esas *pruebas*, descubre que Nyktos ha tenido que convencer a Kolis de muchas cosas.

Él le dice que Kolis estaba provocándola al intentar influir en ella con su esencia primigenia. Cuando no reaccionó a ella, Attes tuvo que saber que ella es más de lo que le decían. Ector le explica quién se ve y quién no se ve afectado por la esencia primigenia, y Sera se da cuenta de que Attes podía saber que ella es quien lleva las brasas.

Sera se entera entonces de que Kolis podría haberse limitado a prohibirle a Nyktos tomar una consorte y, aunque él todavía podría reclamarla, ella no tendría protección alguna.

Al pensar en cómo transcurrirá esa reunión con Kolis, Sera teme parecerse a Sotoria y se preocupa. Nyktos jura no permitir que el Primigenio la toque. Ella se lo discute y afirma que no será el motivo de más muertes; Nyktos le dice que nunca lo ha sido. Ella no está tan segura. Sin embargo, no está dispuesta a esconderse y él no quiere ponerla en peligro... aunque ella siempre ha *estado* en peligro.

Nektas sigue a Sera de vuelta a sus aposentos y la llama *meyaah Liessa*. Ella lo llama a él *meyaah draken* a cambio, y dice que ella es tan reina de él como él es el *draken* de ella. Nektas pregunta si Ash se equivocaba al dudar de sus motivos, y ella confiesa que llegar hasta Kolis nunca se le pasó por la imaginación… al menos hasta hace poco. Después se entera de lo que Nyktos ha tenido que convencer a su tío y de lo que Kolis le hará si averigua la verdad. Eso la deja impactada.

Sera dice que para ella no es personal como lo es para Nyktos. Ella no es Sotoria. Nektas le pregunta por qué ya no llama *Ash* a Nyktos y procede a contarle que su padre lo llamaba así. Dice que el hecho de que se le presentase con ese nombre significa algo, y añade que él es como Sera quiere que sea.

Ella pasa el resto de la tarde entrenando y se da cuenta de que no quiere que Nyktos tenga que elegir entre las Tierras Umbrías y ella. Más tarde, en el dormitorio de Nyktos para dormir, él se disculpa por cuestionar sus motivos y dice que no le ocultará la llamada de Kolis cuando llegue. La conversación gira hacia por qué contiene Sera la respiración y cómo lidia con su ansiedad, y ella es consciente de repente de que dejó su daga en su propio cuarto. Está desprotegida por primera vez en su vida…

La confianza se ha consolidado.

Sera despierta en lo que debería ser el día de su coronación y vuelve a pensar en desaparecer. Se quita la idea de la cabeza y se va a desayunar con Saion y Reaver. Le pregunta a Saion de dónde es, y este le cuenta la historia de cómo Nyktos salvó tanto a su primo Rhahar como a él mismo.

Un rato después, Sera ve a otras personas entrenando y la informan de que lo hacen todos los días por la mañana, durante unas horas. No obstante, se sorprende cuando Saion se niega a entrenar con ella. Inasequible al desaliento, decide disputar un combate de entrenamiento con Nyktos y acaba cortándole un mechón de pelo. Mientras entrenan, Sera le suelta una lista de exigencias.

Después de derrotarlo solo un poco (estoy segura de que él se dejó), Nyktos le dice que la entrenará, algo que la sorprende muchísimo. Con su necesidad habitual de decir la última *palabra*, Sera le dedica una reverencia antes de marcharse.

Nyktos prepara un baño para ella en sus propios aposentos y ella acaba por quedarse dormida en la bañera. Cuando despierta, él vuelve a calentar el agua. Incitada por su deseo, Sera le dice que su deseo de él es una elección, una que al menos es lo bastante valiente de admitir. Entonces, hace ademán de marcharse.

Antes de que pueda hacerlo, Nyktos reconoce que él también la desea, y le dice cuánto. Reconoce que piensa en ella todo el rato. Ella lo tienta hablando de cómo se sintió con el pene dentro de su boca y le pregunta si quiere eso otra vez o si ha vuelto a no ser más que labia.

Y entonces no fue solo cuestión de hablar…

Comparten cómo se sintieron durante su infancia y su adolescencia, y Sera le cuenta que era casi un fantasma en Lasania. Él le dice que duerma y añade que para él nunca fue un fantasma.

Sera se despierta acompañada solo de Nektas y charlan durante un rato. Sera comenta que es imposible que Ash la haya perdonado, aunque comprenda y acepte *por qué* ella planeaba hacer lo que hizo. El *draken* le dice que si Ash no comprendiese y aceptase, ella no estaría donde está, oliendo al Primigenio, y él no hubiese detectado paz en Ash cuando los encontró juntos.

Ash y Sera comparten cena y él le dice que irán a ver a Ezra al día siguiente en el mundo mortal, aunque se asegura de que comprenda que no pueden quedarse mucho tiempo. Y que no pueden decir nada acerca de Kolis.

Hablan de sus planes para ir a los Estanques de Divanash y más. Sera le dice a Nyktos que espera que su plan funcione porque él es bueno y debería ser el Primigenio de la Vida. Él le dice que no confunda cómo la trata a ella con ser *bueno*. Sera le explica que ella tampoco es buena. Nyktos le recuerda que ha estado dispuesta a sacrificarse por los demás y eso *es* bueno, pero después añade que no existe tal cosa como un Primigenio bueno, y le cuenta a Sera la historia de estos. Al final le dice que ella no es ni buena ni mala debido a las brasas.

Sera nota un cambio entre ellos y se fija en que la piel de Nyktos está más caliente otra vez. Él hace un comentario sobre las pecas de Sera otra vez y ella siente un cambio aún mayor. No es el deseo alimentado por la necesidad de sangre o de alimento, tampoco está incitado por la ira. Esto es real. Lo besa porque ahora las cosas son diferentes, y él la llama *liessa*.

Se dirigen al mundo mortal y Sera se fija en cómo actúan los mortales en presencia de Ash. Se reúnen con Ezra, y Sera le dice a su hermanastra que matar al Primigenio no hubiese detenido la Podredumbre. Cuando Ezra comenta que dudaba de que Sera fuese capaz de hacer que el Primigenio de la Muerte se enamorase de ella, Sera se sorprende. Ezra añade que había supuesto que acabaría muerta después de impacientarse y limitarse a apuñalarlo, lo cual hace reír a Sera.

A la salida, Sera y Ash se topan con Calliphe. Sera intenta marcharse, pero su madre la detiene diciéndole que no sabía lo que Tavius tenía planeado. Ash le dice que debería estar agradecida por estar viva y darle las gracias a su hija por ello, porque ella es la única razón de que aún respire.

De vuelta en Iliseeum, después de entrenar con Bele y pasar algo de tiempo placentero con Ash, Sera acude a su oficina a verlo. Él la lleva bajo tierra para enseñarle algo y Sera ve las celdas. Se percata de que no es capaz de diferenciar entre las brasas y su corazón que se muestra emocionado en compañía de Ash, y piensa que hizo que le extirpasen el *kardia* para proteger a otros, no a sí mismo. Ash le habla de las cadenas de hueso y de aquellos con vidas duales, y luego la lleva a la sala del estanque. Ella se queda asombrada y le pregunta por qué iba al lago si tenía esto. Ash le dice que se debía a que era el lago de *ella*.

Oh, eso sí que me llegó al corazón.

Sera descubre que Ash había ido a verla antes de su decimoséptimo cumpleaños porque sentía curiosidad (ahora sé que fue muchísimo antes de eso). El hecho de que Ash quisiera saber más sobre ella la alegra.

Como Ash quiere probar varias cosas, le dice que planea sacar el *eather* de ella provocándola a utilizarlo contra él; luego le dice que si se comporta, podrá darse un baño o ser follada. Sera no quiere hacerlo, no quiere hacerle daño a Ash sin querer, pero él se lo pide con educación y ella confiesa que odia cuando le pide las cosas «por favor».

Pelean cuerpo a cuerpo y el *eather* aumenta dentro de Sera cuando piensa en perder la pelea con Taric. Cuando Ash la agarra, ella lo distrae hablando de sexo para liberarse. Él la inmoviliza y ella confiesa que le gusta someterse a él… y entonces lo hace. Ash la toma sobre la losa de piedra y le dice que siempre está a salvo con él; luego la llama *liessa*.

Pasan algo de tiempo en el estanque y Ash le cuenta más cosas sobre Lathan. Admite que Sera es una de las personas más fuertes que conoce, tanto en el aspecto mental como en el físico, ya sean mortales o de otra índole. Después añade que su afirmación no tiene nada que ver con las brasas. Juegan un poco más en el agua y, de nuevo, Sera siente que Ash y ella se han convertido en… más.

Sera pasa el resto del día con Aios y los jovenzuelos, y se da cuenta de que no solo ha estado llamando Ash a Nyktos, sino que también ha empezado a verlo como tal. Llamarlo Nyktos ya no le parece correcto. Sera quiere detener a Kolis y la Podredumbre y devolverle a Ash su legítimo destino, pero no quiere hacer lo que necesita hacer para debilitar a Kolis. Sera quiere un futuro propio, y lo quiere con Ash. *Quiere* ser su consorte.

Sera decide lidiar con su epifanía de que Ash le importa del mismo modo en que lidia con todo lo demás: *no* lidiando con ello en absoluto.

Mientras habla con Ash más tarde, le cuenta que antes ha visto los ojos de Nektas centellear de color azul, y entonces averigua que todos los *drakens* tenían los ojos azules hasta que Kolis hizo lo que hizo. Después de aquello, se volvieron rojos. No obstante, se dan cuenta de que el cambio de color de los ojos de Nektas podría significar que Sera está más cerca de su Ascensión.

Sera decide que Ash no necesita saber lo que siente por él. Sabe que ella le importa, pero piensa que lo que siente ella podría ser más. ¿Podría ser amor?

Parten hacia los Estanques de Divanash y Nyktos le enseña las amapolas que crecen en el Bosque Rojo. A medida que se acercan a los Pilares, las brasas de Sera vibran y ve las almas de los que han partido. Ash le cuenta las dificultades de Eythos para estar cerca de los Pilares como Primigenio de la Muerte y le pregunta si siente la necesidad de utilizar las brasas o si estar ahí la desgastaba. Sera miente y le dice que no.

Ash le recuerda que es más fuerte de lo que cree (*ella*, no las brasas) y le dice que intente averiguar algo acerca de las almas. Sera lo intenta, pero se detiene al decidir que no necesita hacerlo, pues las brasas volverán pronto a Nyktos. Aun así, palpitan en su interior.

Se encuentran con los jinetes y los tres hacen una reverencia en dirección a Sera. Cuando por fin llegan a su destino, Ash le dice a Nektas que cuide de ella porque es importante para él. Una vez más, *ella*, no las brasas. Incapaz de evitarlo, Sera le suelta a Ash que quiere ser su consorte. Él besa sus nudillos y la palma de su mano y le dice que la estará esperando cuando regrese.

Nektas y Sera entran en el Valle. Ella le confirma al *draken* que hablaba en serio en la encrucijada: que Ash le importa. También le dice que si hubiese sido capaz de matar a Nyktos, Nektas no hubiese tenido que matarla porque lo habría hecho ella sola. El *draken* le dice que si eso es cierto, tiene aún más razón de lo que creía. Continúa diciendo que Ash podría haberlo destrozado en el Bosque Moribundo después de que ella lo golpeara con su *eather*, pero que se contuvo porque ella le importa. Ella admite que lo sabe.

El *draken* le dice a Sera que Ash hizo que le extirpasen el *kardia* no para no ser como su padre, sino para no ser como su tío. Nektas implica que cree que Sera quiere a Nyktos, pero ella se apresura a negarlo e insiste en que ni siquiera sabe lo que es el amor.

Después de encontrarse con el Velo y resistirse a la canción de las sirenas, por fin llegan a los Estanques. Nektas explica lo que hay que hacer: Sera debe revelar un secreto profundo. Su verdad es confesar que intentó quitarse la vida. Los Estanques aceptan su sacrificio y Sera ve a Delfai con Kayleigh Balfour en Irelone.

Una vez que salen del Valle, Nektas insiste en que Sera puede hablar con él si alguna vez *no* está bien. Si lo hace, él se asegurará de que lo *esté*.

Ese *draken* puede ser arisco, pero él, al igual que el Primigenio al que está vinculado, tiene un corazón de oro.

La detiene por el camino y le dice que están a punto de tener compañía; luego la advierte de no atacar primero. Le describe a las ninfas y acaban peleando con ellas. La furia estalla del interior de Sera y acaba matándolas con su *eather*... uno que solo el Primigenio de la Vida puede blandir. Uno que podría matar a otro Primigenio.

Supongo que oír eso le haría desear a Sera *poder* matar a Kolis en lugar de sepultarlo.

Cuando regresan a la Casa de Haides, Sera ve a Veses sentada a horcajadas sobre Ash mientras se alimenta de él. Huye a la sala del estanque subterráneo y su ira sacude el palacio entero. Multitud de raíces se enroscan a su alrededor en un gesto protector. Ash intenta calmarla, para lo cual le recuerda sus ejercicios de respiración, pero al final se ve forzado a utilizar la coacción sobre ella para dormirla.

Sera despierta desnuda en la habitación de Ash con Bele y Rhain, lo cual deja a Rhain un poco descolocado. Él le dice que es poderosa y que jamás había visto nada como lo que había hecho ella, ni siquiera de un Primigenio en pleno Sacrificio. Sera averigua que ha pasado tres días en estasis y que *podrían* haber sido semanas. Podría haber muerto incluso. Cuando pregunta acerca de las raíces, descubre que intentaban protegerla. Rhain le cuenta entonces que si vuelve a perder el control de ese modo y luego se duerme, podría no volver a despertar. Le explican lo que debe hacer para mantenerse fuerte.

Los dioses le dicen también dónde está Ash y que estaba preocupado por ella. Sera se va a su cuarto y decide que no habrá más contacto físico con Ash. Se quedará en sus aposentos y utilizará su propia sala de baño a pesar de los malos recuerdos que le trae. De algún modo, necesita poner distancia entre ellos y quiere tener su propio futuro.

Sera pide que le lleven agua para darse un baño y, de hecho, se baña en su bañera. Después, Bele quiere saber qué ocurrió antes de los sucesos de la sala del estanque y revela que sabía que Veses estaba en el palacio. Luego comenta que creía que las visitas de la Primigenia cesarían y le dice a Sera que Nyktos jamás había actuado del modo en que lo hace con Sera… y que no se debe solo a las brasas.

Bele le dice a Sera que los asesinó con palabras después de su discurso sobre la valentía y añade que ha visto a Veses alimentarse de Nyktos antes pero que nunca los ha visto tener sexo. Explica también que no siempre hay sexo después de alimentarse e intenta convencer a Sera de que Nyktos no confía en Veses y que ni siquiera le *gusta*.

Sera no está tan segura. Después de todo, ver para creer.

Ash acude a ver a Sera y se disculpa por lo que cree que vio. Sera le recuerda que ocurrió pocas horas después de que ella le dijera que quería ser su consorte, pero se niega a admitir que esté herida. Aunque sí se revuelve y le espeta que su afirmación de que era virgen era mentira. En un intento de llegar al fondo del asunto, Sera le pregunta qué es lo que vio, y él le dice que es complicado. Al final, Sera reconoce que hirió sus sentimientos y pone fin al trato de placer. Termina diciendo que quiere ser libre de él por completo una vez que extraigan las brasas.

Más tarde, va a hablar con él sobre Irelone y se muestra supereducada, como si fuese otra persona por completo. Sera piensa que Nektas puede ir con ella a ver a Delfai, pero Ash dice que irá él para oír lo que se dice sobre la extracción de las brasas. Sera declara que quiere partir de inmediato, pero él le pide que esperen porque han avistado a uno de los *drakens* de Kyn por ahí cerca.

Al final, Ash comenta que no le gusta que Sera se haya convertido en quien la educaron para ser: sumisa y vacía. Le dice que sea ella misma y acepta la culpa de lo que ocurrió, antes de suplicarle que no cambie. Sera reconoce que no le gusta ser como es ahora, pero no se permitirá volver a sentirse de ese modo jamás.

La supervivencia requiere un equilibrio delicado.

Llega la llamada de Kolis y Sera se da cuenta de que podrían retenerla en Dalos. Le preocupa que Kolis sea capaz de percibir las brasas en ella, pero le dicen que podrán encontrar explicación a cualquier cosa que él perciba; después de todo, es *verdad* que Sera ha ingerido mucha sangre de Ash. Cuando Sera pregunta cuán agradables tendrán que ser con el falso Primigenio, Rhain le dice que haga todo lo que Kolis le ordene hacer, por desagradable que sea, y añade que Nyktos solo puede negarse a unas pocas cosas en nombre de Sera.

Sera se niega a formar parte de lo que sea que Kolis haría en represalia porque Ash no respondiese a la llamada a tiempo e insiste en que deben acudir pronto. Ash intenta decir que ella es más importante, pero ella lo interrumpe. Reaver se pone del lado de Sera ante Nyktos, lo cual alegra mucho a esta. Aunque le sorprende oír que la está protegiendo *de* Ash.

Una vez más, Sera se niega a hacer nada hasta que respondan a la llamada. Ash se rinde y hacen planes para partir en una hora en dirección a Dalos. Sera se cambia, y Aios le pregunta si intentará ir a por Kolis. Sera se sincera con la diosa y le cuenta lo de ser la *graeca* de Kolis. Explica que matar a Kolis es su destino. Ser la consorte de Nyktos nunca lo fue.

Aios le pregunta por qué no puede ser ambas cosas, luego le habla a Sera del tiempo que pasó en Dalos como una de las *favoritas* de Kolis. Sera no puede creer lo que está oyendo y dice que lo siente. Luego le dice a Aios lo fuerte que es. La diosa le explica que Kolis es incapaz de amar, ni siquiera a su *graeca*. Lo cual significa que… no tiene ninguna debilidad.

Sera no cree que eso pueda ser verdad para nadie. Cuando se reúne con Ash, le dice que está preciosa, pero ella le dice que no diga eso. Ash le explica que, cuando estén en Dalos, tendrán que actuar como hicieron con Attes, como si jamás tuviesen suficiente el uno del otro. Lo único que consigue con eso es irritar a Sera, porque no puede entender que Ash no comprenda que ella *nunca* fingió. Le dice que es demasiado tarde para eso, y él pregunta que por qué quería eso de él en primer lugar.

Sera confiesa que quiere tener una vida y un futuro y que no intentará nada con Kolis. Aunque sí está preocupada por que él la reconozca e intente reclamarla. Nyktos le recuerda que no le pertenece a nadie. Añade que la protegerá, pero que Kolis sí *podría* intentar retenerla. Ash insiste en que arrasará Dalos y la dejará en ruinas antes de permitir que eso ocurra. Sera le ruega que no intervenga si Kolis la reconoce como Sotoria, y Ash gruñe que las brasas no son lo único importante. Que ella lo es.

Sera le pregunta a Ash qué debería esperar y este le cuenta que los tatuajes de su piel corresponden a una colección de ciento diez gotas de sangre que representan las cosas que Kolis le ha obligado a hacer. Le recuerda otra vez que es buena, pase lo que pase, e insiste en que no es un monstruo ni tampoco lo será cuando vuelvan. La abraza con fuerza y la besa en la frente mientras se desplazan sombrambulando.

Sera apenas pierde el conocimiento y Ash le dice que tendrán que extraer las brasas de ella pronto porque está claro que se están haciendo aún más fuertes. Cuando se ponen en marcha, Ash le dice que no deje que nadie la aleje de él y la advierte de que no confíe en nadie. Le cuenta que Dalos también se conoce como la Ciudad de los Muertos, cosa que ella cree sin problema cuando ve a los dioses colgados en el exterior del palacio. Su esencia primigenia surge con intensidad.

Sera le suplica a Ash que le impida resucitarlos y le dice que utilice la coacción. En lugar de eso, la besa y utiliza sus sombras para bloquearle la visión. Además, le dice que es fuerte y valiente.

En presencia de Attes y de Dyses, Sera hace ademán de inclinarse, pero Nyktos la detiene. Sera averigua entonces que Dyses la estaba poniendo a prueba. Ash lo mata, pero ella juraría haber visto que movía la mano. Y no sintió que sus brasas respondiesen a su muerte.

Después de hablar con Attes, Sera comenta que el Primigenio encuentra un placer perverso en provocar a Ash y que casi parece que esté velando por ella. Se pregunta incluso si podría ser un amigo… o al menos un aliado.

Nyktos la ayuda a respirar y a hacer una reverencia, y Sera se vuelve a poner su velo de vaciedad. En cualquier caso, se siente aliviada cuando Kolis no la reconoce como a Sotoria. Sin embargo, el alivio es breve, pues poco después ve entrar en la sala a Dyses, a quien acababa de ver morir a manos de Ash. Se pregunta si es un Retornado.

Cuando Kolis los regaña por su error al no pedir su permiso, Sera farfulla que eso fue culpa suya y declara que temía que Kolis la encontrase indigna. Kolis decreta cuál será su castigo, y Sera siente náuseas cuando se da cuenta de que espera que mate a un *draken* joven. Pregunta qué ha hecho el chico para merecerlo y qué pasará si se niega a hacerlo. Es el propio *draken* el que le responde: dice que Kolis lo matará de todos modos, después a ella, y que después terminará por convocar a un *draken* de las Tierras Umbrías para matarlo también.

Sera le pregunta a Kolis la razón de que utilice esto como castigo. Quiere saber qué gana él con ello. ¿Su respuesta? «Todo. Me dirá todo lo que necesito saber». Antes de cumplir la orden, Sera le pregunta al *draken* cómo se llama, pero el chico le dice que no importa y que no es un nombre que necesite recordar. De repente, Sera nota que algo cambia en su interior. Percibe las partes retorcidas y malvadas de la esencia de Kolis y siente cómo un poder antiguo cobra vida en su interior. Es ira, pura y primitiva. Y Sera se da cuenta de que el poder que hay en él era de ella, robado del Primigenio de la Vida. Después siente a Sotoria y cree que el dolor, la represalia, la venganza y la sangre serán de ella. Sotoria, a través de Sera, paga el precio exigido por Kolis.

Sera sabe que la muerte del *draken* la marcará y que dejará un pedazo de su bondad en el atrio. Aun así, percibe a Sotoria y sabe que la mujer se está instalando para esperar lo que le es debido.

Más tarde, cuando se marchan de ahí, Sera le pide a Ash que la lleve a Vathi. Incluso llega al punto de suplicárselo. Él le dice que deberían sobrevivir para honrar el sacrificio que hizo el *draken*, pero ella le dice que no es suficiente. Ash cede y la lleva, luego le urge a Attes que le lleve el cuerpo del jovenzuelo. Le da las gracias a Ash por hacer lo que le había pedido y le explica que tiene que hacer esto. Sera rechaza su contacto y le pregunta en cambio por qué querría hacer Kolis algo así. Ash responde que el falso Primigenio de la Vida quería convertir a Kyn en enemigo de Ash y Sera.

Y madre mía, sí que lo consiguió. Aunque tampoco es que el Primigenio necesitase demasiada ayuda…

Cuando regresa Attes, Sera se pregunta si pueden confiar en él. Ash le dice que ya es demasiado tarde para eso. Cuando trae al joven *draken* de vuelta a la vida, él la llama *meyaah Liessa*. Entonces se presentan y Sera descubre que se llama Thad. A continuación, Attes hace una reverencia ante Sera y jura no traicionar su confianza ni decirle a nadie lo que ha hecho. Él también la llama *meyaah Liessa*, aunque Sera le insiste en que no lo haga y le dice que ella no es nada.

Ash le pregunta por qué habló en presencia de Kolis y dice que no se merecía lo que la obligó a hacer. Sera dice que Ash tampoco y luego añade que lo hizo por él.

Sera pregunta si Dyses es lo que mencionó Gemma, un Retornado. Quizás un *demis*. También pregunta por qué Kolis no hizo nada con respecto al hecho de que sabe que su sobrino sabe quién tiene el poder para Ascender y que *no* es Kolis. Ash le dice que había sido para no exponerse a sí mismo como un fraude.

Sera le recuerda a Ash que ahora tienen permiso para proceder con la coronación, pero él le dice que no es todo lo que tienen. También han descubierto que Kolis no la reconocía. Ash le pregunta qué pasó en Dalos, que la sintió distinta. Ella le explica que la ira no era solo suya, que también era de Sotoria. Ash dice que cree que Holland estaba equivocado. Está claro que Sera tiene dos almas: la suya *y* la de Sotoria.

El plan es celebrar la coronación al día siguiente y después partir hacia Irelone para hablar con Delfai. Sera pasea por los salones y los patios con Reaver y llora; se da cuenta de que está llorando sangre. Después, cena con Aios, Bele y Reaver en su sala de estar antes de regresar a su dormitorio.

No mucho después, siente algo parecido a lo que siente con Ash justo antes de que Ector entrase *volando* en la habitación, seguido de Veses. Sera se da cuenta de que es probable que el Primigenio soltase a las Tinieblas como distracción, igual que hizo Taric. Cuando Veses le dice a Rhain que no ha ido a ver a Nyktos, Sera ve miedo en los ojos del dios.

La Primigenia insulta a Sera y quiere saber cómo se convirtió en la consorte, aunque dice que sabe que es solo en título.

Sera le dice a Veses que Ash la describió como *de lo peor que hay* y continúa provocando a la Primigenia diciéndole que su futuro con Nyktos no tiene nada que ver con ella. Para rematar, la llama patética.

Reaver sale disparado para proteger a Sera y ella trata de retenerlo. Por desgracia, no es capaz de evitar que Veses le haga daño al *draken*. En su ira, Sera clava su daga en el ojo de Veses pero recibe un impacto de *eather*. Después, se entera de que Veses envió al *draken* a las Tierras Umbrías pensando que estaba *ayudando* a Nyktos.

Veses insinúa que o bien Sera tiene mucha sangre de Nyktos en su interior, o bien Nyktos ha encontrado a una Primigenia en su Sacrificio. Sera le dice que ha tenido a Nyktos *enterito*, no solo su sangre, y le da un puñetazo a Veses en la garganta. Después gatea hacia Reaver, pero Veses la tira a través de la habitación y contra el sofá.

Cuando llega Bele, la diosa le dice a Sera que el *draken* está malherido. Sera percibe que la muerte es inminente. Por suerte, es capaz de salvarlo y, de alguna manera, esta vez lo siente como un regreso a casa. Le lanza una daga a Veses, pero la Primigenia la detiene en pleno vuelo.

Sera está asustada por que Veses sepa su secreto, pero Ash le dice que no tendrá la oportunidad de contárselo a Kolis porque jamás logrará salir de la celda en la que están a punto de encerrarla. Sera le dice que Veses no quería hablarle a Kolis de ella, quería *matarla*. Sin embargo, a la Primigenia le dio miedo llegar al final cuando vio lo que Sera era capaz de hacer.

Sera le dice a Ash que siente que haya tenido que matar a las Tinieblas, pues sabe que no le gusta hacerlo, ya que eso significa su final definitivo. También le dice que fue Veses quien envió al *draken* enemigo que los atacó *y* liberó a los dioses sepultados.

Sera le da las gracias a Bele por su ayuda con Veses y se entera por Saion de que Ector se pondrá bien, a pesar de lo que le hizo la Primigenia. Sera es consciente de que necesitará la sangre de Ash para recuperarse de la escaramuza, pues no puede arriesgarse a sumirse en otra estasis. Por tanto, toma lo que necesita de Ash y se siente en paz, al tiempo que ve un recuerdo de sí misma entrenando con él en el patio.

Sera le pregunta al respecto y descubre por qué vio eso. Entonces le dice que no lo odia para nada. Ash le ordena que lo folle y ella acepta encantada. Una vez más, Sera tiene la sensación de que es *más*. Después, le dice a Ash que puede alimentarse de ella si lo necesita. Él rechaza la oferta, pues dice que no se lo merece.

Más tarde, Sera nota que las brasas vibran en su pecho, pero no con el tipo de energía que restaura vida, sino con el tipo que la termina. Ash explica por qué Veses pudo sentir a Sera pero Kolis no, y ella descubre que Veses nunca dejó que se supiera que la sentía.

Mientras descansa con Reaver, Sera no quiere dejar solo al jovenzuelo ni arriesgarse a trasladarlo, pero le pregunta a Ash por qué le dijo a Veses que ella sería su consorte solo en título. Ash le dice que Veses es diferente, y que es complicado. Sera le pregunta a las claras si le importa Veses, y Ash dice que compadece y odia a la otra Primigenia. Entonces Sera le pregunta qué siente por *ella*. Ash le dice que siente curiosidad, emoción, diversión, anhelo, necesidad, deseo, ira, siempre asombro y… paz.

Llega Erlina, y Sera habla de la coronación con ella y con Bele. La modista se dirige a Sera con formalidad y Sera siente la tentación de decirle a la mujer que no lo haga. Bele se limita a fulminarla con la mirada. Los pensamientos de Sera vuelven a Veses y se preocupa de que alguien vaya a echar en falta a la Diosa Primigenia. Le dicen que nadie lo hará, que de hecho la mayoría se alegrará de que haya desaparecido.

Sera solicita ver a Rhain para averiguar qué está pasando con Veses y Nyktos, y descubre el precio que Nyktos tuvo que pagar por el silencio de Veses, cosa que hizo solo para proteger a Sera de Kolis. Entonces se da cuenta de que Ash no estaba protegiendo las brasas para nada; la estaba protegiendo a *ella*.

Cuando descubre que Ash siempre está frío debido a cómo se alimenta Veses, Sera se pone furiosa. Sus emociones explotan y empieza a sacudir el palacio de nuevo. Rhain hace todo lo posible por calmarla. Sera es capaz de tranquilizarse, pero le jura a Rhain que matará a Veses, y hace ademán de hacer justo eso.

El dios le bloquea el paso y promete que Veses recibirá su merecido. De pronto, Sera se da cuenta de que una vez que Nyktos Ascienda, será capaz de Ascender a un dios para sustituir a Veses en las islas Callasta. Rhain la llama *alteza*, lo cual la deja estupefacta. Luego continúa para decir que ella será y *ha sido* su reina.

Sera averigua que solo Rhain, Ector y Nektas estaban al corriente de lo que de verdad estaba pasando entre Veses y Nyktos. Después de pensar en ello, Sera dice que Ash no debería sentirse avergonzado por el chantaje, aunque ella sentiría lo mismo.

Rhain le pregunta si ama a Nyktos, y Sera no es capaz de responder. El dios le dice que su vacilación es toda la respuesta que necesita y que se había equivocado con ella. De repente, Sera se da cuenta de que *sí* que ama a Nyktos y se siente un poco indispuesta.

Reconocer la verdad de uno a veces hace eso.

Sin pensarlo, le suelta a Ector que *quiere* ser la consorte de Nyktos, lo cual lo deja estupefacto a él y también a ella.

Rhahar, Rhain, Ector, Saion y los gemelos acompañan a Sera a la coronación. Aios y Kars (un guardia) recorren con ella el resto del camino. Sera le pregunta a Aios si alguna vez ha estado enamorada y la diosa le dice que no todo el mundo lo siente de la misma manera. Añade que, para ella, era como sentirse en casa en un lugar desconocido. Como si por fin la vieran, la oyeran y la comprendieran. Y dice que cuando piensas en lo que harías por esa persona y te das cuenta de que sería cualquier cosa, eso significa que es amor.

En verdad, esa es una manera maravillosa de describirlo.

Sera sabe entonces por qué pagó el precio por Ash en Dalos y por qué el sexo con él le había empezado a parecer *más*. Porque lo es. Siempre ha sido Ash para ella. A pesar de que ella hubiese querido que eso cambiara, dado todo lo que estaba pasando y lo que había sucedido, nunca lo ha hecho. Tiene clarísimo que está enamorada de él.

Ash llega hasta ella y toma su mano de la de Aios, al tiempo que le dice a Sera que respire. Utiliza sombras para bloquearlos de la vista mientras ella se calma.

Sera se fija en la corona de Ash. Él le dice que ella no tendrá que ponerse la suya después de esa noche. Ash lee un poco los sentimientos de Sera y esta le pide con educación que no lo haga. Sin embargo, sí que se abre a él, le dice que todavía quiere esa coronación y lo llama Ash a la cara.

Ash confiesa entonces que contar sus pecas se ha convertido en una costumbre y admite saber que tiene doce en la espalda. Eso la hace sentir un calorcillo agradable y nota que las brasas zumban en su pecho. Antes solía notar una sensación de corrección cuando estaba con Ash, pero esto es diferente. Otra vez, más.

Sera ve su corona por primera vez y es preciosa. Cuando Ash hace una reverencia ante ella, tanto Sera como la multitud se quedan pasmados. Después de todo, él es el Primigenio de la Muerte. Ash deposita la corona sobre su cabeza y le otorga su nuevo título: la nacida de Sangre y Cenizas, *la* Luz y el Fuego, y *la* Luna Más Brillante. De repente, una marca dorada aparece en su mano derecha y Sera pregunta si eso lo ha hecho Ash. Él le explica que los *Arae* deben de estar bendiciendo su unión.

Ash le explica lo que es la impronta, la marca de matrimonio, y también las bendiciones. Sera pregunta si se deberá a las brasas. Ash le dice que la marca solo se borra con la muerte del cónyuge. A continuación, le habla de Keella y de los otros Primigenios. Sera pregunta si Keella sabe lo del alma de Sotoria, dado que es la Primigenia del Renacimiento. Ash dice que no está seguro; después de todo, no fue un renacimiento. Sin embargo, es posible.

Sera se da cuenta de que su nuevo título contiene fragmentos de la profecía de la diosa Penellaphe. Le pregunta a Ash al respecto y él le dice cómo no hacía más que pensar en su pelo y en que parecía luz de luna. También le explica el simbolismo diferente de la sangre y las cenizas.

Sera descubre que no ha pasado nada en Vathi desde la última vez que estuvo ahí, y le alivia saber que la corte no sufrió ningún asedio después de lo que ella hizo con el joven *draken*, cuando trajo a Thad de vuelta a la vida.

Ash insinúa que ella tomará parte en las conversaciones venideras y eso la satisface enormemente, sentimiento que proyecta para que él lo sienta. Comenta que es agradable sentirse incluida; aun así, se pregunta de qué querrá hablarles Attes. Ash se disculpa entonces por haber contribuido a su sensación de ninguneo que Sera sentía antes. Le dice que ella importa. Siempre. Y le da un beso en la sien.

Keella se acerca a la pareja y Sera siente que una corriente de energía discurre por su brazo cuando la Primigenia sujeta la mano con la impronta. Keella intuye que el título de Sera puede ser otra bendición, igual que la marca. Las brasas dentro de Sera vibran en respuesta a su intercambio y Sera se percata de la sonrisa inteligente y sabia de Keella mientras habla sin realmente decir nada de nada.

Pasan por la procesión de saludos de los Primigenios y Ash la mantiene serena con una mano sobre ella. Al final, se quitan las coronas y Ash le dice a Sera que enviará a soldados por delante de ellos para asegurarse de que la carretera sea segura. Le pide que se siente con él y le da un masaje en el cuello. Ella vuelve a llamarlo Ash cuando le da las gracias, luego pregunta si eso le molesta. Ash admite que lo había echado de menos.

Ash se sincera sobre algunas cosas que han estado rondando por su mente. 1) Que ella lo llame Ash vestida con su traje de la coronación. 2) Verla sin ese traje. 3) Verla desnuda en su nuevo trono. Y 4) Verla desnuda, sin nada *excepto* esa corona. Después se pregunta si merecerá la pena explorar las cosas mencionadas, que se han convertido en obsesiones a toda velocidad. Mientras desliza las manos por el cuerpo de Sera, Ash encuentra su daga y revisa su lista. Dice que verla sin nada más que la daga acaba de ocupar el segundo lugar, y que la idea de oírla llamarlo Ash cuando se corra ocupa el primero. Ella responde que lo llamará como quiera.

Sera se abandona al deseo y le dice que lo necesita dentro de ella cuando lo llame Ash. Después, en un momento de vulnerabilidad, admite que no quiere dormir sola. Quiere estar con él. Para hablar o… lo que sea. Él le dice que es preciosa, con lo que se gana una sonrisa.

Ash le pregunta qué le ha parecido la coronación, y ella le pregunta después sobre los *dakkais* y Vathi. Confiesa que cree que Keella sabe que ella tiene el alma de Sotoria. En cualquier caso, Ash le dice que la Primigenia del Renacimiento es una de las pocas en las que confía en cierto modo, aunque no confía en nadie del todo cuando de Sera se trata.

Sera está al mismo tiempo nerviosa y emocionada por ir a Irelone, y contenta de que Ash vaya a ser por fin el Primigenio de la Vida que siempre debió ser. Él le dice que salvarle a ella la vida es la parte más importante de su plan. Después le pregunta qué la hizo cambiar de opinión acerca de querer convertirse en su consorte. Ella pregunta con descaro si no tiene derecho a cambiar de opinión, y él le contesta que tiene derecho al *mundo* entero, lo cual la hace sentir caliente de la cabeza a los pies.

Sera le explica entonces que sus emociones no cambiaron, solo cómo quería proceder. Proyecta sus sentimientos, pero nota que él no entiende lo que está sintiendo. Y sabe por qué. Eso la entristece. Confiesa que sabe lo de su trato con Veses y le da las gracias por su sacrificio. Aun así, deja claro que matará a la Primigenia si él no lo hace antes.

Ash por fin se sincera sobre las cosas con Veses, y Sera se pone furiosa al enterarse de que la Primigenia también ha forzado a Ash a sentir placer. El hecho de que la mujer en realidad desee a Kolis y no a Ash hace que la cosa sea aún peor. Cuando Sera descubre que el trato lleva en vigor tres años, se enfurece. Ash la tranquiliza y dice que no se arrepiente de mantenerla lejos de las manos de Kolis. Luego le da las gracias por ser ella. Empieza a decirle lo que quiere, pero luego se interrumpe a media frase y se limita a besarla.

Sera le dice a Ash que se alimente cuando este confiesa que tiene hambre, y se da cuenta de que su reticencia guarda relación con su pasado de haber sido obligado a ingerir sangre. Eso la entristece.

A mí también me entristece.

Él cede y Sera tiene ganas de moverse debajo de él, pero entonces recuerda cómo Veses solía forzar los límites, así que deja que él tenga todo el control. Ash la toma mientras se alimenta, y su cuerpo se calienta. Eso es algo que empieza a proporcionarle cierto orgullo a Sera. Una vez más, Ash empieza a decirle lo que desea, pero vuelve a interrumpirse.

Van a Irelone a encontrarse con Delfai. Esta vez, Sera no pierde el conocimiento en absoluto durante el viaje. Es consciente de que las brasas son cada vez más fuertes. Ash comenta que Sera está proyectando ansiedad, y ella averigua a qué sabe esa emoción para él.

Cuando llegan a su destino, Sera ve cómo reaccionan los guardias a Ash y a su despliegue de poder, y se da cuenta de cómo debían de haber recibido a Kolis en el mundo mortal, cómo era probable que *Sotoria* hubiese reaccionado ante él.

Sera y Ash se reúnen con Kayleigh, y Sera pregunta por Delfai, al tiempo que le cuenta a la princesa lo que sabe acerca de él. Kayleigh parece perpleja por la situación, dada la última vez que había visto a Sera, pero esta decide que no le va a contar cómo ha acabado con Nyktos. Teme que su verdadera identidad mortal (Kayleigh nunca supo que era una princesa) y su nuevo título causen problemas.

Sera averigua que Kayleigh ha estado esperando a oír si la obligarían a volver con Tavius, lo cual hace sentir culpable a Sera. Desearía haberle enviado un mensaje a Kayleigh acerca de la muerte de su hermanastro, para que la joven pudiese seguir adelante con su vida. Mientras hablan, Kayleigh insinúa que Sera no era ninguna doncella de la reina, pero Sera se niega a reconocer nada. Sin embargo, Ash le cuenta a la princesa la verdad, lo cual deja a Sera pasmada.

Durante la reunión con Delfai, Sera descubre lo que es el diamante Estrella y se da cuenta de que Holland mintió acerca de no saber cómo Kolis robó las brasas. Comenta que el hecho de que un Hado le entregase a Kolis La Estrella debería considerarse interferencia. Le dicen que Kolis aún tiene La Estrella, pero que no es necesaria para extraer las brasas de ella. Su proceso es un poco diferente.

Delfai se refiere a Sera como un recipiente y eso pone furioso a Ash, lo cual vuelve a sorprender a Sera. Entonces descubre que extraer las brasas de ella tendrá poco efecto sobre los mundos, lo cual la hace sentir al mismo tiempo alivio y miedo. Hasta que descubre *cómo* se hace y lo que significa: ella morirá.

No puede reprimir una risa sarcástica, dado que siempre había dado por sentado que moriría. Delfai le dice que solo hay tres opciones. O bien Nyktos se convierte en el verdadero Primigenio de la Vida y devuelve el equilibrio a los mundos. O bien otra persona acoge las brasas. O bien Sera completa su Ascensión y… Sera le espeta que no termine esa frase, pues sabe bien lo que significa.

Ash no puede contener su ira y se dispone a atacar a Delfai. Sera le suplica que no mate al Dios de la Adivinación porque eso no es culpa suya. Y Ash no se merece otra marca a causa de otra muerte. Delfai se sorprende cuando Ash se calma, pues había visto su muerte. Después farfulla unas cosas incongruentes acerca de una bestia plateada y la luna más brillante y dos que se convierten en uno.

Curiosamente, Sera se siente un poco más libre al saber que su final de verdad se acerca. Le dice a Ash que tiene que hacerlo, tiene que extraer las brasas y matarla. De repente, Sera se da cuenta de que Ash sabía cómo extraer las brasas de ella desde el principio y que podría haberlo hecho ya, pero no quería porque sabía que tendría que acabar con ella. Sera le recuerda que sacar las brasas de su interior la matará pase lo que pase; luego confiesa que no quiere morir. Dice que quiere vivir, pero que necesita un futuro en el que Kolis haya sido derrotado y la Podredumbre desaparezca. Necesita que los mundos estén a salvo. Eso es lo único que importa. Ash la corrige y le dice que *ella* importa. No los mundos. Ella.

Sera le dice que él no ha hecho nada mal y se disculpa por todo. Dice que nunca hubo ninguna garantía de que él la hubiese amado, ni siquiera con su *kardia* intacto. Él insiste en que lo hubiese hecho, que nada se lo hubiese podido impedir, y que podría haberla salvado. Una vez que las palabras han salido por su boca, Ash deja que el desánimo se apodere de él.

Sera le ordena que la bese y él emite un gruñido de alma rota.

Tienen sexo y él confiesa que desearía no haberse hecho extirpar el *kardia* nunca. Dice que antes de ella nunca quiso amar. Sera ve cómo se le ponen los ojos rojos, llenos de lágrimas primigenias de aflicción, y eso le rompe el corazón. Aun así, tiene que aceptar lo que debe ocurrir. Le pide a Ash que la lleve al lago cuando llegue el momento; él le promete que lo hará.

Ese lago es un enorme catalizador de cambios en la historia de amor de Sera y Ash.

Cuando vuelven sombrambulando a Iliseeum, descubren que las Tierras Umbrías están siendo atacadas. Saion acude a informarles lo que está pasando, explica lo grave que es y quién está involucrado. Cuando Sera va a ver con sus propios ojos lo que Saion no se atreve a decir, él intenta impedírselo. Ella se lo quita de encima y lo ve, después desearía poder impedir que Ash vea lo que acaba de ver ella: a muchísima de su gente muerta.

Sera hace que Saion la ayude a bajar a Aios de donde la han clavado a una pica. Él vacila, pero ella se lo exige como la consorte. Cuando por fin la bajan, Saion la advierte sobre lo que utilizar su poder significará para los *dakkais*. Sera contesta: «Que se jodan los *dakkais*» y Saion dice que Sera le gusta. Ella le dedica a él las mismas palabras.

Después de ayudar a Aios, Sera hace ademán de ir a salvar a Ector, pero Saion la detiene, e incluso la sujeta físicamente esta vez. Reitera que utilizar el *eather* atraerá a más *dakkais*, que se abalanzarán sobre ella y la matarán. Los *dakkais* atacan de todos modos y todo lo que queda del dios es una masa informe. Ver a Ector así desgarra algo dentro de Sera, que da un alarido de rabia y libera una oleada de poder que volatiliza a los *dakkais*. Le sangra la nariz y siente un agotamiento absoluto. Ni siquiera puede sentir las manos de Rhain cuando este evita que se caiga; Sera intenta no perder el conocimiento.

Ve a Ash atraer a los *dakkais* hacia él con neblina primigenia y siente los zarcillos de esta sobre la piel. De pronto, oye la voz de Ash en su cabeza. Le dice que corra. En vez de huir, Sera corre hacia él y las sombras la engullen.

Si pudieras verme, no verías un rostro sorprendido por que Sera no obedeciese las órdenes. Es muy probable que no cambie nunca. Y, para ser sincera, espero que no lo haga.

Sera pierde la espada que había encontrado y choca contra una pared. Cae y ve solo atisbos de ropa dorada y pelo dorado. Se da cuenta de que debe encontrar a Ash y hacer que extraiga las brasas de su cuerpo ahora, antes de que mueran más inocentes.

Al sentir a alguien detrás de ella, Sera columpia la espada por el aire, pero se topa con Attes. Cree que ha acudido en su ayuda y le da las gracias, pero él le dice que no haga eso todavía. Luego añade que esa es la única manera, lo cual deja a Sera confusa. Attes la desarma y la aprieta contra él, y Sera oye a Ash gritar su nombre. Attes le dice que lo único que quieren es a ella y le exige que anule el hechizo que la mantiene en las Tierras Umbrías. Le promete que si hace lo que le pide, no se perderán más vidas.

Sera vuelve a oír a Ash rugir su nombre y duda un instante. Attes le dice que si se niega a ir con él, Kyn no dejará en pie a nadie aparte del Primigenio. A Ash. Sera ve a Ash entonces, y le oye rugir su nombre de nuevo. Sus ojos conectan con los de él durante un momento, luego obliga a Attes a prometer otra vez que nadie más resultará herido. Él le da su palabra y ella acepta marcharse. Al pronunciar esas palabras, Sera nota una sensación parecida a cuando Vikter pronunció el hechizo. Attes le dice que ha tomado la decisión correcta, aunque Sera sabe que nunca había habido una decisión que tomar.

No lo era. Pero las razones detrás de lo ocurrido solo se aclararán mucho más tarde. Por mucho que yo adore a Attes, lo odié a muerte en ese momento, cuando *vi* esas cosas.

Inconsciente, Sera sueña con su lago y con un lobo más plateado que blanco a la luz de la luna que la observa mientras nada. Se siente segura, se sumerge y luego sale a la superficie para ver a Ash donde antes había estado el lobo. Recuerda el olor a humo y a carne chamuscada y a muerte de la batalla. El olor rancio del barco al que Attes había sombrambulado con ella. Recuerda la explosión de dolor en la parte de atrás de la cabeza cuando Attes por fin la suelta.

Se pregunta desde hace cuánto tiempo trabaja el Primigenio de la Guerra y la Concordia con Kolis, y si cumplió su palabra de detener el ataque a las Tierras Umbrías. Sera se preocupa por que su gente esté bien. Desea con toda su alma poder ver a Ash una última vez y decirle que lo quiere.

Despierta envuelta en un olor a lilas marchitas y siente una cadena alrededor del cuello... bien apretada. Alguien comenta que se ha despertado y Sera reconoce la voz. Le dicen que ha estado inconsciente durante dos días y que se suponía que Attes no le iba a pegar tan fuerte.

Cuando Sera levanta la vista, ve la marca de matrimonio en su mano, así que sabe que Ash está vivo. Mira a su alrededor y descubre que está en una jaula dorada, y la voz (Callum) revela que saben que es una mortal con brasas en su interior. Sera se percata de que dichas brasas están inquietantemente calmadas por una vez.

Entonces alcanza a ver a la persona que habla, y Sera reconoce al Retornado. Él la saluda con su nombre completo y le informa que Attes cumplió su promesa. Kyn se retiró del ataque. Esa noticia debería haberla aliviado. Sin embargo, solo la hace más consciente de su situación actual. Ve que la han vestido con un traje de gasa dorada casi transparente. Callum le dice que estaba mugrienta y apestaba a las Tierras Umbrías y al Primigenio de ese lugar, cosa que hubo que rectificar. Sera le dice a *él* que el único hedor que lleva sobre ella es el del lugar en el que se encuentra ahora. Callum le recomienda que no deje que Kolis la oiga decir cosas así.

Sera se entera de que Callum fue el que le contó a Calliphe cómo matar a un Primigenio, y que Kolis lo ha sabido todo desde el momento en que Sera nació. Al parecer, su padre lo invocó para intentar hacer un nuevo trato con el que sustituir al que había hecho el rey Roderick, y así intentar liberar a Sera. Cuanto más oye Sera, más cuenta se da de que *graeca*, que le habían dicho que significaba tanto «amor» como «vida», siempre ha significado «vida» para Kolis. Las brasas de vida. Kolis sabía que las llevaba ella en su interior desde el día que nació.

Con una claridad enfermiza, se da cuenta de que todo lo que Ash había hecho y sacrificado había sido para nada. Sin embargo, también se da cuenta de que Callum no menciona a

Sotoria en ningún momento, por lo que deduce que Kolis todavía no sabe eso. Pregunta por qué el falso Primigenio de la Vida no se limitó a extraer las brasas de ella antes. ¿Por qué habría esperado a que ella estuviese en las Tierras Umbrías? Callum le recuerda entonces lo de la sangre y las cenizas.

Sera ve a Kolis y piensa en su verdadero deber. De repente, siente que la invade una oleada de terror y de furia, aunque es consciente de que las emociones son solo en parte suyas. Sabe que Sotoria estuvo en una jaula como la que ocupa ella ahora cuando Kolis devolvió a la mortal a la vida. Llena de una repentina insensibilidad, Sera se pone su velo de vaciedad y se niega a arrodillarse delante del falso rey.

A continuación, hablan del último oráculo y Sera descubre que la visión de la diosa Penellaphe no estaba completa del todo y que los pocos que la conocen entera no han vivido para contarlo. Kolis y Callum le dicen que las profecías a menudo vienen en tres partes que parecen no guardar relación hasta que se unen. Luego le cuentan más cosas sobre la profecía y Sera deduce que Kolis es el gran conspirador. Él le dice que su actitud lo divierte. Acaban por recitar la profecía y Sera reconoce su nuevo título en ella. Sera da por sentado que Delfai, Keella y Veses debían conocer la profecía entera, igual que la conoce Kolis.

El Primigenio le dice que ella es la portadora de dos coronas, y Sera se da cuenta de que tenía que ser coronada y ella debía restaurar la vida de ese *draken* para cumplir esas partes de la profecía. Kolis revela que necesitaba estar seguro de que las brasas habían alcanzado determinado punto de poder para que el resto de la profecía tuviese lugar.

Al final le recitan el resto de la profecía y Sera ve que habla de un Primigenio de la Vida *y* la Muerte, todo en uno. Cuando se entera de más de los planes de Kolis, se ríe de él y le dice que la profecía le traerá su muerte.

A medida que salen más detalles a la luz, Sera se queda sorprendida y consternada al descubrir que Kolis quiere matar a todos los Primigenios. Le pregunta por qué necesita más poder y lo acusa de ser egoísta. En respuesta, él la agarra del cuello y le dice que Nyktos hubiese extraído las brasas en el momento en que sintiera que estaba preparado. Eythos quería que su hijo se convirtiese en *el* Primigenio para que Nyktos pudiese devolver a su padre a la vida una vez que asumiera su papel. Kolis la informa entonces de que va a drenar su sangre, va a extraer las brasas y va a completar su Ascensión final. Luego se burla de Sera diciéndole que ella sabe lo que eso significa para su sobrino.

Kolis se regodea en que nada estará prohibido ni será imposible una vez que Ascienda, y entonces la muerde por encima de la banda que ciñe su cuello. Sera se pregunta si Ash podrá percibir y sentir su dolor y se percata de que se dará cuenta de que ha muerto cuando su marca de matrimonio desaparezca.

De repente, Sera siente que las brasas se avivan y oye a Sotoria en su cabeza gritando: «¡No!». Y Sera habla en voz alta con la voz de Sotoria. «Me estás matando otra vez, después de todos estos años», dice. A pesar de los esfuerzos de Kolis, Sera ya no siente ningún dolor, solo ira. Se ríe y le dice a Kolis que es Sotoria y luego le explica todo lo que hizo Eythos.

Kolis la suelta y luego la abraza contra su pecho. Ella ve el horror en su cara a medida que se da cuenta de a quién tiene que matar, otra vez, para conseguir lo que quiere.

Sera empieza a perder el conocimiento y sus ojos se deslizan hacia las puertas abiertas, donde ve a un lobo blanco plateado agazapado cerca de los árboles, iluminado por la luz de la luna.

Sabe que es Ash.

Sera despierta encadenada en una jaula en una sala circular. Kolis aprieta las manos sobre ella y le pregunta si de verdad es Sotoria. Sera llora, pero se pregunta si las lágrimas son solo suyas. Está asustada, aunque solo sea de la voz de Kolis.

Attes le dice a Kolis que Sera no está bien y lo urge a comprobarlo por él mismo. Callum opta por otro discurso y le dice a Kolis que extraiga las brasas. Dice que si ella muere, las brasas morirán con ella. Le dice a Kolis que necesita tomarlas para Ascender. Attes vuelve a intervenir para decir que si Sera muere, la *graeca* de Kolis se perderá.

Al oír la palabra de nuevo, Sera piensa que tiene un tercer significado aparte de amor y vida: obsesión. Está claro que ese es el origen de lo que Kolis siente por Sotoria. Con eso en mente, Sera pierde el conocimiento otra vez.

Percibe una tormenta de poder creciente y llega el lobo, niebla y sombras por todas partes. Sera observa cómo el trono se hace añicos y la onda expansiva arroja a Attes hacia un lado y levanta a Callum, al que estrella contra los barrotes de la jaula.

Ash adopta su forma primigenia y desafía a Kolis. De repente, aparece Hanan, y Sera observa cómo Ash destruye la lanza del Primigenio y después lo mata. Por alguna razón, encuentra que ese despliegue de poder es de una sensualidad perturbadora.

Un terremoto sacude el edificio y la corona de Hanan desaparece. Sera sabe que todo el mundo, en todas partes, debía de haberlo sentido, y se da cuenta de que es probable que Bele acabe de elevarse como nueva Primigenia de la Caza.

Kolis baja a Sera con suavidad, pero antes de poder soltarla, Ash le dice a su tío que le quite las manos de encima a su mujer. Sera observa el intercambio, consciente de pronto de que Kolis no puede matar a Ash. Se requiere equilibrio.

Ash abraza a Sera, pero lo arrancan de su lado. Los dos Primigenios discuten sobre la guerra, la traición, las costumbres y la fe. Después, luchan.

Mientras pelean, Attes agarra a Sera, que lo llama traidor. Attes dice que sabe lo que ha hecho, pero que no hay tiempo para eso. La advierte de que Kolis matará a Ash. A regañadientes, Sera le pide a Attes que la ayude a levantarse, luego agarra una de las dagas de piedra umbra del Primigenio. Cuando él se enfurece, Sera utiliza las pocas fuerzas que tiene para decirle que se calme y que él no le merece la pena el esfuerzo.

Echa mano de las brasas y emplea la coacción para que Ash y Kolis dejen de luchar. Después se pone la daga al cuello y amenaza con acabar con su vida. Ellos le suplican que baje la daga.

Cuando Kolis apuñala a Ash en el pecho, Nyktos le dice a Sera que huya. Attes le recuerda que Ash aún está vivo y después le chilla a Kolis que *Sotoria* necesita su ayuda, con la esperanza de evitar que el falso rey hiera a Ash de mayor gravedad. Al final, Kolis se aparta de Ash y corre al lado de Sera, a la que levanta en brazos.

Dentro de Sera, Sotoria susurra que no es justo, en referencia a morir de nuevo.

Sera recupera el conocimiento en brazos de Kolis, pensando en Ash. El falso rey le dice que vivirá, siempre que sea quien dice ser. La mete en el agua y Sera ve a *ceerens* nadar por todas partes a su alrededor.

Kolis llama a Phanos. Cuando llega el Primigenio, comenta que creía que Sera era la consorte de Nyktos, pero Kolis le resta importancia a eso y le ordena que la ayude.

Phanos toma a Sera de sus brazos y menciona cómo Nyktos le quitó a Saion y a Rhahar mientras echa a andar. Dice que lo que está sucediendo debería alegrarlo, pero que no encuentra alegría alguna en ello. A continuación, le explica a Sera que están en aguas de las islas Triton, cerca de la costa de Hygeia, y añade que el agua es la fuente de toda vida y curación.

De pronto, Sera oye cantar. Phanos dice que lo que está a punto de suceder curaría a la mayoría de las personas, pero que con las brasas dentro de ella, eso es imposible para Sera. Dice que eso es una mera solución temporal. Menciona algo de un precio alto y le dice que recuerde los regalos que está a punto de recibir.

Phanos respira dentro de la boca de Sera y entonces la suelta en el agua. Sera se sumerge y los *ceerens* hacen lo mismo, aunque mueren a medida que dan sus vidas por ella.

Es una tragedia enorme y casi me rompió el corazón cuando lo vi.

Sera le pregunta a Kolis por qué hizo lo que hizo y él responde que no permitirá que ella muera. Sera declara que no quiere que nadie muera por ella, pero él le dice a *ella* que no tiene elección. Luego la pica añadiendo que si fuese Sotoria, lo sabría.

Kolis comenta que si mira y escucha con la atención suficiente, puede ver a Sotoria en ella.

Sera corre hacia los guardias y agarra una espada. Kolis ordena que no la toquen y les dice a los guardias que se marchen, antes de comentar que *esperaba* que ella huyera. Le exige que deponga el arma y ella le dice que la obligue a hacerlo, después lo apuñala en el pecho. Kolis declara que eso no le ha divertido nada y le dice a Sera que podía haberlo hecho mejor.

Ella hace ademán de huir y él la detiene agarrándola por el pelo, diciendo que está más acostumbrado a eso: a que ella eche a correr. Pelean y Kolis golpea a Sera, solo para sentirse mal al respecto después. Ella le contesta con grosería y Kolis dice que nunca quiso ser un villano, y le echa la culpa a Eythos de eso.

Sera le pregunta si hay algo de lo que *no* le eche la culpa a su hermano. Kolis la advierte de que no lo desafíe y la llama *so'lis*.

El falso rey amenaza a Ash, y Sera lo amenaza a *él*. Kolis la agarra del cuello y ella boquea que la está matando otra vez.

Cuando Kolis dice que se van a *casa*, ella lo insulta y eso sí que lo enfurece. Kolis adopta su forma letal, lo cual asusta a Sera, pero después él emplea la coacción con ella.

Una vez que la retira, Sera se encuentra mojada en una jaula dorada más grandiosa. Piensa en Aios y en su cautiverio y se sume en la desesperación. Su *eather* agrieta la celda y Sera trata de calmarse. Estudia su entorno: ve lo que parece un puñado de diamantes en la parte superior de la jaula, el trono y la zona de estar. Su ira se aviva de nuevo y agrieta la piedra umbra.

Sabe que debe calmarse y recurre a un recuerdo de la voz de Ash diciéndole que respire. Mientras lo hace, llora, y se da cuenta de que está derramando las lágrimas de sangre de un Primigenio.

Sera piensa en cómo el plan de Eythos no estaba bien pensado en absoluto. Sotoria ha despertado y a Sera no le gusta la idea de que esté atrapada en su interior. Luego se lamenta de todo lo sucedido hasta entonces.

Consciente de que necesita un arma, empieza a mirar a su alrededor. Rebusca en los baúles que hay en la jaula y encuentra uno lleno de penes de cristal. Agarra uno, lo rompe y lo convierte en un arma bastante decente, aunque inusual.

Cuando toca los barrotes de la celda, siente dolor y se da cuenta de que no le va a resultar fácil salir de su situación apurada.

Como necesita cambiarse la ropa mojada, busca otra cosa que ponerse, pero todas sus opciones la repugnan. Sin otra elección, agarra un vestido y se cambia. Luego finge dormir cuando Callum entra en la habitación.

Cuando el Retornado se acerca a ella, Sera lo apuñala repetidas veces con su daga improvisada; después le quita la llave. Está a punto de echar a correr con ella, pero decide que sería más inteligente dejarla en la jaula por si la atrapan y devuelven ahí. La tira al fondo debajo de la cama y huye. Según sale, se topa con un guardia al que apuñala. A continuación, ve a algunos Elegidos y, aunque les dice que no les hará daño, uno de ellos llama a los guardias.

Sera continúa su huida, pero se topa con una orgía en progreso y detecta un olor a sangre. Cuando ve a una mujer que se alimenta de un hombre, no le parece lo mismo que otros actos de alimentación de los que ha sido testigo. Con unos ojos negros como el carbón, la mujer comenta que Sera huele a Retornado y a dios. A vida. Se abalanza sobre Sera, pero esta la apuñala y observa cómo se desintegra hasta no quedar nada. Eso la deja estupefacta. Luego va a comprobar el estado del hombre y descubre que ha muerto.

Los guardias entran y Sera agarra a uno, solo para descubrir que es un *draken*. Él se muestra divertido, lo cual solo irrita a Sera, así que lo noquea con *eather*.

El hombre hasta entonces muerto sale corriendo de la sala y ataca, después de haberse convertido en Demonio.

Sera pierde el conocimiento y sueña con su lago. Cuando despierta, está de vuelta en la jaula y Kolis está con ella. Sera comenta que la tiene prisionera, pero él le dice que es una *invitada*. Sera le pregunta cuánto tiempo lleva observándola y él le pregunta que si eso la molesta. Ella suelta una palabrota y Kolis le dice que su lenguaje es mucho más incivilizado de lo que lo recuerda.

Kolis la huele, comenta los olores que detecta y Sera se da cuenta de que corresponden a su lago. De alguna manera. Kolis la informa de que está molesto con ella y le recuerda lo que ocurre cuando lo disgusta.

Sera saca el tema de sus *favoritas* y él responde que fueron todas unas desagradecidas; luego comenta que siente las brasas que lleva dentro. Cuando vuelve a llamarla *so'lis*, Sera le pregunta qué significa. Él explica cómo se descomponen las antiguas palabras primigenias y dice que como Kolis significa «nuestra alma», *so'lis* es «mi alma». Eso la repugna.

Sera recuerda algunas cosas que le dijo Holland y piensa en lo que debe hacer, sopesando sus opciones. Piensa también en todas las personas a las que conoce y en cómo son importantes. Todas ellas. Con esos pensamientos, se percata de que debe convertirse en un lienzo en blanco y hacer lo que debe hacerse.

Saca la llave de debajo de la cama y la esconde con los paños para la menstruación, un lugar en el que un hombre no miraría jamás.

Callum entra en la habitación y pregunta cómo debería dirigirse a ella, al tiempo que aclara que no cree que sea Sotoria. Ella le pregunta por Ash, pero él hace caso omiso de sus preguntas y continúa dándole instrucciones.

Menciona conocer a su madre, Calliphe, y saca a relucir los hechizos protectores que Nyktos puso alrededor de la familia de Sera. Cuando Callum dice algo sobre ser invitado al interior, Sera se da cuenta de que a los Retornados deben tener que invitarlos a entrar en los sitios.

Callum le dice a Sera que lleva años observándola. Ella lo provoca y lo amenaza con contarle a Kolis que fue Callum el que le contó a su madre cómo podía matar a un Primigenio.

Callum trae a un grupo de Elegidos y le dice a Sera que si no sigue sus instrucciones, los matará. Ella es testaruda, pero él no duda en partirle el cuello a un Elegido. Antes de que pueda matar a otro, Sera obedece. Callum le dice que se bañe y ella amenaza con matarlo. No obstante, hace a regañadientes lo que le dice, mientras se traga su estrés postraumático de tener que utilizar una bañera.

Cuando se mira al espejo, ve *eather* en sus ojos. Más tarde, oye un ruido, levanta la vista hacia la ventana cercana al techo y ve una sombra que bloquea la luz. Un enorme halcón plateado entra volando un segundo después. Sus ojos azules conectan con los de Sera y esta juraría percibir a un Primigenio. Mientras está pensando eso, el pájaro se transforma para convertirse en Attes.

Sera le da un puñetazo y Attes dice que se lo merecía, aunque le recuerda que la salvó y la llama «pequeño demonio». Cuando ella responde con desdén, Attes explica que al llevársela había impedido lo que podría haber pasado.

Attes conjura algo de ropa, lo cual hace que Sera sienta envidia de su habilidad. Una vez vestido, Attes la informa de que esa no era la primera vez que la salvaba. Ella se muestra escéptica, pero él le recuerda la vez que el halcón la salvó en el bosque. Era él. Cuando Sera pregunta acerca de la transformación de los Primigenios y se interesa por la forma de Eythos, Attes le cuenta que él se transformaba en un lobo, no un halcón, pero que Kolis *sí* que adopta una forma *nota* de halcón.

Sera pregunta por qué no lo percibió. Attes le explica que no son detectables en sus formas *nota*. Son ellos, pero... al mismo tiempo no. Le informa que los otros halcones plateados que vio eran los *choras* de Attes, una extensión de él y vivos en todos los sentidos.

Attes le cuenta que él sabe de ella desde hace incluso más que Kolis o Nyktos. Cuando Sera le pregunta por qué se sorprendió de lo de Thad si sabía que ella tenía las brasas, él responde que hacía mucho tiempo que no veía restaurar una vida. Luego comenta que supone que puede hacer lo que hace porque las brasas se están vinculando con ella.

Mientras hablan de los sucesos que han conducido a la actual situación, Attes le cuenta que los Hados le prohibieron a Eythos decirle a Nyktos lo que había hecho su padre. Era su manera de intentar restablecer el equilibrio.

Sera le conmina a sacar a Ash de Dalos. Attes le dice que lo haría si pudiera, luego le habla de los huesos de los Antiguos y lo que pueden hacer. Cuando Sera menciona que los huesos pueden destruirse, visto lo que había hecho Ash con la lanza de Hanan, él comenta que solo el Primigenio de la Vida y el Primigenio de la Muerte pueden destruirlos.

Sera le pregunta cómo se encuentra Ash, y Attes le informa que no está consciente; luego explica que lo tienen recluido en las Cárceres, una prisión terrible. En cualquier caso, deja claro que él no puede ayudar. Cuando Sera lo acusa de decir eso porque solo se preocupa de sí mismo, él la corrige y dice que está más preocupado por lo que Kolis les hará a ella misma o a Nyktos. Después añade que es leal solo al verdadero Primigenio de la Vida, y que ahora ese es ella.

Attes señala a la cicatriz que recorre su cara y le cuenta que se la hizo Kolis. También revela que Kolis se llevó y asesinó a los hijos de Attes, con lo que demuestra que nunca estuvo de verdad del lado del falso Primigenio de la Vida.

Attes explica luego que las cosas son diferentes ahora debido a ella, pero no debido a las brasas. Es debido a la que puede matar a Kolis: Sotoria. A continuación, le pregunta a las claras si es Sotoria, pero después responde él mismo diciendo que no lo es. Luego añade que, si lo fuese, tendría el mismo aspecto que ella y Sotoria no hubiese hablado *por medio* de Sera antes.

Sera pregunta entonces sobre las diferencias entre renacimiento y ser renacido, y Attes se lo explica. Después se pregunta en voz alta por qué los *Arae* le contaron a Kolis cómo extraer las brasas.

Attes insinúa que el alma de Sotoria está atrapada dentro de Sera, cosa que la molesta. Entonces pregunta si alguien sabe lo que le pasará a Sotoria si Sera muere, y Attes le dice que no.

Su conversación termina con la afirmación de Attes de que ella no es el arma que Eythos creía que iba a crear.

Cuando ella insiste en que todavía puede cumplir con su deber, él admite que puede que tenga razón, pero que no puede matar a Kolis.

Sera espera que se equivoque.

Luego le cuenta a Attes que apuñaló a Kolis, y eso lo sorprende mucho. Dice que el falso rey debe de estar más débil de lo que creía.

Attes menciona la posibilidad de que el alma de Sotoria se pierda de nuevo, lo cual irrita a Sera. Espeta que ya sabe que el alma de Sotoria es lo más importante, pero Attes le dice que *ella* también importa.

Sera menciona que tiene un plan, lo cual sorprende a Attes sobremanera, porque Sera no lleva ahí tanto tiempo. Mientras lo piensa, Sera pregunta qué sucederá si logra liberar a Ash, porque no cree que regrese a las Tierras Umbrías sin más. Attes le dice que si es sensato lo hará. A continuación, explica que la noticia de lo que ha hecho Kolis se habrá extendido, pero que Nyktos es poderoso, el segundo Primigenio al que la mayoría no querría cabrear. Sera da por sentado que Attes es el tercero y él le dice que es muy lista.

Ella le dice a él que es muy «apuñalable», a lo cual Attes responde que se lo han dicho unas cuantas veces. Sera asume su papel de Primigenia de la Vida y ordena a Attes que respalde a Nyktos. Attes jura hacerlo, y ese es un vínculo inquebrantable. Attes se arrodilla entonces ante ella y le jura su espada y su vida… aunque en realidad no *tiene* una espada en ese momento.

Sera pregunta otra vez por Sotoria y Attes le explica que ha estado buscando una manera de salvaguardar su alma. Cuando Sera pregunta si el nombre de Sotoria significa algo como lo hacen Kolis y *so'lis*, Attes le dice que significa «mi amapola bonita».

Sera le pide a Attes que le consiga un arma hecha de los huesos de los Antiguos, pero él le explica todas las razones por las que eso es mala idea. Ella cede. Attes le pregunta entonces si puede sentir a Sotoria. Cuando Sera dice que sí, Attes declara que espera que oiga lo que está a punto de decir: le asegura que esta vez la salvará. Después, se marcha.

Con nada más que hacer, Sera entrena, al tiempo que se pregunta para *qué*, exactamente, la habían entrenado y si Holland sabía desde un principio que ella no era un arma.

Recuerda al lobo que vio mientras recolectaba piedras de pequeña y se rinde a su sensación de echar de menos a Ash como a una extremidad amputada. Piensa en que debe obligar a Ash a jurar que vivirá antes de morir ella, y en convencerlo de que él no tiene la culpa de nada.

Sera se despierta más tarde, aunque en realidad no lo hace. Está en su lago y los colores del paisaje le recuerdan a las Tierras Umbrías.

Llega Ash.

Él le pide que lo mire. Sera obedece y ambos creen que están soñando. En realidad, es un sueño compartido. Sin importarles lo que sea, se rinden a su deseo de tocarse y de tener sexo. Ella le dice que lo quiere y él dice que es preciosa.

De repente, Ash ve los moratones de Sera y se enfada. Sera empieza a despertar y le dice a Ash que ya no puede sentirlo. Después, está de vuelta en la celda, aunque aún puede sentir cómo se tocaron y lo que hicieron.

Llegan los Elegidos para ocuparse de sus tareas y Sera se comporta. Callum la observa y ella le pregunta si necesita algo, luego le dice que no cree que esté bien de la cabeza, con todo ese morir múltiples veces y demás.

Le pregunta acerca de los Elegidos que vio durante su intento de fuga, pero antes de que el Retornado pueda responder, Kolis entra en la habitación y pregunta de qué están hablando. Callum le explica que hablaban de Antonis, el que se convirtió en Demonio.

Kolis le aclara que son un desafortunado efecto secundario de crear a los Ascendidos. Cuando Sera señala las diferencias entre cuando Eythos Ascendía a los Elegidos y lo que hace Kolis, este se enfada. Le ordena a Callum que se marche y luego le pregunta a Sera si ha estado descansando. Ella se recuerda que debe atenerse a su plan y se muestra agradable.

Kolis le ordena que tome un poco de agua afrutada y Sera pregunta dónde está Nyktos. Kolis quiere saber por qué lo pregunta. Ella contesta que es mera curiosidad, luego pregunta por el ejército. Kolis le dice que no han abandonado las fronteras de Dalos y explica que están en las Tierras de Huesos, al sur, junto a la costa y más allá de las Cárceres. Le dice que es una zona llena de templos olvidados y huesos de dragones.

Sera le pregunta por qué no los ha forzado a marcharse, visto que quiere ser todopoderoso, y su respuesta hace que

Sera se dé cuenta de que necesita cosas sobre las que gobernar. Kolis declara que los mortales se han vuelto autocomplacientes y que él piensa adoptar un papel más activo.

Sera pregunta si el hecho de que se la haya llevado agravará las tensiones, pero él cree que eso solo será un problema si los otros Primigenios creen que merece la pena ir a la guerra por ella. Dice poco más y Sera se da cuenta de que, básicamente, ha admitido que en su actual estado piensa que lo derrotarían si las cosas empeorasen.

Kolis vuelve a preguntarle por qué se ha interesado por Nyktos; ella le da la misma respuesta. Kolis le dice que Sera nunca gritó de terror por *él*, después la advierte de no decir nada insensato. Sera admite que le tiene cariño a Ash, suavizando así lo que de *verdad* querría decir. Luego le recrimina a Kolis que la haya asustado.

Él le dice que no había sido su intención y ella procede a explicarle su *cariño* por Ash. Kolis aprieta tanto la mano que hace añicos la copa que sujeta. Sera trata de tranquilizarlo diciéndole que Nyktos solo quería las brasas, no a ella, y le dice a Kolis que Ash no sabía lo que había hecho Eythos. Él le dice que no mienta y ella se defiende diciendo que no lo hace.

Kolis le pregunta entonces si ha follado con Nyktos, y Sera contesta con cautela que sienten atracción el uno por el otro. Kolis le dice que nadie mataría a otra persona si no hay amor en la ecuación, pero ella lo corrige declarando que la gente mata por todo tipo de razones y sin razón alguna. Kolis argumenta que los Primigenios no hacen eso y que todas las vidas que él ha arrebatado alguna vez han sido por amor. Sera dice entonces que siente que el amor solo le haya inspirado la muerte.

Sera revela que Ash se hizo extirpar el *kardia*, y Kolis la informa de que Nyktos está en estasis en esos momentos. Ella quiere saber si la tierra lo ha acogido, y Kolis lo confirma. Pregunta también por qué no ocurrió antes, y Kolis le explica que esa cámara está construida en piedra umbra, que está compuesta de fuego de dragón y cualquier cosa muerta. No hay gran cosa que pueda penetrar en ella, y la tierra no es una de ellas. Explica que la piedra umbra absorbe el *eather* igual que absorbe la luz.

Cuando continúan su conversación, Sera insiste en que dice la verdad acerca de Ash y su *kardia*. Kolis dice que le cree, porque suena como algo que haría su sobrino. Que pensaría que eso impediría que Kolis le hiciera daño a alguien a quien Nyktos quisiera. Reconoce que Nyktos teme convertirse en su tío y afirma que él se aseguró de que así fuese.

Las brasas de Sera se avivan y Kolis le dice que se calme. Ella empieza a refulgir. Kolis le ordena sentarse y, cuando ella lo hace, le dice «buena chica», como si fuese un *dakkai* amaestrado. Después, le dice que no cree lo que ha afirmado antes acerca de sus sentimientos hacia Nyktos. Afirma que la marca de matrimonio demuestra que hay amor y Kolis le da vueltas a lo que hacer. Sera dice que la marca acaba de aparecer y luego explica la diferencia entre querer a alguien y *estar enamorado* de esa persona. Después, bloquea otra vez todos sus pensamientos y se convierte en el recipiente vacío que necesita ser.

Kolis declara que él está enamorado de Sotoria, pero Sera le pregunta cómo puede saberlo. Después le dice que lo demuestre liberando a Nyktos. Él refunfuña que su exigencia demuestra que quiere a su sobrino. Ella no lo niega (ya le ha dicho que quiere a Ash), pero dice que eso demostraría que está dispuesto a hacer cualquier cosa por ella. Kolis enumera las cosas que ya ha hecho, pero ella insiste en que son lo mínimo imprescindible para demostrar amor, y añade que liberar a Nyktos sería significativo porque es algo que él no quiere hacer pero sabe que la complacería.

Cuando él le pregunta por qué, ella se lo explica y añade que hasta entonces Kolis solo la ha puesto en peligro. Kolis le pregunta entonces por qué le interesa enamorarse, y Sera afirma que es porque no sabe lo que es. Luego razona que las cosas que tienen en común podrían unirlos, y él pregunta si cree que es tonto. La respuesta de Sera es que el amor te vuelve más estúpido. Él la contradice diciendo que intentó matarlo, pero ella se defiende contándole que también apuñaló a Nyktos.

Kolis le pregunta qué cambiará si libera a Nyktos, y ella le dice que dejará de enfrentarse a él. Kolis lo interpreta como que se someterá a él... Luego le dice que si está mintiendo sobre lo de Sotoria, le arrebatará el alma *tanto* en la vida *como* en la muerte.

Más tarde, Callum lee un libro mientras Sera juguetea con su comida. Le pregunta si los Retornados comen, y él le dice que no necesitan ni comida ni sangre. No necesitan nada. Sera asume que es porque están muertos, y él le echa en cara que su asunción es muy maleducada, pero no la corrige con verdaderas razones.

Hablan de si un Retornado debe morir antes de serlo, y Sera pregunta si Callum era un Elegido. Él le dice que no y ella comenta que no es como los otros Elegidos ascendidos. Callum afirma entonces que no hay nadie más como él.

Bueno... *todavía* no. Sabemos que eso cambia. Más o menos.

Sera lo bombardea a preguntas y él acaba comentando lo dolorosa que será la muerte de Sera cuando Kolis descubra que no es Sotoria.

Ella le pregunta sobre las máscaras pintadas que llevan todos, y él responde que son simbólicas. Demuestran a quién sirven los Elegidos, los Retornados y los dioses.

Cuando Sera comenta que ha visto a Kolis ponerse todo Primigenio, eso sorprende a Callum. Le dice que eso significa que ha visto a la verdadera Muerte.

Al día siguiente, los Elegidos preparan a Sera. Kolis entra con su corona puesta y le dice que no interactúe con nadie.

Sera no está segura de qué esperar, así que se limita a observar a Kolis sentarse en el trono. Elias acompaña a los dioses a la sala y a Sera no le gustan las miradas y las expresiones que ve en sus rostros. Al pensar en las cosas, se da cuenta de que no fue lo bastante espabilada como para especificar en qué estado debería estar Ash cuando lo liberase. Con ese pensamiento en mente, Sera se comporta mientras Kolis se pone cada vez más nervioso.

El falso rey le pregunta de repente a un dios si Sera lo distrae. El dios se disculpa y comenta que ella es interesante de mirar. Agradable a la vista. Kolis le hace describir qué partes son *agradables*. A medida que el dios detalla dichas partes, Sera no puede reprimirse y al final pregunta: «¿Qué coño?».

Kolis le dice a Uros (el dios) que tal vez haya ofendido a Sera, después le pregunta a ella si está ofendida. Ella dice que solo está poco impresionada. Kolis se vuelve hacia el dios y comenta que Uros lo ha ofendido a *él*. Luego lo hace implosionar. Sera solo puede mirar boquiabierta cuando Kolis se gira hacia ella y le pregunta si ahora encuentra a Uros más impresionante.

Kolis le dice que está impresionado por su tranquilidad, luego llama a Elias y le dice que Callum busque un sustituto para el Templo del Sol al que representaba Uros, fuera cual fuese. El dios pregunta si quiere que envíe a alguien a recoger los restos, pero Kolis agita una mano por el aire y todo desaparece.

Al rato entra una diosa y empieza a exponer los asuntos que la han llevado ahí. Kolis interrumpe a Dametria, claramente tenso, y de repente se excusa.

La diosa se acerca acechante a los barrotes de la jaula de Sera. Mientras esta la observa, Dametria pregunta si a Sera le gusta lo que ve, porque a ella sí le gusta lo que ve bajo el vestido de Sera. Esta le pregunta a la diosa en qué reino está el Templo del Sol al que representa, y Dametria se sorprende de que Sera hable. Dice que ninguna lo había hecho hasta entonces, en alusión a las *favoritas* de Kolis. Después le dice a Sera que ha oído rumores de que es la consorte de las Tierras Umbrías.

Revela que su templo está en Terra. Por lo que afirma Dametria acerca de que hay personas de Lasania que también acuden a pedir bendiciones para su trabajo con Terra, Sera deduce que Ezra consiguió estrechar lazos entre los dos reinos.

La diosa insinúa que Kolis ha ido a darse placer a sí mismo, lo cual repugna a Sera. Elias maldice y Dametria informa a Sera de que estuvo en la coronación, por lo que sabe que es la consorte.

Sera utiliza la sala de baño mientras Kolis está ausente. Cuando regresa, parece más relajado, lo que da credibilidad a la insinuación de Dametria.

Kyn aparece entonces y Kolis le pregunta si trae noticias. El Primigenio dice que sí, pero sugiere hablar en privado. Kolis dice que no pasa nada por hablar delante de Sera puesto que no va a ir a ninguna parte.

Sera observa y escucha mientras hablan de los ejércitos y de lo que deberían hacer a continuación.

Kyn sugiere que todavía pueden enviar un mensaje claro y que es probable que sea necesario debido a Sera, a la que describe como «eso». La conversación continúa y Kyn afirma no estar preocupado por las represalias, incluidas las de Nektas. Sera se ríe. Él le pregunta si ha dicho algo gracioso.

Sera le recuerda a Kolis que dijo que no quería ir a la guerra; Kolis le dice entonces a Kyn que es valiente y leal y tiene su gratitud. Kyn le dice a Kolis que tiene más que valentía y lealtad por su parte. Dice que Kolis tiene a su ejército y su mando, luego añade que sus planes han cambiado. E insiste en que Kolis necesita las brasas.

Hablan sobre equilibrio, provocación y necesidad, luego comentan que Nyktos será un problema si lo liberan.

Cuando Kolis se fija en que Kyn está mirando a Sera, menciona que ella llama la atención. Sera no quiere una repetición de lo que ocurrió con Uros. En lugar de eso, Kolis le pide que se acerque. Ella vuelve a convertirse en un lienzo en blanco y se mueve. Después le pregunta a Kyn qué opina. Kyn se la come con los ojos y repite que es atractiva.

Kolis se muestra de acuerdo y luego añade que Kyn no quiere pensarlo pero lo hace. A continuación, le pregunta al Primigenio qué haría si Sera no estuviese en una jaula y no fuese suya. Insinúa que Kyn estaría metido entre sus muslos o en su culo en un abrir y cerrar de ojos.

Kyn pregunta qué pasa si resulta no ser la *graeca* de Kolis, y este dice que Kyn podrá tenerla cuando él acabe con ella. El Primigenio parece complacido y acepta.

Sera sabe que, si la cosa llega a eso, no sobrevivirá.

Los Primigenios cierran el trato y Kyn le dice a Kolis que es un honor. Añade que el regalo potencial del rey lo conmueve. Entonces menciona que se alegra de haber traído él también un regalo para el rey.

Llama al *draken* de Kolis, Diaval, y el macho lleva hacia ellos a alguien maniatado y con un saco por encima de la cabeza. Diaval empuja a quienquiera que sea para ponerlo de rodillas, y Kyn comenta que el regalo está bastante maltrecho y ensangrentado, pero que hizo falta un poco de persuasión.

Le arranca el saco y Sera ve que es Rhain.

Lo han mordido y apaleado. Si no fuese un dios, lo más probable era que estuviese muerto. Kyn confirma su nombre para Kolis y después dice que es originario de las islas Callasta. Sera se sorprende de descubrir que proviene de la corte de Veses.

Kolis confirma que es el hijo de Daniil y dice que Rhain se parece a su padre la última vez que lo vio, en alusión al hecho de que a él también lo habían apaleado.

Rhain contesta con un insulto. Después hablan del padre y del hermano de Rhain, y Sera se da cuenta de lo poco que sabe acerca del dios.

Mientras intercambian pullas e insultos, Sera piensa en la llave y tiene una visión casi profética, porque sabe la razón de que Kyn haya llevado a Rhain ahí con vida. Para que Kolis pueda matarlo.

Sera los escucha hablar de los dones que tenían el padre y el hermano de Rhain, y la asunción de que él también los tiene. Y de pronto, Sera oye la voz de Rhain en su cabeza. Dice su nombre.

Mientras Kolis habla sin parar, Rhain le dice a Sera que lo escuche: la urge a utilizar su esencia y derribar el palacio entero.

Cuando Kolis encuentra el collar que lleva Rhain en una bolsita alrededor del cuello, a Sera le sorprende verlo, pues sabe que es de Aios. Sin embargo, miente y le dice a Kolis que es suyo, aunque insiste en que no sabía lo que podía hacer Rhain.

Todas las mentiras son al menos verdades parciales…

Después Sera revela que Rhain ni siquiera la aprecia. Cuando Kolis pregunta por qué, ella dice que es probable que se deba a que apuñaló a Nyktos; después añade todos los rasgos de su personalidad que es probable que desagraden al dios.

Sera intenta rebatir la asunción de que Rhain está ahí como espía, y alega que todo el mundo sabe ya que ella está en el palacio de Cor. Sin embargo, Kolis la corrige y le dice que no es así.

Kyn y Sera discuten y Kolis le recuerda que la había advertido de no interactuar con nadie. Después se vuelve hacia Rhain y le dice que cree a Sera, así que hará que la muerte del dios sea rápida.

Sera da un grito y le dice a Kolis que no tiene por qué matarlo, para luego añadir que él solo le es leal a Nyktos. Kolis espeta que debería serle leal a *él*. Sera corrige lo que ha dicho y dice que está preocupado por Nyktos y que Kolis debería estar encantado con eso.

Kolis se muestra confuso, así que Sera dice que los dioses de las cortes deberían preocuparse por sus Primigenios. Si no lo hacen, ¿cómo pueden preocuparse por su rey? Termina diciendo que la lealtad no debería castigarse con la muerte o la tortura.

Rhain le dice a Sera por telepatía que no pasa nada. Que está preparado para morir.

Pero Sera no piensa tolerarlo.

Le dice a Kolis que hay otra opción. Puede soltar a Rhain. Eso demostraría que es un dirigente benévolo. Si libera al dios en su actual estado, eso demostraría que Kolis puede ser al mismo tiempo feroz y generoso. Luego le asegura que ella hará lo que él quiera siempre y cuando deje ir al dios. Kolis deja a Rhain sin sentido y le pregunta a Sera por qué quiere salvar al dios. Ella le explica que está intentando evitar una guerra y que hará cualquier cosa si Kolis promete que devolverá a Rhain a las Tierras Umbrías sin sufrir más daños que los que ha sufrido ya. Otro trato.

Kolis manda retirarse a Kyn, aunque el Primigenio se regodea en su última mirada a Sera. Cuando se llevan a Rhain de la habitación, Kolis le dice a Sera que compartirán cama esa noche.

Después de cenar, Sera se baña y ve el camisón dorado que han dejado preparado para ella. Kolis aparece y le dice que es mucho más atrevida que antes... en alusión a Sotoria. Luego le pregunta si lo que le ha pedido la sorprende, y ella responde que solo la sorprende porque la había ofrecido a Kyn solo unos instantes antes. Él le dice que su consejo fue sabio y que soltar a Rhain demuestra que es razonable y justo... y digno de lealtad. Luego le informa que Rhain está de vuelta en casa y ella se lo agradece. También le asegura cosas que son mentira y teme ser *todo* mentiras ahora.

Se van a la cama.

Y Sera permanece despierta.

Al día siguiente, Callum tira una daga al aire y le pregunta a Sera si ha dormido. Ella miente y le asegura que ha descansado un montón. Callum comenta que está muy callada e insinúa que Sera ha descubierto que puede prostituirse para salirse con la suya. Sera se cabrea y utiliza *eather* para desviar la daga del Retornado, con lo que casi lo apuñala. Por desgracia, él se mueve lo bastante deprisa para evitarlo.

Sera lo llama *Cal* y él se cabrea. Ella le dice entonces que se ha enterado de que no está en el palacio de Cor. Callum revela que está en el Vita, un santuario en la Ciudad de los Dioses.

Kolis entra con su corona puesta, seguido de una diosa de aspecto tímido. La presenta como Ione y dice que es de la corte de Keella. Después añade que la diosa es única. Puede ver dentro de los pensamientos de otras personas y descubrir verdades, mentiras y todo lo necesario.

Oh-oh.

Kolis le explica a Sera que no tardará mucho, que Ione será rápida y eficiente. Ordena a Sera que se siente y esta nota cómo Sotoria se aviva en su interior y la llena de ira y miedo. Kolis dice que parece nerviosa y ella lo justifica explicando que se debe a que un dios ya le hizo esto una vez. Y que dolía.

Callum le cuenta a Kolis lo de Taric. Kolis le pregunta a Sera si Taric la encontró, y ella responde que fueron él, Cressa y Madis. Después le pregunta a Kolis por qué le había encargado a Taric que buscase las brasas si ya sabía dónde estaban. Kolis la saca de su error: había enviado a Taric a buscar a su *graeca*.

Kolis le pregunta a Sera si los otros dioses se alimentaron de ella, pero Sera dice que fue solo Taric. Después Kolis le pregunta si el dios le dijo lo que había visto, y Sera responde que no tuvo la oportunidad de decir nada antes de morir.

Ione tranquiliza a Sera aclarando que lo que está a punto de hacer no tiene por qué doler. Añade que será incómodo y que es probable que la deje cansada y con dolor de cabeza. Sera dice que no puede pasar por eso de nuevo, así que Kolis emplea la coacción e insta a Ione a ser rápida.

Ione se arrodilla y explica que debe tomar la sangre de Sera. Cuando la diosa recuerda que Sera no puede responder, levanta la mano de Sera, ve la marca de matrimonio, luego la mira a los ojos. Kolis pregunta si hay algún problema e Ione le dice que no es nada antes de bajar esa mano y levantar la otra mano de Sera. Muerde su muñeca y Sera siente una punzada ardiente que la recorre hasta sentir un arañar en su mente.

Una serie de imágenes centellean y Sera tiembla por dentro. Se le llenan los ojos de lágrimas. Sufre un dolor terrible y le preocupa que Ash pueda sentirlo, incluso en su estasis. Las brasas se avivan en su interior y Sera empuja con su mente. La cabeza de Ione da una sacudida hacia atrás y la diosa se desliza hacia atrás por el suelo de piedra umbra.

Callum comenta que lo que ha hecho es inapropiado y Kolis exige saber lo que Ione ha visto. La diosa dice que las brasas dentro de Sera son fuertes, pero él le dice que eso ya lo sabe. Lo que quiere saber es si Sera es su *graeca*. Ione le dice que lleva dentro a la llamada Sotoria. Que es ella.

Sera se queda paralizada, consciente de que la diosa ha mentido. Kolis le hace más preguntas y ella contesta con más medias verdades. Sera se da cuenta de que Ione está mintiendo acerca de prácticamente todo y se pregunta por qué.

Kolis se pone todo emotivo y Callum dice que aquello tiene que ser mentira. Ione le dice que ella no miente y que no tiene ninguna razón para hacerlo. Sera sabe el enorme riesgo que está corriendo la diosa.

Discuten sobre el hecho de que Sera no se parezca a Sotoria, e Ione trata de restarle importancia. Después le dice a Kolis que se alegra de que haya encontrado a su *graeca*, y Sera casi se atraganta con su agua.

La diosa le pregunta a Kolis si necesita algo más de ella, y él le da las gracias por su ayuda. Cuando da la vuelta para marcharse, se dirige a Sera como «consorte». Kolis la corrige y la informa de que la coronación no fue ni aprobada ni reconocida.

Espantada, Sera se da cuenta de que nadie puede poner en entredicho la afirmación de Kolis. Callum insiste en discutir, pero Kolis se lo quita de encima. Cuando Sera espeta que siempre dijo la verdad, Kolis declara que ahora lo ve y le ordena a Callum que se retire. Kolis se acerca a ella y le dice que se parece más a Sotoria cuando sonríe. Cuando Sera pregunta por Nyktos y le recuerda a Kolis que tenían un trato, este se enfada y la muerde.

Sera siente una agonía atroz y Sotoria grita con ella. Las brasas se debaten y Sera pugna por recuperar el control. Intenta emplear sus técnicas de respiración para recuperar la calma e imagina a Ash en su mente para distraerse del presente.

Kolis por fin suelta su agarre y Sera se pone en pie de un salto. Al hacerlo, se da cuenta de que él se ha corrido mientras se alimentaba y siente náuseas. Kolis se disculpa y dice que se ha humillado tanto a sí mismo como a ella. Que ha perdido el control. Sera no puede evitar su respuesta de lucha o huida, pero él insiste en que no volverá a ocurrir. Le ruega a Sera que diga algo, y todo lo que es capaz de murmurar es que necesita un baño.

Mientras se baña, Sera piensa en todo lo que ha pasado. La violación. Y odia sentirse débil sobre lo que ha pasado.

Después del desayuno al día siguiente, el halcón plateado vuelve a entrar volando y se transforma en Attes. Llama a Sera su reina, luego manifiesta ropa otra vez. Sera le dice la envidia que le da eso. Attes se disculpa por no regresar antes, pero le dice que le trae noticias. Entonces se fija en la herida del mordisco y está claro que lo molesta, pero ella le asegura que está bien. Attes no le cree, pero ella insiste.

Attes le cuenta entonces que están despertando a Nyktos de su estasis y asume que ella ha hecho progresos con sus planes. Sera le explica que Kolis prometió liberar a Nyktos y que ella debe asegurarse de no darle una razón para renegar de la palabra dada y encontrar alguna fisura en su trato.

Attes confirma que sabe el trato que hizo para liberar a Rhain y pregunta si ha hecho un trato parecido para liberar a Nyktos.

Sera llama a Kyn «capullo» y Attes está de acuerdo, aunque dice que no siempre fue así. Le cuenta cómo lidian los Primigenios con sus largas vidas y lo que ocurre si no descansan o entran en Arcadia.

Sera pregunta cómo responderá Kyn a que Nyktos recupere su legítimo lugar como Rey de los Dioses, y Attes dice que espera que responda con sabiduría. Después le pregunta a Sera si está bien, lo cual la sorprende.

Ella responde que lo está, él acepta su respuesta con reticencia y luego adopta su forma de halcón para marcharse.

Más tarde, Callum espera en la habitación vestido de negro, lo cual casi altera más a Sera que su blanco habitual. Se da cuenta de que ha pasado al menos un día desde la visita de Attes, y se preocupa por que Kolis haya cambiado de opinión. No obstante, se recuerda que no puede hacerlo porque hizo un trato.

Callum le dice a Sera que no le cree, y ella le pregunta que en qué no le cree. El Retornado afirma que no cree que esté abierta a amar a Kolis como dijo y cree que intentará escapar a la primera oportunidad que se le presente.

Ella le dice que no le importa lo que él crea y lo llama insignificante. Callum le dice que *debería* importarle porque Kolis lo averiguará. Después insiste otra vez en que no es Sotoria, y ella le pregunta por qué está tan seguro. Él le explica que es en parte por su aspecto, ante lo cual Sera piensa que debe ser muy viejo si conoció a Sotoria. Sera se lo pregunta y él admite que es viejo, pero dice que no la conocía a ella.

Lo que de verdad quiere decir es que no conocía a *Sera*...

Sera comenta que Kolis aprecia a Callum, y luego insinúa que está preocupado por que ella pueda ocupar su lugar en la vida de Kolis. Callum, en cambio, afirma que está preocupado por la destrucción de los mundos por culpa de una charlatana.

El Retornado insiste en que Kolis está intentando salvar los mundos, y Sera solo puede mirarlo pasmada. Callum se corrige: dice que así era, pero que ahora está más preocupado por que su gran amor haya vuelto con él.

Sera aclara lo que está pasando y pregunta en qué punto entre convertirse en un Primigenio que no ha existido nunca y matar a todo el que se niegue a inclinarse ante él iba a salvar a los mundos. Callum apunta que la vida debe crearse. Pase lo que pase.

Sera pregunta si eso es lo que está haciendo Kolis con los Elegidos, pero Callum le resta importancia a eso afirmando que no importa.

Ella no está de acuerdo.

Callum comenta que ella solo está cambiando de tema (cosa que es verdad); después afirma que Kolis tiene razones personales para querer ser el Primigenio de la Vida y la Muerte/de Sangre y Hueso. Callum le dice que las cosas se pondrán feas cuando Kolis descubra la verdad, pero ella le resta importancia y le recuerda que la han validado y su verdad se ha confirmado.

Callum repite que Ione mintió.

Sera se preocupa por lo que podría pasarle a Ione si Kolis averigua en algún momento que mintió, pero en cualquier caso le dice a Callum que debe de estar en estado de negación si piensa que un dios se arriesgaría a provocar la cólera de Kolis.

Él, básicamente, vuelve a llamarla zorra y ella tiene que contenerse. Aun así, le pregunta si recuerda lo que ella le prometió. Él contesta con chulería y Sera describe con todo lujo de detalles cómo su muerte será materia de pesadillas.

Las brasas toman el control y conjuran una tormenta. Eso pilla a Callum por sorpresa, pero no pierde la compostura. Kolis entra y les pregunta por qué siempre parece que están a punto de cometer un acto atroz el uno contra el otro. Sera le cuenta a Kolis que Callum sigue sin creer que ella es Sotoria. Kolis le dice que el Retornado está en estado de negación, y luego suelta un bombazo.

Callum es el hermano pequeño de Sotoria.

La noticia hace que Sera se atragante y apenas consigue pronunciar sus palabras de incredulidad. Se da cuenta de que Kolis no miente, y se pregunta sobre la superabundancia de hermanos terribles en los mundos. Discute con el Retornado y Kolis comenta que sus peleas le recuerdan a como solía discutir él con su hermano. Luego le cuenta a Sera que tenía dos hermanos: una hermana mayor y Callum, el hermano pequeño.

Kolis le explica luego que visitó a la familia de Sotoria cuando ella lo dejó (se refiere a cuando *murió* al huir de él), para disculparse. Le dice que los padres tenían miedo y se acobardaron. El único que no tuvo miedo fue Callum. Afirma que hablaron y que Callum compartió detalles sobre Sotoria: dijo que era fuerte y fiera y que siempre cuidaba de él.

Kolis continúa diciendo que Callum lamentó mucho su muerte y se sentía responsable. Cuando Sera pregunta por qué habría de sentirse así, Kolis le explica que se suponía que Callum debía estar con Sotoria, pero que en lugar de eso se estaba tirando a la hija del panadero.

Sera pregunta cómo se convirtió Callum en un Retornado, y Kolis le cuenta que Callum utilizó un pequeño cuchillo para cortarse el cuello. Luego precisa que sujetó entre sus brazos a ambos mientras morían, añadiendo que no podía permitir que pereciese, así que la Muerte dio vida.

Sera pide aclaración, pues no entiende si los Retornados son *demis*. Kolis le dice que no, luego añade que hablarán más sobre ello en otro momento, cuando no tengan cosas más urgentes de las que ocuparse. Kolis le pide a Callum que los deje solos.

Luego llama a Sera *so'lis* y quiere hablar con ella sobre el trato que hicieron. Le informa que Nyktos no ha sido liberado, pero añade que no está renegando del trato, solo que Nyktos está en estasis y eso tiene que resolverse antes.

Sera pregunta qué significa eso, y él le explica que Ash es joven pero poderoso. Así que cuando despertó, Kolis tuvo que asegurarse de que se comportaba.

Sera pregunta cómo lo hizo, y Kolis afirma que es probable que se inquiete si se lo cuenta. Ella insiste en que no saberlo solo hará que se preocupe aún más. Kolis explica que había hecho que incapacitasen a Nyktos y que ahora necesitará tiempo para recuperarse. Cuando Sera reacciona, Kolis dice que no es fácil verla tan afectada por las noticias sobre otro hombre. Añade que la preocupación casi emana de sus poros.

Unas campanillas de advertencia repican en la cabeza de Sera, por lo que le recuerda a Kolis que ya le había dicho que Nyktos le importaba. Kolis se queja de que es lo único en lo que puede pensar, y menciona observarlo durante su estasis. Sera supone que lo más probable era que lo observase furioso.

Kolis pregunta qué la inspira a tenerle afecto a Nyktos y a tenerle miedo a *él*. Afirma que al principio Sera no le tenía miedo, pero que eso ha cambiado. Después menciona que Eythos tenía una intuición aumentada y el don de la premonición. Kolis comenta que entiende por qué parecía asustada cuando él ha amenazado con hacer daño a alguien que le importa a ella, y después de verlo como la Muerte, pero que no entiende por qué ha cambiado ahora su actitud hacia él.

Sera se sorprende de que no comprenda por qué está asustada, y él reafirma que se disculpó y dijo que no volvería a pasar jamás. Sera se da cuenta de que tal vez debiera mentir, pero no puede; en cambio, le dice que su disculpa y su promesa no arreglan lo que hizo. Entonces le dice a las claras que la forzó.

Kolis decide expresarlo de otra manera y afirma que sabe que su *despliegue de amor* fue intenso. La palabra «amor» la asquea. Kolis añade entonces que sabe que perdió el control.

Ella insiste en que fue mucho más que eso, y que esas cosas no se arreglan así de fácil. Kolis le pregunta qué lo arreglará.

Sera le dice que necesita algo de tiempo.

Kolis protesta afirmando que su palabra debería ser suficiente para que confíe en él, pero ella comenta que no lo conoce. Él se altera y brama que es el Rey de los Dioses.

Sera murmura que su despliegue no está ayudando a aliviar su miedo. Él se calma y le ordena que diga algo. A regañadientes, ella le da las gracias.

Sera se pregunta de nuevo en qué estado se encuentra Ash.

Kolis se vuelve hacia ella y se disculpa una vez más. Casi suena sincero, pero entonces pasa a regañarla por utilizar las brasas. Ella se queja de que Callum la provocó, pero él le repite que la esencia no le pertenece y no es suya para usarla. Las brasas palpitan en respuesta antes de que Kolis le haga una advertencia final. Sera jura que en cuanto Ash esté libre, se convertirá en la peor pesadilla de Kolis.

Cuando se queda sola, Sera comprueba si la llave sigue donde la dejó. Y en efecto, ahí está. Después de cenar, entrena para eliminar el exceso de energía y combatir al aburrimiento. Mientras lo hace, se pregunta qué tal estará Ash. También Rhain. Aios. Orphine. Bele. Y el resto. Empieza a repasar una y otra vez todo lo que debería, habría o podría haber hecho y jura no estar indefensa ni impotente nunca más.

Cuando se duerme, llega a su lago. Ash se reúne con ella otra vez y comentan cómo a ninguno de los dos les parece que eso sea un sueño. Ash le pregunta si Kolis le ha hecho daño, aunque dice que sabe que se lo ha hecho; recuerda la última vez que estuvieron juntos y los moratones que vio. Ella le dice que no quiere hablar de eso. Ahí en el lago, es Sera, y en la jaula es otra persona.

Ash le recuerda que es valiente y que nunca está asustada, ni siquiera cuando tiene miedo. Después le pregunta si tiene acceso a algún arma, y ella le cuenta lo del pene de cristal.

Ash le pregunta si le ha contado a Kolis lo que pasará cuando comience su Ascensión: que solo él, Ash, puede Ascenderla. Le insiste en que le diga a Kolis que, sin Ash, ella morirá, pues afirma que Kolis hará todo lo necesario para mantener a Sotoria viva porque ella es su debilidad.

Ash menciona que solo el Primigenio de la Vida puede invocar a los Hados y le pide a Sera que le prometa que se lo dirá a Kolis y luego invocará a los *Arae*. Sera se lo promete, pero luego pregunta cómo sabrá que lo han liberado. Ash le dice que Kolis lo convertirá en un espectáculo. Que ella lo sabrá seguro.

Ash dice que luchará por ella y la liberará, aunque eso signifique arrasar Dalos; después le dice que él no es nada sin ella, y que no *habrá* nada sin ella.

Sera despierta, solo para encontrar a Kolis observando cómo duerme. Otra vez. Kolis le pregunta con quién estaba soñando y le dice que estaba sonriendo. Después comenta que huele a aire de la montaña y a cítricos, lo cual sorprende a Sera, pues así es como huele Ash para ella.

Sera declara que no recuerda sus sueños, y él anuncia que empezarán de nuevo. Pregunta cómo puede hacer que eso sea más fácil, y añade que no hay límite a las cosas que haría por ella. Kolis le ofrece cosas frívolas, pero ella le dice que quiere salir de la jaula.

Kolis lo interpreta como que Sera quiere pasar tiempo con él, así que se pone contento. Sera le pregunta qué planea hacer con las brasas, y él le explica que las extraerá y la Ascenderá, sin saber que la Ascensión ya ha comenzado. Sera pregunta lo que significará para ella la Ascensión, y él le dice que se convertirá en una Ascendida. Sera solo puede pensar en la mujer a la que mató.

Después pregunta qué ocurrirá cuando *él* Ascienda, y Kolis afirma que asegurará la lealtad en ambos mundos.

Después del desayuno, Kolis la libera. Caminan y Elias se une a ellos. Sera pregunta si se hará de noche pronto, y Kolis responde que aún queda como una semana. Explica que solo se hace de noche una vez al mes, que es el equivalente a tres días en el mundo mortal. Sera se sorprende de saber que lleva ahí tres semanas ya. Kolis le recuerda que durmió durante varios días después de su intento de fuga.

Mientras contempla la ciudad, Sera recuerda haberle dicho a Ash que era preciosa, y que él le dijese que lo era en la superficie y desde la distancia. Le pregunta a Kolis cuánta gente vive en la Ciudad de los Dioses, él responde que no demasiada. Cuando Sera se interesa por qué ocurrió, Kolis le dice que están muertos. Ella piensa que los mató él, pero Kolis le aclara que fueron los Hados. Luego pregunta sobre el actual olor a muerte y Kolis le dice que *eso sí* que fue él. Algunos dioses le habían decepcionado.

Kolis se aleja y Elias le recuerda a Sera que tenga cuidado con cómo le habla a Kolis, y le advierte que es fácil irritarlo. Ella le da las gracias.

El falso rey regresa y continúan su paseo. Sera ve todos los recovecos y las salitas oscuras, y Kolis le comenta que parece perpleja. Ella responde que es solo que hay mucho sexo. Él pregunta que si eso la molesta. Sera dice que no; que solo es que hay mucho. Kolis le explica que estar cerca de la Muerte hace que los vivos quieran vivir. ¿Y qué mejor manera de captar ese sentimiento?

Llegan a la sala de consejos y las brasas vibran en su interior, lo cual la pone nerviosa. Kolis le pregunta por qué y ella responde que es por la multitud. Kolis le dice que no tiene por qué preocuparse. Cuando Sera dice que lo sabe, él se lo toma como que ella piensa que está a salvo con él.

No es así.

Cuando entran, Sera ve a un *draken* dormido y el trono. Sus ojos se cruzan con los de Kyn y se pregunta si sabe que el regalo de Kolis ya no está sobre la mesa para él. Después ve a Attes. Y a Keella. La Diosa Primigenia tiene los ojos cargados de tristeza. Sera se pregunta si sabe que sus planes se torcieron.

Phanos y Embris no están ahí, como tampoco lo están Maia o Veses (aunque lo de esta era de esperar, puesto que sigue cautiva en la Casa de Haides).

Callum llega con un almohadón de suelo y a Sera la obligan a sentarse a los pies de Kolis como un perro. Ella observa a las sirvientes entrar y escucha mientras Kolis se dirige a los ahí reunidos. Sera se fija en Diaval, en otro dios precioso a su lado y en más *drakens*. También ve al Retornado Dyses.

Kolis le ordena que beba cuando una sirviente se acerca con una bandeja, luego desliza la mirada hacia Keella. La Diosa Primigenia dice que ha acudido por Sera y que sabe quién es. Kolis dice que más vale, insinuando que Keella sabe de quién es el alma que tiene Sera. Después le pregunta si lo supo antes de la coronación.

Keella se dirige a Sera usando su título de las Tierras Umbrías y pregunta por Nyktos. Kolis replica enfadado que está donde debe estar, dado que mató a Hanan. Keella pregunta entonces si lo hizo para proteger a su consorte, y cita la ley. Kolis dice que las acciones de su sobrino podrían haber tenido consecuencias duraderas. Keella rebate eso diciendo que otra se ha elevado a la condición de Primigenia y que eso debería ser una bendición. Después le pregunta a Kolis si va a parar de hacer lo que está haciendo, puesto que va en contra de la tradición y del honor.

Kolis le pregunta que desde cuándo, luego añade que él no autorizó la coronación. Se vuelve hacia Kyn y pregunta si había dado su permiso. Kyn miente y dice que no.

Keella pregunta si Sera será liberada cuando lo sea Nyktos, pero Kolis le dice que no va a volver con él. Cuando la Primigenia pregunta si está ahí por voluntad propia, Kolis le dice que le pregunte a la propia Sera. Esta tiene ganas de aullar que no está ahí por decisión propia, pero sabe que no debe. Afirma que está en Dalos porque así lo ha elegido. Las palabras la hacen sentir náuseas.

Sera observa cómo un dios agarra a una sirvienta que pasaba por ahí y la muerde. Eso la pone furiosa. Pregunta si los Elegidos tienen elección, y Kolis explica que casi todas las elecciones las han hecho por ellos a lo largo de sus vidas. Kolis mira a la pareja y comenta que parece que la sirvienta se está divirtiendo. Sera no está de acuerdo. Kolis le dice que mientras que en el mundo mortal nadie podía tocarlos ni hablarles, en Dalos sí pueden hacerlo. Dice que Sera los ve como víctimas, mientras que él los ve hambrientos por lo que han tenido prohibido. Le dice que los Elegidos tienen oportunidades en Dalos. Que pueden quitarse el velo o Ascender.

Revela que los nombres de la pareja son Orval y Malka, y que se conocen bien. Sera pregunta qué pasaría si no fuese así, y Kolis se pregunta si de verdad importa. Ella afirma con énfasis que sí, y él señala hacia otra pareja. Menciona que el nombre de la sirvienta es Jacinta y el del dios es Evander. Después le cuenta que el dolor es lo que pone cachondo a Evander. Mira a Sera y le pregunta qué haría si pudiera. Ella declara que lo mataría, luego pregunta qué le haría Kolis a ella en ese caso. Él afirma que no haría nada.

Cuando Sera ve lágrimas en la cara de Jacinta, se pone de pie y pide un arma. Kolis llama a Elias y él le entrega a Sera una de sus dagas. Sera mira a Callum y lo ve sonreír.

Esa debería haber sido una bandera roja.

Sera se acerca a Jacinta y a Evander, agarra al dios por el pelo y le dice a la mujer que se vaya. Luego golpea.

Y empiezan los gritos.

Sera empieza a decirle a Jacinta que ahora está bien, pero la mujer está aterrada. Intenta despertar al dios, al que llama «Evan». Naberius, el *draken* dormido, se despierta, y Sera ve que Keella tiene una mano apretada contra el pecho.

Kolis ordena que retiren a Jacinta y el cuerpo de Evander, y Naberius se dirige hacia Sera. Kolis le dice que se eche atrás.

Attes llama a Sera y le dice que vuelva al estrado. Sera está consternada y pregunta por qué actuaría Jacinta así cuando estaban abusando de ella y traumatizándola. Kolis le pregunta cómo sabía lo que estaba pasando. Ella empieza a decirle que él se lo dijo, pero Kolis la interrumpe diciendo que le había preguntado qué haría, no que Evander estuviese forzando a Jacinta.

Sera argumenta que vio lágrimas en la cara de Jacinta, ante lo cual Kolis le pregunta si eran lágrimas de dolor o de placer. Luego añade que Sera oye solo lo que quiere oír y piensa solo en sí misma. Ella discute un poco más, antes de preguntar a qué corte pertenecía Evander. Kolis responde que era de las llanuras de Thyia. Sera lo entiende entonces. Kolis no estaba demostrando ninguna versión retorcida de la realidad. Se estaba vengando de Keella y había utilizado a Sera para hacerlo.

Cuando Kolis sonríe, Sera solo puede pensar en lo vil y corrupto que es. Las brasas empiezan a vibrar y Sera siente a Sotoria. El poder antiguo la inunda y azuza su ira primitiva.

Attes llama a Kolis y le dice que es hora de empezar con la sesión de la corte. Kolis le ordena a Sera que se siente y ella observa cómo un *dakkai* roe un hueso de pierna, luego es testigo de cómo Kolis mata sin más a un dios. Cuando él le dice que parece disgustada, ella le pregunta que si de verdad es así como quiere que pasen tiempo juntos. Él le dice que tiene responsabilidades y ha aprovechado para hacer varias cosas al mismo tiempo. Ella añade que no esperaba *esto* cuando solicitó salir de la jaula, y él le pregunta a qué se refiere. Ella lo acusa de haberle enseñado solo muerte. Kolis sigue haciéndole preguntas y ella menciona a Evander. Él le dice que eso fue cosa de ella, pero Sera analiza los errores de semejante afirmación; después añade que Kolis ha matado a un dios solo por llamar tramposo a otro.

Kolis se defiende diciendo que es un tema de mantener el control y el equilibrio. Ella cuestiona esa afirmación y él declara que toda acción tiene una reacción. La falta de respeto recibe una respuesta: la muerte. Sera pregunta si a *ella* también la condenará a muerte. Kolis dice que ella es diferente. Que no la castigará.

Entonces le ordena que se levante y se acerque a él. La siguiente orden es que se siente en su regazo. Kolis continúa hablando: repite que no la castigará, pero que sí revisará los tratos que han hecho. Le pregunta si lo ha entendido. Cuando Sera dice que sí, él la advierte de que es capaz de más cosas aparte de la muerte.

Sera escudriña a la multitud y encuentra a Kyn con una mujer en el regazo. El Primigenio está bebiendo de ella y le está metiendo mano. Sin embargo, tiene la mirada clavada en Sera.

De pronto, Sera ve un destello de rojo y oro y lo sigue con la mirada. Se queda sin respiración cuando ve una corona y luego una familiar figura esbelta y una melena de pelo dorado.

Veses.

La Diosa Primigenia está libre y tiene bastante buen aspecto. Veses sonríe y la furia bulle en el interior de Sera. Siente cómo las brasas se avivan con ella. Sotoria se remueve y Sera percibe su nerviosismo. Está preocupada por lo que Kolis podría hacer acerca de ese subidón de poder. Sera recuerda lo que le dijo sobre un castigo y solo puede imaginar lo que debió de hacerle a Sotoria.

Veses se dirige a Kolis y él le hace gestos para que se acerque. Mientras Veses y Kolis hablan, Sera piensa en Veses y en Ash y en los verdaderos sentimientos de esta.

Kolis le pregunta a Veses si reconoce a Sera. La Primigenia dice que no está segura, y Sera le dice a la cara que miente. Le cuenta a Kolis que se conocieron en la Casa de Haides.

Veses y Kolis hablan un poco más y, mientras Kolis provoca y se burla de Veses, Sera se da cuenta de que él se está divirtiendo. Cuando las cosas se ponen groseras y Kolis insinúa que Veses haría *cualquier cosa* que él le pidiera, y ella lo reconoce, Sera tiene ganas de vomitar.

Veses le pregunta a Sera por qué está ahí, al tiempo que comenta que creía que era la consorte de las Tierras Umbrías. Kolis le dice que está equivocada y que él nunca dio su permiso. Veses asume entonces que la presencia de Sera debe ser un castigo, pero él la corrige. Veses lanza una pulla y afirma que podría encontrar algo menos aplastante para calentar el regazo de Kolis si eso es lo que está ocurriendo. Kolis le ordena a la Diosa Primigenia que se disculpe y ella se muestra espantada. Kolis informa a Veses de que está hablando con su *graeca*. La Primigenia dice que eso es imposible y que debe de ser mentira, pero Kolis insiste en que se ha confirmado.

Cuando Kolis le ordena de nuevo que se disculpe, Veses lo hace, pero con un veneno feroz. Después masculla que se alegra por Kolis. Antes de marcharse, Kolis la llama de vuelta y le informa que no olvide que le ha fallado, y que eso debe ser castigado. Llama a Kyn, y Sera sabe lo que está a punto de pasar. Observa con horror cómo empiezan a desarrollarse los acontecimientos y, justo cuando la cosa está a punto de ponerse muy fea, da un grito. Veses escupe que no necesita que interfiera en su nombre, y las brasas empiezan a vibrar dentro de Sera.

Kolis le pregunta qué está haciendo, y Sera declara que lo que está haciendo no está bien y le pide que pare. Él se resiste, pero ella le dice que es lo correcto. Furioso, Kolis se levanta y dice que van a regresar a sus aposentos. Antes de marcharse, Phanos le dice a Kolis que necesita hablar con él. Kolis dice que volverá en breve.

Regresan a la jaula y Kolis regaña a Sera. Le recuerda que le había dicho que no lo cuestionara ni utilizara las brasas, pero aun así ella hizo ambas cosas. Enumera las cosas que ha hecho por ella y afirma que ella no las aprecia. Le dice que quería mostrarle lo que arriesga por ella, lo cual confunde a Sera. Kolis vuelve a llamarla «su alma», pero también le dice que él es su rey y será obedecido.

La encadena y estira sus extremidades de manera dolorosa. Después dice que quiere odiarla por obligarle a hacerle esto, pero que solo puede amarla. Ella se mofa de ese comentario, pero él insiste en que aún está viva y nadie más lo estaría. Esa es la prueba de su amor. Después se echa a llorar.

Cuando Kolis se marcha, Callum se regodea, mientras piensa en voz alta en el dolor que debe estar sufriendo. Dice que casi siente pena por ella. Sera no le da la satisfacción de responderle. Él insiste una vez más en que ella no es en realidad su hermana, y Sera le contesta que el hecho de que piense que lo que le están haciendo a ella está mal solo si es su hermana la hace sentir justificada en su desdén hacia él.

Callum reconoce que el castigo de la sala de consejos estuvo mal y había sido algo impropio de Kolis, luego insiste en que es mejor que eso. Sera pregunta *cuándo* fue mejor y Callum responde que antes de que muriera Eythos. Le cuenta que Kolis quería a su hermano.

Sera lo piensa un poco y sabe que ese despliegue era todo una cuestión de Kolis ejerciendo el poder. Callum explica que todo cambió después de la muerte de Eythos y pregunta si Sera cree que ella es mejor que todos cuando explica que ella fue la única dispuesta a dar un paso al frente en la sala de consejos. Sera dice que sí, que es mejor, que cualquiera que al menos lo intentase lo es.

Después llama a Callum «leal perrito faldero», y él dice que siempre será leal. Kolis lo perdonó por no mantener a Sotoria a salvo y le proporcionó la vida eterna. Además, mantiene los mundos unidos.

Eso irrita a Sera. Se pregunta si Callum fue bueno alguna vez, pero lo acusa de tener delirios. Igual que Kolis. Callum afirma que estará encantado de contarle eso al rey. En respuesta, Sera amenaza con contarle a Kolis cómo su «preciada primera creación» le contó a Calliphe cómo matar a un Primigenio. Discuten sobre los motivos de Kolis y sobre si Sera es quien dice ser. Ella comete un desliz y se refiere a Sotoria en tercera persona. Callum se da cuenta al instante. Sera se retracta, solo para que Callum revele que fue Eythos el que mató a Sotoria la segunda vez. Sera no puede creerlo. Repasa todas las preguntas y su propia situación precaria.

Al final, llega Kolis y le quita los grilletes. Sera grita y no puede hacer gran cosa aparte de desplomarse en sus brazos. Kolis se disculpa repetidas veces.

Los Elegidos llegan con todo lo necesario para preparar la bañera y Kolis le dice que se dé un baño, que descanse y todo irá bien. Sera apenas puede evitar reírse. Antes de marcharse, Kolis comenta que interrumpió el castigo de Veses. Entonces Sera sí que se echa a reír.

Y no puede parar.

Esta vez, cuando duerme, Sera no sueña. Callum está en la habitación otra vez cuando se despierta, tumbado en el sofá, pero ella siente que se avecina un dolor de cabeza de los del Sacrificio. Entra Kolis y Sera se da cuenta de que debe actuar como si no hubiese pasado nada. Él le dice que está preciosa y ella desempeña su papel y se disculpa. Eso sorprende tanto a Kolis como a Callum. Kolis dice que lo comprende, y ella lo exagera aún más.

Callum está que trina, mientras Sera trata de reprimir su euforia.

Kolis la invita a dar un paseo con él, Callum y Elias detrás de ellos. Kolis la lleva a alguna parte, después llama a Iason y a Dyses. El Retornado y el *draken* llegan con un Elegido. Y de pronto, Sera sabe justo lo que va a pasar.

Le asegura a Kolis que no tiene que demostrar nada, pero él insiste en que debe enseñarle lo que puede hacer. Sera intenta convencerlo de no hacerlo, pero Kolis se limita a decirle al Elegido que retire su velo. Kolis le pregunta al Elegido (que Sera descubre que se llama Jove) cómo se encuentra y le informa que va a ser bendecido.

Jove dice que es un honor, pero Sera vuelve a intentar detener a Kolis, consciente de que es de todo menos eso. Cuando hace ademán de detenerlo, Kolis le dice que siempre ha tenido un gran corazón, ante lo que tanto ella como Sotoria se estremecen.

Kolis le dice que ella tiene que comprender por qué eso es tan importante y deja a su elección cómo se va a hacer: Jove puede ser recreado o utilizado como sustento. Porque el equilibrio es necesario.

Sera pregunta si al menos puede hacer que no duela. Kolis acepta, y entonces Sera se da cuenta de que puede haber convertido el dolor en un placer forzado. No está segura de cuál es peor. La pone enferma.

Kolis explica el proceso de lo que está haciendo y llama a Elias para que le dé a Jove su sangre. Sera se percata entonces de que Kolis no puede usar su propia sangre porque es el verdadero Primigenio de la Muerte. Él le dice que sin las brasas de vida, los Elegidos se convierten en Ascendidos. Después le cuenta que ha estado trabajando en sus inconvenientes, como su intolerancia al sol y su sed de sangre.

Sera pregunta qué pasa si no pueden controlar su hambre, y Kolis le dice que se les elimina. Añade que los dioses glotones eran eliminados también durante la época de Eythos, y que él mismo era el arma con la que lo hacían.

Kolis parece realmente convencido de que está creando vida y sus creaciones le importan. Sera pregunta por la diferencia entre los Ascendidos y los Demonios, y él le explica que los Demonios están muertos, y luego revela más detalles acerca de ellos. Sera piensa en Andreia.

Kolis le dice que los Ascendidos recién creados siempre están bajo vigilancia, y que la que ella había visto lo hubiese estado también si Sera no hubiera tratado de escapar, lo cual alejó a los guardias de sus puestos.

Sera pregunta entonces qué pasa si un Ascendido opta por no alimentarse. Kolis le explica que se debilitará y su cuerpo acabará por ceder. Sera pregunta por qué un Ascendido decidiría hacer eso; luego conjetura en voz alta que tal vez fuese para no convertirse en asesinos indiscriminados. Kolis afirma que todo lo que se crea o nace tiene el potencial para ser un asesino.

Sera se frustra cuando Kolis no entiende lo que está diciendo acerca de la elección y el consentimiento, y él vuelve a sacar el tema del equilibrio. Después explica que el Primigenio de la Muerte se supone que debe permanecer alejado de todo aquel al que podría tener que juzgar algún día; de todos menos de los otros Primigenios y los *drakens*. Kolis se queja de que no es igual para el Primigenio de la Vida, y añade que todo eso tenía sentido para los *Arae*, y que todo vuelve al equilibrio establecido cuando los Antiguos crearon los mundos.

Sera comenta que creía que Eythos había creado los mundos, y Kolis le dice que creó algunos, pero no *los* mundos. Los Antiguos no fueron los primeros Primigenios, y ningún Primigenio puede convertirse tampoco en un Antiguo. Kolis le explica que siempre debe haber un verdadero Primigenio de la Vida y un verdadero Primigenio de la Muerte.

Sera se da cuenta de que eso significa que no se puede matar a Kolis.

Se siente desanimada y se pregunta por Holland, Eythos y Keella. ¿Por qué hicieron lo que hicieron si no se le puede matar?

Más tarde, en la jaula, piensa en La Estrella y se pregunta si podría contener al mismo tiempo las brasas *y* un alma. Callum le pregunta qué está haciendo y ella le responde que está rezando. Cuando las brasas responden a la proximidad de un Primigenio, Callum dice que es extraño porque Kolis está ocupado.

Veses irrumpe en la habitación, golpeando a Callum en la cara con la puerta. El Retornado le dice que Kolis no está, pero ella declara que no lo busca a él. Callum la advierte de que es poco sensato ir en contra de los edictos de su majestad, a lo cual Veses responde que no tiene intención de que se entere de que ha estado ahí.

Sera le avisa que Callum es un sirviente de lo más leal, e insinúa que se lo contará. Veses informa a Sera que Callum y ella tienen algo en común: la lealtad. Callum la advierte y Veses le dice que no le va a hacer daño a Sera y lo manipula para convencerlo de que quiere hablar con ella de lo sucedido en la sala de consejos.

Frustrado, Callum le dice que dispone de diez minutos y se marcha. En cuanto él sale de la habitación, Veses revela sus verdaderas intenciones. Le dice a Sera que disfrutó de lo que hizo Kyn, y de hecho da demasiados detalles al respecto.

Sera le dice que aunque quizás al final lo disfrutara, todavía fue algo hecho sin su consentimiento. Luego le pregunta a Veses cómo escapó de las mazmorras de la Casa de Haides y Veses afirma que se masticó los brazos. Explica que la muerte de Hanan la despertó de la estasis, y que supo de inmediato que Nyktos lo había matado.

Después detalla todas sus sorpresas posteriores y se describe como «devastada». Sin embargo, no lo estaba tanto por la muerte de Hanan.

Veses le cuenta a Sera que está emocionada por que las Tierras Umbrías están a punto de invadir Dalos, y también afirma conocer el trato que hizo Sera para lograr la libertad de Nyktos. Después revela que hay dudas sobre quien afirma ser, porque los Primigenios que ya vivían cuando Kolis se convirtió en el Primigenio de la Vida recuerdan el aspecto que tenía Sotoria.

Sera repite lo que ha oído varias veces ya: que el color de pelo no es el correcto, que tiene demasiadas pecas, más curvas…

Después le dice a Veses que no la entiende. Es preciosa, al menos por fuera, y podría tener a quien quisiera. ¿Por qué perder el tiempo persiguiendo a los dos seres más inelegibles de ambos mundos? Asimismo, advierte a Veses de que es probable que ella misma le cuente a Kolis lo de su visita, pero la Diosa Primigenia le dice que no lo hará porque Sera sabe cómo reaccionará él, y ella es demasiado *buena* para poner a Veses en esa situación.

Sera declara que preferiría verla muerta a castigada; luego le dice que sabe lo de su trato con Nyktos. La Primigenia intenta provocar a Sera, pero esta no piensa tolerarlo. Le dice que no entiende cómo pudo hacerle eso a nadie, cuando está claro que sabe lo que se siente en esos casos.

Veses insiste en que ha intentado proteger a Nyktos, y Sera la acusa de estar tarada. Veses reacciona llamándola a ella zorra. A continuación, revelan lo mucho que saben la una de la otra y Veses dice que sus reacciones violentas con respecto a las personas que aman son las mismas.

Después la advierte de que cuando salga a la luz la verdad sobre Sotoria, Sera sabrá exactamente lo sádico que puede llegar a ser Kyn. Sera la llama zorra enferma, pero Veses afirma que no lo es, que solo está cansada. Después añade que no volverá a perder a Kolis a manos de Sotoria, y que prefiere ver al rey muerto.

Después dice que está preocupada por Nyktos y sugiere que tal vez Sera debiera limitarse a sacrificarse a sí misma.

Antes de que Veses se marche, Sera le repite que siente lo que ocurrió en la sala de consejos, pero aun así menciona que todavía planea ver arder a la Diosa Primigenia.

Cuando Sera emerge de la sala de baño más tarde, encuentra a Kolis sobre la cama, esperándola. Ella le dice que está cansada y él afirma que eso es perfecto. Que pueden dormir juntos otra vez.

Sera pregunta por Nyktos, y Kolis explica que lo están preparando para liberarlo... a menos que surja alguna razón para que eso no suceda.

Sera duda en acercarse a él y lo disimula diciendo que no sabe lo que espera de ella. Él comenta que la ha esperado, mientras que ella no lo ha esperado a él. Luego afirma que la virtud de Sera está a salvo.

Más tarde, las encías de Sera empiezan a sangrar y se da cuenta de que lo que fuese que hicieron los *ceerens* debía estarse agotando. Se acerca a toda velocidad a su Ascensión.

Kolis sugiere ir a dar un paseo y Sera le pregunta dónde está Callum. Kolis le cuenta que envió al Retornado fuera para encargarse de algo importante. Sera pregunta entonces acerca de los Retornados. Quiere saber si necesitan cosas como amistad, amor y sexo. Kolis dice que no, que solo están impulsados por su deseo de servir a su creador.

Sera comenta que no puede imaginar no querer nada, a lo cual Kolis responde que supone que es bastante liberador. Ella piensa que es una imitación mala de la vida.

Sera vuelve al tema de Callum y menciona que él es diferente. Kolis lo reconoce y revela que está *lleno* de deseos y necesidades. Luego le indica a Elias que se quede donde está y va con Sera hacia unas escaleras. Explica que le dijeron que la motivación tiene algo que ver, que hay magia en la creación. Sentir = ser. Sin embargo, dice que no está tan seguro de eso, porque lo ha intentado con otros y nunca funcionó. Sera cree que es porque, con Callum, los sentimientos fueron reales. Con los otros, Kolis solo estaba fingiendo.

Kolis la lleva muy arriba para contemplar la Ciudad de los Dioses. Sera ve los edificios centelleantes y las Cárceres, salpicadas de depósitos de piedra umbra, y piensa que ahí es donde está Ash. Le pregunta a Kolis sobre lo que le había contado de que los Hados habían matado a la mayoría de los que vivían en la ciudad; él contesta que los *Arae* hacen lo que quieren, en especial cuando el equilibrio se altera.

Explica que cuando él se convirtió en el Primigenio de la Vida, les dio a los dioses de Dalos la posibilidad de elegir: podían servirle a él o morir. Kolis mató a la mitad de ellos. Eso desagradó a los Hados, así que eliminaron al resto. Kolis reconoce que podría haber actuado de manera menos impulsiva.

Mira a Sera y comenta que en ocasiones ve a Sotoria como era antes, pero que todo está amplificado. Añade que ojalá tuviese el mismo aspecto que solía tener. Eso ofende a Sera, pero él no lo entiende. Una vez más, le pregunta qué quiere o necesita para perdonarlo. Cuando Kolis le ofrece joyas, Sera piensa de inmediato en La Estrella y decide intentarlo.

Se inventa una historia sobre su madre y un diamante plateado e irregular. Kolis se ofrece a ir a buscarlo para ella, y Sera reacciona a toda velocidad diciendo que no cree que Calliphe lo tenga ya. Kolis le dice que él tiene uno así y ella pide verlo. Él la conduce de vuelta a la jaula, lo cual la confunde, hasta que Kolis pronuncia unas palabras desconocidas y el racimo de diamantes de la parte superior baja, solo para transformarse delante de los mismísimos ojos de Sera en un diamante plateado con forma de estrella.

Kolis le explica que se llama La Estrella y que fue creado por fuego de dragón mucho antes de que los Primigenios pudiesen llorar lágrimas de felicidad. Añade que se topó con él por casualidad, cosa que Sera sabe que no es verdad para nada.

Ella le pregunta por qué lo tiene escondido, él contesta que lo guarda con lo que más aprecia. El comentario la hace sentir náuseas. Aun así, pide sostener la piedra en la mano y, cuando él se lo permite, siente una corriente eléctrica y ve las vetas de luz lechosa dentro del diamante. Se forman unas imágenes en su mente: ve a un Antiguo, a un dragón y la destrucción de una montaña, lo cual creó el diamante con forma de estrella. Observa cómo este se entierra a sí mismo y luego las visiones le muestran a Eythos y Kolis y los acontecimientos que se sucedieron en los últimos instantes de vida de Eythos.

«Lloraste», suelta Sera de pronto, y Kolis pierde los papeles. Le pregunta qué ha visto y luego le arranca el diamante de la mano. Se vuelve todo Primigenio y ella se convierte en nada más que ira. Sera utiliza las brasas y él le recuerda lo que le había advertido y añade que lo que ocurra a continuación es culpa de ella.

Kolis la atrapa y a ella le da un ataque de pánico, pero entonces tiene un momento de claridad. Ella puede destruir los barrotes pues, a todos los efectos, es la Primigenia de la Vida. Sera toma el control, deja salir toda su rabia y desmantela la jaula y la sala entera. Después ataca a Kolis. Él le dice que pare, pero ella le lanza de vuelta las palabras de su visión.

Kolis se da cuenta de que Sera vio los últimos momentos de Eythos; entonces ella lo apuñala con un hueso. A continuación, se acerca bien a él y le dice que quiere que recuerde que lo que más quiere en la vida es matarlo. Después lo apuñala repetidas veces y al final deja el hueso enterrado profundo en una parte muy sensible.

Sera utiliza una proyección astral y encuentra a Ash, que se dirige hacia ella. Sera observa cómo aniquila todo lo que encuentra en su camino mientras la busca. Luego se llena de *eather*, pero no se encuentra bien y se desploma. Ash llega hasta ella y la levanta, le dice que abra los ojos y le asegura que la tiene.

Sera ve destellos en el exterior y se pone tensa, pero Ash le dice que es solo Nektas. Ella apenas puede hablar, pero consigue preguntar si está soñando. Él le dice que es real. Cuando Sera le pregunta si está bien, Ash se ríe, dadas las circunstancias. Ella le recuerda que ha estado encarcelado, pero él dice que ella también, solo que de un modo diferente.

Hablan un poco de Veses y de qué hacer con Kolis. También hablan de lo que sucedió, y Sera tiene que calmar la ira de Ash. Le dice que debe llevarla a algún lugar seguro para extraer las brasas.

Entonces entra Elias y hablan de dónde están sus lealtades. Ash se reprime de matarlo (por poco) y Elias le jura lealtad a Sera. Dice que ya le ha enviado un mensaje a Attes e insiste en que puede llevar a Kolis a algún lugar que les proporcionará algo de tiempo.

Llega Attes y los insta a ponerse en marcha. Cuando Ash hace ademán de atacarlo, Attes expone su caso y Sera le dice a

Ash que pueden confiar en el Primigenio. Y añade que le salvó la vida.

Sera se marea y Attes comenta que estaba cambiando a su forma Primigenia. Cuando Elias insiste en que puede llevarse a Kolis, Sera pregunta si será seguro para él, y Elias dice que es un honor que ella se preocupe por él.

Attes conjura a Setti, suben a Kolis en el caballo y, cuando están a punto de partir, Sera recuerda La Estrella. Les dice que tienen que llevársela y hablan de cómo hacerlo. Sera le revela a Ash que el alma de su padre está dentro del diamante y él pregunta si está segura. Ella lo confirma.

Después de invocar al diamante, Ash dice que no puede sentir el alma. Sera pregunta cómo podrían meter el alma de Sotoria en la piedra, y Ash dice que Keella debería saber cómo sacar y meter un alma.

Ash los hace sombrambular a una preciosa caverna con un manantial de agua caliente en el mundo mortal, y Sera le cuenta la historia de Kolis y Eythos, aunque se calla la parte sobre la madre de Ash. Cuando él pide sostener La Estrella en la mano, ella no se lo permite, y le explica que no quiere que vea lo que vio ella.

Mientras se lavan, una cosa lleva a la otra y tienen sexo. Se pierden un poco el uno en el otro durante un ratito.

Pasan tiempo juntos y hablan sobre todo lo que ha pasado, mientras se ponen al día el uno con el otro. Analizan también lo que significan algunas cosas y piensan en lo que pasará a continuación. Hablan también de las formas de *nota* y primigenia de Ash, luego él se marcha a buscar algo de ropa para Sera.

Cuando regresa, le dice que ha ido a las Tierras de Huesos, y Sera pregunta por Bele y Aios. Hablan más de liberar el alma de Eythos, y Sera pregunta si Ash será capaz de interactuar con ella.

Cuando la conversación gira hacia Attes y Ash deja claro que todavía no confía en él, Sera trata de hacerle comprender por qué Attes jamás podría ser leal a Kolis. Después, le cuenta lo que hizo Phanos. Cuando ve los engranajes de la mente de Ash en pleno funcionamiento, Sera tiene que interrumpir esos pensamientos e insiste en que nadie más dará la vida para salvar la suya.

Van a las Tierras de Huesos y Ash le cuenta cómo los Antiguos empezaron a estar disgustados con los avances y que estaban conectados a todos los seres vivos. Así que cuando se dieron cuenta de que los mortales y la tierra no podían coexistir, optaron por limpiar las tierras. Entonces crearon a los Primigenios, dividieron su esencia entre todos ellos y crearon un equilibrio compartido. Con el tiempo, los Primigenios y los dioses se unieron a los mortales para luchar contra los Antiguos.

Ash le pregunta a Sera cómo se encuentra y esta admite que está cansada y dolorida. Llega Bele y abraza a Sera, algo que no había hecho nunca, luego le da las gracias por salvar a Aios. Pregunta por Kolis, y Sera le dice que le ha dado una buena paliza.

Luego hablan del nuevo estatus de Bele y de lo que le habían hecho a Elias, y Bele informa a Sera de que Veses está libre. Sera le dice a la nueva Primigenia que ya lo sabe.

Sera ve a Elias atado a una columna y observa cómo un *draken* hace caer una roca sobre él. Cuando Ehthawn se acerca para recibir unas caricias, Sera pregunta por Orphine y descubre que no sobrevivió. Siente una gran tristeza y dice que lo siente.

A Sera le cuesta subir las escaleras y Ash la ayuda al final. Entonces llegan Saion y Rhahar, que abrazan a Ash. Luego llega también Lailah, con Rhain. Sera siente una gran alegría por que Ash no vaya a estar solo cuando ella se fuese.

Sera ve a Crolee, y Saion y Rhahar la saludan. Ash les cuenta que Sera lo salvó, y Rhain comenta que muchos de ellos no estarían ahí de no ser por ella.

Attes llega con su *draken* y Sera observa a los *drakens* interactuar. Se produce un flirteo algo agresivo entre Aurelia y

Nektas, y Sera recuerda que Reaver le dijo que a Nek le gustaba ella. Cuando Sera se fija en el Primigenio, ve que también se está produciendo algo de flirteo agresivo entre Lailah y él, y así averigua que Lailah es originaria de la corte de Attes.

Hablan de La Estrella y Keella se adelanta para explicarles lo que tienen que hacer. Sera libera a Eythos y entonces pierde el conocimiento.

Cuando despierta, se encuentra en la corte de Keella. Pregunta qué ha pasado y Ash le dice que todo va bien. Ella se disculpa por haber acortado su tiempo con su padre y él le dice que Eythos estaba listo para partir. Le cuenta también lo que le dijo antes de marcharse.

Sera se da cuenta de que Ash le dio sangre y lo regaña por ello, diciendo que no quiere que él se debilite. Riñen como de costumbre, justo cuando llega Nektas, que se ríe al ver que están discutiendo. Les dice que el tiempo ganado por el hecho de que Ash le diera su sangre nunca será un tiempo perdido. Después comenta que puede oler la muerte de Sera, y los dos comparten un momento dulce.

Attes, Ash y Sera discuten acerca del alma de Sotoria, y Sera les hace comprender que el alma está viva. Attes menciona cómo la conoció después de que Kolis la trajese de vuelta. Después todos hablan de lo que pasa si las brasas mueren con Sera. Hablan de si La Estrella será capaz de contener tanto las brasas como un alma, y de lo que tienen que pasar para terminar con Kolis.

Sera dice que habrá una guerra y Ash insiste en que a él solo le importa ella. Attes declara que aquello es mucho más grande que cualquiera de ellos, pero Ash repite que ella importa. Sera por fin se da cuenta de que ha llegado la hora. Le dice a Ash que lo quiere. Attes interviene para preguntar si Nyktos está seguro de que le extirparon bien el *kardia*.

Keella explica que un alma no puede traerse de vuelta a la vida dos veces; al menos no sin que intervengan los *Arae*, cosa que nunca acaba como uno pretende. De hecho, se pregunta si los Hados no serán la razón de que Sera naciese con el alma de Sotoria y no *como* Sotoria.

Keella pregunta si Ash ha percibido las almas duales, pero él dice que solo siente el alma de Sera. Keella le indica que debe anclarse al alma de su consorte. A continuación, invoca al alma y Sotoria se preocupa por que Sera vaya a estar bien, lo cual hace que *Sera* también se preocupe. Al final, la extraen y transfieren el alma al diamante. Mientras se marcha, le dice a Sera en su mente que volverán a verse.

Otra vez en las Tierras de Huesos, Attes le promete a Sera que respaldará a Ash. Elias se despierta y pregunta cómo fueron las cosas con el diamante. Ellos le dicen al dios que todo fue bien y hablan un ratito más hasta que llega Rhain. El dios comenta que Ash siempre la vio como es en realidad, incluso cuando el resto de ellos no lo hacía. Ash se acerca y Sera piensa que será un gran padre algún día. Él le lee las emociones y ella le dice que pare.

Saion llega entonces y bromea acerca de que se están peleando otra vez. Rhahar se une a ellos y zanjan una apuesta. Saion había apostado a que no pasarían más de una hora sin discutir. Sera se vuelve hacia Ash y bromea con que esos son sus amigos. Él le dice que lo *eran*. El corazón de Sera se derrite al oírlo reconocer que eran amigos suyos.

Sera mira a su alrededor y desea tener más tiempo. Piensa en todo el mundo y busca a cada uno de ellos. Después, le pide a Ash que la lleve al lago, y le recuerda que se lo prometió.

Saion le desea buen viaje y Rhain avanza unos pasos. Se arrodilla y sujeta su espada delante de él. Los otros siguen su ejemplo. Los *drakens* agachan la cabeza. Rhain pronuncia el juramento, que termina con un «para siempre jamás» y todos destruyen sus espadas.

Parece que con la intención adecuada, no todo el *eather* se ve bloqueado por la piedra umbra, y esta *sí* puede ser afectada por algo más que sí misma.

Sera le dice a Ash que hay algo de lo que quiere hablar, pero él no quiere mirarla. Eso sí, le dice que aunque no la esté mirando, ella es todo lo que ve. Sera le dice que lo quiere y que nada de eso es culpa suya. Trata de que él lo comprenda. Ash enumera todas las cosas que preferiría estar haciendo, y ella casi se desvía del tema, porque varias de ellas son de lo más sexys. Luego continúa hablando y le dice a Ash que quiere que viva. Que sea rey. Él protesta diciendo que ese es el lugar de ella. Sera insiste en que no quiere que esté solo, en que quiere que se permita amar.

Ash se enfada, pero ella se lo hace prometer, cosa que él hace. Después tienen sexo de un modo precioso y desgarrador.

Él le dice todas las cosas que adora sobre ella y repite que jamás quiso nada hasta que ella llegó. Estalla un trueno y Ash comenta que han encontrado a Kolis. Sera se lamenta por haberse quedado sin tiempo, pero le dice a Ash todo lo que quería y que él le dio todo ello. Le repite que lo quiere y entonces dice que ha llegado el momento.

Ash la lleva dentro del agua y se alimenta mientras ella rememora, jurando que recordará. Empieza a apagarse y Ash dice «que les den a las brasas» y la insta a beber su sangre. Dice que no va a dejarla ir. Que la va a Ascender.

Sera pregunta en qué se convertirá y él dice que no está seguro. Sera le suplica que extraiga las brasas, pero él le dice que cierre la jodida boca y declara que si la pierde, los mundos y todo lo que hay en ello están perdidos. Porque él lo destruirá todo. Luego le dice que no se muera, y la insta a decir que le den al bien mayor. Sera dice que él es bueno, pero él insiste en que no lo es.

Al final, Sera bebe. Ve recuerdos de ella y de su madre. De Holland. Ezra. Jadis. Los dioses. Y más. Ash le suplica que no se vaya y dice que la quiere, aunque no pueda hacerlo. Dice que está *enamorado* de ella.

Sera ve a Odetta. La mujer le dice que abra los ojos. Sera lo hace y ve creación. Toda ella. Ve la explosión, al Primigenio de la Vida, la creación de los *drakens*, de los mortales. Lo ve todo y lo entiende. Los Antiguos no deben regresar a la superficie nunca. Porque son el final que sacudirá todos los mundos. Serían la sangre y los huesos y la ruina y la cólera del antaño grandioso principio. Sera se da cuenta de que ella es el principio, el centro y el último aliento antes del fin. Ella es vida. La fiel compañera de la Muerte.

Un poder puro la llena y Sera despierta en brazos de Ash. Se libera una onda expansiva que lo lanza hacia atrás. Sera se *convierte* en la esencia.

Mientras está en estasis, Sera oye voces. Oye las historias que le cuenta Ash. Escucha cómo le cuenta lo poco preparado que estaba para lo vivo que se sentía con ella. Ash admite que todavía era capaz de sentir después de que le extirparan el *kardia*, pero no con intensidad. No hasta que llegó ella. Dice que después de su primer beso debió saber lo que eran el uno para el otro.

Rememora sus primeros encuentros, la valentía de Sera al ir a por Kolis sola, sus lealtades mal dirigidas. Ash habla de su padre. Sera lo ve todo y siente a Jadis a sus pies.

Cuando Ash dice que quería ser fuerte como Eythos, Nektas dice que eso no tenía nada que ver con la fuerza. Habla de cómo cambió Eythos después de la muerte de Mycella, y Ash afirma que hubiese destruido los mundos y todo lo que había en ellos si hubiese perdido a Sera.

Nektas le recuerda que la ha salvado, y Ash le dice a Sera que la estará esperando.

Sera se encuentra en la orilla de su lago, pero esta vez ve un gato de cueva blanco con reflejos plateados acompañado de dos crías grises. Cuando sus ojos se cruzan, Sera se ve a sí misma.

Empieza a despertar y Ash le dice que se tome su tiempo. Sera tiene hambre y sed y está inquieta. De repente, recibe un aluvión de información. Se convierte en poder y Ash le recuerda cómo son juntos. Cómo les gusta ser. Ash le dice que ella lo necesita. Necesita su sangre. Dice que es suyo.

Sera protesta, dice que el Primigenio de la Vida no se ha alimentado nunca del Primigenio de la Muerte. Se supone que son dos mitades de un círculo, pero separadas. Ash, sin embargo, le dice que es todo suyo, y ella se alimenta.

Después, Ash le pregunta si sabe quién es él. Sera declara que siempre lo sabrá.

Ash le cuenta que estaba aterrado de perderla. Ella le dice que no la ha perdido, que la ha salvado. Después Ash confiesa que tenía miedo de que ella no recordase, y que la perdería de todos modos. Ella insiste en que no la perderá. Nunca. Ash se pone tenso y le dice que cuando la suelte, debe huir. Sera no lo entiende. Ash le dice entonces que la necesita demasiado y no será capaz de controlarse. Que se transformará. Sera dice que confía en él. Le dice que es suya. Le dice que la tome. De cualquier manera.

Y él lo hace, utilizando sus zarcillos de sombra para aumentar el placer de Sera. Le dice que la quiere y reconoce que no está seguro de cuándo empezó. Ella tiembla y confiesa que pensaba que moriría sin sentir nunca cómo era el amor de Ash. Él dice que no podía permitir eso, que no lo haría. Añade que se pasará la eternidad entera asegurándose de que sepa lo que siente por ella.

Nektas pregunta si están bien y Ash lo amenaza. Sera se da cuenta de que de algún modo ha ascendido sin morir en el proceso. Las brasas se han convertido en ella. Ella es la Primigenia de la Vida. La Reina de los Dioses.

Lo dice en voz alta, y Ash le dice que él es su consorte. Ella lo nombra rey.

El rey se folla a su reina.

Y fue glorioso.

Sera pregunta si alguna vez se acostumbrará a sus colmillos y él le asegura que lo hará. También quiere saber si algún Primigenio Ascendió sin recuperar sus recuerdos y Ash le habla de algunos que tuvieron problemas para hacerlo; menciona también que Kyn nunca los recuperó.

Cuando empiezan a tener sexo otra vez, Sera se tensa sin querer cuando Ash hace ademán de alimentarse. Él le dice que no pasa nada y que había percibido su inquietud, aunque ahora le cuesta más leer sus emociones. Además, dice que deben comportarse porque tienen que hablar. Sera dice que deberían hablar de Kolis, y Ash está de acuerdo, pero comenta que no ahora. Le informa que todos los Primigenios han sentido su Ascensión y afirma que lidiarán con lo que pase. Juntos.

Ash se sincera sobre por qué no la aceptó como consorte al principio. Parte de ello fue para que Kolis no supiese de su existencia, pero también había tenido un sueño la noche en que ella nació. Era Sera en su lago, sonriéndole a él. Después la vio morir y a él... Lo achacó a la imaginación hasta que vio el lago de verdad. Luego le siguió la pista a medida que crecía. La visión lo aterró hasta tal punto que hizo que le extirpasen el *kardia* justo antes de llevarla a las Tierras Umbrías.

Lamenta cómo fue la vida de Sera por su culpa. Insiste en que fue un cobarde. Ella lo niega, pero Ash le dice lo que le mostró la visión después de que ella muriera. Él lo destruía todo. Mostró que se había enamorado. Así que intentó impedirlo. Ash le dice que se enamoró de todos modos, y ella le dice que sintió más que amor cuando Ash la sostenía en el lago. Ash dice que solo puede haber una razón para eso: son corazones gemelos.

Ash habla de cómo cuando los *Arae* ven que los hilos del destino se unen, no pueden intervenir. Dice que sus almas unidas han creado a la primera Reina de los Dioses. Sera recuerda a Holland diciéndole que el amor es más poderoso que los Hados. Hablan de cómo a los *Arae* les gusta jugar con esa fina línea entre lo que se permite y lo que se considera interferencia. Sera sale entonces al balcón y ve cómo la vida regresa al mundo. Ha detenido la Podredumbre.

Mientras descansa, Sera ve una caja al lado de la cama de Ash. La abre y encuentra todas las cintas de pelo que él le quitaba cuando le deshacía las trenzas. Eso la conmueve.

Cuando Ash regresa, comparten dulces naderías amorosas, y Ash le dice que quiere que confíen el uno en el otro; luego le dice que siempre la considerará fuerte, pase lo que pase. Insinúa que sabe lo que le ocurrió en Dalos, y luego hablan sobre Rhain. Ella le pide a Ash que no haga ni diga nada sobre lo que ocurrió cuando salieron a la luz sus planes iniciales.

Sera asume que Holland lo sabía todo y le cuenta a Ash lo que el *Arae* le dijo en realidad: que el amor es más poderoso que los Hados. Piensan y hablan sobre lo poderoso que es el amor, y aunque Sera supone que debería estar preocupada por otras cosas y pensar en el futuro, solo tiene una cosa en la cabeza.

Le pide a Ash que le vuelva a decir que la quiere. Y él lo hace. Repetidas veces. Y después…

Hacen el amor.

PRINCESA/REINA EZMERIA «EZRA»

Pelo: castaño claro.

Ojos: marrones.

Rasgos faciales: mandíbula dura y testaruda.

Personalidad: amable. Compasiva. Lista. Inteligente.

Hábitos/Costumbres/Fortalezas/Debilidades: parece inmune al calor y a la humedad. Pasa mucho tiempo haciendo obras de caridad. No sabe defenderse. No le gusta hablar del trato que hizo el rey Roderick con los dioses. A menudo lleva joyas. Divaga cuando se pone nerviosa. Cree que no puedes odiar a alguien a quien no has conocido nunca. Le encantan los bollos de chocolate. Le gusta el té helado. Le gusta leer, pero no ficción de misterio.

Otros: tiene por lo menos diecinueve años.

Antecedentes: princesa de Lasania que después se convierte en reina.

Familia: padre = rey Ernald †. Hermano = Tavius †. Hermanastra = Seraphena. Madrastra = reina Calliphe. Consorte = Marisol Faber.

EL VIAJE DE EZMERIA HASTA LA FECHA:

Ezmeria era una de las pocas que no trataba a Sera como una moneda de cambio o como algo para utilizar. La trataba como a una persona, en lugar de como a una cura. Por ello, yo la apreciaba.

Ezra está presente cuando Seraphena se presenta ante el Dios Primigenio de la Muerte para cumplir el trato del rey Roderick (algo que Ezra odia). Nyktos la rechaza, lo cual crea todo tipo de protestas entre los que están al tanto de la situación.

Más tarde, Ezra va en busca de Sera y le suplica que la ayude. Dice que necesita la habilidad de Sera para tomar prestada comida de las cocinas para los niños huérfanos y luego le habla de Nor, un terrible maltratador, y de sus hijos. Ezra le ofrece a Sera un vestido para la excursión, y hablan de la Podredumbre. Cuando Sera regresa de su paseíto y le cuenta a Ezra que Nor «resbaló y cayó sobre su daga, con el cuello por delante», Ezra le dice que da un poco de miedo.

Sera y Ezra hablan de la situación en Lasania y del altercado en Croft's Cross. Cuando la conversación gira otra vez hacia la Podredumbre, analizan quién sería el mejor regente para Lasania. Ezra le dice a Sera que *ella* es la reina que necesita Lasania.

Cuando los curanderos están sobrepasados después de un ataque, Ezra y Sera ayudan al curandero Dirks. Ezra declara que no cree que Tavius sea tan estúpido de intentar matar a Sera, puesto que es la única que puede detener la Podredumbre, al menos por lo que ellos saben.

Ezra ve el brazo herido de Sera y descubre que Tavius es el responsable. Le dice a Sera que cree que su hermano es malo. También le da información acerca del dios al que vio (alguien que sabemos que no era un dios en absoluto).

Callum es un enigma envuelto en un misterio, y descubrir más sobre él es al mismo tiempo intrigante y un poco aterrador. Pero me estoy desviando del tema…

Cuando Odetta fallece, Ezra asiste a su funeral y luego al Rito. Sin embargo, la noche de la ceremonia estalla el desastre y Ezra corre en busca de Sera para salvar a su amor. Sera no cree que pueda hacerlo, dado el estado de Marisol, pero Ezra se lo suplica y dice que debería poner a prueba sus habilidades con alguien que se lo merece. Luego confiesa que ama a Mari y no puede estar sin ella.

Sera cura a la mujer. Cuando esta despierta, Ezra le pregunta cómo se encuentra, pero luego interrumpe su respuesta con un beso apasionado. Le da las gracias a Sera y le dice que es una bendición y que siempre lo ha sido, y que no es ni ha sido nunca un fracaso. Después confiesa que no le ha dicho nada al rey y a la reina acerca de Mari porque, de hacerlo, planearían una boda antes de que hubiese un compromiso siquiera. Admite que las cosas aún son recientes, pero que cree que Marisol la quiere tanto como ella quiere a Marisol, y que están hechas la una para la otra.

Ezra pilla a Tavius azotando a Sera y le pregunta si ha perdido la cabeza. Después, cuando aparece Nyktos, ella y la reina son las primeras en arrodillarse ante el Primigenio. Cuando la atención del dios se posa en Tavius, y Calliphe ruega por su vida, Ezra levanta la voz para decir que es un monstruo y siempre lo ha sido. Después se muestra de acuerdo con Nyktos cuando este dice que Tavius es de poca importancia. A continuación, Ezra observa impertérrita cómo Sera mata a Tavius antes de ser conducida fuera del Gran Salón.

Cuando Sera y Ash regresan al mundo mortal, Ezra justo está celebrando audiencia. En cuanto se entera de que ha llegado Sera, hace que los guardias despejen el Gran Salón y deja solo a dos por dentro de las puertas cerradas. Mientras hablan, Ezra confiesa que nunca fue fan del trato, sobre todo porque era injusto para Sera.

Sera le cuenta la verdad y Ezra le cree al instante, aunque no le cuenta (no puede) lo que causó la Podredumbre, solo que cumplir el trato no hubiese acabado con ella. Ezra sabe lo importante que era y es para Sera salvar a Lasania, e incluso lo llama su reino, pues cree que Sera debería ser capaz de reconocer que ella debería haber sido la reina.

Como reina, Ezra implementa todas las medidas que puede para ayudar al reino. Empieza a construir despensas de inmediato para la gente, no solo para la realeza, y pone en marcha un pequeño banco de alimentos para que la gente pueda acudir determinados días a determinadas horas si tienen alguna necesidad. También está en conversaciones con la reina de Terra: intenta reforzar su fe en Lasania y demostrar que una alianza sería provechosa para ambas. Le dice a la reina que Terra tiene tierras fértiles preparadas para acoger cosechas y que Lasania tiene mano de obra. Los que quisieran mudarse a Terra durante al menos parte del año, podrían trabajar en esos campos.

Ezra le cuenta a Sera que han perdido varias granjas más, pero que la progresión de la Podredumbre no se ha acelerado. Después confiesa que no creía que Sera pudiese hacer que el Dios Primigenio de la Muerte se enamorase de ella. La verdad era que creía que conseguiría que la matasen por ser demasiado impaciente y limitarse a apuñalarlo.

Cuando Sera pregunta por Marisol, Ezra dice que está perfecta y con su padre. También dice que envió una carta a las islas Vodina para preguntar por sir Holland, pero que todavía no ha recibido respuesta.

Cuando se despiden, Ezra le dice a Sera que espera volver a verla y pronto. Que la echa de menos. Después dice que muchos de los planes de Sera ya se han puesto en marcha, como el de construir casas en Croft's Cross.

Eso es todo lo que he *visto* sobre la querida Ezra, aunque supongo que hay mucho más. Sabemos que propició unos cambios positivos significativos durante su reinado.

Templo del S
Ciudad
Baja
Mar Stroud
Castillo de Wayfair
N
O
E
S
Olmos Oscu

Croft's Cross
Puente Dorado
STRITO
ARDÍN
El Luxe
Templo Sombrío
Eastfall
Sera
Acantilados
de la Tristeza
Picos Elysium
MAPA DE
LASANIA

MARISOL «MARI» FABER

Ojos: negros.

Rasgos faciales: lustrosa piel marrón.

Antecedentes: se convierte en reina consorte de Lasania.

Familia: padre = lord Faber.

EL VIAJE DE MARISOL HASTA LA FECHA:

Marisol, igual que su padre, es brillante e intenta encontrar maneras naturales de detener la Podredumbre.

Cuando Sera se encamina a salvar a un niño maltratado, Marisol dice que dará vueltas con el carruaje para evitar que Ezra pueda hacer una tontería.

Después de que Nyktos rechace a Sera como consorte, Marisol no la trata de manera diferente.

Durante la noche del Rito, después de asistir a él, resulta herida mientras ayuda a una chiquilla en el bar Tres Piedras, en la Ciudad Baja. Se suponía que la misión no sería peligrosa, pero cuando unos hombres empiezan a pelearse, Mari se encuentra en medio de la refriega, la derriban y se golpea la cabeza.

Cuando Ezra lleva a Sera ante ella, está muerta. Sera la trae de vuelta a la vida y ella ni siquiera recuerda haber estado herida. Besa a Ezra con pasión, lo cual le confirma a Sera el vínculo entre las dos mujeres.

Más tarde, Marisol se convierte en la consorte de la reina Ezmeria y tiene un papel fructífero como regente.

REINA CALLIPHE

Vale, lo voy a decir sin más: Calliphe se deja mangonear. También es de lo más ignorante. Entiendo la pena. De verdad que sí. Pero ¿que una madre ignore por completo a su hija porque se parece al marido que perdió? Eso es imperdonable. Y peor aún es utilizarla como peón y como herramienta, y no tratarla nunca como a una persona. ¿Y ponerse del lado de los que le han hecho semejante *daño* a tu hija? Es imperdonable. Estoy a fuego en el rincón de Ash, diciendo «eso, eso» a la opción de enviar a Calliphe al Abismo.

Pelo: unos tonos más oscuro que el rubio pálido de Sera.

Ojos: marrones oscuros.

Rasgos faciales: sonrisa preciosa.

Rasgos distintivos: unas pocas arrugas y sombras bajo los ojos.

Personalidad: fría, al menos con Sera. Dura.

Hábitos/Costumbres/Fortalezas/Debilidades: dura de descifrar. Nunca sonríe a Sera, aunque sí a otras personas. Sufre frecuentes migrañas que requieren brebajes curativos. Tiene un retrato del rey Lamont en su cuarto y pasa horas con él. Lleva muchas joyas.

Antecedentes: casada con Ernald poco después de la muerte de Lamont, aunque nunca ha dejado de querer a su primer marido. Después de descubrir el don de Sera, temió que su hija lo utilizara con el Dios Primigenio de la Muerte.

Familia: primer marido = Lamont Mierel †. Segundo marido = rey Ernald †. Hijastro = Tavius †. Hijastra = Ezmeria. Hija = Seraphena.

EL VIAJE DE CALLIPHE HASTA LA FECHA:

La reina Calliphe es una mujer dura, y puedo decir sin sentimiento de culpa que no me gusta demasiado.

Cuando Seraphena está a punto de presentarse ante el Primigenio de la Muerte para ofrecerse como consorte, la reina

Calliphe le dice a su hija que no los decepcione, que no puede hacerlo. Cuando Nyktos rechaza a Sera, Calliphe le chilla y le pregunta qué ha pasado. Antes de que Sera pueda responder siquiera, le da a su hija una bofetada, le pregunta qué ha hecho y le dice que le ha fallado a Lasania y que ahora todo está perdido.

A menudo, Calliphe se da aires de superioridad, como cuando se dirige a los lores, cuya presencia suele considerar un insulto. Propone una alianza con las islas Vodina a cambio de ayuda. El trato: dos años de cosechas. Refiriéndose a Sera como su *doncella personal*, les dice a lord Claus y a los otros lores de las islas Vodina que ella no es parte del trato después de unos cuantos comentarios soeces que la describen como «preciosa pieza». Luego le ordena a Sera que les demuestre cuán preciosa es como pieza.

En otra ocasión, Calliphe encuentra a Sera en sus aposentos, discute con ella y la insulta, como de costumbre. Dice que ahora tiene que mantener las apariencias, pero que no tendría que hacerlo si Sera no hubiese fracasado. Menciona que reinos que una vez rezaban por una alianza con Lasania la llaman ahora la Reina Mendiga.

Calliphe, Callum y varios guardias encuentran a Sera después de ser atacada. La reina no se cree la *mentira* de Sera acerca de haber encontrado a los guardias muertos, pero no quiere decir nada delante de un *dios*. Después pasa la noche lamentándose de que su cara alfombra totalmente irreemplazable ha quedado destrozada.

¿En serio?

La noche del Rito, Calliphe se enfada al ver a Sera ahí. Más tarde, pilla a Tavius azotando a Sera y le pregunta, en el nombre de los dioses, qué está haciendo, y finge estar consternada. Personalmente, creo que era conocedora de esos abusos desde el principio; después de todo, ella misma participaba en ellos. Aunque esa es tan solo mi humilde opinión.

Cuando Nyktos aparece, es una de las primeras en arrodillarse ante el Primigenio, pero cuando este cuelga a Tavius de la estatua del Primigenio con un látigo alrededor del cuello, Calliphe grita, corre hacia él y suplica por la vida de su hijastro. Le dice a Nyktos que Tavius es el heredero al trono y promete que jamás volverá a hacer nada como lo que le ha hecho a Sera. Cuando Nyktos retrocede, ella le da las gracias. Él le ordena que cierre la boca y, sorprendentemente, Calliphe lo hace. Después observa cómo Sera mata a Tavius.

En ese momento, Calliphe mira a Sera, la mira *de verdad*, y ve en lo que ha convertido a su hija al entrenarla para ser su asesina personal. Ector y Saion la conducen fuera del Gran Salón.

Algún tiempo después de que Sera se marche a Iliseeum, un guardia informa a Calliphe de que Sera ha regresado al mundo mortal con el Primigenio. Ella no cree que sea verdad, pero va a investigarlo de todos modos. Acaba topándose con Sera cuando está saliendo con Ash del Gran Salón. La detiene mientras Sera se aleja y le dice que no sabía que Tavius tuviese planeado hacer lo que hizo. Nyktos la interrumpe, le dice que la muerte de Tavius no era la única que se debía ese día y que el hecho de que todavía respire se debe a una gracia que no se merece. Calliphe le da las gracias y Ash le dice que Sera es la que solicitó que le perdonase la vida. Él quería llevarla al Abismo con Tavius que es donde pertenece. Después le dice que pase el resto de su inmerecida vida dándole gracias a su hija.

PRÍNCIPE TAVIUS †

Pelo: castaño claro.

Ojos: azules.

Rasgos faciales: apuesto.

Personalidad: cruel. Clasista. Impaciente. Arrogante. Maltratador.

Hábitos/Costumbres/Fortalezas/Debilidades: bebe demasiado. Mujeriego. Tiene poco respeto por los que ponen comida en su mesa.

Otros: veintidós años recién cumplidos.

Antecedentes: tiene una relación tórrida con la recién enviudada Srta. Anneka, la mujer de un comerciante. Prometido a la princesa Kayleigh de Irelone.

Familia: madre = desconocida. Padre = rey Ernald †. Madrastra = reina Calliphe. Hermana = Ezmeria. Hermanastra = Seraphena.

EL VIAJE DE TAVIUS HASTA LA FECHA:

Tavius aparece por primera vez en mis visiones burlándose de Sera, algo que parece ser uno de los pasatiempos favoritos de este príncipe malcriado. Menciona que su prometida, la princesa Kayleigh de Irelone, está nerviosa por su noche de bodas, y añade que le ha prometido que será suave (solo pensar en ello me causa escalofríos). Después le dice a Sera que el Dios Primigenio de la Muerte es monstruoso, y que esa es la razón de que no lo representen en ninguna obra artística; luego añade que tiene colmillos y escamas como las bestias que lo protegen. Le lanza una pulla a su hermanastra acerca del *beso de sangre* y dice que sabe que estuvo bajo la tutela de las cortesanas del Jade, por lo que es probable que esté impaciente por *servir* al Primigenio.

Tavius está de pie al lado de su padre cuando lord Claus regresa con el lord de Lasania, que ahora es solo una cabeza, algo que deja espantado al despreciable príncipe. Su espanto, sin embargo, no dura demasiado, porque enseguida comenta que deberían haber entregado a Sera al lord.

La semana anterior, Sera había encontrado a Tavius fustigando a un caballo, así que le puso un ojo morado y amenazó con utilizar el látigo contra *él*. Así que él decide utilizarlo con *ella* a la siguiente oportunidad que tiene.

Cuando Sera llega de comprobar el estado de las granjas, Tavius la culpa de las muertes de los Couper. Tavius discute con ella y le dice que está impaciente por ocupar el trono.

Cuando Ernald le ordena que se marche, Tavius le tira a Sera un bol de dátiles que la golpea en el brazo. Después de eso, su padre le dice que no quiere volver a verlo durante el resto del día y lo amenaza antes de decirle una vez más que se marche.

El hecho de que el rey aún tratase a Tavius, de veintidós primaveras, como a un niño al que hay que castigar en el rincón me divierte. Aunque qué más podemos esperar del pelele.

Tavius asiste al Rito y alerta a su madrastra de la presencia de Sera. Después del ataque que sufre Sera, Tavius se sitúa en sus aposentos cuando esta se despierta. Cuando Sera saca el tema del ataque, Tavius afirma no tener nada que ver y dice que él no gastaría ni una sola moneda en ella. Sera dice que llamarla «hermana» es un insulto, lo cual enfurece a Tavius. Aprovecha entonces para revelar que tiene la daga de Sera, la que ella suele tener siempre cerca. Tavius la inmoviliza contra la cama y le informa que el rey murió la noche anterior mientras dormía; un problema de corazón. Después añade que *él* es ahora el rey.

La verdad es que yo creo que él tuvo algo que ver en ello. El momento de la muerte del rey fue un poco demasiada coincidencia para mí, *aunque* fuese resultado de que Sera emplease su don para restaurar vida. Es solo que no estoy tan segura de que esa fuese la única razón por la que murió el rey. Aunque, bueno, solo estoy pensando en voz alta; o en papel, más bien.

Sera lo insulta y Tavius le escupe, antes de decirle que no cree ni por un segundo que el Primigenio de la Muerte vaya a ir a por ella. Luego añade que siempre la ha visto, a la última heredera de la estirpe Mierel, como una amenaza para ocupar él el trono. Cuando le exige que se dirija a él por su título y ella se niega, está encantado porque la puede castigar por traición, cosa que hace de un modo muy gráfico cuando la azota.

Cuando reaparece el Primigenio de la Muerte, amenaza a Tavius pero al final le perdona la vida, solo para permitir que Sera lo mate en su lugar. Ash lo condena a los Fosos de Llamas Eternas, donde arderá hasta que sea liberado, momento en el cual Nyktos le hará cosas mucho peores que las que le había hecho Sera. Cosas inimaginables.

¿Soy mala por sonreír cuando pienso en lo que le hace exactamente Nyktos a Tavius cuando lo *visita* en el Abismo?

PRINCESA KAYLEIGH BALFOUR

Exprometida de Tavius (un matrimonio político a buen seguro), Kayleigh se convierte en la soberana del reino vecino de Lasania. Además, cuenta con algunos amigos interesantes, como Delfai, Dios de la Adivinación, un tipo de dios que muchos creían extinguido.

Hay algo muy intrigante en Kayleigh. Tal vez sea porque veo el vínculo entre ella, Coralena, Leopold y Poppy. También podría ser porque desciende del último oráculo. Pero quizá no. Podría ser por alguna cosa que todavía no sé.

Pelo: largo, espeso, castaño muy claro.

Ojos: verdes.

Constitución: hombros rectos.

Rasgos faciales: cutis rosa besado por el sol. Rostro con forma de corazón.

Personalidad: amable. Sabe escuchar.

Hábitos/Costumbres/Fortalezas/Debilidades: prefiere Cauldra Manor al castillo de Redrock.

Otros: tiene un gato negro y blanco.

Antecedentes: estuvo prometida al príncipe Tavius de Lasania. Conspiró con Sera para enfermar y evitar así su boda. Ha visto a los Primigenios suficientes para saber que sus ojos son plateados.

Familia: padre = rey Saegar. Madre = reina Geneva. Descendiente del último oráculo.

EL VIAJE DE KAYLEIGH HASTA LA FECHA:

Deja que empiece por decir solo que estoy *contentísima* de que la princesa pudiese librarse de casarse con el príncipe Tavius.

Sera la encontró una vez llorando en los jardines después de que Tavius le hiciese daño, y Kayleigh no se sorprendió nada cuando Sera le advirtió sobre su hermanastro. Después de eso, Sera y ella urdieron un plan para dejarla «no disponible» para el anuncio del compromiso real. Sera consiguió una poción de un curandero que haría que Kayleigh pareciese muy enferma, por lo que habría que posponer el compromiso. Kayleigh convenció a sus padres de que era ese clima más cálido y húmedo el que la había hecho enfermar.

Cuando Sera busca a Delfai, descubre su localización al utilizar los Estanques de Divanash y ver que está en Cauldra Manor con la princesa. Cuando Sera y Nyktos llegan a Irelone, Kayleigh reconoce a Sera de inmediato y sabe que su acompañante es un Primigenio. Se muestra temerosa porque sabe que los Primigenios se ofenden con facilidad si no se les trata con el debido respeto.

Cuando Sera pregunta por Delfai y lo describe, Kayleigh se refiere a él como el *erudito* y confirma que, en efecto, está en Cauldra. Después comenta que lleva ahí varios años y que le está enseñando a leer el idioma antiguo.

Ahora que tiene la oportunidad de hacerlo, Kayleigh le da las gracias a Sera por su ayuda con Tavius y el compromiso.

Mientras hablan un rato más, Nyktos se disculpa por cómo han actuado otros Primigenios. Cuando Kayleigh le pregunta de qué corte es, se sorprende al descubrir que es de las Tierras Umbrías. Luego le pregunta a Sera cómo ha acabado con él, pero Sera se limita a decir que es una larga historia.

La pareja le pide que los lleve con Delfai. Ella revela que Irelone se ha enterado de que Ezmeria ha subido al trono de Lasania, y Nyktos le dice que Tavius está en el Abismo. Kayleigh se muestra aliviada y se ríe, antes de comentar que estaba preocupada por que pudiesen obligarla a volver con él, y que no hacía más que esperar la noticia de que se había comprometido con otra persona. La noticia de que ahora es libre le anega los ojos de lágrimas.

Kayleigh se da cuenta entonces de que Sera nunca fue la doncella personal de la reina. Cuando Nyktos le cuenta quién es en realidad Sera y quién estaba destinada a ser, Kayleigh no parece sorprendida.

SIEMPRE A SALVO CONMIGO

~Ash~

—Maldita sea —gruñó Sera, al tiempo que la esencia de los Primigenios bullía en su interior y rebosaba al aire a nuestro alrededor.

Su frustración creciente me provocó una risa áspera mientras tiraba de ella hacia atrás contra mi pecho. Su olor a vainilla y a lavanda me rodeó.

—Ahora, ¿cómo te soltarías de mi agarre? —pregunté, mientras contemplaba desde lo alto todo su glorioso pelo rubio plateado. Mis dedos estaban ansiosos por hundirse en esos sedosos mechones. Por desgracia, eso no la ayudaría a aprender a controlar la esencia que vibraba por todo su cuerpo—. No puedes alcanzar esa daga ni ninguna otra arma, ni aunque la tuvieras. ¿Qué harías?

Forcejeó contra mí, sin conseguir gran cosa aparte de hacerme muy consciente de todas sus curvas exuberantes.

—¿Gritar muy fuerte?

Mis labios se curvaron y mis ojos se deslizaron hacia las paredes de piedra gris de la cámara subterránea en las profundidades de la Casa de Haides.

—No.

—¿Suplicar?

Con una sonrisa completa, ladeé la cabeza hacia la elegante longitud de su cuello.

—Hay muy pocas cosas por las que me interesaría oírte suplicar —le dije, y sentí que se tensaba contra mí—. Y tu vida no es una de ellas.

¿Mis caricias? ¿Mi mordisco? ¿Mi pene? No me importaría oírla suplicar por esas cosas usando esa bonita boca suya. Apreté la mandíbula.

Necesitaba centrarme, joder.

Lo que estábamos haciendo aquí abajo era importante. No tenía nada que ver con que ella suplicase ni con mi pene.

—Puedo sentir cómo la esencia bulle en tu interior. Está ahí. Cargando el ambiente. Puedes invocar al *eather*. Desear que se manifieste en forma de energía que podría liberarte de mi agarre. No me harás daño.

Giró un poco la cabeza hacia la mía.

—No me preocupa nada hacerte daño.

—Entonces, ¿qué te impide actuar?

—Esas pocas cosas por las que te interesaría oírme suplicar.

Me quedé de piedra. De inmediato, mi mente voló hacia lo que había estado pensando hacía apenas unos segundos.

Mis caricias.

Mi mordisco.

Mi pene.

Tres cosas por las que nunca había querido oír a nadie suplicar... no hasta que llegó ella. Aunque, claro, ella tampoco tendría que suplicar. Eso debería preocuparme. Mucho. En lugar de eso, hizo que me atravesase un rayo de lujuria. Rápido e intenso.

Sera echó la cabeza hacia atrás contra mi pecho y vi cómo sus labios se curvaban un pelín.

—Apuesto a que puedo adivinar al menos una de esas cosas.

—¿Y cuál sería?

Giró la cabeza hacia la mía.

—No sé si debería decirla. Puede que sea demasiado atrevida.

Menuda cosa más interesante para que ella, de todas las personas posibles, dijera.

—No hay ni una sola parte de mí que crea que estés preocupada por ser demasiado atrevida.

—Pero puede que encuentres que oírme hablar de ello... te distrae.

¿Encontrar que ella me distrae? No había habido ni un momento desde que me topé con ella en ese pasadizo de olor dulce en que *no* me hubiese distraído.

Debería estar acostumbrado a ello ya.

Lo cual también significaba que debería ser capaz de sobreponerme a ello. Concéntrate. Compórtate.

Sin embargo, era como si fuese una persona distinta cuando estaba con ella. Alguien sin pasado. Alguien no atado al presente ni a un futuro y toda la mierda que venía con él. Ni siquiera era un Primigenio. Era solo un hombre que...

Quería.

Moví el brazo antes de darme cuenta siquiera de lo que hacía... o quizá sabía muy bien lo que hacía. La levanté para ponerla de puntillas sobre sus botas y atraje ese regordete culo suyo contra mi pene. Supe el momento exacto en que me sintió. Percibí de inmediato su pasión picante y ahumada.

—Ya estoy distraído.

Se mordió el labio de abajo.

—Puede que acabes *más* distraído.

Aun consciente de que podía bloquear su excitación creciente y que *debería* hacerlo, no lo hice. Esa persona diferente en la que me convertía cuando estaba con Sera quería ahogarse en ella.

—Dime por lo que crees que me gustaría oírte suplicar. —Hice una pausa para disfrutar del ligero meneo que le dio a sus caderas—. ¿O eres tú la que se ha convertido en poco más que labia?

Su risa fue pura música, un sonido que no se oía lo suficiente, y que me distrajo aún más cuando se estiró más hacia arriba y restregó su culo contra mi pene.

Maldita sea.

Su boca estaba a apenas un par de centímetros de la mía.

—Tu *pene* —susurró.

Maldita sea.

Un dolor sordo estalló de pronto en mi pie cuando Sera estampó la bota sobre la mía. Con fuerza. La sorpresa onduló a través de mí, seguida casi de inmediato por un fogonazo de diversión. Fue solo un segundo, pero tiempo suficiente para que ella cobrase ventaja.

Se liberó de mi agarre y giró hacia mí. Una expresión de arrogancia pura y sin filtros se asentó en la curva de sus labios carnosos mientras caminaba por el suelo de tierra compactada y piedra.

—Así es como me soltaría.

El *eather* palpitó dentro de mí mientras la bestia en mi interior se removía, despertada por la arrogancia de su sonrisa.

—¿Ese es tu gran plan de batalla cuando no tengas acceso a armas? ¿Hablar de penes?

—Si funciona, ¿por qué no? —Bajó la vista y un tenue rubor rosa se extendió por sus mejillas pecosas—. Y esta vez desde luego que ha funcionado.

Eso se quedaba muy muy corto.

—Quizás un poco demasiado bien.

Su respiración se aceleró cuando sus ojos volvieron por fin a los míos. El verde esmeralda lucía ardiente.

—¿Ah, sí?

Caminé hacia ella en ademán depredador, sintiéndome más como el lobo en mi interior que como el dios. El deber y la responsabilidad quedaron al margen cuando vi el desafío en su mirada. El *deseo.*

Sera se quedó quieta mientras me acercaba, pero sabía bien que no debía fiarme de que no fuese a intentar algo. Ella también estaba distraída. Pero estaba alerta.

A Sera le gustaba ganar.

Quizás fuese la única cosa que le gustaba más que mis caricias, mi mordisco o mi pene.

Como era de esperar, pasó a la acción cuando estaba a poco más de un palmo de ella.

Dio un paso rápido a la izquierda, lo cual avivó la necesidad de mi lobo de atraparla… y la mía. La anticipación ardía en mi interior mientras giraba en redondo y la agarraba con un brazo cruzado por delante de su pecho.

Tiré de ella hacia atrás contra mí, siempre con el brazo cruzado sobre la parte superior de su pecho.

—Eso ha sido demasiado fácil, Sera. —Aplané mi otra mano sobre su bajo vientre y sonreí cuando dio un respingo—. No creo que estés evitando en serio que te atrape.

—¿Qué…? —Se le cortó la respiración cuando deslicé la mano hacia abajo, por encima de las delicadas cintas que discurrían por la parte delantera de sus pantalones—. ¿Tú qué piensas?

—Yo diría que es obvio. —Al sentir que separaba las piernas, supe lo que quería. Deslicé mi mano entre sus muslos y el sabor de su deseo se intensificó en el fondo de mi garganta. Se le escapó un gemido entrecortado cuando mis dedos presionaron contra el centro de su ser—. Querías que te atrapara.

—No me gusta que me atrapen. —Sus caderas se sacudieron cuando empecé a mover el dedo en círculos lentos y apretados—. Nunca.

Me reí.

—Mentirosa.

Se estremeció de la cabeza a los pies y agarró el antebrazo que tenía cruzado sobre su pecho.

—Aunque que te atrapen de este modo no está tan mal. —Se le escapó un sonidito callado y jadeante cuando mis dedos encontraron esa joyita sensible suya a través de sus finos pantalones—. ¿Todos los Primigenios luchan de esta manera?

Mis dedos se detuvieron. La mera idea de que otro pudiera tocarla de esta manera me provocó un gruñido brutal que salió de lo más profundo de mi ser.

La diversión de Sera endulzó el sabor de su deseo. Tiró de mi brazo al tiempo que lanzaba una patada hacia atrás y giraba para enroscar la pierna alrededor de la mía.

O eso intentó.

Con el entrenamiento olvidado ya, no iba a tolerarlo.

Ahora tenía otras cosas en mente.

—Movimiento equivocado. —La levanté en volandas y giré con ella hacia la vieja mesa de piedra, en cuya superficie seguía clavada su daga—. Pero esta vez tampoco creo que lo hayas intentado con demasiado ahínco.

En verdad no lo había hecho.

Yo era más fuerte y rápido que ella, pero Sera luchaba mucho mejor que lo que estaba demostrando ahora.

Hizo un sonidito dulce cuando empujé con suavidad su tronco contra la mesa. Sus pies apenas llegaban al suelo, lo que hacía que su culo con forma de corazón se levantase por los aires. Esa también era una imagen muy dulce. Empezó a darse la vuelta, pero yo fui más rápido. Presioné contra ella, al tiempo que deslizaba una pierna entre las suyas para evitar que las usase contra mí.

Sera podía hacer daño de verdad con esos músculos.

Sus piernas eran poderosas, ya fuese al patearle el culo a un enemigo o cuando utilizaba esa fuerza para cerrarlas en torno a mis caderas.

Como no quería que su delicadísima piel se rozase contra la áspera losa de la mesa, deslicé el brazo derecho debajo de su mejilla y me incliné sobre ella para atraparla entre la mesa y yo.

Aspiré su exquisito aroma y dejé que invadiera todos los rincones de mi ser. Un ruido grave y vibrante emanó de mi pecho. La sensación de ella debajo de mí, blandita, caliente y acogedora era como un milagro. Me llenó de una sensación de... ¿estar en casa? ¿Pertenencia? No estaba seguro, pero fuera lo que fuese, jamás tendría suficiente de ella... ni de Sera.

Tal vez Sera supiese a sol, pero ella era más como la luna y se movía impulsada por las mareas, la hora y la luz.

Nunca tendría suficiente de esta sensación. Jamás.

Mi mandíbula se apretó del deseo. Un intenso pulso de lujuria me atravesó hasta llegar a la punta de mi pene. Ladeé la cabeza y mi aliento revolvió los delicados pelillos de su sien.

Pugné con la neblina del creciente deseo y con la palpitante necesidad de tomar el control. De tomarla a *ella*. Sabía que no le gustaba que leyera sus emociones, pero lo que ella sentía, lo que podía estar pensando, era demasiado importante para mí como para no hacerlo. Abrí mis sentidos a ella mientras sus dedos se enroscaban contra la áspera piedra y busqué algún signo de pánico o de miedo, pero todo lo que encontré fue el intenso y seductor interés de su pasión. El deseo que sentía yo estaba amplificado en ella, y aumentaba a cada instante que la sujetaba atrapada bajo mi cuerpo.

Solté una exclamación ahogada al comprenderlo de pronto. Cerré mis sentidos.

—Te gusta —murmuré con voz rasposa, sorprendido por la revelación. Sera, mi valiente y preciosa *luchadora* no solo estaba excitada. Se había puesto muy cachonda por ser dominada. La sorpresa dio paso al asombro y deslicé la mano hacia su cadera. Había percibido lo mismo en Sera la primera noche que me había alimentado de ella. Lo había achacado a su reacción a mi mordisco—. Te gusta de *este* modo. —Sera no dijo nada, pero sentí cómo un leve escalofrío surcaba su cuerpo. No había forma de confundir lo que ella sentía... ese subidón en su excitación fue tan potente que rompió a través de mis escudos. Supe que estaba en lo cierto—. *Saboreo* tu deseo. —Mis labios rozaron su mejilla—. Especiado. Ahumado. —Gruñí, al tiempo que empujaba con las caderas contra su culo. Sera se estremeció—. Ni siquiera tengo que intentar leer tus emociones.

Deslicé la palma de mi mano por su bajo vientre y metí la mano entre sus piernas. Ella empujó su cuerpo contra mis dedos exploradores.

—Sí… me gusta.

Incluso a través de sus pantalones, su calor era abrasador, jodidamente divino, mientras yo intentaba conciliar los dos lados tan tan distintos de ella y que solo había visto una vez antes.

—¿Por qué? Dímelo.

—Yo… —Sera gimió cuando la acaricié—. No lo sé.

Mentirosilla.

—Creo que sí que lo sabes. —Moví el brazo y levanté la mano hacia las cintas de mis pantalones. Encontré el nudo y lo aflojé con facilidad. Su suspiro dibujó una sonrisa en mi cara—. O quizás esté equivocado y de verdad no lo sepas. —Metí la mano en el hueco entre sus pantalones y su cintura, ansioso por llegar entre sus piernas, aunque me aseguré de darme tiempo suficiente de sentirla, de maravillarme en la suavidad cálida de su piel, de su tripa y después, por fin, más abajo, donde sabía que más suave era. Donde tan mojada estaba—. Pero en lo que no me equivoco es en que esto te gusta.

Sera rotó el culo hacia arriba solo un poquito, una petición silenciosa que yo haría todo lo que pudiese por responder. Sabía lo que quería. Aspiré su dulce aroma y al mismo tiempo introduje un dedo en su calor apretado.

—Me gusta… —Sera emitió un ruidito ahogado cuando dejé que más de mi peso se asentara sobre su espalda.

—¿Qué es lo que te gusta? —pregunté, mientras ella apretaba de golpe las piernas—. ¿Que te dominen?

Todo su cuerpo se estremeció, al tiempo que agarraba la mano que había colocado cerca de ella.

—Me gusta… *someterme a ti.*

—*Joder.* —Di una sacudida contra ella y cerré los ojos un instante. Ya había sabido cuál iba a ser su respuesta. No hubiese continuado de este modo de no haberlo sabido. Pero oírla decirlo recalcó la sensación de que esto era mucho más. Era mucho más que lujuria y sexo—. Tú nunca te sometes a mí.

Sera giró la cabeza y esos preciosos ojos conectaron con los míos.

—Ahora me estoy sometiendo.

Una extraña e intensa sensación barrió a través de mí, me atenazó las entrañas y sentí que el *eather* subía hasta la superficie de mi piel. La sangre palpitaba a través de mí, silenciando los suaves sonidos del agua que discurría por el estanque.

—¿Eso es lo que quieres? ¿Ahora? —Sabía que sí, pero necesitaba oírselo decir—. ¿Así?

Vi que sus mejillas se teñían de rosa.

—Creo que puedes sentir que así es.

Oh, sí que lo sentía. Y lo había oído cuando había enroscado el dedo en su interior.

—Sí, lo siento.

Su garganta subió y bajó al tragar saliva. Pasó un momento.

—Sé que puedo permitir que esto ocurra —susurró entonces.

Me quedé muy quieto. Lo que había sentido antes era cierto. Esto era algo mucho mayor. Era una cuestión de confianza.

Y Sera confiaba en mí.

En *mí.*

No estaba seguro de qué había hecho para merecerlo. No cuando todavía podía verla encogerse un poco, todavía podía saborear la vergüenza que le había hecho sentir cuando todo estaba en calma.

—Creo que lo entiendo —dije, y me sentí un poco inestable sobre los pies.

Sus labios se entreabrieron mientras yo le sostenía la mirada. Introduje el dedo en su interior una vez, luego otra, antes de sacar la mano. No aparté la mirada. Ella tampoco. Con el corazón desbocado, agarré sus pantalones y los bajé hasta sus rodillas antes de hacer lo mismo con los míos. Su respiración se aceleró cuando agarré mi pene y deslicé su cabeza por la curva de su culo. Ninguno de los dos dijimos nada mientras empujaba entre sus muslos para entrar en su calor mojado y apretado.

Por los Hados.

La sensación de ella apretándose alrededor de mi pene hizo que tensara todos los músculos de mi cuerpo. Un placer puro y crudo surcó a través de mí para avivar a la bestia en mi interior una vez más. Quería que follara. *Yo* quería follar, fuerte y deprisa. Pero sentí cómo mi forma de dios empezaba a retirarse. Pude verlo en la mano que ella sujetaba con tal fuerza. La piel empezaba a afinarse, a revelar las sombras que había debajo.

Joder.

Si me dejaba ir y la tomaba en mi forma primigenia... Me recorrió un escalofrío de miedo. Ella era mortal y yo estaba muy muy lejos de serlo.

Ella era... ella era demasiado importante para mí.

No podía perder el control. No lo haría. Porque podía ser igual de fuerte que ella. Sera se merecía eso.

Aferrado a esa idea, solté una especie de gruñido ahogado. Pasaron los segundos, moviéndome al mismo tiempo demasiado deprisa y demasiado despacio. Sin perder el control, fui saliendo de ella, consciente de cada jodido centímetro. Mis terminaciones nerviosas disparaban ráfagas de placer mientras acunaba solo la punta a la entrada de Sera y luego volvía a penetrarla. Su gemido se perdió en el mío.

Sus uñas arañaron la piedra y se clavaron en mi piel cuando aceleré el ritmo. Cada embestida era como mil explosiones pequeñitas que sacudían nuestros cuerpos. Mis caderas se movían cada vez más y más deprisa, y nos acercaban a toda velocidad al borde de lo que parecía la locura.

—Más fuerte —jadeó ella, los dedos clavados en mi puño—. Tómame. —Me estremecí y la embestí. Sera forcejeó contra mi agarre y su voz sonó febril cuando susurró—: Fóllame.

Mi respiración era entrecortada contra su mejilla mientras la sujetaba en el sitio, justo como ella quería, como necesitaba de mí.

Y se lo di todo.

Deslicé mi pene por su humedad resbaladiza, una y otra vez. La embestí *más fuerte* mientras giraba la mano bajo la suya. *La tomé* mientras entrelazaba los dedos con los suyos. *La follé* mientras tomaba la mano en la mía y la sujetaba.

Sus gemidos me provocaron una oleada de satisfacción salvaje. Empujé con mi pene dentro de ella, cada embestida más profunda a medida que la sentía más y más apretada a mi alrededor.

Deslicé el puente de mi nariz por su mandíbula y mis labios rozaron su cuello mientras arremetía una y otra vez. Mi boca se abrió al apretar contra su culo y arañé la piel de su cuello con mis colmillos.

Sera empezó a temblar al alcanzar el clímax, y dejó salir todo el placer que se había estado acumulando en pleno centro de su ser. El éxtasis bajó en tromba por mi columna. Cuando se corrió, me arrastró con ella por el borde de ese precipicio. Sellé nuestros cuerpos juntos, sin dejar ni un pelo de espacio entre nosotros. Nuestros gemidos se fundieron. Quería sentir cada mínima contracción de sus músculos. Necesitaba que ella sintiese cada bombeo de mi pene mientras mi cuerpo encontraba el mismo placer que el suyo.

Disfrutamos de las réplicas y yo fui ralentizando mis movimientos contra Sera, mientras ella se quedaba totalmente inerte debajo de mí. A medida que la tensión abandonaba su cuerpo, un sabor dulce se arremolinó en el fondo de mi garganta. Me recordaba a chocolate… chocolate y bayas.

Sin tener muy claro lo que estaba detectando en ella, levanté la boca y me aseguré de no haber perforado su piel.

No lo había hecho.

—Siempre estarás a salvo conmigo, *liessa* —le prometí.

Esa era una promesa que no rompería jamás.

Porque ella confiaba en mí.

Y eso era un regalo. Uno que yo valoraría y protegería.

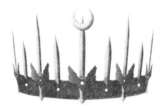

NYKTOS

También conocido como Ash.

El Primigenio de la Muerte/Rey de los Dioses en la línea temporal de *De sangre y cenizas.*

Corte: las Tierras Umbrías.

Pelo: espeso. Castaño rojizo. Ondulado. Roza sus mejillas.

Ojos: plateados.

Constitución: de una altura increíble. Ancho de hombros. Estómago duro. Pecho definido.

Rasgos faciales: cutis de un exquisito marrón dorado como el trigo. Pómulos altos y anchos. Nariz recta. Boca ancha y carnosa. Pestañas espesas. Parece tener entre veinte y veinticinco años.

Rasgos distintivos: lleva un brazalete plateado alrededor del bíceps derecho. Cicatriz en la barbilla. Líneas negras en el interior de las caderas que se curvan hacia abajo y se extienden por los lados de su cuerpo. Son gotas de sangre; ciento diez. El tatuaje también se extiende por toda su espalda. En el centro de su columna, la tinta dibuja una espiral circular y comprimida que se hace cada vez mayor y dispara gruesos zarcillos que se enroscan hacia delante hasta su cintura y conectan con las líneas de sus caderas. Las gotas representan las vidas que se ha visto forzado a quitar. Su marca de matrimonio está sobre su mano izquierda.

Rasgos preternaturales: *eather* giratorio en sus ojos. Cuando utiliza poder, a veces brilla. Cuando se pone todo Primigenio: brotan sombras giratorias bajo su piel y aparecen venas blancas refulgentes. Una oscura medianoche veteada de *eather* emana de él. El aire se carga y chisporrotea mientras unas alas de *eather* se despliegan a su espalda. La piel se vuelve del color de la medianoche, veteada de *eather* puro, y se pone dura como la piedra. Las alas se pueden volver sólidas como las de un *draken*, una masa furiosa de plata y negro. Sus ojos centellean con tanto poder que las pupilas desaparecen.

Personalidad: estoico. Reservado. No le gusta recibir atención por parte de los otros dioses.

Hábitos/Costumbres/Fortalezas/Debilidades: risa profunda y ronca. Puede percibir y saborear emociones. Uno de los Primigenios más fuertes. Joven para ser Primigenio. Capaz de invocar a su caballo Odín a voluntad; el équido se convierte en sombras y se filtra en la piel de alrededor del brazalete plateado cuando no lo necesita; es una parte de él. Capaz de ver las almas de los fallecidos. Puede sombrambular a cualquier sitio, sin importar la distancia. Puede invocar a un alma con un simple contacto. Capaz de utilizar la coacción. Puede transformarse en un lobo blanco plateado. No tiene costumbre de castigar a los mortales por dar su opinión. Lucha con elegancia. Se muerde el labio cuando la atracción se aviva en su interior. Solía gustarle leer. No le gusta demasiado que lo toquen; excepto Sera. Aprende deprisa cuando de sexo se trata. Considera que el amor es un arma; un riesgo innecesario. Le encanta nadar; pasó mucho tiempo en el lago cuando era joven. Tiene una caligrafía preciosa.

Otros: tiene doscientos veinte años. Huele a frescor y a cítricos. Sabe silvestre y ahumado... como el whisky. Su sangre sabe a miel, pero más ahumada. Hizo que le extirpasen el *kardia*, así que es incapaz de amar. También llamado el Asher, el Bendecido, el Guardián de Almas, *el* Dios Primigenio del Hombre Común y los Finales.

Antecedentes: se vio forzado a matar a un amigo, algo que aún lo atormenta. Hizo un trato con Veses varios años antes de conocer a Sera para mantenerla a salvo. Su madre fue asesinada cuando Nyktos todavía estaba en su vientre. Al principio, rechazó a Sera debido a lo que percibió procedente de ella ese día: determinación, angustia y desesperanza. Acababa de completar su Sacrificio cuando se cerró el trato con la familia Mierel. Todo el poder y las responsabilidades de Eythos pasaron a Nyktos al morir su padre. Lo forzaron a alimentarse hasta matar. Sabe lo que es ser prisionero. (Véase más abajo para obtener información adicional sobre su historia).

Familia: madre = Mycella †. Padre = Eythos †. Tío = Kolis. Prima segunda = Aios.

EL VIAJE DE NYKTOS HASTA LA FECHA:

Madre mía. ¿Qué digo sobre el querido Nyktos? Exquisitamente torturado. Increíblemente solícito. Con mala suerte en la vida desde su nacimiento (literal), pero aun así lo ha superado e incluso persevera. Lo que sé acerca del Primigenio de la Muerte es tan solo lo que conseguí recopilar a partir de investigaciones y mis escasas visiones. Desearía haberlos visto a Sera y a él con la misma claridad que he visto a Casteel y a Poppy, pero por desgracia no ha podido ser. Aun así, lo que he aprendido y visto de Nyktos me ha hecho enamorarme bastante de él... con un significado general, como es obvio. Seraphena es una Primigenia afortunada.

Para empezar, algo de historia:

Sumido en una ira vengativa, decidido a castigar a su gemelo por hacerle perder a su amor (Sotoria), Kolis asesina a su cuñada Mycella cuando está embarazada de Nyktos. De algún modo, Nyktos sobrevive. No se sabe *cómo* fue, exactamente, pero con ello se ganó la parte de «El Bendecido» de su título. Nyktos creció viendo una tristeza constante en el rostro de su padre a causa de la pérdida de su consorte. Más tarde, después de ver y de percatarse de que el amor podía convertirse en un arma y era peligroso y un riesgo innecesario, Nyktos le pide a la diosa Maia que le extirpe el *kardia*, lo cual hace que le resulte imposible amar.

Más adelante averiguamos que ese «más tarde» fue justo antes de que Sera fuese a las Tierras Umbrías, y que Nyktos lo hizo por una visión que había tenido de lo que ocurriría si se enamorase de Sera y luego la perdiese.

Nyktos apenas había completado su Sacrificio cuando su padre hizo el trato que afectaba a la estirpe Mierel; trato que Eythos le contó a Nyktos antes de morir, aunque nunca explicó *por qué* lo hizo. Por aquel entonces, no tuvo gran impacto sobre Nyktos porque él no era todavía el Primigenio de la Muerte, pero cuando Kolis asesinó a Eythos después de intercambiar su papel con él, todo el poder y las responsabilidades de su padre pasaron a Nyktos.

Cuando Phanos, el Primigenio del Cielo, el Mar, la Tierra y el Viento destruye Phythe a causa de un supuesto desaire, Saion y Rhahar huyen de las islas Triton. Por desgracia, la deserción de la corte correspondiente se considera una ofensa que a menudo se castiga con la muerte. Nyktos interviene en su nombre, va a visitarlos mientras están presos y toca el hombro de cada uno de ellos. Al día siguiente, durante la audiencia de la corte, informa a Phanos de que el Primigenio no puede castigar a dioses que ya no le pertenecen y le dice a Phanos que ahora le pertenecen a *él*. Verás, Nyktos tomó posesión de sus almas al tocarlos, con lo que los hacía suyos y dejaban de formar parte de las islas Triton. Eso les permitía marcharse, como ambos deseaban. Después de aquello, muestran una lealtad increíble hacia Nyktos y se convierten en parte de su círculo interno.

Actuando como Primigenio de la Muerte y consciente de que ahora es responsable del trato realizado con Roderick Mierel, Nyktos va de vez en cuando a ver cómo está Seraphena, curioso por ella. La ve en el lago y lo encuentra tranquilizador.

De hecho, empezó a «visitarla» de niña. La vio coleccionar piedras, nadar en su lago, hacer otras cosas. Y todo ello empezó a causa de un sueño que tuvo el día que ella nació y que le mostraba lo que podría ocurrir en el futuro.

Durante sus primeros tiempos como Primigenio de la Muerte, Kolis solía hacerle acudir a él en Dalos, en cuyos momentos Nyktos tenía que fingir que no odiaba a su tío con cada fibra de su ser y debía convencer a Kolis de que le era leal. En realidad, Nyktos nunca aceptó su forma de vida y había estado buscando una manera de destruir o sepultar a su tío desde que Ascendió. Ver cómo trataba Kolis a sus *favoritas* solo reforzó la aversión de Nyktos hacia su familiar. Y verse obligado a hacer cosas como arrancarle el corazón a una divinidad por atreverse a no hacer una reverencia adecuada ante Kolis, o a alimentarse hasta matar, solo aumentó su odio.

Antes de que los mortales empezasen a perder la fe, solían invocarlo para acudir al mundo mortal a menudo. En ocasiones, Nyktos satisfacía la solicitud del peticionario de arrebatar la vida de otra persona, si esta era malvada o se lo merecía. Otras veces, mataba a la persona que lo había invocado si la petición era en su propio beneficio o por una ofensa irrelevante. Según avanzaron los años, sin embargo, cada vez visitaba menos el mundo mortal.

Hasta que lo convocaron para aceptar a Sera como su consorte.

Ya había hecho que Ector y Lathan la vigilasen cuando cumplió diecisiete años... antes de que Lathan perdiese la vida. Cuando los sacerdotes lo convocan a Lasania para reclamar a Seraphena y honrar el trato realizado por su antepasado, Nyktos llega al castillo con un retumbar y extingue todas las velas antes de proyectar las llamas hacia el techo. Cuando el aire se desgarra, brota un estallido de *eather* y él aparece, rodeado por sombras inquietas. Percibe los sentimientos de Seraphena y le susurra que no tiene necesidad de una consorte, antes de apagar las velas otra vez con una ráfaga de aire y desaparecer con otro retumbar. Cuando las llamas vuelven a prenderse, él ya no está. Nyktos dice que no volvieron a convocarlo nunca más, aunque a Sera le hicieron creer que sí.

La siguiente vez que Nyktos ve a Sera en persona, es más mayor y él está en el mundo mortal, algo que sigue sin hacer a menudo. Haciéndose llamar Ash, la ve seguir a los mismos dioses de los que ha estado pendiente él y la agarra antes de que piense en intervenir. Ella forcejea y se revuelve contra él, con lo que consigue poco aparte de divertirlo mucho. Él le pregunta qué planeaba hacer y le dice que haber tenido que salvarla interfiere con sus planes. También le comenta que no tiene un solo hueso decente en el cuerpo.

Sera lo ataca y él la inmoviliza entre su cuerpo y la pared, momento en el cual se percata de quién es. Nyktos le promete que los tres dioses pagarán por lo que han hecho. Cuando percibe que Taric, Madis y Cressa están volviendo, le dice a Sera que enrosque las piernas a su alrededor y lo bese como forma de ocultarse a plena vista. Ella se pone peleona y lo muerde. Él le da un beso de mil demonios y le devuelve el mordisco; luego succiona la sangre de su dedo. Después, aclara que no había fingido disfrutar del beso y admite que quizá tenga *un* hueso decente en el cuerpo.

Si quieres mi opinión, Nyktos está hecho de partes buenas. Aunque ningún Primigenio puede ser *bueno per se*, Nyktos es el mejor de los mejores. Y aunque puede que no le guste admitirlo, estoy segura de que no soy la única que lo ve.

Tras comprobar la situación, Ash no cree que los otros dioses lo hayan sentido y le dice a Sera que se vaya a casa. Cuando ella se revuelve y le pregunta si va a hacerlo él, Nyktos le informa de que no.

Más tarde, la sorprende fuera de casa de los Kazin, cuando los dos están investigando, y confirma que él también estaba siguiendo a los dioses. Una vez más, le divierten el valor y el descaro de Sera, y sugiere que miren por ahí juntos, visto que parecen tener los mismos objetivos. Nyktos la informa de que esos dioses ya han hecho esto antes y confiesa que planeaba atrapar a uno de ellos para *charlar*. Aunque él tiene todas las intenciones de llegar al fondo del asunto, advierte a Sera de que ella debería olvidar el tema.

Sera, que no les tiene miedo a demasiadas cosas (al parecer, ni siquiera a un dios, que es lo que cree que es Ash) planta su daga de piedra umbra delante del cuello de Nyktos. Él le pregunta por el arma, dado que la piedra umbra no es frecuente en el mundo mortal. Después de hablar de ella, Sera le dice que se la robó a su hermanastro, lo cual era mentira. Cuando Nyktos le pregunta si sabe qué le pasaría a ella si tratase de utilizarla contra él, y ella dice que sí, él confiesa que saber que aun así lo intentaría le hace pensar en el beso de antes y en la lengua de ella dentro de su boca.

Demonio descarado.

Ash la desarma y le dice que es demasiado valiente, al tiempo que la llama *liessa* por primera vez. Le pregunta qué ahoga su miedo y la empuja a correr con tanta ansia hacia la muerte. Sera dice que no lo sabe. Después de un rato de conversación más, ella le dice que lo haga y ya está: que la mate. Nyktos está al mismo tiempo sorprendido y divertido por que piense que lo haría. Le dice que tenga cuidado, pero la advierte de que la estará observando.

Mientras sigue a los dioses unos días más tarde, Ash entra en Diseños Joanis. Por instinto, Sera lo apuñala en el pecho. Él la regaña por ser imprudente y extrae la daga, antes de destruirla. Como Sera no ha aprendido la lección sobre supervivencia, lo amenaza y no parece nada impresionada por su exhibición de fuerza y energía. Y eso solo lo hace reír.

Nyktos le pregunta qué le da miedo y vuelve a llamarla *liessa*, al tiempo que se da cuenta de que solo está asustada a nivel superficial. Incapaz de evitar tocarla, acaricia su mejilla y le dice que aunque pueda sentir terror, nunca está aterrorizada. Ella le responde con sarcasmo que si es el dios de los pensamientos y las emociones, lo cual le hace reír de nuevo.

Está claro que Sera es problemática, pero no puede mantenerse lejos de ella.

Ash le confiesa que había recibido el aviso de que los dioses habían entrado en el mundo mortal. Le dice también que la ha estado observando para evitar que se metiese en más líos. Cuando ella le dice que no es necesario, él contesta que *quería* hacerlo (algo que le sorprende incluso a él). Intercambian información y él dice que no ha descubierto nada acerca de los asesinatos de la familia Kazin ni ha encontrado ninguna prueba que explique por qué Madis había hecho lo que había hecho, aunque insinúa que el dios había sido perezoso esta última vez.

Nyktos explica que las almas de las víctimas de los dioses simplemente dejan de existir, lo cual es un destino más cruel aún que ser enviado al Abismo, donde al menos eres *algo*. Cuando Sera se lo pregunta, él confirma que en efecto es de las Tierras Umbrías, y le cuenta lo que le pasa al alma cuando una persona muere.

Mientras hablan, Andreia Joanis, que les había parecido bien muerta cuando llegaron, empieza a moverse. Después se levanta y los ataca. Nyktos mata a la modista con su espada de piedra umbra y le dice a Sera que nunca había visto u oído nada como lo que acababan de vivir. Sabe que Madis no se limitó a matarla; le hizo algo más. Algo inquietante.

Cuando Ash le dice a Sera que tiene que irse, la insta a hacer lo mismo y vuelve a llamarla *liessa*. Cuando ella le pregunta qué significa, Nyktos le explica que tiene significados diferentes para personas diferentes, pero que siempre significa algo precioso y poderoso.

Vi este intercambio en una visión del pasado, y deja que te diga que me quedé embelesada.

Algún tiempo después, Ash se esconde y observa cómo Sera pasa algo de tiempo en su lago. Cuando ella le exige que se muestre, él sale de detrás de la cascada y le dice que es como una diosa hecha de plata y rayos de luna (y en verdad lo es. Seraphena es absolutamente despampanante). Ella le echa una bronca tremenda, como hace siempre, y Ash la llama mentirosa cuando le dice que no quiere que se quede. Su discusión continúa y él admite que está excitado pero que le tiene un poco de miedo, y está teniendo cuidado a su alrededor pese a la atracción tan intensa que siente.

Cuando ella le pregunta por fin cómo se llama, él responde que Ash. Sera pregunta si es el diminutivo de algo y él le dice que de muchas cosas. También le pregunta por sus tatuajes, pero él esquiva la pregunta y opta por decirle que se vista, al tiempo que promete no mirar mientras lo hace. Poco después, Ash se da cuenta de que no están solos y le dice que desenvaine su daga; luego le informa que lo que se acerca no es del mundo mortal.

Le explica que las criaturas de pesadilla que está viendo se llaman *gyrms*, Cazadores para ser más preciso, y que están buscando algo. Una vez más, le dice que se vaya a casa y discuten mientras se enfrentan a los *gyrms*. A pesar de la vestimenta de Sera (una prenda de ropa muy fina) que tanto distrae a Ash, cosa que se asegura de comentarle, dice que está impresionado de ver que sabe luchar y explica cómo matar mejor a un *gyrm*.

Sera revela el espanto que le producen las serpientes cuando descubre lo que hay dentro de los Cazadores, y Ash, como es natural, le toma el pelo al respecto. Aunque en su defensa, a mí tampoco me gustan demasiado las serpientes. Ash aclara que la modista no se convirtió en un *gyrm*. Todavía no sabe *qué* pasó en Diseños Joanis. Le explica a Sera los distintos tipos de *gyrms* y, cuando ella pregunta que si los sacerdotes son *gyrms*, puesto que tienen la boca cosida y son muy siniestros, Ash le dice que sí.

Ash sugiere que tal vez los Cazadores lo estuviesen buscando a él, pues tiene muchos enemigos. Cuando ella insinúa que ha hecho algo para merecerlos, él se defiende y le dice que está siendo muy prejuiciosa.

Entonces, Ash le cuenta un secreto a Sera: lo que saben los mortales sobre los dioses, los Primigenios e Iliseeum no siempre es preciso. Madre mía, qué verdad más grande. Juro que las cosas cambian cada vez que anoto algo en estos archivos. A continuación, Ash explica que algunos Primigenios son muy jóvenes, y muchos dioses llevan existiendo más tiempo que ellos.

Con multitud de *gyrms* despachados a su alrededor, Ash le dice a Sera que acabar con una vida siempre debería dejar una marca. Para aligerar el ambiente, la hace rabiar acerca de mirarlo de manera descarada. Ella lo niega y él le dice que se pone muy guapa cuando miente. Después la llama *liessa* de nuevo.

Ash insiste en que se interesan el uno al otro, razón por la cual se han quedado los dos en el lago. Luego explica que él se siente así sobre ella porque habla con franqueza y tiene poca consideración por las consecuencias.

Una mujer igualita a mí.

Ash le cuenta a Sera que solo ha matado cuando se ha visto obligado a hacerlo y que nunca lo ha disfrutado. Ella dice que lo siente y eso sorprende a Ash, que le habla entonces del amigo al que tuvo que quitarle la vida. Su sorpresa se convierte enseguida en shock cuando ella muestra compasión por el hecho de que tuviera que matar a su amigo.

No estoy segura de que nadie hubiese hecho eso por él nunca.

Ash le pregunta por qué está en el lago. Cuando Sera explica que le resulta relajante, él lo entiende por completo. A Ash le intriga que vaya a menudo y nunca la sigan o la escolten. Mientras siguen hablando y sale a la luz el lado autocrítico de Sera, a Ash le irrita que pueda cuestionar su belleza. Le dice que le ha impresionado su destreza en la lucha y luego le toma el pelo diciéndole que él le gusta.

Sera le pregunta por Iliseeum y las Tierras Umbrías y él le dice cómo son, después de consultarle si puede tocar y jugar con su pelo mientras hablan. Ash explica cómo la muerte ha hecho que las Tierras Umbrías sean menos magníficas de lo que solían ser.

Ash consigue hacerla sonreír unas cuantas veces mientras charlan y comenta que ella ya lo ha honrado con varias de esas expresiones. Cuando Sera le dice que es amable, eso lo sorprende y se apresura a negarlo. Aunque después reconoce que quizá tenga *un* hueso decente en el cuerpo. Al menos cuando se trata de ella.

Como he dicho antes, Nyktos tiene un montón de huesos decentes en el cuerpo. Solo necesita que los que están a su alrededor, como Sera, le hagan verlo.

Abrumado por el deseo, Ash confiesa que quiere y necesita besarla. Ella le dice que lo haga. Después de reconocer que jamás había tenido tantas ganas de oír la palabra «sí», tira del labio de debajo de Sera con sus colmillos. Ella suelta una exclamación y Ash le dice cuánto le gusta ese sonido. Después la insta a tumbarse y bromea sobre si el beso había sido… satisfactorio. Después del segundo, hace una pausa, un poco superado por la situación, pero entonces la besa de nuevo y desliza los colmillos por su cuello. Cuando Sera pronuncia su nombre, Ash se queda muy quieto y reconoce que nunca lo había oído de ese modo. Después añade que puede llamarlo como ella quiera.

Estaba claro que ese único hueso amable y decente estaba siendo controlado por sus huesos malvados e indecentes. No podía gustarme más la situación.

Él le implora que le muestre lo que le gusta para que él pueda dárselo, y ella le demuestra cómo puede proporcionarle placer. Cuando la toca, Ash le dice que es como seda y rayos de sol (tranquilo, corazón mío). Tomando el control de los movimientos cuando ella lo agarra de la muñeca, Ash la llama *liessa* y le dice que cabalgue su mano. Y ella lo hace encantada. Chica lista. Después, él saborea el placer de Sera en sus dedos y le dice que sabe como el sol.

El *sol*... Oh, por todos los dioses. Las palabras que salen por la boca de este Primigenio... Es único, eso seguro.

Sera toca a Ash, pero él vacila. Confiesa lo mucho que la desea, *no* su mano, alrededor de él, pero dice que no quiere seducirla en el suelo (Ash no debería menospreciar un buen polvo de suelo) ni hacer que se arrepienta de nada. Además, reconoce que no tiene demasiada experiencia, luego la distrae con más besos.

Mientras están ahí tumbados, declara que querría contar las pecas de Sera y juguetea con su pelo. Cuando por fin se levantan y terminan de vestirse, él le aconseja que no tarde en irse a casa y que tenga cuidado.

Ash envía a Ector al mundo mortal con una daga nueva de piedra umbra para Sera, para sustituir la que él destruyó y que ella pueda mantenerse a salvo. Me encanta que se preocupe por ella pero al mismo tiempo sepa que puede cuidar de sí misma.

Unos días después, Nyktos percibe las emociones de Sera de un mundo a otro cuando Tavius la maltrata y la azota. Interviene de inmediato, su furia desplegada por completo. Al anunciar que es el Asher, el Bendecido, el Guardián de Almas, *el* Dios Primigenio del Hombre Común y los Finales, y el Primigenio de la Muerte, parece aterrorizar a todos los presentes. A todos excepto a Sera.

Exige saber quién tomó parte en lo que le han hecho a Sera y mata a cuatro guardias por la transgresión. Después se gira hacia Tavius y reclama a Sera como su consorte. Como castigo por lo que ha hecho el niño rey, Ash lo cuelga de la estatua del Primigenio con el látigo alrededor del cuello. La reina suplica por la vida de Tavius, lo cual solo enfurece a Ash todavía más.

Sera le pide que suelte a Tavius y él hace lo que ella desea, aunque vuelve a llamarla *liessa* cuando se da cuenta de que quiere matar al bastardo *ella misma*. Sera cumple su promesa de cortarle a Tavius los brazos, lo apuñala en el pecho e incrusta el látigo por la garganta de su hermanastro. Después de una conversación bastante normal, algo hace *clic* dentro de Sera y ataca a Nyktos. Lo único que se me ocurre es que fuese por todo lo que le había hecho pasar al no reclamarla antes y no decirle quién era cuando lo vio de nuevo. Él le recuerda que incluso como Primigenio, siente dolor. Una vez más, admite que le tiene un poco de miedo.

Sera lo llama Nyktos en un arrebato de ira, pues ahora conoce su verdadera identidad y odia no poder dar rienda suelta a la frustración con él. El Primigenio le dice que no lo llame así; dice que no es eso para ella.

Ash le informa que lo que ocurrirá ahora es que la ha reclamado, y se da cuenta de que Sera de verdad creía que la dejaría ahí para enfrentarse a las consecuencias de sus acciones con respecto a Tavius. Le dice que se niega a dejar que la ejecuten y promete que su familia estará a salvo, aunque cree que no se lo merecen.

Ash le explica cómo supo que debía ir cuando lo hizo, y la toca, incapaz de reprimirse. Sera comenta que tiene la piel fría, y él le pregunta qué sensación cree que transmite la Muerte. Cuando ella pregunta por qué no le dijo quién era antes, él cuestiona que hubiese seguido interesada en él de haber sabido que era el Primigenio de la Muerte. Hace hincapié en que nunca le mintió; fue ella la que dio cosas por sentado.

Al dirigirse hacia el lago para acceder a Iliseeum, a Ash le divierte que Sera tenga semejante sensación de propiedad con respecto al mismo sitio y comenta que existe una razón para que lo encontrase tan relajante durante todo ese tiempo: es la forma en que ella podía llegar hasta él. Ash admite que podría, y probablemente *debería*, haberle dicho quién era antes, pero ella no tenía miedo y él estaba interesado, y aunque no había querido o esperado todo lo que había pasado entre ellos, le había gustado que fuesen ellos mismos... sin tratos y sin obligaciones. Ella había *querido* que él la tocase y no había sentido que *tuviese* que permitírselo. Ash explica que disfrutó de todo ello y no quería que terminase.

Una vez en el mundo de los dioses, Ash le cuenta que todas las colinas que ve son *drakens*, y explica las diferencias entre un dragón y un *draken*.

Después de pasar por un Adarve lleno de muertos empalados, la gente empieza a percatarse de su llegada. Ash le dice que había esperado disponer de algo de tiempo antes de que nadie supiese que ella había llegado, en especial porque muy pocos tienen ningún conocimiento de ella. Le pregunta si puede presentarla como su consorte y ella acepta.

Cuando empiezan a conocer a los dioses en las Tierras Umbrías, Ash se ofende por que Lailah saque la supuesta tradición familiar de raptar a chicas mortales, en alusión a la obsesión de Kolis con Sotoria.

Ash llama a Aios para que acompañe a Sera a su habitación y pida que le envíen algo de comer. La diosa se sorprende cuando siente una corriente de energía procedente de Sera al tocarla y mira a Ash. Él responde con un «Lo sé». Le dice a Sera que confíe en Aios y promete regresar pronto.

Más tarde, encuentra a Sera bañándose y, al ver sus heridas, confiesa que no puede esperar a hacerle una visita a Tavius en el Abismo para hacerlo sufrir. Luego le lleva algo para ayudar con el dolor y la curación y se ofrece a lavarle el pelo; es la primera vez que lo hace en su vida, pero no puede resistirse a sus bucles como luz de luna.

Ash se interesa por cómo era su vida después de que él la rechazase y descubre que un caballero la entrenó en la lucha con armas y el combate cuerpo a cuerpo para que pudiese defenderse. Él había esperado que Sera continuase adelante con su vida después de su rechazo. Cuando ella le pregunta por qué no volvió nunca, él le dice que los sacerdotes no volvieron a convocarlo e intenta hacerle entender que lo que ocurrió no fue personal.

Oh, sí que fue personal, sí, pero no como ella pensaba. Era mucho más. Y también mucho más dulce, aunque desolador.

Ash le dice que ella no hizo nada mal cuando él la rechazó; luego le explica lo que sintió procedente de ella aquel día (que tenía miedo y sentía que no tenía elección), con lo que le revela que puede sentir y saborear sus emociones. Le dice que la vio como una persona valiente, pero que aun así percibió angustia e impotencia. Alguien forzado a cumplir una promesa que no había hecho. No tenía ninguna necesidad de una consorte obligada a casarse con él, y eso es lo que le dijo.

Sera emerge de la bañera y él la seca, mientras le dice que sabe lo que siente cuando él la toca… los sonidos que hace no son forzados; es decir, deja que la toque porque le gusta. En cualquier caso, Ash aclara que está leyendo su lenguaje corporal, que no ha hurgado en sus emociones.

Puesto que está más que interesado en determinados aspectos de su unión y su acuerdo, Ash vuelve a proporcionarle placer, al tiempo que le explica que piensa en ella y en el tiempo que pasaron en el lago cada vez que él se toca. Después, Ash aplica ungüento a su espalda e insiste en que sigue siendo el mismo hombre al que conoció, a pesar de que ahora ella sepa más sobre él y sea consciente de quién es en realidad. Insiste además en que le reveló cosas que nunca le ha contado a nadie, y que en ningún momento le mintió.

Cuando Sera pregunta por los cuerpos que vio empalados en el Adarve al entrar, Ash se sorprende de que piense que lo hizo *él*. Le explica un poco la política de Iliseeum, lo cual lo lleva a revelar que no fue él quien hizo el trato con el antepasado de Sera. Fue su padre.

Luego le cuenta cómo todos los poderes, responsabilidades y tratos se transfirieron a él cuando su padre murió y él Ascendió a su condición de Primigenio. Le dice que sus padres se querían mucho, y que su padre era viudo cuando hizo ese trato con Roderick. Cuando Eythos murió aún quería a su mujer, así que Ash siempre se ha preguntado para qué hizo el trato para empezar a hablar.

Ni él ni Sera dieron su consentimiento a ese acuerdo, y eso es algo que tienen en común. Ash confiesa que se había planteado acudir a ella y contarle todo hace ya bastante tiempo, y cómo se sucedieron los acontecimientos, pero que le había parecido mejor limitar el contacto. No quería exponerla.

La discusión gira otra vez hacia los asesinatos, y Ash le dice a Sera que no cree que guarden relación con ella. Entonces le explica mejor algunas cosas acerca de Lathan. Cuando Sera pregunta por qué mantenía un ojo puesto en ella cuando no había ninguna consecuencia para él con respecto al trato, Ash le dice que no está seguro e insinúa que quizá debió dejarla estar. Aunque tal vez Madis y sus compinches la hubiesen matado, tal vez morir hubiese sido un mejor sino para ella. Al menos así, los enemigos de Ash no se convertirían en enemigos suyos.

Les llegan noticias de que hay Tinieblas sueltas en el Bosque Moribundo, así que Ash deja a Sera para ir a lidiar con ellas. Cuando regresa, desayunan juntos.

Mientras hablan de la dinámica de la Casa de Haides, Ash explica que mantenerla en sus aposentos es un mal necesario, pero comenta que si cree que eso es lo que se siente cuando te retienen en contra de tu voluntad, no tiene ni idea de lo que dice. Reconoce que, por desgracia, conoce bien la sensación, en referencia al tiempo que pasó en Dalos.

Odio pensar que ella lo experimentará en sus propias carnes muy pronto.

Ash le devuelve la daga que le había regalado, ahora con una vaina, y se disculpa por disgustarla y tenerla cautiva.

La conversación gira hacia el tema de la alimentación y Ash explica cómo funciona y por qué estar debilitado entra en juego. Luego admite que él ya no se alimenta. Nunca. Se limita a asegurarse de que nunca se debilita tanto. Cuando Sera le pregunta si fue prisionero en algún momento, en alusión a lo que había dicho sobre conocer bien la sensación de estar cautivo, él responde que ha sido muchas cosas y deja el tema ahí, sin entrar en más detalles. Sera trata de sonsacarle algo más sugiriendo que deberían saber más cosas el uno sobre el otro. Ash admite que no quiere que sean extraños y que le encantaría estar tan cerca como lo estuvieron en el lago. Sin embargo, no está dispuesto a hablar de su tiempo como prisionero.

Ash cambia de tema deprisa y hablan sobre los *drakens*. Ash explica que ha pasado el suficiente tiempo con ellos como para poder entenderlos, incluso cuando están en forma de *draken*. Le da a la pequeña Jadis un poco de beicon y declara que es probable que Nektas lo quemase vivo si descubre que Ash se lo ha dado.

Bromea con Sera sobre el hecho de que lo apuñalase en el pecho en el mundo mortal, al tiempo que le informa que espera que no vuelva a hacerlo. Después explica que Nektas sabía que Ash no estaba herido de gravedad ese día debido al vínculo que los une. De haberlo estado, el *draken* hubiese ido en su busca. Sera comenta entonces que tiene que controlar mejor su ira, y él confiesa que la encuentra… interesante.

Más tarde, Nyktos regresa de cumplir con sus obligaciones y habla con Sera acerca de su futuro en las Tierras Umbrías. Cuando ella choca con él sin querer, Ash da un respingo y bufa con los dientes apretados; después le dice que no lo toque, temeroso de revelar su debilidad. Cuando Sera comenta que duda de lo atraído que Ash dice sentirse hacia ella, él se asombra y le dice que está *muy* interesado. De hecho, precisa que se está convirtiendo en una necesidad muy real y potente. Como si fuese una entidad independiente.

Sera lo acusa de hablar mucho y actuar poco, así que él la arrincona contra una pared, pues necesita dejar las cosas claras. Le explica que lo último que quiere es mantener el control o ser decente cuando está con ella. Quiere estar tan profundo en su interior como para olvidar su propio nombre… y sabe que ella también lo quiere. En ese momento, lame y da un mordisquito a su oreja. Sera, empeñada en llevarle la contraria como siempre, insiste en que él no le gusta, a lo que Ash comenta que es probable que sea mejor así.

A continuación, le enseña a Sera la Casa de Haides y después se dirige a la biblioteca para hablar de más reglas. Mientras están ahí, admite que se hizo daño en la espalda durante su escaramuza con las Tinieblas, lo cual explica su bufido de antes… aunque la pobre Sera no sabe eso hasta muchísimo después y cree que él la rehúye por alguna razón.

Mientras Ash sigue hablando de las reglas y de cómo funcionan las cosas en Iliseeum, le dice a Sera que la regla de no hacer daño a la consorte se infringió solo una vez y, puesto que él quiere asegurarse de que Sera esté a salvo, su coronación será dentro de dos semanas.

Cuando Sera habla de la Ascensión, Ash se muestra incómodo y le dice lo que conlleva, pero le explica que ella no Ascenderá. Nada de eso fue nunca elección suya y Ash se niega a forzar a alguien a una cuasieternidad de lo que ha tenido que pasar él.

¿Ves? ¿Qué te había dicho? Es considerado, aunque no le guste admitirlo.

Sera lo llama *alteza* por primera vez y eso lo excita, aunque lo dice con una buena dosis de chulería. Poco después de hablar de la muerte de la madre de Ash y del padre de Sera, él le dice que el amor es un riesgo peligroso e innecesario.

Unos días más tarde, Ash celebra audiencia con la corte y mira directamente a Sera, que está escondida en un rincón oscuro, pensando que es el tiempo más largo que ha estado en su presencia en varios días, aunque crea que él no sabe que está ahí. Poco después, Theon anuncia que ha llegado Veses, y Ash hace que Ector acompañe a Sera a lugar seguro mientras él conduce a la Diosa Primigenia a su oficina.

Sera se escabulle y entra en el Bosque Rojo. Ash va tras ella y aparece justo cuando un grupo de dioses sepultados se levanta y ataca. Le dice que guarde silencio y le explica lo de los dioses y los árboles de sangre. Después le pide a Saion que la acompañe de vuelta al palacio y busque a Rhahar para que se reúna con Ash a fin de revisar los sepulcros. Por desgracia, Sera sucumbe a las heridas sufridas durante la refriega.

Después de que Rhahar y Ash arreglen las cosas en el bosque, Ash regresa y le reconoce a Sera que ha utilizado la coacción para lograr que bebiese el antídoto, y vuelve a llamarla *liessa* mientras hablan del ataque. Él revela que a los dioses los habían liberado con mucho cuidado, y que era probable que lo hubiese hecho otro dios para ver qué pasaba. Añade que los dioses liberados hubiesen dominado a cualquiera que abriese la tumba.

Explica que las Tierras Umbrías se están muriendo, y se sorprende cuando ella afirma creer que tiene que ver con el trato que hizo su pariente. No es eso para nada.

Cuando la conversación gira hacia Veses, Ash se da cuenta de que Sera está celosa. La tranquiliza diciendo que odia cada instante que está en presencia de la Primigenia y la llama víbora.

Ash reconoce que le había dicho a todo el mundo que le diera a Sera espacio después de su calvario, y que él la ha estado evitando. Le dice que estar con ella durante más de unos pocos minutos hace que el deseo supere al sentido común. Incapaz de reprimirse, la besa; luego cede a sus otros deseos y la conmina a estarse quieta mientras le da placer con su mano. Una vez más, lame la esencia de Sera de sus dedos y luego la vuelve a besar, dejando que ella también notase su exquisito sabor.

Ash le dice a Sera que espera que no haya ninguna duda de su interés por ella y luego la informa de que ha contado sus pecas: tiene treinta y seis. Después le pregunta si puede tumbarse con ella y admite que es virgen; explica que nunca ha dejado que la cosa llegue tan lejos con nadie porque es un riesgo demasiado grande. Cuando Sera le pregunta por qué se está arriesgando con ella, él confiesa que no puede evitarlo, aunque sabe que los dos acabarán por arrepentirse de ello. Acaban durmiendo juntos, pero Ash se levanta y se va antes de que ella despierte.

Ash se encarga de unos asuntos en los Pilares y luego va a ver a Sera después de su cita con la modista. Él se sorprende al descubrir que los mortales todavía piensan que los Elegidos Ascienden, y le cuenta a Sera el verdadero destino de los Elegidos bajo el gobierno de Kolis. Además, admite que no sabe por qué se celebra todavía el Rito, y explica que esconde a los Elegidos en un esfuerzo por protegerlos, aunque prefiere que la gente crea que se queda de brazos cruzados sin hacer nada. Después le cuenta a Sera cómo algunos de los Elegidos simplemente han desaparecido. No… están. Sin más.

Esa noche, en el balcón, Ash confiesa que piensa todo el rato en los Elegidos y le pide a Sera que se siente con él. Cuando lo hace, él le dice que parte de la razón por la que no podía dormir era porque no hacía más que mirar las puertas que dan a su dormitorio, pensando en ella.

Cuando la conversación gira hacia el papel de Ash, este le dice a Sera que le cuesta juzgar a las almas y explica que solía responder cuando lo invocaban, pero que dejó de hacerlo cuando las muertes empezaron a no dejarle marca, algo que cree que debería ocurrir siempre. Sin embargo, afirma que disfrutaba de la justicia cuando los mortales se daban cuenta de quién era él y de que podía matarlos y tener sus almas por toda la eternidad.

Descubre entonces que Sera también ha matado, a personas malas en su mayor parte, pero también a otros cuando su madre se lo ordenaba. Le asegura que no cree que sea un monstruo y siente una corriente de energía cuando se tocan;

luego precisa que un monstruo no sabría, o al menos no pensaría, que lo es.

Sera besa la cicatriz de Ash y le pregunta por sus tatuajes. Cuando él se los explica, ella le dice que no es el responsable de lo que hacen otros. Sera le sonríe y él le pide que no lo haga; luego añade que cuando lo hace, no hay nada que no le dejaría hacer. Sera se lo toma como una invitación y le da placer con la boca.

Al día siguiente, Ash debe celebrar audiencia de nuevo y le dice a Sera que no puede ir, que es demasiado arriesgado. Cuando ella se lo discute, Ash vuelve a cuestionar su temeridad y dice que la mayoría de los mortales no viven sus vidas como si ya estuviesen perdidas.

Atacan a Gemma mientras Ash está ausente, pero llega justo cuando ella muere. Sera empieza a brillar y Ash la llama, aturdido. Observa cómo trae a Gemma de vuelta a la vida y comenta que Sera lleva en su interior una brasa de vida.

Una vez que Ash se da cuenta de lo que está pasando y de lo que hizo su padre, el pasmo da paso al asombro, que se convierte en esperanza. Las sombras rondan por debajo de su piel cuando les dice a los demás que nadie diga nada de lo que han visto. Después informa a Sera de que lo que ha hecho es probable que haya generado una gran onda de poder que se habrá sentido en todo Iliseeum y que la habrán detectado muchos dioses y Primigenios. La advierte de que varios irán ahí en busca de la fuente de ese poder. De repente, Ash se da cuenta de que ya había sentido algo así antes, pero en ese momento no había podido identificar con exactitud de dónde provenía. Ash sabe que esa no había sido la primera vez que Sera traía a algo o a alguien de vuelta. Le dice entonces que los *gyrms* Cazadores y los dioses asesinos del mundo mortal la estaban buscando a *ella*.

A medida que las emociones de Ash se intensifican, las sombras a su espalda se fusionan para adoptar forma de alas. Le pregunta a Sera por qué no le habló de su don. Cuando confirma que, en efecto, ya había traído a alguien de vuelta a la vida, se ríe: Marisol, el lobo, lo que sucedió en el Bosque Rojo…

Ash le explica que su padre era el verdadero Primigenio de la Vida y asume que la brasa que ella lleva ahora era de él… y de Ash, antes de que el gemelo de Eythos la robase.

Le cuenta la historia de Eythos, Kolis y Sotoria, y después explica por qué los Primigenios no han intervenido. Dice que la brasa que hay en Sera es una oportunidad para la vida y comenta cómo las amapolas han empezado a crecer otra vez después de haber desaparecido durante cientos de años. También le dice que Kolis tiene el alma de Eythos.

Cuando Sera saca el tema del trato, Ash le dice que la Podredumbre es un efecto secundario de que Kolis perdiese los poderes que había robado y no tiene nada que ver con lo que hizo Roderick.

Sera empieza a actuar de manera extraña y Ash se preocupa, pues cree que está sintiendo demasiadas cosas como para que sea solo shock o confusión. Entonces ella revela sus motivaciones. Su verdadero plan. Cómo la habían entrenado con un solo propósito en mente: para liquidar el trato a favor del convocante al hacer que se enamorase de ella y luego acabar con él. Cuando Sera intenta disculparse, Ash le gruñe y le dice que no lo haga.

Entonces suena una sirena que los interrumpe, avisando de que las Tierras Umbrías están bajo asedio. Después de advertir a todos los presentes de no hablar jamás de lo que han oído, sobre las brasas o sobre el engaño, Ash envía a Saion, Bele y Rhahar a averiguar qué está pasando.

Tras ir a armarse, le informan del vuelco de un barco. Cuando Sera menciona que siente algo extraño, Ash se sorprende de que pueda percibir la muerte y le explica lo que está experimentando. Le indica que se quede con Ector y con Rhain, y luego les dice a los dioses que se aseguren de que continúe viva. A continuación, Ash, Saion, Rhahar y Theon salen por la puerta a caballo.

Bajan por la empinada ladera para enfrentarse a los *dakkais* a medida que las criaturas avanzan hacia los hogares de Lethe. Ash, Bele, Saion, Rhahar y Theon se ponen en cuclillas sobre sus caballos, sin dejar de disparar flechas al enemigo. Cuando Ash llega cerca de la bahía, repliega a Odín hacia su brazo y lucha cuerpo a cuerpo.

De repente, varios *dakkais* que están a punto de atacarlo por la espalda caen muertos, y Ash descubre que Sera los está derribando con sus flechas.

Los *drakens* incineran a los *dakkais* y Ash levanta la vista para ver cómo está Sera. Nektas derriba al *draken* enemigo y Ash ordena a Rhain y Ector que devuelvan a Sera al palacio. Llega más tarde con Saion y Nektas y pregunta si resultó herida. Luego confirma que Kolis estaba detrás del ataque y que es posible que sepa que hay *algo* en las Tierras Umbrías, pero que no conoce la fuente.

Ash le dice a Sera que su padre no hubiese puesto la brasa en un cuerpo mortal sin una razón y, hasta que averigüen cuál era, Kolis no puede ponerle las manos encima de ninguna de las maneras.

Cuando Sera siente vergüenza por lo que ha hecho, Ash se ríe y sugiere que es muy buena actriz. Lo añade a su larga lista de talentos y decide avergonzarla aún más restando importancia a su dolor. Cuando lo vi, eso me entristeció, porque estaba muy claro que la estaba atacando porque era *él* el herido.

Sera lo increpa por leer sus emociones y promete que ninguna de sus acciones o de sus sentimientos han sido falsos. Después añade que se alegró de que no la llevase con él hace tres años porque eso significaba que no tenía que hacer los que se esperaba de ella.

Nektas le susurra algo a Ash, que intenta mandar al *draken* de vuelta a la muralla. Primero le dice que está bien, pero acaba por reconocer que la mayor parte de la sangre que lleva encima es suya.

A pesar del dolor que sufre y de su creciente debilidad, Ash no quiere creer que la brasa de Sera sea lo bastante poderosa para funcionar con un dios o un Primigenio, cosa sobre la que más tarde averiguamos que estaba bastante equivocado. Sea como fuere, no confía en ella lo suficiente como para dejar que lo intente.

Ash ordena a Nektas que la lleve a algún lugar seguro, incluso para protegerla de sí misma, visto que está claro que no valora su vida. Cuando al final Nektas la lleva con *Ash*, este se enfada. Nektas dice que creía que así seguía sus órdenes. ¡Menudo *draken* casamentero!

Cuando Sera sugiere que Ash necesita alimentarse, eso provoca la ira del Primigenio, que le dice que debe marcharse. Sin embargo, antes de que lo haga, le pregunta si de verdad ella no tiene ningún miedo a morir.

Sera sigue sin irse y él le ruge que lo haga. Luego la advierte de que si no sale de ahí, se alimentará de ella y, mientras, la follará. Ella lo tienta y él la llama «temeraria»; después reconoce que podría matarla si se alimenta de ella… porque hace décadas que no lo ha hecho.

Al final cede, se alimenta y le arranca el vestido a Sera, incapaz de detener la oleada de emociones que lo bombardean. Cuando ella sugiere que no se ha alimentado lo suficiente, él le dice que *tendrá* que ser suficiente. A medida que las sensaciones del mordisco aumentan, Sera empieza a restregarse contra él. Una cosa lleva a la otra y Ash se alimenta más mientras la toma, con los ojos clavados en el punto por el que están unidos. Mientras pugna con su verdadera naturaleza, aparece detrás de él el oscuro y borroso contorno de sus alas de *eather*.

Ash le dice a Sera que nunca había sentido nada como lo que está experimentando. Cuando Sera le dice que ella tampoco, Ash le pide que no le mienta, y luego le advierte que su fe en él es temeraria.

¿Qué hay de nuevo en eso? Siempre es temeraria.

Después del acto, él no puede reprimirse de preguntar cómo puede ser tan convincente. Sera se ofende y vuelve a increparlo.

Ash insiste en que ha tomado sangre más que suficiente y reconoce que arrancarle el vestido será uno de sus recuerdos favoritos durante muchos años.

Viniendo de alguien que no ha vivido la agonía de la pasión y de experimentar cómo otra persona pierde el control, esto sí que es bastante emocionante y difícil de olvidar.

Después de decirle a Sera que descanse (algo que ella no aprecia), le dice que jamás conseguirá que se enamore de ella y hace hincapié en que nunca podrá debilitarlo tanto como para ser una verdadera amenaza para él. Ella pone en duda esa afirmación y lo desafía, como desafía prácticamente todo.

Ash pasa algo de tiempo lejos de Sera. La siguiente vez que la ve, llega justo después de que Sera se defienda del ataque de Hamid en la bañera. Ash revela que notó el sabor de su miedo y acudió a toda velocidad. Cuando ella se enfada por que haya leído sus emociones otra vez, eso lo divierte y lo excita al mismo tiempo.

Cuando le dan los detalles de lo sucedido, se queda de piedra al descubrir que su atacante intentó estrangularla. Cuando Sera declara que no volverá a darse un baño nunca, Ash se disgusta mucho. Está a punto de interrogar a Hamid cuando Ector lo mata, lo cual irrita a Ash aún más.

Lleva a Sera a sus aposentos y admite que todavía no le había asignado un guardia ese día. Le pregunta acerca del ataque y sobre si Hamid dijo algo durante el mismo. Les ordena a Rhain y a Aios que vayan a quedarse con Gemma y a investigar en casa de Hamid en busca de pruebas.

Pese a las circunstancias y a no fiarse de ella, Ash se preocupa cuando Sera de repente muestra signos de dolor y de debilidad. Le preocupa haber tomado demasiada sangre, pero también se pregunta si podría ser el Sacrificio… lo cual es imposible puesto que Sera es mortal. Aun así, le pide a un guardia que se quede con ella y va a buscar algo de té curativo.

Cuando Ash regresa, Sera comenta que el té es el mismo que solía darle su caballero, sir Holland. Ash se queda pasmado con esa información y se pregunta cómo podía un mortal conocer ese té. Luego explica que los dolores de cabeza de Sera y el hecho de que le sangren las encías son síntomas del Sacrificio de un dios, y afirma que cree que la brasa en su interior le está provocando efectos secundarios similares. Supone que tendrá unas pocas semanas o meses más de síntomas antes de que amainen, pero que no Ascenderá.

Ash le recomienda no esperar si los síntomas regresan y pedir el té de inmediato. Después afirma de modo contundente que no volverá a haber sexo entre ellos. Sera estará a salvo en las Tierras Umbrías y se convertirá en su consorte como estaba planeado, pero ninguno de los dos querían esto y el amor nunca formó parte de la ecuación.

Al final añade que nunca se plantearía ser ni siquiera amigo suyo, y termina con el golpe bajo de decirle que es un mero recipiente para la brasa. No puede evitar reaccionar a la respuesta dolida de Sera, pero aun así le dice que no hay nada más que discutir.

Ash debe ir a Lethe a lidiar con un incidente: Cressa y Madis condujeron a unas Tinieblas al interior de la ciudad, así que Ash va a poner orden y arreglar las cosas.

Cuando los dioses atacan, él les ruge por osar a entrar en su corte y tocar lo que es suyo. Hace explotar a Cressa y le dice a Madis que se reúna con su hermana.

Taric intenta usar *eather* contra Ash, lo cual lo irrita. Avanza hacia el dios, agarra la muñeca de Taric y desintegra su espada. Taric lo provoca, le dice a Ash que lo mate y lo llama El Bendecido. No obstante, después dice que no importará y le advierte que *él* no se detendrá ante nada, en alusión al falso Primigenio de la Vida. Afirma que Kolis hará trizas ambos mundos, pero que no será nada comparado con lo que le hará a Nyktos. Le dice a Ash que no puede detener a su tío, como tampoco pudo hacerlo Eythos, y promete que Kolis *tendrá* a Sera. En respuesta, Nyktos le arranca el corazón.

Ash deduce que Taric hurgó en los recuerdos de Sera cuando la mordió, así que le recuerda que no olvide que aunque puede que sienta miedo, jamás está asustada. Para recalcar lo dicho, le devuelve su daga.

A medida que las cosas se calman un poco, Ash se da cuenta de que Bele ha caído durante la pelea. Cuando Sera acude a su lado, él le dice que la brasa en su interior no es lo bastante fuerte para traer de vuelta a un dios. Aios le suplica que le deje intentarlo de todos modos. Cuando Sera comenta que es su culpa que Bele haya muerto, Nyktos se enfada... porque *no* es su culpa.

Justo antes de darle permiso para proceder, Ash le pide a Nektas que se asegure de que los guardias estén preparados para cualquier cosa; luego le dice a Sera que haga lo que hace. Y observa, alucinado, cuando funciona y Bele revive.

Nyktos le dice a Sera que lo que ha hecho es imposible, que la brasa no debería ser tan fuerte. Sin embargo, a pesar de todo, acaba de Ascender a Bele.

Mientras hablan de lo que eso significa, Nyktos le dice a Sera que ahora Bele puede desafiar a Hanan por el control de su corte.

Hablan más sobre lo que ha hecho y cavilan sobre lo que ocurrirá ahora. Ector le da las gracias de nuevo por salvar a su amiga y Ash se asombra de que su gratitud sorprenda a Sera. Luego la ayuda a lavarse, porque quiere hacerlo, no porque crea que está obligado a ello, y le dice que ha convocado a los Hados.

Nyktos la advierte de que Kolis se quedará tranquilo un poco, hasta que averigüe a qué se enfrenta en realidad. Hablan más sobre la Ascensión, y Nyktos está de acuerdo con Saion en que no todos los dioses que Sera traiga de vuelta Ascenderán. Deben estar *destinados* a ello. Después explica cómo difieren las vidas y muertes de los dioses y los mortales.

Al preguntarle si Taric le dijo algo, Sera revela que la estaban buscando en Lasania. Los *viktors* la estaban protegiendo. Ash comenta que hacía mucho que no había oído hablar de ellos.

Cuando Ash le pregunta a Sera si quiere darse un baño o descansar, se muestra incómodo al descubrir que ella no quiere volver a su habitación debido a lo ocurrido con Hamid. Permanece en cambio en la habitación de Ash y ambos se quedan dormidos. Cuando despierta, Sera se encuentra con Reaver, que les informa que Nektas ha regresado y está en el salón del trono. Nyktos le dice a Sera que eso significa que los Hados han respondido.

Abrumado por las sensaciones, Nyktos besa a Sera, pero se apresura a decirle que eso no cambia nada. El pobre Primigenio simplemente no puede luchar contra lo que siente por ella, aunque cree que debería.

Cuando llegan abajo, se sorprende de ver a la diosa Penellaphe y le dicen que está ahí por Sera, y que ha traído a un *Arae* con ella.

Sera se sorprende por la aparición del *Arae*, y Nyktos descubre que Holland era el caballero que entrenó a Sera en el mundo mortal. Acusa a Holland de interferir con el destino mientras se hacía pasar por mortal y por fin entiende cómo *sir* Holland conocía el té curativo.

Mientras Holland y Sera hablan, Nyktos acusa al *Arae* de enterarse de lo del trato y ocupar el lugar de alguien que debía entrenar a Sera para matarlo a él. Holland lo corrige y dice que la entrenaba solo para matar, no para asesinarlo a él en particular. Nyktos pregunta por qué Holland no informó nunca a Sera del sinsentido de su empresa y muestra su enfado por que el *Arae* interviniese siquiera.

Después le pregunta a Holland si sabía lo que le iba a pasar a Eythos. Holland le dice que no, pero que de haberlo sabido, lo hubiese impedido, sin importarle las consecuencias.

Nyktos pregunta por qué su padre hizo lo que hizo, y le dicen que «¿*qué* hizo?» sería mejor pregunta. Nyktos descubre que Eythos tomó la brasa que le había pasado a Ash para mantenerlo a salvo. También descubre que Sera y él son almas gemelas. Cuando Sera comenta la sensación de corrección que ha sentido con él desde el primer día, él confiesa que ha sentido lo mismo.

Ash pregunta por las razones de su padre para hacer todo eso y le cuentan la visión y la profecía de Penellaphe. Ash cree que el gran conspirador y el portador de muerte debe ser Kolis, y revela que tanto él como Eythos nacieron en el oeste, en lo que es más o menos la actual Carsodonia.

Hablan del tiempo que les queda y Nyktos jura que no dejará morir a Sera antes de cumplir veintiún años. Cuando le dicen que no puede detener el destino, él dice que pueden darle al destino.

Holland explica lo que son las hebras del destino y Nyktos se muestra consternado y furioso de saber que algunas de ellas indican que matará a Sera. Puede hacerlo de muchas formas, pero una es sin querer. Después se queda helado al descubrir que su sangre hará que Sera pase por el Sacrificio, lo cual lo horroriza porque sabe que no sobrevivirá. Sera le dice que no es su culpa.

Holland le muestra esa única hebra que puede alterar el destino (el amor inesperado) y confirma que tiene razón: que Sera no sobrevivirá al Sacrificio sin la fuerza de voluntad pura de lo que es más poderoso que los Hados o incluso que la muerte. Sera necesita el amor de la persona que la ayude en su Ascensión.

Además, le informa de que la única manera de que Sera sobreviva es con la sangre y el amor del Primigenio al que pertenecía su brasa. La revelación lo horroriza debido a cosas que se pusieron en marcha hace muchísimos años.

Muchos más de los que Sera cree en ese momento.

Sera le dice que es injusto, y él le dice que es más injusto para *ella*. Y entonces es cuando cae el verdadero bombazo. Ash descubre que Sera es la reencarnación de Sotoria, la obsesión largo tiempo perdida de Kolis, y averiguan *exactamente* qué hizo su padre y por qué. Desde que Eythos escondió la brasa en la estirpe Mierel, no ha Ascendido ningún dios... bueno, hasta que Sera Ascendió a Bele. El último detalle de información no es mucho mejor: le dicen que la vida solo ha continuado porque la brasa sigue dentro de Sera. Si ella muere, todo y todos morirán con ella.

Lo cual solo puede significar una cosa.

Seraphena es la Primigenia de la Vida.

Nyktos hace una reverencia ante Sera y le comunica la conclusión a la que acaba de llegar. Ella dice que no merece ser la Primigenia de la Vida y luego lo regaña. Cuando a Sera empieza a darle un ataque de pánico, Nyktos la tranquiliza y después les pregunta a Holland y a Penellaphe si están seguros de que nadie más sabe qué es Sera. Le contestan que Eythos, Embris y Kolis conocían la profecía, pero los últimos dos no saben nada más que eso, hasta donde ellos saben.

Sera deja clara su opinión sobre las profecías, y Nyktos está de acuerdo con ella. Después le dice que las acciones de Kolis mataron a cientos de dioses, y que los Dioses de la Adivinación fueron los más afectados. Desde entonces, ningún mortal ha nacido como oráculo.

Nyktos recuerda a Sera que solo los presentes en el momento saben que Ascendió a Bele. Ni Hanan ni nadie más conoce todo el alcance de lo que hizo Eythos cuando puso la brasa en su estirpe.

Sera revela que vio a Kolis hace poco en el mundo mortal, y la noticia sorprende a Nyktos. Comenta que Sotoria no le pertenecía a Kolis entonces y que Seraphena no le pertenece ahora.

Ash les dice a Penellaphe y a Holland que Kolis sabe que hay *algo* en las Tierras Umbrías y que ya ha enviado a una *draken* y a los *dakkais*. Ash da por sentado que, como Primigenio de la Vida, Kolis no puede entrar en las Tierras Umbrías, pero le pide a Holland que se lo confirme. El *Arae* se niega a contestar.

Nyktos le asegura a Sera que Kolis no es ningún tonto y que no intentará nada delante de los demás, porque se arriesgaría a perder la fachada de *rey justo y legítimo*, pero promete que no dejará que Kolis le ponga ni un dedo encima. Cuando Sera afirma no estar preocupada por ella pero *sí* por él, Ash no se sorprende lo más mínimo. Le dice a Sera que tiene más miedo de que corra hacia Kolis que en dirección *contraria*.

Le dice a todo el mundo que su tío no lo ha llamado todavía, aunque espera que ocurra pronto y él solo puede retrasar lo inevitable, no puede rechazar la orden.

Nyktos le pregunta a Holland sobre los Retornados y se entera de que no son la única parodia de vida que ha logrado crear Kolis. También están los Demonios, y Ash se da cuenta de que eso es en lo que se convirtió Andreia Joanis.

Ash intenta decirle a Sera que ella no mató a su padrastro por arte del destino, y explica que aunque los *Arae* son limpiadores cósmicos, sus reglas del equilibrio solo afectan a los mortales, no a los dioses. Por lo tanto, no debería haber ninguna muerte inocente colateral a causa de su Ascensión de Bele.

Mientras continúa la conversación, Nyktos aclara para Sera que no está previsto que exista un Primigenio tanto de la Vida como de la Muerte. Dice que un ser semejante sería imparable y capaz de destruir los mundos con la misma facilidad que crean otros nuevos.

Les dice que Kolis quiere gobernar sobre ambos mundos, y Nyktos supone que las *creaciones* de su tío deben ayudarlo a apoderarse de Lasania y de los otros reinos y a someter a los mortales a él.

Holland le revela a Sera que Nyktos no puede salvarla en su estado actual. Cuando ella no lo entiende, Nyktos le cuenta que se había asegurado de que el amor no fuese una debilidad que nadie pudiese explotar. Para ello, había hecho que la Primigenia Maia le extirpase el *kardia*. Puede preocuparse por los demás, pero el amor ya no puede influir en él.

La conversación vuelve a cómo evitar que Kolis, o cualquier otro, se lleve a Sera de las Tierras Umbrías, y Penellaphe les habla de un hechizo. Nyktos se sorprende de que exista.

Después de dar las gracias a Penellaphe por todo lo que ha hecho, la diosa se lleva a Ash para hablar con él en privado, pero este mantiene un ojo puesto en Sera mientras habla con la diosa.

Cuando Penellaphe y Holland se marchan, Nyktos le pregunta a Sera en qué está pensando. Ha sentido que pasaba de la ira a la tristeza y luego a la aflicción. Añade que es difícil no leer sus emociones porque proyecta mucho. Ella le pregunta por su *kardia*, pero él se muestra evasivo acerca de cuándo hizo que se lo extirpasen (le dice que eso no importa). Asimismo, le dice que solo Maia y Nektas saben lo que hizo. Después reconoce que dolió mucho y que incluso casi perdió el conocimiento. De haberlo hecho, afirma que se hubiese sumido en una estasis. A continuación, explica un poco más por qué lo hizo: no quería poner en peligro a nadie a causa de sus sentimientos. Y de hecho está convencido de que ahora que no puede amar se preocupa más por los demás. Y eso es para él más importante que amar a alguien.

Nyktos le dice a Sera que tiene que permanecer oculta. Nadie creerá que el hecho de que ella sea su consorte y se haya producido la onda de poder que han sentido sea una coincidencia, en especial si la conocen y perciben el *eather* en su interior. Si lo hacen, a buen seguro que van a cuestionar qué es ella.

Nyktos confiesa que el plan original de Sera lo enfadó, pero esa no es la razón de que esté enfadado ahora. Lo que lo enfurece es que ella no valora su vida en absoluto, y no lo ha hecho desde el momento en que se conocieron. También le dice que esa afirmación no pretende ser un insulto, es solo una observación. Después pasa a insistir en que su seguridad lo vale todo, incluso las Tierras Umbrías, y hace hincapié en que lo dice muy en serio.

Nyktos es muy emotivo, pese a lo duro y poderoso que es.

Cuando él dice que las brasas son demasiado importantes para ponerla en riesgo, ve la expresión dolida en la cara de Sera y se da cuenta de que es posible que se haya ofendido por que mencionase las brasas y no a ella. Sin embargo, antes de que pueda decir nada, Rhahar los interrumpe para decirle que hay un problema en los Pilares.

Ash le asegura a Sera que terminarán la conversación más tarde.

Cuando lo informan de que los dioses sepultados pululan por el bosque, Nyktos se adentra en él acompañado de Rhahar y Saion para reunirlos.

Sera resulta herida. En su forma primigenia, Nyktos mata a los dioses liberados con *eather* y parte al último por la mitad con sus propias manos, algo que Sera comenta que la ha puesto cachonda.

Nyktos se da cuenta de que está herida y la traslada en brazos al interior de la Casa de Haides, mientras percibe y saborea su dolor todo el camino. La deposita en una habitación vacía de la planta baja, cierra la puerta y mueve una silla con su *eather* antes de encender la chimenea.

Mientras Nyktos examina sus heridas, Sera le habla del dios del patio, que se quedó a un lado y la hubiese dejado morir. Él le informa que necesita sangre y dice que, aunque no morirá, tampoco quiere que siga sintiendo dolor. Además, no será capaz de curarse a sí misma mientras esté pasando por el Sacrificio.

Le pide que le deje ayudarla. Se lo pide por favor, incluso. Ella acepta y él le da las gracias, luego añade que está seguro de que ella lo disfrutará. Mientras Sera bebe de él, Nyktos no puede evitar los escalofríos que recorren su cuerpo. Retira unos mechones del pelo de Sera y aparta la muñeca. Luego le explica que es su sangre la que la hace sentirse del modo en que se siente, y la expresión de deseo en sus ojos es evidente. Él dice que es probable que vayan a ser los minutos más largos de su vida, y que se está ahogando en el deseo de Sera.

Ella le dice que se ahogue con ella.

Él reitera que es su sangre la que le hace decir cosas así, no él, pero ella le asegura que siempre se siente así cuando la toca. Él la anima a tocarse y le pide que no pare, ni siquiera cuando Nektas llama a la puerta para comprobar si están bien. Controlando el ritmo de Sera con su propia mano, Nyktos la lleva hasta el clímax y luego lame el resultado de su éxtasis de sus dedos.

Más tarde, mientras se prepara para la reunión, Nyktos se sorprende de que Sera pida ir con él. Una vez con los otros dioses, le dice a Bele que la necesita en las Tierras Umbrías, donde estará más segura. No quiere que se esconda para siempre, pero hasta que los demás no *vean* que ha Ascendido, no pueden saberlo a ciencia cierta. Cuando Rhain sugiere que Veses sabe el aspecto que tiene Sera, Nyktos se muestra de acuerdo y luego declara que nadie en las Tierras Umbrías revelaría su identidad a otra corte. Sera lo contradice y recuerda el caso de Hamid.

Sera sale del palacio, solo para ser atacada por unas Tinieblas en el Bosque Moribundo. Nyktos llega hasta ella, pero ella huye. Él la placa (aunque absorbe el impacto) y le pregunta por qué huye de él. La furia brota de golpe del interior de Nyktos para hacer añicos los árboles a su alrededor y reducirlos a cenizas.

Deja que te diga que… eso fue de lo más sexy.

Después le pregunta que por qué se fue y se queda pasmado cuando ella le dice que intentaba salvarlo. Sera consigue soltarse de su agarre, pero él la atrapa... el tiempo suficiente para que ella le ponga la daga al cuello.

Nyktos le aconseja que se asegure de cortar hasta la columna. E incluso entonces, quedará incapacitado solo un minuto. Sera no conseguirá salir de las Tierras Umbrías.

Pelean y forcejean, y Nyktos le exige a Sera que le diga que está equivocado sobre lo que cree que ella estaba haciendo. Adopta su verdadera forma y estampa las alas contra el suelo mientras ella se lo explica. Cuando termina, él le dice que sufrirá encantado cualquier cosa que le quiera hacer Kolis, siempre que sea su sangre la derramada y no la de ella. Entonces, reitera que las brasas son importantes. Sera grita su frustración, el poder explota de ella y lanza a Nyktos por los aires.

Mientras Nyktos se eleva, los árboles se hacen añicos y la temperatura baja hasta el punto de congelación mientras una luz plateada ondula y chisporrotea por todo el cuerpo de Nyktos. Entonces llega Nektas, que ha percibido el conflicto. Eso asusta a Sera, pero Nyktos le dice que el *draken* no la está amenazando, la está *protegiendo...* de Nyktos. El *draken* está preocupado por que el Primigenio vaya a tomar represalias por acto reflejo. Más tarde, Nyktos confiesa que casi lo hizo.

Tarda varios minutos en recuperarse, pero al final lo hace. Había dado por sentado que el Sacrificio de Sera sería como el de una divinidad, no el de un dios. Al explicarle las diferencias a Sera, le dice que está muy claro que las brasas la están haciendo más fuerte.

Ella le pregunta que si necesita alimentarse, pero él se limita a decirle que se asegurarán de que no vuelva a suceder algo así.

Sera cambia de tema y le habla a Nyktos de la Tiniebla que tocó, y cómo empezó a volver a la vida. Le preguntan a Nektas si eso es posible siquiera. Cuando descifran lo que había dicho la Tiniebla y Nektas termina de hablarles de Eythos, Nyktos se percata de que no había sabido que su padre pudiese revivir a los muertos.

Cuando hablan otra vez sobre la fuga de Sera, Nyktos le dice que no la va a dejar ir nunca. Si se queda como prisionera o como su consorte depende de ella. Luego reitera que el destino de Sera no es morir a manos de Kolis, e insiste en que puede que todavía haya una manera de evitar su muerte, si ella le da algo de tiempo y tranquilidad para pensar.

Después de conjurar a Odín, Nyktos le dice a Sera que el caballo está muy descontento con ella (no es difícil, visto que Nyktos y Odín son el mismo ente en muchos aspectos) y que la próxima vez que ponga una daga al cuello de alguien, más vale que vaya en serio. En especial si es el suyo.

Nyktos le ordena que se vaya a su cuarto y ella refunfuña hasta el punto de revelar que son amantes. Él la alcanza en el tercer piso y la advierte contra hablar de más. Sera le dice que si sus guardias supiesen la verdad sobre lo que intentaba hacer, la hubiesen ayudado y se habrían alegrado de verla marchar… o morir. Nyktos exige saber por qué piensa eso, pero ella se niega a contestar. Él toma una decisión entonces y le anuncia que a partir de ese momento va a dormir con él al alcance de la mano.

Cuando se acercan a sus aposentos, Nyktos ve que escapó de su habitación bajando por la pared del edificio desde el balcón. Eso lo impresiona, pero le dice que es demasiado valiente. Aun así, una pequeña y retorcida parte de él casi quiere que Sera vuelva a utilizar el *eather* contra él.

La lleva en volandas a su habitación, pero ella se niega a desvestirse. Él lo hace por ella y luego deshace la trenza de su pelo. Después de apagar las luces con magia, se meten en la cama… al alcance de la mano.

Más tarde, Nyktos empieza a temblar y a jadear, lo cual hace que Sera despierte asustada. Él le hace prometer no volver a ir en busca de Kolis jamás.

Al día siguiente, Nyktos reúne a todo el mundo en el salón del trono y los informa de que Sera intentó ir en busca del Rey de los Dioses para proteger las Tierras Umbrías. Hace hincapié en que su valentía no tiene igual y elogia su disposición a sacrificarse por ellos, convencida de ser la causante de los ataques recientes. Nyktos susurra que nadie albergará pensamientos negativos hacia ella, y solo la verán como es: valiente y atrevida. Después advierte a los presentes que si no lo hacen, todo pensamiento negativo sobre ella será el último que tengan. Afirma que los destruirá, sin importar lo leales que sean a las Tierras Umbrías. Para asegurarse de que ella comprende que habla muy en serio, reitera que es valiente y fuerte y una consorte más que digna de ellos.

Nyktos se reúne con Jadis, Nektas y Sera después de echarles la bronca a sus guardias. Luego le hace unos arrumacos a Jadis durante unos instantes, antes de insistirle a Sera para que coma. Dice que el Sacrificio la debilita y que si no come lo suficiente, se arriesga a sumirse en una estasis.

Le dice también que quiere sacar las brasas de ella, y afirma que si consiguen extraerlas, Sera se volverá como cualquier divinidad que esté entrando en su Sacrificio, y la sangre de Nyktos garantizaría que sobreviviese a su Ascensión. A continuación, declara que la alternativa es inaceptable y menciona el hecho de que podría convertirse en una diosa al Ascender.

Nyktos revela entonces lo que le dijo Penellaphe en privado, pues no ha parado de pensar en ello. La diosa le dijo que Delfai se alegraría de ver a Sera; luego le explica a Sera quién es Delfai.

Cuando la conversación gira hacia cómo encontrar a ese Delfai para obtener más información, Nyktos le dice a Sera que él trasladó los Estanques de Divanash al Valle, donde ni él ni Kolis pueden ir. Así, Sotoria podría permanecer escondida. Sera proyecta su emoción, pero Nyktos le dice que no le permitirá ir antes de la coronación, para su protección, pues él no puede impedir que cualquier criatura y otros Primigenios la ataquen hasta haberla reclamado de manera oficial.

Sera pregunta si extraer las brasas tendrá los mismos efectos sobre ella que cuando Kolis se lo hizo a Eythos. Nyktos le dice que no. Las brasas irán a él, que se convertirá en lo que siempre estuvo destinado a ser.

Nyktos le explica a Sera lo que le ocurrió a Halayna, la pareja de Nektas, y también le cuenta que Nektas fue el primer *draken*, el que ayudó a Eythos a crear a los mortales. Los *drakens* pueden vivir tanto como los Primigenios. Solo los *Arae* son inmortales, aunque los *viktors* son eternos de una manera diferente, dadas sus constantes reencarnaciones.

Nyktos le dice que solo unos pocos están al tanto del plan para extraer las brasas (los sospechosos habituales en las Tierras Umbrías), que saben que hay más de una brasa y respaldan el plan… incluida su Ascensión. Sin embargo, solo Nektas sabe lo del alma de Sotoria, pues sería demasiado peligroso para los demás saberlo.

Cuando hablan de las criaturas de Kolis, Nyktos dice que no cree que los Retornados y los Demonios sean lo mismo, y espera que a los Elegidos desaparecidos no los hayan convertido en ninguna de las dos cosas.

A continuación, explica que si su plan funciona, él Ascenderá de nuevo y los otros sentirán que Kolis ya no es el Dios Primigenio de la Vida. Y aunque Kolis sea el Primigenio vivo más viejo y tal vez no sean capaces de matarlo nunca, quizá sí puedan debilitarlo lo suficiente como para sepultarlo.

Sera afirma una vez más que ella es la llave, pero Nyktos lo niega y declara que jamás aceptará eso como la verdad.

Hablan también de la Podredumbre, y Nyktos comenta que cree que desaparecerá si las cosas salen como esperan.

El tema de conversación gira hacia la coronación y el hecho de que todo el mundo necesita a alguien que cuide de ellos, incluso Nyktos.

Nyktos agarra el Libro de los Muertos, pero antes de poder hacer nada con él, Saion lo interrumpe y le dice que han llegado Cimmerianos a las puertas de palacio. Nyktos le pide a Sera que se quede dentro y le recuerda que no tiene protección hasta la coronación, incluso con el hechizo que Vikter puso sobre ella. La insta a no ponerlo a prueba con eso.

Cuando sale afuera, Nyktos evalúa la situación y se encara con Dorcan tras percatarse de que deben venir de la corte de Hanan a causa de Bele. A continuación, se produce una batalla y Nyktos mata a un Cimmeriano que le lanza una daga a Sera; luego sonríe cuando ella mata a uno que atacaba por la espalda.

Acude a la carrera al lado de Sera en el Adarve al darse cuenta de que la han herido, pues puede oler su sangre. Aunque tiene ganas de saborearla, la conmina a escuchar por una vez y a quedarse en el Adarve. Después va a encargarse de Dorcan.

Antes de llegar hasta él, Saion informa a Nyktos de que Dorcan ha visto a Sera. Cuando hablan, Dorcan le dice que negarse a la petición de Hanan terminará mal para Nyktos. Vendrán más Cimmerianos. En respuesta, Nyktos decapita a este.

Después, vuelve a su oficina y regaña a Sera por poner en riesgo tanto su vida como la de Saion, puesto que estaba encargado de protegerla y mantenerla lejos de los problemas. Nyktos ordena a Rhain y a Ector que le consigan algunas cosas para limpiar la herida de Sera y después le aconseja a esta que escuche al instinto de valorar su vida. Le recuerda que no es un insulto; solo está tratando de comprender cómo ha llegado a ser como es. Para ello, le pregunta qué tipo de vida ha tenido. Cuando Sera le pregunta qué ha sacrificado por ella, en referencia a lo que le dijo Ector a Sera mientras Nyktos estaba fuera, él se niega a contestar.

Nyktos constata que la herida de Sera no es tan profunda como para necesitar sangre, así que esta no tiene que preocuparse de que intente aprovecharse de ella. Sera le recuerda que no lo ha hecho antes y que ella se siente atraída hacia él.

Nyktos le dice a Sera que Taric habría sentido el sabor de las brasas cuando la mordió y bebió su sangre, pero jura que nadie volverá a alimentarse de ella jamás.

Percibe que ella quiere asesinar a alguien y le pregunta por qué. Sera menciona a su hermanastro Tavius, y Nyktos le pregunta si Tavius le había hecho daño ya antes del día que acudió él. Ella esquiva la pregunta, con lo que confirma sus sospechas. Sera le habla de Tavius y sus propensiones, y de Kayleigh. Nyktos se da cuenta entonces de que Sera estaba siendo castigada porque él no la había tomado como consorte. Cuando se entera de lo que hubiese sido de ella si él no hubiese ido en su busca, se enfurece. Asimismo, se sorprende de que ella defienda a los que conocían su situación y no hicieron nada al respecto. En un triste giro de los acontecimientos, Nyktos se percata de que no le proporcionó libertad al rechazarla. Dice que lo siente e insiste en que tiene su simpatía y sus disculpas si alguna vez las necesita.

Nyktos le dice que debería descansar; le explica que la piedra umbra hubiese matado a un mortal o a una divinidad, y que ni siquiera su sangre dentro de ella lo hubiese impedido. Eso le hace preguntarse de qué más maneras la están protegiendo las brasas…

Esa noche, Nyktos visita a Sera en sus aposentos en forma de sombra, y observa cómo se da placer a sí misma. No puede contenerse y se estira hacia ella para acariciarla con unos titilantes zarcillos de oscuridad, como dedos de sombra.

Es una de las imágenes más eróticas que he recibido por medio de una visión. Me estoy abanicando solo de pensarlo.

Más tarde, Sera pregunta si planea ir a la guerra con Kolis, y él intenta no contestar. Después le habla de los Libros de los Muertos.

Sera lo provoca e intenta causar una reacción en él mencionando a otros amantes. Nyktos la advierte de que mientras sea su consorte será muy selectiva con quién pasa el tiempo y cómo. Traducción: no estará con nadie aparte de él. A continuación, añade que lo que les hizo a los dioses asesinos en el salón del trono palidecería en comparación con cualquiera que se atreva a satisfacer las necesidades de Sera.

De pronto, se percata de que están a punto de tener compañía y le pregunta a Sera si lleva la daga encima. Le ordena permanecer sentada en su regazo y se disculpa por cómo está a punto de comportarse.

Entonces llega Attes, de lo más arrogante y haciendo preguntas que Nyktos no quiere contestar. Le dice al otro Primigenio que Sera es una divinidad en la cúspide de su Sacrificio, luego amenaza con arrancarle los ojos y dárselos de comer al caballo de batalla de Attes, Setti, si sigue mirándola como la mira.

Attes le pregunta por qué mató a los Cimmerianos y, en especial, a Dorcan, y comenta que creía que eran amigos.

El Primigenio pregunta cómo es posible que un dios haya Ascendido en las Tierras Umbrías, y Nyktos dice que debe haber sido Kolis. Cuando Attes sugiere que Nyktos todavía tiene brasas de vida, este se ríe. Todas esas preguntas e insinuaciones hacen que Nyktos pregunte si Attes ha ido ahí por curiosidad o en nombre de Kolis. En ese momento, para empeorar aún más una visita ya de por sí desagradable, Attes informa a Nyktos de que Kolis les niega el permiso para la coronación y hará llamar a la pareja para que acudan a su corte pronto.

Nyktos le dice al otro Primigenio que se marche antes de que tengan que sacarlo de ahí en camilla.

Cuando por fin se marcha, Nyktos le dice a Sera que discuta con él para distraerlo de ir tras Attes, porque si lo hace, la cosa no terminará bien. Cuando ella le pregunta acerca de lo que ocurrirá en Dalos, él le dice que mentirá y que ya ha tenido que convencer a Kolis de muchas cosas a lo largo de los años.

Después pasa a decirle a Sera que Attes la estaba provocando y explica cómo. Revela que solo otro Primigenio sería inmune a los dones de Attes, lo cual podría revelar la verdadera naturaleza de Sera. También dice que podría haber sido peor: Kolis podría haberle prohibido por completo tomar a una consorte. Aunque las cosas no pintan bien, Nyktos vuelve a prometer que no dejará que Kolis la toque.

Sera discute con él y declara que no será la razón de que haya más muertes. Él la contradice y asegura que nunca lo fue. Sabe que ella no se esconderá, pero él tampoco la pondrá en riesgo.

Nyktos acude a la habitación de Sera más tarde y le recuerda que prometió no ir en busca de Kolis. También comenta que vive con el miedo constante a no ser capaz de controlarse cuando está con ella. Se disculpa por cuestionar sus motivos antes y promete no ocultarle la llamada cuando esta se produzca.

Más tarde, durante un entrenamiento, se enfrenta a Sera en un combate simulado. Ella le corta un mechón de pelo mientras luchan, y él le dice que jamás osaría cortar el de *ella* (ahora sabemos lo mucho que le gusta). Durante el enfrentamiento, Sera hace una lista de exigencias, diciendo que él es carne y sangre y ella es carne y fuego. Nyktos le dice que lo único que tenía que hacer era pedir entrenar, y esa se convierte en la primera petición de Sera. Nyktos le pregunta cuáles son sus otras peticiones. A medida que ella las enumera, él le dice que no solo está manteniendo a salvo las brasas, también la está salvaguardando a ella. La desarma, pero luego se pone tenso cuando ella le recuerda que no quiere reclamarla. Sera aprovecha entonces para pillarlo con la guardia baja y ponerle una daga al cuello. Nyktos declara entonces que *él mismo* será el que la entrene.

Nyktos le prepara a Sera un baño y la invita a utilizar su bañera cuando quiera, consciente de que es probable que todavía tenga algo de estrés postraumático con respecto a la suya propia.

Qué encanto.

Cuando Sera tarda más de lo esperado en la bañera, Nyktos va a ver si está bien y la encuentra dormida. Calienta el agua para ella con un solo toque de sus manos y, cuando despierta, él se sorprende de que todavía le deje contemplar sus *inmencionables*. Mientras la observa, murmura que todo lo que ella hace es seductor.

Sera le dice que es su elección desearlo y que al menos es lo bastante valiente como para reconocerlo. Él confiesa que la desea y piensa en estar con ella, incluso cuando no la está mirando. Ha estado pensando en el trato que ella le ofreció en su oficina (placer por amor al placer) e intentó convencerse de que Sera no había sabido que estaba en su habitación la otra noche como sombra. Admite que la desea. Que disfruta de su temeridad y su descaro. Luego le pregunta si lo que acaba de decir ha sido una confesión lo bastante valiente y real.

Sera tienta y hace rabiar a Nyktos, y lo insta a llamarla *liessa* de nuevo. Al final, ella le da placer y él se mete en la bañera. La levanta sobre el borde y le devuelve el favor. Mientras se alimenta con dulzura de las partes más delicadas de Sera, esta lo llama Ash, lo cual restablece parte de su conexión y hace que Nyktos gruña. Cuando terminan de jugar en la bañera, él le dice que es preciosa y la lleva a la cama.

Un rato después, Nyktos se entera de que Sera no debía ser conocida en su reino. La mantenían oculta como si no existiese. También descubre que llevaba velo y nunca la reconocieron como princesa. Era virtualmente un fantasma. Nyktos le dice que para él *nunca* fue un fantasma.

Eso me encanta. Lo único que quiere cualquier persona es ser vista. Comprendida. Incluso aunque no te guste demasiado socializar, como en el caso de Sera, solo queremos que alguien mire y *vea*. Queremos estar vivos para alguien más que nosotros mismos.

Después de celebrar audiencia en la ciudad, Nyktos y Sera hablan de sus aventuras íntimas y de cómo Nyktos puede curar las heridas que crea. Cenan juntos, algo que ella pidió cuando entrenaron, y él le cuenta su día. Se percata de que Sera está acostumbrada a culparse de prácticamente todo y le recuerda que no falló. Nyktos declara que espera que viva más de lo que tarden en transferir las brasas.

La conversación gira hacia los Estanques de Divanash y se dan cuenta de que el tiempo no está de su lado. El plan es ir dentro de tres días. Nyktos confiesa que estaba preocupado por que Sera creyese que estaba intentando controlarla, y no le gustaba. Después admite que le está costando encontrar el equilibrio entre protegerla y hacer lo que hay que hacer.

Hablan de sus exigencias y después de Dorcan. Sera le dice que no pasa nada por tener amigos y que siente que tuviese que matar a otro debido a ella. Nyktos la contradice afirmando que no está bien preocuparse por otros cuando eso consigue que los torturen y los maten.

Hablan un poco más sobre Kolis y él le dice que el Rey de los Dioses los trata a él y a todos los demás Primigenios del mismo modo, y que todos pierden su favor con la misma frecuencia que ella se cambia de ropa. Sera le dice que espera que su plan funcione, pero no porque esté pensando en el futuro. Nyktos le recuerda que él no es bueno, que no confunda cómo la trata a ella con ser bueno, y la urge a tenerlo presente.

Sí es bueno. Es buenísimo… es solo que no quiere admitirlo. Pero en el caso de Nyktos, su bondad es una fortaleza que no muchas personas tienen y muchas otras solo pueden aspirar a conseguir.

Nyktos le recuerda que estaba dispuesta a sacrificarse por otros y por tanto es buena, pero añade que no existe tal cosa como un Primigenio *bueno*. También comenta que las brasas no la hacen ni buena ni mala.

Nyktos cuenta las pecas de Sera mientras le quita la bata y decide que debe poner nombre a la constelación de marcas de nacimiento en el muslo de Sera. Hacen el amor y el aspecto de Nyktos cambia: su piel se endurece, las sombras se arremolinan bajo ella, el *eather* llena las venas de sus ojos. Y la llama *liessa* de nuevo cuando alcanza el clímax.

Antes de que Sera despierte, Nyktos se marcha, pero regresa para prepararle un baño y desayunar con ella. Cuando parten hacia el mundo mortal, él le promete llevarla de vuelta a su lago cuando sea seguro hacerlo, y le asegura que podrá hacerlo con tanta frecuencia como quiera. Después le explica lo que sienten los mortales que perciben su presencia, aunque afirma que su instinto de supervivencia no lo molesta.

Una vez en Lasania, Nyktos toma la mano de Sera cuando se acercan a Ezra y comenta que parece estar recibiendo a sus súbditos. Luego intimida a un guardia para que los anuncie ante la nueva reina. Cuando Sera habla con Ezra acerca de algunas de las cosas que han pasado, Nyktos se sorprende de que Ezmeria dé la impresión de creerle sin cuestionar nada.

Ezra confiesa haber dudado de que Sera fuese capaz de conseguir que él se enamorase de ella, y reconoce que pensó que era más probable que se impacientase sin más y lo apuñalase, con lo que solo conseguiría que la matasen en el proceso. Eso hace reír a Nyktos.

Aparece Calliphe y Nyktos le informa que había querido matarla junto a Tavius cuando fue ahí a reclamar a su consorte, pero que su hija le ahorró tener que ir al Abismo. Añade que debería darle las gracias a Sera.

Más tarde, se retira a su oficina y está escribiendo en el Libro de los Muertos cuando entra Sera. La lleva al sótano de la Casa de Haides y le habla de las cadenas de huesos. Después la conduce a la sala del estanque, seguro de que le gustará.

Nyktos le cuenta cómo solía ir a verla antes de su decimoséptimo cumpleaños y le dice que se sentía atraído por su lago. Después afirma que hacía tiempo que quería enseñarle su estanque.

El plan de Nyktos es extraer el *eather* de Sera, así que la provoca para que lo utilice sobre él. Reconoce también que le resulta divertido que odie cuando dice «por favor», y se compromete a recompensarla con una nadadita y sexo si se comporta. Luchan cuerpo a cuerpo para extraer el *eather*.

Nyktos siente cómo aumenta en Sera y sabe que puede invocarlo y utilizarlo solo con su fuerza de voluntad. La conmina a hacerlo. Al final, la sujeta contra la mesa y Sera le dice que le gusta someterse a él. Él da rienda suelta a su lujuria ahí mismo, sobre la piedra, y le dice que siempre está a salvo con él. Y vuelve a llamarla *liessa*.

Flotan en el estanque y Nyktos le habla de la ansiedad de Lathan; luego analizan las técnicas de respiración que tanto Lathan como ella empleaban. Nyktos le dice que es una de las personas más fuertes que ha conocido nunca, tanto en el aspecto físico como en el mental. Mortales o de otro tipo. Con o sin brasas. Juegan durante un rato más y luego se dedican al resto de sus quehaceres diarios.

Nyktos entrena en el patio con los guardias mientras Sera pasa tiempo con Aios y los *drakens* jóvenes. Más tarde, Nyktos le habla a Sera del *notam* primigenio y le explica por qué cree que los ojos de Nektas centellearon azules para ella cuando lo hicieron. Podría significar que está más cerca de Ascender de lo que creían.

Se preparan para su viaje a los Pilares y él la besa a plena vista de los guardias, antes de decirle que ha estado buscando una razón para hacerlo. Ella le dice que no *necesita* una razón para besarla y que puede hacerlo siempre que quiera.

Nyktos le regala una yegua llamada Gala, cosa que no le parece especialmente significativa porque es costumbre hacer un regalo para una boda. Cuando ella se preocupa por no tener nada para él, Nyktos le asegura que las brasas son su regalo.

El plan es montar a Gala con ella hasta los Pilares y luego volver con Odín a la Casa de Haides. Durante el viaje, Nyktos revela que no ha aceptado su forma de vida y que lleva planeando destruir a Kolis o sepultarlo desde el momento en que

Ascendió. Explica lo que ocurrirá si la cosa llega a ese punto y cuántas personas es probable que mueran. Afirma que se sentía incapaz de evitar la guerra hasta que descubrió que ella tenía las brasas. Ahora, tiene esperanza. En cualquier caso, la advierte de que Kolis ya ha empezado a poner su punto de mira en el mundo mortal.

Nyktos confía en que su plan funcionará y Kolis quedará desprovisto de su gloria y quedará lo bastante debilitado como para poder sepultarlo. Aun así, sabe que no caerá con facilidad. Nyktos le enseña entonces a Sera la amapola de la que le había hablado y le dice que eso le da esperanza... como ella.

Nyktos pregunta si la necesidad de utilizar las brasas la desgasta y sabe que miente cuando le dice que no. Después confirma que tener brasas es suficiente para hacer a Sera sentir como se sentía Eythos, y luego repite lo que le dice Nektas: que es más fuerte de lo que piensa. Y añade que *ella* es fuerte, no las brasas.

Nektas y Nyktos le hablan a Sera de los jinetes cuando se topan con ellos, y le explican que sus nombres significan guerra, pestilencia y hambre. Cuando cabalgan, llevan el fin a dondequiera que vayan porque la muerte siempre los sigue. Nyktos se asombra cuando se inclinan ante Sera y comenta que nunca los había visto hacer eso.

Le da a Sera dos espadas, solo por si acaso, y le dice a Nektas que ella es muy importante para él. Sera suelta de repente que quiere ser su consorte, lo cual deja a Nyktos estupefacto. Le recuerda que respire y mantenga la calma, después besa sus manos y le dice que estará esperando cuando Nektas y ella regresen de los Estanques.

Veses aparece para cobrarse su parte del trato, y Nyktos se encuentra en el sofá de su oficina, aferrado al reposabrazos con los nudillos blancos, mientras la Primigenia está sentada a horcajadas sobre él y se alimenta de su cuello. Por desgracia, Sera ve lo que está pasando y no se lo toma bien. Baja a la sala del estanque y pierde los papeles, con lo que casi destruye el palacio entero. Nyktos intenta tranquilizarla, pero al final se ve obligado a utilizar la coacción con ella, algo por lo que se disculpa.

Cuando Sera despierta, Nyktos está en los Pilares, lidiando con unas cuantas almas nerviosas. Al regresar, va a verla, vuelve a disculparse por haber usado la coacción y por lo que Sera cree haber visto. Sin embargo, sigue sin querer contarle lo que está pasando. Cuando Sera se encara con él y lo acusa de estar con Veses apenas unas horas después de que ella le dijese que quería ser su consorte, él se encoge y vuelve a disculparse. Después añade que nunca quiere hacerle daño y reitera que era virgen cuando se conocieron y que nunca ha deseado a nadie más que a ella. Jamás.

Sera le pregunta *qué* es lo que vio, si no es lo que ella cree, y él le responde que es complicado. Ella rompe su pacto de placer por amor al placer y le dice que quiere su libertad una vez que las brasas estén fuera de ella.

Más tarde, Sera acude a hablarle de Irelone y de ir a ver a Delfai donde está el Dios de la Adivinación con Kayleigh Balfour. Nyktos le dice que puede tener todo el tiempo que quiera y que va a ir con ella, porque necesita saber exactamente lo que se dice ahí para poder extraer las brasas de la forma correcta. Sin embargo, le pide que esperen un día más, puesto que el *draken* de Kyn está cerca.

Asimismo, revela que los otros Primigenios saben que tiene un ejército considerable, aunque nadie sabe lo grande que es. A regañadientes, reconoce que debe aprender a lidiar con que ella quiera ayudar y necesite luchar, aunque se preocupe a cada segundo de que puedan matarla.

Nyktos le informa que van a sombrambular hasta Irelone, puesto que no hay portales cerca en los que Nyktos confíe. Luego saca el tema de las ninfas que Nektas y ella encontraron en su camino de vuelta desde el Valle, y comenta que Sera no debería haber sido capaz de matar a una. Después comenta que no le gusta cómo se han vuelto las cosas entre ellos. Sera actúa como si la hubiesen educado para ser así… vacía y sin emoción. A Nyktos no le gusta nada.

Les llega la llamada de Kolis: un círculo negro rojizo con una raya cortando a través. Aparece en la palma de la mano de Nyktos, y quema y escuece y hace que se le llenen los ojos de *eather*.

Les dice a Sera y a todos los demás que Kolis percibirá que ella no es una divinidad normal, como intentó hacer creer a Attes. Espera poder utilizar la excusa de que ha bebido su sangre para explicarlo.

Luego reitera que irán a ver a Delfai primero y después responderán a la llamada, pero Sera insiste en que vayan primero a Dalos.

Nyktos sabe que las cosas son diferentes ahora, pero le dice a Sera que tendrán que actuar como hicieron con Attes. Ella le dice que nunca fingió estar enamorada de él. Que nunca fue una actuación. Él le pregunta si es demasiado tarde para que ella quiera ser su consorte y para servir a las Tierras Umbrías y a Iliseeum. No está seguro de por qué saca el tema, pero quiere saber por qué ella quería algo que él no podría darle nunca. Después le dice que se merece a alguien que la ame de manera incondicional e irrevocable. Alguien que sea lo bastante valiente para decirle cómo se siente.

Nyktos informa a Sera de que habrá una guerra si Kolis la reconoce como Sotoria e intenta retenerla. Dice que arrasará Dalos si el Rey de los Dioses hace un solo movimiento hacia ella. Sera le suplica que no intervenga si Kolis la reconoce. Él gruñe y le dice que las brasas no son lo único importante. Ella lo es. Añade que le está pidiendo que haga lo que ha tenido que hacer durante toda su vida: dejar a otros atrás para que sufran. Para vivir pero estar muerto por dentro.

Nyktos afirma que, aunque tuviese su *kardia*, sería incapaz de amar después de todo lo que ha tenido que hacer. Si tuviera que dejar a Sera en manos de Kolis, cualquier bondad que pudiera quedar en él desaparecería a buen seguro, y se convertiría en algo peor que el falso Primigenio de la Vida.

La prepara para sombrambular y le explica qué puede esperar en Dalos, entre otras cosas que las ciento diez gotas de sangre tatuadas en su piel reflejan las vidas que Kolis le hizo arrebatar. Le recuerda a Sera que es buena y no un monstruo, y entonces entran en Dalos.

Lo primero que ven es una multitud de cuerpos colgados. Nyktos trata de calmar a Sera cuando ella los ve y su *eather* empieza a escapar de su control. Ella le dice que la detenga, por lo que Nyktos la besa y conjura una sombras para bloquear la luz y la reacción de Sera.

Attes los interrumpe y Nyktos no oculta su ira, al tiempo que le recuerda que parece decidido y destinado a perder los ojos.

Después, hablando con Dyses, Nyktos hace hincapié en que Sera es su consorte. Dyses se revuelve y le dice a Sera que se incline ante ellos. Nyktos le indica que no lo haga y le dice a Dyses que se inclinará ante quienes sean merecedores de respeto. Sombrambula detrás del hombre y le arranca el corazón, al tiempo que dice que él sí que se inclinará ante Sera. Poco después, comenta que, al igual que Dyses, ninguno de los sirvientes de Kolis ha parecido normal desde hace mucho tiempo. De hecho, en Dyses no había percibido alma alguna al matarlo.

Hablan de cosas aleatorias (los celos de Nyktos, Dyses, el emblema familiar, el significado del lobo y el halcón…). Cuando Sera dice que vio a un halcón plateado en el Bosque Moribundo, Nyktos le dice que eso no es posible, pues insiste en que ni siquiera ellos entrarían en ese bosque (sabemos que no es verdad, puesto que era Attes en su forma *nota*).

Hanan acusa a Nyktos de la Ascensión de un dios en su corte y de cómo mató a los que él envió a las Tierras Umbrías, por lo que Nyktos lo amenaza y luego lo lanza hacia atrás. Cuando Hanan protesta sobre la Ascensión de Bele, Nyktos se hace el tonto y sugiere que tuvo que ser Kolis; luego le lanza una pulla a Hanan acerca de dudar del poder de su rey.

Nyktos ayuda a Sera a respirar y a hacer una reverencia, luego informa a Kolis de que el padre de Sera es un dios y su madre es mortal, con lo que intenta restarle importancia al abundante *eather* que percibe en ella. Nyktos insiste en que Kolis solo está sintiendo la sangre de Nyktos en ella. Cuando Kolis hace ademán de tocar el pelo de Sera, Nyktos lo agarra de la mano y le dice que le hará lo mismo que Kolis les ha hecho a aquellos que han tocado cosas que le pertenecen a *él*; luego anuncia que *nadie* más que él tocará a Sera.

Muy metido en su papel, Nyktos se disculpa con Kolis por no buscar su aprobación para la coronación. Cuando le preguntan qué le ha hecho a Dyses, se limita a responder que no le gustó el tono del vasallo. Después le dice a Kolis que él también sintió a un dios Ascender, pero que buscó la fuente y no encontró nada, por lo que asumió que había sido el propio Kolis. Hanan lo desafía de nuevo y él afirma que solo el Primigenio de la Vida puede Ascender a un dios.

Dyses entra entonces en la sala, vivito y coleando, y Nyktos se pone tenso. Aun así, le comenta a Kolis que le sorprendió la Ascensión por la misma razón que le sorprendió a Attes: porque había pasado mucho tiempo desde la última. Asimismo, comenta que los *dakkais* de las Tierras Umbrías también lo sorprendieron. Kolis lo explica como mera coincidencia. Envió a los *dakkais* porque Nyktos no buscó su aprobación para tomar a Sera como consorte.

Menuda parida.

Sera intenta echarse la culpa diciendo que fue cosa suya y trata de intervenir. Nyktos se pone furioso, pero le dicen que se calle o no será él el que sufra.

Kolis pone en marcha su repugnante jueguecito y le pregunta a Nyktos cuál es el precio a pagar por una falta de respeto. Contesta que una vida. Kolis explica que Sera debe matar a un *draken* joven (Thad) como recompensa. Nyktos intenta intervenir otra vez, pero Kolis le dice que guarde silencio o le arrancará el corazón a Sera; luego advierte de que si otra persona paga el precio por ella, *Sera* pagará con su sangre.

Después de la horrible experiencia y una vez que regresan a las Tierras Umbrías, Sera le pide a Nyktos que la lleve a Vathi. Él le dice que los *drakens* son como dioses, por lo que el hecho de que ella devuelva una vida no provocará que otra persona pierda la suya. Sin embargo, insiste en que no puede hacer nada para ayudar al joven *draken* porque los demás lo sentirían.

Acaba llevándola a Vathi de todos modos y le ordena a Attes que vaya a buscar a Thad. Nyktos intenta consolar a Sera; le dice que no le dé las gracias y explica que Kolis pretendía convertir a Kyn en su enemigo al obligarla a acabar con la vida de un *draken* de su corte. Cuando ella lo pregunta, él le dice a Sera que es demasiado tarde para cuestionarse si pueden confiar en Attes.

Sera acude al lado del joven *draken* y Nyktos advierte a Attes de no hablar nunca de lo que ve, llegando incluso a amenazar con arrasar Vathi y dar caza al Primigenio hasta que lo encuentre.

Después de que Sera traiga a Thad de vuelta a la vida, Nyktos le ordena a Attes que mantenga al chico escondido y luego le indica que lo lleve a las Tierras Umbrías, donde Nektas podrá mantenerlo a salvo. También advierte a Attes de que es posible que Kolis envíe *dakkais* después de sentir la onda de poder, y le pregunta por qué no acudió a Kolis con sus sospechas para ganarse su favor. Attes dice que recuerda quién era el padre de Nyktos y quién estaba destinado a ser él.

Nyktos le dice a Sera que confía en Attes y que asume que no contará el secreto, al menos hasta la coronación. Después le pregunta a Sera por qué habló. Se lamenta de que ella no merecía que le hiciesen algo así y se sorprende cuando ella dice que él tampoco. Señala que él está acostumbrado, y entonces se queda pasmado cuando Sera dice que lo hizo por *él*. Nyktos insiste en que no se lo merece.

Hablan de la resurrección de Dyses y de los Retornados. Nyktos espera que Kolis no tenga muchos como él. Sabe que Dyses no es un *demis* (un dios falso creado cuando un dios Asciende a un mortal) y está seguro de que Kolis ya no tiene brasas de vida. Así que no está seguro de qué pensar sobre sus *creaciones*.

Nyktos recuerda lo que dijo Gemma acerca de lo que había visto y deduce que debió ver a Retornados en distintas fases de su creación. Sea como sea, Kolis ha encontrado una manera de crear vida sin la necesidad de las brasas, algo para convencer a las otras cortes de que todavía tiene ese poder.

Nyktos sabe que es imposible que Kolis se haya creído que él de verdad piensa que fue el falso Primigenio de la Vida quien Ascendió a Bele. Solo estaba guardando las apariencias. Nyktos desearía haber podido hablar con Attes sobre Dyses.

Luego le recuerda a Sera que Kolis no la ha reconocido como Sotoria. Además, afirma que percibió ira y le pregunta qué pasó, pues le había parecido una ira diferente. Con un sabor distinto. Sera confirma que la ira no era solo suya. También era de Sotoria. Nyktos llega a la conclusión de que Holland estaba equivocado. Sera no es la reencarnación de Sotoria. Tiene dos almas: la suya *y* la de Sotoria.

Nyktos se marcha a encargarse de un puñado de Tinieblas aventureras. Cuando regresa, Bele le informa que Veses se ha enterado de lo de Sera. Él golpea a la Primigenia con *eather* después de decirle que cerrase la boca cuando está intentando explicar por qué ha atacado a Sera. Después ordena que la encierren en una de las celdas que se encuentran debajo de la Casa de Haides.

Le informan que Veses quería matar a Sera, no contárselo a Kolis, pero que se asustó después de casi matar a Reaver y ver a Sera salvarlo. Con todo lo ocurrido, Nyktos sabe que fue

Veses la que liberó a las Tinieblas. Después se entera de que también fue ella la que envió al *draken* que los atacó *y* liberó a los dioses sepultados.

Mientras cuida de Sera, Nyktos se ríe al oír que apuñaló a Veses y la urge a alimentarse. La convence para tomar su sangre y le permite ver su recuerdo de cuando ella estaba entrenando e hizo todas esas peticiones. Nyktos se lo explica y luego le dice que la esperará en sus aposentos.

Sera reconoce ante Nyktos que no lo odia, y eso lo pone a mil. Le ordena a Sera que lo folle y le dice que no hay nada como ella. Sera le comenta que puede alimentarse si quiere, pero él no lo hace, no quiere hacerlo porque no cree que se lo merezca.

Nyktos sabe que no puede mantener encerrada a Veses, pero tampoco puede liberarla porque acudirá a Kolis y es muy probable que no respete las reglas de la corte. Le explica a Sera cómo Veses pudo sentirla pero Kolis no: se debe a que Veses es la Primigenia de los Ritos.

Unas horas después, ya en el día de la coronación, Nyktos se acerca a Sera y reemplaza a Aios a su lado, al tiempo que le dice que respire y la llama *liessa*. Utiliza sombras para bloquearlos a la vista mientras la calma e informa a Sera de que no tendrá que llevar la corona después de esa noche. Ella le dice que todavía quiere ser su consorte y lo llama Ash, lo cual lo conmueve profundamente.

Durante la coronación, Nyktos toma la corona de manos de Rhain y luego se inclina ante Sera, lo que sorprende a todos los presentes. Entonces la corona y revela su título: la nacida de Sangre y Cenizas, *la* Luz y el Fuego, y *la* Luna Más Brillante. Aparecen las improntas, que dejan a todo el mundo pasmado, y Nyktos declara que los *Arae* les han dado su bendición. Más tarde, le explica que las improntas, o marcas de matrimonio, y las bendiciones son cosa de ella, y reconoce haber mentido un poquito para que todo el mundo creyera que los Hados habían bendecido la unión.

Nyktos le habla a Sera de Keella, la Primigenia del Renacimiento. Cuando ella le pregunta si la Primigenia sabe que el alma de Sotoria está en su interior, él admite no estar seguro, puesto que en realidad no fue un renacimiento.

Sera afirma que le gusta su título, cosa que alegra a Nyktos. Hay parte de la profecía de Penellaphe en él, pero al parecer Nyktos no hacía más que pensar en el pelo de Sera y en cómo le recuerda a la luz de la luna. Cuando Sera pregunta acerca de lo de la sangre y las cenizas, él le explica su distinto simbolismo.

Attes solicita hablar con ellos un momento y, aunque el intercambio es frío, Ash acepta y dice que puede arreglarse. Él percibe satisfacción por parte de Sera y le pregunta por qué. Ella le dice que es porque la han incluido. Eso lo incita a afirmar que odia que la hiciesen sentir tan poco importante durante tanto tiempo y que aborrece la idea de haber podido contribuir a ello. Luego se asegura de que ella comprenda que ahora todo el mundo la ve y la escucha, y la llama *liessa*. Por último, le asegura que ella siempre importará y deposita un beso en su sien.

Cuando Sera conoce a Keella, la Primigenia destaca que el título de Sera podría ser otra bendición. Le pregunta a Nyktos qué lo inspiró y él confiesa que fue el pelo de Sera. Antes de partir, Keella le asegura que su padre estaría orgulloso de él.

Durante los saludos de unos y otros, Nyktos mantiene la mano sobre la de Sera, donde esta la tiene apoyada en su regazo. Al final, la multitud se dispersa y Nyktos informa a Sera de que un grupo de soldados garantizará que la carretera hasta Irelone sea segura. Le pide que se siente con él y masajea su cuello. Cuando ella vuelve a llamarlo Ash, se pone tenso. Sera le pregunta si no le gusta y él confiesa que había echado de menos oírselo decir.

Nyktos le pregunta qué le hizo cambiar de opinión acerca de la coronación y le hizo desearla. Cuando ella se lo cuenta, Nyktos revela qué ha estado rondando por su mente: cómo ella lo llama Ash ataviada con su vestido de la coronación, verla sin ese vestido, verla desnuda en el trono, y verla desnuda sin nada más que la corona puesta. Después se pregunta si es digno de explorar esas obsesiones y decide que no le importa si lo es o no. Es demasiado avaricioso y egoísta para que le importe. Cuando encuentra la daga de Sera, le informa que verla desnuda y solo con la daga amarrada al muslo acaba de ocupar la segunda posición entre sus obsesiones, y que el primer lugar es ahora oírla llamarlo Ash mientras se corre. Es lo único que quiere.

Sera le dice que necesita tenerlo dentro y, en efecto, lo llama Ash cuando alcanza el clímax.

Después hablan de lo que les ha parecido la coronación, de Vathi, de los *dakkais*, y de Keella y Sotoria. Nyktos le dice que Keella es una de las pocas Primigenias en las que confía más o menos. La conversación pasa entonces a su encuentro con Delfai y él le dice que está emocionado por averiguar cómo transferir las brasas. Luego reitera que salvar la vida de Sera es lo más importante, no que él se convierta en el Primigenio de la Vida.

Cuando Ash pregunta qué la hizo cambiar de opinión acerca de la coronación, ella le dice que sus emociones no cambiaron, solo cómo quería actuar. Sera proyecta sus sentimientos y Ash nota un sabor a chocolate y fresas.

¡Amor!

Sera confiesa que lo sabe todo sobre Veses y él hace añicos la copa con su mano. Ella le extrae las esquirlas de cristal y él pregunta si lo está llamando Ash ahora solo por compasión. Ella lo niega y le dice que matará a Veses si no lo hace él. Nyktos le cuenta todo lo ocurrido con Veses y cómo ella desea en realidad a Kolis. Luego le da las gracias a Sera solo por ser ella misma y la besa, a punto de compartir con ella un deseo. Solo que se calla antes de decirlo.

Comenta que tiene hambre y ella lo urge a alimentarse. Lo hace y tienen sexo. Una vez más, dice que desea… pero nunca termina la frase.

Parten hacia Irelone y Nyktos consuela a Sera diciéndole que las brasas estarán fuera de ella pronto. Puede saborear su ansiedad y le explica a lo que sabe. Ella le cuenta cómo la siente y él dice que le gustaría poder hacer algo para cambiar eso.

Cuando los guardias les niegan la entrada en la fortaleza, Ash suelta un despliegue de poder y les deja riquezas.

Sera y él se encuentran con Kayleigh, y Ash se disculpa por su comportamiento y el de otros como él. Luego la informa de quién es y quién estaba destinada a ser Sera.

Se reúnen con Delfai y descubren que es un poco errático. Nyktos interrumpe al Dios de la Adivinación y le explica por qué están ahí. Él les habla del diamante La Estrella y de cómo se utiliza, y Nyktos se queda pasmado al averiguar lo fácil que es el proceso de extracción de las brasas.

Después descubren que Kolis tiene el diamante, pero que este no es necesario para extraer las que hay dentro de Sera. Cuando Delfai se refiere a Sera como un *recipiente*, Ash se enfurece. El dios se disculpa y luego da más detalles acerca de cómo extraer las brasas de Sera. Sin embargo... hay un problema. Ash tendrá que Ascenderla, y eso significa que Sera morirá.

Ash está a punto de perder el control cuando descubre que no pueden transferir las brasas sin matar a Sera. Se niega a creerlo y discute. Después descubre que su padre solo sobrevivió a la transferencia porque nació como dios y estaba destinado a Ascender. Las brasas le pertenecían. Sin embargo, no pertenecen a Sera; solo las escondieron en su interior. Le dicen que hay tres opciones: Nyktos se convierte en el verdadero Primigenio de la Vida y restaura el equilibrio en los mundos; otra persona se apodera de las brasas; o Sera completa su Ascensión. Todo lo cual significa que morirá de todos modos.

Nyktos sombrambula y agarra a Delfai del cuello para gruñirle a la cara que él no matará a Sera y que esa opción es inaceptable. Adopta su verdadera forma y planea enviar a Delfai al Abismo, pero Sera le suplica que no haga daño al Dios de la Adivinación porque no se lo merece. Y Ash no se merece llevar otra marca. Al final, Ash lo suelta.

Sera le insiste a Ash que debe hacerlo. Él se niega y confiesa que ya había deducido que drenarla por completo era una posibilidad, pero que sabía que no era así como lo había hecho Kolis, así que había pensado que había otra forma. Se plantea conseguir La Estrella para utilizarla, pero ella le recuerda que extraer las brasas la matará de todos modos. Aun así, él se emociona cuando Sera admite que no quiere morir (Ash piensa que ya era hora de que valorase su vida).

Sera repite que quiere vivir, pero que los mundos *necesitan* hacerlo. Y eso es todo lo que importa. Ash estalla y le dice que *ella* importa, no los mundos. Sera vuelve a llamarlo Ash y él le ruega que no haga eso cuando está hablando de que él la mate.

Cuando Sera insiste en que él no ha hecho nada mal (en alusión a cuando se hizo extirpar el *kardia*), Ash se pone furioso. Lamenta que podría haberla salvado. Ella lo contradice, pues afirma que no había ninguna garantía de que él la hubiese amado. Ash le dice que sí lo hubiese hecho. Que nada podría haber impedido eso.

Sera le ordena que la bese y él lo hace, al tiempo que emite un gemido grave, de alma desgarrada. Tienen sexo y él confiesa que desearía no haber hecho que le extirpasen el *kardia* nunca. Declara que nunca había querido amar hasta que llegó ella. Sus ojos centellean con una pátina roja mientras llora lágrimas primigenias de tristeza.

Sera le pide que la lleve a su lago cuando llegue el momento, para poder morir ahí. Él se lo promete.

Cuando regresan a las Tierras Umbrías, se dan cuenta de que algo va mal. Están siendo atacados. Ash salta al suelo desde el balcón y Saion lo pone al día. Ash controla sus emociones y, al encontrar cadáveres en el patio occidental se tambalea hacia atrás por el horror. Saion le informa dónde está Kyn, y Nyktos le ordena que reúna al ejército.

Entonces adopta su verdadera forma y se eleva hacia el cielo para luchar con Davon, el *draken*. Y Ash se convierte en una tormenta. Se fija en que Sera, Rhain, Rhahar y Saion no son capaces de llegar hasta la Casa de Haides, así que empieza a emanar neblina primigenia desde su interior y le dice a Sera que *corra* en su mente.

A medida que las sombras engullen el patio, Ash le grita a Sera y ve a Attes con ella. Ruge y grita repetidas veces su nombre, mientras trata de llegar hasta ella. Hace trizas a un Cimmeriano. Volatiliza a un *dakkai* de un solo toque. Sera está a apenas unos metros de él, los ojos clavados en los suyos, y entonces... desaparece, engullida por el humo y las sombras.

La siguiente vez que la ve, él espera en el exterior del palacio de Cor, agazapado entre los árboles.

Como un lobo blanco plateado.

Observa a Sera sucumbir a la obsesión enfermiza de Kolis y ataca. Al final, mata a Hanan y le dice a Kolis que le quite las manos de encima a su mujer. Amenaza con matar a su tío y luchan, al tiempo que Kolis le dice que acaba de empezar una guerra.

Sera utiliza la coacción para que Ash y Kolis dejen de luchar y amenaza con quitarse la vida. Él le suplica que no lo haga. Al final, Kolis lo apuñala repetidas veces y lo hiere de la gravedad suficiente como para apresarlo y encerrarlo en las Cárceres.

Mientras está en estasis, comparte varios sueños con Sera y le dice que informe a Kolis de que solo él puede Ascenderla. Cuando lo haga, Sera debe invocar a los Hados.

Durante su tiempo en las Cárceres, Kolis lo observa y después lo incapacita cuando despierta. Ash no puede culparlo. En realidad no. Estaba dispuesto a hacer *cualquier cosa* para llegar hasta Sera.

Cuando Sera derriba a Kolis, eso debilita los hechizos protectores. Entre eso y sentir lo que es Sera, Ash escapa y va en su busca. Elimina a todo el que se cruza en su camino y entonces la encuentra casi acabada.

Sera apenas puede andar, pero consigue preguntar si está soñando. Él le dice que aquello es real. Cuando ella le pregunta si está bien, Ash se ríe y le recuerda que ella también estaba encarcelada, y que era probable que hubiese tenido que soportar mucho más que algunas represalias y un sueño profundo.

Hablan un poco de Veses y de qué hacer con Kolis. También hablan de lo que le pasó a Sera en Dalos, y ella tiene que apaciguar la ira de Ash. Le dice que debe llevarla a algún lugar seguro y extraer las brasas.

Entonces entra Elias y Ash casi lo mata, antes de que Sera le asegure que es un amigo. El dios le jura entonces lealtad a Sera.

Luego llega Attes y los insta a ponerse en marcha. Cuando Ash hace ademán de atacarlo, Attes justifica sus acciones y Sera le dice a Ash que pueden confiar en el Primigenio, que le ha salvado la vida más de una vez.

Sera se marea y le dicen que había empezado a adoptar su forma primigenia.

Justo cuando están a punto de sombrambular, Sera recuerda La Estrella y les dice que deben hacerse con ella. Hablan de cómo conseguirlo y ella revela que el alma del padre de Ash está dentro del diamante. Él le pregunta si está segura y ella lo confirma.

Ash no logra sentir el alma dentro del diamante, pero Sera le asegura que está ahí. Luego pregunta cómo pueden meter el alma de Sotoria en la gema, y Ash dice que Keella debería saber cómo meter y sacar un alma de ahí.

Los hace sombrambular a un manantial de agua caliente en el mundo mortal y escucha todo lo que le cuenta Sera acerca de su padre y su tío. Cuando pregunta si puede sostener La

Estrella, ella no le deja y le explica que no quiere que vea lo que vio ella.

Sera y Ash se toman un poco de tiempo para ellos mismos y se pierden el uno en el otro durante un ratito.

Durante ese tiempo juntos, hablan sobre todo lo que ha ocurrido y se ponen al día. Analizan lo que significan ciertas cosas y lo que pasará a continuación. Hablan también de la forma *nota* y la forma primigenia de Ash, y luego él va a las Tierras de Huesos a buscar algo de ropa para ambos.

La conversación gira hacia Attes, y Ash deja claro que todavía no confía en el Primigenio; Sera trata de hacerle comprender por qué Attes no podría ser leal nunca a Kolis. Después le cuenta lo que hizo Phanos. Ash empieza a pensar en formas de utilizar esa información en su beneficio, para salvarla, pero ella interrumpe sus pensamientos e insiste en que nadie más dará la vida para salvar la de ella.

Ash la lleva a las Tierras de Huesos y le explica cómo los Antiguos, conectados a todos los seres vivos, se disgustaron con lo que estaban haciendo los mortales. Llegaron a la conclusión de que los mortales y la tierra no podían coexistir y eligieron limpiar la tierra. Después crearon a los Primigenios, dividieron su esencia entre ellos y crearon un equilibrio compartido. Con el tiempo, sin embargo, los Primigenios y los dioses se aliaron con los mortales para luchar contra los Antiguos.

Ash le pregunta a Sera cómo se encuentra, y ella admite estar cansada y dolorida.

A Sera le cuesta un mundo subir las escaleras y Ash la ayuda. Llegan Saion y Rhahar y ambos abrazan a Ash. Luego se une a ellos Lailah, seguida de Rhain.

Ash le cuenta al grupo que Sera lo ha salvado, y Rhain comenta que muchos de ellos no estarían ahí de no ser por ella.

Hablan todos sobre La Estrella, y Keella se adelanta para informarles de lo que deben hacer. Sera libera a Eythos y luego cae inconsciente.

Ash lleva a Sera a la corte de Keella cuando pierde el conocimiento. Al despertar, Sera le pide disculpas por haber acortado el tiempo del que disponía Ash con Eythos, pero él le dice que su padre estaba listo para marcharse. También le cuenta que Eythos le había dicho que estaba orgulloso de él, y que luego lo había instado a recordar lo que se habían dicho a orillas del río Rojo. El problema es que no recuerda lo que era.

Al darse cuenta de que Ash le había dado sangre, Sera lo regaña. Discuten como de costumbre y Nektas llega y se ríe al verlos de esa manera.

Attes, Ash y Sera discuten sobre Sotoria, pero Sera les hace comprender que el alma está viva. Attes menciona que la conoció después de que Kolis la trajese de vuelta a la vida. Después todos cavilan sobre lo que ocurrirá si las brasas mueren con Sera. También hablan de que La Estrella sería capaz de albergar tanto las brasas como un alma, y lo que debe pasar para que ellos puedan acabar con Kolis.

Sera dice que habrá una guerra y Ash insiste en que ella es lo único que le importa. Attes, en cambio, dice que la cosa es mucho más grande que eso. Sera le dice a Ash que lo quiere, y él se siente abrumado por las emociones.

Keella le pregunta a Ash si él ha sentido las almas duales, pero él afirma que la única que ha sentido nunca es la de Sera. Keella le dice entonces que necesita anclarse al alma de su consorte, cosa que él hace.

Ash se acerca mientras Sera está hablando con Rhain. Lee las emociones de su mujer, pero ella le dice que deje de hacerlo.

Saion llega entonces y bromea con que ya se están peleando otra vez. Rhahar se acerca y zanjan una apuesta. Saion había dicho que no podrían pasar más de una hora sin discutir. Sera se gira hacia Ash y bromea con que esos son sus amigos. Él dice que lo *eran*, y los fulmina con una mirada.

Sera le dice entonces a Ash que la lleve a su lago, aunque tiene que recordarle que se lo prometió. Él no puede hacer nada más que obedecer, aunque eso le parte el corazón.

Observa cómo todos los dioses hacen reverencias ante su mujer y le muestran el mayor de los respetos.

Sera le dice a Ash que quiere hablar con él de algo. Él no puede ni mirarla. Cuando Sera se da cuenta, Ash le dice que aunque no la mire, ella es todo lo que ve. Sera le dice que lo quiere y quiere que comprenda que no es culpa de él. Ash lo intenta, pero después enumera todas las cosas que preferiría estar haciendo en ese momento. Cualquier cosa menos la que están haciendo. Sera continúa con lo que tiene en mente: le dice que quiere que viva. Que sea rey. Él protesta diciendo que ese lugar le corresponde a ella. Luego Sera le comenta que no quiere que esté solo. Que quiere que ame.

Ash se enfada, pero ella lo obliga a prometerlo. A regañadientes, Ash lo promete. A continuación, se demuestran con el cuerpo cuánto se aprecian y consolidan el hecho de que su conexión va más allá de los mundos.

Ash le dice todas las cosas que adora de ella y declara que nunca quiso nada hasta que llegó ella. En ese momento un trueno llena el aire y Ash se da cuenta de que han encontrado a Kolis. Sera lamenta que se hayan quedado sin tiempo, pero le cuenta a Ash lo que ella había querido en la vida, y le asegura que él se lo ha dado todo. Le dice otra vez que lo quiere, y luego afirma que ha llegado la hora.

Él la lleva dentro del agua y se alimenta. Sera empieza a alejarse, pero Ash dice que les den a las brasas y la insta a alimentarse de su sangre. Insiste en que no la dejará ir. Que la Ascenderá.

Ella pregunta en qué se convertirá y él admite que no está seguro. Sera le suplica que extraiga las brasas, pero él le dice que cierre la jodida boca y afirma que si la pierde, los mundos y todo lo que hay en ellos estarán perdidos. Porque él lo destruirá todo. Le ordena que no muera y afirma que pueden darle al bien mayor. Sera le dice que *él* sí es bueno.

Al final, Sera bebe. Cuando despierta, una onda expansiva de poder brota de ella y lanza a Ash hacia atrás.

Mientras Sera está en estasis, Ash le cuenta historias. Le cuenta lo poco preparado que estaba para lo vivo que se siente con ella. Admite que todavía podía sentir después de que le extirpasen el *kardia*, solo que no con la misma intensidad. Hasta que llegó ella. Y afirma que debió saber lo que eran el uno para el otro desde su primer beso.

Rememora sus primeros encuentros, la valentía de Sera al ir en busca de Kolis ella sola, sus lealtades mal dirigidas.

Cuando Ash dice que quería ser fuerte como Eythos, Nektas comenta que no tenía nada que ver con la fuerza. Le habla de cómo se volvió Eythos después de la muerte de Mycella, y Ash afirma que él habría destruido los mundos y todo lo que había en ellos si hubiese perdido a Sera.

Nektas le recuerda que la ha salvado, y Ash le dice a Sera que la estará esperando.

Ella empieza a despertar, y Ash le dice que se tome su tiempo. Le recuerda cómo son juntos. Cómo les gusta ser. Le dice que ella lo necesita. Su sangre. Declara que él es suyo.

Sera le advierte que el Primigenio de la Vida nunca se ha alimentado del Primigenio de la Muerte. Que se supone que son dos mitades de un ciclo, pero separadas. Él insiste en que todo él es de ella. Y Sera se alimenta.

Después, él le pregunta si sabe quién es, y Sera afirma que siempre lo sabrá.

Ash le explica que estaba aterrado de poder perderla. Sera dice que no lo ha hecho; que la ha salvado. Ash añade que tenía miedo de que no lo recordase, con lo que la perdería de todos modos. Ella insiste en que no lo hará. Nunca. Ash se pone tenso entonces y le dice que cuando la suelte, debe huir, porque la necesita demasiado y no será capaz de controlarse. Se convertirá en su otro ser. Ella dice que confía en él. Afirma que es suya. Y le urge a tomarla.

Él lo hace. Utiliza además sus zarcillos de sombras para proporcionarle un placer extra. Ash le dice que la quiere y reconoce no saber cuándo empezó. Sera comenta que creía que moriría sin saber lo que era sentir su amor. Ash dice que jamás permitiría eso y que pasará toda la eternidad asegurándose de que sabe lo profundos que son sus sentimientos.

Nektas pregunta si están bien, y Ash lo amenaza. Cuando Sera dice que ahora es la reina, Ash se muestra de acuerdo y añade que él es su consorte. Ella lo corrige y lo nombra su rey.

Él acepta.

Y entonces, el rey se folla a su reina.

Ash nota que Sera se pone tensa cuando él hace ademán de alimentarse y sabe que en Dalos ocurrieron más cosas que las que le ha contado Sera. Espera que llegue un momento en que quiera compartirlo con él. Luego menciona que todos los Primigenios han debido sentir su Ascensión, pero la tranquiliza diciendo que lidiarán con lo que sea que ocurra. Juntos.

Él se sincera acerca de por qué no se la llevó como consorte al principio. En parte fue para que Kolis no supiese de su existencia, pero también fue porque había tenido un sueño la noche en que ella había nacido. En él salía ella en su lago, y le sonreía. Después la veía morir y se veía a sí mismo destruyéndolo todo. El sueño le dio tanto miedo que hizo que le extirpasen el *kardia* justo antes de llevar a Sera a Iliseeum.

Ash lamenta lo que sus elecciones significaron para la vida de Sera e insiste en que fue un cobarde. Ella lo niega, pero él le cuenta lo que le mostraron las visiones. Sus acciones mostraban que se había enamorado. Así que trató de impedirlo. Sin embargo, le asegura que se enamoró de todas formas, y ella le dice que sintió más que amor cuando él la sujetaba en el lago. Ash dice que hay una sola razón para que eso sea así: son corazones gemelos.

Habla de cómo cuando los *Arae* ven hilos del destino que se unen, no pueden intervenir. Dice que sus almas unidas han creado a la primera Reina de los Dioses de todos los tiempos. Hablan también de cómo los *Arae* fuerzan los límites de lo que está permitido y lo que se considera interferencia.

Cuando Sera sale al balcón, Ash la sigue y se asombran al ver cómo la vida está regresando al mundo.

Ash y Sera comparten declaraciones de amor. Luego él le dice que quiere que confíen el uno en el otro, y añade que él siempre la considerará fuerte, pase lo que pase. Insinúa que cree que sabe lo que le pasó en Dalos, y luego hablan más sobre Rhain. Ella le pide que no haga ni diga nada acerca de lo que ocurrió cuando se revelaron sus planes iniciales. Ash acepta.

Sera le cuenta entonces lo que le dijo de verdad Holland el día que fue ahí con Penellaphe: que el amor es más poderoso que los Hados. Luego piensan y hablan sobre lo poderoso que es el amor.

Sera le pide a Ash que le diga otra vez que la quiere, cosa que él hace encantado. Repetidas veces. Feliz. Y entonces hacen el amor.

EYTHOS †

Primigenio de la Vida convertido en Primigenio de la Muerte
Corte: Dalos/las Tierras Umbrías

Pelo: hasta los hombros. Negro.

Ojos: plateados.

Rasgos faciales: piel broncínea. Mandíbula fuerte. Pómulos anchos. Nariz recta. Boca ancha.

Personalidad: listo. Estratega. Sabio. Amable. Generoso. Justo. Protector.

Hábitos/Costumbres/Fortalezas/Debilidades: fascinado por los halcones plateados. Aficionado a los lobos; incluso puede transformarse en uno. Fascinado por la vida, en especial la de los mortales.

Otros: no era capaz de ver las almas, pero conocía sus nombres y sus vidas. Cosas que lo representan: máscaras aladas plateadas que imitan al halcón plateado.

Antecedentes: era el Primigenio de la Vida hasta que Kolis intercambió sus destinos; después de eso se convirtió en el Dios Primigenio de la Muerte.

Familia: consorte = Mycella †. Hijo = Nyktos. Gemelo = Kolis.

EL VIAJE DE EYTHOS HASTA LA FECHA:

Mis conocimientos sobre Eythos me han llegado solo en forma de historias. Así que esa es la manera en que transmitiré su historia.

Hace mucho tiempo, un poderoso Primigenio entabló amistad con los dragones. Quería aprender sus historias y, al ser joven, era bastante impulsivo. Sabía que una forma de hablar con ellos era darles voz proporcionándoles una forma divina que les permitiera cambiar de una a otra. Este Primigenio era Eythos, el entonces Dios Primigenio de la Vida. No obstante, los *drakens* no son las únicas criaturas a las que el joven dios otorgó vidas duales.

Eythos tenía un gemelo idéntico: Kolis. Un hermano estaba destinado a representar a la vida, y el otro representaba a la muerte. Eythos era el Primigenio de la Vida y Kolis era el Primigenio de la Muerte. Gobernaron juntos durante eones, como estaban destinados a hacer. Hasta que... Kolis se enamoró. O, para ser más precisos, se obsesionó.

Aunque las cosas empezaron incluso antes de eso. Todo había comenzado mucho antes de que Lasania fuese un reino siquiera en el mundo mortal. No se sabe si la relación entre los dos hermanos siempre fue tensa, o si hubo paz entre ellos durante un tiempo. Sea como fuere, siempre fueron competitivos. Y también había un tema de celos.

El Dios Primigenio de la Vida era un ser adorado y amado por dioses y mortales por igual, y Eythos era un rey justo, amable y generoso. Estaba fascinado con todas las formas de vida, en especial con los mortales. Incluso cuando se convirtió en el Dios Primigenio de la Muerte (cosa a la que llegaré en un minuto), seguía asombrado por todo lo que lograban hacer los mortales en lo que incluso los dioses considerarían un período de tiempo increíblemente corto. Eythos interactuaba con ellos, como hacían muchos Primigenios por aquel entonces.

Kolis, por su parte, era respetado pero temido, y nunca fue realmente bienvenido como un paso necesario en la vida, un portal a la siguiente fase. Cuando Kolis entraba en el mundo mortal, los que lo veían se acobardaban y se negaban a mirarlo a los ojos.

En uno de sus viajes, Kolis vio a una joven preciosa recolectando flores para la boda de su hermana. Esta mujer se llamaba Sotoria. Kolis la observó y fue amor a primera vista. Se quedó totalmente prendado de ella y salió de entre los árboles para hablar con esa belleza. Por aquel entonces, los mortales sabían qué aspecto tenía el Dios Primigenio de la Muerte, pues los cuadros y esculturas captaban sus rasgos, igual que los de su hermano, el Dios Primigenio de la Vida. Sotoria supo quién era Kolis en cuanto lo vio acercarse, por lo que huyó asustada y murió al caer por los Acantilados de la Tristeza.

Kolis le rogó a Eythos que restaurara la vida de Sotoria, un acto que Eythos podía hacer y había hecho en el pasado como Dios Primigenio de la Vida. Sin embargo, tenía unas reglas estrictas para *cuándo* conceder el don de la vida. Una de esas reglas era que no se llevaría nunca un alma del Valle. Sí, Sotoria había muerto joven y demasiado pronto, pero había aceptado su muerte. Su alma llegó a las Tierras Umbrías, pasó entre los Pilares y entró en el Valle en cuestión de minutos tras su muerte. Y Eythos no sacaría a un alma del Valle. Era un acto equivocado y prohibido, tanto para él como para Kolis.

Eythos trató de recordarle eso a su hermano. Cuando fracasó en su intento, trató de que Kolis comprendiera que no era justo concederle la vida a una persona, solo para negársela a otra de igual valor. Sin embargo, ese era también uno de los defectos de Eythos: creía que él podía decidir si una persona era digna o no. Y tal vez como Dios Primigenio de la Vida pudiera… Pero aun así.

A lo mejor fue soberbia, pero Eythos no se dio cuenta de que podían volver su poder en su contra… sobre todo no su hermano. Si no hubiese empleado nunca su don con mortales, entonces tal vez Kolis no hubiese esperado que lo hiciera con Sotoria. En cualquier caso, la negativa de Eythos a hacer los que le pedía su gemelo con la mujer a la que creía amar lo inició todo: cientos de años de dolor y sufrimiento para muchos inocentes. Una eternidad durante la cual Eythos se arrepentiría de lo que había y no había elegido hacer.

Al principio, no pasó nada y Eythos pensó que Kolis había aceptado su decisión de mantener el equilibrio. Durante ese tiempo, Eythos incluso conoció a su consorte, Mycella, y la vida era normal. Buena, de hecho. Pero en realidad, el reloj estaba realizando su cuenta atrás.

Kolis pasó las siguientes décadas tratando de traer a Sotoria de vuelta a la vida, aunque no podía visitarla en el Valle, al menos no sin arriesgarse a destruir su alma. Después de años de búsqueda, se dio cuenta de que había una sola manera de lograr lo que tanto deseaba. Solo un Primigenio con poder sobre la vida podía restaurar la de Sotoria. Así que encontró la manera de convertirse en eso.

Logró intercambiar su lugar y su destino con su gemelo, aunque nadie excepto los hermanos conocen cómo lo consiguió. Solo sabemos que el acto requirió el diamante La Estrella y alguna magia poderosa. Al margen de cómo sucedió, el acto fue catastrófico. Mató a cientos de dioses que los servían a ambos y debilitó a muchos Primigenios; incluso mató a algunos, lo cual forzó a que los siguientes dioses en la línea de sucesión se elevaran a la condición de Primigenios, y a su poder. Muchos *drakens* también murieron, y el mundo mortal experimentó terremotos y tsunamis porque las acciones de Kolis descalabraron el equilibrio. Muchos lugares fueron asolados y pedazos enteros de tierra simplemente se separaron de tierra firme; algunos de ellos formaron islas mientras que otros se limitaron a hundirse.

Eythos supo de inmediato por qué lo había hecho Kolis. Había advertido a su hermano de no traerla de vuelta, le había insistido en que ella estaba en paz en la siguiente fase de su vida y que había pasado demasiado tiempo. Le advirtió que si era capaz de hacer lo que planeaba, Sotoria no regresaría como era antes. Sería un acto antinatural y alteraría el muy precario equilibrio entre la vida y la muerte.

Aun así, Sotoria volvió a la vida y, como había advertido Eythos, no era la misma. Se mostraba taciturna y estaba horrorizada por lo que le habían hecho. Cuando por fin murió de nuevo, Eythos hizo algo para asegurarse de que su hermano no pudiese llegar jamás hasta ella. Algo que solo el

Primigenio de la Muerte podía hacer. Con la ayuda de la Primigenia Keella, Eythos marcó el alma de Sotoria, lo cual la destinaba al renacimiento. Esto significaba que su alma no entraría nunca en las Tierras Umbrías para ser juzgada. En lugar de eso, renacería una y otra y otra vez. Los recuerdos de sus vidas anteriores no serían sustanciales, si es que tenía alguno. Eythos esperaba que eso le trajese a la pobre chica alguna semblanza de paz.

A medida que pasaron los siglos, Kolis perseveró en su búsqueda. Sabía que Sotoria nacería envuelta en un velo debido a lo que habían hecho Eythos y Keella, así que continuó buscándola en el mundo mortal.

Tanto Eythos como Keella pagaron caro por lo que habían hecho. Kolis cultivó un gran desprecio por su hermano y juró hacerle pagar. Con el tiempo, asesinó a Mycella cuando ella estaba embarazada, porque creía que era justo que Eythos perdiese a su amor igual que lo había perdido él. Para empeorar las cosas, Kolis también destruyó el alma de Mycella, lo cual propició su muerte definitiva. Perderla hizo que Eythos perdiese una parte de él que no recuperó nunca.

Kolis destruyó todos los registros escritos sobre la verdad de lo ocurrido, tanto en el mundo mortal como en Iliseeum. Fue entonces cuando el Dios Primigenio de la Muerte dejó de representarse en el arte y la literatura. Kolis hizo lo imposible por ocultar que él no debía ser el Primigenio de la Vida, incluso cuando quedó claro que algo no iba bien. Empezó a perder su capacidad para crear y mantener la vida. Ese destino nunca fue el suyo, igual que el de Dios Primigenio de la Muerte nunca fue el de Eythos.

Cuando emergió la profecía de Penellaphe, Eythos decidió encargarse de frustrar los planes de su hermano y, con suerte, restaurar el equilibrio en algún momento. Incluso después de intercambiar sus destinos, Eythos conservó parte de su brasa de vida; igual que Kolis conservó parte de su brasa de muerte. Por ello, cuando Ash fue concebido, parte de esa brasa de vida pasó a él, solo un destello de poder. No tan fuerte como la brasa que permanecía dentro de Eythos, pero suficiente. Eythos extrajo esa brasa de él antes de que Kolis pudiese saber siquiera de su existencia, añadió lo que quedaba en su propio interior, y puso ambas cosas en la estirpe Mierel. Las escondió donde pudieran aumentar de poder hasta que un nuevo Primigenio estuviese listo para nacer... en el único ser que podría debilitar a Kolis. Entonces, hizo un trato con el rey de Lasania para darles a los mortales y a su hijo al menos una oportunidad de hacer algo. De detener los inconvenientes de lo que había hecho Kolis: el clima antinatural, la Podredumbre, la desestabilización del equilibrio.

Por desgracia, Kolis acabó matando a su hermano y utilizó lo que quedaba de su brasa de vida para atrapar su alma. La muerte de Eythos cortó el vínculo entre él y su *draken* y alteró el equilibrio aún más. Así que, aunque Ash nació para Ascender y asumir el papel de Dios Primigenio de la Muerte, no era del todo suyo. Por no mencionar que su brasa de vida vivía ahora en un vulnerable recipiente mortal con fecha de expiración.

Además, debido a que el estado de cosas no era natural, después de Ash no volvió a nacer ningún Primigenio. Seraphena tiene la única brasa de vida en ambos mundos. Ella es la razón de que la vida continúe. Y si ella muere, no habrá nada más que muerte en todos los reinos y todos los mundos. Ella se ha convertido en lo que Eythos siempre debió ser: *la* Diosa Primigenia de la Vida.

MYCELLA †

Consorte del Primigenio de la Muerte, Eythos
Corte: Lotho/las Tierras Umbrías

Pelo: rojo oscuro, del color del vino tinto.

Ojos: plateados.

Rasgos faciales: cutis rosáceo. Rostro ovalado. Frente fuerte. Pómulos altos. Boca carnosa.

Hábitos/Costumbres/Fortalezas/Debilidades: habilidad para leer emociones.

Antecedentes: familia procedente de la corte de Lotho. Solía contarle cuentos a Aios.

Familia: marido = Eythos †. Hijo = Nyktos. Prima = Aios. Tenía un tío o una tía en la corte de Kithreia.

EL VIAJE DE MYCELLA HASTA LA FECHA:

Después de que Eythos le dijese a su gemelo que no interferiría con el viaje del alma de Sotoria, conoció a Mycella y ella se convirtió en su consorte.

En algún momento durante las décadas en que Kolis buscó una manera de traer a Sotoria de vuelta a la vida, Mycella concibió a Nyktos/Ash.

Kolis se vengó con su hermano asesinando a Mycella cuando Nyktos estaba todavía en su vientre. De alguna manera, Nyktos sobrevivió, razón por la cual lo llaman *El Bendecido*. A continuación, Kolis destruyó el alma de Mycella, lo cual le provocó la muerte definitiva.

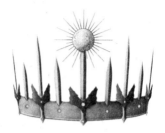

KOLIS

Dios Primigenio de la Muerte convertido en Dios Primigenio de la Vida

Corte: las Tierras Umbrías/Dalos

Pelo: dorado. Casi hasta los hombros.

Ojos: plateados con vetas doradas.

Constitución: musculoso.

Rasgos faciales: piel broncínea con reflejos dorados. Mandíbula fuerte y cincelada. Pómulos angulosos. Boca ancha y carnosa.

Rasgos distintivos: brazalete dorado alrededor del bíceps. Voz con un toque amargo y cortante.

Rasgos preternaturales: como Dios Primigenio de la Muerte, podía ver y convocar almas (se desconoce si todavía puede hacerlo). Puede transformarse en un halcón dorado.

Personalidad: temerario. Salvaje. Engreído. Competitivo. Reservado. Frío. Prefiere la soledad. Engañosamente encantador cuando quiere. Manipulador. Celoso.

Hábitos/Costumbres/Fortalezas/Debilidades: odia a Nektas por abandonarlo. Ama el color dorado. Prefiere a las pelirrojas y a las rubias. Como Dios Primigenio de la Muerte, reclamaba almas si alguien lo cabreaba. Considera a los demás Primigenios como niñatos irritantes, lloricas y mimados que han olvidado los buenos modos. Encierra a sus *favoritas* en jaulas doradas durante una eternidad. Cree que los mortales deberían estar al servicio de los dioses. Tiene partidarios en varias cortes.

Otros: el emblema de su corte es un círculo con un corte a través.

Antecedentes: solía ser el Primigenio de la Muerte hasta que robó las brasas de su hermano; así intercambió sus destinos y se convirtió en el Primigenio de la Vida. Todo debido a un encaprichamiento. Asesinó a Halayna. (Encontrarás más detalles sobre su historia más abajo).

Familia: hermano gemelo = Eythos †. Sobrino = Nyktos.

EL VIAJE DE KOLIS HASTA LA FECHA:

Como el Dios Primigenio de la Muerte, Kolis gobernó junto a su hermano gemelo, Eythos, durante eones. En un viaje al mundo mortal, Kolis vio a una joven recolectando flores. La observó un rato y se enamoró de inmediato. Cuando salió de entre los árboles para hablar con ella, la mujer se asustó y huyó, solo para caer por los Acantilados de la Tristeza y morir en el acto.

Después, Kolis le ruega a su hermano que restaure la vida de Sotoria, pero Eythos se niega a sacar un alma del Valle. Dice que es algo equivocado y está prohibido, e intenta recordárselo a Kolis. Cuando eso fracasa, añade que no es justo darle la vida a una persona y negársela a otra de igual valor.

Kolis pasa las siguientes décadas tratando de traer a Sotoria de vuelta del Valle. Como Dios Primigenio de la Muerte, no puede visitarla ahí sin arriesgarse a destruir su alma. Después de años de buscar y tras arraigarse en él un gran desprecio por su hermano, se venga de Eythos matando a su consorte, Mycella, cuando esta está embarazada, y luego destruye su alma. Kolis cree que su hermano debería sentir el mismo dolor que él y perder también a la persona que ama. Cuando se da cuenta de que solo hay una manera de hacer lo que desea, empieza a buscar una manera de convertirse en el Dios Primigenio de la Vida e intercambiar posiciones con su hermano.

Al ejecutar su plan, Kolis consigue lo que se había propuesto; suponemos que lo hizo con el diamante La Estrella que recibió, posiblemente de manos de un Hado. Intercambia su destino con el de su hermano, con lo que se convierte en el Dios Primigenio de la Vida, y convierte a Eythos en el Dios Primigenio de la Muerte. A continuación, destruye toda evidencia de cómo eran las cosas antes. Eythos sabe por qué lo ha hecho su gemelo. Aun así, advierte a Kolis de que traer a Sotoria de vuelta a la vida es antinatural y alteraría el frágil equilibrio entre la vida y la muerte, por no mencionar que ella no regresaría como era, porque ha pasado demasiado tiempo y ella está en paz en la siguiente fase de su vida. Kolis no lo escucha y la saca del Valle. Como había advertido Eythos, Sotoria no es la misma. Se muestra taciturna y está horrorizada por lo que él ha hecho.

Cuando Sotoria muere de nuevo, Eythos y Keella intervienen y marcan su alma, con lo que se aseguran de que Kolis no pueda volver a encontrarla. Aun así, él sigue buscándola. Dado lo que sabe sobre lo que se hizo para garantizar la reencarnación de su amada sabe que nacerá envuelta en un velo, por lo que busca en el mundo mortal a cualquiera que nazca de ese modo.

Después de ocupar el lugar de su hermano en Dalos, convoca a la pareja de Nektas, Halayna, en algún punto y la asesina para castigar al *draken* por no quedarse a su lado.

La noche que nace Sera en el mundo mortal, su padre, el rey Lamont, convoca a Kolis y trata de hacer otro trato para salvar a su hija y anular el realizado por el rey Roderick con Eythos después de que se convirtiera en el Dios Primigenio de la Muerte.

Kolis retuvo algunas de las brasas de muerte en su interior, igual que Eythos retuvo algunas de las brasas de vida. Ese poder es suficiente para que Kolis capture y retenga un alma. Así que eso es lo que hace con la de su gemelo.

A medida que el control de Kolis como Primigenio de la Vida disminuye, *su* poder innato no lo hace. Es el más viejo y formidable de todos los Primigenios. Puede matar a cualquiera de ellos, pero ¿después qué? No puede elevarse uno nuevo. No sin vida. Y él ha perdido esa habilidad. Sin embargo, eso no le impide continuar con su cruel mandato. Aunque por lo general los *drakens* están vinculados a los Primigenios por elección propia, ese vínculo puede forzarse, y es algo que Kolis hace con frecuencia.

También encuentra gran placer en seleccionar a *favoritas* y encerrarlas en jaulas doradas. Les proporciona todo lo que quieren y necesitan. Excepto su libertad. No obstante, cuando se cansa de ellas, se deleita en torturarlas y asesinarlas.

Cuando Gemma entra en la Tierra de los Dioses como Elegida, Kolis se la queda. La mantiene cerca y habla sobre el poder que ha sentido, casi obsesionado con él. Le dice que hará cualquier cosa por encontrar a su *graeca* (una antigua palabra primigenia que significa «amor» y «vida»), aunque nunca habla de ella como si fuese una persona, algo vivo que respira. De hecho, conduce a Gemma a creer que es un objeto, una posesión. Nunca le dice lo que planea hacer con su *graeca* cuando la encuentre, pero Gemma sabe que está haciendo algo con los Elegidos. Muchos de ellos desaparecen y regresan… no bien. Diferentes. Fríos y sin vida. Algunos permanecen siempre en el interior y solo se mueven durante las breves horas nocturnas. Y sus ojos están cambiados: ahora son del color de la piedra umbra. Nosotros sabemos que los otros tienen unos ojos casi desprovistos de color. Son tan aterradores como Kolis, que los llama sus renacidos, sus Retornados. Dice que son un trabajo en progreso y que todo lo que necesita es a su *graeca* para perfeccionarlos.

Kolis no ha vuelto a pisar las Tierras Umbrías desde que intercambió destinos con Eythos, aunque no se sabe si *puede* hacerlo. Aun así, se da por sentado que sabe de la existencia de las brasas de vida y cree que puede utilizarlas. También se supone que sabe lo de Taric y los otros dioses que despachó Nyktos, y que la Ascensión de Bele lo ha inquietado a él y a los otros Primigenios.

Kolis envía a Attes a la Casa de Haides para informar a Nyktos y a Sera de que desaprueba la coronación, y les ordena acudir a verlo a Dalos cuando los haga llamar.

El día que Sera llega al palacio de Cor, Kolis entra en el atrio, seguido de un hedor a lilas marchitas. Un *eather* ribeteado de dorado se derrama al suelo y se extiende por él, para enroscarse también alrededor de sus pies como una víbora. Kolis le ordena a todo el mundo que se siente. A todos excepto a Sera. Sombrambula hasta ella e intenta obligarla con *eather* a mirarlo.

Comenta que no le transmite sensación de divinidad, como le habían dicho, y se fija en que está protegida con un hechizo. Llama astuto a su sobrino por ello. Cuando hace ademán de tocar el pelo de Sera, Nyktos se lo impide y lo amenaza. Kolis le dice que le agrada, pero exige que lo suelte de inmediato.

Kolis afirma sentirse herido por que Nyktos no buscase su aprobación para esta unión, luego pregunta si Nyktos sabe por qué han sido llamados. Hanan levanta la voz y Kolis lo regaña por hablar sin permiso, haciendo así una demostración de poder.

Cuando la conversación gira hacia la Ascensión que se ha sentido, Kolis confirma que él es el único que puede restaurar la vida y Ascender a un dios, aun a sabiendas de que eso no es verdad. Fija su atención en Hanan de nuevo y reprende al Primigenio por su falta de fe, al tiempo que le ordena que se marche y no regrese hasta que lo llame. Luego se disculpa con Sera.

Kolis llama a Dyses, su Retornado, y comenta que Attes y Nyktos parecen sorprendidos por él. Les pregunta si tienen las mismas dudas y la misma falta de fe que Hanan. Los dos se limitan a decir que había pasado mucho tiempo desde que el Primigenio de la Vida restauraba vida. Nyktos añade que también lo sorprendieron los *dakkais*, y Kolis dice que el ataque fue un castigo por que su sobrino no hubiese buscado su aprobación para la coronación.

Añade que no dejará que la falta de respeto de Nyktos pase sin castigo. Sera dice que fue culpa suya y Kolis la llama valiente. Después se gira hacia Nyktos y dice que Sera debe ganarse el permiso del mismo modo que lo haría él.

Kolis se gira hacia Kyn y le pregunta al Primigenio si ha llevado lo que le pidió. Luego ordena a Sera matar a un *draken* joven. Nyktos habla, pero Kolis lo manda callar y lo advierte de que no será él quien sufra si desobedece.

Sera pregunta qué pasará si no lo hace, y Kolis se ríe bajito cuando Thad le dice que no importará. Kolis le repite que pague el precio, o él matará a Thad, a ella y a un *draken* de las Tierras Umbrías.

Sera le pregunta a Kolis qué ganará al obligarla a hacer lo que le pide. Él asegura que eso le dirá todo lo que necesita saber.

Por desgracia, sabemos que eso es cierto.

Nyktos intenta intervenir, pero Kolis vuelve a advertirlo, y le dice que le arrancará el corazón a Sera si no lo hace. A continuación, vuelve a girarse hacia Sera y le dice que el *draken* es lo bastante joven como para que una puñalada en la cabeza o en el corazón hagan el apaño. Después añade que si el precio lo paga alguien distinto de Seraphena, exigirá que ella pague con *su* sangre.

Sera mata al *draken* y Kolis se ríe. Después, de manera engreída, le da a la pareja permiso para su unión y para la coronación y les dice que pueden marcharse.

Después de que Attes secuestre a Sera, Kolis entra por una pared divisoria y comenta que se alegra de que esté despierta. Vuelve a llamarla valiente, aunque le dice que lo traicionó en el momento en que partió, pues utilizó lo que no era suyo para arrebatar la vida que ella le debía... al ir a la corte de Kyn y traer a Thad de vuelta a la vida.

Sera le pregunta lo que significa «sangre y cenizas». Él le habla de la profecía y hace que Callum recite la mayor parte de ella. Kolis solo recita el final. Comenta que está seguro de que Sera ya la había oído. Cuando ella afirma que *él* es el gran conspirador, Kolis se ríe.

Intentan diseccionar la profecía y Kolis declara que cree que Mycella era la primera hija y Sera la segunda. También cree que la parte central de la profecía es algo que ocurrirá en algún momento del futuro. Por último, piensa que el final de la profecía habla todo el rato de ella.

Kolis le dice a Sera que ella es la portadora de las dos coronas y que él necesitaba que restaurase la vida del *draken* para saber que las brasas habían llegado al punto de potencia en el que garantizarían que el resto de la profecía fuese a cumplirse. Kolis la llama lista y le dice que es solo un recipiente para darle lo que quiere.

También comenta que los Antiguos no imaginaban que fuese a hacer nada para cambiar lo que habían predicho, y que al parecer habían vaticinado que Eythos lo pondría todo en marcha. Sin embargo, lo subestimaron al pensar que se limitaría a quedarse a un lado sin hacer nada.

Kolis defiende que no hay necesidad de que haya *ningún* otro Primigenio, si hay uno de la Vida *y* la Muerte. Después revela que si no hace nada, morirá.

Cuando Sera pregunta por qué necesita más poder, él responde con: «El poder no es infinito ni ilimitado. Siempre puede surgir otro para arrebatártelo. El poder siempre te lo pueden quitar». Después la agarra del cuello y le dice que Nyktos le hubiese quitado las brasas en el momento en que supiese que estaba preparado, e insinúa que podría devolverle la vida a Eythos si las tuviese.

Luego habla de por qué Eythos lo odiaba y confiesa que si su hermano hubiese traído de vuelta a Sotoria, no habría cambiado nada, aunque hubiese salvado todas las vidas que Nyktos tuvo que arrebatar en su lugar. Le dice a Sera que la va a drenar, que va a tomar las brasas y completará su Ascensión final. Después le lanza una pulla diciendo que ella sabe lo que le pasará a su sobrino cuando lo haga.

Fanfarronea de que no habrá absolutamente nada prohibido o imposible, ni siquiera lo que le han ocultado. Después pasa a la acción y muerde a Sera justo por encima de la banda que rodea su cuello. Sera intenta salvarse confesando que es Sotoria renacida, y Kolis la llama mentirosa. Attes interrumpe su intercambio y le recuerda que Keella ayudó a atraparla, aunque él haya tomado a cada mortal que tenía un aura. Attes sugiere que tal vez Kolis no pudiese encontrarla a lo largo de los últimos siglos porque no hubiese renacido, y le recuerda que Eythos era listo y podría haber hecho esto solo para joderlo.

Temblando, Kolis suelta a Sera, pero la atrapa antes de que golpee el suelo y cae de rodillas con ella, antes de abrazarla contra su pecho con una expresión de horror grabada en la cara al darse cuenta de a quién tiene que matar de nuevo: a Sotoria.

Kolis aprieta los brazos y pregunta si de verdad es Sotoria. Callum le urge a tomar las brasas de Seraphena y Ascender, mientras Attes le dice que si no salva a Sera, su *graeca* se perderá.

Una tormenta de poder creciente se va acumulando, y Kolis ve a Nyktos en su forma *nota*, cambiando a su forma primigenia. Su sobrino lo llama. Sin soltar a su amada, observa cómo Nyktos mata al Dios Primigenio de la Caza y la Divina Justicia.

Con dulzura, deposita a su *graeca* en el suelo y se gira hacia su sobrino cuando Nyktos le ordena que le quite las manos de encima a su mujer. Kolis le dice a Nyktos que puede ver lo poderoso que se ha vuelto y lo regaña por ocultárselo. Le da la oportunidad de marcharse, pero solo porque son familia.

Le dice a Nyktos que vuelva a su corte y le diga a Bele que comparezca ante él y le jure lealtad de inmediato. En lugar de eso, Nyktos hace ademán de recoger a Sera, pero Kolis lo lanza hacia atrás y le dice que acaba de empezar una guerra. Su sobrino le dice que en el momento en que Kolis quebrantó las costumbres y la fe, *él* la empezó.

Kolis lo provoca diciendo que mató a Eythos y Nyktos le juró lealtad. Nyktos ataca y Kolis lo acusa de traición.

Cuando Nyktos dice que Sera nunca fue de Kolis, el falso rey contraataca con que si es quien dice ser, nunca fue de Nyktos para coronarla. Luchan y Kolis incapacita a Nyktos.

Attes lo llama con la excusa de que Sotoria necesita su ayuda. Kolis acude a su lado, la levanta y les dice a sus guardias que metan a Nyktos en las celdas.

Sera despierta aún en brazos de Kolis y él le dice que vivirá, siempre y cuando sea quien dice ser. Se mete en el agua y llama a Phanos. El Primigenio llega y hablan de que Sera es la consorte de Nyktos. Kolis le dice que eso es irrelevante. Cuando Phanos hace más preguntas, Kolis se queja de que hace demasiadas y dice que necesita a Phanos para asegurarse de que Sera no muera.

Phanos le pregunta a Kolis por qué no puede limitarse a convertirla en una Retornada, y él le dice al Primigenio que son la muerte renacida. El Primigenio de los Cielos y los Mares pregunta si es la *graeca* de Kolis, a lo cual este dice que cree que lo es. Le cuenta a Phanos que está reteniendo su alma en su cuerpo, pero que no está seguro de cuánto tiempo más podrá hacerlo.

Phanos pregunta si Kolis sabe lo que le está pidiendo, pero este le dice que *no* se lo está pidiendo.

Al final, Phanos toma a Sera de brazos de Kolis y este observa cómo se la lleva a aguas profundas. Después, un *ceeren* tras otro suben flotando a la superficie. Muertos.

Cuando Sera vuelve a salir, le pregunta a Kolis por qué ha hecho eso, y él responde que no permitirá que muera. Sera insiste en que no quiere que nadie muera por ella, pero él la informa de que no tiene elección. Luego le lanza una pulla diciendo que si fuese Sotoria, lo sabría.

Sera huye de él y agarra una espada. Kolis le dice al guardia que se marche y comenta que esperaba que ella echara a correr.

Él la insta a bajar la espada, pero ella le dice que la obligue a hacerlo. Antes de que pueda reaccionar, Sera lo apuñala en el pecho.

A Kolis no le divierte lo más mínimo.

Sera empieza a huir, pero él la detiene. Pelean un poco más y él le pega, aunque se siente mal al respecto de inmediato. Sera lo increpa y él le dice que nunca quiso ser un villano. Le echa la culpa a su hermano por ello. Sera le pregunta si hay algo de lo que no culpe a Eythos.

Kolis le dice que no lo desafíe, y después la llama *so'lis*. Para mantenerla a raya, amenaza a Nyktos. Ella insiste en que no le importa, pero Kolis no le cree y no duda en decírselo. Disgustado, la agarra del cuello, sin darse cuenta siquiera de lo que está haciendo hasta que ella le comunica que la está matando. Otra vez.

Kolis le dice que se van a casa y luego utiliza la coacción sobre ella.

Después, Sera intenta escapar, él va a verla y pregunta de qué estaban hablando Callum y ella. Callum le dice que hablaban de Antonis. Kolis comenta que se había convertido en Demonio, y le explica a Sera que son un desafortunado efecto secundario de la creación de los Ascendidos.

Sera señala las diferencias entre cómo Asciende él a los Elegidos y cómo lo hacía su hermano. Eso irrita a Kolis, que le ordena a Callum que se retire. Luego le pregunta a Sera si ha descansado y le ofrece algo de beber. Casi como una orden.

Cuando Sera pregunta por Nyktos, él quiere saber por qué lo hace. Ella le dice que es mera curiosidad. Luego le pregunta por los ejércitos. Kolis revela que no se han marchado de la frontera de Dalos y que siguen en las Tierras de Huesos, al sur, junto a la costa y más allá de las Cárceres.

Sera quiere saber por qué no los ha forzado a retirarse, y Kolis le dice que los mortales se están volviendo autocomplacientes. Luego le cuenta que planea adoptar un papel más activo cuando sea el Primigenio de la Vida y la Muerte.

Apuesto a que sí.

Sera le pregunta entonces si apresarla no empeoraría la situación. Él le dice que eso solo ocurrirá si los otros Primigenios piensan que merece la pena ir a la guerra por ella.

Kolis le pregunta por su relación con Nyktos y escucha enfadado cuando ella responde: afirma que Nyktos solo quería las brasas, no a ella, y que no sabía lo que había hecho Eythos. Kolis cree que miente.

Incapaz de reprimirse, Kolis le pregunta si se ha follado a Nyktos. Ella le dice que se atraen, así que… sí. Él declara que nadie va a la guerra por alguien que solo lo atrae, pero Sera se defiende diciendo que la gente mata por todo tipo de razones. La respuesta de Kolis es que los Primigenios no.

Luego le informa que su sobrino está en estasis, y observa su reacción. Cuando Sera pregunta que por qué no se refugió en tierra antes, él le explica que la tierra no puede pasar a través de la piedra umbra con la que está construida esa sala.

Sera le cuenta que Nyktos hizo que le extirpasen el *kardia* y él reconoce que le cree, porque suena a algo que haría Nyktos para impedir que Kolis utilizase a sus seres queridos contra él. En especial porque nunca ha querido acabar como Kolis.

Cuando Sera empieza a brillar y echa mano de las brasas, Kolis se enfada y la insta a calmarse. Le ordena que se siente y le dice que no cree lo que afirma acerca de sus sentimientos. Insiste además en que la marca de matrimonio es prueba de que hay amor. Sera tiene que explicarle entonces la diferencia entre amar a alguien y estar enamorado de esa persona, y Kolis declara que ama a Sotoria. Y que está enamorado de ella.

Sera le pide que lo demuestre liberando a Nyktos. Él afirma entonces que esa petición demuestra que Sera quiere a su sobrino, pero ella contraataca diciendo que satisfacerla demostraría que Kolis haría cualquier cosa por ella. Kolis enumera lo que ha hecho ya, pero ella contesta que eso es lo mínimo necesario para demostrarle a una persona que la quieres.

Kolis le pregunta por qué estaría interesada en enamorarse y ella le dice que nunca ha sabido lo que es eso y quiere saberlo.

Kolis le pregunta si cree que es tonto y le recuerda que ha intentado matarlo. Sera le asegura que también apuñaló a Nyktos, cosa que lo sorprende. Kolis le pregunta entonces qué cambiará si suelta a Nyktos y ella se compromete a someterse a él. Él le advierte que, si está mintiendo, se quedará con su alma tanto en la vida como en la muerte.

Kolis hace que la pongan lo que él considera presentable para poder celebrar audiencia en sus aposentos. A medida que se suceden los dioses, él se fija en cómo la miran y decide jugar un poco con ellos. Cuando Uros la mira un poco de más de tiempo y con demasiada intensidad, Kolis le dice al dios que lo ha ofendido y lo hace implosionar. Después, cuando se siente tenso por la excitación, se excusa durante unos momentos.

Cuando regresa, aparece Kyn. Kolis le pregunta al Primigenio si ha traído noticias y este le dice que ha hablado con uno de los comandantes de las Tierras Umbrías y que no están dispuestos a retirarse. Hablan sobre cómo están separadas las fuerzas y estudian qué hacer al respecto. Kyn afirma que hay que hacer algo y Kolis le pregunta si tiene alguna sugerencia. El Primigenio solicita permiso para movilizar sus fuerzas y atacar a los que están al este. Kolis le advierte que morirán todos. Porque Nektas está ahí. Kyn pregunta entonces si puede terminar lo que empezó y tomar las Tierras Umbrías mientras el grueso de sus fuerzas está ausente.

Kolis se pregunta lo que opina Attes, y Kyn le dice que está más en sintonía con la concordia que con la guerra. Kyn le asegura entonces a Kolis que no le preocupan las posibles represalias de Nektas. Kolis le dice que es valiente y leal y que tiene su gratitud. El Primigenio le lame el culo.

Cuando la conversación gira hacia las brasas, Kolis dice que ha mantenido el equilibrio durante todo este tiempo y que eso no cambiará en un futuro próximo. Después declara que no harán ningún movimiento más contra las Tierras Umbrías a menos que los provoquen. Cuando Kyn pregunta qué pasaría entonces, Kolis responde que haría lo que hubiera que hacer. Hablan sobre Nyktos y, cuando Kolis se fija en que Kyn mira a Sera, le dice al Primigenio que ella llama la atención y ordena a Sera acercarse más. Kolis le pregunta a Kyn qué opina, y el Primigenio está de acuerdo con Kolis. A continuación, este declara que si al final resulta que no es su *graeca*, se la regalará a Kyn después de que él haya terminado con ella. Kyn acepta la oferta con humildad; luego le dice que se alegra de haberle traído él también un regalo.

Hacen pasar a alguien con un saco negro sobre la cabeza y Kolis descubre que es Rhain. Recuerda a su padre y a su hermano, y lo que eran capaces de hacer. Rhain se pone furioso cuando Kolis habla sobre su padre y lo llama traidor. Se pregunta si Rhain se dejó capturar y si encontrar a Nyktos no era en realidad su objetivo final.

Registra al dios y encuentra una bolsita con un collar en su interior. Da por sentado que ese es el objeto para la conexión, cosa que Sera confirma más o menos cuando dice que es suyo, aunque insiste en que no sabía lo que podía hacer Rhain. Kolis escucha discutir a Kyn y a Sera y les dice que paren. Se gira hacia Rhain, dice que cree a Sera y que, por tanto, hará que su muerte sea rápida. Sera defiende a Rhain diciendo que solo está siendo leal al Primigenio de su corte. Kolis insiste en que debería serle leal a *él*. A su rey.

Cuando Sera le dice que debería estar encantado de que Rhain se preocupe por Nyktos, Kolis se muestra confuso. Ella le explica que los dioses de las cortes deberían preocuparse por sus Primigenios. De no hacerlo, ¿cómo pueden preocuparse de su rey?

Sera le promete hacer lo que él quiera si deja marchar a Rhain. Él le pregunta por qué querría salvar al dios y ella responde que para evitar una guerra. Luego reitera que hará cualquier cosa si él promete que Rhain será devuelto a las Tierras Umbrías en el mismo estado en que se encuentra en ese momento. Kolis acepta hacerlo y le dice a Kyn que puede retirarse. Después informa a Sera de que esa noche compartirán cama.

Una vez que Sera se baña y se viste, Kolis entra y le dice que es mucho más atrevida que antes. Después le pregunta si lo que le ha pedido la sorprende. Ella contesta que solo la sorprende porque la había ofrecido a Kyn hacía solo unos momentos. Él comenta que su consejo de liberar a Rhain fue sabio y demuestra que él es razonable, justo y digno de lealtad. Añade que el dios está de vuelta en casa.

Se van a la cama.

Al día siguiente, Kolis lleva a Ione a conocer a Sera. Le informa que la diosa puede ver dentro de los pensamientos de otras personas para descubrir verdades, mentiras… todo lo necesario.

Le comenta a Sera que no tardarán mucho y le asegura que Ione será rápida y eficiente. Ordena a Sera que se siente y, al ver su actitud, menciona que parece nerviosa. Ella responde que eso es porque un dios ya le hizo esto antes y dolió.

Callum le cuenta a Kolis lo de Taric y Kolis le pregunta a Sera si el dios la encontró. Ella afirma que no fue solo él, que también fueron Cressa y Madis. Sera quiere saber por qué Kolis le había encargado a Taric que buscase las brasas si ya sabía dónde estaban, a lo que él responde que lo había enviado a buscar a su *graeca*, no las brasas.

Kolis le pregunta entonces a Sera si los otros dioses se alimentaron de ella, y ella contesta que solo fue Taric. Kolis pregunta si el dios le dijo lo que había visto, pero Sera responde que no tuvo ocasión de decir nada antes de que Nyktos lo matara.

Kolis observa cómo Sera expulsa a Ione de su mente y exige saber qué vio. La diosa afirma que las brasas de Sera son fuertes y él se exaspera. Pregunta si Sera es su *graeca* e Ione confirma que Sera lleva a Sotoria en su interior. Que es ella.

Kolis se alegra mucho.

Luego le hace más preguntas, que la diosa contesta a su satisfacción.

Se pone todo emotivo y Callum comenta que tiene que ser mentira. Ione le asegura que ella no miente y que no tiene ninguna razón para hacerlo.

Surge la discusión de que Sera no se parece a Sotoria, pero Ione explica por qué. Luego le dice a Kolis que se alegra de que haya encontrado a su *graeca*.

A continuación, le pregunta si necesita algo más de ella y Kolis le da las gracias por su ayuda. Cuando se dispone a marcharse, Ione se dirige a Sera como «consorte», lo cual irrita a Kolis, que le informa que la coronación no ha sido ni reconocida ni aprobada.

La diosa se marcha y Sera espeta que siempre había dicho la verdad. Kolis dice que ahora lo ve y ordena retirarse a Callum. Después se acerca a Sera y le dice que se parece más a Sotoria cuando sonríe. Cuando Sera pregunta por Nyktos y por si Kolis va a cumplir su parte del trato, él se enfada y no puede reprimirse de morderla.

Pierde el control y alcanza el clímax. Insiste en que eso no volverá a ocurrir nunca y le ruega que diga algo. Sera se limita a murmurar que necesita darse un baño.

Más tarde, Kolis entra en los aposentos de Sera y pregunta por qué Callum y ella siempre parecen a punto de cometer algún acto atroz el uno contra el otro. Sera le informa que Callum sigue sin creer que sea Sotoria. Kolis le explica que el Retornado está en estado de negación, luego revela que Callum es el hermano de Sotoria.

Sera continúa discutiendo con el Retornado y Kolis comenta que su forma de pelearse le recuerda a como solía hacerlo él con Eythos. Después le cuenta a Sera, como Sotoria, que tenía dos hermanos: Anthea y Callum.

Explica que fue a visitar a la familia de Sotoria para disculparse cuando ella lo dejó, y recuerda cómo sus padres se acobardaron. Callum fue el único en no mostrar miedo. Le cuenta que hablaron y que Callum le contó detalles de Sotoria.

Continúa diciendo que él lamentó mucho la muerte de su hermana y se sentía responsable. Cuando Sera pregunta por qué habría de sentirse así, Kolis le cuenta que Callum debía estar con Sotoria, pero que en lugar de eso se estaba tirando a la hija del panadero.

Sera pregunta cómo se convirtió Callum en un Retornado, y Kolis le explica que el chico utilizó un cuchillo pequeño para cortarse el cuello. Le dice que él sujetó a ambos mientras morían, y añade que no podía permitir que Callum muriera, así que la Muerte dio vida.

Sera le pregunta si los Retornados son *demis*, pero él le dice que no. Luego añade que hablarán más sobre el tema cuando no tengan otras necesidades más urgentes de las que ocuparse. Kolis le dice a Callum que los deje a solas.

Quiere hablar con Sera sobre el trato que hicieron. Le informa que no han soltado a Nyktos, aunque añade que no está renegando del trato, pero que su sobrino está en estasis y que eso se está resolviendo.

Sera pregunta qué significa eso y él le explica que Ash se revolvió al despertar y Kolis tuvo que asegurarse de que se comportase.

Sera quiere saber cómo está, pero Kolis reconoce que contárselo es posible que la inquiete. Ella protesta, afirmando que *no* saber solo conseguirá que se preocupe aún más. Verla tan afectada por las noticias sobre otra persona molesta a Kolis, que no duda en decírselo y añade que casi puede sentir la preocupación emanar de sus poros.

Se pregunta qué inspira su preocupación por Nyktos y qué hay en *él* que le inspire tanto miedo. Asimismo, comenta que al principio Sera no le tenía miedo, pero que eso ha cambiado. Después menciona que Eythos tenía una intuición aumentada y dotes premonitorias, y afirma que entiende por qué parecía asustada después de que él amenazase a alguien que le importa y de haberlo visto como la Muerte, pero que no comprende cuándo se han producido ciertos cambios en ella.

Sera parece asombrada, pero él le asegura otra vez que se disculpó y le dijo que no volvería a ocurrir. Ella insinúa que la forzó.

Kolis admite que su despliegue de amor fue intenso, y ella objeta que fue mucho más que eso.

Él le pregunta qué lo arreglará.

Sera le responde que necesita tiempo.

Él se enfada y le echa en cara que su palabra debería ser suficiente para que confiase en él, pero ella le dice que no lo conoce. Eso es un golpe duro para Kolis. Se enfada más y grita que es el Rey de los Dioses.

Cuando ella parece asustada, él se calma y ordena a Sera que diga algo. A regañadientes, ella le da las gracias.

Kolis se disculpa una vez más y luego la regaña por utilizar las brasas. Sera se defiende diciendo que Callum la provocó, pero él insiste en que la esencia no le pertenece y no es suya para utilizarla.

Kolis se ocupa de algunos asuntos y luego observa a su *so'lis* dormir. Cuando ella despierta, Kolis le pregunta con qué estaba soñando, porque estaba sonriendo. Entonces comenta que detecta un olor a cítricos y aire de la montaña.

Sera afirma que no recuerda sus sueños, y Kolis le dice que van a empezar de cero. Le pregunta cómo puede facilitarlo y le asegura que no hay límites a lo que haría por ella. Le ofrece todas las cosas que se le ocurren, pero ella se limita a pedir salir de la jaula.

Kolis lo interpreta como que quiere pasar tiempo con él, lo cual lo alegra. Ella le pregunta qué planea hacer con las brasas. Kolis le contesta que las extraerá y la Ascenderá. Cuando Sera pregunta qué significará para ella la Ascensión, él le dice que se convertirá en una Ascendida.

Sera se pregunta qué ocurrirá cuando él Ascienda, y él afirma que se asegurará de la lealtad de ambos mundos.

Kolis la deja salir después del desayuno. Dan un paseo, con Elias como guardia. Sera se interesa por si será de noche pronto, y Kolis le informa que falta una semana o así, antes de explicar que solo se hace de noche una vez al mes. Cuando parece sorprendida por llevar tanto tiempo en Dalos, Kolis comenta que durmió varios días después de su intento de fuga.

Sera le pregunta a Kolis cuánta gente vive en la Ciudad de los Dioses, y él le dice que no queda mucha. Cuando ella quiere saber qué pasó, Kolis le cuenta que murieron a manos de los Hados. Aunque admite que él también tuvo algo que ver con algunas de las muertes.

Cuando Sera ve todas las salitas y los reservados, Kolis se fija en su expresión y le pregunta por ello. Ella se limita a decir que solo es que es mucho sexo. Él quiere saber si eso la molesta, y ella contesta que no. Como aún percibe confusión en ella, Kolis le explica que estar tan cerca de la Muerte hace que los vivos quieran *vivir*.

Llegan a la sala de consejos y él percibe el nerviosismo de Sera. Esta dice que se debe a la multitud ahí congregada. Kolis le asegura que no tiene de qué preocuparse. Cuando ella reconoce que lo sabe, Kolis se alegra de que Sera empiece a confiar en él.

Kolis se sienta en el trono mientras Callum le lleva a Sera un gran almohadón de suelo. Una servidora se acerca con una bandeja y Kolis anima a Sera a beber algo.

Kolis se fija en Keella y comenta que hacía tiempo que no la veía. Ella responde que ha venido por Sera y afirma saber quién es. Kolis le dice que debería; después de todo, ella sabe quién es Sera *en realidad*. Después le pregunta si ya sabía lo de Sotoria antes de la coronación.

Keella se refiere a Sera con su título de las Tierras Umbrías y pregunta por Nyktos. Kolis se irrita y afirma que el asesino de Primigenios está donde debe estar. Keella pregunta entonces si lo hizo para proteger a su consorte. En realidad, Kolis no responde a eso, sino que dice que las acciones de su sobrino podrían haber tenido consecuencias duraderas.

Keella dice que otra se ha elevado a la condición de Primigenia. Afirma que es algo que debería celebrarse y considerarse una bendición. Después pregunta si Kolis va a dejar de hacer lo que está haciendo, visto que va en contra de la tradición y del honor.

Kolis le informa que él no autorizó la coronación. Se vuelve hacia Kyn para que este confirme si dio o no su permiso. Kyn lo respalda.

Keella pregunta si liberará a Sera cuando libere a Nyktos, pero Kolis le dice que Sera no va a volver con Nyktos. La Primigenia pregunta entonces si Sera está ahí por voluntad propia, y Kolis le sugiere que se lo pregunte a la interesada. Sera afirma que está en Dalos porque así lo ha elegido.

Al fijarse en la interacción entre una de las sirvientas y un dios, Sera pregunta si los Elegidos tienen libre voluntad. Kolis explica que casi todas las elecciones fueron hechas por ellos desde el momento de su nacimiento, luego mira a la pareja y comenta que da la impresión de que la sirvienta se está divirtiendo. Sera no está de acuerdo. Kolis le dice que mientras que en el mundo mortal no podían tocarlos ni hablarles, en Dalos sí. Afirma que Sera los ve como a víctimas, mientras que él los ve como personas hambrientas por tener lo que les han prohibido toda la vida. Añade que los Elegidos tienen oportunidades en Dalos. Pueden quitarse el velo o Ascender.

Luego revela que los nombres de la pareja son Orval y Malka, y que se conocen bien. Sera quiere saber qué pasaría si no fuese así, y Kolis pregunta si importa. Ella afirma con énfasis que sí, y Kolis aprovecha para señalar a otra pareja. Menciona que el nombre de la sirvienta es Jacinta y que el dios es Evander. Después añade que a Evander le pone cachondo el dolor. Kolis mira a Sera y le pregunta qué haría si pudiese. Ella afirma que mataría al dios, pero también quiere saber qué le haría Kolis a ella. Él le dice que no haría nada.

Sera se pone en pie de golpe y pide un arma. Kolis llama a Elias y el dios le entrega una de sus dagas.

Divertido, Kolis observa cómo Sera se acerca a Jacinta y a Evander, agarra al dios del pelo y le dice a la mujer que se marche. Después, ataca.

Y empiezan los gritos.

Kolis ordena a su gente que se lleve a Jacinta y también el cuerpo de Evander. Cuando Naberius se mueve hacia Sera, Kolis le ordena que se eche atrás.

Sera regresa al estrado y Kolis le pregunta por qué cree que sabía lo que estaba pasando. Ella empieza a afirmar que él se lo dijo, así que Kolis la interrumpe para corregirla: él solo le preguntó qué haría. Nunca dijo que Evander estuviese forzando a Jacinta.

Sera asegura que vio lágrimas en los ojos de la mujer, pero Kolis le pregunta si eran lágrimas de dolor o de placer. Luego la acusa de oír solo lo que quiere y de pensar en sí misma. Igual que su sobrino. Igual que su hermano. Ella discute un poco más y después se interesa por la corte a la que pertenecía Evander. Kolis responde que era de las llanuras de Thyia.

Lo cual significa que aquello había sido también una pequeña represalia contra Keella por cuestionarlo.

Attes llama a Kolis y le indica que es hora de empezar con las audiencias. Kolis le ordena a Sera que se siente. Habla luego con dos dioses y decide que ya ha soportado bastantes faltas de respeto. Mata al dios que había acusado al otro de hacer trampas y se había negado a mostrarle el respeto debido a Kolis.

Sera parece disgustada y pregunta si de verdad es así como Kolis quiere que pasen tiempo juntos. Él le dice que tiene asuntos que atender. Insiste en que quiere estar con ella, pero que tiene responsabilidades. Sera añade que nunca esperó *esto* cuando solicitó pasar tiempo fuera de la jaula; Kolis pregunta a qué se refiere con *esto*. Sera le dice que solo le ha demostrado muerte. Él no comprende cómo puede decir eso y Sera menciona a Evander. Kolis dice que eso fue cosa de ella, pero Sera desgrana los errores de semejante afirmación; luego añade que él ha matado a un dios por llamar tramposo a otro.

Kolis afirma que es una cuestión de mantener el control y el equilibrio. Ella cuestiona eso y Kolis dice que toda acción tiene una reacción. La falta de respeto recibe la respuesta correspondiente: la muerte. Sera pregunta entonces si la va a condenar a *ella* a muerte, pero Kolis le dice que ella es diferente. Que no la castigará.

Y no lo hará. A menos que ella lo fuerce a hacerlo.

Kolis le dice que se levante y se acerque a él, luego le ordena que se siente en su regazo. Después continúa con lo que estaba diciendo: repite que no la castigará, pero que *sí* revisará los acuerdos a los que han llegado. Le pregunta a Sera si lo entiende. Cuando ella dice que sí, Kolis le dice que es capaz de más cosas aparte de la muerte.

Y que desearía que la gente lo viese.

No veo cómo podría...

Veses se dirige a Kolis y él le indica que se acerque. Hablan durante un rato.

Kolis le pregunta si reconoce a Sera. La Primigenia contesta que no está segura, y Sera comenta que es una mentirosa. Le explica a Kolis que la vio en las Tierras Umbrías.

Kolis encuentra eso muy interesante, puesto que la Primigenia no le había dicho nada al respecto.

Veses y Kolis hablan un poco más, tiempo durante el cual Kolis provoca a Veses y se divierte muchísimo al hacerlo. Veses es muy fácil de manipular. Él insinúa que Veses haría *cual-*

quier cosa que él le pidiera. Ella se muestra de acuerdo y Kolis nota el disgusto en la cara de Sera.

Bien, a Sotoria no le gusta la idea de que él pueda estar con otra.

Kolis delira…

Veses le pregunta a Sera por qué está ahí, pues dice que creía que era la consorte de las Tierras Umbrías. Kolis le dice que está equivocada y explica que él nunca dio su permiso. Veses asume entonces que la presencia de Sera debe ser un castigo, pero él la corrige. Veses dice que podría encontrar algo menos aplastante para calentar el regazo de Kolis, si eso era lo que estaba pasando. Eso irrita a Kolis, que le ordena a la Diosa Primigenia que se disculpe y le dice a Veses que está hablando con su *graeca*. Ella comenta que eso es imposible y debe ser una mentira, pero él insiste en que lo han confirmado.

Cuando Kolis vuelve a ordenarle que se disculpe, Veses lo hace, pero no contenta. Después le dice a Kolis que se alegra por él.

Kolis no le cree ni por un instante.

Antes de que se marche, Kolis vuelve a llamarla y comenta que está decepcionado con ella y debe ser castigada. Kolis llama a Kyn y observa divertido cómo este empieza a infligir el castigo.

Sera trata de impedirlo y Kolis le pregunta qué está haciendo. Ella le dice que lo que está haciendo no está bien y le pide que pare. Él se resiste, pero ella insiste en que sería lo correcto. Furioso, Kolis se levanta y anuncia que regresan a sus aposentos. Antes de marcharse, Phanos le dice a Kolis que tiene que hablar con él. Kolis le dice que volverá en un momento.

Regresan a la jaula y Kolis reprende a Sera. Luego le recuerda que le dijo que no lo cuestionara ni utilizase las brasas, y aun así ella ha hecho ambas cosas. Detalla además lo que ha hecho por ella y dice que Sera no lo aprecia. Le dice que quería enseñarle lo que está arriesgando por ella y le ordena que obedezca a su rey.

Kolis llora mientras la encadena, y asegura que quiere odiarla por obligarlo a hacerle esto, pero solo puede amarla. Cuando Sera actúa como si no le creyera, él le dice que sigue viva. Que nadie más que lo cuestionara lo estaría. Y esa es prueba de su amor.

Cuando terminan sus audiencias con la corte, Kolis regresa y suelta los grilletes de Sera. Ella da un grito y cae en sus brazos. Kolis se disculpa.

Varios Elegidos llevan todo lo necesario para preparar la bañera y Kolis le dice que se dé un baño, que descanse y todo irá bien.

Después de que Sera despierte, Kolis regresa y le dice que está preciosa. Ella se disculpa, cosa que sorprende a Kolis, pero le dice que lo entiende.

Le pide a Sera que camine con él y hace que Callum y Elias los sigan. La conduce a una cámara lateral y llama a Iason y Dyses, que llegan con un Elegido llamado Jove.

Sera le dice que no tiene que demostrar nada, pero él insiste en que debe enseñarle lo que es capaz de hacer. Ella intenta convencerlo de no hacerlo, pero él se limita a decirle al Elegido que retire su velo. Kolis le pregunta a Jove cómo está y le dice que va a ser bendecido.

Jove responde que es un honor. Sera vuelve a intentar detener a Kolis, él le dice que siempre tuvo un gran corazón.

Kolis insiste en que debe saber por qué es tan importante. El equilibrio es necesario.

Sera pregunta si al menos puede hacerlo de manera que no duela, y él dice que eso es fácil. En lugar de dolor, Kolis se asegura de que Jove encuentre placer.

A medida que se van completando las fases, Kolis explica el proceso de lo que está haciendo y llama a Elias para darle a Jove su sangre. Le dice a Sera que, sin las brasas de vida, los Elegidos se convierten en Ascendidos, pero que él ha estado trabajando en los inconvenientes, como su intolerancia al sol y su sed de sangre.

Sera se pregunta qué pasa si no pueden controlar su hambre, Kolis le dice que se les elimina. Añade que hacían lo mismo con los dioses glotones en época de Eythos, y que lo utilizaban a *él* como arma para hacerlo.

Habla de la creación de vida y de lo mucho que le importa. Ella pregunta por la diferencia entre los Ascendidos y los Demonios, y él explica que los Demonios están muertos, antes de darle más detalles.

Le asegura también que los recién Ascendidos son vigilados. Añade que la que ella encontró también lo hubiese estado, de no haber intentado escapar Sera, lo cual alejó a los guardias de sus puestos.

Sera pregunta qué pasa si un Ascendido elige no alimentarse, y él le dice que se debilitan y sus cuerpos acaban por ceder. Hablan de cómo todo lo creado o nacido tiene el potencial para convertirse en un asesino.

Kolis le dice que se supone que el Primigenio de la Muerte debe permanecer alejado de todo aquel cuya alma podría tener que juzgar; de todos menos de los otros Primigenios y de los *drakens*. Se queja de que no era así para el Primigenio de la Vida y de que tuviera sentido para los *Arae*. Y todo ello vuelve al equilibrio establecido cuando los Antiguos crearon los mundos.

Sera comenta que creía que los había creado Eythos, pero Kolis le dice que creó algunos pero no *los* mundos. Los Antiguos no fueron los primeros Primigenios, y ningún Primigenio puede convertirse en un Antiguo. Kolis le dice que siempre debe haber un verdadero Primigenio de la Vida y un verdadero Primigenio de la Muerte.

Unos días después, Kolis sugiere dar otro paseo y Sera le pregunta dónde está Callum. Él le dice que lo ha enviado fuera a encargarse de algo importante. Durante el paseo, Sera pregunta por los Retornados, interesada por saber si necesitan cosas como amistad, amor y sexo. Kolis le dice que no, igual que no necesitan comida o sangre. Están impulsados solo por su deseo de servir a su creador.

Sera dice que no puede imaginar lo que debe ser no querer nada; Kolis, en cambio, opina que debe de ser liberador.

Sera vuelve al tema de Callum y afirma que él es diferente. Kolis lo reconoce y revela que ese Retornado está *lleno* de deseos y necesidades. Luego le indica a Elias que se quede atrás cuando llegan a unas escaleras, y se dirige hacia ellas con Sera. Kolis comenta que una vez le dijeron que la motivación tiene un papel importante en la creación. Por ejemplo, que lo que sentía el creador a menudo daba forma a la creación. Aunque expresa sus dudas al respecto, porque lo ha intentado con otros y nunca funcionó igual.

A continuación, lleva a Sera arriba para contemplar la Ciudad de los Dioses. Ella quiere saber por qué despejaron la ciudad los Hados, y Kolis le dice que hacen lo que quieren. En especial cuando alguien altera el equilibrio.

Kolis le explica que les dio a los dioses de Dalos una elección. Podían servirlo a él como Primigenio de la Vida o morir. Él mismo mató a la mitad. Eso desagradó a los Hados, así que eliminaron al resto. Luego admite que quizá podría haber actuado de un modo un poco menos impulsivo.

Mira a Sera y ve a Sotoria en ella, pero todo está… amplificado. Dice que le gustaría que tuviese el mismo aspecto que antes, lo cual parece ofender a Sera. Kolis no lo entiende, pero una vez más le dice qué quiere o necesita para perdonarlo.

Cuando ella menciona un diamante plateado de forma irregular que solía codiciar, él se ofrece a conseguírselo. Sera responde que no cree que Calliphe lo tenga ya, por lo que Kolis le dice que él tiene uno así. Cuando pide verlo, Kolis no puede decirle que no. La lleva de vuelta a la jaula, conjura el racimo de diamantes de la parte superior y deja que adopte su verdadera forma: un diamante plateado con forma de estrella.

Kolis le explica que se llama La Estrella y que se creó con fuego de dragón mucho antes de que los Primigenios pudiesen derramar lágrimas de alegría. Añade que se topó con él por accidente.

Sera pregunta que por qué lo mantiene escondido y él contesta que lo guarda con aquello que más aprecia. Cuando Sera pide sostenerlo en la mano, él se lo permite, por supuesto, pendiente de su reacción.

«Lloraste», suelta Sera de pronto, y él pierde los papeles. Pregunta qué ha visto y arranca el diamante de sus manos, antes de devolverlo a su lugar. Emerge su forma primigenia y ella responde con las brasas. Kolis le recuerda lo que le advirtió y le avisa que todo lo que pase a continuación será culpa de ella.

Kolis la atrapa, pero ella toma el control, desmantela la jaula y la habitación a su alrededor. Después lo ataca. Él le dice que pare, pero Sera le lanza de vuelta las palabras de su visión.

Kolis se percata de que Sera vio los últimos momentos de su hermano. Cuando ella lo ataca para apuñalarlo con un hueso, él ni siquiera se defiende. A continuación, ella se acerca mucho y masculla que quiere que recuerde que lo que más quiere en la vida es matarlo. Después lo apuñala una y otra vez, con lo que lo debilita y Kolis se sume en una estasis.

SOTORIA †

Mortal.

Aquí hay unos pocos detalles acerca de la hermana de Callum y la obsesión del falso Rey de los Dioses. (Odio referirme a ella de este modo. Es una mortal. Una mujer, preciosa además. Una con una historia trágica).

Pelo: del color del vino de tono rubí, cae hasta la mitad de su espalda.

Ojos: verdes como la hierba primaveral.

Constitución: un poco más bajita que la media y con curvas voluptuosas.

Rasgos faciales: rostro ovalado con pómulos angulosos. Labios carnosos con arco de Cupido, del color de las bayas. Frente fuerte. Algunas pecas por la nariz y hasta los ojos. Nariz mona.

Personalidad: tímida, pero una luchadora. Amable. Fiera. Apoyaba a su hermano.

Antecedentes: murió al caer de un acantilado mientras recolectaba flores para la boda de su hermana, después de asustarse de Kolis. La trajeron de vuelta a la vida y la tuvieron prisionera. Murió otra vez, pero marcaron su alma de modo que renaciese una y otra vez. Acaba compartiendo un alma con Seraphena y luego transfieren la suya al diamante La Estrella. Al final, se reencarna. Yo creo que Poppy es Sotoria renacida, pero aún no he recibido confirmación al respecto.

Familia: hermano = Callum. Hermana = Anthea †.

EL VIAJE DE SOTORIA HASTA LA FECHA:

La pobre Sotoria tiene un viaje duro. Primero, Kolis la ve y se enamora al instante. Cuando él se revela ante ella, Sotoria se asusta lo suficiente como para caer de los Acantilados de la Tristeza mientras recolecta flores para la boda de Anthea.

Entra en el Valle y está bien, hasta que Kolis la arranca de ahí y la trae de vuelta a la vida. Sin embargo, no regresa de la misma manera. Se muestra taciturna y rencorosa. Por no mencionar que la retienen en una jaula.

Al cabo de un tiempo, vuelve a morir (la causa exacta es desconocida, aunque existen rumores de que la mató Eythos). Luego Eythos y Keella toman medidas para asegurarse de que no pueda ser sacada del Valle otra vez. Marcan su alma, de modo que renazca una y otra vez.

Eythos toma medidas adicionales colocando su alma dentro de Seraphena. No obstante, no renace como Sera, sino que comparten el cuerpo de Sera.

Dentro de Sera, se pone furiosa al ver a Kolis en Dalos y al ver el precio que este fuerza a Sera a pagar: la muerte del joven *draken*. Su furia llena a Sera.

Cuando capturan a Sera y la llevan de vuelta a Dalos, la ira y el pánico de Sotoria anegan a Sera. Es un recordatorio de lo que ella sufrió.

Mientras Sera está retenida en Dalos, Sotoria emerge varias veces y deja que Sera sienta su dolor, su miedo y su pánico. También da rienda suelta a su ira y su furia en los momentos en que las brasas se avivan dentro de Sera.

Una vez que Sera escapa, Sotoria siente cómo la extraen de ella y le pregunta a la Primigenia Keella si Sera estará bien. Una vez que le aseguran que así será, la deja ir y permite que transfieran su alma al diamante La Estrella.

En cualquier caso, por el camino le dice a Sera que se verán de nuevo.

CALLUM

El primer Retornado

Corte: Dalos

Pelo: dorado, hasta los hombros.

Ojos: azul pálido, casi incoloros, llenos de *eather*.

Constitución: alto.

Rasgos faciales: piel dorada. Mejillas y barbilla con una delicada curva.

Rasgos distintivos: lunar debajo del ojo derecho. Entonación suave en la voz.

Habilidades/Rasgos preternaturales: capaz de volver a la vida. Telequinesia.

Personalidad: apático. Frívolo. Cruel. Arrogante. Gruesos muros emocionales.

Hábitos/Costumbres/Fortalezas/Debilidades: va vestido de color oro. A menudo se lo ve con pintura facial en forma de alas doradas, en honor a Kolis. Sabe magia primigenia. En ocasiones lleva una espada cruzada a la espalda y una daga en el muslo. En otras lleva dos espadas cruzadas a la espalda, con el mango hacia abajo, y una daga negra amarrada al pecho. Le encanta la palabra «escabullirse».

Otros: muy muy viejo.

Antecedentes: le enseñó a Isbeth cómo crear Retornados. Ezmeria creía que era un dios. Le contó a Calliphe cómo se puede matar a un Primigenio.

Familia: hermanas = Sotoria † y Anthea †.

EL VIAJE DE CALLUM HASTA LA FECHA:

Si tuviese que elegir a alguien que me intriga y al mismo tiempo me aterra, ese sería Callum. Es de lo más enigmático, pero como alguien incluso más mayor que yo misma y que ha estado asociado a algunos de los más viles de entre los viles, he de reconocer que me asusta.

La primera vez que tuve constancia de Callum fue cuando lo vi en las visiones que tuve cuando Sera fue atacada por los guardias. Al igual que Ezra, al principio pensé que era un dios. Me impactó de inmediato de la manera equivocada, pues era obvio que le gustó que Sera matase a los guardias y luego mintiera sobre ello.

Más adelante, aparece en Dalos cuando Kolis conoce a Sera. Se asoma por la cortina y le dice al *draken* Davon que tienen algo de lo que ocuparse.

Después de eso, *sospecho* que capté un atisbo de él acechando entre las sombras durante el ataque Cimmeriano a la Casa de Haides ordenado por Kyn, aunque no tengo nada que lo confirme de manera definitiva.

Callum está ahí cuando Sera despierta después de haber sido secuestrada por Attes. Le revela que lleva inconsciente dos días y que se suponía que Attes no debía pegarle tan fuerte. Después le comunica que ya no es ningún secreto que ella es una mortal con brasas de vida en su interior, a continuación la saluda por su nombre completo y le pregunta si lo recuerda.

Callum insulta a Sera diciéndole que apesta a las Tierras Umbrías y al Primigenio del lugar; después le advierte que no le falte al respeto a Kolis. Cuando la conversación gira hacia la vida de Sera en el mundo mortal, Callum comenta que le daba la impresión de que la reina no era gran cosa como madre para Sera y luego revela que había tenido contacto regular con Calliphe durante años y que había sido él quien le contó cómo matar a un Primigenio (hacer que se enamore y después terminar con él).

Añade que Kolis lo sabe todo acerca de Sera y lo ha sabido desde la noche en que nació, cuando el padre de Sera, el rey Lamont, invocó al Primigenio de la Vida para hacer otro trato. Después, comenta que fue ingenioso por parte de Eythos esconder las brasas en una simple mortal, en especial alguien que un día pertenecería a su hijo.

Sera pregunta por qué Kolis no se limitó a apoderarse de las brasas. ¿Por qué esperar a que la llevasen a las Tierras Umbrías? Callum y Kolis revelan la profecía y reiteran la parte referente a *Sangre y Cenizas*.

Continúan hablando y explicando, y Callum se ríe cuando Kolis comenta lo absurda que es la pregunta de Sera acerca de querer más poder. Luego advierte a Kolis de estar pendiente de Attes, y afirma que el otro Primigenio está intentando engañarlo y debe desconfiar de él. Attes lo amenaza diciendo que sabe cómo matar a Callum (con sangre de *draken*) y que lo hará si vuelve a faltarle al respeto.

Callum vigila a Sera mientras está retenida en Dalos. No cree ni por un instante que sea Sotoria y se lo deja muy claro. Durante todo el tiempo que están juntos, no hacen más que discutir y hacer cosas para provocarse el uno al otro.

Es verdad que pelean como hermanos; es decir, si es que esos hermanos tuviesen constantemente en la cabeza asesinar al otro.

Cuando Kolis revela que Callum es en realidad el hermano de Sotoria, Callum le da a su hermana el reconocimiento debido: dice que era amable, fiera y siempre cuidaba de él. En cualquier caso, él disfruta mucho cada vez que a Seraphena le bajan los humos y planea hacer lo que sea necesario para asegurarse de que Kolis logre elevarse al poder que siempre debió tener. Después de todo, Callum se lo debe. El rey lo perdonó por fallarle a Sotoria y le concedió la vida eterna.

La siguiente vez que vi a Callum fue, en realidad, en mis visiones más recientes de Poppy y Casteel. Primero lo vi entrar en las mazmorras con cinco doncellas personales e Isbeth, cuando la Reina de Sangre tenía prisionero a Cas. Callum comenta que Casteel es listo cuando deduce lo que es Isbeth, y después se interesa cuando ella le pregunta a Cas qué sabe acerca de Malec.

Cuando Poppy decapita al rey Jalara, Callum se queda un poco pasmado. Tiene cuidado de no tocar la cabeza cuando se adelanta para encararse con Poppy.

Más tarde, de vuelta en las mazmorras, Casteel amenaza con matarlo y Callum comenta que ha oído eso más veces de las que puede contar, aunque confiesa que Cas es la primera persona que cree que podría lograrlo de verdad. Después, saca una daga de piedra umbra y apuñala al nuevo rey de Atlantia.

Casteel lo llama *Chico de Oro* repetidas veces, lo cual lo irrita. A mí me encanta y he tomado costumbre de hacerlo yo misma. Callum se revuelve y dice que no es ningún chico. Cuando Cas ataca y apuñala a Isbeth con el hueso afilado, Callum contempla al cautivo con interés. Le dice a la Reina de Sangre que Casteel necesita alimentarse. Mientras intentan forzarlo a hacerlo, Callum sujeta inmóvil a Cas, pero el atlantiano le da un codazo en la barbilla y un cabezazo que lo lanza contra la pared y hace que reconozca lo fuerte que todavía está Cas.

Callum separa a Kieran y a Reaver y después saluda a Poppy de manera formal, diciendo que es un honor conocerla. Cuando Poppy intenta leer sus emociones, se topa solo con unos muros gruesos y oscuros.

Poppy amenaza a Isbeth y eso le pone a Callum la carne de gallina. Comenta que no ha sentido un poder semejante desde hace mucho tiempo. Cuando Reaver pregunta cuánto tiempo, Callum se limita a responder «Mucho». Supongo que se refiere al hecho de que Poppy le transmite una sensación parecida a la consorte Sera, con quien también tenía muchísima experiencia.

Callum conduce a Poppy, Isbeth y Millie a la celda de Casteel en las mazmorras, aunque hace que a Poppy le venden los ojos cuando están bajo tierra. Observa las cicatrices de Poppy y comenta que las heridas debieron doler a rabiar. Ella le dice que está a punto de averiguarlo si sigue de pie tan cerca de ella. Callum retrocede cuando se lo ordena la reina.

Cuando conduce a Poppy ante Casteel, Callum la advierte de no acercarse demasiado a él porque es como un *animal rabioso*. Poppy le dice que se asegurará de que Callum muera, y de que duela. Cuando ven a Casteel, y Callum comenta que le sorprende ver a Cas hablando cuando la última vez que lo había visto solo echaba espumarajos por la boca, Poppy le asegura que ha cambiado de opinión y que lo matará a la primera oportunidad que tenga. Cuando Poppy exhibe parte de su poder y deja que se filtre en su voz, Callum bufa y endereza la columna.

Más tarde, Callum pregunta si Poppy cree que Cas de verdad merece comida, y ella lo apuñala en el corazón con su propia daga. Él maldice y Millie se lo lleva.

Al día siguiente, Callum le dice a Casteel que su arrogancia es impresionante y reconoce que Poppy lo apuñaló con su propia arma. Revela que ha visto al amor acabar con los seres más poderosos, pero que solo ha visto al amor detener a la muerte una vez, en alusión a Nyktos y a su consorte. Intenta provocar a Casteel con esto: le dice que el amor es una debilidad para él y que debería haberse alimentado de Poppy cuando tuvo la oportunidad. Después apuñala a Casteel, sin llegar al corazón por poco y a propósito, para sumirlo directo en una intensa sed de sangre. Retira la daga, la lame para limpiarla y después le desea a Casteel buena suerte.

Cuando el grupo escapa, Callum corre a avisar a Isbeth y se topa con Malik. Se enfrentan.

Callum y media docena de Retornados más se enfrenta al grupo y Callum le dice a Reaver que cree que sabe lo que es; luego se burla de Kieran diciendo que quiere quedárselo porque siempre ha querido un lobo como mascota. Luego vuelve su atención hacia Poppy y le dice que la humanidad es una debilidad.

La reina ordena que lleven a Malik ante ella. Callum trata de advertirle que no es el momento adecuado, pero ella se limita a mandarlo callar. Mientras todo el mundo está distraído, Callum se abalanza sobre Kieran, le hace un corte en el brazo y susurra una maldición al mismo tiempo. Casteel lo apuñala en el pecho en represalia, y Callum comenta que eso ha dolido, antes de caer muerto.

Cuando regresa a la vida unos instantes después, Isbeth se está quitando el anillo; luego Callum observa asombrado cómo Kieran deja inconsciente a Malik.

Cuando la reina mata a Clariza y Blaz con su poder, Callum le dice a Poppy que no se moleste en intentar traerlos de vuelta a la vida porque nadie regresa de una muerte así; en cualquier caso, disfruta bastante al ver la reacción de Poppy a la muerte de la pareja.

Poppy y el grupo llevan a Malec al Templo de Huesos, donde Poppy hace exigencias. Callum se burla y le pregunta: «¿O qué?». Cuando Cas declara que prenderán fuego al féretro y matarán a Malec, Callum se gira hacia Casteel.

Al acercarse a Kieran, Callum se sorprende de que no tenga la marca de la maldición. Aun así, emplea una especie de daga blanca lechosa (el hueso de un Antiguo) para abrir la piel de Kieran. Un humo negro emana de la herida mientras se levanta la maldición. Después le dice a Kieran que no hay gran cosa que pueda herirlo de gravedad ahora, en referencia indirecta a la Unión. El *wolven* clava una daga de heliotropo en el corazón del Retornado a modo de agradecimiento.

Callum revive justo a tiempo de ver a Isbeth apuñalar a Malec. A medida que se suceden los acontecimientos, el Retornado le da las gracias a Poppy por cumplir su propósito y hacer lo que se había profetizado que haría. Luego explica la profecía, más o menos, y dice que siempre que tanto Poppy como Millie tuvieran la sangre del Dios Primigenio de la Vida y fuesen amadas, eso *lo* restauraría. Y con *lo* se refería a Kolis. Añade que Isbeth solo necesitaba a alguien de la estirpe de Kolis para encontrar a Malec, pero que Ires no quiso hacerlo.

Callum no sabía que Isbeth pretendía matar a Malec hasta que pidió que se lo llevaran. Pensaba que había las mismas posibilidades de que matase a su corazón gemelo o a Poppy. Luego explica que Isbeth es la heraldo, y Millie era la advertencia. Después afirma que Poppy tardaría una eternidad en hacerse tan poderosa como para destruir los mundos. Luego añade que ha llegado la hora de que se inclinen ante el único Rey Verdadero de los Mundos.

Como pulla final, Callum le dice a Poppy que debería haber sido ella la que estuviese sobre el altar, y que todo aquello siempre trató de ella y de Millie. Luego promete que se encargarían de ellas más tarde. También explica que Kolis dormía con un sueño inquieto bajo el templo de Theon, pero que lo mantenían bien alimentado. El Rito extra consiguió que estuviese lo bastante fuerte para despertar. Cuando Poppy Ascendió, eso lo despertó del todo, y cuando Malec respire su último aliento, estará en plenitud de facultades, toda su fuerza recuperada. Cuando recita parte de la siniestra nana que Poppy oyó de niña, Casteel lo silencia arrancándole el corazón.

Con un gran agujero aún en el pecho, Callum se levanta y le dice al grupo que vienen los guardias del Verdadero Rey: los *dakkais*.

Callum lucha con Malik, pero este huye en cuanto Poppy pronuncia el nombre de la consorte. El Retornado sabe lo que eso significa.

El grupo promete encontrarlo y lidiar con él más tarde, y yo desde luego que espero que lo hagan. Sin embargo, me temo que aún no hemos visto lo último de Callum. Él sabe más, ha experimentado más y tiene mayor interés que cualquier otro. Su objetivo final es todavía un gran misterio.

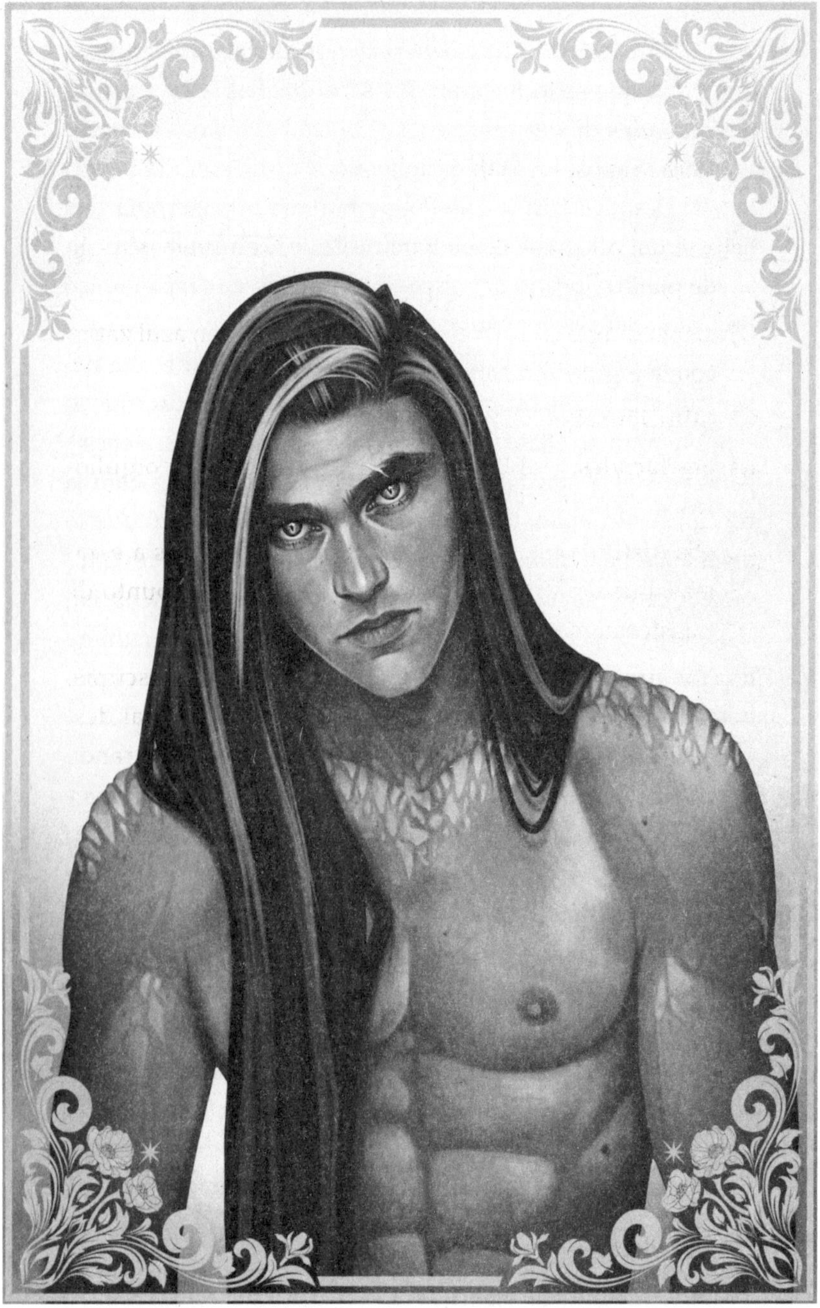

NEKTAS

El primer *draken*

Corte: Dalos/las Tierras Umbrías

Pelo: largo, negro y veteado de rojo (luego se vuelve veteado de plata).

Ojos: rojo sangre con la pupila vertical (se vuelven azul zafiro con la pupila vertical).

Constitución: alto. Piernas largas.

Rasgos faciales: piel broncínea. Facciones anchas y orgullosas.

Rasgos distintivos: crestas por la espalda parecidas a escamas; pueden aparecer en otras partes si está a punto de transformarse.

Rasgos preternaturales: escamas negras y grises oscuras. Cola con púas. Del tamaño de tras caballos grandes. Cuello largo y elegante. La cabeza es la mitad de grande que el cuerpo de un caballo. Nariz plana y ancha. Mandíbula fuerte. Cuernos puntiagudos en la cabeza como una corona. El cuerpo mide al menos seis metros de largo.

Personalidad: callado. Reservado. Sabio.

Hábitos/Costumbres/Fortalezas/Debilidades: oído extraordinario. Puede manifestar ropa.

Antecedentes: era el *draken* vinculado a Eythos, el primero en existir, y ya tenía una relación estrecha con él antes de recibir su naturaleza dual. Con Eythos, creó al primer mortal. Cuando Eythos murió, el vínculo se cortó y él acabó vinculado a Nyktos por elección propia.

Familia: hija = Jadis. Pareja = Halayna †. Pariente lejano = Thad. Primigenio vinculado = Eythos y después Nyktos.

EL VIAJE DE NEKTAS HASTA LA FECHA:

Cuando Nektas conoce a Sera, quiere que esta lo acaricie y se muestra un poco dolido cuando ella cree que la va a morder. No tiene ningún interés en comérsela a ella ni a ninguno de los dioses, en especial a Saion. Dado su vínculo con Ash (también conocido como Nyktos), Nektas supo cuándo lo había apuñalado Sera. Se lo comentó a Ash, pero también sabía que no era nada grave. De haberlo sido, hubiese ido en busca del Primigenio.

Después de que ataquen a Sera en el bosque, Nektas está ahí cuando despierta. Revela que la única razón de que siga con vida es porque Ash utilizó un antídoto singular con ella, cosa que de hecho él encontró sorprendente. Es sincero y dice que hubiese sido mejor si no la hubiese salvado. Cuando Sera le pregunta, él admite que no cree que *ninguna* de las decisiones de Ash hayan tenido nada que ver con el trato que hizo el rey Roderick.

Nektas observa a Sera y a Jadis dormir. Cuando Sera despierta, le dice que estaba buscando a su hija y que había pensado que estaría con Ash. Lo que no esperaba es que Sera también estuviese ahí. Añade que nunca ha visto al Primigenio dormir con un sueño tan profundo, ni siquiera de niño, y explica que conocía a los padres de Ash. Luego deja claro que considera a Ash uno de los suyos, y le dice a Sera que cree que la considerará a ella lo mismo, vista la paz que le ha proporcionado a Ash.

Después de que Sera le devuelva la vida a Gemma, llega Nektas y comenta que todos los *drakens* han sentido lo que ha hecho. Después se marcha con Reaver.

En mis visiones, vi muchas cosas intrascendentes entre estos sucesos y las cosas que relataré en un momento, pero quisiera transmitir lo que saqué de ellas: Nektas es un padre increíble y un protector maravilloso. Tiene un corazón enorme e, incluso con su actitud estoica, es algo que cualquiera puede ver con claridad.

En la sala de guerra, Nektas comparte que Eythos fue un rey justo, amable, generoso y curioso por naturaleza. Revela que fue él quien dio a los dragones su forma de dios. Después relata lo que sucedió cuando Kolis intercambió su destino con el de su hermano, y también conjetura que la mera presencia de Sera está trayendo poco a poco la vida de vuelta a Iliseeum.

Durante la primera batalla importante, Nektas llega con el resto de los *drakens* desde el oeste y escupe llamaradas hacia los muelles, las playas y el agua. Se acerca al *draken* carmesí que acosa a Sera, Ector y Rhain. El *draken* cae y Nektas camina en círculo a su alrededor mientras Ash se acerca.

Nektas llega al palacio con Nyktos y Saion. Intenta convencer a Ash de que se alimente, pero el Primigenio es testarudo e insiste en que aguantará el tirón. Nektas lo deja pasar, pero informa a Sera de que el Primigenio puede sumirse en algo peligroso si no recibe sustento; pero incluso si no lo hace, sigue débil y no se está curando bien, y eso es lo último que ninguno de ellos necesita. Añade que Nyktos no quiere alimentarse porque lo obligaron a hacerlo, y comenta que Kolis le hizo todo tipo de cosas.

Cuando se descubre el plan de Sera, y después de pensarlo un poco, Nektas afirma que cree que pueden conseguir que Ash se alimente de Sera, que está lo bastante enfadado como para hacerlo. Le pregunta a Sera si de verdad quiere hacerlo, porque no quiere obligarla. Se siente aliviado cuando ella dice que sí.

Cuando acompaña a Sera de vuelta a sus aposentos, Nektas le dice a Ash que está haciendo lo que él le ha pedido: llevarla a algún lugar seguro. Añade que Nyktos no responderá si ella llama a la puerta que conecta ambas habitaciones, pero que está seguro de que no está cerrada con pestillo.

Después le pregunta a Sera si hubiese llegado hasta el final y matado a Ash de no haberse enterado de que hacerlo no salvaría a su gente.

Sera no es capaz de responder.

Sera empieza a sentir dolores por su Sacrificio, y Ash va a buscar algo de té curativo para ella. Nektas llega justo cuando él se va, y se instala a vigilarla, sentado en el balcón. Le habla del vínculo entre los *drakens* y los Primigenios, y declara que le gusta estar vinculado a Ash. Cuando la conversación gira hacia el *draken* carmesí que los atacó, Nektas dice que no sabe si eligió estar vinculado a Kolis, porque este no les da a muchos la posibilidad de elegir.

Cuando regresa Ash, Nektas le dice que Sera miente acerca de sentirse mejor. Entonces revela que todo tiene un olor, y que cada persona tiene un aroma único. Le dice a Sera que ella huele a muerte, en alusión a Ash, y que bañarse no borrará ese olor. Se muestra desilusionado cuando Sera no quiere saber a qué *más* huele.

Sera bebe el té y Nektas le dice que está impresionado de que lo haya terminado tan deprisa. Explica que no es un producto conocido en el mundo mortal. Cuando Sera le dice que cree que es el mismo que le dio Holland, Nektas pregunta si sir Holland era mortal y pone en duda la confirmación de Sera de que lo era.

Cuando los dioses vengativos atacan, Nektas entra a través del tejado e incendia a Madis. Le gruñe una advertencia a Taric cuando este materializa una espada de *eather*, luego emite un trino en dirección a Sera para urgirla a utilizar su don. Ash lo envía a asegurarse de que los guardias estén listos para cualquier cosa, y Nektas llama a los otros *drakens* que le contestan de inmediato.

Nektas observa cómo Sera trae a Bele de vuelta a la vida y emite otro trino cuando la diosa aspira una nueva bocanada de aire.

Nektas se marcha a invocar a los Hados y luego regresa, pero espera a Ash y a Sera en el salón del trono. Al cabo de un rato, envía a Reaver a buscarlos. Cuando los *Arae* responden Nektas espera con Rhahar, Ector, Ward y Penellaphe fuera del salón del trono con Reaver a su lado. Les dice a Sera y a Ash que los esperarán… a los dos.

Después del ataque de los *dakkais*, Nektas va a ver cómo están Ash y Sera. Más tarde, en la sala de guerra, comenta que no conoce a todos los *drakens*, pero que le dio la impresión de que el *draken* enemigo era joven… *demasiado* joven para estar metido en ese tipo de mierda. Pregunta si el otro dios involucrado en el ataque de los *dakkais* vio a Sera y quiso llevársela; luego trata de calmar a Ash cuando este se entera de que el dios planeaba dejar morir a Sera.

Les informa de que tenía que haber un Primigenio detrás del ataque, puesto que nadie más puede dar órdenes a un *draken*. La pregunta es quién estaría dispuesto a enfadar tanto a Kolis como a Nyktos por dejar morir a Sera.

Nektas llega al Bosque Moribundo justo a tiempo de ver a Sera y a Nyktos peleando. Aterriza y se agazapa sobre Sera cuando esta golpea con un fogonazo de poder a Nyktos. Así la protege de las posibles represalias de este por acto reflejo. Cuando Nyktos se calma un poco y aterriza, Nektas lo empuja con suavidad con el hocico y Ash le dice que está bien. Que solo necesita un minuto.

Nektas se transforma y luego sonríe cuando Sera mira pasmada su desnudez. Entonces manifiesta unos pantalones en beneficio de esta. A continuación, le pregunta qué había dicho la Tiniebla y sonríe cuando Sera explica lo ocurrido. Le dice que son las brasas y explica que Eythos podía revivir a los muertos. Eso sí, afirma que solo recuerda haberlo visto hacerlo una vez, y que no es lo mismo restaurar la vida a alguien que acaba de morir; esa es la razón de que nadie sintiese lo ocurrido con las Tinieblas como sintieron las otras cosas que hizo Sera. Nektas reitera que las brasas son muy fuertes dentro de Sera. Luego le pregunta a Ash si se encuentra mejor ya.

Les explica que no cree que Kolis supiese siquiera que Eythos era capaz de revivir a los muertos de ese modo, luego les dice que vuelvan al palacio, puesto que las Tinieblas no seguirán asustadas durante demasiado tiempo. Vuelve a adoptar su forma de *draken* y se aleja volando.

Nektas pasa algo más de tiempo con Jadis y Sera después de que Ash les dé la charla a los otros dioses acerca de Sera y su valentía. Le dice a Sera que está con ella porque elige estarlo. Cuando Sera le pregunta por Davina, la *draken* que cayó durante la batalla, Nektas da detalles sobre la familia de la *draken* y dice que no habrá ritos funerarios. Luego explica por qué.

Les llevan comida y Nektas se ríe y comenta que le parece gracioso que Ash crea que él no sabe que le deja comer a Jadis lo que ella quiera. Después le da permiso a Sera para darle comida a su hija, siempre y cuando la coma de un tenedor y no con sus deditos mugrientos. Cuando Sera consigue que coma con el cubierto, Nektas la observa pasmado y declara que todo el mundo lo ha intentado con poco o ningún resultado. Incluso Reaver. Luego le dice a Sera que cree que a Jadis ella le recuerda a su madre; luego habla de lo que sabe sobre emparejamientos y corazones gemelos. Reconoce que está al tanto de todo lo que hizo Eythos y le dice a Sera que el precio siempre importa, en alusión a su intento de ir a por Kolis ella sola.

Mientras Nyktos y Sera discuten por tonterías, Nektas les dice que son entretenidos de ver. Insinúa que la vida no es una conclusión ineludible para Sera, puesto que las brasas todavía no son del todo suyas hasta que Ascienda. Hasta entonces, deberían ser extraíbles. Añade que cuando Eythos era el Dios Primigenio de la Vida y Ascendía a los elegidos, estos se convertían en divinidades porque el *eather* era más fuerte en ellos. Ninguno llegaba a ser un dios, pero tampoco había ninguno con brasas en su interior. Le dice a Sera que cualquier cosa es posible con ella, y le recuerda que alguien tenía que haberle dicho a Kolis cómo extraer las brasas de Eythos.

Mientras analizan posibilidades, Nektas le dice a Sera que pueden encontrar a Delfai por medio de los Estanques de Divanash, pero precisa que son temperamentales y que no puede ser él quien haga la pregunta. Tendrá que ser ella.

Cuando aparecen los Cimmerianos, Nektas llega a la batalla, mata a uno de un bocado y lo sacude hasta partirlo en dos. Percibe cómo el *eather* aumenta en Sera y levanta la vista para lanzarle un gruñido de advertencia.

Después del ataque, Nektas le lleva el desayuno a Sera y se sienta con ella. Le pregunta si quiere acompañarlo a ver cómo está Jadis, luego se interesa por su opinión sobre los planes de Ash para extraer las brasas de ella. La informa también de que la carretera al Valle es peligrosa. Cuando hablan de debilidades, Nektas explica que puede chamuscar a quienquiera excepto a un Primigenio. Nadie puede enfrentarse a un Primigenio a menos que ataque a Nyktos o a su consorte.

Nektas le dice a Sera que Ash podría hacerle daño si pierde la compostura, pero que no se arriesgará a hacerlo si está cerca de él. Después dice que cree que Kolis aprovechará la llamada como oportunidad para averiguar por qué se sintieron las brasas de vida y que ofrecerá su permiso a cambio de las brasas.

Después de seguirla de vuelta a sus aposentos, Nektas la llama *meyaah Liessa*, y ella lo llama a él *meyaah draken*. Él admite que a Sera no le gusta que la llamen «reina», al tiempo que comenta que no sabía que era *su draken*. Luego le dice a Sera que ella es la reina de los *drakens* con o sin coronación. Lleva las brasas de vida y, por lo tanto, *es* la reina.

Nektas le cuenta que Ash ha tenido que convencer a Kolis de que se somete a él y lo que pasaría si Kolis supiese la verdad. Cuando lo hablan en más detalle, Nektas le dice a Sera que todo lo que está sucediendo es personal para ella porque

Sotoria es parte de ella. Después le pregunta por qué ya no llama *Ash* a Nyktos, y menciona que Eythos lo llamaba así. Y comenta que el hecho de que Ash se presentase a ella con ese nombre la primera vez significa algo.

Sera y Nektas hablan de Ash y de la corte y de si Ash la perdona por lo que planeaba hacer. Nektas dice que él nunca ha dicho que Ash la hubiese perdonado, solo que comprende sus motivos y los acepta. De lo contrario, ella no pasaría tiempo en su cama ni olería a él, y Nektas no hubiese sentido paz procedente de Ash.

Nektas visita Vathi para ver a Aurelia; Reaver cree que le gusta. Cuando regresa, Sera lo culpa de todo lo que ha pasado desde que se fue y luego menciona que sus ojos se han puesto azules por un momento. Él revela que eso pasa *a veces*, luego se lo comenta a Ash y se lleva a los jovenzuelos.

Después de planificar el viaje al Valle, Nektas dice que se reunirá con ellos en la carretera hacia los Pilares. Cuando se encuentran, le habla a Sera de Eythos como Primigenio de la Vida y explica que estar cerca de los Pilares era difícil para él. Después intenta hacerla entender que ella es más fuerte de lo que cree y la llama *meyaah Liessa*, antes de añadir que es ella la que le hace decir eso, no las brasas.

Nektas y Nyktos hablan de los jinetes. Cuando estos hacen una reverencia, Nektas comenta que hacía mucho tiempo que no los veía hacer eso. Cuando Sera y él se separan de Ash y el Primigenio dice que ella es muy importante para él, Nektas responde: «Lo sé».

Nektas le dice a Sera que él sabía que a ella le importaba Nyktos antes de que estuviese lista para admitirlo ante sí misma. Sera declara que si hubiese tenido la oportunidad de matar a Ash, Nektas no habría tenido que matarla porque lo hubiese hecho ella sola. Nektas responde que si eso es cierto, tiene aún más razón de la que creía.

Hablan de lo que ocurrió en el Bosque Moribundo, y Nektas dice que Ash podría haberlo destrozado. Es otra razón por la que sabe que los sentimientos del Primigenio van más allá del cariño. A Nyktos le importa Sera.

Nektas detalla entonces que Ash se hizo extirpar el *kardia*, no para no convertirse en su padre y en cómo lamentó la pérdida de Mycella, sino para no convertirse en su tío. Luego sugiere que Sera ama a Ash y le dice que ese amor *debería* ser aterrador.

Cuando se acercan al Velo, Nektas impide que Sera se acerque demasiado y le habla de las sirenas. Para mantenerla cerca, agarra las riendas de la yegua y no las suelta hasta unas horas más tarde para entrar en el pasadizo bajo las montañas hasta los Estanques de Divanash.

Nektas le dice a Sera que huele a Ash en ella, pero también la muerte (muerte con minúscula). Su cuerpo está muriendo. El Sacrificio la está matando. Después intenta detallar a lo que huelen la vida y la muerte para él.

En los Estanques, Nektas le dice a Sera lo que hacer, pero reconoce que jamás lo ha visto funcionar. Entonces oye a Sera confesar su intento de suicidio. La llama *meyaah Liessa* otra vez y le dice que ha funcionado, después identifica a Delfai para Sera en los Estanques.

Cuando ven dónde está Delfai, Nektas comenta que es cosa del destino que se encuentre con alguien que Sera conoce. Cuando Sera explica quién era Kayleigh para ella, el *draken* le dice que a Ash le divierte mucho visitar a Tavius en el Abismo y que lo hace bastante a menudo.

Siguen hablando y Nektas le recuerda a Sera que él estaba ahí cuando se crearon los mortales y que ayudó a hacerlo; comenta también que el destino no es absoluto y que nada es más poderoso que la capacidad para sentir.

Cuando se marchan del Valle, Nektas le pregunta a Sera si está bien; luego le dice que puede hablar con él si alguna vez no lo está. Y que él se asegurará de que lo esté.

Durante el camino de vuelta, Nektas percibe a las ninfas y le dice a Sera que se pare. Le explica cómo son las ninfas y se enfrentan a ellas. Sera las mata y Nektas le dice que solo el Primigenio de la Vida tiene el tipo de *eather* necesario para matar a una ninfa; el mismo tipo que puede matar a otro Primigenio.

Nektas escucha una conversación entre Sera y Ash desde detrás de la puerta antes de llevar a los jovenzuelos a despedirse de la pareja. Le gustaría ir con ellos, pero solo ellos dos pueden responder a la llamada de Kolis. Le dice a Sera que *volverá* a verla.

Nektas y Jadis van a las montañas. El día de la coronación, Nektas regresa, pero deja a los *drakens* jóvenes ahí. Nektas aterriza delante de los tronos en forma de *draken* y permanece ahí durante todo el acto. Attes se para a hablar con él después de hablar con Sera y Nyktos. Nektas empuja el brazo de Keella con el morro en respuesta a algo que dice el Primigenio, y ella le acaricia la mejilla.

Cuando llega el siguiente ataque grande, Orphine y él intentan repeler al *draken* enemigo que ataca Lethe. Nektas dispara luego contra los *dakkais* que atacan a Ash y chamusca a los de delante mientras Orphine elimina a los que están detrás de Nyktos.

Nektas va en ayuda de Ash cuando este se libera de las Cárceres y va a rescatar a Sera. Cuando Ash la Asciende, Nektas está ahí para ayudar a cuidarla y hablarle a Ash mientras *él* le habla a su reina. En un momento dado, pregunta si están bien desde el pasillo y su amigo amenaza con matarlo.

Está bastante seguro de que están bien.

Mis siguientes visiones de Nektas corresponden a la época de Poppy y Casteel.

Nektas despierta cuando Poppy lo toca. Gruñe y la olisquea y entonces emite un ronroneo suave y vibrante.

Cuando Poppy regresa a Iliseeum la segunda vez, Nektas está en su forma de dios y le dice que Nyktos se ha reunido con la consorte en su sueño. La urge a estar segura antes de pronunciar las palabras que no pueden rescindirse, y dice que una vez que invoque a la carne y el fuego de los dioses para proteger, servir y mantenerla a salvo, quedarán grabadas a fuego y talladas en la carne. Después le pregunta si quiere que destruyan a la Corona de Sangre por ella, pero Poppy contesta que quiere que luchen contra los Retornados y los Ascendidos. Que luchen con Atlantia, no *por* ellos. Añade que no quiere ciudades destruidas e inocentes muertos.

Nektas le pregunta a Poppy si planea tomar lo que se le debe y si cree que puede soportar el peso de dos coronas. También le ruega que traiga de vuelta lo que les corresponde proteger y lo que permitirá que la consorte despierte: al padre de Poppy. Después añade que Malec está perdido para ellos; ya lo estaba mucho antes de que ellos se diesen cuenta; luego revela que Malec no es el padre de Poppy. Fue su gemelo, Ires, quien la engendró.

Entonces le cuenta a Poppy cómo lo engatusaron para salir de Iliseeum hace un tiempo, y cómo lo atrajeron hacia el mundo mortal con la hija de Nektas mientras todo el mundo dormía. Explica que no pueden ir en busca de Ires sin ser invocados y, aunque este no los ha llamado, Nektas sabe que está vivo.

Luego dice que Ires era aficionado a adoptar la forma de un gran gato de cueva gris, de un modo muy parecido a Malec, y se sorprende de saber que Poppy vio a Ires y sabe que está entre las garras de la Corona de Sangre.

Poppy le habla de la afirmación de Isbeth de que es una diosa porque Malec la Ascendió. Nektas se echa a reír. Luego le dice que los dioses nacen, no se crean, y que Isbeth, igual que los Retornados, es una abominación de todo lo divino. Después le dice a Poppy que su enemiga es realmente la enemiga de todos ellos.

Cuando la conversación gira hacia Malec una vez más, Nektas le dice que cualquiera sepultado por los huesos de las deidades se va consumiendo, pero que no muere. Existe en un lugar entre estar muriendo y la muerte, vivo pero atrapado.

Después le indica a Sera que pronuncie las palabras y reciba lo que había ido a buscar a Iliseeum. Cuando ella lo hace, Nektas le dice que son suyos desde ese momento hasta el último. Luego la llama Reina de Carne y Fuego.

Justo cuando Poppy se pone toda Primigenia en el Templo de Huesos, llega Nektas y elimina a los *dakkais* del Adarve. Revela que Reaver se ha llevado a Malec a Iliseeum después del apuñalamiento, pero que está vivo... por el momento. Después afirma que Jadis está viva y en el mundo mortal.

Cuando hablan sobre lo ocurrido en la resurrección en masa, Nektas les dice que no fue Poppy la que los trajo a todos de vuelta a la vida, que la Primigenia de la Vida la ayudó, y que Nyktos capturó las almas de todos antes de que pudieran entrar en el Valle o en el Abismo. Sin embargo, advierte de que siempre debe haber equilibrio.

Poppy anuncia que la consorte es la verdadera Diosa Primigenia de la Vida, y Nektas responde que la consorte es la heredera de la tierra y los mares, los cielos y los mundos. Ella es el fuego en la carne, la Primigenia de la Vida y la Reina de los Dioses. Es la más poderosa de todos los Primigenios. Pero luego añade «Por ahora».

Nektas les habla un poco de Eythos y Kolis y de sus verdaderos papeles, relata la historia de Sotoria y todo lo sucedido después. Luego declara que Nyktos es *un* Primigenio de la Muerte, no el verdadero Primigenio. Él nunca fue el Dios Primigenio de la Vida y la Muerte. Jamás ha habido un Primigenio así, por lo que él nunca hubiese respondido a ese título.

Poppy comenta que es una tontería que nadie pueda hablar sobre la consorte, o saber en realidad quién era. Exclama que es una gilipollez sexista y patriarcal. Nektas les cuenta entonces que fue la consorte la que eligió que así fuese. No quiere que la conozcan y Nyktos respeta sus deseos debido a todo lo que hicieron y sacrificaron para evitar lo que acababa de pasar en el Templo de Huesos.

Nektas añade que si Poppy opta por tener hijos, estos serán los primeros Primigenios en nacer desde Nyktos. Si Kolis no hubiese robado la esencia de Eythos, Nyktos se hubiese convertido en el Primigenio de la Vida, en cuyo caso Ires y Malec hubiesen nacido Primigenios, pero *solo* si nacía antes una descendiente femenina.

Nektas le dice a Poppy que no se disculpe por existir; luego añade que Malec e Ires estaban bien encaminados a nacer cuando toda la trama que condujo hasta Poppy empezó. Lo que se hizo para detener a Kolis significaba que Malec e Ires no podían arriesgarse a tener descendencia nunca, pero Malec lo hizo de todos modos. El riesgo, la creación de un reinicio cósmico, permitiría *des*hacer lo que le habían hecho a Kolis.

Después les dice que Callum sabía lo que significaría pronunciar el nombre de la consorte. Entonces se dan cuenta de que el Retornado no está y todos están de acuerdo en que deben darle su merecido.

Nektas insiste en que Poppy es la Primigenia de Sangre y Hueso, la verdadera Primigenia de la Vida *y* la Muerte, y añade que las dos esencias nunca han coexistido en un solo ser.

Cuando Poppy revela que sabe dónde está Ires, Nektas le dice que lo lleve hasta ahí. Después se da cuenta de que todos creen que han parado las cosas, pero él los corrige: no han parado nada. Lo que sucedió en el Templo de Huesos liberó a Kolis. Solo han ralentizado lo inevitable, lo cual ha impedido que Kolis recuperase todo su poder en carne y hueso, pero lo hará si nadie hace nada por evitarlo.

Nektas les dice que deben matar a Kolis, aunque no sabe cómo. Supongo que ahora sí pueden hacerlo, puesto que Poppy es el equilibrio entre la vida y la muerte. Por el momento, Nektas anuncia que debe llegar hasta Ires, encontrar a Jadis y regresar a Iliseeum.

Menciona que la consorte y Nyktos ya no están dormidos, lo cual significa que otros dioses también empezarán a despertarse, y no todos son leales al Primigenio de la Vida.

La guerra acaba de empezar.

Nektas se marcha para llevar a Ires a casa, sabedor de que regresará a por su hija.

REAVER

Draken

Corte: las Tierras Umbrías

Pelo: rubio. Hasta los hombros.

Ojos: carmesís con pupilas verticales en la época de los dioses. Azules con pupilas verticales en tiempos más recientes.

Constitución: piernas largas.

Rasgos faciales: cutis color arena. Mandíbula afilada fuerte y cincelada. Ojos separados, rasgados hacia abajo por el lagrimal. Labios carnosos con arco de Cupido. No tiene una belleza clásica, pero es interesante e impactante.

Rasgos distintivos: patrón de escamas tenue pero claro en la piel.

Aspecto preternatural: escamas negras con reflejos plateados. Grande pero no tanto como Nektas. Cuernos negros y suaves que empiezan a la mitad del puente plano de su nariz y suben hasta el centro de su cabeza con forma de diamante. Los de alrededor de sus ojos son más pequeños pero se alargan hasta acabar en puntas afiladas que sobresalen de su gorguera a medida que suben por su cabeza.

Otros: voz ronca. Puede cambiar los dientes y respirar fuego mientras está en forma de dios.

Personalidad: distante. Sarcástico. Se irrita con facilidad.

Antecedentes: era joven cuando se supo lo que había hecho Kolis. Lo escondieron con otros *drakens* jóvenes. Es el primer *draken* en emerger cuando Poppy invoca a los guardias de Nyktos.

EL VIAJE DE REAVER HASTA LA FECHA:

Reaver apareció por primera vez en mis visiones como un *draken* adorable y precoz de diez años que justo estaba aprendiendo a volar.

Pasa mucho tiempo con Sera cuando ella llega a las Tierras Umbrías, incordiado por la pequeña Jadis e incordiándola a su vez, y metiéndose en líos.

Cuando Sera trae a Gemma de vuelta a la vida, eso afecta a Reaver (y al resto de *drakens*).

En el salón del trono, después de que Sera haya intentado ir en busca de Kolis ella sola, Reaver emite una llamada aguda y entrecortada cuando Nyktos comenta que la valentía de Sera no tiene igual.

Reaver espera con Jadis, Bele y Aios cuando llegan los Cimmerianos. Después de la batalla, se reúne con Nektas, Sera y Jadis, y los dos jovenzuelos juegan. Él insiste en que no le gusta la hija de Nektas, pero es muy dulce con ella. Como cuando le llevó su manta favorita mientras la pequeña se echaba la siesta en su forma mortal.

A medida que pasa el tiempo y las brasas de Sera se hacen más fuertes, Reaver tiene una relación cada vez más estrecha con ella… y más protectora. En un momento dado, incluso le da una advertencia a Nyktos, aunque sabe que el Primigenio no le hará daño. Es solo que no le gusta ver a Sera disgustada por nada.

Cuando Veses ataca a Sera en sus aposentos, Reaver intenta protegerla y la Primigenia lo lanza contra una pared. Su muerte es inminente, pero Sera logra salvarlo. Cuando abre los ojos, estos cambian de rojo sangre a un azul brillante y Reaver la llama *liessa*.

El día de la coronación, Reaver se queda en las montañas con Jadis

La siguiente vez que veo a Reaver en mis visiones, estaba en Iliseeum y era un enorme y espectacular *draken* negro con reflejos morados. Es el primero en emerger del suelo, rugiendo y respirando fuego blanco plateado.

De vuelta en el mundo mortal, Reaver y Kieran muestran enseguida su antagonismo. Reaver casi muerde a Kieran cuando este se acerca demasiado a él mientras descansa, y se enzarzan en una épica batalla de miradas a las afueras de Oak Ambler.

Cuando Poppy le entrega su *mensaje* al rey Jalara, Reaver la acompaña. Aterriza delante del Retornado con un rugido ensordecedor y lo golpea en el pecho con su cola de púas.

Mientras están en el salón de banquetes de Cauldra Manor, a Reaver le divierte la interacción entre Poppy y Kieran. Como de costumbre, pasa el tiempo mirando a Kieran, seguramente porque sabe que eso molesta al *wolven*. Kieran le dice algo cortante y Poppy regaña a Kieran, lo cual hace reír a Reaver. Poppy lo regaña también a él, y Reaver bufa algo de humo, ofendido.

Vonetta pregunta cómo consiguió entrar en la sala de banquetes, y él se limita a golpear el suelo con la cola en respuesta.

Más tarde, Reaver le dice a Poppy que la nota muy preocupada y que todos los *drakens* lo sienten, incluso los que no están ahí con ellos. Luego confirma que todos los *drakens* están vinculados a ella y se sorprende de que Poppy no se hubiese dado cuenta. Luego le explica que no puede comunicarse con ellos por telepatía, como hace con los *wolven*, pero que ellos sabrán cuál es su voluntad y responderán a ella; añade que así ha sido siempre con los Primigenios.

Reaver le explica también que un dios puede matar a otro dios, y que la piedra umbra a través de la cabeza o del corazón harán el apaño. Después afirma que lo normal es que un mortal apuñalado con piedra umbra muera, y añade que es obvio que Tawny sigue viva por alguna razón.

Informa a Poppy de que ella es la primera descendiente femenina del Primigenio de la Vida, el ser más poderoso conocido, y que con el tiempo, acabará por ser más fuerte aún que su padre, Ires. Dice que Ires se marchó de Iliseeum cuando los *drakens* dormían, aunque despertó a uno para que lo acompañara. Reaver solo fue consciente de lo ocurrido hace dieciocho años, cuando se despertó el Primigenio. Después le cuenta a Poppy que su nacimiento se sintió, y que ahí fue cuando se enteró de que tanto Malec como Ires habían desaparecido, así como Jadis.

Reaver explica lo que hicieron Ires y Malec y lo que Malec tendría que hacer para permanecer fuerte en el mundo mortal: tendría que alimentarse, y a menudo. Reaver tranquiliza a Poppy diciendo que ella no tendrá que alimentarse con la misma frecuencia que Malec e Ires una vez que alcance todo su poder… a menos que resulte herida. Sin embargo, hasta entonces, debe asegurarse de que no se debilita, pues no ha completado aún su Sacrificio; luego añade que él lo percibiría si lo hubiese hecho.

Reaver le dice que nadie puede alimentarse de los *drakens*. Hacerlo abrasaría las entrañas de la mayoría, incluso de los Primigenios.

Cuando Reaver llama a Poppy *meyaah Liessa* por primera vez, ella se sorprende. Reaver se toma su tiempo para hablarle del equilibrio de poder y de cómo el fuego que respiran los *drakens* es, básicamente, la esencia de los dioses, aunque utilizarlo los debilita y los ralentiza. Le asegura que incluso los Primigenios tienen debilidades y que solo uno es infinito.

Mientras Poppy habla, Reaver le dice que suena muy parecida a la consorte y confirma que esta se despertará cuando regrese Ires. Dice que los dioses también acabarán por despertar. Cuando Sera quiere saber el nombre de la consorte, su respuesta es que es una sombra en la brasa, una luz en la llama y un fuego en la carne, y que pronunciarlo es hacer caer las estrellas de los cielos y derribar las montañas hacia el mar.

Cuando les entregan el *regalo* de Isbeth, Reaver está ahí y emite una extraña llamada entrecortada al ver la reacción de Poppy al dedo de Casteel. Más tarde, acepta la petición de Poppy de ir con Kieran y con ella a salvar a Cas.

Durante la tormenta de Vessa, Reaver observa, pasmado, y emite un sonido grave y lastimero cuando los *drakens* mueren y caen del cielo. Cuando Poppy hace ademán de ir a curarlos, él le dice que no puede traer de vuelta a seres con naturaleza dual, y explica que solo el Primigenio de la Vida puede restaurar la vida a un ser de dos mundos. Cuando hacen recuento de las bajas, Reaver le dice a todo el mundo que no había sido ninguna tormenta; había sido un despertar de la muerte.

Explica que Vessa huele a muerte, y afirma que el hedor del Primigenio de la Muerte es aceitoso, oscuro y asfixiante, y que así es como olía ella… lo cual no tiene sentido. Cuando la conversación gira hacia el dios de la muerte, Reaver les dice que conocía a Rhain antes de que fuese el dios que todos adoran ahora, y que no era el dios de la muerte. No *hay* un dios de la muerte, solo un Primigenio de la Muerte. Después añade que Nyktos no es el Primigenio de la Vida y la Muerte, y que tampoco fue nunca el verdadero Primigenio de la Muerte. Ese era Kolis. Sin embargo, ellos no tenían forma de saberlo porque Kolis borró toda la historia. Luego explica que Kolis fue sepultado y que, de no haberlo sido, no quedaría nadie con vida. La única forma en que puede ser liberado es por medio del Dios Primigenio de la Vida.

Reaver se percata después de lo que son los Retornados y comenta que debió darse cuenta antes. Les dice cómo se crearon los primeros mortales, por qué los terceros hijos e hijas son especiales, y que los Retornados eran el proyecto maestro de Kolis. Habla también del Rito, del Rito original, y de cómo Eythos siempre les daba a los Elegidos la posibilidad de decidir qué hacer.

Cuando la conversación gira hacia Jadis, Reaver declara que cree que está muerta, pero que una sola gota de sangre de *draken*, sin importar lo vieja que sea, puede matar a un Retornado.

Reaver está presente durante la reunión de Poppy con los generales. Se dedica a observar a Valyn y a irritarse por la sugerencia de Murin de que dejen a los *drakens* sobrevolar Oak Ambler y reducirlo a cenizas.

Más adelante, Reaver *sí* que destruye las puertas de Oak Ambler con fuego; después Nithe y él se encargan de los soldados de la parte interna de la ciudad antes de que estos acaben con los *wolven*. A continuación, Nithe, Aurelia y él arrasan el Adarve interior, antes de que Poppy los llame de vuelta y les diga que descansen. Reaver se instala sobre el castillo de Redrock y suelta un rugido ensordecedor.

Después del macabro descubrimiento en los túneles y el templo, Poppy ordena a Reaver reducir el templo a cenizas. Él vuela en círculo por encima de la estructura y obedece la orden encantado.

Mientras comparte una comida con Poppy, Reaver le dice que es una suerte que no puedan entender lo que hicieron los Ascendidos. Hace hincapié en que Nyktos es el Verdadero Rey y no lo aprobaría, y en que sería desafortunado que el sacerdote creyese que era otra persona. Añade que a la consorte tampoco le gustan las limitaciones, y se ríe cuando Poppy supone que al Primigenio de la Vida es probable que no le guste que ella restaure vidas. Reaver le dice que Nyktos tendría sentimientos encontrados. Se alegraría de la vida recuperada, pero se preocuparía de la justicia. La consorte, por su parte, sopesaría los problemas, los apartaría a un lado, cruzaría los dedos por que nadie estuviese mirando y lo haría de todos modos.

Explica que la consorte está sumida en un sueño tan profundo porque es la única manera de impedirle hacer el tipo de daño que luego no puede deshacerse a causa de su ira por que le hayan quitado a sus hijos. Con Ires en mente, Reaver recuerda a Poppy que no deben olvidarse de él. El dios debe volver a casa a Iliseeum.

Reaver lleva ropa de Kieran, para disgusto del *wolven*, mientras prepara los caballos y el carro de whisky para su viaje a la capital.

Durante el trayecto, Reaver les cuenta la verdad acerca de los *demis* y afirma que son tan escasos que nadie ha visto uno nunca. Explica luego que un *demis* es un dios hecho, no nacido. Son mortales, aunque no Elegidos, Ascendidos por un dios. Dice que existen pocos porque el acto estaba prohibido y la mayoría no sobrevivía a la Ascensión. Sin embargo, los que lo lograban eran, en líneas generales, dioses con las mismas debilidades que los dioses.

Cuando Reaver ve el estado de cosas en Solis, se entristece. Les dice a Poppy y a Kieran que ya ha estado en el mundo mortal antes, allá cuando esa zona era Lasania, aunque solo unas pocas veces cuando era necesario. Revela que la consorte nació ahí con una brasa de puro poder primigenio en su interior, a diferencia de los Elegidos.

Reaver se fija en otro grupo en la carretera, no cazadores, y se ofrece a quemar a los soldados. Poppy le dice que no lo haga, pues no quiere que se revele su identidad.

Cuando Millie los detiene, Reaver le dice que si quiere llevarse a Poppy, permitirá que él y su consejero, Kieran, la acompañen como muestra de buena fe.

En el interior de Wayfair, Reaver se aloja en una habitación debajo de la de Poppy, pero está vigilado. Aun así, se comporta y lo llevan a ver a Kieran siempre que el *wolven* lo solicita.

Poppy va a ver cómo está, y Reaver la sigue a su reunión con la reina. Millie acompaña a Poppy, Reaver y Kieran al Gran Salón. Reaver mira la estatua del centro de la sala. Poppy cree que es el Primigenio de la Vida, Nyktos, pero Reaver la corrige. Millie lo confirma.

Reaver anuncia que no le gusta cómo miran los Ascendidos a Poppy. Cuando ella comenta que Kieran y él son preciosos mientras que ella está desfigurada y los Ascendidos no entienden qué hace con ellos, Reaver le dice que esa es la cosa más estúpida que ha oído en mucho tiempo, y que ha oído muchas estupideces.

Cuando entra Isbeth, Reaver no hace una reverencia. Ella comenta que no lo reconoce y él le dice que no tendría por qué.

Después de conocer a Callum y oírle decir que no ha sentido un poder como el de Poppy en mucho tiempo, Reaver se muestra muy interesado y le pregunta en cuánto tiempo. ¿La respuesta del Retornado? «Mucho».

Más tarde, durante su intento de rescate y fuga, Reaver hace que una puerta salte por los aires, arrancada de sus bisagras, y emerge empapado de sangre. Cuando Poppy y Kieran lo miran, él les dice que es un desastre cuando come y luego promete ocuparse de los Retornados con los que se encuentren.

Cuando se enfrenta a los caballeros reales, les dice que se sentiría ofendido por sus amenazas si lo que quedaba de sus almas no estuviese a punto de ser enviado hacia el Abismo.

Reaver disfruta de la batalla, derriba a muchos y hace comentarios sobre su destreza.

Poppy llama al Templo Sombrío el templo de Nyktos, pero Reaver la corrige. Le dice que cuando aquello era Lasania, estaban el Templo del Sol para el Primigenio de la Vida y el Templo Sombrío para el Primigenio de la Muerte. Confirma, sin embargo, que el Templo Sombrío está en el Distrito Jardín, cerca de El Luxe, y que está lo bastante familiarizado con la ciudad como para conocer el camino.

Le cuenta a Poppy que Nyktos solo se sentó en el trono durante un tiempo breve. Cuando las velas empiezan a responder a Poppy, Reaver le dice que lleva la sangre del Primigenio y que está en su templo; luego la hace rabiar por ser *especial*.

Reaver sugiere utilizar un hechizo para averiguar dónde ir a continuación para buscar a Casteel, aunque gira en redondo cuando llega Malik. Reaver les recuerda a todos que no tienen tiempo para distracciones y los insta a matarlo o a asegurarse de que no pueda traicionarlos.

Cuando encuentran a Casteel, Reaver está de acuerdo con Poppy en que Callum debería estar muerto, y ayuda a mantener a Casteel a raya. Para ello, retira los grilletes de los tobillos y el cuello, pero le pone cadenas de hueso.

Más tarde, Poppy le pregunta a Reaver si puede romper las cadenas alrededor de las muñecas de Cas. El *draken* lo hace. Cuando Cas vuelve a parecerse más a sí mismo, Reaver se presenta y afirma alegrarse de que Cas no lo mordiera, porque así él no tuvo que quemarlo vivo.

Cuando Cas revela que la Retornada, Millie, es la hermana de Poppy, Reaver se queda pasmado. Poppy pregunta si Ires es también su padre, y después comenta que la consorte se va a cabrear.

Después, Reaver confirma que Poppy es, en efecto, una Primigenia nacida de carne mortal. Dice que creía que ella lo sabía, pero entonces comenta que no sabe gran cosa de nada. Poppy pudo invocar a los *drakens* y tiene el *notam* primigenio. Reaver les asegura que ahora no hay ningún peligro de que no sobreviva a su Sacrificio. Entonces le da la enhorabuena por saberlo ahora y asegura que estará preparada.

Mientras hablan un poco más, Reaver le dice a Poppy que solo un Primigenio puede crear la neblina, y que sus ojos son una señal de que está completando su Sacrificio. Reaver dice que tal vez conserve las vetas plateadas, o que quizá sus ojos se pongan plateados del todo como los de Nyktos.

Cuando Casteel pregunta cómo puede nacer una Primigenia de un dios normal y de carne mortal, Reaver dice que no puede responder a eso, pero les dice que Poppy es la primera Primigenia nacida desde que nació el Dios Primigenio de la Vida, y que solo el Primigenio de la Vida puede responder a eso.

Reaver pregunta por qué la Reina de Sangre cree que Poppy destruirá los mundos. Cuando el tema de conversación gira hacia la profecía, Reaver les dice que no son patrañas, no cuando la pronuncia una diosa. Luego explica que la diosa Penellaphe guardaba una relación estrecha con los Hados.

Después de que Malik les cuente que estuvo ahí la noche que Poppy fue atacada en Lockswood y menciona haber visto a la consorte en los ojos de Poppy de niña, Reaver maldice. Les explica que la consorte tiene un sueño inquieto y que en ocasiones ocurren cosas que la despiertan en parte.

En casa de Blaz y Clariza, Reaver abre la puerta de atrás a los guardias y luego los chamusca. Cuando entra Callum, le dice que está a punto de confirmar lo que él es, y expulsa una nubecilla de humo por los ollares. Poppy le dice que no haga nada, pero se gira hacia Callum justo cuando este se adelanta y hiere a Kieran.

De camino a Padonia, Reaver guía al caballo que carga con Malik inconsciente. Después de comer un poco, Reaver les pregunta si de verdad están preocupados por la maldición que Callum ha puesto sobre Kieran. El *draken* da por sentado que Kieran, Cas y Poppy han completado la Unión. Añade que la esencia que utilizó Callum apestaba a Kolis.

A las afueras de Padonia, Poppy le da permiso a Reaver para hacer lo que le plazca. Él reúne a sus hermanos y vuelan por encima de la ciudad, mientras sus llamadas abrumadoras resonaban por todo el valle.

Después de explorar un poco las ruinas, Reaver llega justo a tiempo de unirse a la batalla contra los Demonios. Arranca varios árboles e incinera las amenazas restantes. Una vez que las cosas se calman, les dice que las ruinas están a un día a caballo hacia el norte.

Cuando hablan después de Malec, Reaver les dice que el *O'Meer* documentado no era el apellido de Malec y que, de tener alguno, hubiese sido Mierel, que era el apellido de la consorte.

Mientras se acercan a las ruinas, Reaver menciona que no vio la montaña de roca desde el aire y supone que debía estar en la zona más densa del bosque. Cuando atacan los *gyrms*, advierte a los *wolven* de no morderlos porque no hay ninguna sangre en su interior y en cambio *sí* hay un veneno que se los comerá de dentro afuera. Luego da más detalles: los que los atacan son Centinelas, similares a los Cazadores y distintos de los otros tipos de *gyrms* a los que se han enfrentado antes. El fuego no funcionará contra ellos. También menciona que están llenos de serpientes.

Poppy le pregunta si el *eather* funcionará contra ellos, y él confirma que el de ella sí funcionará, pero solo porque es una Primigenia a punto de completar su Sacrificio.

Después de la pelea, Reaver pregunta si alguien fue mordido e informa de que las mordeduras de las serpientes también son tóxicas.

Mientras hablan de los Arcanos, Reaver reconoce que no sabe lo que son ni cómo ni por qué querrían invocar a los *gyrms*. Después de que Poppy explique más sobre ellos, Reaver llega a la conclusión de que deben de haber surgido mientras dormía.

Antes de descansar, Reaver les dice que los *gyrms* fueron mortales en algún momento, personas que invocaron a un dios y le juraron servidumbre a cambio del favor que fuese que les hubiera concedido el dios. Los Cazadores cazan cosas. Los Centinelas guardan cosas (objetos, personas… por lo general personas). Los Buscadores, como los Cazadores y los Centinelas pueden percibir lo que buscan. O bien encuentran la cosa en cuestión y la traen de vuelta, o bien mueren en el proceso de defenderla. Reaver explica que los que han visto y contra los que han peleado han estado ahí abajo durante cientos de años. Luego le dice a Cas que lo que sea que haya atraído a los Centinelas no guardaba relación con lo que había hecho Eloana. Añade que cree que la montaña se formó como manera de proteger la tumba de Malec y que los *gyrms* con los que se han topado no fueron invocados por magia primigenia. Solo un Primigenio puede haberlos enviado.

Reaver revela que cuando Malec se marchó de Iliseeum, lo hizo justo antes de que los otros dioses se fuesen a dormir, y que no se marchó de manera amistosa. El Primigenio de la Vida, incluso dormido, hubiese percibido que era vulnerable. Sin embargo, los huesos de deidad hubiesen bloqueado su capacidad para saber dónde estaba. Por lo tanto, el Primigenio de la Vida debía de haber invocado a los Centinelas para proteger a Malec.

Reaver habla más con Poppy acera de Malec y dice que eran amigos cuando eran más jóvenes, antes de que Malec empezase a visitar el mundo mortal y perdiese interés en Iliseeum. Esa pérdida de interés significa una pérdida de afecto por aquellos que vivían en la Tierra de los Dioses.

Reaver comenta que es extraño que Malik tenga un nombre tan parecido a Malec, aunque supone que para Eloana era una manera de honrar lo que pudo ser.

Cas le pregunta a Reaver si Nyktos podría haber evitado que sepultaran a Malec. El *draken* contesta que el Primigenio de la Vida podría haberlo evitado, pero que Malec debía estar herido o muy debilitado para poder ser sepultado. Si no intervinieron ni Nyktos ni la consorte, debían de tener sus razones.

En el Templo de Huesos, Poppy le ordena al *draken* que emprenda el vuelo para evitar a los *dakkais*. Reaver aterriza y adopta su forma mortal. Luego le dice a Poppy que deje de utilizar la esencia primigenia porque eso solo está atrayendo a los *dakkais* hacia ella. Poppy le dice que Kolis habrá recuperado toda su fuerza si Malec muere. Reaver responde que si eso ocurre, todos *rezarán* por estar muertos. Luego insta a Poppy a ir con él e intentar salvarlo. A continuación, Reaver despega de nuevo y prende fuego al recinto del templo.

Al final, lo derriban los *dakkais* y muere. Por fortuna, regresa como todos los demás cuando la consorte se fusiona con Poppy. Después, se lleva a Malec a Iliseeum.

JADIS

Pelo: oscuro.

Aspecto preternatural: escamas marrones verdosas. Cuello largo. Cabeza ovalada.

Personalidad: temeraria. Inquisitiva.

Antecedentes: cautiva de la Corona de Sangre.

Familia: padre = Nektas. Madre = Halayna †.

EL VIAJE DE JADIS HASTA LA FECHA:

Oh, la dulce y querida Jadis. Las primeras visiones que tuve de ella eran de sus días como *draken* jovenzuela. Era una cosita preciosa. Sin embargo, cuanto más la veía, más le cubría el rostro una especie de bruma que me condujo a pensar que su futuro estaba en cambio constante. Ahora sé por qué, ya que me enteré de que había desaparecido y oí lo que dijo la Reina de Sangre acerca del *draken* que vino al mundo mortal con Ires para buscar a Malec.

Echemos un vistazo a lo que *vi*, y a lo que sé, sobre esta *draken* amante del beicon.

Una niña precoz, Jadis pasa la mayor parte del tiempo metiéndose en líos, irritando a su amigo más mayor Reaver, durmiendo y suplicando comida. Cuando conoce a Sera, le toma cariño al instante y no se muestra afectada por los cambios que están ocurriendo dentro de la inminente Primigenia (como cuando Sera trae a Gemma de vuelta a la vida).

La *draken* quiere mucho a Nyktos y pasa el mayor tiempo que puede acurrucada con él, hecha un ovillo.

Como prueba del afecto que le ha tomado a la nueva adición de las Tierras Umbrías, Jadis acepta comer con un tenedor a petición de Sera, algo que no había conseguido nunca nadie, y se queda dormida con ella en su forma de diosa, algo que los *drakens* solo hacen cuando existe una confianza implícita.

Jadis va a las montañas con Nektas y se queda ahí con Reaver. Se disgusta muchísimo cuando descubre que no puede asistir a la coronación de Sera.

Por desgracia, las partes entre esto y el futuro son un poco turbias para mí. Las únicas cosas que sé son suposiciones y medias verdades sueltas. Se asume que Jadis acompañó a Ires al mundo mortal en busca de Malec y, de alguna manera, la hicieron prisionera junto con el dios cuando Isbeth encerró a Ires. Después de eso, podemos asumir que su sangre se utilizó para propósitos nefarios, puesto que solo la sangre de *draken* puede matar a un Retornado, e Isbeth mató a Coralena. Tampoco se sabe si aún vive o no. Isbeth dice que *se encargaron* de ella, pero eso podría significar muchas cosas.

Desde luego que espero que simplemente esté escondida en alguna parte, y que Nektas y Sera se reúnan con la dulce niña otra vez para que puedan ayudarla a curar sus heridas.

Cuando rescatan a Ires, él les dice que Jadis está en alguna parte de las Llanuras del Saz. Con suerte, Poppy, Cas y sus otros aliados podrán localizarla y salvarla si es así.

HOLLAND (TAMBIÉN CONOCIDO COMO SIR BRAYLON HOLLAND)

Un Hado, un espíritu del destino. Uno de los *Arae*.

Pelo: muy corto.

Ojos: de tono nogal.

Rasgos faciales: cutis marrón y suave.

Personalidad: dulce. Amable. Compasivo. Honesto.

Otros: parece estar en la cuarentena. Tiene una relación con Penellaphe, una diosa.

Antecedentes: se hizo pasar por caballero de la guardia real desde que Sera tenía siete años. Enseñó a Sera a lidiar con su ansiedad y cuida de ella en cada década de su vida. Cuando Sera curó a su gato Butters, él le dijo que no había hecho nada malo, pero la instó a tener cuidado. Tavius lo envió en barco a las islas Vodina el día después de que el rey muriera.

EL VIAJE DE HOLLAND HASTA LA FECHA:

Holland apareció por primera vez en mis visiones como sir Braylon Holland, un caballero de la guardia real en Lasania. Sin embargo, no asistió al cumpleaños de Seraphena cuando la Corona la presentó ante el Dios Primigenio de la Muerte.

Cuando llegan los lores de las islas Vodina, Holland se sorprende por su rechazo del trato ofrecido por la Corona y le molesta cómo miran a Sera. La orden de la reina para que Sera se encargue de ellos lo enfada, aunque haya sabido durante toda la vida de Sera lo que la están entrenando para hacer… para *ser*.

Aún convencido de que el Dios Primigenio de la Muerte vendrá a por ella, Holland continúa entrenándola lo mejor que puede al tiempo que la protege en todo lo posible, aunque los *Arae* tienen prohibido interferir de manera directa.

Al ver, y posiblemente saber, que Tavius es una amenaza, Holland la advierte. También le pregunta qué le pasa. Cuando Sera dice que es indigna, eso sorprende a Holland, que le dice que ese no es el caso en absoluto. Afirma que ella lleva una brasa de vida en su interior. Esperanza. Y la posibilidad de un futuro. Cuando dijo aquello, daba la impresión de que se refería al trato y a la Podredumbre. Sin embargo, ahora sabemos que estaba siendo literal.

Cuando Sera le pregunta por qué no está casado, él responde que simplemente no le ha apetecido hacerlo. La romántica que hay en mí cree que es porque tiene a Penellaphe. La realista que hay en mí sabe que es probable que sea porque no puede.

Después de ser testigo de cómo la modista se levanta de nuevo después de morir en un ataque, Sera le pregunta qué ha pasado. Él responde que no tiene ni idea de qué puede ser semejante abominación y le pregunta dónde ha oído hablar de ello. Me pregunto si eso es verdad. Él es un *Arae*. ¿No sabrán ellos todo acerca de los Retornados y los Demonios?

Ezra los encuentra en su escondrijo mientras entrenan, y Holland se enfada un poco al descubrir que ella está al tanto de sus actividades… en especial porque sabe que Sera dejó que la princesa la siguiera. Le pregunta a Ezra por qué ella y el orfanato necesitan la ayuda de Sera, y se muestra molesto por que su entrenamiento con Sera se interrumpa.

Sera sufre un ataque y Holland va a ver cómo está; después asiste al funeral de Odetta. Un par de días más tarde, descubre que a Sera le duele la cabeza y tiene problemas estomacales, y le pregunta si le duele la mandíbula. Cuando ella dice que sí, él le lleva algo para aliviarlo. Más adelante, averiguamos que fue un té que ayuda a los dioses a superar su Sacrificio. También le habla de Sotoria y le dice que le recuerda a la mujer. ¿Le recuerda? Su alma está dentro de Sera.

Después de que me revelasen todos los detalles, fue interesante mirar atrás y revisar todas las cosas que había visto entre estos dos y las cosas de las que hablaban. La verdad es que Holland caminaba por una línea muy delgada con respecto a su posible interferencia.

Cuando Sera está ya en las Tierras Umbrías, lo ve al entrar en el salón del trono. Después del shock inicial, él admite que la ha conocido durante casi toda su vida. Que la entrenó. Le dice a Sera que lo llame solo Holland y explica que no es un *viktor* diciendo: «Ese honor no es mío».

Luego le cuenta que supo que su tiempo en el mundo mortal había terminado cuando Tavius lo envió a las islas Vodina. No fue porque sabía que Sera y Nyktos querrían hablar con él. Cuando Sera le pregunta cómo se ha mantenido tan joven, él le dice que es atemporal gracias al whisky que bebe.

Creo que tal vez yo pueda afirmar lo mismo.

Más adelante, menciona que nunca intervino de manera directa. No podía decirle a Sera que la Podredumbre no estaba relacionada con el trato ni la inutilidad de su empresa, aunque sí que estaba forzando los límites con lo del té curativo.

Cuando le preguntan por qué se implicó en primer lugar, Holland confiesa que conocía a Eythos cuando era el Dios Primigenio de la Vida y lo consideraba un amigo, aunque no sabía lo que le sucedería. Insiste en que, de haberlo sabido, no hubiese sido capaz de quedarse al margen y hubiese intervenido, aun a sabiendas de que el castigo para un acto semejante es la muerte definitiva.

Después les dice exactamente lo que hizo Eythos. Cuando Penellaphe relata su visión, Holland alarga un brazo hacia ella y la agarra de la mano, al tiempo que comenta lo complicado que es comprender las profecías. Luego añade que son solo una posibilidad y que no todas las palabras son literales.

Por todos los dioses, qué verdad tan grande. Yo he actualizado mi interpretación de la profecía cada vez que recibía visiones a lo largo de los años.

Holland explica que Sera pasará por el Sacrificio pero que no sobrevivirá a él. Cuando continúan hablando, él le recuerda a Sera lo temeraria e impulsiva que es, y le dice que esa puede ser su mayor fuerza: podría darle a lo que fuese que creyera Eythos al oír la profecía una opción de hacerse realidad.

Les muestra los hilos o hebras del destino, y mientras contemplan el hilo casi roto, la única manera de alterar el destino, Holland revela que la llave es el amor, la única cosa a la que ni siquiera el destino se puede enfrentar. Holland afirma que el amor es más poderoso que los Hados. Es incluso más poderoso que lo que surca por sus venas, aunque es igual de aterrador y asombroso en su egoísmo. Dice que puede extender una hebra solo por la fuerza de voluntad, para convertirse en esa magia pura que no puede extinguirse de manera biológica. También puede romper una hebra de manera inesperada y prematura.

Holland reitera que Sera no puede sobrevivir al Sacrificio. No sin la fuerza de voluntad de lo que es más poderoso que el destino e incluso que la muerte. No sin el amor del que propiciará su Ascensión.

Cuando Ash lleva a Sera a su lago y la Asciende, esas afirmaciones se vuelven muy claras. Y me emocionó verlo.

Holland le dice entonces a Sera que ha tenido muchas vidas, y que Eythos recordó la primera: Sotoria.

Al hablar de la Podredumbre, Holland dice que la vida solo ha continuado porque la brasa estaba en la estirpe de Sera. Sin embargo, ahora ella lleva la única brasa de vida que existe y, si ella muere, morirá todo en todas partes.

Continúa diciendo que el Dios Primigenio de la Vida es el ser más poderoso de todos los mundos y que ella no ha sido nunca una mera mortal; es la posibilidad de un futuro para todos.

Cuando a Sera le invaden las dudas, Holland le recuerda que es una guerrera, igual que aprendió a serlo Sotoria. Añade que no sabe el aspecto que tenía Sotoria (no siguió las hebras hasta que Eythos preguntó qué podía hacerse acerca de la traición de Kolis), pero que sabe que no era del todo igual con cada renacimiento. Después le dice a Sera que Kolis puede haber percibido trazas de *eather* en ella y haber pensado que era una divinidad que estaba entrando en su Sacrificio.

Holland sabe lo que les ha estado haciendo Kolis a los Elegidos desaparecidos (convertirlos en Retornados), pero afirma que ellos no son la única parodia de vida que ha logrado crear. Entonces explica lo que han estado haciendo algunos de los dioses de la corte de Kolis: crear Demonios.

Por no mencionar a los Ascendidos…

Holland les describe a los Demonios, habla del equilibrio y alude al hecho de que cuando Sera trajo a Marisol de vuelta a la vida hubo consecuencias. Él confirma que era la hora de Mari, y que el acto de Sera hubo que compensarlo. En esos casos, los *Arae* decidían quién ocuparía el lugar de Marisol. Holland le pregunta a Sera si saberlo de antemano hubiese cambiado sus acciones y ella reconoce que no.

Holland revela que lo que el dios Madis le hizo a Andreia fue un intento de rectificar lo que una de las creaciones de Kolis había dejado atrás, y añade que eso es todo lo que puede decir sin que se considere interferencia.

Asimismo, informa a Sera de que Kolis no puede matar a Nyktos porque la vida no puede existir sin la muerte, y que ambas cosas no deben estar encarnadas en el mismo ser. Añade, sin embargo, que todo es posible, incluso la *im*posibilidad de la existencia de un Primigenio tanto de la Vida como de la Muerte. Holland afirma que un ser así sería imparable y no habría ningún equilibrio. Los Hados se aseguraron hace mucho de que la ausencia de una brasa u otra (vida o muerte) supondría el colapso de los mundos. De un modo repentino y absoluto. Dice que si Kolis matase a Nyktos, se mataría a sí mismo y a todo lo demás en el proceso. Y acaba por decir que en realidad no sabe cuál es el objetivo final de Kolis.

Cuando hablan de lo que ha llevado hasta el momento actual, Holland reconoce que no podía decirle a Sera lo inútil que era su deber, y calcula que el mundo mortal dispone de un año, quizá dos o tres si tienen suerte, antes de que la Podredumbre lo consuma. No obstante, advertir a la gente solo provocaría el pánico.

Sera parece un poco abatida, así que Holland le recuerda que no debe renunciar a la esperanza. Saca otra vez el tema de la hebra rota y afirma que el destino no está nunca escrito en sangre y hueso. Puede ser tan cambiante como los pensamientos y el corazón de Sera y de Nyktos.

Sera le recuerda que Nyktos no puede amar, y Holland le dice que el amor es más poderoso de lo que los Hados pueden imaginar siquiera.

Antes de separarse, Sera pregunta si volverá a verlo, y él no puede contestar. Aunque sí que le recuerda algo que ella ya sabe: todo su entrenamiento no fue una pérdida de tiempo y esfuerzo. Ella sí es *su* debilidad. Solo que no la de Nyktos, sino la de Kolis.

OTROS PRIMIGENIOS Y DIOSES

PHANOS

Dios Primigenio del Cielo, el Mar, la Tierra y el Viento
Corte: islas Triton

Pelo: calvo.

Ojos: plateados.

Constitución: muy alto.

Rasgos faciales: oscuro cutis ocre quemado por el sol.

Otros: corona con forma de tridente.

Antecedentes: destruyó Phythe cuando dejaron de celebrar los juegos en su honor. Para hacerlo, envió olas más altas que cualquier Adarve para barrer el reino entero. Persiguió a muchos de los dioses que abandonaron su corte después de eso; Saion y Rhahar escaparon solo porque Nyktos reclamó sus almas.

EL VIAJE DE PHANOS HASTA LA FECHA:

Asiste a la coronación con los otros Primigenios.

Habla con Saion y Rhahar unos instantes, después se aleja con Embris.

Cuando Kolis le lleva a Seraphena a la costa de Hygeia, odia lo que se ve obligado a hacer; sobre todo porque debería estarse vengando de Nyktos por robarle a Rhahar y Saion.

Le dice a Sera que debería limitarse a extraer las brasas de ella y añade que lo que está haciendo ni siquiera merece la pena porque solo es un arreglo temporal. Después, le insufla vida y hace que sus *ceerens* se sacrifiquen para salvarla a ella.

Más tarde, durante la audiencia de la corte, le dice a Kolis que tienen que hablar. Kolis promete hacerlo en cuanto devuelva a Sera a sus aposentos.

MAIA

Diosa Primigenia del Amor, la Belleza y la Fertilidad
Corte: Kithreia

Pelo: rubio cálido que baja en cascada por su espalda en gruesos rizos.

Ojos: plateados.

Constitución: figura rellena.

Rasgos faciales: cutis marrón amarillento. Impactante.

Hábitos/Costumbres/Fortalezas/Debilidades: cada uno de sus gestos y movimientos llevan un aura de suavidad y un toque de picante.

Otros: corona color perla de rosas y conchas de vieira.

Antecedentes: extirpó el *kardia* de Nyktos por petición suya.

EL VIAJE DE MAIA HASTA LA FECHA:

Asiste a la coronación con los otros Primigenios.

KEELLA

Diosa Primigenia del Renacimiento
Corte: llanuras de Thyia

Pelo: rizado. Castaño rojizo.

Ojos: plateados.

Constitución: porte regio.

Rasgos faciales: cutis marrón rojizo, ahumado.

Personalidad: agradable pero reservada. Cree en el bien y el mal, y en el equilibrio.

Hábitos/Costumbres/Fortalezas/Debilidades: cuando muere un bebé, ella captura su alma y le proporciona un renacimiento. Considera a los que salva como sus hijos y a menudo los sigue durante sus vidas. No siempre se cree las cosas que se atribuyen a los *Arae*.

Otros: casi tan vieja como Kolis. Puede ver las almas que captura. Lleva una corona de cuarzo azul pálido con muchas ramas y hojas.

Antecedentes: participó en el renacimiento de Sotoria y ayudó a esconder su alma de Kolis.

EL VIAJE DE KEELLA HASTA LA FECHA:

Keella asiste a la coronación como los otros Primigenios. Cuando aparece la *benada*, el *imprimen*, la impronta, le sonríe a Sera y se lleva una mano al pecho.

Después le dice algo a Nektas. Él empuja su brazo con el hocico y ella le acaricia la mejilla.

Cuando Nyktos anuncia a Sera como la nacida de Sangre y Cenizas, *la* luz y el Fuego, y *la* Luna Más Brillante, Keella le pregunta por el título y comenta que tal vez sea otra bendición. Cuando se interesa por lo que lo inspiró, con un deje cortante en la voz… no ira, sino otra cosa… comenta que es precioso y le regala a la pareja una sonrisa entendida, vieja y sabia.

Antes de marcharse, le dice a Nyktos que su padre estaría orgulloso de él.

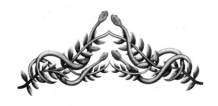

EMBRIS

Dios Primigenio de la Sabiduría, la Lealtad y el Deber
Corte: Lotho

Pelo: rizado y castaño.

Ojos: plateados.

Rasgos faciales: juveniles.

Personalidad: callado y atento.

Otros: corona de bronce representando ramas de olivo y serpientes.

Antecedentes: duda algunas cosas relativas a los *Arae*.

EL VIAJE DE EMBRIS HASTA LA FECHA

Igual que los otros Primigenios, Embris asiste a la coronación. Pasa algo de tiempo con Saion y Rhahar y después se marcha con Phanos.

VESES

Diosa Primigenia de los Ritos y la Prosperidad (también conocida como La Diosa Eterna)

Corte: islas Callasta

Pelo: largo y abundante, bucles de un tono rubio dorado que llegan hasta su cintura.

Ojos: plateados.

Constitución: delgada pero con unos atributos impresionantes.

Rasgos faciales: cutis cremoso; sin pecas. Nariz y cejas delicadas. Boca carnosa. Labios con forma de albaricoque.

Rasgos distintivos: de una belleza increíble. Voz aterciopelada. Huele a rosas.

Rasgos preternaturales: puede percibir a un dios o una divinidad que se acerca a su Ascensión, pero cuando Kolis intercambió su destino con Eythos, su habilidad se atenuó.

Personalidad: rencorosa. Engreída. Puede ser vengativa. Puede obsesionarse o mostrarse resentida. No duda en expresar quejas y enfados.

Otros: muy vieja. Debería haberse ido a dormir hace mucho. Corona con forma de árbol de jade y fabricada en piedra de sangre o heliotropo.

Antecedentes: quiere a Kolis pero se conforma con Nyktos. Averiguó lo del trato relacionado con la Podredumbre y con Sera, y lo aprovechó para hacer su propio trato con Nyktos para mantenerlo en secreto (obtiene acceso libre para alimentarse de él y... para otras cosas).

EL VIAJE DE VESES HASTA LA FECHA:

Veses es una Primigenia a la que es difícil apreciar. *Quiero* pensar que a lo mejor es solo porque es una incomprendida, o que tiene razones para su egoísmo y su maldad, pero si soy realista, sé que simplemente es engreída, celosa y está amargada.

Sera llega a Iliseeum y Veses no pierde ni un instante en ir a las Tierras Umbrías para confirmar que Nyktos ha tomado una consorte. Cuando descubre que es verdad, se disgusta.

Veses acude a Nyktos para cobrarse su trato, alimentarse de él y disfrutar de su cuerpo. Y lo hace de tal manera que sabe que los descubrirán, cosa que hace Sera cuando regresa del Valle. Cuando Veses ve a Sera, comenta «Así que esta es ella», antes de que Sera huya. Veses se ríe de su reacción.

Días después, cuando Nyktos está ocupado con unas Tinieblas (algo que ha organizado Veses), decide visitar a Sera. Ector le niega la entrada a los aposentos de Sera, desenvaina su espada, y ella lanza al dios dentro de la habitación. Rhain llega entonces y anuncia que irá en busca de Nyktos, pero Veses se limita a hacerlo resbalar hasta el pasillo junto con el cuerpo inconsciente de Ector y se encierra en la habitación con Sera.

Revela que conoce el nombre completo de Sera y pregunta cómo se ha convertido en la consorte de Nyktos. También dice que cree que Nyktos le mintió a Sera, igual que Sera le está mintiendo a ella. Llama a Sera gorda y pecosa y comenta que es consorte solo en título. Sera le lanza una pulla y comenta que Nyktos dijo de ella que era «de lo peor que hay», lo cual irrita a la Primigenia. Sera lo empeora aún más al llamarla patética. Veses lo paga con el joven Reaver, a quien lanza de una patada hasta el otro lado de la habitación.

En represalia, Sera clava su daga en el ojo de Veses y la Primigenia golpea a Sera con *eather*. Mientras discuten y pelean, Veses confiesa que envió a sus guardias y a su *draken* favorito a las Tierras Umbrías, con lo que confirma que ella fue la que estuvo detrás del ataque anterior. También se pregunta en voz alta si Nyktos se da cuenta de que es probable que más gente sepa que Taric y los otros dioses vengativos estaban en las Tierras Umbrías antes de desaparecer.

Veses informa a Sera de que la había percibido y que sabía que ahí había algo más, una razón por la que Nyktos estaba dispuesto a hacer cualquier cosa por Sera. Veses insinúa que ser capaz de percibirla significa que, o bien Sera tiene tanta sangre de Nyktos en su interior que eso es lo que capta Veses, o bien Sera es una Primigenia en pleno Sacrificio.

Luego pica a Sera diciéndole que conoce la diferencia entre la sangre de Nyktos y otra cosa porque ella ha *disfrutado* de la sangre de Nyktos… que ha disfrutado de todo él. Sera le da un puñetazo y pelean un poco más hasta que llega Bele.

Veses ve a Bele y se da cuenta de que ha Ascendido; luego le dice que han puesto precio a su cabeza. Mientras Bele la mantiene ocupada, Sera cura a Reaver. Cuando este despierta, la llama *liessa* y Veses explota, estupefacta y furiosa, diciendo que tenía razón. Vuelve a preguntar qué ha hecho Nyktos.

Bele ataca con fervor renovado y Veses se defiende. Sera le lanza una daga y Veses le dice a Sera que la va a matar porque es una abominación.

Bele renueva su ataque con un arco y una flecha de *eather*. Le da a Veses en la mejilla. Las sombras llenan la habitación cuando llega Nyktos; Bele le dice que Veses sabe lo de Sera. Él golpea a Veses con *eather* y ordena a Orphine y a Ehthawn que se la lleven y la encierren en una celda.

El ataque de Nyktos sume a Veses, básicamente, en una estasis, lo cual significa que estará fuera de juego al menos durante unos días.

Mientras está en estasis, se habla de que no ha sido capaz de percibir a un dios o a una divinidad en pleno Sacrificio desde que Kolis se llevó las brasas de Eythos. Solo sabía que Taric y los otros estaban buscando una fuente de energía en el mundo mortal y habían acabado en las Tierras Umbrías. Sintió algo dentro de Sera y se dio cuenta de que eran brasas. Sumó dos más dos y pensó que podría hacer un trato con Sera para evitar que Nyktos se meta en problemas con Kolis.

He de reconocer que Veses se preocupa por Nyktos a su propia manera retorcida, pero eso no hace que me guste más.

Veses acaba escapando cuando Nyktos se sume en su propia estasis y los hechizos protectores de las mazmorras se debilitan. Se mastica los brazos y escapa. Una vez curada, se dirige a Dalos, solo para encontrar a Sera ahí.

Deja muy claro lo que opina sobre el hecho de que esté ahí y acaba castigada por Kolis, que utiliza a Kyn como arma.

Más tarde, irrumpe en los aposentos de Sera, que está en su jaula, y convence a Callum de que la deje hablar con Sera. Una vez solas, la Diosa Primigenia le dice a Sera que sabe que está mintiendo e insiste en que no dejará que Kolis la descarte otra vez en favor de Sotoria. Añade que preferiría verlo solo.

Intenta convencer a Sera de que no le importa el tipo de castigo infligido por Kyn, pero no estoy segura de que ella misma lo crea. Aun así Sera dice que siente lo que le ocurrió, aunque eso no cambia que esté impaciente por verla arder.

Estoy segura de que Veses desearía que lo intentase.

ATTES

Primigenio de la Guerra y la Concordia

Corte: Vathi

Pelo: castaño claro, casi rubio, que enmarca su cara.

Ojos: plateados.

Rasgos faciales: pómulos altos. Mandíbula cincelada.

Rasgos distintivos: cicatriz que discurre desde la raya de nacimiento del pelo, cruza el puente de la nariz y baja por su mejilla izquierda. Hoyuelos. Brazalete plateado alrededor del bíceps.

Habilidades/rasgos preternaturales: puede manifestar ropa de la nada. Se convierte en un halcón plateado.

Constitución: alto y ancho.

Hábitos/Costumbres/Fortalezas/Debilidades: utiliza *eather* como forma de provocación, alimentando emociones para incitar la violencia o la paz. Tiene muchos placeres perversos. Lleva armadura de piedra umbra y una espada curva a la cadera. Impulsado por tres cosas: la paz, la guerra y el sexo. Le excita el atrevimiento en las mujeres. Sabe cómo matar a un Retornado. La gente le reza la víspera de una batalla para que proporcione a sus ejércitos destreza y astucia. Puede adoptar su forma *nota*: un halcón plateado.

Personalidad: estratega. Astuto. Listo. Prefiere hacer las cosas él mismo en vez de delegar.

Otros: corona = un casco hecho de piedra negra rojiza.

Antecedentes: codirige Vathi con su hermano Kyn. Kolis mató a sus hijos en represalia por perder a Sotoria. Siente algo por Lailah.

Familia: hermano = Kyn, Dios Primigenio de la Paz y la Venganza. Hijos = desconocidos †.

EL VIAJE DE ATTES HASTA LA FECHA:

Attes es un poco misterioso para mí. Quería que me gustase desde el principio; después de todo, es el antepasado de algunas de las personas más cruciales de mi actual historia. Aun así, las cosas que *vi* me incitaron a recelar muchísimo. Pensé, incluso de inicio, que tal vez estuviese jugándosela a ambos bandos y trabajando bajo cuerda, pero no tenía ninguna prueba para respaldar mis sospechas, así que seguí esperando y observando.

Por suerte, no tuve que esperar demasiado.

Con una relación tan estrecha con Kolis como un hermano, Attes sabe de la existencia de Sera y la vigila. Incluso la salva una vez en su forma *nota*, el halcón plateado.

Cuando Sera llega a las Tierras Umbrías, Attes viaja hasta ahí para conocerla. Comenta que no es una mera mortal y dice que lleva una marca y un aura. Cuando ella le responde con palabras mordaces, como es propensa a hacer, Attes comenta que tiene carácter y le pregunta a Nyktos si la ha visto Veses.

Cuando se gira hacia Nyktos, pregunta por qué ha matado al Cimmeriano Dorcan y declara que creía que se gustaban. Ash le contesta recordándole lo que Attes les hizo a los guardias de su hermano.

Attes pregunta si Sera es lo bastante sensata para no repetir lo que oiga, y ella vuelve a contestar con tono cortante.

Attes le dice que tenga cuidado con su tono y comenta que aunque él pueda encontrar refrescante y atractivo su atrevimiento, otros no pensarán lo mismo. Nyktos responde que Sera matará a los que no les guste.

Attes intenta utilizar un poco de provocación mágica con Sera y se da cuenta de que su presencia no la afecta. Después cambia el tema de conversación a la Ascensión que se sintió y pregunta cómo ha podido Ascender un dios en las Tierras Umbrías. Cuando Nyktos afirma que ha debido ser Kolis, está claro que Attes no le cree. Dice que sabe que el Ascendido ha sido un dios de la corte de Hanan y supone que fue Bele.

Attes le dice a Nyktos que a Hanan le está dando un ataque en Dalos y que los otros Primigenios están preocupados. Después añade que no ha olvidado quién era el padre de Nyktos o quién estaba destinado a ser Nyktos. Si él no ha sido el que ha Ascendido al dios, entonces las brasas están en las Tierras Umbrías en alguna parte.

Attes dice que está en la Casa de Haides por curiosidad *y* en nombre de Kolis. Cree que fue elegido para entregar este mensaje porque era el más próximo... y el que menos probabilidades tenía de ser lanzado al Abismo por Nyktos. Después deja caer el bombazo: les dice a Nyktos y a Sera que Kolis les deniega el derecho a la coronación. Añade luego que el Primigenio de la Vida quiere que sea una cosa más formal, y que eso requiere su permiso. Termina por decirles que Kolis los llamará, y luego comenta que Nyktos es el *favorito* de Kolis. Cuando Sera llama hijo de puta al falso Primigenio de la Vida, hace reír a Attes.

Para probar suerte, Attes se ofrece a Sera con una promesa de *una cama y un clima más cálidos*. A Nyktos no le gusta el comentario y Sera vuelve a amenazar a Attes. Mientras se marcha, le cuenta a Theon la amenaza de Sera y admite que lo ha divertido en la misma medida que lo ha excitado.

En Dalos, Attes disfruta del espectáculo mientras Nyktos y Sera se besan. Después los interrumpe y flirtea como de costumbre. Nyktos lo amenaza de nuevo y afirma que está decidido a perder los ojos. Attes le dice a Nyktos que merecería la pena.

Cuando entra Dyses, Attes disfruta de ver cómo el Retornado provoca a Nyktos. Comenta que el hecho de que este haya matado a Dyses va a cabrear a Kolis o a divertirlo. También dice que le da la sensación de que va a haber muchos dioses muertos y sin corazón al final del día.

Luego les dice a Sera y a Nyktos que estaba esperando su llegada, y dice que son mejor compañía que el resto de los presentes. También comenta que Dyses siempre le ha transmitido una sensación extraña, e informa a la pareja de que algunos de los cuerpos que han visto proceden del último Rito.

Cuando le preguntan por qué está él ahí, dice que Kolis citó a Kyn y él decidió acudir con su hermano. Por no mencionar que quería ver a Sera otra vez y recordarle lo que le dijo cuando se conocieron: que tuviese cuidado con lo que decía.

Añade que lleva solo unas horas en Dalos y que no hay más Primigenios ahí aparte de Kyn y de él mismo.

Luego se marcha en busca de su hermano antes de que Kyn se meta en algún lío. Después, le cuenta a Nyktos por qué mató a los guardias de Kyn, porque el Primigenio de la Muerte vuelve a sacar el tema.

Llega Kolis y Nyktos impide que el Primigenio de la Vida toque a Sera. Attes comenta que Nyktos es bastante posesivo y dice que el Primigenio de la Muerte ha amenazado con arrancarle los ojos al menos tres veces.

Cuando la conversación gira hacia la Ascensión que todos han sentido, Attes interviene y aclara que lo que dice Nyktos significa que solo Kolis puede Ascender a alguien.

Kolis demuestra sus *poderes para restaurar vida* con Dyses, y Attes se sienta un poco más erguido cuando entra el Retornado, vivo otra vez. Kolis le pregunta si tiene las mismas dudas que Hanan, dado lo sorprendido que parece de ver a Dyses vivo y en buen estado. Attes responde que solo se debe a que hacía mucho tiempo que no veía a Kolis otorgar ese honor, así que le sorprendió un poco verlo ahora.

Miente fenomenal.

Kolis le dice a Kyn que vaya a buscar lo que le ha ordenado llevar, y Attes maldice en voz baja cuando ve a Thad, un *draken* joven. Kolis pronuncia su decreto y Attes le da una daga a Sera. Después de que Sera le quite la vida a Thad, Attes levanta el cuerpo del *draken*, ajeno a que su sangre le estuviese quemando la piel.

Más tarde, en Vathi, Attes exige saber por qué Nyktos y Sera están en su balcón sin invitación ni previo aviso. Cuando Sera pregunta por el *draken*, Attes se sorprende. Explica que Kyn fue a quemar el cuerpo de Thad. Sera lo urge a detener a su hermano y a traerles el cuerpo a ellos. Cuando vacila, Sera le grita y Nyktos le ordena que lo haga.

Me sorprende que escuchase, dado que es mucho mayor que ellos, pero es *verdad* que su lealtad está con el Primigenio de la Vida. Y *sí* que era amigo de Eythos.

Attes regresa con el cuerpo del *draken* y le dicen que no repita ni una palabra de lo que va a ver. Nyktos dice que arrasará su corte y le dará caza si dice algo. A lo cual Attes responde que se está cansando mucho de las amenazas del Primigenio de la Muerte.

Attes observa estupefacto cómo Sera revive al *draken;* está tan sorprendido que se tambalea hacia atrás y maldice.

La pareja le dice que tendrá que mantener a Thad oculto, y Attes confirma que los dioses y los Primigenios han debido sentir esa restauración de vida. Será difícil mantenerlo oculto, sobre todo de Kyn. Le dicen que lo lleve a las Tierras Umbrías y le prometen que ahí estará a salvo. Attes admite que sabe que Nektas cuidará de él.

Reconoce además que el hechizo de Sera no funcionará ahí, pero les asegura que nadie sabrá lo que ha pasado en Vathi. Lo jura. Hace una reverencia ante Sera y promete no revelar lo que ha hecho.

Attes insiste en que sabía que había algo diferente en ella. Y que había sospechado aún más cuando ella no reaccionó a su presencia. Nyktos pregunta por qué no acudió a Kolis con sus sospechas para ganarse su favor y Attes admite que podría haberlo hecho, pero que una vez más, recuerda quién era el padre de Nyktos y quién estaba destinado a ser.

En la coronación, Attes ve a Nyktos inclinarse ante Sera y comenta que es un hombre que sabe cuál es su lugar. Se acerca al estrado y hace una reverencia ante la pareja (es el único Primigenio que se les ha acercado hasta ese momento) y le dice a Sera que su corona y su marca de matrimonio le sientan bien. Añade que la marca había sido… inesperada.

Revela que unos cuantos *dakkais* han estado olisqueando por ahí, pero que se han marchado sin causar demasiados problemas; luego comenta que deberían encontrar algo de tiempo para hablar los tres en privado. Antes de marcharse, dice que espera que su unión sea una bendición para las Tierras Umbrías y más allá; luego se para un momento a hablar con Nektas.

Después, durante la batalla, Attes se acerca a Sera desde atrás. Ella intenta golpearlo, sin saber que es él, pero Attes la sujeta. Ella le da las gracias (supongo que creía que iba en su ayuda), pero él le dice que no debería darle las gracias todavía.

Cuando vi esto, me puse furiosa al instante. Sin embargo, según avanzaron los acontecimientos, sentí un poco de pena por él.

Attes le dice a Sera que lo que está a punto de hacer es la única manera, luego la desarma y tira de ella contra él. Attes le dice que lo único que quieren es a ella. Si retira el hechizo, no se derramará más sangre y no se perderán más vidas. Si se niega a hacerlo, su hermano no dejará en pie a nadie aparte del Primigenio. Insiste en que depende de Sera, pero que debe elegir deprisa.

Sera le hace prometer que nadie más resultará herido. Attes lo jura. Cuando Sera se rinde, él le dice que ha tomado la decisión correcta.

De vuelta en Dalos, Attes interrumpe a Kolis y le recuerda que Keella ayudó a Eythos a capturar el alma de Sotoria para que renaciera. Reitera que Kolis no ha sido capaz de encontrarla, incluso después de perseguir a cada mortal con un aura. Después sugiere que quizá no haya podido encontrarla porque no había renacido una y otra vez a lo largo de los últimos siglos, e insinúa que tal vez Sera esté diciendo la verdad acerca de ser Sotoria reencarnada.

Cuando Callum le falta al respeto, Attes le dice al Retornado que sabe cómo matarlo y se lo demostrará si vuelve a hablarle así otra vez.

Kolis todavía parece dudar de si creer lo que dice Sera, así que Attes le recuerda lo listo que era Eythos y afirma que ese es justo el tipo de cosa que haría para joder a su gemelo.

Attes visita a Sera en su jaula, pero entra en su forma *nota,* como halcón plateado. Se explica y logra que ella lo entienda. También le dice que, en realidad, él no le fue nunca leal a Kolis. No después de que Kolis matase a sus hijos.

Attes le lleva a Sera noticias de lo que está pasando y hace lo que puede por ayudarla, pero deja claro que aunque ella es importante, el alma de Sotoria debe salvarse puesto que es la única que puede matar a Kolis.

Una vez que Ash escapa y llega hasta Sera, Attes aparece para ayudar. Ha estado trabajando por medio de un dios de su corte, Elias, durante un tiempo y continúa con eso prestándole a Setti para transportar a Kolis a algún sitio donde no lo encuentren con facilidad.

Attes va en busca de Keella y es testigo de cómo extraen el alma de Eythos de La Estrella, lo liberan, y luego transfieren el alma de Sotoria al diamante.

A Attes no le gusta lo que le está pasando a Sera, cosa que expresa en voz alta y le dice a ella cómo se siente al respecto.

Y aunque sigue sin ser la persona favorita de Nyktos, al menos sabe que el Primigenio entiende que él está de su lado.

Y también planea cumplir la promesa que le hizo a Sera de respaldar a Nyktos en todo lo que necesite cuando ella se haya marchado.

Hizo un juramento y aunque no estuviese, como Primigenio, obligado a cumplirlo, lo haría.

Menuda sorpresa se va a llevar cuando se entere de que Sera ha Ascendido y se ha convertido en la nueva Primigenia de la Vida.

O a lo mejor no.

KYN

Dios Primigenio de la Paz y la Venganza
Corte: Vathi

Aquí tienes algo de información sobre el gemelo malvado de Attes.

Pelo: castaño claro, casi rubio.

Ojos: plateados.

Constitución: alto y ancho.

Rasgos faciales: pómulos altos. Mandíbula cincelada.

Rasgos distintivos: hoyuelos. Brazalete plateado alrededor del bíceps.

Hábitos/Costumbres/Fortalezas/Debilidades: muy encariñado con los *drakens*. Pasa mucho tiempo en las montañas. Bebe mucho.

Personalidad: un imbécil.

Antecedentes: codirige Vathi con su hermano Attes. Los guardias de Kyn se estaban llevando a sus campamentos a jóvenes varios años antes de iniciar su Sacrificio, por lo que Attes los mató.

Otros: los dioses de la corte de Kyn son un puñado de imbéciles, igual que su Primigenio. Su corona es un casco de piedra negra rojiza.

Familia: hermano = Attes, Dios Primigenio de la Guerra y la Concordia.

EL VIAJE DE KYN HASTA LA FECHA:

Kyn llega a Dalos antes que los otros, ya bien bebido, y Attes se apresura a sentarlo en una silla antes de que se caiga de bruces.

El Primigenio de la Vida pregunta si Kyn tiene lo que Kolis le ha ordenado llevar, y Kyn sale al pasillo para regresar con un *draken* joven. Sera le pregunta a Kyn qué ha hecho Thad para merecer la muerte, y Kyn solo puede responder con la verdad: «Nada». Entonces Kolis le ordena a Sera que acabe con la vida del *draken* inocente y este muere. Kyn se tapa los ojos con las manos durante el acto, incapaz de observar, pero después mira a Sera con un odio abrasador. Más tarde, va en busca de algo de whisky antes de ocuparse de quemar el cuerpo del *draken*.

Kyn asiste a la coronación con Hanan, ambos muy borrachos. Kyn y el Primigenio de la Caza y la Justicia Divina son los únicos dos que no se acercan a la nueva pareja, lo cual es una gran falta de respeto.

Al final, Kyn va a las Tierras Umbrías en busca de Nyktos y Sera, y acaba matando a Aios y a Ector.

Cuando su hermano lleva a Sera ante Kolis, Kyn aparece en la corte de Dalos y se regodea en el cautiverio de Sera. Se resiste a la atracción que siente por ella, pero esto se alivia un poco cuando Kolis le ofrece a Sera como recompensa por su lealtad en el caso de que resulte que está mintiendo acerca de quién es.

Kyn lleva noticias de las fuerzas de las Tierras Umbrías y se ofrece a eliminarlas. Kolis no le da su permiso expreso, pero deja claro que está a su disposición si cambiase de opinión.

Cuando Kolis lo llama para castigar a Veses por haberle fallado, Kyn acepta encantado. Eso atrae a su lado sádico, y Kyn jamás rechazará una oportunidad de dejarlo salir a jugar. Solo desearía que Ione no le hubiese dicho a Kolis que Sera era Sotoria. De no haberlo hecho, tal vez hubiese tenido su oportunidad de jugar también con ella.

Aun así, no pierde la esperanza de que la verdad salga a la luz, porque no cree ni por un minuto que ella sea quien dice ser.

HANAN †

Dios Primigenio de la Caza y la Divina Justicia
Corte: Sirta

Pelo: oscuro.

Constitución: alto.

Rasgos faciales: pálido. Afilados y angulosos; guapo de un modo astuto y depredador.

Rasgos distintivos: brazalete plateado en el bíceps. Voz grave y ronca.

Personalidad: combativo. Obstinado.

Otros: parece estar en la treintena. Seguidor de Kolis. Lleva una corona de cuernos color rubí.

EL VIAJE DE HANAN HASTA LA FECHA:

Como Primigenio de la Caza y la Justicia Divina, Hanan gobierna la corte de Sirta con sus dioses, pero sigue las costumbres de Kolis. Tiene un pequeño ejército de Cimmerianos a su disposición, y no le tiembla la mano en emplearlo contra las Tierras Umbrías. En un momento dado, envía a más de cien.

Cuando Hanan conoce a Seraphena, la llama «un diamante que inevitablemente se romperá en mil pedazos». Nyktos se ofende y amenaza con romperle todos los huesos del cuerpo y enterrarlo tan hondo en el Abismo que tardará mil años en encontrar la salida si vuelve a mirarla o a hablarle una sola vez más. Sin miedo alguno, Hanan desafía a Nyktos y le dice que Bele ha Ascendido. Nyktos responde que nadie de su corte puede Ascender a un dios y le lanza una pulla sobre que Hanan está poniendo en duda a Kolis. Aun así, Hanan cuestiona la explicación de Nyktos porque no cree que Kolis Ascendiera a alguien en las Tierras Umbrías sin ninguna razón y luego se limitase a marcharse.

Más tarde, cuando todo el mundo está reunido, Hanan habla sin permiso y Kolis lo reprende y lo regaña. Luego le dice que salga de su vista y no vuelva hasta que lo llame.

En la coronación, Hanan se une a Kyn en cierto exceso de bebida y le vuelve a faltar el respeto a Nyktos al no acercarse a la pareja.

Días después, Hanan acude a respaldar a Kolis en Dalos cuando Nyktos irrumpe para tratar de salvar a su consorte. Por desgracia para él, Hanan no tiene éxito y Nyktos lo mata arrancándole primero el corazón y después la cabeza.

Su título se transfiere a Bele.

RHAHAR
SERAPHENA
RHAIN
IONE
PENELLAPHE
LAILAH

SAION
NYKTOS
AIOS
THEON
BELE

<u>ECTOR †</u>

Corte: originalmente de Vathi

Pelo: rizado. Rubio.

Ojos: oscuro tono ámbar.

Constitución: alto. Delgado.

Rasgos faciales: pómulos, ojos y mandíbula afilados.

Personalidad: leal. Le gusta hacer bromas.

Otros: varios cientos de años mayor que Nyktos.

Antecedentes: conocía a Eythos y a Mycella bastante bien. Sabía lo del trato del rey Roderick. A veces ayudaba a Lathan a vigilar a Sera… a partir del decimoséptimo cumpleaños de esta.

Familia: hermana.

<u>EL VIAJE DE ECTOR:</u>

He de admitir que cuando empecé a ver a Ector en mis visiones del pasado, me encariñé enseguida con él. Y cuanto más veía y más aprendía en mis investigaciones y al ver a otros, más adorable se volvía.

Las primeras imágenes reales que vi de Ector empezaron cuando le entrega a Sera una estrecha caja de madera de abedul que le ordenaron llevarle; la caja contiene su daga especial de piedra umbra con forma de medialuna.

Ector acompaña a Nyktos al mundo mortal a buscar a Sera y la atiende después del ataque de Tavius. La libera de sus ataduras y llama animal al hermanastro de Sera. Cuando Nyktos ordena que salga todo el mundo de la sala, Ector acompaña a los mortales.

Al regresar a las Tierras Umbrías, Ector monta guardia fuera de la habitación de Sera, aunque crea que tiene cosas mucho mejores que hacer. Sin embargo, permanece ahí para velar por la seguridad de Sera, puesto que ha oído que le gusta deambular hacia sitios peligrosos. También se encarga de llevarle las comidas.

Ector acompaña a Sera cuando esta va a ver a Nyktos celebrar audiencia con su corte, aunque él estaba en contra de dejarla ir. Rhain se burla de él diciendo que está preocupado por que *papá Nyktos* se enfade con él y lo mande a la cama sin cenar. Cuando llega Veses, le ordenan que lleve a Sera a algún lugar seguro y él le da la opción de sus aposentos o la biblioteca. Tras elegir, Ector la deposita y le recuerda que cumpla lo que habían acordado.

Más tarde, cuando llega Erlina, Ector lleva a Sera a sus aposentos y monta guardia a la puerta. Cuando la modista se marcha, Ector se ofrece a dar un paseo con Sera por el patio en lugar de mantenerla encerrada en la habitación. Le cuenta que los *draken* entienden cuando se les habla, incluso cuando no están en su forma de dios.

Ector simpatiza con la sorpresa y la consternación que Sera debió sentir al descubrir la verdad sobre los Elegidos. Hablan de Gemma, y Ector le dice a Sera que la mujer no lleva mucho tiempo en las Tierras Umbrías. Después revela de qué corte procede él y le confiesa la edad que tiene, y bromea con el buen aspecto que tiene para su edad.

Mientras hablan de los padres de Nyktos, Ector le dice a Sera que Eythos amaba a Mycella, más aún después de morir, y afirma que jamás se hubiese vuelto a casar.

Se produce un alboroto en la puerta del sur, y Ector le dice a Sera que no se mueva de ahí mientras él va a investigar. Encuentra a Gemma herida y la traslada al palacio; luego ordena a Rhahar que vaya a buscar a Nyktos. Le dice a Sera que vuelva a sus aposentos.

Ector intenta discutir que Gemma no está muerta, pero entonces ve que sí lo está. Cuando los *drakens* empiezan a actuar de manera extraña, Ector comenta que nunca había visto nada así y después observa estupefacto cómo Sera empieza a brillar. Y ve asombrado cómo Sera trae a Gemma de vuelta a la vida.

Más tarde, Ector entra en la sala de guerra con Bele y ayuda a relatar la historia de la traición de Kolis, cómo intercambió su destino con el de su hermano gemelo y luego destruyó todos los archivos y registros que contenían la verdad. Cuando analizan los sucesos recientes, Ector comenta que ahora sabían por qué habían vuelto las amapolas.

Después de que el secreto de Sera salga a la luz y durante el asedio de los *dakkais*, Ector pregunta qué debe hacer con Sera, pero acaba yendo a buscar una capa con capucha y se reúne con Nyktos al lado de las puertas que dan a la bahía. Ector no se cree que Sera se preocupe por la seguridad de Nyktos, cosa que le dice a ella cuando comenta que hay *monstruos* en el agua. Añade que Nyktos no la matará hasta que averigüe qué pasa con las brasas.

Cuando los *dakkais* brotan de la bahía, Ector comenta que creía que habían despejado el puerto, y Rhain le dice que estaban en proceso de hacerlo. Mientras observa a Bele luchar, suelta que cree que se ha enamorado. En pleno fragor de la batalla, un *dakkai* lo inmoviliza contra el parapeto de la muralla y Sera lanza una daga contra la criatura, con lo que le salva la vida a Ector. Este le da las gracias en respuesta.

Ector lleva a Sera de vuelta al palacio y pretende devolverla a sus aposentos. Cuando ve a Nyktos, le pregunta al Primigenio cuánta de la sangre que lleva encima es suya, y entonces nota que la mayor parte lo es. Eso le preocupa. Entonces se gira hacia Sera y le dice que no tiene que fingir preocuparse por Nyktos cuando está con ellos. Sera le echa la bronca y le repite que no le diga cómo sentirse.

Después del ataque de Hamid a Sera, Ector llega con Nyktos y Saion. Ector mata a Hamid con *eather* antes de pensar que era probable que Nyktos quisiese interrogarlo. Por desgracia, no queda nada más que cenizas. A pesar del error, Ector se sorprende un poco de lo molesto que está Nyktos por que matase a Hamid; comenta que probablemente debería pensar antes de actuar, y luego se dispone a limpiar el desaguisado.

Ector declara que nadie cabrearía a Nyktos cuando él podía seguir jodiéndolos después de muertos. Mientras hablan de lo que podría haber provocado el ataque, Ector le dice a todo el mundo que Gemma sigue en el palacio y estaba dormida cuando fue a verla media hora antes.

Comenta que a Nyktos no le gusta que lo toquen, aunque la forma en que lo toca Sera sí le gusta. Le preguntan si tiene ganas de morir. ¿Su respuesta?: «Empiezo a pensar que sí».

Me recuerda muchísimo a Emil...

Ector entra en el salón del trono justo cuando Nyktos se enfrenta a los dioses asesinos. Cuando ve que Bele está herida, se le ponen los ojos vidriosos. Cae de rodillas y discute cuando Nyktos dice que está dormida, eso es todo. Después, con asombro y miedo, observa a Sera y dice «Eso *no* es todo» y es testigo anonadado de cómo Sera Asciende a Bele.

Ector y Saion caminan de un lado para otro mientras esperan en la oficina de Nyktos con Sera. Ella les pregunta si le tienen miedo, y Ector responde que están más bien desconcertados, puesto que nadie debería ser capaz de hacer lo que ha hecho ella: traer a una diosa de vuelta a la vida y luego Ascenderla. Después añade que no cree que Bele sea una Primigenia, pero *sí* es más poderosa. A continuación, habla de que él ya vivía cuando los Primigenios Ascendían.

Le ordenan que vaya a buscar un bol de agua y un paño para que Sera pueda lavarse; después se marcha a esperar a Nektas. Más tarde, espera a la puerta del salón del trono con Nektas, Reaver, Rhahar, Ward y Penellaphe. Los *Arae* han respondido.

Cuando llega el siguiente gran ataque y Davina cae, Ector detiene a Sera antes de que reviva al *draken*. Después maldice cuando Sera comenta que ver a Nyktos romper en dos a un dios la ha puesto cachonda.

En conversaciones posteriores, Ector se pregunta cómo podía un dios estar buscando a Sera cuando nadie sabe qué aspecto tiene. Sin embargo, Rhain insinúa que Veses *sí* lo sabe y las cosas se vuelven más claras.

Después de que Sera se marche a enfrentarse a Kolis ella sola, Ector está con Orphine cuando Nyktos regresa con ella, y se sorprende mucho al oír después los detalles. Aunque tal vez no tan sorprendido como cuando descubre que Sera y Nyktos son amantes. Más tarde, cuando Nyktos les habla a todos de que la valentía de Sera no tiene igual, Ector desenvaina su espada y se inclina ante ella.

Ector lucha con los otros contra los Cimmerianos y luego se reúne con Rhain y con Sera en la oficina después de la batalla. Ector le dice a Rhain que Sera le salvó el culo ahí afuera.

Surgen tensiones entre Rhain y Sera, así que Ector trata de apaciguar la situación. Ector afirma que ella no es el enemigo. Cuando la conversación gira hacia las cosas que ha sacrificado Nyktos por Sera, Ector intenta cambiar de tema y luego se marcha deprisa cuando llega Nyktos con su *cara de miedo.*

Ector entra en la oficina de Nyktos justo después de marcharse Attes y revela que este le ha dicho lo de que Kolis obliga a Nyktos a obtener su permiso para la coronación. Cuando hablan de lo sucedido, Ector se da cuenta de que la presencia de Attes no tuvo ningún efecto sobre Sera y le dice que los dioses y las divinidades no son inmunes a la influencia de un Primigenio. Solo existen tres cosas que lo sean: los *Arae,* los *drakens* y otro Primigenio.

Se acerca el momento de dirigirse a Dalos, y Ector no entiende por qué todo el mundo está tan nervioso. Dice que así es como consiguen el permiso. Aunque *sí* está preocupado por algo: que *Sera,* más que Nyktos, no sea agradable con Kolis.

Después de la cena de Sera con Bele y con Aios, Ector la acompaña de vuelta a sus aposentos. Le informa que Orphine está con Nyktos y comenta que va a perder un ojo a causa de un *draken* un día de esos, dada la poca conciencia que tienen de dónde están en el espacio. A continuación, anuncia que hay Tinieblas al borde del Bosque Moribundo, demasiado cerca de Lethe, y que Nyktos y Orphine están lidiando con ellas. Añade que el problema con las Tinieblas es infrecuente, pero algo que se está convirtiendo en un problema cada vez mayor.

Cuando llega Veses, Ector le niega la entrada en los aposentos de Sera, pero esta lo lanza dentro de la habitación con su poder. Ector aterriza sobre una mesa que hace añicos.

Cuando se recupera, cabalga por fuera del carruaje de Sera con Saion de camino a la coronación, hasta el final, cuando entra en el carruaje con ella. Se fija en que Sera está pálida y nerviosa, y le dice que le recuerda a su hermana el día de su boda. Añade que no creyó a Bele cuando ella le dijo que Sera sufría ansiedad. Ector intenta calmarla, le asegura que no le va a ocurrir nada. Luego se sorprende, y se entusiasma, cuando Sera suelta de pronto que *quiere* ser la consorte de Nyktos.

Después de la coronación, Ector le dice a Sera que los gritos y los vítores son para ella. Después espera de pie a su lado mientras los asistentes los saludan a ella y a Nyktos.

Durante la siguiente gran batalla, Ector va a proteger a Aios del Primigenio Kyn y muere. Sera trata de salvarlo, pero Saion se lo impide cuando el poder de Sera empieza a atraer a los *dakkais*. Sera retrocede y los *dakkais* se abalanzan sobre él, atraídos por el *eather* liberado por Sera. No dejan nada de Ector más que una *masa informe*.

Deja que te diga que ver esa última batalla y el trágico final de Ector fue suficiente para que incluso yo, alguien que ha visto y experimentado muchas cosas, me echase a llorar.

BELE

Diosa de la Caza (en la línea temporal de *De sangre y cenizas*)
Corte: Sirta/las Tierras Umbrías

Pelo: negro azabache. Hasta los hombros. A menudo trenzado.

Ojos: se vuelven plateados después de la Ascensión.

Constitución: alta. Ágil.

Rasgos faciales: cutis de un marrón dorado suave. Mejillas y barbilla redondas.

Rasgos distintivos: se pinta las uñas de negro. No lleva brazalete alrededor del bíceps como otros.

Rasgos preternaturales: después de la Ascensión, es capaz de conjurar un arco y flechas hechos de *eather*, y sus saetas de *eather* mataban más que herían. Tiene poderes de prosperidad y fortuna en la línea temporal de *De sangre y cenizas*.

Personalidad: cotilla. Poco seria. Despreocupada. Un poco fanfarrona.

Hábitos/Costumbres/Fortalezas/Debilidades: no le gustan las multitudes. Suele llevar una espada corta a la cadera y un arco colgado del hombro. A menudo habla sin pensar. Buscadora de información. Tiene una habilidad especial para moverse sin que la vean. Con frecuencia está en otras cortes tratando de descubrir información que pueda ser útil. Ayuda a los Elegidos a escapar de Dalos. Le gusta Aios. Le encanta luchar. Siempre va armada.

Antecedentes: conoce a muchas consortes, pero ninguna que sea mortal. Nació después de que Eythos muriera. Durante su Sacrificio, rompía ventanas cada vez que se disgustaba.

EL VIAJE DE BELE HASTA LA FECHA:

Vale, lo voy a decir sin más: me encanta Bele. Es absolutamente deliciosa. Solo desearía que tuviese un papel más prominente en mis visiones, porque me gusta verla cada vez que aparece.

Cuando Sera llega a las Tierras Umbrías, Bele es la primera en inclinarse ante ella y le explica por qué es tan importante. También revela que algunas cortes están apostando a cuánto tiempo vivirá Sera. Después de enterarse de cómo mató Sera a Tavius, Bele está encantada, impresionada y un poco sorprendida por que una consorte mortal tenga un lado violento.

Le da consejos a Sera, como no tener miedo durante la coronación.

Cuando Sera trae a Gemma de vuelta a la vida, Ector acompaña a Bele a la sala de guerra, donde mira a Sera sin disimulo. Le cuenta que ningún Elegido Asciende ya porque Kolis perdió la capacidad para conceder o crear vida, así que él no puede Ascenderlos. Añade, eso sí, que Kolis no puede parar el Rito, pues eso provocaría demasiadas preguntas. Así que el equilibrio precario tiende cada vez más hacia la muerte.

Cuando hablan del plan de Sera, Bele dice que no se cree que Sera pensase que convertirse en la consorte de Nyktos fuese a salvar a su gente, sino que más bien había averiguado cómo liquidar el trato a favor del convocante.

Los *dakkais* atacan y Bele le recuerda a todo el mundo que es muy probable que todas las cortes hayan sentido una onda cuando Sera utilizó sus poderes, y que el ataque seguramente se deba a eso. Bele, Saion y Rhahar van a averiguar qué está pasando. Luego bajan por los riscos y se enfrentan a los *dakkais*, Bele de pie sobre su caballo para disparar sus flechas mientras los otros se mantienen en cuclillas. Le da un puñetazo a un *dakkai* y este explota, después persigue a otro que había conseguido subir la mitad de la ladera para entrar en la ciudad.

Bele no cree que Sera deba ir a ninguna parte después del ataque de Hamid, ni siquiera a ver a Gemma. Le cuenta a Sera que Nyktos está en Lethe solucionando un incidente y luego le pregunta a Gemma cómo supo que Kolis estaba buscando a Sera. Cuando se menciona la palabra *graeca*, Bele le explica a Sera que es del idioma antiguo de los Primigenios y significa «vida». Durante la conversación, Bele se da cuenta de que Hamid creía estar protegiendo las Tierras Umbrías al matar a Sera.

La diosa reconoce no saber nada acerca de los Retornados, pero *sí* que ha estado trabajando duro para averiguar qué les pasó a los Elegidos desaparecidos. Cuando la conversación gira hacia los Hados, Bele le dice a Sera que ellos no lo saben todo, aunque *sí* saben más que la mayoría. Añade que los Primigenios no pueden exigirles nada a los Hados. Ni siquiera pueden tocarlos; eso está prohibido para mantener el equilibrio. Bele afirma que a Nyktos no se le hubiese ni pasado por la imaginación acudir a los *Arae*; a Kolis tampoco se le hubiese ocurrido, y eso que él no respeta las reglas.

Cuando los dioses atacan, Bele salta por encima de la barandilla de las escaleras hacia Cressa y pelea con ella. Al final, la apuñalan en la espalda con una daga de piedra umbra y le dan una patada en la cabeza lo bastante fuerte para matar a un mortal.

La pelea amaina y Aios extrae la daga. Bele muere, pero no por mucho tiempo, porque Sera la trae de vuelta a la vida. Cuando despierta, dice que solo se siente cansada y luego relata que vio una luz intensa, que creyó que era Arcadia, antes de perder el conocimiento.

Cuando Bele vuelve a despertar, pasa algo de tiempo con Aios. Todo el mundo reconoce que no es una Primigenia, pero aun así, está claro que ahora es más fuerte. Y todos sintieron un estallido de energía cuando se curó y despertó; no tan fuerte como cuando un Primigenio entra en Arcadia y se eleva un Primigenio nuevo, pero aun así ha Ascendido y eso es algo muy gordo. Lo más significativo de todo ello es que ahora puede desafiar a Hanan por el puesto de Primigenio de la Caza y la Justicia Divina en Sirta. Y a él no le va a gustar lo más mínimo.

Cuando el *draken* ataca, Bele le da a Sera una lanza con la que luchar y comenta que Nyktos va a perder la cabeza cuando se dé cuenta de que Sera está ahí fuera luchando con ellos. Al ponerse en marcha, Bele se refiere a los que están luchando como «nuestra gente», en alusión a Sera.

Más tarde, Bele admite que no reconoció al dios que estaba hablando con Sera, el que mató Orphine, aunque supone que Hanan estaba detrás del ataque. Después declara que debe marcharse para que no se produzcan más muertes por su culpa, aunque se niega a esconderse para siempre. Nyktos le dice que se la necesita en las Tierras Umbrías y que también es el sitio más seguro para ella. Sera trata de consolarla diciendo que no es culpa de Bele. Es suya. Ella le da las gracias a Sera por salvarle la vida.

Bele se reúne con los otros en el salón del trono cuando Nyktos les dice que Sera fue sola en busca de Kolis y reitera su valentía. Después, cuando llegan los Cimmerianos, Bele lleva a los jovenzuelos con Aios y se niega a dejarlos.

Sera regresa de Lasania y Bele entrena con ella durante gran parte de la tarde.

Bele está con Rhain en la habitación de Nyktos cuando Sera despierta de su miniestasis. Replica con tono cortante a Rhain, pero va a buscar zumo y agua para Sera. Luego le cuenta que ha dormido durante tres días y comenta que es muy parecido a hibernar. Añade que podría haber estado así durante semanas. Bele continúa siendo Bele: comparte demasiadas cosas e irrita a Rhain. Le cuenta a Sera que Nyktos apenas se separó de su lado y estaba muy preocupado. También le dice que en esos momentos está en los Pilares, lidiando con algo. Cuando Sera menciona su desnudez, Bele le dice que no le molesta.

Apuesto a que no…

Bele se queda con Sera mientras cena y le dice que ni siquiera los dioses más viejos y fuertes hubiesen podido sacudir el palacio como lo hizo Sera cuando se enfadó por ver a Veses. Le pregunta qué la cabreó tanto. Sera le habla de su Sacrificio y de su enfado, y Bele llama a Sera «agresivamente resuelta». Entonces revela que todo se debió a la Diosa Primigenia.

Bele dice que estaba esperando a Aios e iba hacia la cocina cuando vio entrar a Veses en la oficina de Nyktos. Había esperado que las visitas de la Primigenia cesasen después de la llegada de Sera. Reconoce que no sabe lo que está pasando entre Sera y Nyktos, tampoco sabe qué pasa con Veses, pero ha visto cómo mira Sera al Primigenio de la Muerte y Bele nunca lo había visto actuar como lo hace con Sera. Insiste en que no son solo las brasas y le cuenta a Sera la bronca que les echó después de su discurso sobre la valentía en el salón del trono.

Bele supone que Sera vio a Veses y a Nyktos juntos, y revela que ha visto a Veses alimentarse de él en otras ocasiones. Sin sexo. No lo entiende, y sabe que debe haber una razón para que él lo permita, pero no sabe cuál es. Insiste en que no cree que Veses fuese decente *nunca*, y le cuenta a Sera que la Primigenia apoya a Kolis y que Nyktos no confía en ella; ni siquiera le gusta.

Bele y Aios cenan con Sera en su sala de estar, y las diosas coquetean con disimulo. Cuando Sera se va a su habitación, Bele irrumpe para enfrentarse a Veses.

Veses le dice a Bele que han puesto precio a su cabeza y que Kolis le arrancará el corazón y lo devorará. Bele responde con descaro que hay partes de ella mucho más apetitosas que su corazón. Cuando Veses hace daño a Sera y a Reaver, Bele le dice que Sera es la consorte de Nyktos, que Reaver está bajo la protección de Nektas y que las cosas no van a terminar bien para Veses.

Bele pelea con Veses, pero esta hace añicos su espada y la lanza hacia atrás. Bele conjura un arco y una flecha de *eather* y dispara a Veses. La energía roza y hiere su mejilla.

Una vez reducida Veses, Bele le dice a Nyktos que esta sabe lo de Sera. Él le ordena que lleve a Reaver a sus dependencias. Más tarde, mientras habla con Sera, Bele le dice que no le dé las gracias por ayudar, que llevaba una eternidad esperando a ponerle las manos encima a Veses.

Bele intenta mantener a Sera quieta durante las pruebas del vestido, pero lo hace fatal. Le cuenta a Sera lo grande que será la multitud para la coronación y comenta lo guapa que está Sera con el vestido. A pesar de tener que quedarse en la Casa de Haides durante la coronación, Bele tranquiliza a Sera con respecto a varias cosas que la preocupan y luego la advierte sobre descartar su título y la elogia por permanecer armada. Después, Rhain habla con Sera y Bele los despide.

Bele se reúne con Rhahar en Lethe para luchar contra los *dakkais* y no es consciente de lo que le sucede a Aios.

No puedo ni imaginar cómo se lo tomará. La romántica que hay en mí espera que eso por fin las fuerce a dejar de tontear y pasar a la acción.

AIOS

Diosa del Amor, la Fertilidad y la Belleza (en la línea temporal de *De sangre y cenizas*)

Corte: Kithreia

Pelo: rojo.

Ojos: amarillo cuarzo con espesas pestañas. Se vuelven plateados después de su Ascensión.

Rasgos faciales: labios regordetes. Pómulos altos. Rostro con forma de corazón.

Personalidad: alegre y animada. Aprensiva.

Hábitos/Costumbres/Fortalezas/Debilidades: le gusta abrazar. Lleva una cadena de plata alrededor del cuello.

Rasgos preternaturales: poderes de vida, amor y nacimiento.

Otros: puede crear muchas cosas preciosas solo con su contacto, como los árboles de Aios. Voz como oro hilado y un carillón. Duerme en las montañas Skotos durante el tiempo de *De sangre y cenizas*.

Antecedentes: era muy joven cuando Kolis asesinó a Mycella. Fue una de las favoritas de Kolis durante un tiempo; la retuvo en una jaula de huesos dorados hasta que destripó a un guardia y escapó.

Familia: prima = Mycella †. Primo segundo = Nyktos.

EL VIAJE DE AIOS:

Cuando Sera llega a las Tierras Umbrías, recurren a Aios para que la acompañe a sus aposentos y le consiga comida. Se sorprende cuando siente una corriente de energía al tocar la piel de Sera. Revela que la habitación de Sera lleva preparada desde hace tiempo y que le quitaban el polvo con regularidad solo por si acaso. Intenta tranquilizar a Sera diciéndole que la persona en quien más confía en cualquiera de los dos mundos es Nyktos, y que no podría sentirse más segura en ningún otro sitio. Se marcha a buscar lo que necesita Sera y regresa con comida y una bata de felpilla con cinturón.

Al llevarle más ropa a Sera, Aios le habla sobre las divinidades y el Sacrificio. Le pregunta si ya conocía el trato. Cuando la conversación gira hacia Aios, esta revela a qué corte servía antes y dice que llegó a las Tierras Umbrías porque era donde sabía que estaría a salvo.

Sera observa a Aios ayudar a Reaver a aprender a volar. Más tarde, Aios ayuda a Sera después del ataque de los *gyrms* y le lleva una bata y un poco de whisky. Informa a Sera de que Veses se ha marchado y luego se va cuando llega Nyktos.

Mientras Sera y ella pasan tiempo juntas, Aios le cuenta que Mycella solía decirle que Veses antes era amable. También revela detalles sobre la estasis y Arcadia. Cuando vuelven Rhahar y Bele, Aios abraza a ambos.

Después de que encuentren a Gemma, Aios llega justo cuando Ector la lleva al interior del palacio. Pregunta si la atacaron las Tinieblas y corre a buscar distintos artículos para curarla. Regresa justo cuando Sera empieza a brillar y observa asombrada cómo Sera trae a Gemma de vuelta a la vida. Se acerca a la joven y declara que está claro que vive.

Hablan del trato y de la Podredumbre, y Aios cree que Rhain podría haber dado en el clavo al decir que el trato y la Podredumbre están conectados. El mundo mortal es más vulnerable a las acciones de los Primigenios y debería haberse visto afectado mucho antes. Aios se pregunta si tal vez la brasa escondida en la estirpe Mierel podría haberlo protegido de alguna manera; sin embargo, una vez que nació Sera, la brasa se encontraba en un recipiente vulnerable con fecha de caducidad: la muerte de Sera. O tal vez la brasa se haya debilitado al estar en un cuerpo mortal y ya no sea capaz de frenar los efectos de lo que hizo Kolis.

Cuando Gemma despierta, Aios va a contárselo a Sera. Afirma que Gemma dice no saber lo que hizo Sera, pero Aios cree que la joven miente. Quiere que Sera vaya a verla. Aios le dice a Sera que está claro que ella no quería hacer lo que creía que debía hacer: conseguir que Nyktos se enamorase de ella y luego matarlo. Añade que no está de acuerdo con sus acciones y está decepcionada, pero que todo el mundo tiene experiencia en llevar a cabo actos terribles porque creía que no tenía otra opción. Afirma haber hecho cosas peores que Sera; todos ellos las han hecho.

Aios lleva a Sera a ver a Gemma y descubre lo que esta le dijo a Hamid y por qué. La joven dice que Sera es la persona que ha estado buscando Kolis.

Mientras hablan más sobre Kolis, Aios le explica a Sera que *graeca* significa «amor», y dice que teme que Kolis haya encontrado, de algún modo, una forma de crear vida.

Cuando los dioses asesinos atacan, Cressa lanza un fogonazo de *eather* contra Aios y la derriba. Cuando despierta, corre al lado de Bele, extrae la daga de la espalda de la diosa y llora mientras la mece entre sus brazos. Le ruega a Nyktos que permita a Sera intentar curarla. Aios tiembla cuando no parece funcionar, pero entonces lo hace. Se queda con Bele mientras la recién Ascendida diosa se recupera.

Aios continúa cuidando de Sera y hace todo lo posible por asegurarse de que todo el mundo esté a salvo. Cuando Sera empieza a asustarse, Aios le dice que no hizo nada malo al traer a Bele de vuelta y pregunta si conocer el resultado final cambiará sus acciones en el futuro. Supone que, en realidad, Sera no tiene elección. Es parte de su naturaleza y la mueve por instinto.

Más tarde, en el salón del trono, Aios está al lado de Paxton mientras Nyktos les dice que Sera intentó ir a por Kolis ella sola para proteger las Tierras Umbrías y que su valentía no tiene igual.

Cuando llegan los Cimmerianos, Nektas lleva a Reaver y a Jadis con Aios para que ella los cuide.

Aios pasa tiempo con Sera y los jovenzuelos. Hablan de cómo los *drakens* solo duermen en su forma mortal cuando se sienten seguros; también comentan el retraso en la coronación. Les emociona ver lo dulce que es Reaver cuando le lleva a Jadis una manta; luego hablan de Aurelia y de lo que significa que le guste alguien, como lo describió Reaver. Aios se sonroja cuando Reaver insinúa que a Bele le gusta *ella*.

Más adelante, Aios le pregunta a Nyktos si cree que Kolis será capaz de sentir las brasas en Sera. Antes de marcharse, ayuda a Sera a elegir un vestido adecuado para su reunión con Kolis y comenta que es igual que Bele a la hora de guardarse armas por todas partes. Aios le pregunta a Sera si va a ir a por Kolis mientras esté ahí; no entiende por qué cree que puede derrotar al Primigenio. Sera le cuenta entonces que es la *graeca* de Kolis. Que es Sotoria. Hablan un poco más y Aios le pregunta por qué matar a Kolis *y* ser la consorte de Nyktos no pueden ser su destino. Las *dos* cosas. Después, revela detalles acerca de su tiempo en Dalos, cuando era la *favorita* de Kolis y este la tenía encerrada en una jaula.

Sera le dice que siente lo que tuvo que sufrir y afirma que es muy fuerte. Al final, Aios le dice que está equivocada acerca de lo que puede hacer porque Kolis no tiene ninguna debilidad. Es incapaz de amar.

Aios y Bele cenan con Sera y Reaver en su sala de estar.

Antes de la coronación, Aios peina a Sera y la maquilla. Después, recibe a Sera de manos de Rhahar y la acompaña hasta Nyktos con el guardia Kars. Le dice a Sera que si tiene alguna pregunta. Esta quiere saber si Aios se ha enamorado alguna vez. Aios dice que no cree que sea igual para todo el mundo. Para ella, fue como sentirse en casa en un lugar desconocido. Como que la vieran, la escucharan y la comprendieran por primera vez de un modo que no había sentido antes. Le dice a Sera que sabes que estás enamorado cuando harías cualquier cosa por la otra persona. Después deja a Sera con Nyktos.

Durante el ataque de Kyn, el Primigenio mata a Aios. Acababa de salir al patio cuando él la derriba. A pesar de su pecho destrozado, Sera la devuelve a la vida. Despierta y está confusa, pero Kars la ayuda a entrar en el palacio.

Muchísimos años después, cuando los dioses duermen, Aios acude a Poppy en un sueño y evita que caiga por un acantilado en las montañas Skotos.

PENELLAPHE

Diosa de la Sabiduría, la Lealtad y el Deber (en la línea temporal de *De sangre y cenizas*)

Corte: desconocida

Pelo: color miel.

Ojos: azules intensos, como zafiros, que se vuelven plateados en la época de *De sangre y cenizas.*

Rasgos faciales: cutis marrón claro.

Rasgos preternaturales: poderes de inteligencia y voluntad.

Otros: tiene una relación con Holland, un *Arae*. Duerme bajo el Gran Ateneo en Carsodonia durante la época de *De sangre y cenizas.*

Antecedentes: era joven cuando tuvo su primera visión. Es la fuente de la profecía de Poppy y su tocaya.

Familia: su madre era una Diosa de la Adivinación.

EL VIAJE DE PENELLAPHE HASTA LA FECHA:

Penellaphe va a las Tierras Umbrías con Holland para hablar de Sera. Cuando llega, hace una reverencia ante Nyktos y le dice que ha ido ahí por Sera y que ha traído a un *Arae*.

Mientras el grupo charla, Holland le dice a Sera que es atemporal debido a todo el licor que bebe, lo cual hace reír a Penellaphe. Cuando hablan de lo que ella vio y lo que ha sucedido, Penellaphe le dice a Nyktos que, técnicamente, Holland no intervino al ser *sir Holland* para Sera, y que sus años ahí fueron muy largos.

Ese comentario me tocó muy hondo. Es verdad que estar separado de tus seres queridos puede parecer algo realmente interminable.

Hablan un poco más y Penellaphe la dice a Sera que los *Arae* no pueden hacer nada para afectar a su destino. Al menos, ya no. Pero precisa que Sera tiene la esencia del poder de Eythos y que este podría reconocer su fuente en Ash, lo cual los convertiría en corazones gemelos.

Penellaphe relata que tuvo una visión profética antes de que Eythos hiciese el trato con el rey Roderick. No le había pasado nunca, por lo que no estaba segura de lo que estaba viendo u oyendo. Y aunque no entendió las palabras, supo que tenían un propósito y eran importantes. Se lo contó a Embris y este la llevó a Dalos. Kolis la interrogó a conciencia, como si pudiese forzar su comprensión o aclaración. Al final, se dio por vencido. Después, Penellaphe fue a Lotho, convencida de que si alguien podía encontrarle un sentido a lo que había visto, esos eran los Hados.

La profecía:

De la desesperación de coronas doradas y nacido de carne mortal, un gran poder primigenio surge como heredero de las tierras y los mares, de los cielos y todos los mundos. Una sombra en la brasa, una luz en la llama, para convertirse en un fuego en la carne. Pues la nacida de la sangre y las cenizas, la portadora de dos coronas, y la dadora de vida a mortales, dioses y drakens. Una bestia plateada con sangre rezumando de sus fauces de fuego, bañada en las llamas de la luna más brillante en haber nacido nunca, se convertirá en una.

Cuando las estrellas caigan de la noche, las grandes montañas se desmoronen hacia los mares y viejos huesos levanten sus espadas al lado de los dioses, el falso quedará desprovisto de gloria mientras (NO HASTA) los grandes poderes se tambalearán y caerán, algunos de golpe, y caerán a través de los fuegos hacia un vacío de nada. Los que queden en pie temblarán mientras se arrodillan, se debilitarán a medida que se hacen pequeños, a medida que son olvidados. Pues, por fin, surgirá el Primigenio, el dador de sangre y el portador de hueso, el Primigenio de Sangre y Ceniza.

Dos nacidas de las mismas fechorías, nacidas del mismo gran poder primigenio en el mundo mortal. Una primera hija, con la sangre llena de fuego, destinada al rey una vez prometido. Y la segunda hija, con la sangre llena de cenizas y hielo, la otra mitad del futuro rey. Juntas, reharán los mundos mientras marcan el comienzo del fin. Y así comenzará, con la última sangre Elegida derramada, el gran conspirador nacido de la carne y el fuego de los Primigenios se despertará como el Heraldo y el Portador de Muerte y Destrucción a las tierras bendecidas por los dioses. Cuidado, porque el final vendrá del oeste para destruir el este y arrasar todo lo que haya entre medias.

Mientras habla con Sera, Penellaphe le ofrece algo de información sobre sus caminos, diciendo que la sabiduría es poder, y luego revela que Sera siempre muere antes de los veintiún años. Afirma que hay muchas *maneras* en que puede morir, varias de ellas a manos de Ash. Luego les dice que la única manera de que Sera sobreviva es con la sangre del Primigenio al que pertenecían las brasas que lleva (Ash) y comenta que es injusto para los dos, pero que el amor, la vida y el destino rara vez son justos.

Cuando la conversación gira hacia Eythos, Penellaphe les dice que él quería mantener a Ash a salvo, pero también salvar los mundos y cobrarse su venganza. Así que guardó la brasa con la esperanza de que aumentase en potencia hasta que un nuevo Primigenio estuviese listo para nacer, y la escondió en el único ser que podría debilitar a su hermano.

Cuando Nyktos y Holland dicen que Sera es la Diosa Primigenia de la Vida, Penellaphe lo confirma y le dice a Sera que no puede permitirse negarlo. Les dice que aparte de Eythos, solo Embris y Kolis conocían la profecía. Después comenta que las profecías son confusas, incluso para los que las reciben, y menciona a los Dioses de la Adivinación y los oráculos, antes de explicarle a Sera quiénes y qué eran y son.

Penellaphe les cuenta que su madre era una Diosa de la Adivinación, y que es probable que esa sea la razón de que pudiese compartir esa visión. Sin embargo, no tiene ninguno de los otros dones de su madre, como la capacidad para ver lo que está oculto o se desconoce, y afirma no haber vuelto a recibir más visiones. Supone que, con la muerte de los oráculos y de la mayoría de los Dioses de la Adivinación, las otras visiones se habrán perdido en el tiempo o solo las conozcan los Antiguos, puesto que las profecías son los sueños de estos.

El grupo analiza lo que puede ocurrir a continuación, y Penellaphe le dice a Sera que todos habrán sentido la Ascensión de Bele. También afirma que si se pareciese a Sotoria y Kolis la hubiese visto, la habría llevado consigo en ese mismo instante. Mientras piensan cómo mantenerla a salvo, Penellaphe comenta que convertirse en la consorte de Nyktos le ofrecerá algo de protección, pero que hasta entonces, cualquier dios puede intentar algo contra ella, y que Nyktos no tendría ningún apoyo de los otros si tomase represalias. Incluso la coronación es un riesgo, porque a algunos dioses y Primigenios les gusta forzar los límites, aunque por otra parte, Kolis no suele asistir a ese tipo de eventos.

Añade que si la coronación tuviese lugar en las Tierras Umbrías, es posible que Kolis no pueda asistir de todos modos.

Penellaphe comenta que el hecho de que Kolis enviase a los *drakens* fue una advertencia. Quería que Nyktos supiera que *él* sabe que hay algo en las Tierras Umbrías capaz de crear vida. Ella cree que Kolis no ha respondido a la Ascensión de Bele porque lo pilló desprevenido. Luego pregunta si Kolis ya ha llamado a Nyktos.

Hablan de la búsqueda de Kolis para crear *vida*, pero Penellaphe dice que esa no es su mayor preocupación en ese momento. De lo que deberían preocuparse es de si hará algo para apoderarse de las brasas de vida, y de que si averigua que Sera tiene el alma de Sotoria, no se detendrá ante nada para tenerla. Reducirá las Tierras Umbrías a cenizas si hace falta. Ella sabe muy bien lo cruel que puede ser Kolis.

Cuando sale a la luz que Nyktos hizo que le extirpasen el *kardia*, Penellaphe se sorprende mucho. La explica a Sera que esa es la parte del alma que permite a una persona amar a otra de manera irrevocable y desinteresada. Después comenta que hacérselo extirpar debió de ser terriblemente doloroso y que es verdad que él es incapaz de amar.

Penellaphe se ofrece a ayudar a evitar que se lleven a Sera de las Tierras Umbrías en contra de su voluntad. Como diosa de la sabiduría, sabe cosas que los demás no saben, como hechizos que pueden servir para eso. Cuando llama a Vikter para ayudar con el hechizo, revela que él fue el primer *viktor* y es el único que recuerda sus vidas pasadas. Cuando Vikter le resta importancia a un elogio, Penellaphe le dice a Sera que es demasiado humilde y explica que salvó la vida de alguien muy importante y pagó un precio muy alto por hacerlo. Los Hados decidieron recompensarlo y después se dieron cuenta de que podían proporcionar ayuda sin alterar el equilibrio. Tras desear poder hacer algo más por ellos, Penellaphe se excusa y se lleva a Nyktos para hablar con él en privado.

La siguiente vez que la vemos es en la coronación, vestida de blanco y hablando con Keella.

RHAHAR

El Dios Eterno (en la línea temporal de *De sangre y cenizas*)

Corte: originariamente, de las islas Triton

Pelo: oscuro. Muy corto.

Ojos: plateados en la época de *De sangre y cenizas*.

Rasgos faciales: lustrosa piel marrón.

Constitución: hombros y pecho anchos.

Personalidad: impetuoso.

Hábitos/Costumbres/Fortalezas/Debilidades: incómodo con los abrazos. A menudo habla antes de pensar.

Descripción preternatural: en la época de *De sangre y cenizas*, se dice que supervisa la vida después de la muerte de deidades y atlantianos, y que tiene poderes de muerte.

Antecedentes: abandonó las islas Triton después de que Phanos destruyese Phythe. Nyktos lo encontró en Dalos, aguardando sentencia por deserción poco después de la muerte de Eythos. Nyktos tomó su alma y la de su primo para salvarlos del castigo.

Otros: duerme en la bahía de Stygian.

Familia: primo = Saion.

EL VIAJE DE RHAHAR HASTA LA FECHA:

Rhahar no es un personaje prominente en mis visiones; ni en mis investigaciones, dicho sea de paso. Ni siquiera sé qué representa en la actualidad, aunque está claro por las imágenes que se convirtió en una figura importante, pues aparece con otros como Saion, Aios y más. Su templo está situado al pie de las Colinas Eternas, y a menudo se le representa en el arte y la literatura con Ione.

En cuanto a su historia…

Rhahar llega a la Casa de Haides con Bele después de que Nyktos lleve a Sera a las Tierras Umbrías. Está impresionado de ver que es una luchadora y admite que Saion le ha contado lo que Sera hizo con el látigo y Tavius.

Cuando encuentran a Gemma herida, él la lleva al palacio y envía a Orphine a buscar a Kye, el curandero. Surgen preguntas y Rhahar confirma que fueron unas Tinieblas las que atacaron a Gemma. Va en busca de Nyktos para contarle lo ocurrido, con lo que se pierde el milagro de cuando Sera le devuelve la vida a Gemma.

Más tarde, en la sala de guerra, Rhahar mira con descaro a Sera, sin ocultar su curiosidad ni su recelo. Mientras hablan, se pregunta en voz alta si los mortales le tendrían tanto miedo a la muerte si la considerasen un nuevo comienzo, no un final. Cuando hablan de Kolis, Eythos y las brasas, Rhahar declara que tuvo que haber más en las acciones de Eythos que solo darle una oportunidad a la vida.

Comienza la batalla con los *dakkais* y envian a Rhahar a buscar a Odín para Nyktos, antes de reunirse con él, con Saion y con Rhain y lanzarse a caballo al corazón de la lucha. Se enfrenta a los *dakkais* que avanzan hacia las casas, acuclillado sobre su caballo mientras dispara flechas.

Cuando los *Arae* contestan a la llamada, Rhahar espera fuera del salón del trono con Nektas, Reaver, Ector, Ward y Penellaphe.

Rhahar interrumpe a Sera y a Nyktos en la oficina del Primigenio para informarlos de que hay problemas en los Pilares. Después acompaña a Nyktos a lidiar con ello.

Rhahar está presente cuando Nyktos les dice a todos que Sera había intentado ir a por Kolis ella sola y que su valentía no tiene igual entre ellos. Como todos los demás, desenvaina su espada y hace una reverencia, al tiempo que dice que se esforzará por ser merecedor de semejante honor.

A medida que se acerca el momento de la reunión de la pareja con Kolis, Rhahar encuentra divertida la idea de que Sera vaya a mostrarse agradable con Kolis y la advierte de que no puede amenazarlo como hizo con Attes.

Antes de la coronación, Rhahar comenta que el vestido de Sera parece luz estelar. Después de la ceremonia, se queda al lado de Nyktos mientras la pareja recibe a los asistentes.

Cuando los *dakkais* se cuelan en Lethe, Rhahar lucha contra ellos con Bele. En su intento de regresar a la Casa de Haides, se reúne con los otros en el patio justo después del estallido de Sera y maldice al ver que no hay un camino seguro para volver al palacio.

Sangrando por una herida en la cara, Saion y él van a ayudar a Nyktos cuando los *dakkais* lo rodean.

Esto es más o menos todo lo que sé con respecto a Rhahar. De hecho estoy un poco ansiosa por averiguar más. Me gustaría saber qué puesto de Primigenio asume... si es que lo hace. Dado que la mayoría de los dioses de la actualidad han adoptado los títulos de los Primigenios del pasado, sería lógico. Pero nunca se sabe.

RHAIN

Dios del Hombre Común y los Finales (en la línea temporal de *De sangre y cenizas*)

Corte: las islas Callasta/las Tierras Umbrías

Pelo: rojo con reflejos dorados.

Ojos: de un marrón dorado oscuro, se vuelven plateados en la época de *De sangre y cenizas*.

Rasgos faciales: cutis de tono trigueño.

Personalidad: empecinadamente obstinado en ocasiones. Le encanta meterse con la gente. Ríe con facilidad. Sarcástico.

Hábitos/Costumbres/Fortalezas/Debilidades: no puede utilizar la coacción. Puede utilizar la proyección.

Rasgos preternaturales: poderes de muerte en la época de *De sangre y cenizas*.

Otros: se dice que duerme en un lugar profundo por debajo de la bahía de Stygian. Queer. Tiene una casa en Lethe.

Antecedentes: uno de los guardias de Nyktos. Nació después de morir Eythos.

Familia: padre = Daniil †. Hermano = Mahiil †.

EL VIAJE DE RHAIN HASTA LA FECHA:

Cuando Nyktos regresa a Iliseeum con Sera, Rhain los recibe cerca de los establos y sabe quién es ella. Pregunta por el incidente que ha llevado a Sera a estar ahí. Cuando le preguntan a *él* por qué sigue ahí, dice que había decidido irritar a Ash en ausencia de Saion, pero que había ido a hablar con Nyktos sobre algo importante. Encuentra muy divertidas las discusiones entre Sera y Ash.

Mientras Ash celebra audiencia, Rhain observa con Sera y le toma el pelo a Ector por tener miedo de que *papá Nyktos* lo mande a la cama sin cenar. Cuando llega la noticia de que ha desaparecido Gemma, Rhain se marcha a investigar con Saion.

Justo cuando Gemma muere, llega Rhain de la corte, así que llega a tiempo de ver a Sera traerla de vuelta a la vida.

Cuando relatan la historia de lo que Kolis le hizo a Eythos, Rhain está en la sala de guerra para oírla. Saber que Sera le recuerda a Ash a las temperamentales amapolas hace reír a Rhain. Cuando la conversación gira hacia el tema de la Podredumbre, Rhain comenta que es probable que solo fuese coincidencia que apareciese al nacer Sera, aunque la brasa *podría* haber desencadenado algo. Sin embargo, no tiene ni idea de por qué haría algo así.

Después de que el secreto de Sera sale a la luz, Rhain se vuelve muy protector. En un momento dado, le dice a Sera que no muera porque Nyktos quiere tener el honor de matarla.

Cuando los *dakkais* atacan, Rhain es el primero en verlos emerger del agua negra como el carbón. Le comenta a Sera que los ha enviado Kolis y que han ido ahí a por ella. Cuando Bele ejecuta una de sus maravillosas hazañas durante la batalla, Rhain musita que le gusta lucirse. Después se gira hacia Theon mientras pelea y comenta que cree que se ha enamorado. A medida que se va quedando sin flechas y que los *dakkais* son una marea interminable, se da cuenta de que hay demasiados.

Los *drakens* se involucran y Rhain agarra a Sera para protegerla mientras los *drakens* escupen fuego contra los *dakkais* desde lo alto. Después explica que los *drakens* no están vinculados a todos los Primigenios y pueden atacar otras cortes, en especial porque no todos los Primigenios cumplen las reglas.

Después de la pelea, lleva a Sera de vuelta al palacio con la intención de meterla en una celda. Se siente aliviado cuando Ash al menos le quita la daga. Cuando Rhain le pregunta a Nyktos por qué sus heridas no se están curando, Ash le pregunta a él si quiere morir. Después Rhain le comenta a Sera que no consiguen convencer a Ash de que se alimente y que solo espera que el Primigenio aguante el tirón.

Hamid ataca a Sera, Ector lo mata y Rhain llega justo después. Pasmado, pregunta qué ha pasado y comenta que le sorprende que no hubiese un guardia a la puerta de Sera. Añade que es imposible que nadie haya traicionado a Nyktos y sugiere que Hamid debió enterarse de lo que planea Sera. Ella lo corrige y le dice que es «planeaba», en el pasado; ya no es el caso. Rhain encarga a Aios quedarse con Gemma mientras él va a registrar la casa y la panadería de Hamid.

Justo cuando Nyktos se está enfrentando a los dioses asesinos en el salón del trono, entra Rhain. Bele resulta herida en la refriega y Rhain se lo comunica a Nyktos, solo para descubrir después que ella ha muerto. Cuando Sera la trae de vuelta a la vida, Rhain solo puede observar la escena asombrado.

Rhain cavila sobre cuántos Primigenios serían en realidad lo bastante atrevidos como para lanzar ese ataque. Cuando hablan de Veses, él sugiere que la Primigenia sabe el aspecto que tiene Sera, y Nyktos lo confirma. Después le dice a Sera que lo de Hamid fue diferente; el hombre trataba de proteger las Tierras Umbrías. Lailah está de acuerdo con él. Pese a lo que ha hecho Sera, Rhain todavía siente cierta animadversión hacia ella y la fulmina con la mirada cuando toca a Nyktos.

Después de que Sera intente ir en busca de Kolis por su cuenta, Rhain está en el salón del trono y ve cómo Nyktos le dice a todo el mundo que la valentía de Sera no tiene igual entre ellos.

Cuando los Cimmerianos atacan, Sera salva la vida de Rhain. Más tarde, él le da las gracias a regañadientes, pero está claro que no le importa que ella ya no tenga planeado matar a Nyktos. No es la verdadera Diosa Primigenia de la Vida, es solo un recipiente. Después comenta lo que ha tenido que soportar y sacrificar Nyktos por ella, pero no da más detalles. Ector acaba por suavizar las cosas entre ellos antes de que Rhain se ofrezca a ir en busca de las cosas que ha pedido Nyktos y desaparece de su vista. Antes de eso, le ofrece a Ector desaparecer juntos.

A Rhain le sorprende que Sera desarme a Saion y pida entrenar con Nyktos. Aun así, se instala a observar con una diversión reticente.

Cuando Sera pierde los papeles debajo de la Casa de Haides, Rhain le dice a Nyktos que la detenga antes de que derribe el palacio y se mate. Rhain lo urge a utilizar la coacción con ella.

Más tarde, cuando Sera despierta, Rhain está en la habitación con Bele y le pide a esta que vaya a buscar agua y zumo. Ella le da una contestación cortante, pero va a por las bebidas de todos modos. Rhain ayuda a Sera a sentarse y es obvio que está preocupado. Cuando la toca, siente una corriente eléctrica y lo sorprende su fuerza, hasta el punto de bufar entre dientes y apartarse de golpe.

Sera insinúa que él ha podido verla desnuda, pero Rhain contesta que no está ni remotamente interesado en eso. Si hubiese sido Saion o Ector, en cambio…

He de admitir que he visto imágenes de esos dos y yo también me apunto a verlos.

Entonces, Rhain le dice a Sera que nunca había visto a nadie hacer lo que ha hecho ella, ni siquiera a un Primigenio durante el Sacrificio. Le dice que es poderosa y le pregunta qué pasó.

Sera le pregunta por qué está siendo amable con ella, cuando los dos saben que Rhain no le tiene ningún aprecio. Él no contesta del todo a eso; se limita a decirle que se asegure de que no vuelva a suceder nada parecido o tal vez no despierte nunca. Cuando Bele regresa y empieza a ponerse demasiado cómoda, Rhain se enfada y quita los pies de la diosa de donde los tiene apoyados encima de él. Después le cuenta a Sera que Nyktos ha estado preocupado, hasta el punto de que Rhain pensó que podría matar a Ector... al menos cinco veces. Al cabo de un rato, le lleva a Sera agua para la bañera y encarga que le envíen algo de comer.

Cuando Sera va a ver a Nyktos a su oficina, Rhain está ahí. El dios se preocupa por lo educada que está siendo Sera, dado que eso va muy en contra de su naturaleza. De hecho, cree que se encuentra mal y lo dice, antes de marcharse al Adarve.

Poco después, cuando Kolis los llama a Dalos, Rhain le dice a Sera que debe hacer todo lo que Kolis le pida, sin importar lo desagradable o vil que sea, y añade que solo hay unas pocas cosas a las que Nyktos puede negarse en su nombre. También comparte que retrasarse a la hora de responder a la llamada de Kolis hará que este se enfade muchísimo, y eso les *costaría* caro a todos.

Rhain va a ver cómo está Sera y encuentra a Veses en sus aposentos. Se disculpa y se ofrece a informar a Nyktos de su llegada, al tiempo que intenta llevarse a la Primigenia. Ella le dice que no está ahí para ver a Nyktos, lo cual asusta un poco a Rhain. Después de atacar a Ector, Veses hace resbalar a Rhain fuera de la habitación con su poder, junto con el cuerpo inconsciente de Ector. Rhain corre a buscar a Nyktos para informarle del ataque de Veses a Sera.

Antes de la coronación, Bele va a buscar a Rhain a petición de Sera, para que él pueda acompañarla a la ceremonia. Rhain confirma que, como consorte, ella tendrá autoridad sobre los guardias de Nyktos y él tendrá que responder con sinceridad a todo lo que ella pregunte. Por lo tanto, cuando Sera muestra su deseo de saber lo que Rhain quiso decir cuando mencionó que Nyktos había hecho sacrificios por ella, él intenta retractarse primero, solo para acabar hablándole de Veses y de su trato con Nyktos. Rhain expresa su preocupación por que el Primigenio de la Muerte vaya a asesinarlo por contarle eso, y no está convencido de que no se vaya a enterar.

Después dice que Eythos mantuvo en secreto su trato con el rey Roderick durante mucho tiempo, igual que Nyktos. Aun así, se descubrió hace unos años, pero no sabe cómo. De alguna manera, Veses descubrió lo de Sera, pero nada más, y amenazó con contárselo a Kolis. Rhain le explica a Sera el precio que Nyktos pagó por el silencio de Veses. Añade que cree que Veses podría haber intentado eliminar a Sera para evitar represalias contra Nyktos, aunque es más probable que se debiera a que el trato estaba a punto de terminar. También admite que solo Ector y él conocen el trato con Veses, y solo porque una vez encontraron a Nyktos en mal estado después de que ella se alimentase.

Cuando Rhain siente que la furia de Sera aumenta, intenta calmarla con las manos sobre su cara y tratando de que se centre en él. Es consciente de que él no puede detenerla como hizo Nyktos antes sin hacerle daño, y se sorprende cuando Sera afirma que va a matar a Veses.

Le impide ir en busca de la Primigenia y le dice que Veses recibirá su merecido. En cuanto las brasas estén dentro de Nyktos y él Ascienda, se acabó todo para ella. Después, Rhain sorprende a Sera al llamarla *alteza* y precisando que será y ha sido su reina.

Cuando Rhain le pregunta a Sera si ama a Nyktos y ella no es capaz de responder, él se da cuenta de lo que significa y confiesa que se había equivocado con ella.

De camino a la coronación, Rhain echa a andar detrás de Rhahar y Sera con Ector, seguidos de Saion y de los gemelos. Cuando entran Nyktos y Sera, Rhain se dirige a los asistentes y les indica cómo hacer la reverencia. Durante la ceremonia, Rhain le entrega a Nyktos la corona de Sera. Después, aparece a la puerta del carruaje de la pareja con la caja de piedra umbra para las coronas. Cuando llegan a la Casa de Haides, se las lleva para guardarlas.

Cuando Kyn ataca con sus *dakkais* y su *draken*, Rhain lidera a los guardias del Adarve. Ve a Ector derribado y aparta a un *dakkai* de una patada, solo para ver lo poco que queda de su amigo. No puede reprimirse y vomita. En un momento dado, agarra a Sera y le pregunta si está bien después de su estallido de poder; luego maldice al ver a Nyktos alejar a los *dakkais* atrayéndolos con neblina primigenia. Sera se suelta de su agarre.

Después de que se lleven a Sera a Dalos, Kyn captura a Rhain y lo lleva ante Kolis. El Primigenio lo provoca con pullas sobre su padre y su hermano, y sugiere que él puede tener los mismos dones. Rhain suponía que eso podía pasar, pero aun así consigue hablarle a Sera en su mente y decirle que derribe el palacio como había hecho en las profundidades de la Casa de Haides.

Sera hace un trato con Kolis para que este le perdone la vida a Rhain y lo devuelven a las Tierras Umbrías. No está seguro de que vaya a poder compensárselo nunca. Cuando Sera por fin está libre, Rhain se asegura de que todo el mundo entienda que ella es la razón de que muchos de ellos sigan vivos y libres.

Cuando llega el momento de que Nyktos se lleve a Sera a su lago para extraer las brasas, se arrodilla y extiende su espada. Se hace sangre antes de destruir el arma y jurarle lealtad a Sera para siempre jamás.

SAION

Dios del Cielo y la Tierra; de la Tierra, el Viento y el Agua (en la línea temporal de *De sangre y cenizas*)

Corte: las islas Triton/las Tierras Umbrías

Pelo: ninguno. Calvo.

Ojos: negros que se vuelven plateados en la época de *De sangre y cenizas*.

Constitución: alto.

Rasgos faciales: piel negra muy oscura.

Personalidad: sarcástico.

Hábitos/Costumbres/Fortalezas/Debilidades: no cree que nadie sea genuinamente benévolo durante su vida; también piensa que una vida larga contribuye a que la benevolencia se pierda.

Rasgos preternaturales: poderes de control elemental.

Otros: un dios veterano. Templo en la Cala de Saion, al pie de los acantilados de Ione. Mayor que Nyktos.

Antecedentes: nacido en las islas Triton. Ayudó a crear el estanque debajo de la Casa de Haides. Abandonó las islas Triton cinco décadas después de su Sacrificio, es decir, unos doscientos cincuenta años antes de que Sera llegue a las Tierras Umbrías. Estaba en Dalos a la espera de su sentencia por deserción de la corte de Phanos, después del asesinato de Eythos, cuando Nyktos lo vio en una celda y tomó su alma para que ningún otro Primigenio pudiese reclamarlo.

Familia: primo = Rhahar.

EL VIAJE DE SAION HASTA LA FECHA:

Saion acompaña a Nyktos, que se hacía pasar por *Ash*, al mundo mortal para recoger a Sera cuando el Primigenio percibe su angustia. Al ver lo que está pasando, comenta que llamar a Tavius animal es un insulto a los animales. No ve sangre alguna, a pesar de la imagen brutal de lo que estaba haciendo Tavius, y entonces se ríe cuando Sera comenta que Tavius es demasiado débil para romperle la piel.

Saion libera a Sera de sus ataduras con solo poner la mano sobre ellas, luego se instala a recibir su dosis diaria de diversión. Cuando Nyktos pasa a la acción y Ector comenta que el Primigenio de la Muerte parece enfadado, Saion contesta que ha estado de un humor cambiante en los últimos tiempos y que deberían dejar que se divierta.

Después de que Sera mate a Tavius con el látigo, a Saion le cuesta creer lo que ve. Mientras acompaña a los mortales fuera del Gran Salón, comenta que le apetece tomarse un whisky. Luego va en busca de una capa para Sera.

En las Tierras Umbrías, Saion va a por Sera para llevarla a desayunar con Nyktos. Menciona que le dijo a Nyktos que el Primigenio debería vigilar a su consorte él mismo y luego revela que Nyktos lo amenazó y le dijo que podría servirle de comida a Nektas.

Más tarde, Saion espera a Nyktos cuando salen del comedor. Le entregan a Jadis y le indican que la meza, pero también lo advierten de que en los últimos tiempos ha aprendido a toser chispas y llamas. Sin saber muy bien qué hacer con ella, trata de mantenerla tranquila lo mejor que puede.

Mientras Nyktos celebra audiencia, Saion espera con Sera y le pregunta si siempre se mueve tanto. También le dice que no hay una sola parte de Nyktos que no sepa exactamente dónde está en todo momento. Cuando se enteran de que Gemma ha desaparecido, Saion se reúne con Rhahar y se marchan después de recibir una señal por parte de Nyktos.

Cuando Sera intenta escapar, Saion la acompaña de vuelta y luego le dice que vaya con Rhahar a revisar las tumbas. Mientras regresa hacia el palacio, Saion se da cuenta de que Sera está herida, la olisquea y gruñe.

Saion reaparece justo después de que Gemma muera, y levanta la cabeza de golpe cuando oye a Ector comentar que Sera está brillando. Después maldice y pregunta a todo el mundo en general si pueden sentir lo que siente él. Al final, observa cómo Sera trae a Gemma de vuelta a la vida.

Más tarde, Saion mira con descaro a Sera en la sala de guerra y le dice que el poder de dar vida es al mismo tiempo una bendición y una maldición. Reconoce que es un punto fuerte y no una debilidad, porque la mayoría de las personas no se darían cuenta de lo rápido que ese poder podría volverse en su contra. Después añade que traer de vuelta a los muertos no solo suena impresionante, *es* impresionante. Mientras hablan del pasado, Saion está de acuerdo con Rhahar en que debía haber más en las acciones de Eythos al poner las brasas en una estirpe mortal que solo querer darle una oportunidad a la vida.

Saion, Bele y Rhahar van a investigar un altercado del que han tenido noticia y descubren que está pasando algo en la bahía. Saion informa a todos que un barco ha volcado. Añade que todo el que se mete en esas aguas no suele regresar.

Más tarde, Saion, Rhahar, Theon y Nyktos salen a caballo por las puertas del palacio y bajan por la empinada pendiente para deshacerse de los *dakkais* que avanzan hacia las casas. Todos van acuclillados con gran destreza sobre sus caballos mientras disparan flechas.

Saion llega a la Casa de Haides con Nektas y Nyktos y declara que han muerto al menos veinte personas, pero que todavía están comprobando a ver si murió alguien en Lethe. También informa de que a Nyktos lo rodearon los *dakkais* en los muelles y que le causaron muchas heridas. Cuando Sera se marcha para intentar alimentar al Primigenio, Saion levanta ambos pulgares en su dirección y le dice que la acompaña en el sentimiento.

Menudo graciosito.

Después del ataque de Hamid a Sera en su sala de baño, Saion llega con Ector y Nyktos y le da a este una toalla para Sera, una que estaba intacta. Le dice a Rhain que Hamid ha intentado asesinar a Sera y se pregunta si los motivos del mortal podrían tener algo que ver con lo que planeaba hacer Sera.

Mientras Nyktos lidia con los dioses asesinos, Saion va a comprobar cómo está Sera, pero esta le dice que vaya con Bele. Cuando Taric mira a Sera después de que le hubiesen dicho que no lo hiciera, Saion comenta que ahí iba a pasar algo malo.

Después del ataque, Sera Asciende a Bele y Saion camina de un lado para otro por la oficina de Nyktos con ella y con Ector. Menciona que no había nacido todavía cuando los Primigenios Ascendían, luego le dice a Sera que no todos los dioses a los que traiga de vuelta a la vida Ascenderán. Tendrían que estar destinados a ello. Nyktos está de acuerdo. A continuación, Saion se entera de que es posible que Sera haya tenido *viktors*, aunque hacía mucho tiempo que no oía hablar de ellos. Después declara que tendría sentido que los tuviera, dado lo que hizo Eythos.

Saion acompaña a Sera de vuelta a sus aposentos y ella le pregunta si quiere vengarse por lo que tramaba hacerle a Nyktos. Saion le dice que si creyese que era una amenaza real para Nyktos, le rompería el cuello, aun a sabiendas de que lo matarían por hacerlo. Añade que Nyktos se siente atraído por ella, pero que hasta ahí llegan sus sentimientos.

Sera le recuerda que, mientras esté ahí, ella es una amenaza para todas las Tierra Umbrías, a lo cual él pregunta si *debería* romperle el cuello. Sera lo invita a intentarlo, pero lo urge a no ser un cobarde y esperar a que le dé la espalda. Añade que no se lo pondrá fácil, a lo que él responde que jamás esperaría eso de ella.

Saion le recuerda a Sera que en pocos días será la consorte. Ella le pregunta si será *su* consorte, pero él no responde. Después le presenta a Orphine, que está ahí para asegurarse de que Sera esté a salvo en sus aposentos. Es protección, más que castigo.

Saion se reúne con los otros en el salón del trono cuando Nyktos les informa que Sera había intentado ir a por Kolis ella sola para proteger las Tierras Umbrías; luego comenta que su valentía no tiene igual. Saion hace lo mismo que Ector: desenvaina su espada, hace una reverencia y dice que espera ser merecedor de semejante honor.

Cuando los Cimmerianos atacan las puertas, Saion interrumpe a Nyktos y a Sera en la oficina del Primigenio y los informa de ello. Añade que proceden de la corte de Hanan y son como cien.

Le ordenan quedarse con Sera y asegurarse de que ella no sale. Saion responde que será un honor obedecer esa orden. Después incordia a Sera hablándole como si fuese una niña y mencionando tentempiés y siestas.

Saion le pregunta si de verdad intentó ir a por Kolis ella sola. Cuando Sera lo confirma, él declara que ahora sería deshonroso hablar de romperle el cuello y sugiere que debería hacerle una reverencia, puesto que técnicamente es la Diosa Primigenia de la Vida. Aunque añade que no lo hará.

Saion pregunta cuánta puntería tiene Sera con un arco, luego le ordena que no la vean y precisa que los Cimmerianos no saben lo que lleva dentro y la matarán. Saion añade que si superan a Nyktos, Sera debe meterse en palacio e ir a refugiarse con Aios y Bele. También dice que Dorcan le llevaría a Hanan su cabeza clavada en una pica sin dudarlo ni un instante. Después se marcha para unirse a la lucha y Sera lo ve saltar desde el Adarve. Más tarde, Saion informa a Nyktos de que Dorcan vio a Sera.

Saion realiza su turno de guardia a la puerta de Sera y luego va a desayunar a la salita de la planta baja con Reaver. Sera le pregunta si las otras habitaciones se utilizan alguna vez. Saion responde que, aparte de cuando Jadis y Reaver entran a explorar, no se usan. Sera se interesa por quién las mantiene tan limpias, y Saion le cuenta que lo hace Ector, en memoria de Eythos. Cuando Sera le pregunta a Saion de dónde procede, este le cuenta su pasado y cómo Nyktos los salvó tanto a él como a Rhahar.

También le cuenta que todas las mañanas entrenan durante unas horas, pero dice que él no entrenará con ella. Cuando lo repite y Sera lo desarma, se sorprende mucho. Confiesa que tendría que pensar largo y tendido sobre lo que preferiría: hacerles de canguro a Jadis y Reaver o seguirla a *ella* de sala en sala. Mientras Sera entrena con Nyktos, Saion toma asiento en una roca cercana para contemplar el espectáculo; luego la acompaña de vuelta a su habitación.

Después del ataque de Veses a Sera, a Saion le ordenan mantener un ojo puesto en la Primigenia junto con Theon, pero antes le dice a Sera que Ector se pondrá bien.

El día de la coronación, Saion comenta que está preciosa con su vestido, luego conduce el carruaje hasta el lugar de la ceremonia. Una vez ahí, camina detrás de Rhahar y Sera con Ector, Rhain y los gemelos. Y después, abre la puerta del carruaje para Nyktos y Sera, se dirige a ellos como *altezas* y termina con una reverencia y un guiño.

Después del ataque de Kyn, Saion informa a Nyktos de lo ocurrido e intenta que la pareja vea los cuerpos en el patio occidental. Le dice a Sera que está empezando a refulgir y le indica a Nyktos dónde está Kyn. Le ordenan que reúna al ejército y corre a hacerlo a caballo.

Más tarde, Sera le pide que la ayude a bajar a Aios de la pica. Él le dice que va a empeorar las cosas, luego le indica a Sera que sujete la cabeza de Aios antes de que se desprenda. Cuando Sera bufa «Que se jodan los *dakkais*» después de advertirla de no utilizar *eather*, Saion le dice que Sera le gusta mucho.

Este observa estupefacto cómo Sera restaura la vida de Aios y siente un gran alivio al ver a la diosa viva una vez más. Ordena a Kars que lleve a Aios adentro y luego informa a Sera de que los *dakkais* han superado la muralla. Intenta impedir que salve a Ector, consciente de que eso solo empeorará las cosas con los *dakkais*, así que la sujeta y no la deja ir hacia él.

La batalla arrecia contra los *dakkais* y Saion resulta herido. Les dice a los otros que tienen que entrar, y luego va con Rhahar a ayudar a Nyktos que está rodeado por *dakkais*.

LAILAH

Diosa de la Paz y la Venganza (en la línea temporal de *De sangre y cenizas*)

Corte: Vathi/las Tierras Umbrías

Pelo: hasta los hombros. Trenzado recto hacia atrás.

Ojos: separados. Dorados. Se vuelven plateados en la época de *De sangre y cenizas*.

Rasgos faciales: lustrosa piel marrón oscura.

Rasgos preternaturales: poderes de fuerza, destreza táctica y lógica.

Otros: lleva armadura blanca.

Antecedentes: se decía que era hija de Nyktos, aunque se demostró que no era verdad. Se dice que descansa con Theon bajo los Pilares de Atlantia en la época de *De sangre y cenizas*.

Familia: hermano gemelo = Theon.

EL VIAJE DE LAILAH HASTA LA FECHA:

Cuando Nyktos llega con Seraphena, a Lailah le sorprende un poco. Igual que su hermano gemelo, le toma el pelo de inmediato a Nyktos acerca de llevarse a Sera en contra de su voluntad, y pregunta si va a adoptar los hábitos de su antepasado de raptar a mujeres jóvenes.

Mientras Reaver está aprendiendo a volar, Lailah lo lleva a *tomar el aire* con Theon. Son absolutamente adorables.

Cuando Gemma resulta herida, Lailah entra en la habitación y ve a Sera refulgir mientras trae a Gemma de vuelta a la vida. Después sigue a Theon con una jofaina para lavar a la joven mientras este lleva a Gemma a otra habitación para recuperarse.

Lailah no está presente cuando se revelan los planes iniciales de Sera; solo se entera más tarde. Por lo que vi de ella, no parecía tenérselo en cuenta a Sera tanto como algunos de los otros. Tal vez se deba a la corte de la que procede. ¿Quién sabe?

Cuando el *draken* atacante entra en las Tierras Umbrías, Lailah le pregunta a Nektas si reconoce al *draken* pardo. Además, está de acuerdo con Rhain sobre Hamid: que su ataque a Sera era para proteger las Tierras Umbrías.

Más tarde, después de que Nyktos los reúna a todos y anuncie que Sera había intentado ir a por Kolis para salvar las Tierras Umbrías, y luego les diga que su valentía no tiene igual, Lailah, como los otros, hace una reverencia y dice que espera ser merecedora de semejante honor.

Lailah le dice a Seraphena que Attes le contó a Theon que ella lo había amenazado. Parecía hacerle gracia. Y supongo que así era, dada su química con el Primigenio de la Guerra y la Venganza.

El día de la coronación, Lailah sale de la habitación de Sera y les pregunta a Rhain y a ella si han sentido temblar el edificio.

THEON

Dios de la Concordia y la Guerra (en la línea temporal de *De sangre y cenizas*).

Corte: Vathi/las Tierras Umbrías

Pelo: trenzas pegadas al cuero cabelludo.

Ojos: separados. Dorados. Se vuelven plateados en la época de *De sangre y cenizas*.

Rasgos faciales: lustrosa piel marrón oscura.

Personalidad: gracioso. Sarcástico. Ligón.

Rasgos preternaturales: poderes de fuerza, destreza táctica y lógica.

Otros: duerme con su hermana bajo los Pilares de Atlantia en la época de *De sangre y cenizas*.

Familia: hermana gemela = Lailah.

EL VIAJE DE THEON HASTA LA FECHA:

Cuando Nyktos llega con Seraphena, Theon se sorprende, pues no sabía nada sobre ella. Su hermana y él le toman el pelo a Nyktos de inmediato sobre la posibilidad de que la haya secuestrado, y Theon le dice a Sera que parpadee dos veces si la han raptado.

Lleva a Reaver a *tomar el aire*. La verdad es que me encanta verlo con su hermana y el jovenzuelo. Me hace sentir calentita y amorosa por dentro.

Cuando Veses llega a la Casa de Haides, Theon anuncia su llegada.

Cuando Gemma resulta herida, Theon entra en la sala y ve cómo muere. También ve a Sera empezar a brillar y observa cómo trae a Gemma de vuelta a la vida. Después, lleva a la joven a una habitación para recuperarse.

Theon no está presente cuando se revela el plan original de Sera, pero cuando comienza el ataque, está ahí para decirle de qué dirección procedía el ataque acuático y lo que pasó. Luego se une a Bele, Nyktos, Saion y Rhahar mientras luchan contra los *dakkais*.

Cuando un *draken* de otra corte entra en las Tierras Umbrías, Theon anuncia que había habido tres dioses implicados, aunque declara que no reconoció a los dos que vio. Tiene la teoría de que vieron a Sera y que no haría falta tener mucha imaginación para deducir que es la consorte. También afirma que Hanan podría haber dado la orden de llevarse a Sera y a Bele.

Más tarde, después de que Nyktos los reúna a todos y anuncie que Sera intentó ir a por Kolis para salvar las Tierras Umbrías, y de que afirme que su valentía no tiene igual, Theon desenvaina su espada y hace una reverencia, al tiempo que dice que espera ser merecedor de semejante honor.

Theon revela que Attes le contó la amenaza de Sera, y que había dicho que le había divertido y le había puesto cachondo. Se apresura a disculparse cuando Nyktos se eriza por el comentario.

Reaver apoya a Sera ante Nyktos, y Theon comenta que está mal por parte del *draken* ponerse del lado de Sera.

Cuando Nyktos ordena mantener a Veses bajo vigilancia, Theon y Saion asumen la responsabilidad.

IONE

Diosa del Renacimiento

Corte: llanuras de Thyia

Pelo: hasta la barbilla. Castaño rojizo.

Ojos: plateados en la línea temporal de *De sangre y cenizas*.

Constitución: alta. Delgada.

Rasgos faciales: tono de piel beige, café con leche. Rasgos angulosos.

Rasgos preternaturales: poderes de vida y renacimiento. Puede extraer recuerdos.

Hábitos/Costumbres/Fortalezas/Debilidades: puede ver los pensamientos. Un poco tímida.

Otros: una diosa estacional asociada con la primavera. Su templo está al pie de las Colinas Eternas. Se la representa a menudo en el arte con Rhahar.

EL VIAJE DE IONE HASTA LA FECHA (LO QUE SE SABE):

La verdad es que no había visto gran cosa sobre Ione. No hasta que Sera acaba en Dalos.

Kolis cita a Ione y la lleva a la jaula de Sera. La diosa tiene un don singular con el que puede rebuscar y extraer recuerdos del cerebro de una persona, y Kolis quiere saber la verdad acerca de Sotoria.

Ione hace lo que le dice Kolis, pero se asegura de decir la verdad de una manera neutra al explicar lo que ve en la cabeza de Sera. En su mente, Seraphena es la consorte de Nyktos y así debe ser.

Odia haber tenido que hacer que Sera pasase por el dolor de lo que debía hacerle, pero espera que haberse jugado el pellejo por ella lo compense.

Supongo que pronto veré mucho más sobre Ione. Todos los dioses y las diosas se están despertando, y todavía hay mucha historia de fondo por desenterrar.

Estoy impaciente por averiguar más cosas.

PERUS

Dios del Rito y la Prosperidad*

Esto es lo que la gente *cree* que sabe sobre el *dios* Perus:

Pelo: blanco.

Rasgos faciales: cutis claro.

Antecedentes: * Perus no existió. Los Ascendidos lo crearon, aunque nadie sabe por qué.

UNA NOTA DE LA SEÑORITA WILLA

Bueno, pues esto es todo lo que he podido reunir hasta ahora. Me vienen cosas nuevas casi a diario y también recopilo chismes y retazos de información durante mis viajes, así que no espero que esta historia termine en un futuro próximo.

Hay cosas muy grandes en el horizonte para Poppy, Cas y sus aliados, por no mencionar el hecho de que los dioses están despertando y las líneas temporales están a punto de converger de un modo que nadie esperaba. Se van a descubrir falacias y se van a completar las profecías aún más.

Todavía acechan enemigos por todos los rincones, y me da la sensación de que la Primigenia de la Vida está a punto de revelar su opinión acerca de cómo se desarrollaron las cosas mientras los dioses descansaban.

Por el momento, todo lo que podemos hacer es prepararnos (para lo mejor, lo peor y lo desconocido) y esperar a ver cómo se desarrollan las cosas.

Y a pesar de ser una vidente, me da la sensación de que me voy a sorprender.

Willa

AGRADECIMIENTOS

Detrás de cada libro hay un equipo de personas que aportaron su sangre, sudor y lágrimas para hacerlo posible y permitirlo brillar…

Como siempre, toda mi gratitud va para Blue Box Press: Liz Berry, Jillian Stein y MJ Rose, por apoyar esta idea de libro y hacerla realidad; Kim Guidroz y Jessica Saunders, por su experiencia sin igual; Erika Hayden, por su ayuda en la compilación de detalles; y el asombroso equipo de revisión, corrección y edición de BBP: Laura Helseth, Stacey Tardif y Jessica Mobbs. Por no mencionar a todas las otras personas que proporcionaron su ayuda y experiencia para llevar *Visiones* a donde merecía estar. ¡Gracias!

Le estamos superagradecidos a Hang Le (@ByHangLe) por sus incomparables diseños, así como a los demás artistas colaboradores que nos prestaron su increíble talento e hicieron de este libro lo que es: Alicia MB Art (@Alicia.MB.Art), Creatively Agnes (@AgnesArt42), Jenna Pearson (@Jemlin_C), Kassia Ramos (@K_Psps), Kseniya Bocharova (@romannaboch), Macarena Ceballos (@Mikki-Art.Books), Art by Steffani (@ArtBySteffani), Dana J.K. (@Debra.Entendre), Emilia Mildner (@Emilia.Mildner) y Shane Munce (@ShaneMunce).

Un agradecimiento especial va para nuestros agentes, Kevan Lyon y Taryn Fagerness, y para todos aquellos que nos ayudan en todo lo que hacemos a diario. No podríamos hacer esto sin vosotros.

Podríamos (y probablemente deberíamos) dar las gracias a muchas otras personas por su nombre, pero eso ocuparía más páginas de las que tenemos disponibles. Así que nos limitaremos a decir que, si estás leyendo esto y has desempeñado un papel en mantenernos centrados o con cualquier otra cosa que hayamos podido necesitar… tú sabes quién eres y te queremos de todo corazón.

Y por último, aunque desde luego no menos importante, nada de esto hubiese sucedido sin ti, lector. Tú comentaste en Facebook hace una eternidad que querías ver un libro como este, y aquí está. Sin tu amor continuado y creciente por estas sagas y estos personajes, tal vez no hubiese sucedido. Tu apoyo es un ejemplo. Te apreciamos mucho y esperamos que disfrutes de esto tanto como disfrutamos nosotros al crearlo.